# 元詩選

〔清〕顧嗣立 編

二集 上

中華書局

# 元詩選二集序

余自甲戌歲輯元百家詩集，鏤板行世。嗣後奔走南北，所至窮極蒐羅，殘編斷簡，無不抄撮。積久成帙，約得五十餘種。庚辰春仲，從京師抱病歸草堂，鍵户編纂，用竟前業。適秀水朱檢討竹垞先生盡攜家藏元人遺集見示，藥爐茶竈之下，窮年詮次，并前所獲，復彙爲百家。深惜日力之費於斯也，亟付剞劂，與海内好事者共賞之。康熙壬午人日，長洲顧嗣立書於秀野草堂。

# 元詩選二集總目録

段克己　成己　二妙集……一
附：段　輔
劉　祁　神川遯士集……二七
仇　遠　山村遺稿……三〇
白　珽　湛淵集……五一
龔　璛　存悔齋稿……六一
胡長孺　石塘稿……七五
吾丘衍　竹素山房詩……八一
錢　選　習懶齋稿……八五
劉清叟　立雪稿……九一
趙　文　青山稿……九六
劉　壎　水雲村稿……一〇三

劉麟瑞　昭忠逸詠……一〇八
王義山　稼村類稿……一二一
黃公紹　在軒集……一二五
以上入甲集
姚　樞　雪齋集……一二七
張弘範　淮陽集……一三三
附：張　珪
楊　奐　還山遺稿……一四四
王　磐　鹿菴集……一六八
楊　果　西菴集……一七三
徐世隆　威卿集……一七五
李思衍　兩山稿……一七八
郭　昂　野齋集……一八四
姚　燧　牧菴集……一八七
孛朮魯翀　菊潭集……一九三

李　孟　秋谷集……一九七


以上入乙集

鮮于樞　困學齋集……二〇一
陳　孚　觀光稿　交州稿　玉堂稿……二一二
小雲石海涯　酸齋集……二六五
鄧文原　素履齋稿……二七三
高克恭　房山集……二九九
元明善　清河集……三〇四
張伯淳　養蒙先生集……三〇九
陳思濟　秋岡先生集……三二二
盧　亘　彦威集……三二五
李　京　鳩巢漫稿……三三二
文　矩　子方集……三三六
郭　畀　快雪齋集……三四〇
李　材　子構集……三四七

何　中　知非堂稿……三五一
任士林　松鄉集……三九八
于　石　紫巖集……四〇八
揭祐民　盱里子集……四二五
何　失　得之集……四三三
以上入丙集
傅若金　清江集……四三八
宋　本　至治集……四九六
宋　褧　燕石集……五〇一
王士熙　江亭集……五三七
附：王士點
雅　琥　正卿集……五五八
李　泂　溉之集……五六八
李孝光　五峰集……五七二
成廷珪　居竹軒集……六五〇

吴　鎮　梅花菴稿……七一〇
黄公望　大癡道人集……七三五
以上入戊集
黄清老　樵水集……七四七
劉　詵　桂隱集……七六四
丁　復　檜亭集……八三七
韓　性　五雲漫稿……八七一
薛　漢　宗海集……八七八
潘伯脩　江艦集……八八八
甘　立　允從集……八九六
陳　柏　雲嶠集……九〇一
王　禎　農務集……九〇三
郭豫亨　梅花字字香……九一七
以上入己集
伯　顔　子中集……九三一

蘇天爵　滋溪集……九二五
王冕　竹齋集……九二九
吴景奎　葯房樵唱……九六三
曹文暉　新山稿……九八二
郭翼　林外野言……一〇〇一
姚文奂　野航亭稿……一〇二六
徐舫　滄江散人集……一〇三四
以上入庚集
戴良　九靈山房集……一〇三九
舒頔　貞素齋集……一〇九五
附：舒遠　舒遜
鄭韶　雲臺集……一一二四
劉永之　山陰集……一一五六
貢性之　南湖集……一一八六
謝應芳　龜巢稿……一二一二

金　涓　青村遺稿……一二六三
趙　汸　東山存稿……一二七九
汪克寬　環谷集……一二九二
鄭　洪　素軒集……一二九五
朱希晦　雲松巢集……一三〇八
吴志淳　主一集……一三一六
甘　復　山窗餘稿……一三二〇
吴　海　聞過齋集……一三二三
楊　翮　佩玉齋類稿……一三二五
沈　右　清輝樓稿……一三二九
以上入辛集
譚處端　水雲集……一三三三
丘處機　磻溪集……一三三五
吴全節　看雲集……一三四四
薛玄曦　上清集……一三五四

黄可玉　松瀑稿……一三六一
查居廣　學詩初稿……一三六五
明本　中峰廣録　梅花百詠……一三六八
行端　寒拾里人稿……一三八二
祖銘　古鼎外集……一三八八
益　栯堂山居詩……一三九一
大圭　夢觀集……一三九四
宗衍　碧山堂集……一四〇三
薛氏蘭英　蕙英　聯芳集……一四一四

以上入壬集

# 遯菴先生段克己

克己，字復之，河東人，世居絳之稷山。幼時與弟成己並以才名，禮部尚書趙秉文識之，目之曰「二妙」，大書「雙飛」二字名其里。金末以進士貢。北渡後，與成己避地龍門山中，餘廿年而卒，人稱爲遯菴先生。泰定間，孫吏部侍郎輔合克己、成己遺文爲《二妙集》，刻之家塾。臨川吴澄爲之序曰：「河東二段先生，心廣而識超，氣盛而才雄。其詩如：『冤血流未盡，白骨如山丘。』『四海疲攻戰，何當洗甲兵。』蓋陶之達，杜之憂，兼而有之者也。」

歲己酉春正月十有一日吾友張君漢臣下世家貧不能葬鄉鄰辦喪事諸君皆有弔章且邀余同賦每一忖思輒神情錯亂秉筆復罷今忽四旬矣欲絶不言無以寫其哀因作古意四篇雖比興之不足觀者足知余志之所在則進知吾漢臣也無疑

高樓浮雲薄，知是何人宅？賣諸輕薄兒，身爲五侯客。日暮鬭雞回，車騎何翕爀。鼻息吹虹霓，行路皆蹴踖。豈知黔婁生，儲粟無儋石。衣衾不掩尸，送我城東陌。寥寥百世下，誰分夷與跖。

北方有黃鵠，飽義氣勇烈。天寒辭故巢，思欲近丹穴。吁嗟翅翎短，雲海路隔絶。鳳皇不相待，孤憤無由洩。恥與鵾鳶羣，朝夕肆饕餮。一步兩叫號，心摧口流血。側頭向蒼昊，永與羈雌決。人皆尚鵾鳶，反謂黃鵠劣。世無棄瓢翁，軒輊定誰說。猿鶴與沙蟲，泯泯同一轍。悲來結中腸，欲辯再三咽。

藝蘭當清秋，生育胡不早。西風發微香，能得幾時好。飛霜半夜來，滅没先百草。真宰獨何心，吞聲不復道。

驅車上太行，中道車軸折。停車伏轅下，骨斷筋力折。撫膺呼蒼天，淫淫涕如雪。古往與今來，此恨何時絶。

## 贈答封仲堅

念昔始讀書，志本期王佐。時哉不我與，觸事多轗軻。歸來濯塵纓，贏裝聊解馱。午芹多奇峰，流水出其左。誓求十畝田，於此養慵惰。種椒盈百區，栽竹僅萬个。自謂得所依，心口默相賀。經營久未成，蘊櫝乏奇貨。低回不能去，借宅便高卧。始構茅三間，榱桷久摧挫。暑雨畏霖潦，霜風苦掀簸。豈無富貴人，粟帛救寒餓。恥隨肥馬塵，擁鼻不敢唾。淹延歲月深，十手指庸愞。塵薶劍鋒缺，彈鋏悲無奈。時當春之仲，桂魄月半破。丁丁聞啄門，有客來相過。探懷出新作，高唱成寡和。清辭麗卿雲，齊梁那復課。蹇余鞁不前，躑躅蟻旋磨。枯腸藜莧苦，奇字厭搜邏。君乎真可人，沽酒酌通播。酒酣膽氣粗，狂言驚四座。舊遊渺何許？行路方坎坷。作詩寄同聲，別離傷老大。

## 與上人駐錫姑射山之麓他日邀余所居之靜樂齋勉爲賦此

我愛與上人，閒處先著脚。雖有買山錢，難尋一丘壑。向來棲息地，龍象久寂寞。重尋林下徑，竹石若紛薄。溪水恣交流，巖花自開落。却掃丈室中，一瓶還一鉢。靜樂題其顏，塵緣聊解縛。寥寥千載下，此理誰發藥。我今爲拈出，未一作不。免一重錯。有靜必有垢，無苦亦無樂。混沌元不死，七竅剛自鑿。鄭一作珍。重庵中人，萬法本無著。獨有太古心，油然滿寥廓。

## 贈劉潤之

平生不願萬户侯，但願一識劉荆州。荆州已遠不可見，裔孫今幸從吾遊。慨然議論吐肝膽，腰間古劍鳴蛟虯。酒酣醉墨出險怪，筆勢爣怳令人愁。世人争欲得一諾，黄金不用如山丘。結交以義不以利，樂人之樂憂其憂。自從管鮑死，此道今悠悠。豈憶流落中，忽見古人儔。古來賢哲仕不達，飢寒不解爲身謀。紛紛眼底知音少，幾向西風歎白頭。

## 乙巳清明遊青陽峽

東山氣象太猛悍，萬馬騣騣來楚甸。中分不肯割鴻溝，鍛礪戈矛期一戰。西山折北如西漢，獨餘絳灌奔而殿。誰爲劉項決雌雄，賴有韓彭力相援。盧溝直下兩水合，泯泯暗流通一綫。突爲瀑布出山口，流沫成輪浪成漩。前逾百步落石甕，黛蓄膏渟那敢眄。沈沈南去若白虹，爲嶼爲泜互隱見。鑿開渾沌幾千秋，世俗雖見如不見。今人雖有筆如椽，爲寫佳名傳宇縣。人間佳節重清明，呼兒折簡招諸彦。

一生能著幾兩屐，佳處每欲經行遍。山靈著意勸遊人，吞吐煙霞生萬變。山阿玉女跪焚香，巖畔仙人一笑倩。居一作坐。者儼若帝王尊，劍佩雍容侍閒宴。植者磊落如鉅人，聚立廣庭議一作如。封禪。拱者矯矯如勇夫，執戈夾戺一作「戺花」。著綦弁。平灘淺瀨乍可揭，溪路曲隨峰勢轉。葛屨偏宜苔蘚滑，行襟時被薔薇罥。當面煙嵐舞翠蛟，出岫閒雲飄素練。羣行不復事拘檢，眼正明時脚還倦。班荆共坐溪上石，粔籹濁醪具時饌。良辰無奈夕陽催，羽觴正要清歌薦。醒心況復有寒泉，玉池遍返成三嚥。三分春色二分休，風外飛花時一片。古人行樂欲及時，半百之年猶掣電。惟有愛山緣未斷，夢寐孱顏添健羨。一窮到骨不自治，虛負胸中書萬卷。謾向山村老却人，生來不識荆州面。肝膽槎牙須酒澆，顧我非狂亦非狷。紛紛世無真是非，一作「世上無真是」。棄置從渠若秋扇。歸來新月偃林梢，寂寞衡門掩深院。

## 戊申四月遊禹門有感

黄河一綫天上來，兩山突兀屏風開。天生聖人爲萬世，驚濤拍岸鳴春雷。冷雲直上三千尺，石巔古廟高崔巍。斷碑歲月不可考，丹青剥落空莓苔。嗟乎去古蓋已遠，荒辭漫汗相驚猜。安居平土果誰力，愚民耳目誠可哀。一聲漁笛起何處，滄洲雅興還悠哉。

## 正月十六日夜雪

正月望夜夜氣交，長空月輝生白毫。東風澹蕩振林木，春雲滃鬱翻驚濤。望中已覺没河漢，坐中不見羣山高。打窗雪片大如手，蒼髯噤痒磔蝟毛。我意天心厭誅戮，浄洗戰血除腥臊。方今廊廟已備具，左有夔龍右有咎。愛民親賢急先務，朱輪皁蓋馳英豪。遺黎幸脱瘡痍阨，謳吟聖世心堅牢。驅牛負耒復門户，至今不復遠遁逃。白頭老儒最無用，天才魯鈍非時髦。日月消磨兩蓬鬢，天地飄零一緼袍。詩書自足教稺子，藜藿猶能飫老饕。清晨喜看蔬圃潤，而可暫息抱甕勞。蘭芽含甲未出土，蕭艾罨壠已可薅。閒中事業澹無味，佳趣纔如食蟹螯。興來歌詠適性情，背癢似得麻姑搔。芹山岡崒寒玉瘦，芹水澄澈春蒲桃。直緣山水久留戀，日鄉溪頭醉濁醪。青雲富貴豈不願，蟠木輪囷寧自韜。結構大廈要梁棟，操割清廟須鸞刀。功名倘可跂契稷，跳梁里巷誇兒曹。君不見昔在周王師吕望，快若逢尹彎烏號。大人虎變固莫測，運命由來有所遭。蓬萊方丈在何處？我將入海恣遊遨。天風飄飄鯨背穩，下視塵世空嘈嘈。

## 微雨後偶成二首

孤憤憑誰訴，長歌聊自怡。整衣憐瘦減，扶杖覺衰遲。小飲非愁敵，輕寒與睡宜。今朝春雨好，稺子莫啼飢。

寂寂春歸後，悠悠夢覺時。病添花懊惱，愁耐酒禁持。瓶貯無多粟，囊封有許詩。倚牀成獨笑，此意幾人知。

## 余僑居龍門山十有餘年封張二子日從余游而貧又甚焉因寫所懷兼簡二子共成一笑

病久慵增劇，塗窮事轉迂。木兼形共槁，錐與地俱無。醉語勞揮麈，悲歌漫叩壺。鮮鮮籬下菊，笑汝益羈孤。

## 仲堅見和復用韻以答二首

道在山林勝，心閒歲月迂。家風病更好，習氣老難無。日力分詩卷，生資負酒壺。儒冠三十載，轉覺此身孤。

一飽不易得，身謀方信迂。家徒四壁立，囊至一錢無。但喜心如水，那憂腹似壺。我窮君更甚，此德未全孤。

## 枕上再賡前韻

幾年成懶散，一榻了慵迂。詩酒心猶在，功名夢亦無。雨來催覓句，鳥去勸提壺。靜裏那須此，應憐客意孤。

## 野步仍用韻示封張二子

散策溪頭路，溪回路更迂。山隨行處好，人似往年無。波静魚千里，天晴春一壺。龍門何限景，歲晚不相孤。

## 五月二十三日夜分雨作涼風颯然木葉蕭瑟絶似往年七八月感時物之變不能爲懷漫浪成詩聊以自適

雲壓虚檐黯不收，雨聲飛妥碧山頭。簾幃清徹三更夢，枕簟涼生五月秋。入夜悲風何淅瀝，先時病葉已颼飅。心非木石能無感，唤起悠悠去國愁。

## 寄仲堅漢臣二子

經春日日卧空廬，門巷蕭條長者車。一卷時看王湛易，數行懶寄子公書。風光少得如人意，顔面從教與世疏。聞健不來花下醉，明年花發定何如。

## 和家弟誠之社燕之作二首

膠膠世事久經諳，肯著紅塵换翠嵐。騏驥捕鼷非所任，干將補履豈能堪。老無成事惟多懶，少不如人何更貪。花下一杯誰伴我，清風明月便爲三。

欲歸誰不遣君歸，却恨歸來事事違。烽火未休家信少，山川良是故人稀。黄金入手還能散，白雪一作髮。盈頭不肯飛。試問春愁多幾許？長江滾滾日暉暉。

## 紅梅用誠之弟韻二首

梅花香裏滿蒲團，萬事人間總不干。醉夢每憐春意淺，詩魂長遶夜枝寒。記曾上苑溪頭見，又向前村雪裏看。回首青蕤已如豆，齒牙衰朽怯微酸。

小梅初破月團團，戲蝶游蜂未敢干。醉臉不禁經宿雨，芳心似欲訴朝寒。乍驚別後容華换，更與尊前仔細看。便好栽培近東閣，免教風味一生酸。

## 排悶

四海干戈戰血腥，頭皮留在更須名。病尋藥物爲閒計，悶引文書作睡程。萬事轉頭慵挂眼，一杯到手最關情。此身定向山間老，我與山英有舊盟。

## 暮春有感三首

忙攜歌酒趁清歡，桃李都能幾日看。欲識詩人愁絶處，落花時節一憑闌。

春到蕪菁事已非，杜鵑看又唤春歸。幽香一點無尋處，燕蹴飛紅染客衣。

及時行樂不應遲，管領風光更有誰？花落花開春又去，都能消得幾篇詩。

## 梅花十詠　録四。

### 憶

姑射仙人冰作膚，昔年伴我向西湖。別來幾度春風換，標格而今似舊無。

折

白玉堂深夜色寒，玉兒和月倚蓬山。高情不似章臺柳，也許餘人取次攀。

顋

手撚冰蕤步月華，暗香先已透垂瓜。壽陽畢竟無才思，但卧含章拂落花。

浸

玉骨渾將山麝薰，冰肌得水更精神。凌波微步東風軟，羞殺當年洛浦人。

## 花木十詠 録四。

荷葉露

仗下華清賜浴時，温泉香膩洗凝脂。團花翠壁琉璃滑，狼藉珠璣醉不知。

菊花霜

風簾斜揭玉鉤攔，端正樓高燭影殘。宿酒困人梳洗懶，從教殘粉涴金鈿。

芭蕉雨

梨園弟子去無蹤，門掩蓬萊繡帳空。寂寞緑窗深夜雨，傷心不獨有梧桐。

山茶雪

娘子宫中儀體新，八姨羞把舊妝勻。畫羅瑞錦難相稱，故著龍香簇絳巾。

丁未三月二十八日縣大夫薛君寳臣過余芹溪精舍酒間雨作時方苦旱喜而賦之

麥田日日起黄埃，官長憂民意不開。底是山靈相嫵媚，故驅風雨過江來。

明日李生湛然見和仍韻答之

東風吹雨絶纖埃，尊酒相逢盡日開。不是官閒公事少，此中能得幾回來。

景純浩然見過徑飲成醉夜中雨作比近五鼓月色滿室曉起書長語贈二子

退之方北歸，見蝎卽成喜。東坡還泗上，鐸聲欣入耳。而況羇旅中，邂逅遇知己。東風澹蕩百草芳，游絲飛絮白日長。一杯相祝對流水，白酒微帶芹溪香。漁歌樵唱競相屬，不覺半山無夕陽。醉卧山堂聽山雨，冰雪對牀揮夜語。一燈照壁映悠悠，恰似孤舟泛清楚。夢回酒醒明月高，風雨向來無處所。人生哀樂本皆空，莫令身世如飛蓬。

癸卯中秋之夕與諸君會飲山中感時懷舊情見乎辭

少年著意仿中秋，手卷珠簾上玉鈎。明月欲上海波闊，瑞光萬丈東南浮。樓高一望八千里，翠色一點認瀛洲。桂華徘徊初泛灧，冷溢杯盤河漢流。一時賓客盡豪逸，擁鼻不作商聲謳。無何陵谷忽遷變，殺氣黯慘纏九州。生民冤血流未盡，白骨堆積如山丘。比來幾見中秋月，悲風鬼哭聲啾啾。遺黎縱復脱刀几，憂思離散誰與鳩。回思少年事，剌促生百憂。良辰不可再，尊酒空相對。明月恨更多，故使浮雲礙。照見古人多少愁，懶與今人照興廢。今人古人俱可憐，百年忽忽如流川。三軍鞍馬閒未得，鏡中不覺摧朱顔。我欲排雲叫閶闔，再拜玉皇香案前。不求羽化爲飛仙，不願雙持將相權。願天早賜太平福，年年人月長團圓。

## 楸花

楸樹馨香見未曾，牆西碧蓋聳孤稜。會須雨洗塵埃盡，看吐高花一萬層。此詩見房祺《河汾諸老詩集》。

## 菊軒先生段成己

成己，字誠之，克己仲弟。登金正大進士第，授宜陽主簿。克己歿後，自龍門山徙晉寧北郭，閉門讀書。元世祖降璽書，卽其家起爲平陽儒學提舉，不赴。年過八十，優游以終，世稱菊軒先生。祭酒周文懿評其文在班、馬之間，河汾遺老之卓然一門，未有如段氏者也。

吾兄同仲堅采鷺鷥藤於午芹之東溪因詠詩見示前代詩人未嘗聞賦此者此花長於田野籬落間人視之與草芥無異是詩一出好事者將知所貴矣感歎之餘敬次其韻有與我同志繼而述之不亦懿乎

微雨灑郊坰，百卉欣並育。幽花發溪側，間錯金珠簇。徐看是鷺藤，香味濃可掬。忍飢出新句，大笑負此腹。遺落榛莽間，采擷誰見蓄。情知無俗姿，安能悦衆目。先生日來往，東溪路應熟。一經題品餘，名字耀巖谷。遇合良有時，不才異山木。

### 吕氏用静齋

兩岸夾嵯峩，一水中委蛇。是間有高人，静與山林期。結茅並溪石，故迹司空遺。因山愛其山，佳處應自知。心閒境隨勝，眼静山增奇。寥寥丈室中，日用夫何爲？不書咄咄事，高詠休休詞。無人書一編，有興酒數巵。便是一生了，安問蓍與龜。依依中條雲，夢想紫芝眉。昨朝寄書至，謂我來何時？急營買山錢，已覺從君遲。他年兩繩牀，分忍西山飢。

蒲城董公余素不識其何如人也一日袖横軸所謂龍窩圖者同仲堅見過而以詩見謁余雅不能文詩尤非所長者加之老病日久縱不避拙惡亦安能爲他人椎肝腎耶渠請益堅余重違封意且念其勤姑因所見以敍之云爾

封生攜客來，謁我蓬蒿裏。軒軒亢塵俗，不知誰氏子？所主我既賢，伊人亦云喜。探懷出新圖，一語煩舉似。蹇余不能文，三請意未已。溪山有素期，入眼盡其美。層雲蔽重淵，萬木夾兩涘。飛流瀉絶壑，千丈垂幅紙。餘霏散如霧，點滴亂紛委。何物竅其傍，相傳龍所止。廟貌寄空山，何代爲經始。年深祭血乾，亂久誰復祀。威靈昔所聞，對面隔千里。誠通感必應，雖遠猶在邇。巍巍窟宅尊，安卧久不起。何當洗甲兵，倒挽幽溪水。

## 余懶日甚不作詩者二年矣間者二三子以歌詠相樂請題於吾兄遯菴遂以歲月坐成晚命之因事感懷成五章以自遣志之所之不知其言之陋也覽者將有取焉

負暄頹檐下，病骨喜新霽。微風動天宇，木葉隕虚砌。緬懷平生事，奔走愧非計。投身田野間，心迹得少憩。時榮豈不慕，省躬自當逝。薇蕨滿春山，猶可以終歲。

罷書掩關卧，窗牖亂清樾。風枝驚宿鳥，札札畏顛越。葉聲走前庭，誤聽雨未歇。不知霜已重，但覺寒切骨。耿耿不能寐，起坐候明發。試問夜如何？虚檐轉殘月。

晨起坐高齋，鳥啼幽寂破。小兒具文墨，信手供日課。既無寵辱驚，又不至寒餓。自量亦云幸，到此能幾箇。更欲希世榮，所望毋乃過。蒲團正温厚，得穩且安坐。

連蹇拙進宦，艱難昧理生。一事且不免，況欲二者并。忍窮分所安，不爲世所縈。牀頭一卷書，浄洗胸次平。偶逢會心人，款款話中情。瓶儲喜不空，今年賴西成。青山如有情，向人呈偃蹇。我本山中人，一出偶忘返。崎嶇半天下，始覺居山穩。力極勢自迴，苦不費推挽。税駕良自兹，千里豈云遠。舉手謝山英，應笑歸來晚。

## 陳子正容安堂

陳子少英邁，逸氣不可挫。典刑肖乃翁，出語輒驚座。行止非所能，造物聽掀簸。功名鷹在鞲，歲月蟻旋磨。區區一邑一作室。中，十載供史課。結廬慕淵明，志向有許大。瀸墨寫形似，終日相對坐。一室足我容，百念付慵惰。青山隱檐楹，流水出其一作階。左。植花數十叢，種竹千百个。事來若機張，事去如甑一作瓶。墮。浩然方寸間，不受一塵涴。豈無二仲賢，閒暇日相過。有酒相獻酬，有詩互賡和。溪山入笑談，珠玉霏咳唾。徜徉天地間，一物莫非我。醉來語更真，卿去我將卧。主人正高枕，一作眠。山鳥莫啼破。

## 崧陽歸隱圖

落落出世人，視世猶稂秕。獨惟愛山緣，一念未渠已。嘗行崧陽道，經覩略可紀。有山皆孱顔，有水盡清泚。寒藤絡古木，奇花開芳枳。風從四山下，紅緑亂紛委。雲日互蔽虧，百態呈怪詭。微泉不知處，叢薈鳴宫徵。山鳥忽驚飛，花落空巖裏。静聞雞犬聲，人家應在邇。百年能幾日，山間有餘晷。孰知桃花源，不出武陵水。回首視人間，囂囂足塵滓。便擬結椽茅，忽忽迫行李。一來汾沮洳，留滯緜幾祀。幽懷渺難忘，澹墨寄形似。舊遊一經眼，未往差可喜。此心本無著，夫豈爲物使。昔何從而來，今何從而止。倏然來往間，於是得之子。幻影竟安用，我亦聊爾耳。一笑兩忘言，庭花委階戺。

## 送尋正道歸浦中

江頭一作邊。楊柳才堪折，陌上行人還又別。春光不解苦留人，兩岸楊花飛白雪。江風摇摇吹緑波，欲别未别傷如何。勸君且住聽我歌，後日重來白髮多。

## 松溪幽隱圖

何宫遺構山之隅，長松蔽映千萬株。中有一徑穿縈紆，冷風蕭瑟無時無。人間赤日如洪爐，恍疑仙景來蓬壺。蹤跡一墮聲利區，回首自覺泥塗污。歲月因循歸計迂，松溪想像勞形模。可憐塵夢今始蘇，空對溪山慚畫圖，一日來歸聊自娱。

## 壽賈總官

紫髯茁頤膽滿軀，胸懷落落真丈夫。古稱山西出將種，我公家世皆吾儒。朝家未録勛臣後，時時射虎西山隅。一官平水今幾年，鄉閭坐覺疲氓蘇。驥塗千里會須展，小邦未足勞馳驅。繡衣錦帽不復見，人言憩也終平吴。此時此日生鵷雛，鬱葱佳氣充公閭。當筵擊筑聲嗚嗚，滿堂賓客聯簪裾。天公催花爲噓枯，要及花下傾金壺。春風花開人不孤，年年人與春風俱。

送王子壽之平遥

卜築謀南邁，回轅遽北之。有情慚見厚，無語只空悲。易忍行時淚，難堪別後思。明年雁來日，屈指數歸期。

總管李侯移鎮京兆病久不能即門屏奉卮酒一賀爲慊謹作拙惡以餞行軒

一札飛書下日邊，龍移方伯殿長安。晉城父老心皆泣，秦地奸豪膽已寒。千里馳驅容驥展，九霄空闊看鵬摶。十年潦倒登門客，卧病無由挽去鞍。

送總管李侯北上

姓名合上郭公臺，落落襟懷間世才。飛騎屢朝天上去，好音時向日邊來。中心都爲明時盡，東閤常因好客開。萬里鵬程從此始，垂天雲翼看徘徊。

辛丑清明後三日詩社諸君燕集於封仲堅别墅談笑竟日賓主樂甚然以未得吾兄弟數語爲不足既而遯菴兄有詩余獨未也主人責負不已因賦此應命云

善惡人情已飽諳，岸紗宴坐看晴嵐。折腰不是淵明懶，作吏元非叔夜堪。老去一觴猶有味，病來萬事更何貪。從頭悉讀行年記，慚愧春風四十三。

## 紅梅

誰點冰梢絳雪團，黄昏和月倚闌干。羞隨桃李争春意，要伴松筠傲歲寒。冷艷只宜閒處著，淺妝難入俗人看。天心固惜和羹便，空抱枝頭一點酸。

## 送仲堅漢臣二子過南澗歸賦是詩

螻蟻微生脱怒濤，一茆容膝儘逍遥。官情更比詩情薄，日力聊憑酒力消。心類候蟲寒更切，鬢隨霜葉病先凋。兒童失笑翁慵甚，送客今朝却過橋。

## 冬夜無寐書以自適

四壁摧頹手重泥，一枝隨意即一作足。成棲。歸來已化千年鶴，老去慵聽半夜雞。世事榮枯都是幻，物情長短不須齊。寸心耿耿何人會，隱几西一作寒。窗月色一作「片月」。低。此詩《河汾諸老詩集》作段克己。

## 用韻答封張二子

心如墮絮已霑泥，身似驚禽未得棲。壺缺何煩歌老驥，冠成不復帶雄雞。黄公遁跡終辭漢，范蠡逃名徑入齊。回首平生事堪笑，少年豪氣北山低。

## 和答丹山夢菴張丈

抖擻征衣衣上塵，歸來白髮一番新。剩將酒向愁邊酌，却恐人嫌醉裏真。世事飽諳惟欲睡，詩情謾苦只能貧。歲寒松柏東風外，付與千林自在春。

## 中秋之夕封生仲堅衞生行之攜酒與詩見過各依韻以答二首

萬籟聲沈暮靄收，長河瀉浪洗清秋。遥天千里澹如水，明月一輪光滿樓。隨意傾銀成一作謀。勝賞，誰家横玉調新愁，可憐白首蟾宫客。羞對嫦娥説舊遊。

夜凉河漢静無聲，澄澈天開萬里晴。蟾吐寒光呈皎潔，桂排疎影甚一作極。分明。良宵方喜故人共，醉語那知鄰舍驚。一片詩魂招不得，九霄直與月俱清。以上二首，《河汾諸老詩集》俱作段克己。

## 翌日二子見和復用韻以答

短髮蕭蕭散不收，老來何意更悲秋？常年有酒或無月，今夕乘晴好上樓。休對嬋娟談往事，祇將笑語替清愁。冷光願照金尊裏，記得開元太白遊。

## 午芹道中

渺渺江風吹葛衣，愛閑長與世相違。青絲步障柳千樹，碧玉屏風山四圍。入眼江花如慰意，近人沙鳥信忘機。虚名到此成何事，一笑平生始覺非。

## 元日夜與二三子小酌

一尊相對夜如何？却恨歸來白髮多。萬事到今從鹵莽，一年好處莫蹉跎。閑收暮景供清酌，醉挽春風入浩歌。多謝東君不嫌客，也教衰朽得陽和。

## 幽懷用夢菴張丈韻二首

百年過眼半羈旅，十日逢人九歎嗟。叔夜不堪長抱病，馮驩何苦久無家。飄零身世風頭絮，澹薄人情春後花。擬把餘生釣江海，爲煩嚴子借魚槎。

起來乘興看年華，便著芒鞋待鹿車。白水明邊鎔落日，碧天盡處散餘霞。決明點檢無多實，甘菊商量有數花。滿酌一杯都不計，人間萬事足安跎。

## 自壽

霏霏晴雪點吟鬢，颯颯秋風戀客裾。拙計每爲妻子笑，病多還覺友朋疏。行年如此事無幾，破屋翛然家有餘。濁酒一杯吾自樂，人間富貴不關渠。

## 雨後漫成

羈思紛紛不易裁，晚涼扶病獨登臺。翩翩幽鳥避人去，殷殷輕雷送雨來。已判此身閒裏老，且將笑口酒邊開。安車待聘非吾事，休作姑山隱逸猜。

## 再和

涼月娟娟玉半裁，曉風吹夢下瑤臺。笛兼鄰杵相和切，秋共羈愁一并來。到處溪山容我懶，違時顏面向誰開。少陵可笑行藏拙，獨倚危樓剛自猜。

四和

林外吹煙細若裁，詩情引上賦詩臺。螢從楊柳梢頭墮，雨向梧桐葉上來。華髮蕭蕭秋更短，衡門寂寂晝慵開。終南佳處吾將老，仕宦休爲捷徑猜。

五和

身世浮雲不受裁，羊裘重覓子陵臺。隨人明月娟娟静，吹面涼風特特來。多技漫勞寧似拙，兩眉深鎖不如開。牀頭忘却糟牀酒，誤作蕭蕭夜雨猜。

乘輿杖屨山麓值梅始華徘徊久之因折數枝置几側燈下漫浪成語簡諸友一笑云二首

戲蝶遊蜂總未知，小窗低亞兩三枝。夜闌燈下横疏影，渾似西湖月上時。

幽香不許俗人知，纔是東風第一枝。誤認文君新睡起，讀書窗下立移時。

梅花十詠　録二。

乙

漏洩春光洛水傍，紫雲名字襲人香。可能惠我黄昏伴，休笑分司御史狂。

鼰

玉骨那堪一作愁。瘴霧傷，好將經卷伴南荒。坡仙鼻孔清如水，老覺朝雲道氣長。

## 花木八詠 録四。

### 荷葉露

泉客將歸返故淵，西風渺渺碧波寒。主人情厚無他贈，一把真珠泣翠盤。

### 葵花日

戀戀天光下玉階，明妃初出漢宮來。情知生死歸無路，一點芳心誓不回。

### 菊花霜

六宮試手學梅妝，曾見飛英點額傍。香粉嚼餘濃不散，唾花誤染縷金裳。

### 芭蕉雨

憶别春容已十年，回紋錦就倩誰傳。都將一掬傷心淚，灑向蠻溪數幅牋。

## 龍門八題 録三。

### 雲中暮雨

古壘雲藏一徑微，河山依舊昔人非。貪徵往古興亡事，不覺城頭雨溼衣。此詩，《河汾諸老詩集》作段克己。

## 仙掌擎月

月出山頭未數竿，仙人掌上玉團團。瑞光冷射三千丈，絶勝碧蓮峰下看。

## 汾水秋風

一曲劉郎發櫂歌，懽情未已奈悲何。只今回首空陳迹，依舊秋風卷素波。

# 蒲川八詠　録二。

## 虞坂曉行

林外晨雞第一聲，隴頭殘月伴人行。未知局促鹽車下，老驥蕭蕭又幾鳴。

## 首陽晴雪

薇歌一曲對西一作青。山，萬古清愁一作「千秋」。老翠巒。望斷空巖人不見，光摇銀海玉峰閒。一作寒。

# 和李生湛然聞杜鵑有感之作

五更枕上夢魂清，初聽催歸第一聲。我本無家更安往，任渠啼血不關情。

# 張信夫夢菴　一作《如夢菴》。

覺時常笑夢時訛，夢覺其間争一作有。幾何。聊爾藏身大槐國，閒一作卧。看明月上南柯。

## 送馮資深歸西山四首

人間蠻觸日干戈，暮四朝三都一作能。幾何。此一作歸。去莫一作不。憂瓶粟罄，西山雨足蕨薇多。

蕭蕭華髮老書生，久欲歸田計未成。喜聽日邊消息好，故山容得子真耕。

幾一作三。年消息一作「思慮」。漫營營，重見西山眼倍青。胸次無塵元自好，牀頭況有洗心經。

候門稺子喜歸來，暖熱那無酒一杯。抖擻滿身塵土盡，襟懷還對好山開。

## 贈師邑卿 一作《書師邑卿蒲中八詠圖》。

老大溪山入夢頻，強憑圖畫寫情真。歸與不及身強健，山有英靈恐笑人。

## 題張郎中明皇小決圖二首

志在馳驅禍已胎，笑顏況更爲誰開？貪争飛鞠鞭驂去，不覺踰垣有鹿來。

天寶承平事久無，弄丸驢背自驅馳。不期一笑宫中戲，傳作人間小決圖。

## 周生景純贈菊數本因拾舊事依韻答之二首

陳國君臣醉宴時，可憐璧月照瓊枝。薔薇露溼仙裳重，笑殢君王索好詩。

萬里文姬去國時，秋霜也到歲寒枝。歸來滿面黄塵暗，怨入西風馬上詩。

## 題梁氏静樂堂 以下七首從《河汾諸老詩集》録入。

攘攘區中人，役心名與利。於身竟何有，乾没不少置。叔敬有耳孫，犖犖與時異。一官不肯覓，閒居養高志。築室塵境中，中有塵外意。方其厭囂湫，歸來行少壁。牀頭一卷書，浄洗紛華累。苟能樂其樂，寧復事吾事。見客不吝情，有酒即成醉。爲問東華塵，何如此窗睡。清風吹我懷，萬事覺無味。誰知方寸間，自有清涼地。

## 蘇氏承顔堂

登仙不羨飛雙鳧，宰官不樂紆金珠。行年四十著綵服，悲啼效作兒聲呱。丈夫豈無四方志，倚閭望望心何如。家國無事壽觴舉，慈顔得酒增和舒。客來草具對客食，殺雞奉母其賢乎。榮華富貴固所願，有子能盡如君謨。至誠不動古未有，悦親自得神明扶。茁哉冬生孟林笋，國言日出姜泉魚。古來孝感有如此，今人蓋以古爲模。嘗聞古有色難戒，愛深容色何愉愉。詩成不覺涕淚俱，爾有母遺傷獨無。他年誰作孝友傳，請録吾語爲君書。

## 題秋暮山行圖

亂山崒嵂争清妍，寒林寂歷相緜聯。人間黄塵千萬丈，一點不到山林邊。秋光澹薄秋氣爽，浮雲積翠何葱芊。高風凄其脱木葉，向來面目仍增娟。江流一曲抱山麓，孤舟斜日棲江壖。行人何適來，負擔腰膂躃。犖确石頭路，蹇驢鞭不前。人家前塗渺何許，望之不及憂悁悁。問公何從得此本，筆勢髣髴謍丘傳。我本山中人，見之心惘然。嶔嶔歷落真可笑，對畫題詩思昔年。

## 送孫仲文行臺之召

仲也何人斯，不滿六尺長。言議間英發，入耳音琅琅。胸懷湛秋水，面目嚴清霜。讀書及城旦，寓迹鳧鷺行。自公少餘暇，婉愉奉高堂。甘旨未及親，有飯不敢嘗。顔色或未怡，綵衣戲親傍。執喪三年中，哀慕如新喪。回思顧復勞，此意何時忘。日聞辟書下，且喜還且傷。捧檄念吾親，不覺涕泗滂。拔英外臺選，列布皆珪璋。掾吏須幾人，亦必求循良。世人豈無才，要以德自將。糾擿誰弗能，吾心恐無常。詩人有明誡，茹柔吐其剛。孝爲百行先，子孝吾既詳。苟能推此心，前路未易量。慇懃養雲翼，行矣勿忽忙。

## 醒心亭

窗前流水玉泠泠，窗下高人酒半醒。唤省邯鄲枕中夢，如看王湛案頭經。倏然自得天遊趣，恍若那知地境靈。説似功名場上客，倦遊時節一來聽。

## 跋三堂王自寫真

解衣盤礴真畫史，不待濡毛知可矣。葛巾草服常畫我，意欲置我山巖裏。虎頭于今幾百年，與渠誰後復誰先。倏然蜕跡乘風去，一笑相逢喜拍肩。

## 跋秦得真墨

晴窗不用辨犀紋，墨妙秦郎已飫聞。翠餅瑩如鴉背浄，玉圖香鄙麝臍薰。永寧賜弟今猶少，易水無良古亦云。老我愧非揮翰手，兩丸投贈負伊勤。

## 段侍郎輔

輔字德輔，克己之孫。以文行選應奉翰林，三爲御史，遍歷陝西、江南及中臺。以司業教國子生，判太常禮儀院，尋陞吏部侍郎。

## 題李白泰山觀日出圖

岱宗鬱鬱天下雄，謫仙落落人中龍。茲山茲人乃相從，氣奪真宰愁豐隆。玉堂一任雲霧封，長嘯飛渡秦皇松。夜呼日出滄海東，再爲斯世開鴻濛。鈞天帝君深九重，醉舞踏碎青芙蓉。天孫玉女爲斂容，却視五岳秋毫同。長鯨一去不復逢，乾坤萬里號秋蟲。當年咳唾留絶峰，至今樹石生春風。我欲追之杳無蹤，不意邂逅會此中，屋梁落月依然空。

# 神川遯士劉祁

祁字京叔，渾源人。弱冠舉金進士，廷試失意，卽閉户讀書。間出古賦雜説數篇，李屏山、趙閑閑、楊吏部、雷御史、王滹南諸公見之曰：異才也。皆倒屣出迎，交口譽之。壬辰，北還鄉里，躬耕自給，築室牓曰「歸潛」。戊戌，詔試儒人，祁就試，魁西京選，充山西東路考試官。征南行臺拈合珪聞其名，邀至相下，待以賓友。凡七年而歿，年四十八。京叔好三蘇文，爲學能自刻厲，文章議論，粹然一出於正。有《神川遯士集》二十卷、《處言》四十三篇、《歸潛志》三卷。

## 古意二首

庭前有桂樹，緑葉尚一作何。離披。秋風動地起，飄落一作零。將安歸。高飛入青雲，下飛入一作落。汙泥。貴賤既偶爾，孰爲喜與悲。

秋江有芙蓉，顔色好鮮潔。褰裳欲采折，水深不可涉。嚴風下飛霜，芳艷空凋歇。悵望一長歎，臨川無桂檝。

## 懷長源

涼月夜如水，秋風吹紫蘭。獨居悵無聊，佳人阻河山。山河邈千里，相望何時已。雲横雁影沈，露下蟲聲起。烽火照中州，西南殺氣浮。君居劉山下，果若向時不？人生有離別，但惜知音絶。匣内卧青龍，一作蛇。光芒射秋月。汴水碧參差。葉飛空樹枝。如何相憶處，還值暮秋時。

## 送雷伯威

朔風起天末，落木鳴空山。冰霜正凝冱，遊子百里還。出郭送將别，徘徊上高原。如何睽離情，對此芳歲闌。壯士志四方，不須涕汍瀾。人生非山海，會面亦不難。願子崇明德，餘功振文翰。長因東南鴻，惠我金玉言。

## 征夫詞

頑陰一作雲。漠漠秋天黑，冷雨瀟瀟和雪滴。塗中騎士衣裳單，半夜銜枚赴靈壁。中州近歲雨雪多，只因戎馬窺黄河。將軍錦帳衣千襲，馬上揮鞭傳令急。但令飽暖度朝夕，一死沙場吾不惜。九重日望凱歌歸，安知中路行逶迤。願將舞女纏頭錦，添作征人身上衣。

## 征婦詞

青燈熒熒照空壁，綺窗月上莎雞泣。良人塞上一作「沙塞」。遠從軍，獨妾深閨長太息。憶初癡小嫁君時，謂君不晚擁旌麾。如何十載尚輿隸，東屯西戍長奔馳。秋風戎馬臨關路，千里持矛關上去。公家事急將令嚴，兒女私情那得顧。恨妾不爲金鞲鞁，在君腰下隨風埃。恨妾不爲龍泉劍，在君手内飛光燄。慕君不得逐君行，翠袖斑斕空血染。君不見重瞳鳳駕遊九疑，蒼梧望斷猶不歸。況今沙場征戰地，千人同去幾人回。君回不回俱未見，妾心如石那可轉。

## 留春曲

絮飛冷屑龍蟠玉，花殞香摧鳳銜燭。批頰深林叫新緑，倚闌人唱留春曲。春光欲去如死灰，明年暖風吹又來。何如日日長相守，典衣共醉花前杯。殷勤留春春不住，白日西馳水東注。鏡中絲髮奈老何，君當持杯我欲歌。

## 南京遇山樓

倚天突兀聳高樓，樓上人家白玉鈎。落日笙歌迷汴水，春風燈火似揚州。仙人已去名空在，豪客同來醉未休。獨倚朱闌望明月，鸞旌依約認重游。

## 過陳司諫墓

鸞坡烏府舊遊空，三尺孤墳野寺中。猶有憂時心不死，墓門昨夜起秋風。

## 仇教授遠

遠字仁近，一字仁父，錢塘人。宋咸淳中，以詩名，與白珽湛淵並稱於吴下，人謂之「仇白」。一時遊其門者，若張雨、張翥、莫維賢，皆有名當時。元至元中，部使者強以學職起之，爲溧陽州學教授。以杭州知事致仕。自號「近村」，又號「山村民」，學者稱山村先生。其爲詩嘗曰：近體吾主於唐，古體吾主於《選》，往往於融暢圓美中，忽而悽楚藴結，有《離騷》三致意之餘韻。晚年謝事，樂於湖山泉石間，多與方士遊名山勝地，佛刹靈區。足跡所到，輒有題詠。釋妙聲謂其詩沖遠幽茂，而静退閒適之趣溢於言外。釋弘道贈詩云：「吾愛山村友，詩工字亦工。波瀾唐句法，瀟灑晉賢風。」僧守道贈詩云：「朝野遵遺老，山村有逸民。書傳東晉法，詩接晚唐人。」似是爲山村寫照也。

### 約山中友

望極秋空無片雲，前山歷歷見遥岑。新鴻漸到邊塵静，舊雨不來汀草深。仙李有時曾入夢，伯桃死後少知心。如君真是忘機者，海上鷗盟便可尋。

### 寄宋飲冰

欲共談詩一解頤，停雲空惹思依依。梅花賦就廣平老，楊柳門閒靖節歸。驛路數程征馬瘦，家書千里過鴻稀。思君怕倚闌干北，拄笏看山竟落暉。

## 北窗

北窗隱几樂吾天，莫遣新愁到耳邊。一帽好花供醉舞，半牀涼月伴閒眠。故人自欲辭文叔，明主何嘗棄浩然。留取長安遮日手，養成指甲理朱絃。

## 拜霞嶼待制伯祖墓下

難尋華表與豐碑，三尺墳臺三四圍。翁仲多年蒼佩剥，子孫寒食紙錢稀。瘦藤拔地長蛇走，灌木維垣野鼠肥。遠也久違鄉族去，忍將椒酒酹斜暉。

## 高卧

人生天地一蘧廬，耕鑿雖勞樂有餘。因閲杜詩删舊稿，爲觀羲帖習行書。山公醉後猶騎馬，渭叟閒來只釣魚。世道秋風總蕭索，如何高卧白雲居。

## 雨餘

兩兩鳴鳩語畫檐，雨餘芳草欲生煙。甕頭酒熟常留客，象外詩成頗類仙。揚子有才猶執戟，淵明無事合歸田。地偏時事人傳少，收拾琴書且晝眠。

## 元友山南新居

桃柳參差出短牆，小樓突兀看湖光。出門便與青山對，讀易能消白日長。硯石洗來如玉潤，藥苗曬得似茶香。鄰僧亦有通文者，常把詩來惱漫郎。

## 再賦

幽居穩占南山下，人迹稀疏水竹村。轉巷始知猶有路，傍湖更好別開門。酒樽盡日嘗謀婦，詩課閒時略抱孫。孤鶴不來高士少，暗香且伴月黄昏。

## 答胡葦杭

久矣相期物外遊，長風吹不斷閒愁。兩山翼翼青如舞，雙鬢颼颼白始休。蕉鹿夢回天地枕，蓴鱸興到水雲舟。舊藏方鏡明如月，看去看來又一秋。

## 次胡葦杭韻

曾識清明上巳時，懶能遊冶一作「隨蜂蝶」。步芳菲。梨花半落雨初過，一作歇。杜宇不鳴春自歸。雙冢年深人祭少，孤山日晚客來稀。江南尚有餘寒在，莫倚東風褪絮衣。此詩見田汝成《西湖游覽志餘》，題作《和韻胡希聖湖上》二首，後有《連作湖山五日游》一首，别見下。

## 送王仙麓史君赴道州暫歸三山

家山小爲離支留，征旆催行莫待秋。廳有矮奴騎竹馬，相隨迓吏拜蘭舟。舜山如畫當樓見，楚水浮香繞郡流。念我有親頭雪白，雲龍追逐恨無由。

## 奉寄恬上人

竹筇輕健草鞋寬，野外消磨半日閒。病葉已霜猶戀樹，片雲欲雨又歸山。燈分寺塔晴偏見，水隔漁家夜不關。愧我莫如霜上鷺，霎時飛去便飛還。

## 閻氏園池

真妃已返鳳臺仙，獨立池亭思愴然。海岳不傳青鳥信，石房誰伴白雲眠？宮桃移種難生實，院箏初翻又引鞭。凝碧荒涼絃管静，萍花浮滿釣魚船。

## 江上送友

知爾懷親憶故州，相逢沽酒且遲留。夕陽有恨荒荒白，江水無聲泯泯流。孤鳥出潮投渚尾，野蘆飛雪壓船頭。却愁明月中秋近，不得同登庾亮樓。

## 送劉竹間歸廬陵

驛路梅花漠漠寒，狨衫絮帽出長安。懸知客久歸心切，自覺交深别語難。春入西江隨馬去，山留殘雪待人看。青原白鷺如相問，十載湖濱只釣竿。

## 道場山

山行龜背路羊腸，伏虎禪師古道場。老木陰中安御坐，白雲堆裏撫僧牀。勺泉清徹涵秋味，尖塔孤撑界夕陽。笑月亭空人影散，松風如雨動天簧。

## 何山

溪轉峰回一徑平，田頭白水照人清。寺因何氏封山姓，客把坡詩證地名。蘿月長隨行道影，杉風猶帶讀書聲。雲津橋下潺湲急，僧濯袈裟客濯纓。

## 新安郡圃

亭榭凌空眼界寬，得閒來此獨憑闌。春浮練水蒸城潤，雪被黄山入座寒。古樹巢空羣鳥散，荒池沙滿碎蘋乾。白雲在望歸期定，不見青油護牡丹。

## 拜孫花翁墓下

水仙分地葬詩人，一片荒山野火焚。薦菊有亭今作圃，掃松無子漫留墳。蝸牛負殻黏碑石，老鸛攜雛入隴雲。欲把長簫歌楚些，却憐度曲不如君。

## 兵間有歌舞者

邊塵未定苦無謀，年少金多絶不憂。野戰已酣紅帕首，塗歌猶醉錦纏頭。蛾貪銀燭那知死，月戀金尊不照愁。亦欲避秦高隱去，桃花源上覓漁舟。

## 寄董無益

郵鈴帶箭髮紛紛，何日山深耳不聞。遷客無鄉難避禍，飢民失業半充軍。馬蹄亂踏湖西雪，雁陣平拖塞北雲。我亦懶談今世事，自看《弔古戰場文》。

## 題小閣 一團和氣。

斲窗黏紙著方牀，四面虛明取向陽。氈席坐來終日暖，皮簾揭動北風涼。掛瓶水滿梅花活，折鼎湯鳴芋子香。布被蒙頭晝眠熟，不知門外雪洋洋。

## 董靜傳挂冠四聖觀

靜挼秋淥洗荷衣，問隱孤山隻鶴隨。得酒可謀千日醉，掛冠猶恨十年遲。雲和家有仙人譜，石鼎今無道士詩。莫對梅花談世事，此花曾見太平時。

## 劉悦心入道三茅觀

鷃冠高掛九松巔，去結三茅香火緣。相國向猶爲道士，將門今又出神仙。坐看紅日生滄島，吟寄青衣入洞天。跨鶴歸來雲舍近，西風井邑只依然。

## 同楊心卿過孤山訪静傳不遇自遊和靖祠下明日奉寄二高士

飛仙又向别峰遊，竹下閒房且小留。滿鬢朔風吹客帽，倚闌落日在漁舟。梅花路冷難尋冢，葑草田荒半作洲。獨往獨來沙鳥怪，山空木短使人愁。

## 酬鄧山房尊師

山房閒伴白雲棲，琴不須彈聽者稀。北道主人新拜號，西州隱士舊傳衣。粤亡未合鴟夷去，蜀遠難隨杜宇歸。亦欲共君聯石鼎，龍頭豕腹怕相譏。

## 不應聘高士

束書入谷起徵君，盥耳淵棲似不聞。知有故人來問字，喜無逋客爲移文。忍貧羞説黄金盡，愛老慵將白髮芸。獨倚高樓南北望，青天依舊有閒雲。

## 懷古 《體要》下有「寄劉仲鼎」四字。

吹殺青燈炯一作耿。不眠，滿衿懷古恨緜緜。江東曾識桓司馬，一作「山中空識陶弘景」。滄海一作「海上」。難追魯仲連。吴岫一作「秦樹」。月明吟木客，漢宫露冷泣銅仙。何時一酌桃源酒，醉倒春一作東。風數百年。

## 和范愛竹三首

半生豪氣學元龍，湖海惟知敬數公。徒有貞心招隱逸，恨無巨眼識英雄。天衢騎馬衣冠異，雨屋鳴雞杼軸空。西崦東屯何日了，定應愁老浣花翁。

秉燭追遊憶盛時，歡悰終較昔年稀。柳多客折涼陰薄，薇少人餐雨緑肥。胡蝶覺來方識夢，海鷗飛去未忘機。相逢且可談風月，莫話興亡與是非。

風雨蕭蕭白晝昏，肅襟受此一涼恩。丘園不作軒裳夢，陵谷空遺斧鑿痕。乍可扣舷歌楚澤，何堪抱瑟立齊門。有時散步西原上，共醉田家老瓦盆。

問趙元父病

裹飯無因絶往還，惟應帖子報平安。山公馬上花前放，岐伯書從枕上看。貿易近來多北藥，支持强欲著南冠。有時泥醉西園月，咫尺梅花共倚闌。

贈金蓀壁

黄紙紅旗事已休，莫思入谷有鳴騶。天開東壁圖書府，人立西湖煙雨樓。林淺易尋和靖隱，菊荒空憶魏公遊。客來把玩新題扇，半似鍾繇半似歐。

再答元父

騕褭龍媒去未還，獨騎款段客長安。青黄誰采溝中斷，黑白當從局外看。尊俎風流陳日月，山林人物古衣冠。桂花滿袖王孫遠，空倚天風十二闌。

## 寄趙春洲莫兩山

湖山滿目舊遊空，風景荒涼客路窮。雨意忽生桐葉外，秋光多在木樨中。乾坤混混多遊騎，江漢寥寥有斷鴻。自古隱人多嗜酒，却憐無酒醉新豐。

## 和兩山二首

世事枰棋入角危，有人袖手只攢眉。路通巴蜀那須檄，馬立澶淵更要詩。公竟醉耶從汝笑，樹猶如此信吾衰。傳聞雙珥消兵氣，猶把葵心向鬱儀。

窮鄉何處覓新豐，身世悠悠醉夢中。未學伏波尸馬革，且隨甫里問龜蒙。檐頭喜有桑榆日，兵後那無草木風。亦欲飛神遊八極，扁舟坦卧不須篷。

## 讀陳去非集

簡齋吟册是吾師，句法能參杜拾遺。宇宙無人同叫嘯，公卿自古歎流離。窮塗劫劫誰憐汝，遺恨茫茫不在詩。莫道墨梅曾遇主，黃花一絶更堪悲。

近世習唐詩者，以不用事爲第一格。少陵無一字無來處，衆人固不識也。若不用事云者，正以文不讀書之過耳。暇日與里人盛元仁言之。余、元仁俱以筆墨受兩山先生知，余之心，元仁之心，先生之心同矣。元仁歸十錦，將束書渡淮，輒録小卷贈行，以寄君思。若元仁小好詩，録以教我，以寄余思。明月天涯，千里對面，稽不孤矣。戊寅七夕前三日，武林仇遠頓首再拜。

右山村七言近體詩三十八首，明天順間，錢唐瞿暹德宣得於外家彭宗海所藏。翰林王修撰希範爲書「興觀」二大字於前，遂以名集。後有石喦民瞻跋語，稱其手書筆筆無倦意，他日貴遊子弟捐一石刻之，使吾輩皆得墨本，以刮目散懷，亦一奇事也。俞希魯謂其間多感慨興亡之辭，而優柔不迫，平澹中有深味，真得詩人之旨者也。

## 書與士瞻上人十首

我本迂疏落拓人，滿頭霜雪滿懷春。登山有屐身恒健，挂壁無絃趣更真。往歲效官殊漫浪，老來學佛離貪嗔。却憐衛鶴齊雞輩，空費心機不庇身。

野鶴清高六翮輕，孤雲萬里去冥冥。漢科合應茂才舉，唐士曾書遺教經。好趁江南諸老在，盡看薊北衆山青。錦衣歸日春風滿，期醉沙堤雙玉瓶。

懶學羊裘漢子陵，亦非解印晉淵明。好山好水恒相對，浮利浮名不願争。詩酒每尋朋友共，田園都付子孫耕。野心直與閒雲似，却笑孤雲出岫輕。

末俗由來不貴儒，小夫小婦恣揶揄。束書合向山林隱，絶迹莫登名利塗。膝上有孫貧亦樂，門前無債醉如愚。咸平處士真堪羨，死守梅花住裹湖。

宦海漂流四十年，老來默默守吾玄。艱危頗得文章力，嫁娶各隨兒女緣。白飯充腸聊當肉，好書到手不論錢。閒心懶作邯鄲夢，樂取南窗一枕眠。

筆墨生涯獨善身，一區花竹四時春。無求莫問朝廷事，有恥難交市井人。簾外烏衣飛上下，窗前絳蕊結輪囷。鑑如居士東鄰住，肯借霜毫爲寫真。

難得心交左伯桃，亦無善相九方皋。而今賤子多儒誤，自古山人索價高。衆雀豈能知鵠志，一雞何足用牛刀。獨醒獨醉俱堪樂，妙理依然有濁醪。

倦遊懶著小烏巾，短髮絲絲白滿簪。信手拈書聊慰眼，轉頭忘事太無心。笑他杜老頻看鏡，愛我昭文不鼓琴。喜有山林方外友，時攜佳紙索新吟。

北風雨後忽南風，頃刻開晴又轉東。后土未乾偏有恨，漏天難補已無功。小樓兀坐思猿鶴，好客相期避燕鴻。筆上墨蘭香可掬，令人長憶所南翁。

豪氣年來漸埽除，簞瓢自樂守臞儒。江頭盡醉唐朝士，澤畔行吟楚大夫。萬里鯤鵬何必羨，一官蟣蝨不如無。葛巾草履從人笑，莫問青山落葉枯。士瞻上人習定好修，與余晦翁、笑隱長老三世交矣。求余斐章，遂信手寫七言十首塞白，上人其爲我佛前懺悔綺語業。至治元年九日，山村老友仇遠書於北橋行齋。

## 題高房山寫山村圖卷 并序。

大德初元九月十九日，清河張淵甫貳車會高彦敬御史於泉月精舍，酒半，爲余作《山村圖》，頃刻而成，元氣淋漓，天真爛熳，脱去畫工筆墨畦町。余方棲遲塵土，無山可耕，展玩此圖，爲之悵然而已。

我家仇山陽，昔有數椽屋。誤落城市間，讀書學干禄。井枯竈煙絶，况復問松菊。如此五十年，一出不可復。高侯丘壑胸，知我志幽獨。爲寫隱居圖，寒溪入空谷。蒼石壓危構，白雲養喬木。向來仇池夢，歷歷在我目。何哉草堂資，政爾飯不足。視吾吾尚存，吾居有時卜。

## 贈張玉田

秦川公子謫仙人，布袍落魄餘一身。錦囊香歇玉簫斷，庾郎白髮徒傷春。金臺掉頭不肯住，欲把釣竿東海去。故鄉入夢忽歸來，井邑依依鐵爐步。碧池槐葉玄都桃，眼空舊雨秋蕭颾。太湖風月數萬頃，扁舟乘興尋三高。西北高樓一杯酒，與子長歌《折楊柳》。江山信美盍便留，蓴菜鱸魚隨處有。

## 輓陸右丞秀夫

乾坤那可問，至痛老臣心。甘抱白日没，不知滄海深。忠魂隨上下，義骨肯浮沉。草木長淮淚，秋風起暮陰。

## 錦城方天瑞玄英先生後人得白雲山居圖仿佛桐廬山中隱所舜舉真蹟別有一種風致漫系以詩

翼翼山千朵，蕭蕭屋數間。石崖不可度，門徑幾曾關。緑樹經秋在，白雲終日閒。依稀鏡湖曲，西島水迴環。

## 湖上值雨

波痕新緑草新青，有約尋芳苦不晴。莎徑泥深雙燕溼，柳橋煙澹一鶯鳴。山園故苑春常鎖，泉落低畦暖未耕。十載舊蹤時入夢，畫船多處看傾城。

## 同段吉甫泛湖

西湖春碧浄無泥，畫舫珠簾傍岸移。寒食清明初過後，杏花楊柳乍晴時。從教西日催歌鼓，莫放東風轉酒旗。只恐明朝成雨去，暗驚濃緑上高枝。

## 秋日西湖園亭

西湖一曲百泉通，漠漠青山遶梵宫。故國園林秋色浄，明朝風雨桂花空。銀笙玉笛清歌外，畫舫珠簾落照中。人物風光兩相稱，兒童遮莫笑山翁。

## 同陳彦國泛湖

斜堤高柳緑連天，且繫閒人書畫船。花事已空三月後，湖光還似百年前。洛陽園囿惟詩在，江左英雄託酒傳。亦欲扣舷歌小海，恐驚沙上白鷗眠。

## 陪戴祖禹泛湖分韻得天字

冉冉夕陽紅隔雨，悠悠野水碧連天。山分秋色歸紅葉，風約蘋香入畫船。鐘鼓園林已如此，衣冠人物故依然。當歌對酒腸堪斷，倒著烏巾且醉眠。

## 和韻胡希聖湖上

連作湖山五日遊，沙鷗慣識木蘭舟。清明寒食荒城晚，燕子梨花細雨愁。賜火恩榮皆舊夢，禁煙風景似初秋。鳳絲龍竹繁華意，猶爲西林落日留。

## 飲陸静復山房分韻得時字

連巒行春自作期，尋芳却笑我來遲。三杯雲液花前酌，一曲瓊簫竹下吹。滄海桑田非舊日，石泉槐火有新詩。山中道士閒于鶴，門外紅塵總不知。

## 送晤侍者遊茅山

雲開三茅古洞天，借風一柁荆溪船。所思緜緜長在夢，此行冉冉如登仙。汲泉浄洗黄獨雪，斸石深耕瑶草煙。蕙帳香凝蒲坐暖，共續南華《秋水》篇。

## 題李公略示高郎中吴山觀月圖

憑高宜晚更宜秋，下馬歸來卽倚樓。納納乾坤雙老眼，滔滔江漢一扁舟。滿城明月空吴苑，隔岸青山認越州。李白酒豪高適筆，當時人物總風流。

## 春日田園雜興

一灣新緑護茅廬，草細泥鬆已可鉏。野老但知分社酒，地官寧復進農書。鶯花眼界人煙外，蠶麥生涯穀雨餘。我愛賦歸陶令尹，柳邊時見小籃輿。月泉吟社評曰：社酒農書一聯，厥有深意，不但全篇清婉而已。

## 遊石屋洞

誰擘空青露石坳，遊龍伸臂下南高。鬼神穿鑿地脈碎，風雨支撑天柱牢。峭壁蒼苔侵佛髻，懸崖滴乳溼僧袍。伽藍聞是香山叟，燈暗祠荒没野蒿。

## 蛇山　一作《游花家山》。一作《游麥嶺》。

閒循石澗列雲扉，樹影生涼怯苧衣。静碧軒窗聊寄傲，軟紅塵土竟忘歸。滿傾竹葉春霞滑，輕摘蕉花曉露晞。禪意法乘俱莫問，且談舊事共依依。

## 鳳皇山故宫　一作《錢唐懷古》。

漸無南渡舊衣冠，尚有西湖風雨寒。鳳鳥不來山寂寂，鴟夷何在海漫漫。荒陵樵采官猶禁，故苑烟花客自看。惟恨餘杭門外柳，長年不了送征鞍。

## 宿集慶寺

半生三宿此招提，眼底交遊更有誰。顧愷漫留金粟影，杜陵忍賦玉華詩。旋烹紫筍猶含籜，自摘青茶未展旗。聽徹洞簫清不寐，月明正照古松枝。

## 卜居白龜池上

一琴一鶴小生涯，陋巷深居幾歲華。爲愛西湖來卜隱，却憐東野又移家。荒城雨滑難騎馬，小市天明已賣花。阿母抱孫閒指點，疏林盡處是棲霞。

## 錢塘觀潮

一痕初見海門生，頃刻長驅作怒聲。萬馬突圍天鼓碎，六鼇翻背雪山傾。遠朝魏闕心猶在，直上一作到。嚴灘勢始平。寄語吳兒休踏浪，天河罔象正縱橫。

## 梅二首

爲怕淄塵著素衣，凍痕封蕊放香遲。月來忽送闌干影，春到不分南北枝。啼夢翠禽依樹宿，斷魂玉笛隔花吹。從他萬片隨風去，須有青青葉底時。

夢想幽芳無處尋，相逢依舊歲寒心。要看月底玲瓏玉，休折枝頭蓓蕾金。清曉風霜和艷冷，黃昏庭院覺香深。揚州一樹春多少，彌得何郎瘦不禁。

## 過李山人居

數椽竹屋傍秋江，屋外疏籬隔柳樁。客至旋分垂釣石，雨來自掩讀書窗。癡兒弄鏡時翻背，小婦彈箏不識腔。自古漁樵有遺逸，未應只說鹿門龐。

## 題趙子固水墨雙鉤水仙卷

冰薄沙昏短草枯，〔采〕（米）香人遠隔湘湖。誰留夜月羣仙佩，絶勝《秋風九畹圖》。白粲銅盤傾沆瀣，青明寶玦碎珊瑚。却憐不得同蘭蕙，一識清醒楚大夫。

## 題溧陽市

萬家大縣舊留都，一派中江入太湖。縮項魚肥人鱠玉，長腰米貴客量珠。府分南北寒蕪合，橋直東西夜市無。却是旗亭浮蟻美，杖頭能費幾青蚨。

## 魯菴尊師以彝齋白描四薌命作韻語云

瀋墨英英妙寫真，一花一葉一精神。繁香曾入廬山夢，遺珮如行湘水春。小白凝珠還勝雪，輕黄承韈不生塵。老僧懶作浮華想，空谷猶疑見似人。

## 集虚書院

築舍東臯野水濱，室中生白座生春。了知空洞元無物，須信清明自有神。幽徑草花聊適趣，閒窗筆硯不留塵。酒經丹訣非吾事，萬卷書藏一老身。

## 范文正公黄素小楷昌黎伯夷頌蓋在青社時所書以遺京西轉運使舜元蘇公者也後二百年大興李侯戡得此本於燕及南來守吴乃文正公鄉里即訪公子孫以畀之范氏喜而求詩爲賦二首

小楷青州三絶碑，復還范氏事尤奇。不知百世聞風者，更有何人似伯夷。

古今一理是綱常，范筆韓文妙發揚。公餓首陽元不死，春風歲歲蕨薇香。

## 題李成寒雅圖

老樹枯苔雪乍晴，飢烏飛集噤無聲。蒺藜沙上花開早，且讓春風與燕鶯。

## 題燕肅畫卷

溪路迢迢繞碧峰，白雲迷却舊行蹤。買舟歸去山中住，終日茅亭坐聽松。

## 題趙松雪迷禽竹石圖

錦石傾欹玉樹荒，雪兒無語戀斜陽。百年花鳥春風夢，不是錢塘是汴梁。

## 題和靖先生觀梅圖無懷上人徵予作

癡童矐鶴冷相隨，笑指南枝傍小溪。到處一般香影色，孤山只在斷橋西。

## 雲屋上人久別承寄以詩甚慰仰思謹次韻以謝且堅隱操

月落城空鶴倦飛，密雲深樹静相依。閶門北去山如畫，有日同師步翠微。

## 趙子昂陳仲美合作水鳧小景

良工苦思可心降，底事文禽不解雙。欲采芳華波浪闊，芙蓉朵朵隔秋江。

## 題三忠堂三首　趙葵宅也。

丞相當年握筆時，封胡羯末總佳兒。後來家有無窮事，便是天仙也不知。
謝砌諸郎入寄奴，機雲忘祖亦忘吴。一門一品如今有，三世三忠自古無。
一紙郇雲傲劫灰，慈親一見一心摧。如今王謝堂前燕，飛入人家更不回。

## 題趙仲穆山水二首

緑林紅樹石崢嶸，有客攜琴訪友生。今夜西軒風月好，殷勤爲我鼓商聲。
王孫遺迹在桐鄉，留得當年翰墨香。回首西風多感慨，不辭援筆賦嵇康。

## 題趙松雪竹石幽蘭

舊時長見揮毫處，修竹幽蘭取次分。欲把一竿苕水上，漚波千頃看秋雲。

## 岊山

岊姥峰高翠倚天，洮湖春水緑無邊。不知楊柳蒹葭外，何處泊君書畫船。

## 閒居十詠

階前紫蔓金絲草，籬角紅垂錦帶花。梓澤平泉易銷歇，春留富貴與詩家。
樹隔殘鐘遠欲無，野雲漠漠雨疏疏。飛蚊盡逐南風去，父子燈前共讀書。

仰屋著書無筆力，閉門覓句費心機。不如花下冥冥坐，静看蜻蜓蛺蝶飛。

鶯花韋曲舊時遊，老去閒情已五休。却笑東風無檢束，又隨飛絮過南樓。

鳥雀喧秋未肯棲，狂風吹樹影離披。屋邊尚有斜陽在，更看山人一局棋。

風挾濃雲起砲車，捎窗雨脚亂如麻。山中茅屋應安穩，不向溪聲送落花。

新竹修修緑覆牆，讀書門外亦陰涼。道人清福不肯受，却入西山看夕陽。

翠袖佳人倚暮寒，雙禽踏破玉闌干。空山月落春風换，直作羅浮夢裏看。

茶甌紗帽慣迎賓，不是詩人卽道人。細雨斜風君莫出，緑雲門外有紅塵。

珠簾玉栅綺羅叢，猶有承平京洛風。飲罷歸來遊騎少，一庭明月夜方中。

## 題馬秀卿郊墅

仙人朝去暮知還，野色嵐光一草庵。少室何妨高索價，莫教輕指作終南。

## 題天壽觀清隱山房

紫極秋聲竹滿軒，一塵飛不涴琴樽。白雲自逐秋風去，卧看君山懶出門。

## 題石民瞻畫鶴溪圖

鶴溪近與練湖連，一鏡秋水清無邊。依稀淮岸瀟湘浦，慣見月虹書畫船。山翁幾年吴下客，溪草溪花未相識。筆牀茶竈老玄真，肯與鷗沙分半席。

## 爲如鏡淨上人賦

一片靈臺月，圓明適中規。誰知相對者，曾悟未磨時。去垢元來浄，觀空了不疑。水邊閒獨立，照見白鬚眉。

## 寄題如鏡上人房

吴城久卜居，歸夢只西湖。花木四時有，塵埃一點無。看經常戒酒，得句少催租。盡日坐相對，壁間蓮社圖。

## 劉伶墓

鳳浦鴛湖西有墳，此塋寂寞海邊村。落花紅雨鬼仙句，澹月黄昏酒聖魂。有鍤已隨棺槨化，無碑空信艾芻言。螟蛉蜾蠃今何在？起爲先生酹一尊。

## 泊桐鄉

雪晴霜樹勝春紅，回首臨平杳靄中。正是詩人棲穩處，青山明月滿歸篷。

## 宿本覺寺

竹樹號風似説禪，清燈布被抱愁眠。東坡三顧我一宿，盡是人生清浄緣。

## 白州判珽

珽字廷玉，錢唐人。八歲能賦詩，長，習爲科舉業，轟然有聲場屋間。宋亡後，客授藏書之家，晝繙夜誦，燈墜花穴帽不知也。丞相伯顔、程承旨鉅夫、劉中丞伯宣前後交薦，辭不赴，李文簡公衎力起之。授太平路儒學正，未幾攝行教授事，尋轉常州路教授，陞江浙等處儒學副提舉，秩滿，署淮東鹽倉太使，謝事，養痾海陵。再遷蘭溪州判官，致仕。結廬西湖之金沙灘，有泉自天竺來，及門而匯，榜之曰湛淵，因以自號。晚歸老棲霞，又號棲霞山人。以天曆元年卒，年八十一。所居多竹，先是一竿上岐爲二，人皆異之，賦《雙竹杖》詩，未幾而殁。廷玉有二子，蓋先兆也。所著曰《湛淵集》。剡源戴帥初評其詩，甚似渡江陳去非，而嘗諱言去非。其賦《銅浮漚》一篇，尤清駠可念。紫陽方萬里稱其冠絶古人，有英雄大丈夫氣。廬陵劉會孟謂其不爲雕刻苛碎，蒼然者不惟極塵外之趣，兼有雲山韶濩之音。皆確論也。

## 吴季子墓

聖人如日月，下照無黨私。藏珠與韞玉，所得自華滋。恭惟吴季子，夙稟明睿姿。近取子臧節，遠紹泰伯基。兩以大國讓，廉風起蠻夷。觀樂義已燭，挂劍心如飴。時方尚詐力，子獨恪且祇。時方事寇攘，子獨甘棄遺。孔子不到吴，聞風重嗇咨。佳城介中浦，采地亦在茲。特書寄餘哀，豈不遐邇思。蜿蜿龍蛇蟠，皎皎星日垂。禹世懷道義，取舍實繫之。寄言邦之人，無但峴首悲。

## 題斬蛟橋

桓桓周將軍，英烈照千祀。少年知自艾，成仁不惜死。射虎南山下，斫潛北橋底。騰挐三日夜，瀝血四十里。激波爲嶽立，揮刃電亦駛。想當批鱗初，見義不見水。及其立人朝，矯矯中不倚。文學既英發，武事復霆起。纖兒善醜正，甘能忠義鬼。至今有生氣，耿耿耀青史。蘇公百世豪，氣味有相似。泊舟蛟川下，洗石題所以。平生疾惡意，十有二言裹。豐碑刻祠宇，詞翰晉二美。二美固足珍，吾取不在是。

## 同陳太傅諸公同登六和塔

龍山古化城，浮屠峙其巔。開殿生妙香，金碧森貝筵。應真儼若生，倒飛青金蓮。頭陀紺林叢，導我丹梯緣。初猶藉佛日，闃境儵已玄。回頭失誰何，叫嘯衣相牽。且復忍須臾，當見快意天。孀兒詫先登，網户相鉤連。炯若蟻在珠，九曲隨盤旋。爛爛滄海開，落落雲氣懸。羣峰可俯拾，背閱黄鵠騫。奇觀與懦夫，便欲凌飛仙。絶頂按坤維，始見南紀偏。神京渺何許，王氣須停躔。舟車集百蠻，島嶼通人烟。一爲帝王州，氣壓三大千。剛風灑毛髮，鐸語空蟬聯。紅紅杏花園，愧乏慈恩篇。

## 冷泉亭

靈山本清浄，一泉渟其中。靈山孤飛來，此水將無同。山影厭不盡，照見天玲瓏。分明千尺冰，不獨疑寒蟲。京洛多風塵，到此一洗空。炎寒無二心，凛有操者風。留然守空梵，萬劫豈終窮。驪山有温泉，虚築華清宫。

## 題松雪臨郭河陽溪山漁樂圖

遠山近山何歷歷，下有長溪横一碧。溪中亦有釣鼇手，此手不遮長安日。野橋烟樹接草廬，飛流如練懸空虚。截山白雲凝不去，要人寫作巖居圖。

## 河南婦

按《輟耕録》云：河南婦世爲河南民家。元兵下江南，婦被虜。姑與夫行求數年，得之河南，婦已妻千户某，饒於財，情好甚洽，視夫姑若塗人。會有旨，凡婦人被虜，許銀贖，敢匿者死。某懼罪亟遣婦，婦堅不行。夫姑留以俟，婦閉其室弗與通，遂號慟頓絶而去。行未百步，青天無雲而雷，回視，婦已震死。

從軍古云樂，獲罪禱應難。母望明珠復，夫求破鏡完。押衙逢義士，公主奉春官。爲報河南婦，天刑不可干。

## 春日田園雜興

雨後散幽步，村村社鼓鳴。陰晴雖不定，天地自分明。柳處風無力，蛙時水有聲。幾朝寒食近，吾事及躬耕。月泉吟社評曰：前聯不束于題。柳處、蛙時一聯，題意俱足。格調甚高，結亦不浮。

## 山中懷友

幾年音問絶，此夕更關情。寒雨人孤坐，殘燈雁一聲。干戈猶故國，貧病自空城。惟有琴堪訴，愁深彈不成。

## 清和

白苧漸相便，因知物候遷。空山一雨後，小檻緑陰前。鶯在留春思，人幽減晝眠。此時風日好，元不似梅天。

## 餘杭四月

四月餘杭道，一晴生意繁。朱櫻青豆酒，緑草白鵝村。水滿船頭滑，風輕袖影翻。幾家蠶事動，寂寂晝門關。

## 遊宜興張公洞

天開福地據雄尊，果老張公幾代孫。一竅通天纔直上，千厓轉日已平吞。山頭白鶴來無影，石上青騾去有痕。我欲放身如脱屣，仙凡一轍隔重閽。

## 淨慈禪寺

奎額昭回龍屈盤，入門已覺厭塵寰。何當白髮三千丈，來寄清風五百間。帝子釜搖金瀲灧，家人卦剔翠孱顏。西湖日日船如織，半在南屏第一山。

## 湖樓玩雪

上湖十里卷簾中，幻出瑶華第一宫。山勢蹴天銀作浪，柳行撲地玉爲虹。漁蓑鶴氅同爲我，爵舌羊羔不負公。明日鳳城朝退早，一鞭曾約試吟驄。

## 酒邊贈朱處士

烏葛唐巾白苧裘，埽庭終夕共淹留。醉中談論心猶壯，老去歌歡淚亦流。對客呈詩如獻佛，課兒收橘當封侯。明年好理西風櫂，重約三吴爛熳遊。

## 遊天竺寺

山轉龍泓一徑深，嵐煙吹潤撲衣巾。松蘿掩映似無路，猿馬往來如有人。講石尚存天寶字，御梅嘗識建炎春。城中遮日空西望，自與長安隔兩塵。

## 竹陰

占斷人間瀟灑地，全身水墨畫篔簹。非煙非霧一林碧，似雨似晴三徑涼。翠袖佳人黯空谷，白鬚道士隱南塘。數竿醉日君須記，移向西軒補夕陽。

## 題蘇東坡書楚頌並菩薩蠻滿庭芳詞卷後

南荒九死幸生還，種樹書成手自删。赤壁夢難同楚頌，洞庭樂不減商山。人生墮地少如意，老子對天無愧顔。千古莬裘有遺恨，斷圭殘璧自人間。

## 續演雅十詩

海青羽中虎，燕燕能制之。小隙乘大舟，關尹不吾欺。海青，俊禽也，而羣燕緣撲之即墜。物受於所制者，無小大也。

草食押不蘆，雖死元不死。未見滌腸人，先聞棄簀子。漠北有名押不蘆，食其汁立死，然以他藥解之即蘇。華佗洗腸胃攻疾，疑先服此。

誰令珠玉唾，出彼藜藿腸。仁人不爲寶，良賈宜深藏。和林有尼，能吐珠玉雜寶。

嬰啼聞木枝，羝乳見茅茹。何如百年身，反爾無根據。漠北種羊角能産羊，其大如兔，食之肥美。嬰啼木枝，見《山海經》所載。

西狩獲白麟，至死意不吐。代北有角端，能通諸國語。角端，北地異獸也，能人言，其高如浮圖。

纔脱海鶴啄，已登方物輿。仰面勿啾啾，我長非僬如。小人長僅七寸，夫婦二枚，形體畢具。

羯尾大如斛，堅車載不起。此以不掉滅，彼以不掉死。西漢有羯，尾大於身之半，非車載尾不可行。

八珍殽龍鳳，此出龍鳳外。荔支配江姚，徒誇有風味。謂迤北八珍也。所謂八珍：則醍醐、麆沆、野駝蹄、鹿唇、駝乳麋、天鵝炙、紫玉漿、玄玉漿也。玄玉漿即馬奶子。

灤人薪巨松，童山八百里。世無奚超勇，惆悵度易水。取松煤於灤陽，卽上都。去上都二百里，卽古松林千里。其大十圍，居人薪之，將八百里也。

兩駝侍雪立，終日飢不起。一覺沙日黃，肉屏那足擬。沙漠雪盛，命兩駝趺其旁，終夜不動，用斷梗架片氈其上，而寢處於下，煖勝肉屏，且不起心兵也。

## 積金峰訪梁道士

驚羽穿林看細碎，健輿繞石聽攲斜。道人住近茅峰北，一簇樓臺五色霞。

## 湖居雜興八首

御舟初出賞春菲，傳是諸王與后妃。香霧漸深蓮幕暗，日斜惟見澹黃衣。

脈脈吹香屋角梅，背風移燭小簾開。鳳城幾日元宵近，一片簫聲水上來。

龍舟曉發斷橋西，別有輕舟兩兩隨。春色可人晴較穩，酒家争出柳梢旗。

相國平泉水竹居，吴中花石世間無。遊人馬上休回首，一半春風在裏湖。

雨後林塘夏亦秋，一葫蘆酒在船頭。醉來深入荷花去，卧看青天飛白鷗。

三賢猶得仰高風，冠服雖殊氣味同。後五百年無繼者，桃花含笑夕陽中。

車魚人散水風腥，雨色涼分柳外晴。回首夕陽都落盡，忽然東向數峰明。

萬樹芙蓉兩蕊宮，秋風開遍水邊叢。白牆遮盡紅牆出，只見紅牆一半紅。

## 翔泳堂酒中

環辭度得雪兒歌，濃墨斜書碧玉柯。醉折芙蓉薰酒盞，裏湖涼似外湖多。

## 題江貫道百牛圖

幾年散放桃林後，餘四百蹄猶可騎。攬鏡挂書多事在，能騎唯有一凝之。

## 題龔翠巖中山出遊圖

何處張孤思一車，中山曾見夜蒐圖。棼棼眼底朱成碧，後乘鍾家有此姝。

## 玉清宮與趙達夫鮮于樞聯句二首

湖田漠漠水禽飛，達夫。堤柳斜斜帶夕暉。樞。二月江南好天氣，斑。初陽臺上惬春衣。

巾子峰頭檥釣船，達夫。初陽臺上坐鳴絃。出雲高樹明殘日，斑。過雨蒼苔泫細泉。絶俗誰能繼遐躅，樞。凌空我欲學飛仙。達夫。還家正恐鄉人問，斑。化鶴重來知幾年。樞。

## 山居懷林處士

昔在林處士，結廬鄰峰顛。年年不入城，梅花有佳聯。童鶴三數口，負郭十畝田。弟姪列朝裾，咸平好時年。人品既已高，奉養常充然。嗟我何爲者，日用買山錢。愛詩不能佳，未了區中緣。空有一寸心，羡殺處士賢。飽看貴人面，不若飢看天。推牀呼伯雅，且此相周旋。有田足幾時，卓哉坡翁言。

## 蛾眉亭

秦赭鑿填石，不受鞭箠考。零落楚江滸，相峙矗三島。穿松得細逕，據一陵二小。奔流浩浩來，五色爛華藻。至寶地不措，絶境天所造。誰言兩蛾黛，功奪京兆巧。終朝對顰蹙，似爲今古惱。然犀磯沈沈，跨鯨月皎皎。絲綸三千丈，蒙衝百萬櫂。天風吹過夢，多憂只空老。今者吾與子，所愜在幽討。供帳莫怱怱，槃觴從草草。雅琴鼓一再，領此風日好。臨崖發清嘯，倚樹或□倒。禮存玉帛外，縱弛或一道。興極不知歸，白漚破晴昊。

## 李翰林墓

出城得佳山，兩峰特奇詭。一如植躬圭，一峰拱而侍。我見猶愛之，而況謫仙子。孤墳在其下，政爾直一死。謫仙真天人，出處見諸史。豈敢傲吾君，辛苦植唐祀。嗟予侃侃者，塵土正如此。停車不忍發，載拜纇有泚。仰止青山高，清風與終始。孰謂千載人，不在天地裹。

## 贈張知府周卿

人品中原説此翁，雄文直氣耿心胸。幾年天上張公子，今日雲間陸士龍。來暮已聞歌五袴，平反何翅禄千鍾。相從愧落諸公後，拭目西巖第一峰。

## 贈青龍任月山

傾蓋相逢意已親，風流儒雅邁同倫。曾來東閣觀奇士，又向西湖見偉人。放櫂小溪梅皪皪，敲棋深院燭燐燐。懸知後夜相懷切，帆落胥山月一輪。

## 題如鏡淨講師房

娛老林房世路賒，塵埃飛不到袈裟。西湖草木雖同土，北寺煙霞自一家。靜敞白閒翻貝葉，閒輸赤仄養椒花。鑑光炯炯輝今古，身後何須用五車。

## 春日重過如鏡上人房

憶昔敲門賦瑞筠，鹿園佳話又重新。屋頭能拓三三徑，林下知非陸陸人。鑿沼何須晉康樂，種蓀還憶楚靈均。老師鍊得心如鏡，更把高臺比月輪。

## 龔提舉璛

璛字子敬，宋司農卿潗之子，自高郵再徙平江，家焉。宋亡，例遣北上，潗行至莘縣，不食卒，璛悲不自勝，歎曰：國亡家破，吾兄弟不能力振門户，獨不可爲儒以自奮邪！與其弟理刻苦于學。戴帥初、仇仁近、胡汲仲皆與爲忘年交，聲譽籍甚。人稱曰「兩龔」，以比漢「兩龔」云。憲使徐琰辟置幕中，舉和靖學道兩書院山長，當事者交章薦，宜在館閣，不報。調寧國路儒學教授，遷上饒簿，改宜春丞，歲餘乞休，遂以江浙儒學副提舉致仕卒。其所作詩曰《存悔齋稿》，明朱性甫録補遺十七首，出自荻溪王氏所藏。子敬少時，嘗有詠史詩云：「文若縱存猶九錫，孔明雖死亦三分。」爲一時所傳誦，其序袁静春集云：通甫與予交，上下古今，一返諸性情之正。其于持論如此。

### 詠岳王孫縣尉復栖霞墓田

岳鄂諸孫復墓田，清明寒食起新煙。道傍爲我除蒼檜，山下如今哭杜鵑。高廟神靈應悔此，中原父老尚悽然。西湖靡靡行人去，却望栖霞轉可憐。

### 嘉定州道中寄庶齋

客夢孤雲散，漁翁一帆投。人行江路晚，花繞槿籬秋。有酒誰同醉，還家此暫留。中年髮盡白，豈必爲離憂。

## 送漕府王子方經歷

燕北吴南一萬艘，順風天外翼鴻毛。碧濤渺渺雲帆穩，紅腐陳陳廩粟高。此日朝廷多妙選，何人幕府最賢勞。共知餉饋須劉晏，且爲明時坐省曹。

## 次黄仲堅教授江灣行

滄海蜃花樓臺生，瑣碎一一不可名。夜如何其夜六更，是中精異方冥行。忽然鐘鼓聲轟鏗，我憐混沌死未覺。濁惡泥沙埋齷齪，珠璣金碧視性命。黷貨聊堪付官榷，洞房蛛網鏤象牀。重門薜鋪撼倉琅，魂兮歸來知在亡。縱令僵立倚橋柱，忍見逝者相爲忙。百爾君子須遠猷，公私慢藏多後憂。官庫訶護竟失守，豈以尤物無庸留。傳聞頃刻飛煙塵，天奪鬼偷希世珍。重雲寶構亦變滅，況復區區迷幻身，積蘇累塊驚盲人。

## 偕林彦達天平即事

籃輿過西郊，故指長松樹。幽尋得清深，古藤蛟蛇聚。聊爲取徑來，復作尋澗去。峩峩天門山，僧坊掩其處。稽首忠烈祠，兹游有神助。違世常獨行，會心有同趣。手斠白雲泉，一洗儒者腐。躋攀龍門上，滄海欲競渡。狂嘯風雨飛，血肉那可住。俯觀大千界，莽蒼盡回互。病夫杖藜還，數息安窘步。之子凌絶頂，相失不可遇。俯廊把臂笑，物色方受句。跏趺贊公房，茶甌要深注。蹇予每多艱，沮洳沾兩屨。肩僕亦已痛，重負寧少恕。前途更回首，空翠洒嵐霧。持此將安歸，濟勝自非具。知津問長沮，無淚洒羊祜。平生樽酒期，中秋月當户。

## 題劉文偉府判收藏山莊夜歸圖

盤桓長松樹，莽蒼歸薄暮。惟應門外山，見我蹇驢去。泠泠野水聲，候子莊上路。亦有東鄰僧，分卧清寒處。

## 游桃花塢次郭祥卿陸友元

三月西城多少花，暖風吹雨過晴霞。海棠昨日開時路，山鳥清陰到處家。長袖挽春攜手去，小輿舁醉一肩斜。閒人好在江湖酒，只辦年年賞物華。

## 春日寄懷書臺

閶門柳如帶，中有别離在。當時官河船，飄摇忍相待。二月東風吹暮寒，追送百里問河干。破屋殘燈人去住，欲語不語千萬端。竹雞鉤輈啼夢闌，九山道中雨漫漫。已恨金華六年别，當時再鼓荆江楫。七年又恨瀟湘闊，人生貧窶北門憂，我一思之生白髮。白髮生，何足驚，志士潦倒俱無成。酒澆磊磈澆不平，況復不飲難爲情。長歌短歌無新聲。念我獨兮在吴城。今年石湖好清明，每樹梨花香雪晴，夫君不來湖上亭。昨朝見家信，紙尾煩相問。是親不可疏，既遠不可近。此身江海事多違，往往舊交零落盡。我亦徘徊看舞謳，誰家歡宴及春游。越王郊臺踏芳草，危絃二七彈箜篌。箜篌嘈雜兒女語，繡柱朱絃生眼霧，感物逢時重懷古。悠悠我行處，總是衰遲路。待君歸來問君故，各天一涯水東注。

## 虞詔卿以謝疊山請謚立祠北上

萬疊山中足舊聞，只今誰使意勤勤。周人頗義伯夷事，晉代行收諸葛文。九死本無榮謚願，一香終爲老師焚。黄金臺上逢知己，袖有江東日暮雲。

## 次鄭僉事送千壽道之慈湖長

樽酒南薰别意涼，慈湖宛在象山陽。人生莫恨書檠短，地褊何堪舞袖長。親舍雲飛千里白，客篷雨漲一川黄。昔賢了了經行處，草木留君發舊香。

## 留岳仲遠處欲歸賦

客懷迷積陰，歸夢理前路。篠岸散清漪，秧疇生緑霧。蚓鳴沮洳夜，鳩唤蒼茫曙。我本江海人，安得扁舟去。

## 吴儂行

吴儂畏雨如畏虎，不道梅霖是時雨。江湖占水多作田，雨來水漲無堅土。年年相戒築岸圍，州縣施行督田主。紛紛何益耕者勞，鼕鼕還聽踏車鼓。鄉風種麥屬農家，拾穗泥中鐮不舉。公私上下望西成，兒女插秧深没股。饑荒却憶四年前，百貨如今尚高估。惟有斗米八十錢，雖賤傷農未爲苦。此事猶應費將護，因民所利物無迕。諸賢鍊石天可補，肯使窮檐怨寒暑。

## 偕陸季道錢德鈞陸友元葉彦思張仲容飲府庠荷花池上既而又自韓園至鄧覺非家飲觀蓮分得色字韻

清樽如有期，初涼意俱適。肯來寂寞濱，菡萏亦浮植。陶然轉乘興，徑度一圓碧。遥指城南家，臨水更展席。酒狂易爲仙，風便香堪食。空宇無能塵，物我皆醉色。誰言鬢已秋，始得痛飲力。願將花上露，爲洗坐中客。

## 題丁生所藏錢舜舉山水

寒溪深無魚，扁舟小如屐。舉世相爲浮，更用一篙力。晝彼山中人，憩此松下石。

## 病起試筆十韻

積雨迷空闊，翩翩多去舟。將家值卑溼，無事得清幽。安石非高卧，文園已倦游。壯心釋如意，短髮寄搔頭。病約山容瘦，閒窺雁影浮。雙扉寒自語，一榻淡相留。香篆縈紆晚，畫屏瀟灑秋。黄花荒古道，白日起滄洲。不死千金藥，平生百尺樓。暫分仙枕夢，遥訪羽人丘。

## 掘山藥歌

緑薜紫藤緗色子，種玉綿延春透髓。晴虹歲晚寒不起，託命長鑱山谷裏。小隱牆東塹藥闌，劚土政得方槃槃。服食相傳養生訣，茂陵劉郎和露啜。

題鄭子實著色溪山漁樂圖

東風忽來吹緑雨，閒雲更學茗花舞。山中之人歸未歸，溪上漁舟泛春渚。

題小米雲山

分流岡下石門灣，日日白雲如此山。薄暮米墳松櫪暗，扶笻曾與一僧還。元章以下數世皆葬分流東西，東爲石門，則予先隴所在也。故云。

題荆公詩後上有甓社文房印乃吾祖遺書散落者十餘年前子中弟得之書來相報今不能共觀聊書其後

憶子書來説買書，印章驚認刦灰餘。松風小牖秋如夢，淡墨疏行淚滿裾。

焦山

還鄉白髮錬丹臺，世外襟懷渺渺開。山與江傾横海立，人隨秋迥御風來。石公渡口扁舟在，鐵甕城頭斷角哀。展轉闌干憑萬古，少年自許拔塵埃。

洛社東泊

放舟山水間，舟上載青山。薄暮臨溪坐，青山相對閒。

## 南墅散步

散策忘遠近，看雲孤野夕。屐石冰磵喧，緑岡松林黑。紛紛車輪後，宛宛崎嶇迹。矯身一延佇，金彩罅西魄。遐思動盈抱，百年會有息。人生信少娱，道心常自得。山中樵者歸，舍南炊煙直。焉知同歲暮，亦有還鄉客。

## 六月

六月凉如冰熨齒，枇杷移陰碧書几。風勻書葉蠶暈紙，語默無窮岸巾起。我思古人望逸軌，遥山巖巖作清峙。百年幾何北窗裏，宇宙不滿平生喜。

## 空心亭分韻得旭字 常建題處。

依微轉樵徑，更上虞山麓。閒尋昔人詩，自悟禪房宿。野木蔭花氣，幽潭得山緑。日日空心亭，山僧愛朝旭。

## 題翠禽畫

一曲寒塘漾夕暉，珍禽照影惜毛衣。非魚也自知魚樂，不肯花前掠水飛。

## 浮圖山莊冬夜

山田得秋稔，農家共欣欣。里社競簫鼓，吾生愧鋤雲。耽書歲云晏，五十更無聞。古今轉難通，何能筋力勤。緬茲寤寐懷，擁爐取微曛。荒村雞鳴遠，不知遥夜分。可憐獨轅車，徑度長岡雲。賣薪者誰子？低回日寒昕。曠望城中塵，天地方絪緼。

## 遂平

## 元貞乙未予賦詩有爛游吾欲首斜川之語于是延祐乙卯二十年矣正月三日與猶子永誦淵明詩憶舊事恍然如爲今日設將男昏女嫁少文之願儻

一語忽忽二十年，爛游吾欲首斜川。今朝開歲忽五十，稚子誦詩驚醉眠。元亮歸來殊未晚，買臣富貴政堪憐。名山五岳無窮意，浩蕩春風白髮前。

## 謝陳壺天惠蟹

寒蒲縛來腸已無，枯骨裹肉肉自腴。爲君喚醒江湖夢，孤篷細雨聲相濡。貧家不辦滿眼沽，糟牀溜溜一作「槽頭酒滴」。紅真珠。起來爲立一作「獨坐」。西風裏，一徑晴寒菊數株。

## 讀漢書

張湯多巧詆，公孫但從諛。甚惡刀筆吏，亦鄙章句儒。在廷無黨偏，惟有汲長孺。徒爲右内史，幾以不悦誅。武帝欲云云，顧問當何如？陛下内多欲，奈何效唐虞。申生言力行，較之得皮膚。惜不能用黯，爲御史大夫。丞相取充位，不用董仲舒。對策最純正，尚憂書自書。六經日表章，儒效舊闊疏。治道固有本，千載一長吁。

## 用元微之寄樂天韻奉懷元晦 時予從徑山，晦機在淛西憲獄。

十宵九夢遣分身，世事翻騰可具陳。天意何時能悔禍，吾徒到處不如人。雨聲歷歷侵殘夜，風物凄凄入小春。縮地無方臂不羽，倚樓東望獨傷一作「欲無」。神。

## 郭祥卿同游虎丘 以下五首朱性夫補遺。

弱植有緩步，同游無雜賓。清陰山寺古，紅樹石楠春。丘隴埋吴國，園林閲晉人。不應繫舟處，猶是去年津。

## 吴中寒食

寒食清明賣酒家，酒瓶亂插紅白花。江南䲴子非一種，日暖蜂房報午衙。八十漁翁罾半破，往來醉客路三叉。村中女伴無忙事，疏雨小塘收漾紗。

## 馬虚中柳城春色圖

城中塵頭十丈高，欲畫春風風怒號。佩霞仙人騎鶴背，却度太虚觀樂郊。當時丹青争出色，借與天公動摇碧。上流老子餘舊踪，桓大將軍亦曾植。樹猶如此我何堪，莫學江南繫船客。雉堞平成天下平，有情有思弄春晴，隔葉睍睆黄鸝聲。

## 玄天妙景歌

光陰過去留駒隙，海宇微茫起蜃樓。夢境清都真帝所，仙人一室有天游。珠如黍米縣何許，掌上臙脂爛不收。飛佩超然淩倒景，擬將變化問洪丘。

## 雪樵

伊川門下已齊腰，清苦誰如雪裏樵。浩蕩山林行靡靡，低迷蓑笠影飄飄。枯梢一夜號寒墮，野菜尋春待凍消。炙手故應猶可恝，高人塵甑儘無聊。性夫先生于甲辰六月抄都氏本。

## 題張氏所藏石經

洛溢河清世之季，鉤黨諸賢死無避。橋門冠帶此何時，詔與一作爲。羣經正文字。議郎郎將工隸書，觀者繽紛門外車。似憂方册重灰一作煨。燼，且可鐫摹辨魯魚。南臺四部存幾磧，誰見世間完六籍。漢儒區區掇拾方，到今不是糊塗墨。一作客。

## 述懷簡張仲實教授

霜清起病骨，卧久忘籧篨。殘息不暖衣，短髪漸入梳。涉世何用早，意適事不如。既知非所能，裁足不願餘。藥苦尚可飲，家貧難可居。秋來窘繁陰，百畝沈嘉蔬。滯穗尚采掇，吾生愧耕鋤。南窗美朝陽，昔賢遺古書。風竹如應門，一室自掃除。西庠張公子，爲我日回車。言笑適相娱，綢繆焉得疏。

送楊起行

纓冠楚楚濯滄浪，彼美人兮淇水陽。大府久須唐令録，中州正用漢文章。忠貞滿眼真能幾，遲暮相看耿不忘。至治朝廷天咫尺，載歌丞相舉賢良。

送秦俗之補南臺掾

南臺禮意特相招，送客溪亭自寂寥。夜雨燈前春幾許，清風扇底暑全消。中司執法分曹掾，掌政名官佐使軺。捧檄還應爲親喜，宦途等是上雲霄。

書閣 以下九首俱宣城詩。

年華荏苒故，客況寂寥新。雪融疑是雨，風和欲近春。疏梅縈小鳳，宿藻負潛鱗。書閣閒登望，時煩載酒人。

偶題

宿雨池館浄，閒官造請稀。石榴朱夏色，山鵲青雲飛。遐矚臨風檻，沖襟散暑衣。陳編撫芳潤，脈脈髮初稀。

郡樓

久客有遠思，肩輿登郡樓。聊爲避暑飲，更學御風游。疊翠城南面，雙虹水北流。流將五湖去，葉葉采蘋舟。

## 述懷二首

古道直如矢，古心能斷金。今人思古人，寥落誰知音。旭日臨前除，暄風散幽襟。相彼好鳥鳴，擇陰嘉樹林。豈無念朝飢，溉之釜與鬵。大川無停波，高山上嶔崟。白髮何由玄，寒暑日夜侵。叔孫獨楚製，莊生常越吟。載歌行路難，歌闋意彌深。

葺荷不用織，采蓮尚可食。芳時安可常，秋風鳴槭槭。美人明月璫，青霓以爲裳。手攬北斗柄，低昂挹天漿。天漿解渴心，下土何茫茫。九牡閶闔開，寸誠函緑章。焉得飛仙術，與陪鸞鶴翔。所憂歲年駛，敢畏道阻長。啓户辨夜色，驅車遡晨光。終然江海溢，臨路空徬徨。

## 次韻劉景初偕陳元佐見訪

松閣啓晨眺，東雲白英英。空尊愧坐客，幽道聞屐聲。郊墟地自扃，林巒暑逾清。官居屬冗散，朋從多澹成。拂塵急雨過，聯鑣去隄平。書味一何長，襟期浩已盈。挑燈展篇什，寤寐山中行。

## 楚雲湘水圖歌謝張師夔教授

離騷之國幾千里，十幅蒲帆順風駛。順風猶須兩月程，伊誰移來墮書几。張君墨妙游戲爾，亂峰因君接天起。蒼然古木摧不死，君應曾隱茅屋底。得非是間種蘭芷，慘澹經營那及此。松連閣上聽秋聲，讀書眼花字如蟻。玉立長身挾童子，披圖置我平生喜。憶昔詩家愛許渾，凌歊荒臺尋舊址。云何姑孰大江邊，望湘潭雲尺有咫。我今識君意，總爲詩料理。雲兮楚之雲，水兮湘之水，回雁夕陽衔一葦。山高見衡岳，江遠會南紀。君兮君兮可奈何，我詩敢剗屈賈壘。

## 老錢折枝

桃似臙脂梨似雪，折花人是惜花人。折枝圖上堪腸斷，忍更題詩破費春。

## 泊舟

小舟尋夜泊，明月散風瀾。故人相别處，雙鷺立前灘。予歸京口省墓，天錫出此紙徵予書宣城詩，記憶不甚真。天曆二年孟夏二日龔璛識。

## 水村歌 并序。

延祐丙辰偶賦此，十月七日訪湖天學士，遂到水村先生寓居。烟水蒼茫間，適與此詩相似，俾書。

吴中水爲鄉，人與鳧鷺□。□□□□年，黄梅少時雨。農不田疇占洲渚，鄉風用鉏不用犁，築塍踏車兒女妻。農家辛苦亦復樂，高低兩□□□角。自愛茅檐暖，莫厭社酒薄，□□賽神卜東作。飯牛何必歌，□□尚可著。十年種樹樹滿村，明年養蠶蠶百箔。

## 題水村圖

澤國漁無定，秋霜柳不凋。幽人意晼晚，此日畫蕭條。

## 次貢仲章登虎丘韻

遠客喜舊交，相逢乘興游。輕帆不用楫，出郭望林丘。旭日時來暑，春服何清脩。涉世儒生腐，尋芳僧寺幽。紅塵避人遠，緑陰入山稠。奕奕文翰英，于于江海陬。凭高劇弔古，濯纓便臨流。蒸鬱變雷風，倚徙客遲留。取涼盡酒尊，霑溼壞詩篝。空濛駕歸舸，起滅波中漚。

## 天平道中二首

望荼蘼好雪鬖鬖，暖日和風信去帆。寂寂餘香花數點，清波欲動嫩梟攙。

鼓聲依約分魚市，不負儂家白酒鮮。秔稻新秧及時插，苧衣清楚入梅天。

## 胡主簿長孺

長孺，字汲仲，號石塘，婺州永康人。咸淳中，從外舅宣撫參議官徐道隆入蜀。銓試第一，授迪功郎，監重慶酒務。俄用制置使朱禩孫之辟，兼總領湖廣軍馬錢糧所僉廳，與高彭、李湜、梅應春等號「南中八士」。宋亡，退棲永康山中。至元二十五年，元世祖詔下求賢，召見京師，拜集賢修撰，改教授揚州，移建昌攝録事官。至大元年，轉寧海主簿。延祐元年，轉兩浙都轉運鹽使司長山場鹽司丞，階將仕郎，未上以病辭，隱杭之虎林山，卒年七十五。所著有《石塘文稿》五十卷。汲仲爲辭章有精魄，金舂玉撞，壹發其和平之音。海内來求者如購拱璧，碑版焜煌，照耀四裔。趙文敏公孟頫稱其天資高爽，發言便自超詣。常爲羅司徒奉鈔百錠爲潤筆，請作乃父墓銘，汲仲怒曰：「我豈爲宦官作墓銘耶！」是日正絶糧，其子以情白坐客，咸勸受之，汲仲却愈堅。其送蔡如愚詩云：「薄糜不繼襖不暖，謳吟猶是鐘球鳴。」語之曰：此余祕密藏中休糧方也。從兄之綱、之純，皆以經術文學名，人稱之爲「三胡」云。

### 題山外歸人

結屋北山阿，境趣適有契。閒寂聊悦心，深密非避世。誰令賦《遠遊》，山空冷蘭蕙。人間萬得喪，欣戚隨所制。頗似觀優伶，笑語雜悲涕。戲弄刻漏間，陳迹安足寄。策杖歸去來，溪深亦朝厲。陟嶺見我屋，竹柏松杉桂。雨餘青一色，浄掃如作篲。行可休此足，無言得深詣。

## 題李待詔虎溪三笑圖

元亮纘孔業，脩静研聃玄。遠公學瞿曇，高居著幽禪。人異道豈殊，萬散一固全。日擊輒有得，參會各冁然。胡爲老緇褐，笑舞喜欲顛。謾道遺其身，襟袖猶蹁躚。彼酣適酒趣，尚不醒者傳。族史浪自苦，窺管持知天。

## 題崔録事女真總馬圖

天恩洽騎十二閑，短策不知行路難。漠漠空川望不盡，電光掣過須臾間。蹄高高屈汗溝出，駿骨隱隱隆于山。窟泉沙草不得足，勞多食薄心知慚。十年甕牖閒書瑟，展卷見圖真太息。女真年少面如盤，華屋平生隔風日。青驄肉破擁尻脽，黄金校具褭緩拂。三品芻豆空自多，行見火花繞銅歷。

## 贈相士黄電目

憶昔待詔金馬門，方伎雜遝車蓋繁。黄生蔡子最絶出，高堂不奈笙歌諠。廬陵老翁才五尺，盱母江頭眼空碧。相人豈不二子如，秋風夜雨歸無宅。長身博士老一簞，皐比那博儒生酸。人生榮華無足夢，桃笙竹枕長闌干。黄翁勿歎無家苦，華屋連雲更何補。蜀莊一日不百錢，炳炳幽光二十年。

## 題段郁文雪石

白雲飛來著春空，翕霍變化生奇峰。朝曦照耀舒復卷，碧華忽擁玻瓈宫。秋潮初壯明於雪，千雷動地吴山裂。濤頭出海夕陽微，百煉青銅浮玉玦。雲容濤勢偉且奇，乍出乍没須臾時。乾篤雪山白盈尺，晴天萬里窺蛾眉。似識詩翁作詩苦，獨擁清妍照環堵。河翻月落夜未央，如虹光氣飛屋梁。

## 題秋江唤渡

道傍木葉如渥丹，歸急不知行路難。青嶂碧溪自唤渡，蹇驢破帽秋一作西。風寒。裹頭長須甚德色，肩輕不借有餘力。人間塵土深復深，謹勿重賦招隱吟。

## 題開元三馬圖

牧馬極盛開元中，上閑十二皆游龍。時平千里不自效，噺聲脱吻生悲風。流傳八駿苦詭怪，樂歌天馬徒能工。豈如杜句曹韓畫，流雲飛電玉花驄。吟詩展卷何獨此，未可與此争先雄。重瞳玉色五百載，階榻相向將無同。誰人臨摹得高意？印章仿佛龍眠公。但存大略見神駿，未傅五彩分風鬃。俯仰布置號進稿，圖成欲上明光宫。安定王孫固英物，錦標象軸留其蹤。願言藏襲不浪出，駿骨隱隱驚盲聾。祇今駑駘厭芻豆，鹽車未瀆汗溝紅。

## 大水

西昆水源出天河，一瀉萬里生驚波。燭渾到海更奔猛，潰決猶自吞陵阿。瓠子魚龍橫中野，至今空唱宣防歌。故跡九道復不得，南注安流少休息。癡冥陰雲欺白日，不放扶桑光采出。連宵達旦雨如傾，緑野黄流混爲一。河伯侈大未可厭，規取桑田廣宫室。長鯨老蛟助聲勢，城郭波浪相沈没。神禹衣冠藏會稽，大叫不聞將安爲。

## 耕漁樂贈金華相士

憶昔力耕金華野，青蓑緑笠風煙下。扶犂荷鉏豈不倦，春醅映琖清如寫。亦曾扁舟釣錢唐，長緡短棹浮滄浪。顛風駕潮濤更惡，若比世路猶康莊。安有高情唐許協，深閟神光形亦傑。還騎官馬走黄塵，江山過眼空重疊。少年壯氣苦不羈，西川南海去如馳。二毛已非折腰具，况與志願常參差。長官怒駡沸於爚，口自唯諾心自怍。升斗未療飢寒憂，低佪獨羨耕漁樂。老翁雙瞳秋月如，何時照我歸鄉閭。江湖耕漁樂復樂，挂冠徑歸良不惡。

## 送方蓼洲盱江訪上人不遇歸上饒

昨夜秋風顛徹曉，沙洲蕭瑟鳴枯蓼。羇人荒館夜初長，潑天月色當樓皎。老夫思歸又懷禄，去住似被飢寒繞。羨君一語不相投，掉臂長塗疾於鳥。相知貧士老當遂，醫識死人危不夭。伯牙子期行可遇，揚子侯芭事更杳。

## 題蘇東坡春帖子詞卷

元祐文忠任詞職，毅色正言古遺直。農占蠶兆九處三，宮壺春吟存楮墨。周公惻怛陳艱難，無逸豳風但耕織。豐鎬瀍澗遥相望，八百卜年終不忒。陳橋推戴出俄頃，安得累積同先稷。愛人忍詬戢兵端，舍己崇儉優民力。弭災銷變壹以誠，三百年餘傳玉食。卿材相業富賢良，講席諫垣多道德。通都達宦固廉貞，遠縣小官尤謹飭。君子皓首畢典墳，野人黄馘常稼穡。祇今真蹟落世間，象軸鸞褾嚴設飾。先正已遠不可追，空使故臣淚垂臆。

## 題黄山谷三言詩帖

退之出牧向湖州，霽色衡山碧欲流。魯直宜州遷謫去，嶽雲九夏滿空浮。美哉湘水獨清深，洗濯遷人執熱襟。峰裹雲根不同量，解言隨器與渠斟。魯直題來務觀題，便云字與漢嘉齊。不知欵道經行路，不涉祝融峰子西。

## 次韻段文郁

轉雷飛瀑護遺壇，著足危岑向碧煙。木末雞啼藤矯矯，稻間牛過水田田。瑶池浪記三千實，玉井空傳十丈蓮。少室幽棲良不惡，黄塵山下欲彌天。

## 題風雨漁舟圖

細柳新蒲春已滿，飄風急雨亂如顛。漁人若解忘魚意，繫却扁舟卧碧烟。

## 題醉王母圖

宴罷瑶池醉不任，仙人那有世人心。良工欲寫無言意，自托丹青作酒箴。

## 題范文正公書伯夷頌後二首

名並日星真細事，義參天地在彝倫。寥寥千古空遺跡，薇滿西山意自春。
伯夷清節韓公頌，范老銀鉤韓子傳。屋壁遺書還孔氏，誰人得似使君賢？

# 竹房先生吾丘衍

衍字子行，錢塘人。意氣簡傲，常自比郭忠恕。居生花坊一小樓，客至，僮輒止之，通姓名乃使登。一日，廉訪使徐琰來見，衍從樓上呼曰：此樓何敢當貴人登耶！願明日謁謝使節。琰笑而去。生徒從衍遊者常數十百人，衍坐童子地上，使冠者分番下授之，時出小清凉繖，教之低昂作舞勢。或對賓游談大噱，解髮濡酒中爲戲，羣童皆肅容莫敢動。衍左目眇，又跛右足，一俯一仰，嫵媚可觀。畜兩鐵如意，日持弄之。或倚樓吹洞簫數曲，超然如忘世者。性好譏侮文學士，獨推服仇遠及胡之純、長孺兄弟。初，衍年四十未娶，買酒家女爲妾，至大三年秋，或訟女爲己妻，官逮女父母，會其僞券事覺，連及衍，衍固弗知也。因遲卒辱衍，衍大不勝慚。臘月甲子，衍持玄條緇笠詣仇遠別，值晨出，因留詩一章竟去，不知所之。明日，或有得遺履於斷橋上者。後儋大隱以六壬筮之，得亥子丑順流相。曰：是其骨朽淵泥九十日矣！多寶院僧可權故從衍學爲詩，聞其死，哭甚哀，招魂葬之西湖上。子行工隸書，尤精於小篆。兼通聲音律呂之學。詩善倣李賀。有《竹素山房詩》，竹房、竹素、貞白，皆其號也。

## 龍吟軒

四山若龍盤，精廬剡溪曲。中有不蟄龍，長吟破幽緑。道人宴坐起，拂袖窗牖開。手持碧琅玕，聽此風雨來。

## 張伯雨贈黄精

山中有靈草，乃云太陽精。况聞天老言，餌之可長生。故人赤松意，分贈慰我情。玉津比靈芝，采采三秀英。我願服此久，飄然出蓬瀛。緑髪無秋霜，身如羽翰輕。舉臂入霄漢，丹臺列高名。手把金芙蓉，與君遊太清。

## 陳公輔聽雨軒

帝子吟瀟湘，瀟湘雲煙竟茫茫。楚客歌洞庭，洞庭木葉空秋聲。豈如敬亭山前野人宅，西風不驚響雲滴。燭花未剪書在牀，愛爾玄音起虚寂。忽無復忽有，天灑來自然。山中枕流人，如聽洗耳泉。神融意適有真趣，汝南郭泰來何暮？忽憶《隴頭水》，罷我膝上琴。旅人動遐思，無此瀟灑心。君不聞簷花悲歌杜陵老，山雪空回剡溪櫂。祁寒暑雨無怨咨，流麥漂衢竟誰道。與君歌聽雨，秋雨最可聽。明朝雨歇雲亦散，月色滿地秋冥冥。

## 玉佩謡

昆吾剪月吹香風，鸞絲貫縷聲瓏瓏。珠華闌珊舞回步，宓妃催喚蓬萊宮。聯翩鳳帶春風碎，曳雨摇雲楚腰醉。仙人琪樹生晚寒，洞中敲折青琅玕。

## 古采蓮

溼風吹花生冷香，馮夷爲舞水絲裳，霏霏粉金飄晚塘。浮蘭舟，鼓桂楫。歌《采蓮》，爲君發，遲遲歸來弄明月。

## 洛城曉

洛陽曉氣浮春空，花風漾暖香濛濛。油車碧鈿金騕褭，染露蹴煙移海紅。回廊複宫洞房隔，夢入瑶臺買春色。疊柳蛾眉蜀帳昏，謾識銅駝錦香陌。鸞悲鏡舞秋茫茫，簾移日光春晝長。春晝長，恨春草，胡蝶飛來鬢先老。

## 别仇山村

劉伶一鍤事徒然，胡蝶飛來别有天。欲語《太玄》何處問？西泠西畔斷橋邊。按此詩子行絶筆也。

## 桃花雨樂府一章寄翼之

秦源春夢陽臺晚，風散驚紅作秋苑。閒陰碧樹摇暖雲，茸苔羅水香氤氲。蝶飛不溼煙綿路，吴娥怨澀鸞階步。參差海羽雙燕來，依微石舞瀟湘回。

## 古詩一首送翼之回吴

游子動歸思，南風起秋聲。我亦當此時，相送難爲情。交朋尚如斯，况爾懷父兄。三吴亦鄰邦，一水非遠程。君還姑蘇臺，我留鳳皇城。兩地各相望，馳心互奔傾。流光若頽波，彼此卽寓萍。浮世苦離散，輾轉百慮縈。何能慰予懷，握手徒營營。

## 次韻謝錢翼之

筆翰西臺妙，文章五鳳樓。美才須比玉，直道豈如鈎。吴苑辭春色，江風散旅愁。吾廬正蕭颯，二仲得羊求。

## 菌耳偏沃野

菌耳偏沃野，瓊芝亦芬芳。羣陰掩其茨，誰復知爾良。我願得此草，移根植崇岡。閒攀紫金蕤，挹露晞朝陽。服食换緑髓，輕舉過紫皇。招攜三辰游，與之同輝光。

## 與鄰寓人隔屋對月夜話

禦寇連牆屋，神交得謝瞻。謝有隔屋夜語事。偶逢吾所契，共語月當檐。微禄終何補，良才尚此淹。憑君縱玄論，未怪發幽潛。

右故人吾子行手蹟十二紙，皆前後得之於書夾所藏，復恐散落，集而存之。其爲人見石塘胡先生所爲墓銘，兹不書。後三十年爲至元五年己卯九月九日，江村民錢良佑識。

# 霅川翁錢選

選字舜舉，號玉潭，吴興人。宋景定間鄉貢進士。年少時，嗜酒，好音聲，善畫。山水師趙令穰，人物師李伯時，花木翎毛師趙昌，皆稱具體，用筆高者，至與古人無辨。嘗借人《白鷹圖》，夜臨摹裝池，翼日以所臨本歸之，主人弗覺也。趙文敏公孟頫早歲從之問畫法，鄉人經其指授，類皆以能畫稱。至元間，吴興有「八俊」之號，以孟頫爲稱首，而選與焉。後孟頫被薦入朝，諸人皆相附以取官爵，選獨齟齬不合，流連詩畫以終其身。家有習懶齋，因自稱習懶翁，霅川翁、清臞老人皆其别號也。黄公望謂舜舉吴興碩學，貫串經史，人品甚高，而世往往以畫史稱之，是特其游戲，而遂掩其所學。斯言可謂深知舜舉者矣。

## 仇書圖

兩兩挾策遊康衢，聚戲不異同隊魚。忽然兒態起争競，捐棄篋笥仇詩書。

## 水仙花圖

帝子不沉湘，亭亭絶世妝。曉煙横薄袂，秋瀨韻明璫。洛浦應求友，姚家合讓王。殷勤歸水部，雅意在分香。

## 韓左軍馬圖卷

韓公胸次有神奇，寫得天閑八尺駒。曾爲岐王天上賜，不隨都護雪中驅。霜蹄奮迅追飛電，鳳首昂藏似渴烏。春草青青華山曲，三邊今日已無虞。

## 題浮玉山居圖

瞻彼南山岑，白雲何翩翩。下有幽棲人，嘯歌樂徂年。叢石映清泚，嘉木澹芳妍。日月無終極，陵谷從變遷。神襟軼寥廓，興寄揮五絃。塵彰一以絕，招隱奚足言。

吴興公早歲得畫法于舜舉，舜舉多寫人物花鳥，故所圖山水，當世傳罕，此卷蓋其自寫山居，景趣既高，筆墨精妙，尤爲合作。詩亦雅麗，非近人語。僕以戊子秋七月得于書肆，如獲古圖史云。因次韻識歲月于後：「秋風動巖樹，歸鳥何其翩。我思巖中人，可以樂忘年。夫君乃詞客，畫手故作妍。吴興圖畫藪，詎隨時好遷。上巖雲積雪，下巖水鳴弦。展卷纔尺許，坐對兩無言。」山澤臞者張雨題于開元静舍之浴鵠灣。

## 題桃源圖

始信桃源隔幾秦，後來無復問津人。武陵不是花開晚，流到人間却暮春。

## 題山水卷四首

目窮千里筆不到，自是餘生坐太凡。一日興來何可遏，開窗寫出碧嵓嵓。

江南北苑出奇才，千里溪山筆底回。不管六朝興廢事，一樽且向畫圖開。
煙雲出没有無間，半在空虛半在山。我亦閒中消日月，幽林深處聽潺湲。
胸中得酒出孱顏，木葉森森歲暮殘。落墨不隨嵐氣暝，幾重山色幾重瀾。

## 題洪厓先生像卷

神駕馭景飈，太虛時總轡。玄道不可分，直悟天人際。羣從皆成仙，玩世不計年。何當事神遊，許我笑拍肩。

## 題竹林七賢圖

昔人好沉酣，人事不復理。但進杯中物，應世聊爾爾。悠悠天地間，婾樂本無愧。諸賢各有心，流俗毋輕議。

## 題宫姬戲嬰圖

殿閣森森氣自清，不知人世有蓬瀛。日長無事宫中樂，閒與諸姬伴戲嬰。

## 題秋茄圖

憶昔毗山愛寫生，瓜茄任我筆縱横。自憐老去翻成拙，學圃今猶學不成。

## 題秋江待渡圖

山色空濛翠欲流，長江清澈一天秋。茅茨落日寒煙外，久立行人待渡舟。

## 雪溪翁雪霽望弁山圖 并引。

至元二十九年余留太湖之濱。雪霽，舟行溪上，西望弁山，作此圖且賦詩云。

弁山之陽冠吴興，岹嶢巇嶫望不平。煥然仙宮隱其下，衆山所仰青復青。雪花夜積山如換，乘興行舟須放緩。平生不識五老峰，且寫吾鄉一奇觀。

## 是日汎舟歸湖濱至夜雪大作旦起賦五言古體一首

夜來天雨雪，萬木同一變。飢鴉覺余起，觀覽立須儼。遥山瓊成積，平田玉如碾。老夫醒眼看，樹樹何其燦。至元二十九年冬，余假弁山佑聖宫一室以避喧。值雪作不已，但閉門擁爐飲酒賦詩而已。聊記數篇，附見於此卷，書試馮應科筆亦佳，選重題。

## 五言古體一首

城市我所居，遥看弁山雄。積雪最先見，皓彩照諸峰。我今遠城市，薄遊留此中。忽焉歲云暮，更覺尊屢空。開門未然燭，飛花舞回風。萬木同一縞，四野變其容。恨無登山屐，幽討何由窮。

## 七言律詩一首

倚天蒼弁獨崔嵬，仙闕遨遊愧不才。攬鏡頻嗟雙鬢改，推窗三見六花開。山中酒户衝寒去，城裏行人蹋雪來。安得時晴風日好，竹林深處且銜杯。

## 連雪可畏再賦律詩一首

階簷積雪動經旬，猶自霏霏夜向晨。四望莫分天地色，一時遮盡海山塵。舞風不住緣何事，見日還銷亦快人。獨欠故交來叩户，洛中高卧是前身。

## 雪晴知宫周濟川和余杯字韻詩作此奉酬

亂山積雪鬱崔嵬，對景慚無倡和才。晴日舊曾梅下飲，好懷今爲竹林開。仙人千劫能居此，俗客三生始一來。未許扁舟落我手，明朝相約共傳杯。

## 七言絶句三首

子猷安道何爲者？自是相忘意最真。千載寥寥風雪夜，始知乘興更無人。

一冬飛雪又將春，能報年豐不救貧。我亦曾聞散花手，不知天女意何勤。

眼前觸物動成冰，凍筆頻枯字不成。獨坐火爐煨酒喫，細聽樸簌打窗聲。

## 山居圖卷

山居惟愛静，白日掩柴門。寡合人多忌，無求道自尊。鷃鵬俱有意，蘭艾不同根。安得蒙莊叟，相逢與細論。此余年少時詩。近留湖濱寫《山居圖》，追憶舊吟，書於卷末。揚子雲悔少作。隱居乃余素志，何悔之有？吳興錢選。

## 歸去來圖

衡門植五柳，東籬采叢菊。長嘯有餘清，無奈酒不足。當世宜沉酣，作色召侮辱。乘輿賦歸歟，千載一辭獨。

# 立雪先生劉清叟

清叟，字立雪，江西人。少年才氣卓犖，連蹇不第。中更世故，蹙頞悲吟，鰥居隱處，年踰七十而終。同門生鄧光薦序其第五稿曰："余嘗評君一生，琢對匠語，洗削治擇，齒牙間纚纚有聲，大率成就'精切'二字而已。今皮毛落盡，孤立兀然，雷霹之琴，火成之鏞，潮湍激齧之山，皆自然成趣，有不假繩削而合。蓋於是門外雪三尺矣，得其髓者，非齊腰子不能。今讀其遺稿，如《見率齋王廉使》云：'盡起綺園山箇裏，更招温石水之涯。'《和率齋》云：'送酒馬軍江上去，持書驛使隴頭來。'《上尚郎中》云：'爲役誰憐燭之武，浮言杜累鐵元城。'造語信爲精切。

## 醉題月亭

采石江頭李太白，狂不奈煩宫錦窄。赤壁磯下蘇東坡，一葉泛泛凌風波。當時有月并有酒，和酒和月吞入口。酒腸得月冷於冰，化作瑰辭喧宇宙。兩首賦，百篇詩，千秋萬古稱絶奇。兩翁不作歸來鶴，玉宇瓊樓寒漠漠。若得長江變潑醅，少住人間亦差樂。望圓晦缺秋復春，古來明月今來人。我時舉酒問明月？月亦團團嚌不得。鐵如意，玉唾壺。我歌君和聲嗚嗚，爛醉起舞嗔人扶。問影莫是李與蘇，月中仙子知得無？

## 登黃鶴樓

西風吹我登黃鶴，白雲半在闌干角。題詩不見舊時人，惟見青山俯城郭。萋萋芳草鸚鵡洲，江水滚滚來無休。歲月俯仰成春秋，古人今人無限愁。

## 梅四首

休説逋仙兩句工，冰甌滌筆别形容。清標騷客風前立，素面仙姝月下逢。山店霜寒香撲馬，溪橋水淺影如龍。一□盡是寒凝結，金鼎無鹽味更濃。

破荒玉雪粲煙村，倚竹無言獨斷魂。三弄直須琴對越，一寒安用酒温存。家風巢許堪同社，心事夷齊可共論。應出繽紛幾紅紫，一枝開處自乾坤。

除香除影賦梅花，方許詩中擅作家。怕俗似嫌羔作酒，高人頗稱雪煎茶。參横屋角霜初下，人倚闌干月欲斜。夜冷玉肌愁入骨，金壺移入伴窗紗。

天花夜半落溪傍，傍有獰然爲取將。擘爪仰空呈潔白，掀髯倒地覓昏黃。修鱗月下霜同色，敗甲風前雪有香。欲起補之圖影看，生愁飛入水中藏。

## 書燈

一點蘭膏數寸心，小窗伴我夜沉沉。煖分青燄藜煙細，喜動紅光花意深。洞見苦心歸典策，照殘幽夢入寒衾。他時富貴不相棄，移上長檠伴醉吟。

## 題静軒

徑深寂寂鎖苔茵，此地不生車馬塵。夢斷瑶臺惟有竹，棋聲花院似無人。蛛因門閉牢穿網，鵲悟枝乾自采薪。衹道乾坤大如許，不知天地又新春。

## 寄朱約山

歲晚江空煙水寒，楓林葉落楚天寬。若無雁足書難寄，作盡鳶聲吟未安。晉帖臨成思入石，《離騷》讀罷擬栽蘭。老來絶被梅花惱，後會君應笑我孱。

## 見提舉蔡澗松

今人標致古心胸，吉士依歸有澗松。白髮半頭身欲鶴，蒼髯千丈氣如龍。三年博士留韓愈，十載中郎老蔡邕。根脚青原培植久，蓬萊行上最高峰。

## 見率齋王廉使

平生怪怪復奇奇，一字何曾樂得飢。太白枉承金殿召，浩然空負玉堂知。田園僅了都人役，事業全抛進士詩。白髮見公增感慨，深衣重有道行時。

## 謁蕭大山

阿統遥知是迺宗，作詩工似選詩工。寫成判語皆吟筆，翻作《離騷》再國風。共喜横渠傳有弟，久誇坡老學如翁。世間師友多零落，今在庭闈諸唯中。

## 上尚郎中 因打勘船鐵。

六合陰沈一樣雲，行人白晝亦黄昏。貪財吏似方山犬，逃命民如入峽猿。典到琴書猶小事，賣拋田産更銷魂。先生明共霜臺月，照徹茅檐幾淚痕。

## 賀周總管耐軒遷居回任二首

就第開藩自古難，旌門累世況團圞。肯邀父老爲鄰舍，更約交游説歲寒。千里春風棠蔽芾，一窗秋月竹平安。鄉人鄉飲推鄉貴，衹作平時樣子看。

袖詩兩度出山扉，到得城來與願違。南浦緑波凝望久，東山零雨喜公歸。疏梅鬬雪增新潔，喬木參天長舊圍。重對門牆簾定卷，春風賀厦燕依栖。

## 月巖

世事從來滿則虧，十分何似八分時。青山作計常千古，只露巖前月半規。

## 書燈

玉樓夜費燭熒熒，衹得眼前歌舞明。照破三千年外事，書生元不用長檠。

## 謁蕭小山二絶

一冬晴暖春相似，欲叩吟關未有詩。折得梅花裝擔了，起程還是雪飛時。

一水凝寒棹不開，幾人於此欲船回。思君却有扁舟興，半夜直衝風雪來。

## 趙教授文

文字儀可，一字惟恭，號青山，廬陵人。初名宋永，從弟宋安，字功可，以文章齊名，號「二趙」。先生嘗三貢於鄉，由國學上舍仕南雄府教授，宋亡，隱居不出。時當路屈耆年碩學主湖山講席，强起爲東湖書院山長，尋授清江儒學教授。青山爲詩文脱略涯岸，獨自抒其所欲言。晚年頗以理學自任，進進未已。臨川吴澄嘗答書云：「邇來舉子業廢，稍能弄筆遣辭者，英華無所發泄，拈掇小詩之外，間或以此爲務。合東西數道，可僂指者不三四，而足下其一也。」

### 何和尚尋母　并序。

何，上饒人。因丙子亂失母，乃削髮爲僧，刺血寫經，遍天下尋之。至燕，值國方會僧六萬三千人。何於會煉臂，有一僧問：有何願受此苦？何具言所以，僧云：京兆府金鄉縣張官人宅問之。即往詢求，乃知俱往吉州仕宦矣。何到吉州大和，得知張名守德，爲大和尹。乞食至門曰：我信州人，有母在此。閽入言，母出，不復認。何言我辛酉生，母乙巳生，具言外氏祖父，母方記憶，相向大哭。蓋母由他人三易主矣。張令加冠巾，約爲兒，許爲娶婦。何曰：初事佛求母，豈可得母負吾初心。乃陳省以母不當擄，張以爲買，引法力争之。何日哭於省前，當有仁人哀而助之者，後竟得母以歸。

寫經母血盡，長素母容枯。燒蜜煉頂臂，孰非母肌膚。豈不痛至骨，爲母忍斯須。南北萬餘里，來往如趁虛。天高孝可感，報應非浮屠。出門訪東家，遇否不可虞。茫然求我天，再見得所圖。昔者别兒時，那有此頭顱。明明陳左驗，大慟絶復蘇。向來相妒人，泣下成欷歔。收淚相勞苦，何異得乳雛。不即遂其志，彼張非丈夫。冠巾有婦子，諒亦母所娱。爲佛再有母，初志不敢渝。但期百年内，奉母與佛俱。雖非聖賢事，區區守其愚。爲君賦高誼，感我真窮孤。棄我十二年，人母我獨無。天涯尚可尋，地下不可呼。

## 婕妤怨

團圓一片冰，出自蠶女紅。何言入君手，動摇生清風。一朝棄篋笥，零落如秋蓬。時節自當爾，君子詎無終。

## 瓊花上天歌

朔風吹沙堆浪白，二十四橋沈冷月。顛風夜半撼蕪城，雪萼瓊絲破空碧。金瓶歲歲獻君王，玉罍泛酒蓮花香。明光殿暗沙漠遠，人自無情花斷腸。落蕊飛天識天路，何如拔樹飛昇去。唐昌游女再歸來，城中只賣瓊花露。江南俘客吟如叫，想像裁辭不成調。天宫夜半按《霓裳》，玉女擎花紫皇笑。

## 壽王餘慶

郎時杯酒不須名，最愛先生醉是真。雪柏霜篁千歲壽，川花池草幾番春。少陵句妙驚山鬼，老子心閒養谷神。如此眼前聊一笑，此生猶是太平人。

## 雲陽寺

步入雲陽俗興闌，山靈應不掩雲關。禪房深鎖寺應古，經綸不開僧更閒。菊綻黄香霜氣秀，山堆秋色露痕斑。留侯千載空陳迹，猿鶴聲聲拱夜壇。

## 詠梅

白玉堂前野水濱，何曾榮悴異精神。當於香色外觀韻，可怪冰霜裏有春。天下無花堪伯仲，江南惟爾不風塵。欲將素王相推戴，老向山中作素臣。

## 哭亦周弟

去日相攜涉畏塗，歸來形影自相扶。倦行小憩荒山路，怕聽深叢叫鷓鴣。

## 贈媒者二首

青鸞解報仙郎信，紅葉能傳禁女情。東家把酒西家笑，只作春風過一生。

空谷佳人獨笑歌，不煩花鳥使相過。紅妝洗却蛾眉醜，縱有良媒可奈何。

## 上之回　武帝元封初，因之雍，遂通回中道，後數臨幸焉。

動皇輿，回中道。龍爲驅，虎爲導。樂蕃釐，祠雍後。息甘棠，飫天酒。澹穆清，冰熱惱。曰夷服，咸稽首。臣三祝，皇萬壽。

## 有所思

古樂府《有所思》後半篇，殊不可□，略改正之。

有所思，乃在大海南。何用贈遺君，雙珠瑇瑁簪。聞君有他心，當風燒之揚其灰。從今已往，勿復相思。勿相思，又相思。秋風□□晨風颸，心思君兮君不知。

## 公無渡河

《公無渡河》，或作《箜篌引》，朝鮮津卒霍里子高妻麗玉所作也。高晨起刺船，有白首狂夫被髮提壺，亂河流而渡，其妻隨止不及，遂墮河水死。於是援箜篌而鼓之，作《公無渡河》之曲，聲甚悽愴，曲終，自投河而死。子高還，以其聲語妻，麗玉傷之。乃引箜篌而寫其聲，聞者莫不墮淚飲泣焉。

河之水，深復深。舟以濟，猶難諶。被髮之叟，狂不可箴。豈無一壺，水力難任。與公同匡牀，恨不挽公襟。亂流而渡，直下千尋。我泣眼爲枯，我哭聲爲瘖。投身以從公，豈不畏胥沈。同歸尚可忍，獨生亦難禁。公死狂，妾死心。蛟龍食骨有時盡，惟有妾心無古今。河之水，深復深。

## 團扇歌

晉王珉與嫂婢有情好。嫂鞭撻過苦，婢素善歌，而珉好持白團扇。故云：「團扇復團扇，許持自遮面。憔悴無復理，羞與郎相見。」

私衣必見污，葛屨必遭踐。生世不爲男，託身況微賤。悲痛只在心，憔悴更障面。出入懷袖中，羡郎白團扇。

## 丁督護

宋高祖女夫徐逵之爲魯軌所殺，高祖使督護丁旿收殯之。逵之妻呼旿至閤下，自問斂送事，每問，輒歎息曰「丁督護」，其聲哀切，後人因其聲，廣而爲歌焉。

丁督護，爲我行。去時馬上郎，今作野外殤。男兒肯斷頭，歸兒空斷腸。丁督護，聽我語。欲從君，臂不羽。嫁時所結髮，剪之隨君去。丁督護，念我苦。未亡人，殤鬼婦。古若無銜冤，乾坤無風雨。

## 上陵

上陵，漢章帝元和三年自作，爲上陵食舉。

上古陵，古陵無可上。苔雨纚灑，草煙悽愴。鵂鶹號荒林，狐狸穴空壙。豐碑去梁何處津，皇周作竈誰家煬？不如東林一抔土，樵牧侵陵白官府。

## 銅雀臺

魏武帝遺令，婕妤美人皆著銅雀臺上。施八尺牀繐帳，日晡上酒脯，月朝十五，向帳作伎，汝等時時登臺，望吾西陵墓田。後人悲其意而爲之詠。《魏志》云：建安十五年，太祖作臺於鄴，鑄銅爲雀，置於臺上，因以名焉。

朝望西陵墓，夕望西陵墓。望望不復歸，月朝又十五。月朝十五可奈何，更對空帷作歌舞。銅雀昂然飛不去，當時美人髮垂素。我生不如陵上樹，年年樹根穿入土。

## 法壽樂歌

古詩未始道佛事，梁武帝即位後，更造新聲，帝自爲之辭。帝既篤敬佛法，又制《善哉》、《天樂》、《天勸》、《大道》、《仙道》、《神王》、《龍王》、《滅過惡》、《除愛水》、《斷苦輪》等十篇，名爲正樂，皆述佛法。又有法樂童子、伎童子倚歌梵唄，今所謂舍利佛、法壽樂歌，皆所自出也。

西雲垂天飛流黄，寶鬘百萬隨風揚。帝居摩醯首羅鄉，采女如花侍帝傍。珠啼玉唾天花香，澹然神情無世妝。下視邢尹紛酲狂，梵唄琅琅出清吭。天庖供饌薦豆觴，帝飲食之壽以康。恆沙世界俱來王，天王神聖臣忠良。春風萬里酣耕桑，雨滴可數海可量。無有能知法壽長，願梵天釋帝萬億歲，歲歲壽杯天下醉。

# 劉教授壎

壎字起潛，别號水村，南豐人。研經究史，網羅百氏，文思如涌泉，宋季與同里諶祐自求各以詩文鳴。年三十七而宋亡，越十八年，當路交薦，署昭郡學正。年七十，受朝命爲延平教授，既滿，諸生復留授業者，三年乃歸。延祐六年卒，年八十。所著有《經説講義》、《水雲村稿》、《泯稿》、《哀鑑》、《英華録》、《隱居通義》，凡百二十五卷。

## 補史十忠詩 并序。

詩以厚倫美化爲本，非曰諧俗寄情而已，即千篇奚益？每思張、許、二顔同時死國，名芳唐史，與天長存。近代死節數公，何愧往昔。顧《麥秀》、《黍離》，無由倣柳州狀逸事上太史，庶幾不朽。竊以慨念，更後幾年，遺老漸盡，舊聞銷歇，將無復知有斯人者，悲夫哀哉！死，臣子職分，古人常事爾！死矣，寧顧其傳不傳？乃亦不可無傳者，爲其繫彝倫，關風教，厲後代之臣子，愧前日之不如數公者也。采清議得忠義臣十人，史不書，各賦十韻纂其實，曰《補史詩》。

知潭州湖南安撫使李公芾

三已甘退休，十連起遲暮。伊誰急求子，流落乃不怒。黑雲來如山，殺氣震平楚。恭惟君父命，封疆以身護。闔門義不辱，呼卒汝善處。飛魂隨劍光，自己投火去。天泣鬼神愁，地摇山岳仆。吾非莒柱厲，敢以死醜主。正自常事耳，命義逃安所。沖遠誰與儔，睢陽有張許。吉悒，字祖沖，丁穆，字彦遠，皆晉忠臣。

池州通判權州事趙公卯發，昌州人，妻雍氏。

若人作何狀，立節乃殊偉。人言此蜀珍，位卑名未起。坐分秋浦月，攝此千里寄。沙頭風色惡，寒城凜弘峙。吾聞開關迎，棄遁亦復恥。兹惟城郭臣，大義吾知己。間道走帛書，灑血别玉季。細君絶可人，雙飛同一死。南八彼男兒，此婦乃如此。骨朽香不廢，吾詩當青史。

丞相都督信國公文公天祥，丙辰狀元。

時平輒棄置，事迫甘前驅。嗚呼忠義臣，匪直科目儒。江寒朔吹急，列城同一趨。豈不寄便安，綱常乃當扶。移檄倡諸鎮，奮袂躬援枹。川决莫我回，萬險棲海隅。天乎復不濟，道窮竟成俘。一死事乃了，吾頭任模糊。悠悠譏好名，責人無已夫。三衢有魁相，投老作尚書。三衢魁相謂留夢炎。

參政行丞相事陸公秀夫

天地無託足，海天同隰光。明知復何爲，不忍隳三綱。裸薦覬少延，謳歌寧遠忘。或者莒在齊，聊且帝一方。竭蹷竟委頓，臣謀非不臧。運去天莫留，力盡心彌强。終不負吾主，名義天地長。懷璽隨龍遊，舉室水中央。斯人文華士，乃爾百鍊鋼。機雲儻通譜，應羞朝洛陽。

前左丞相江文忠公萬里弟萬頃

匡廬雲錦屛，鴻儒產其下。風神儼如龍，天矯莫可駕。卷懷經濟具，婆娑洛中社。怪事玉牀摇，清晝天忽夜。突騎從何來，陰風飄屋瓦。大臣義有死，欲避吾不暇。庭前環止水，萬事付一捨。從容友靈均，朝野動悲吒。恩章極哀榮，汗簡誰記者？倘有南熏書，季方足堪亞。

江西制置司都統密公佑

臣有置身義，豈計官崇卑。偏將知死忠，不曰天下奇。漢節既披靡，失位趨江西。閫帳駐臨汝，招來樂其歸。雪寒南浦愁，羽檄蘄濟師。一將奮風虎，鼓行亟飈馳。踰嶺疾戰苦，裹瘡呼健兒。坐縛膝不屈，伏鑕甘如飴。小臣裨校耳，職也宜死綏。廬州大將在，白首竪降旗。

淮東制置使知揚州李公庭芝

淮海接風塵，胡乃似鐵壁。卧護有天人，十載藉福力。重來人未老，愁絶事如昔。苦戰孤城危，痛哭天柱折。夢遊三山上，人倫浮海出。突圍志南征，吾欲重建極。天弗鑒臣忠，冥冥墮叢棘。先軫面如生，萇弘血化碧。臣死誰復知，臣忠終不易。一將更大𠅘，嚼舌死駡敵。

樞密閩廣宣撫使陳公文龍，戊辰狀元。

淳熙名宰孫，比德粹如玉。決科魁偉英，騣騣薦冠肅。類田煩諫疏，相嗔俄嗾逐。補郡仍免歸，黄流已漫陸。天族日光薄，力疾支顛覆。蹉跎南冠縶，道病死不辱。往昔五峰堂，傾蓋語跋燭。斯人真妙人，哀哉慳厚禄。長揖丙辰魁，各天並黄鵠。不有二忠存，千古笑科目。

## 少傅樞密使張公世傑

士有守節死，豈以責武夫。武夫尚能奇，消得銀管書。何許熊虎英，鐵面美髯鬚。護寒久枕戈，赴難甘捐軀。金山定活著，志願嗟違初。江心集羣策，炎精回一噓。間關障海濱，萬死存趙孤。時也可奈何，北風散檣烏。漂漂竟何之，無乃膏鯨魚。渭濱多貴將，反笑斯人迂。

## 四川制置使知重慶府張公珏

坤維拓提封，形勝古天府。血戰五十秋，零落餘八柱。江南傳箭急，誰暇此回顧。落日古渝城，杖鉞乃甚武。天東甑雖墮，吾自強支拄。渡瀘躬討逆，歸來戰彌苦。蕭條下夔門，機穽伏中路。咄咄快敵仇，誰歟掩抔土。哀哉關西雄，國亡猶不負。同時督軍將，腰金插雙虎。

## 止法

喬木長千年，終不到霄漢。怒濤漲千尺，終亦有畔岸。倘非分限本截然，波吞天地枝插天。位極三公殊未愜，粟積千倉猶道乏。黄金滿匱尚求多，華屋連雲常苦狹。人心無足時，天道有止法。

## 送黄脩永之武夷杜清碧學

眼中塵中政昏昏，華蓋風高翠入雲。一代風流超晉宋，百年禮樂寄河汾。波寬好看魚龍化，天遠空憐雁鶩羣。亦有平生觀海意，出門萬里獨慚君。

## 鶴

延頸池邊照影池，花明柳浄思依依。年深色重丹砂頂，日暖光浮白雪衣。晴月夢回三島去，看雲思上九霄飛。玉簫聲斷秋宵冷，應有仙人憶未歸。

## 燕

萬里來從海外村，定巢時聽語頻頻。簾風半卷重門曉，社雨初晴二月春。尾上繫詩成往事，掌中學舞是前身。華堂茅屋依然坐，幾處相逢舊主人。

## 西捷

神器寧容小智窺，黄河河上集王師。六龍南面皇威壯，萬里西征凱奏馳。穹壤有靈扶寶祚，風霜無地著金枝。太平有象天顔喜，大霈看看下玉墀。

## 上江古心

匡廬雲錦屏，鴻儒産其下。風時儼如龍，夭矯莫可駕。卷懷經濟具，婆娑洛中社。怪樹玉牀摇，白晝天忽夜。突騎從何來，陰風飄屋瓦。大臣義有死，欲避我不暇。亭前環止水，萬事付一捨。從容有靈均，朝野動悲咤。愍章極哀榮，汗簡誰記者。倘有南熏書，季方足堪雅。

## 拜南豐先生墓

崖挾飛泉響珮環，雲涵空翠鎖幽關。斜陽影戀殘碑外，遺像塵昏古寺間。漢苑夢回流水在，越陵風急此山閒。悲懷豈但元豐老，望斷天南月一彎。

## 率諸友祭南豐先生墓

星斗文章煥九天，蕭蕭松檟暗荒阡。久無世胄崇祠像，賴有山僧守墓田。俎豆春回修廢典，佩衿雲合禮前賢。此行莫作嬉遊看，回首元豐重愴然。

# 如村先生劉麟瑞

麟瑞，字□□，號如村，壎次子。至治間，嘗以暇日追惟宋末仗義死節之士，搜討遺事，賦五十律，題曰《昭忠逸詠》，邑人趙景良秉善合水村《補史十忠詩》爲一編，附以汪水雲、方虚谷諸君子傷時悼事之什若干首。總謂之《忠義集》云。

## 忠義總管田公燧鳳守李公寔

天西戰士競銜枚，乘會闗夷路始開。兩蜀金湯隨水逝，三秦烽火照天來。鳳州文武渾無愧，馬嶺英靈只自哀。後夜魂歸何處寓，隴頭瀟灑一枝梅。

## 西和知州陳公寅守將楊公鋭

陰風蕭颯起黄埃，鐵騎追奔動地來。石堡梯空天險壯，水門釁隙殺機開。不期溟海鵬千里，自守封疆鴆一杯。四十萬民登鬼録，伊誰爲使哭聲哀。

## 沔州知州楊公起通判王公友仲

談笑誰將敵將殘，沔陽屯戍怯孤單。兵威到處降非易，地利乘機守亦難。五馬交〔綏〕（綏）凝血碧，貳車含憤剖心丹。文臣武將均無忝，不負吾君不素餐。

## 階州守臣董公鵬飛

相傳報怨撼階州，虎旅飛來睨敵樓。楛矢蔽空天入冥，鵝車衝壘地生愁。金城魚肉千年恨，闔境衣冠六日休。莫怪傳家猶强項，雲孫忠節更風流。

## 天水知軍時公當可西河總管陳公瑀

天水西和兩將强，七書貯腹負剛腸。魚麗陣布刀如雪，馬革尸空骨似霜。廉藺昔存秦莫敵，關張今敗蜀終亡。輕財得士人猶惜，長想英風慨智囊。

## 都統曹公友聞及大安夜戰死節諸將二首

雁塔名香本一儒，執殳幾度爲前驅。元戎却敵世間有，教授提兵天下無。花石峽鏖忠勇奮，水牛嶺度死生殊。英風壯節誰能匹，千載人稱大丈夫。

勇戴兜鍪學《六韜》，赤心報國是英豪。徧身膽在存全蜀，蓋世名高慴短曹。雞堡出奇師旅没，龍門盡鋭弟兄勞。當時制帥猶多計，獨向深山遠遁逃。

## 制參王公翊

十萬天兵壓錦城，繁華一瞬鎖連營。小臣獨守紅蓮幕，大義難忘白玉京。虎倒龍顛塵滃漭，天陰雨溼燐縱横。皚皚白骨成京觀，愁絶靈龜召禍萌。

## 權知文州劉公銳通判趙公汝薌

江流移浚向南山，渴死全城膽亦寒。叛將踰城機盡泄，嬌兒飲藥淚空潸。封疆事去君臣在，忠孝名存父子難。五萬軍民同日盡，可憐巷戰尚間關。出入韻。

## 緜漢簡州諸公

緜漢風酸動殺機，北來鐵騎徧驅馳。幾千里地弓刀運，百萬人家骨肉糜。鬼哭神號無限恨，蠅姑蚋嘬有餘悲。平生食禄何從避，留取香名百世垂。

## 金州守臣和公彦威統制楊公福興

貔貅曾是守饒風，扞拓金房未易攻。十八谷開通徼外，五千兵勁入關中。賀蘭不救睢陽敗，諸葛猶存越巂功。當日更推楊統制，馬傷軍没箭飛紅。

## 都統何公進張公珍

老將由來進退宜，幾回料敵計何奇。地分南北興亡兆，天限關山戰伐疲。兵已不支猶奮臂，將仍盡鋭慨輿尸。坤維烽燧休頻舉，猶恐英魂待出師。

## 同慶知府李公沖偕死節諸公

諸公耿耿抱精忠，炎運將灰日不東。北戍躪陵羣盜衂，西陲震蕩列城空。香凝燕寢榮何在，鼎沸魚游計已窮。玉石俱焚天亦泣，千年誰爲憶高風。

### 四川制帥陳公隆之

狼煙又起錦城邊，帥閫謀疏亦可憐。先軫元歸應有恨，萇弘血化豈無冤。百年莫贖誰三酹，一死真成蓋萬愆。遺事如今人不記，綱常猶幸立西川。

### 臨江軍守臣陳公元桂

衡湘斡腹抵清江，太守乘城誓不降。哨馬遠斷驚墜鏑，雄兵遥叱殞飛鏦。玉麟符已還宸陛，金鳳洲堪隱帥幢。寄語豫章徐孺子，聞孫勳業歎無雙。

### 總統黄公仲文保義廉公節

誰刑白馬誓西園，背却宸旒棄塞垣。存孝得名嗟虎噬，鄺瓊失節效麕奔。父天母地君知否？婢膝奴顔子勿言。罵不絶聲軍又散，更無人肯爲招魂。

### 觀使許公彪祖

元戎忽已化鯢鯨，少長呼來就此烹。科第昔曾誇冠世，衣冠今忍負平生。休教秉筆修降表，乍可捐軀肯獻城。壹惠已彰幽壤慰，巍巍廟貌焕高甍。

### 都統張公桂金公文德

已獻金湯又返鋒，師奔山市甲猶衷。鼠曾守隘機潛伏，猿欲投林計已窮。祭纛有靈嗟二將，死〔綏〕(綏)無愧慨孤忠。渡瀘露布誰人筆，謾詫當時制帥功。

### 援襄都統制張公順

滔滔一水會襄流，派接均房密運籌。虛舫設機要弔屈，危檣抵壁暫安劉。千兵效死旌麾合，一將捐生介胄浮。獨遡長橋猶不瞑，爲持忠節報凝旒。

### 援襄都統制張公貴

忠勇堂堂貫斗牛，英雄端不愧兜鍪。鹿門雲合張羅網，龍尾波翻化髑髏。雙廟有靈開正祀，孤城無援屹中流。由來死節男兒事，却笑明年有客羞。

### 守襄都統制牛公富范公天順

將軍志喜豎降幡，偏將能知大義存。頭觸危樓輕烈啖，脰經孤館凜忠魂。聲沈刁斗摧城影，塵掩干將滲血痕。世遠事殊遺老盡，更無人解說襄樊。

### 沙洋堡裨將邊公居誼等

兵威破竹列城驚，誰信偏裨不肯迎。兩箭離弦聲霹靂，二雄交斃氣崢嶸。可憐侯服微臣在，忍見人間大厦傾。萬木凋零風雪裏，尚餘鐵樹一花明。

## 池州通判趙公卯發，昌州人。

分守池陽歷幾時，坐看戰馬四郊馳。半空矢石應難禦，一矗樓臺未易支。血染帛書身永訣，壁題詩句世長辭。細君含笑從君後，忠節雙雙今古奇。

## 饒州守臣唐公震

遊騎如飛漸列營，誰呼妓女出郊迎。奔踰後圃逃生拙，執辱中庭就死明。瓦甕掩形慵屈膝，金章繫肘吝輸城。太常定謚應無忝，贏得中流砥柱名。

## 丞相江公萬里知府江公萬頃

名重天閽侍太微，昔年南國秉樞機。人歸緑野身猶健，兵滿紅塵世已非。止水亭前風淅淅，鄱陽城外草依依。棣華相映人間瑞，節惠隆名世所稀。

## 宗室趙公崇源

南風不競慘悲聲，幕燕泥牛總是驚。玉牒名香時已逝，金枝花悴本難榮。身明六籍忠仍孝，軍滿孤城死亦生。後度推敲明月夜，江村村外寄幽情。

## 端明招討使汪公立信

如此奇才正可憐，曾陳大計爲安邊。天存廟社施籌策，地限藩籬老歲年。獨眼明明尋趙地，丹心耿耿向淮堧。江南寸土聯區脱，慟哭高沙赴九泉。

## 丞相信國公文公天祥

金字牌飛出建章，鬱孤萬壘爲勤王。驅馳嶺海君臣寓，囚繫燕雲道路長。六籍一時光日月，孤忠萬里立綱常。元歸凜凜渾生氣，南北人誇姓字香。

## 從文丞相諸公杜滸、鞏信、尹玉、趙時賞、張汴、劉洙、繆朝宗、孫宗、孫㮚、陳龍復、蕭燾夫、彭震龍、蕭明哲。

奉檄勤王出贛城，願從魁相立勳名。吹噓炎運延千載，莫笑寒儒隊五兵。常郡戰餘森廟祀，空坑敗後麗官刑。英才僂指那能盡，凜凜英魂死亦生。

## 常州守將王公安節知府姚公訔

守合名垂二十秋，將軍今度更風流。人誇同谷英風壯，天使毗陵殺氣浮。守義只知伸我膝，成仁那肯護吾頭。將門出將真男子，一任模糊血髑髏。

閉門高卧本無悰，起守鄉城更總戎。名姓已符前代史，邦家能衛古人風。金山不長僧成讖，鐵壁雖堅卒易攻。城守兩回希世事，橘香不泯氣如虹。

## 湖南安撫知潭州李公芾

平楚樓頭矢石驚，焚香稽首别宸京。盡殲妻子期全節，寧死封疆不忍生。煙燄張空隳趙璧，旌旗倒影下湘城。善刀人在同觀化，名與澄江一様清。

## 知衡州尹公穀

燕寢凝香未赴衡，却從湘帥守湘城。衣冠望闕臣辭主，詔誥陳庭弟徇兄。劫火鍊成忠孝種，英風鼓動懦頑名。滿城盡節榮今古，三百年餘德澤情。

## 江東運判趙公淮妾某氏

石頭城昔號金湯，岌岌孤墉戰馬場。西日突圍逃溧水，南冠荷校説維揚。血凝漢節誇男子，身寄秦淮藉女郎。千載妾身貞更潔，仰天哭向水雲鄉。

## 都統制密公佑

漢鄂塵飛路已迷，殘兵早發向江西。豈知主帥輸城邑，謾使偏裨效鼓鼙。就縛呼天懷象魏，臨刑吐氣幻虹霓。酸風慘澹精魂遠，龍馬坪頭戰鬼啼。

## 沙市監鎮司馬公夢求

荆水滔滔百尺渾，邇來淺縮漫潺湲。木城聯岸風輪吼，沙磧屯雲火炬燔。效死小臣懷緑綬，偷生大閫愧朱轓。下官名姓君知否？涑水先生七世孫。

### 淮東制置使李公庭芝

淮海曾聞一偉人，十年卧護息邊塵。重來鐵騎攻城急，旋執金戈赴陣頻。夢入甌閩期立極，路遵通泰倏捐身。平山堂下悲風起，魂繞瓊花萬樹春。

### 都統制姜公才

君是磻谿幾葉孫，六韜貯腹護邊屯。三軍鏖戰嗟無地，孤壘環攻恨出門。嚼舌血飛憐勇士，衝冠氣憤憶忠魂。男兒南八今重見，同玩睢陽月一痕。

### 浙西提刑徐公道隆　湖守趙公良淳

太湖殺氣貫天章，貔虎如雲壓古杭。羽檄星馳徵魏闕，牙檣風逆急勤王。軍摧鋒鏑鬼猶厲，將躍波濤骨亦香。更有湖州賢太守，細君同壽碧蘭堂。

### 參政高公應松

腸斷吴山錦繡叢，六更聲絶海潮空。千門鎖月移行在，八駿乘風憩會同。扈蹕孤臣慚主辱，征鞍萬里哭途窮。兩宮緩緩趨朝陛，回首天南獨死忠。

### 蜀帥張公珏

玉壘浮雲五十秋，關西虓將勇無儔。三吴甑墮猶堅守，八柱扃亡不耐愁。瀘水捷收勞驟褭，夔門機伏失兜鍪。吾君不負吾寧死，遺恨誰憐快敵讎。

## 大社吴公楚才

誰道盱江一布衣，龍韜虎略豈知蹊。鉏耰列陣螳初奮，鼙鼓臨風馬已嘶。漢將追奔飛白刃，楚囚羈縶化紅泥。寵褒已矣忠難泯，不向泉關歎噬臍。

## 儒士王公士敏

此行無復望生還，留取哀吟宇宙間。報國豈能恢漢土，遺民空自戀吴山。清風勁節英靈在，斜日沉輝曆數慳。寂寂圜扉終不悔，忠魂莫恨左輪殷。

## 樞密丞相陳公文龍

曾聽臚傳冠集英，當時御筆爲更名。淳熙相譜家氈復，德祐樞臣國脈傾。鄉部孤臣迷殺氣，囊山一鼓張軍聲。首丘只戀行都土，愁絶萱闈訴不平。

## 嗣秀王與檡瑞安守臣方洪

派接天潢本近親，更生忠節古無倫。千軍守禦來閩路，半歲勤王護宋民。巷戰血流生不辱，劍飛魂逝死能神。風流喜遇莆城友，攜手泉扃萬古春。

## 建寧儒士朱公浚

身披薜荔去瓊琚，遞遞南來八使車。人隱考亭春自遠，馬嘶春水難誰紓。好扶名義垂千載，不把衣冠辱四書。爲守彝倫先訓在，潔身珍重返吾初。

## 處士林公同

九廟三宮已盡傾，尚從海島寄神京。血書矮壁存吾節，氣貫長虹任汝烹。身隕九京忠義著，名香七聚鬼神驚。海風蕭颯含悲憤，疑是當時肆駡聲。

## 丞相陸公秀夫

八面兵威八面攻，馮夷飛血洗千蓬。波翻水寨乾坤震，風仆檣旗社稷空。百辟散班奔鷁首，孤臣扈蹕憩龍宮。茫茫南國重回首，一片丹心照海紅。

## 樞密張公世傑

曾擁貔貅奏凱歌，厓山雲暝竟蹉跎。地空九有棲荒服，寨列千艘保海阿。龍躍璽沉天若此，烏鳴矸絶事如何。鯨波沃日炎光熄，凜凜英魂尚枕戈。

## 江東制置使謝公枋得

草履麻衣漫蔽形，十年賣卜慣零丁。願從楚地師龔勝，欲向遼城友管寧。采石吟成期絶粒，娥碑讀罷棄餘齡。一門盡節均無愧，千載西山疊疊青。

## 廣西經略馬公壂

赤白囊飛廣海濱，關西勁勇是奇人。暫提節印期全璧，倏報烽煙又震鄰。械坐已空身不化，龍韜未展氣如神。鑑湖亦有雲仍在，千載流風豈隱淪。

## 美人朱氏

給事中宮已歷年，蒙恩扈從赴幽燕。名王索好緣難合，烈婦捐生節已全。日晏寢門疑鎖鑰，夜長驛館泣嬋娟。同來小妃猶堪詑，一樣清風兩地傳。

## 孺人林氏

兩家累世結昏姻，閥閱崇崇作宋臣。忠貫鴒原期報國，刑驅鴛侶誓全身。名傳閩嶠花如玉，血染吴鉤草作茵。魂隱暗香千樹裹，傾城傾國愧斯人。

## 死節諸公

往事猶疑曉夢圓，當年扶義付飛煙。姓存名没時難問，國破家亡事不傳。青史寂寥忠義傳，赤心勃鬱死生年。文謨武略渾無展，猿鶴沙蟲亦可憐。

三百年餘雨露深，杭雲汴雨兩銷沉。堪憐許遠張巡節，誰識程嬰杵臼心。萬里關河空感慨，兩京歌舞莫追尋。遺民已盡遺風遠，遺事何人共細吟。

## 少主納款

天目山崩歷數終，降旛颯颯出孤墉。六龍卷霧歸三島，八座迎風啓獨松。塵掩玉階消王氣，潮移雪屋示軍容。由來興廢天難問，斷礎頹垣泣曉蛩。

## 史貞女祠　此詩見符觀《溧陽志》。

石頭城昔號金湯，岌岌孤墉戰馬場。西日突圍逃溧水，南冠荷校説維揚。血凝漢節誇男子，身寄秦淮藉女郎。千載一門忠與烈，仰天哭向水雲鄉。

# 稼村先生王義山

義山，字元高，富州人，生於宋嘉定間。義山治《易》兼詞賦，四以賦薦。景定壬子，爲九題之冠。壬戌試別闈放榜，考官見義山名，皆以得人爲賀。廷試乙科，授永州司户闕，累陞通判瑞安軍府事。丙子，宋大皇詔官民歸附，遂還故山，以讀書著文爲事。至元己卯，行中書省俾路學以贄幣禮聘於家，辭弗獲，遂教授諸生。明年使掌江西學事，辛巳，退老於東湖之上。環所居皆蓮，名其堂曰「君子」。又於先廬之旁扁一所曰「稼村」，四方學者皆稱爲稼村先生。一日整衣冠端坐而逝，年七十四。所著有《稼村類稿》，如《齋居雜興》云：「詩思已隨春意動，夜衾不怕曉寒新。」《贈陳梅垣》云：「一枝瀟灑無塵涴，半夜高寒對月明。」《和九月十日紫極登高韻》云：「滿斟緑笲安排醉，牢裹烏紗照顧吹。」亦復刻意求新，但全篇率多累句，不免瑜爲瑕掩耳。

## 挽遂初陳尚書

到得咸淳國步艱，幾回抗疏動天顔。丈夫那肯死牖下，餘子從教活草間。有分朱崖終著去，無心白髮望生還。故人目斷暮雲處，霧雨濛濛山外山。

## 書永嘉嘉禾驛　乙亥。

老來倦躋攀，悠悠憩山側。層嵐軼穹霓，紆縈困行客。崖傾覺崄巇，徑曲盤險迫。石老枕雲根，橋橫界野色。海嶠吞暝暉，松標掛辰極。殘煙罩成幄，長波曳如帛。天際鳥知還，溪潤魚自適。幾忘物無我，慮澹意常寂。泛觀穹壤閒，天亦局於迹。榮華忽彫枯，俯仰遽今昔。傾羲倏再旦，急軌等寄驛。愚公果何爲？老且欲移石。

## 古意二首

少年紅顏女，敷芬對芳樹。盈盈澹黦妝，清歌雜妙舞。凝睇倚高樓，桐絲試一譜。世閒知音稀，誰識姱節素。清貞守幽閨，不作凡子婦。容華委西山，良人兮何暮。空牀思悠悠，明月正當户。

東籬采秋菊，秋菊清且香。采之欲寄誰，聊以寓感傷。感傷何所思，故人天一方。故人日以遠，思君豈能忘。瞻望兮弗及，西山傾夕陽。黄昏人倚樓，一聲笛何長。

## 謁申屠御史

雲渺梁碭山水深，千年標致杳難尋。衹今來伴東湖月，惟有沙鷗識此心。

## 挽竹薌龔侍郎

一木難支大廈傾，闔門判却赴波鯨。歸來止爲尋墳隴，隱去不教知姓名。賸有詩篇傳不朽，相從野老話生平。翩翩隻鶴扶雲去，羣玉峰頭籍大清。

## 挽平軒王府判

猶記瓊林錫宴時，平軒折得好花歸。而今花與人何在，日暮江東雲自飛。

## 夜宿嚴陵舟中

好風特地送帆開，刺破蘆花雪幾堆。浪裏煙波漁唱歇，岸頭更點雁聲催。船空載取月同去，篷破偷將天入來。拂早起看鷗睡醒，笑儂抹過子陵臺。

## 早起齋檐獨坐

輕寒測測雨冥冥，不覺閒中春一庭。老竹似欺窗草緑，落梅微間翠苔青。倏聽鶯語調新曲，默看蛛絲網碎屏。物意人情兩相得，莫容塵俗撓中扃。

## 題何氏山陰道院二首

從來道院江西好，只爲涪翁遂得名。見説何家更清甚，院中終日讀書聲。

山陰偏被道家占，我祖當年曾寫經。君向陰中敞吟境，何時相伴鶴來聽。

## 和王槐城寄詩韻

慣熟虀鹽味，誰云食澹難。舊嘗司國子，今又作儒官。有手肯炙熱，無氈不怕寒。芹香至今在，常夢到槐安。

## 跋楊中齋詩詞集

江西派已遠，後來無聞人。許大能詩聲，來自浙之濱。奚奴背錦囊，馬蹄蹋青春。來派江西詩，風月浩無垠。翩翩佳公子，皆綺紈其身。惟君獨不然，每恨無書貧。胸中國子監，所積皆輪囷。把酒讀君詩，一字一精神。句裏帶梅香，不涴半點塵。家本住孤山，和靖與卜鄰。吾聞詩之天，不在巧與新。纖穠寄澹泊，清峭寓簡淳。古律尤崛奇，可與子建親。此詩實兼之，體具衆美純。載哦長短篇，音節中韶鈞。少游詞如詩，二者皆逼真。再拜卷錦還，願言寶所珍。

## 别中齋楊左丞

孤山久無主，誰伴月昏黄。歸輿西湖動，離情南浦傷。官清從馬瘦，政暇又詩忙。莫羨和羹事，林逋有暗香。

# 黄處士公紹

公紹字直翁，邵武人，咸淳進士。嘗讀胡文定公語「心要在腔子裏」，自覺有警，因作小軒，名之曰「在」，友人吴昇梅邊爲之記。宋亡後，隱居樵溪，長齋奉佛。嘗謂少時讀康節詩，有「車書萬里舊山川」之句，嘗恨此生不見斯事。今四海一家，而余老矣，惟知北游玄水之上，問道於無爲而已。所著有《韻會舉要》行世。

## 端午競渡櫂歌十首

望湖天，望湖天，緑楊深處鼓鼘鼘。好是年年三二月，湖邊日日看划船。

鬬輕橈，鬬輕橈，雪中花卷櫂聲摇。天與玻璃三萬頃，儘教看得幾吴舠。

看龍舟，看龍舟，兩堤未鬬水悠悠。一片笙歌催鬧晚，忽然鼓櫂起中流。

賀靈鼉，賀靈鼉，幾多翠舞與珠歌。看到日斜猶未足，湧金門外湧金波。

馬如龍，馬如龍，飛過蘇隄健鬬風。柳下繫船青作纜，湖邊薦酒碧爲筒。

繡周張，繡周張，樓臺簾幕絮高揚。誰賦珠宫并貝闕，懷王去後去沉湘。

櫂如飛，櫂如飛，水中萬鼓起潛螭。最是玉蓮堂上好，躍來奪錦看吴兒。

建雲斿，建雲斿，土風到處總相猶。朝了霍山朝岳帝，十分打扮是杭州。
蹋青青，蹋青青　西泠橋畔草連汀。撲得龍船兒一對，畫闌倚遍看遊人。
月明中，月明中，滿湖春水望難窮。欲學楚歌歌不得，一場離恨兩眉峰。

# 姚文獻公樞

樞字公茂，號雪齋，營州柳城人。後遷洛陽。少篤於學，自期甚高。宋内翰九嘉識其有王佐略。歲壬辰，楊中書惟中與偕覲元太宗，爲燕京行臺郎中，未幾辭去。歲庚戌，元世祖召居潛邸。中統元年，拜東平宣撫使。明年，召拜太子太師，辭不受，改大司農。四年，拜中書左丞。至元五年，出僉河南行省。十年，拜昭文館大學士，詳定禮儀事。十三年，拜翰林學士承旨。十七年薨，年七十八。元貞二年，贈榮禄大夫、少師。至大三年，追贈太師、開府儀同三司，封魯國公，謚文獻。初，雪齋與惟中從太子闊出南征，軍中得名儒趙復，始得程朱之書。後棄官攜家來輝，中堂龕孔子容，旁垂周、兩程、張、邵、司馬六君子像，讀書其間。自板諸經，散之四方。時河内許衡平仲、廣平竇默漢卿並在衛。雪齋時過漢卿茅齋，而平仲亦特造蘇門，盡室相依以居，三人互相講習，而北方之學者始聞進學之序焉。許參政有壬曰：皇元啓運，道復隆古，倡而鳴者爲雪齋姚公。蓋宋、金之際，兵燹頻仍，版帙散亡殆盡，獨首唱經學，闡明斯道，厥後名儒接踵而出，氣運昌隆，文章爾雅，推廻瀾障川之功，論者謂文獻公不在禹下云。

## 聰仲晦古意廿一首愛而和之仍次其韻

聖聖繼天極，授受惟一中。宣尼集大成，玉振條理終。盡性無思勉，中道何從容。乾坤有全德，尚資參贊功。

韋編日三絶，孳孳何所嗜。人道合天心，天人本無二。盈虚消息幾，進退存亡事。何當擬虚玄，百世老輔嗣。

觀人莫觀貌，相馬不相肉。羣經無釋辭，熟讀意自足。《易》道微九師，《春秋》散公穀。古今有成言，此論非余獨。

人皆與時行，吾斯未能信。士子有當憂，憂在不如舜。至哉伊洛傳，爲發前聖藴。先儒固所師，未暇窮詁訓。

高明懸萬象，經緯成縱横。君子動静機，一以蹤天行。後來英偉士，概舉名書生。胡爲事無用，篆刻風物情。

天命日流行，維仁亦無息。君子以自强，兹言致其力。求仁固多方，寸心惟自克。四勿猶勇兵，摧枯破敵國。

任重不易勝，無爲鼎折足。小利害成事，不達緣欲速。閉户豈遺世，入仕非干禄。出處貴適時，違時招自辱。

洙泗浸微没，繼世承末流。誰能泝淵源，跬步還自留。安宅久曠居，正路奚弗由。知津定何人，接淅吾將求。

夷齊顧名節，不食餓首陽。尚父應天討，奮時清渭傍。心跡異天壤，日月同輝光。道義有如此，人惟重行藏。

切問復近思，乾行求艮止。人道無他焉，仁義而已耳。原始可要終，知生乃明死。倀倀失路人，何當與聞此。

志士慕功業，富貴鴻毛輕。仁人懷道義，不爲功業縈。富貴詎可求，功業從自生。狂狷奚所取，無由見中行。

大舜與人同，人心本無惡。未達爲善資，凡民曾不若。臨深莫爲高，見是方知錯。出門有餘師，芻蕘未應薄。

中孚自有喜，无妄從生災。達人弭憂樂，世俗生嫌猜。短翼登雲衢，鵷雛棲草萊。要知庸玉汝，天亦惜良才。

富貴惟潤屋，德藝能潤身。蓬門信寒寂，道勝生陽春。顏淵百世士，原思千載人。先賢嘗有此，吾輩甘常貧。

得鹿未足喜，喪馬勿用逐。初萌得失心，方寸成百曲。纖人恣物情，熊掌又魚肉。曾推萬禍原，古今從一欲。

美人有碩德，輝光映儒□。□□□爲食，生民以爲心。螭蟠久存蟄，巖棲□□霖。憂時恒若疾，不爲風雨淫。

有士氣淩雲，孤松挺高節。壯懷入酣歌，歌長擊壺缺。鬢髮日以秋，肝腸老於鐵。從知養浩然，此意潛□歇。

四海一紅爐，焦心待時雨。羣生日熬熬，無從求樂土。百拜籲蒼天，籲天天未許。亨嘉會有期，此非容力取。

拔茅連其茹，激濁揚其清。雲山興大厦，諒非一木成。巖巖萬斛舟，水積舟乃行。羣材惟柱石，國勢何用傾。

曠世少知音，爲誰歌《白雪》？風雲重三顧，捐軀輕嘔血。考槃在澗阿，永矢心如鐵。千秋見鍾期，朱絃難遽絶。

天道有定常，推行無少忒。人心復何爲，遷□莫能測。古人貴全交，所貴在恆德。黄金百煉餘，不改當時色。甲寅春二月廿有七日，書於吐蕃滿底城東北二百里荒山行帳中，爲子益懇求故也。敬齋姚樞識。

## 題虢國夫人夜遊圖

宴安懷鴆毒，蕩佚國將亡。緬思天寶載，聲色迷君王。朝政出多門，十九分權綱。其誰堪炙手？秦虢連諸楊。攀附勢莫比，所冀保椒房。宫中陪宴樂，晝短疑夜長。重爲長夜游，細馬馱寶裝。胡不秉明燭，宴行撤禮防。一從此風熾，野鹿踰宮牆。五岳出洛泜，四海同慘傷。維時所貴顯，赤族亦罹殃。馬嵬脂粉暗，岷山涕泗滂。明年雖幸還，大海翻田桑。山河增慘澹，日月銷精光。問民瘡痍中，哭廟煨燼旁。女寵禍何酷，百悔不一償。在莒豈足擬，于兹不可忘。

## 被顧問題張萱畫明皇擊敔一作梧。按樂圖

阿萱五季名畫師，尤工粉墨含春姿。君王游蕩墮聲色，不知聲色傾人國。開元無逸致太平，天寶奢風生五兵。偃月堂近一作高。幽薊遠，潛謀不入芙蓉苑。咸陽行色馬嵬塵，萱一作畫。筆雖工恐未真。四海蒼生半魚肉，歸來豈爲香囊哭。一日重開日月光，黄金却鑄郭汾陽。

## 賦龍池水 卽平水之源。

濁涇一斛幾半區，白田一沃成膏腴。汾水流源亦不殊，循崖挾阜不可渠。姑射山高草木敷，精英四散清流疏。清流溉田田卽癯，耕犍畜夫疲糞車。陳蕃一室還掃除，淵明亦復新其廬。伯夷柳惠聖之徒，其源逼窄其流污。春日秋霜與化俎，何當得此輔唐虞。中行未易良可吁，晉人努力無爲迂。

## 濟瀆廟禱雨感應

石壇飛盡赤章灰，蝗孽冥銷澍雨來。歸奏玉皇香案側，天顏應爲羽衣開。

# 張元帥弘範

弘範字仲疇，河内人，蔡國公柔第九子也。中統初，授行軍司馬，以平濟南李壇功，進順天路管民總管，移守大名。六年，授益都淄萊等路行軍萬户。十一年，北兵渡江，弘範爲前鋒，長驅至建康。屢敗宋師，上其功，改亳州萬户。後賜名拔都，從中書左丞董文炳由海道會丞相伯顏，進次近郊，宋主上表降，師還，授鎮國上將軍、江東道宣慰使。十五年，張世傑立廣王昺於海上，授弘範蒙古漢軍都元帥，往平之。十六年正月庚戌，由潮陽港發舶入海。辛酉二月甲申，戰於厓山，宋師大潰，陸秀夫抱宋主昺赴水死，嶺海悉平，磨厓山之陽，勒石紀功而還。十月入朝，未幾疾作，端坐而卒，年四十三。贈銀青榮禄大夫、平章政事，謚武略。至大四年，加贈太師、開府儀同三司、上柱國，齊國公，改謚忠武。延祐六年，加封淮陽王，謚獻武。仲疇善馬槊，頗能爲歌詩，幼嘗學於郝信使經，故屬意文事爲甚。鄧侍郎光薦曰：公天分英特，雖觀書大略，率意吐辭，往往踔厲奇偉。據鞍從横，横槊釃酒，叱咤風生，豪快天縱，類楚漢烈士語。許治書從宣曰：王以事業之餘，適其情性，而聊以見之吟詠。雅韻清辭，雍容諧協，固非服介胄者所能及。至其讀韓信、李廣傳諸作，英氣偉論，卓犖發揚，又豈拘拘律度之士所能道哉。

## 雨霽登樓

樓外雨初霽，乾坤望眼明。岸高秋漲滿，簾卷暮霞生。燕入泥香潤，龍歸海氣清。闌干殘照底，一片古今情。

## 柳塘避暑

避暑溪塘上，□然□□疏。挂冠疑過鳥，濯足礙行魚。雨過波紋細，風來樹影虚。消□長日事，棋罷數行書。

## 花影

明月招春魄，移痕□□□。暗香□□簟，乘興滅銀釭。

## 述懷

太古一輪月，浮雲幾度漫。陰晴從萬態，桂影自高寒。

## 赴大名路任

詔引春風下帝庭，恩教遷鎮大名城。天寒日短催行色，霧重霜濃接去程。鵬翼垂天今日志，馬頭灑淚故鄉情。深承父老殷勤送，何日兒童竹馬迎。

初夏

醉窗睡足碧紗涼，簾卷薰風燕子忙。滿地落花驚晚吹，一溪流水帶斜陽。等閒歲月過難再，牢落功名拙自傷。青鏡祇愁霜鬢改，光陰空老郭汾陽。

新蟬

齊宮怨女夢初驚，猶對薰風訴别情。一自返魂遺舊殼，便將秋恨入新聲。斷橋高柳天將暮，落日空山雨乍晴。鐵石肝腸人聽得，也應白髮爲君生。

雛燕

羽毛香潤態含癡，睡足雲兜力尚微。喚母但能啾唧語，戀巢猶倦往來飛。薰風庭院簾初卷，落日池臺人乍歸。白鳳赤龍渾異事，争如隨分著烏衣。

射柳

年少將軍耀武威，人如輕燕馬如飛。黄金箭落星三點，白玉弓開月一圍。簫鼓聲中驚霹靂，綺羅筵上動光輝。回頭笑殺無功子，羞對薰風脱錦衣。

述懷

春風滿鬢緑鬅鬆，落落胸懷氣吐虹。節操自知堅雪竹，行藏未必屬秋蓬。歌終牛角兩行淚，舞徹雞聲一劍雄。肯似少年場上客，笙簫日醉軟香中。

## 過雙塔

千丈黄塵倦客途，林梢遥認兩浮屠。數家荒店留行李，一帶遥山入酒壺。勳業壯年勞夢寐，等閒老境寄江湖。前塗默默深滄海，惆悵西樓日向晡。

## 宿龍門

落日蒼厓列翠屏，翠屏圍宿暮雲横。溪聲清入詩人耳，山勢斜盤客子程。青草路涼羸馬飽，碧林月冷倦烏驚。明朝飛過龍門去，直挽春風下赤城。

## 述懷

飄零孤影寄天涯，夢斷春風二鼓撾。悶上心來須賴酒，愁驅睡去勝如茶。龍潛北海收雷跡，豹隱南山養霧花。天產我材應有意，不成空使二毛華。

## 襄陽答王仲思

晝夜干戈備不虞，等閒詩酒與全疏。承君西屬三詞至，愧我東回一字無。麾下雄兵山有虎，目中窮寇釜奔魚。秋風咫尺襄樊了，好約扁舟泛五湖。

## 風柳

澹澹池塘近楚宫，緑腰臭娜學盤中。亂摇芳草飛輕白，細搭朱闌拂落紅。枝上嬌鶯啼恰恰，樹邊舞蝶意怱怱。東君應著吹噓力，要把春愁一掃空。

## 南征二首

百戰歸來氣未鬆，紫泥又起作元戎。樓船萬艓三山外，塞馬千羣百粤中。舉目山川渾各異，傷心風景不相同。明年事了朝天去，銅柱東邊第一功。

離多會少古皆然，惟我平生苦太偏。已是十年驅戰馬，又還萬里駕征船。相思回首南天角，獨許傾心北闕邊。寄語故人知道否，戮鯨沉海在來年。

## 讀韓信傳

一怒燕齊楚趙收，將軍今古果誰儔。後來肯爲陳豨計，先日何辭蒯徹謀。自是多能噲等，何能輕舉學留侯。可憐一片肝腸鐵，却使終遺萬古羞。

## 共賦行田

不屑人間事業忙，日迷歌舞少年場。樓臺夜月延佳客，花竹春風擁謝娘。笑倩釵金挑燭影，醉嫌杯玉擘橙香。誰知原上農家子，鞭臭殘星曉露涼。

## 春雪

餘寒料峭黄昏暮，驚見東風吹柳絮。杜陵野老獨歸來，却入灞陵橋上路。黄鶯愁立花深處，恨溼金衣寒兩羽。園林渾似晚春時，一片瓊花飛玉樹。

## 寄樞密院郭良弼

三百年基數戰休，君臣束手願歸囚。上天有命聖皇福，下國無謀賢相籌。笑我青蠅隨驥尾，看人滄海據鼇頭。此行幸見太平了，收拾琴書覓舊遊。

淮陽王佳句可摘者，五言如《月夜獨酌》云：「山風吹雨去，海月上天來。」七言如《晚涼樓飲》云：「龍駕金烏歸海北，鯨吹璧月上天東。」《初夏》云：「香盈脾蜜蜂銜歇，泥足梁巢燕寢便。」《遇雨未發》云：「絶岫黑雲籠古殿，虚檐玉柱碎空階。」《述懷》云：「中酒未醒過似病，搜詩不得勝如愁。」亦復雄健新警，耐人吟詠也。

## 槐井

翠圍石甃雨苔青，影落寒泉墮月明。酒醒渴懷無處著，緑陰風送轆轤聲。

## 遊春

閒逐東風信馬蹄，一鞭詩思曲江隄。行行貪詠梨花雪，却被桃花約帽低。

## 讀李廣傳

弧矢威盈塞北屯，漢家飛將氣如神。但教千古英名在，不得封侯也快人。

## 墨竹

麝墨芸香小玉叢，澹煙横月翠玲瓏。小屏春鎖緑窗夢，也勝湖江煙雨中。

## 射虎

黑風萬騎卷空山，怒吼巖林出錦斑。得意將軍飛鐵鏃，忽驚一點草梢殷。

## 出獵

臂鷹攜犬胯腰弓，四野長圍馬疾風。恨殺棘林狐兔走，肯教容易出圍中。

## 新燕

海棠開後月黄昏，王謝樓臺寂寂春。柳外東風花外雨，香泥高壘畫堂新。

## 青杏

落盡殘紅緑滿枝，青青如豆釀酸時。佳人摘得新嘗怯，一點春愁鎖畫眉。

## 柳絮

東風殢殺柳梢頭，吹去香棉得自由。不到池塘成翠靨，顛狂飛入酒家樓。

## 聞角

戍樓一曲老龍嘶，霜滿秋空月影西。客裏夢回聽不得，殘燈明滅伴人啼。

## 寒食後

家家鑽火露新煙，花褪殘紅柳吐棉。底是遊人腸斷處，杏桃影裏拆鞦韆。

## 碧桃花

應是玄都觀裏仙，爲嫌白澹厭紅蔫。故裁一種新顏色，疑是飛仙墜翠鈿。

## 燭淚

惜別終宵話不休，煌煌燈燭照離愁。蠟花本是無情物，特向人前也淚流。

## 梅雨

輕雲薄薄暗江干，幾陣紗窗送嫩寒。濃醉呼童新摘得，未黄梅子已微酸。

## 拆鞦韆

畫柱青苔卧寂寥，綵繩無計戀春嬌。可憐明月梨花院，閒殺春風第一宵。

## 榴花

猩血誰教染絳囊，緑雲堆裏潤生香。遊蜂錯認枝頭火，忙駕薰風過短牆。

## 晚蟬

三生齊女舊精魂，哭斷殘陽雨後村。千古閨愁無處著，斷腸聲裏又黄昏。

## 驟雨二首

滄海龍飛霹靂驚，雲間電影萬蛇明。六丁怒挽天河水，特爲人間洗甲兵。
風擁黄雲龍駕海，雷驅紫電雨翻盆。長虹千丈忽截斷，一片風波起市門。

## 春信

庾嶺梅花噴雪香，灞橋煙柳弄鵝黄。故鄉望斷無消息，獨倚東風雁數行。

## 霜月早行

霜滿溪橋月滿山，哦詩驢背怯清寒。那知年少青樓客，醉擁芙蓉夢未闌。

## 過江

磨劍劍石石鼎裂，飲馬長江江水竭。我軍百萬戰袍紅，盡是江南兒女血。

## 柳眉二首

似斂還舒嫩覺羞，隋隄如爲古今憂。翠尖管取傳春意，莫向長亭管別愁。

睡起沙窗對曉奩，暫時初識遠山尖。多情笑殺張京兆，應恐香螺涴玉纖。

## 張平章珪

珪字公瑞，自號澹菴，弘範子。至元十七年，拜昭勇大將軍，管軍萬户。弘範卒，屢著戰功。二十九年入朝，拜鎮國上將軍、江淮行樞密副使。大德三年，擢江南行臺侍御史，換文階中奉大夫。遷浙西廉訪使，入僉樞密院事，拜江南行臺中丞，謝病歸。至大初，召爲太子諭德，進賓客，拜御史中丞。皇慶初，遷樞密副使。延祐初，拜中書平章政事，後以大司徒謝病家居。至治間，起爲集賢大學士，尋復入中書，封蔡國公，知經筵事。泰定二年，得旨暫歸。三年，復召拜翰林學士承旨、知制誥，兼修國史，繼得旨還家，四年薨。初，淮陽王平廣海，得宋禮部侍郎鄧光薦，命公瑞師事之。光薦嘗遺一編書，目曰《相業語》，曰："熟讀此，後必賴其用。"故其爲學不尚章句，務求内聖外王之道。學書，腕力尤健，端重嚴勁，無慚箏諫之臣。真能世其家者也。

## 登茅山

久矣厭朝市，心棲巖壑幽。今朝復何朝，陟此蒼峰秋。玉宇正寥廓，風籟寒颼飀。平生獲壯觀，萬里供〔寸〕〔十〕眸。烟嵐縹緲中，青原間桑疇。琳宮一何麗，突出寒巖陬。茅君此仙去，遐想希前修。胡爲塵玉蹤，歲月徒悠悠。何當乘雲虯，八表同周流。念念竟忘言，凝神入冥搜。彷彿鸞鶴音，還來故山游。

## 喜客泉

昔聞喜客泉，今來欣見之。俯檻一凝盼，珠璣拂清池。山靈藴神秀，出此天下奇。嗟余時所忌，而泉喜何爲。丹忱天自知，願兹諒弗疑。

## 晉檜

晉代王氣終，劫灰今幾時。獨餘此蒼檜，鬱鬱貞秀姿。深根盤厚地，雲漢參高枝。風霜固久歷，雨露無偏滋。一笑媚時榮，朝盛夕已衰。

## 陰陽井

仙人修鍊地，玉井著神功。日月雙輪見，陰頭兩竅通。可堪清徹底，那便施無窮。尚冀丹砂力，當澆塵念空。

## 展子虔游春圖卷

東風一樣翠紅新，緑水青山又可人。料得春山更深處，仙源初不限紅塵。

## 題王鵬梅金明池圖

萬櫂齊奔競出頭，錦標奪得志應酬。吴儂識此争先著，一度贏來便可休。

## 題周曾秋塘圖

荷枯葦折澹秋塘，岸側芙蓉鏡裏妝。水宿雲飛禽共樂，不須别處覓瀟湘。

## 楊廉訪奐

奐字焕然，又名知章，乾州奉天人。母嘗夢東南日光射其身，旁一神人以筆授之，已而奐生。甫勝衣，嘗信口唱歌，有紫陽閣之句，問其故，則不能答也。未冠，夢遊紫陽閣，景趣甚異，自悟以前爲紫陽宫道士，後因以自號。金末舉進士不中，乃作萬言策，指陳時病，未及上而歸，教授鄉里。歲癸巳，汴京降，奐微服北渡，依冠氏帥趙壽之。戊戌，太宗詔宣德課税使劉用之試諸道進士，奐試東平，兩中賦論第一，從監試官北上，謁中書耶律楚材，薦授河南路徵收課税所長官，兼廉訪使。在官十年，乃請老於燕之行臺。壬子，世祖在潛邸，驛召奐參議京兆宣撫司事，累上書得請而歸。秦中學者稱爲關西夫子。乙卯疾篤，引觴大笑而卒，年七十，賜謚文憲。所著有《還山集》六十卷行世。遺山先生元好問撰墓碑曰：「紫陽博覽强記，作文刻刮塵爛，創爲裁製，以盜襲剽竊爲恥，其持論亦然。秦中百年以來，號稱多士。較其聲問赫奕，聳動一世，蓋未有出其右者。」江漢先生趙復曰：「紫陽其志其學，粹然一出於正，其言精約粹瑩，而條理膚敏，名教中南宫雲臺也。」

### 諭内

天地具此身，胚胎乃潛受。甚者感異類，焉敢計妍醜。冠蓋傳百世，萬求無一售。所以孟軻氏，立言痛無後。飄零風塵際，判作窮獨叟。四年四懸弧，吉兆自申酉。顧我果何人，報施嗟已厚。今冬復爾耳，三國魏崔琰傳，太祖曰：「諺語生女爾耳！」喜在得分剖。女亦吾所出，胡爲生可否。天下盡男子，無姑卒無婦。伏羲畫八卦，錯綜定奇偶。阿駒才五歲，見客謹拜叩。稍稍愛紙筆，門户知可守。女生願有家，教之奉箕帚。乘龍非所期，隨分逐雞狗。

## 陶九嫂 述蘄春劉益甫所言，以爲强暴不道者之戒。

勿輕釵與笄，勿賤裙與襦。柘皋一女子，健勝百丈夫。家住廬州東，庫藏饒金珠。天陰夜抹漆，暴客萌覬覦。胠篋不足較，父兄罹刳屠。女年十五六，以色竟見驅。捕捉星火急，亡命洞庭湖。既爲陶家婦，九嫂從渠呼。寢息風浪中，四鄰唯菰蒲。琴瑟未免合，積久産二雛。春秋祭享絶，對面佯悲吁。向來郎鬢黑，漂泊生白鬚。身後乏寸土，奈我子母孤。干戈又换世，幸在昔廛區。何當決歸□，卒歲容相娱。聞語略不疑，意謂癡且愚。鋭然□輕舟，攜抱登長塗。青氈復舊物，水陸多膏腴。女兒拜夫前，靈貺焉可誣。兒初有祕祝，欲答神□扶。給郎俟西祠，徑往公府趨。畫地訴首尾，曾不□錙銖。官長怒咆哮，俄頃就執俘。械杻滿蟣蝨，□□臨街衢。使女坐其旁，笑頰如施朱。自推二□□，□請加鑕鈇。官曰産爾腹，頗亦憐呱呱。女□□□種，不可謂不辜。環觀交感泣，猛烈今古無。□事鬼神畏，失機或斯須。甘露若訓注，反遭□□圖。政類竇桂孃，兒同心實殊。桂孃，建中時人，見杜牧言。隱忍寂寞濱，豈甘盜賊污。白玉投青泥，至寶終莫渝。此雛若不雪，何以見烏烏。一息傳萬口，南北通燕吳。夫願女爲婦，婦願女爲姑。緑林肝膽寒，低頭羞穿窬。佳人固不幸，能還誰爾拘。何事原巨先，遂使輕俠徒。見《前漢原涉傳》。

## 孫烈婦歌

婦姓吴，小字二十，平陸人。適進士孫。

平陸有烈婦，地望雄諸吴。從居孩提間，體貌迥爾殊。舉家愛惜心，不啻千金珠。眉拂夏繭蛾，鬟髀春林烏。芙蓉羨顔色，冰雪羞肌膚。十二巧鍼指，十四婉步趨。姻戚未省識，閨閫何曾踰。孫郎邑中秀，少小依師儒。雙親爲擇對，買紅纏酒壺。青鸞得綵鳳，誓結百年娱。屈己接妯娌，盡心奉舅姑。孰謂連理枝，半璧先摧枯。春風合歡牀，分守夜雨孤。西鄰久欽慕，指王氏子。誠與六禮俱。賄好靡不周，下逮役使徒。父兄去世亂，倉卒誰攜扶。母嫂憐幼寡，且微反哺雛。號訴竟莫察，僵仆氣不甦。同穴大義在，初言寧忍辜。日間勢轉逼，託媒致區區。將汝已死婦，配我未葬夫。朝決暮即行，參差當自屠。王族忽承命，搔首久踟躕。此事難爲諧，此理古亦無。女聞一撫掌，天道卒敢誣。腐骨尚知愛，而況生人軀。素志從此伸，里巷咸驚吁。秋風萬馬來，所至皆丘墟。粟堆坡頭路，月黑忘崎嶇。鄉兵共烏合，焉能保不虞。俄頃鼓聲絶，崩潰東北隅。壯者被殺戮，弱者遭縻驅。婦時飛懸厓，翩若赴水鳧。皎皎盈尺玉，未甘蒼蠅汙。鮮鮮全匹錦，豈容濁穢塗。向是健男子，足授丈二殳。航海鱠長鯨，盪荆縛於菟。悲哉女子身，裙裾鬱壯圖。胡不具始末，奏之達帝都。外則詔郡國，内則正宫襦。胡不搆祠宇，揭之當官衢。近使感義節，遠使懲淫愚。不然布臺閣，直筆一再濡。特書彤史上，永世瞻範模。

## 題趙繼卿耕隱圖

惜君玉雪成老醜，知君近出太常後。太常名之傑，以諫南北征知名。求田問舍計差早，恐君不是扶犁手。長安冠蓋鬧於雲，但説子真耕谷口。此心肯處萬事了，直待鐘鳴奈衰朽。溪山入眼畫樣新，雨翠煙嵐浮户牖。松亭可琴水可舟，中有石田三百畝。剩鉏烏豆種紅秫，十分桑麻居八九。軟浸豆屑飯晨犢，濃湯去聲。秫腴篘社酒。冷盆繅絲給公上，挑燈紡績裹妾婦。索錢豪吏喜食肉，準備羹材養雞狗。荊棘滿野獨漏網，太常遺澤亦已厚。軍興科徭古不免，爲勸比鄰死莫走。殘年得飽實大幸，傍舍偎籬插花柳。君家平日無雜賓，我輩過門須一扣。若非代北少陵翁，定是周南紫陽叟。更闌朗詠除夜篇，聊與蒼生洗塵垢。

## 李王夜宴行

玉漏沈沈寒夜永，瑤階月轉梧桐影。重門深鎖寂無人，醉倚銀屏呼不醒。茜裙六幅拖朝霞，飛雲髻穩盤雙雅。一生偏得君王意，笑酬新寵彈琵琶。嬌小不禁弦索滑，腸欲斷時輕一抹。半遮粉面回春波，等閒忘却龍香撥。歡娛未畢北兵來，三十六宮如死灰。茅茨老死定誰問？紛紛哀樂長相催。

## 晉溪行感故人崔君寶馮達卿至

并刀射日霜華起，誰剪滄溟半邊水。千年冷浸西南天，瑠璃萬頃清無底。瑤階玉殿聖母家，春陽走碎油壁車。天陰人静百鬼出，山風泠泠吹浪花。花飛愁怕桂輪濕，蟄龍潛抱神珠泣。馬蹄剥落夢不到，邂逅與君成雅集。金斗潋灩浮新香，秦客思家偏斷腸。曲江池館定何似，滿眼青田空夕陽。

## 金谷行

洛陽園池天下無，金谷近在西城隅。晉時花草不復見，野人猶解談齊奴。齊奴豪奢誰比數，酒酣愛擊珊瑚株。後堂春風滿桃李，中有一枝名緑珠。千金買步障，百金買氍毹。時時吹笛替郎語，雲窗霧户長歡娱。層階欲下須人扶，豈料一日能捐軀。紅飛玉碎頃刻裏，空使行客悲躊躇。樓頭小婦感恩死，君臣大義當何如。

## 有懷梁仲經父

美人熒熒在何處？海闊天低隔煙霧。珊瑚零落芙蓉空，咫尺相望迷去路。翠輦金輿雙鳳皇，風吹環佩聲琅琅。壺觴狼藉事已往，一日萬里愁茫茫。劉郎竟是誰家客？歲晚霜華林葉赤。美人熒熒在何處？鴨緑江頭江月白。

## 寄商孟卿

無窮唯永日，有盡是流年。白髮誰能免，丹經恐妄傳。會心人健否，到處家纍然。衮衮風波地，方思萬里船。

## 寄朱生

不知朱記室，歲晚竟一作更。如何。老舅家誰託，孀親鬢已皤。林泉憂患少，京國是非多。爲客幾時了，悲涼彈鋏歌。

## 河道村

官路人家少，邊城驛使頻。季鷹終去洛，王粲近歸秦。天地羣龍鬭，泥沙尺蠖伸。親朋應笑我，頭白傍風塵。

## 宿草堂二首

百頃逍遥苑，千年羅什家。荒林藏屋小，細逕逐溪斜。老檜今何在，瑞蓮春自花。山靈憎俗駕，朝暮白雲遮。

廢寺人蹤斷，幽溪野性便。魚須分浪細，虎迹印沙圓。馴雀偷僧飯，飢蚕破客眠。獻芹吾豈敢，直欲斸山田。

## 留别儒禪

溪行魚不畏，巖宿虎相隨。怕客談新事，逢人誦舊詩。衲輕聊覆體，米滑欲翻匙。僧臘知餘幾，霜鬚一作髭。已滿頤。

## 謝顧副言問疾

久謝公家事，時勞長者車。可憐新病後，未覺故人疏。渭北偏饒夢，河南近得書。相忘吾豈敢，欲出怯籃輿。

## 雨夜

關河隔千里，筆研寄餘生。老覺鄉心重，閒知世念輕。微風摇竹影，細雨簌檐聲。落魄緣何事，吾今不用名。

## 題城南陰氏永思亭

結廬守丘壟，種柏長孫枝。不爲城府屈，况求時世知。曾無綵衣夢，誰有角弓詩。薄宦歸來晚，因君涕滿頤。

## 訪耿君玉隱居

居幽穿洞府，岸狹束溪流。細逕鄰翁熟，懸厓遠客愁。橋明山月上，窗暗野雲浮。世事何曾到，年侵亦白頭。

## 飲山家

爲愛春風好，乘時把一杯。百年雙眼在，萬事寸心灰。花向坐中落，客從雲外來。詩成無紙筆，畫地惜蒼苔。

## 青峰寺哭燦然弟

長別惟生死，難忘是弟兄。但吾今到處，想汝昔曾行。鄉社三年阻，兵戈一夢驚。青山風雨夜，此去更傷情。

## 晚至青口

長年困行役，短髮易飄零。世事驚春夢，交親散曉星。燒痕侵路黑，柳色夾隄青。落日明霞底，原情動鶺鴒。

## 浮生一首懷裕之

漢節飛雲外，秦城落照邊。浮生空自老，歸計定何年？淚滿陳蕃榻，心摇祖逖鞭。短詩聊遣興，羞向故人傳。

## 撫州

北界連南界，昌州又撫州。月明魚泊夜，霜冷鼠山秋。爲客無時了，勞生有許愁。殘年嬰世網，吾欲謝浮一作溪。鷗。

## 至滑州堤

舊事悲存没，殘年厭往還。孤城晴雪底，雙塔暮雲間。馬没長津一作堤。在，龍歸老井閒。隔林青數點，多是濬州山。

## 宿南石橋

江流平入楚，山勢遠連秦。岸柳猶含凍，溪花欲破春。石銜車轍古，沙印虎蹄新。晚境長爲客，空山不見人。

## 出鴉路宿北石橋

燒火連山暗，春雲出谷遲。避人投野店，繫馬就疏籬。舊字頽垣在，新愁客枕知。清明無幾日，細與數歸期。

## 承德亭見訪

世事元無定，人生只合閒。君今悲白髮，我亦負青山。廢郭官居冷，荒年旅食慳。最憐情意厚，朝至暮方還。

## 次答正卿二首

客愁青鏡裏，歸夢白鷗邊。故國人何在？新秋月又圓。米鹽逢此日，詩酒負殘年。長羨平林鳥，雙飛入暮煙。

何人依玉樹，有客隱金華。老覺身爲累，時勞夢到家。且騎山簡馬，誰識子陽蛙。日暮秋風起，飛塵滿晝叉。

## 答京叔文季昆仲

何處音書至？劉家好弟兄。科名先世在，詩律早年成。嶺北饒風雪，淮南困甲兵。論文吾有意，尊酒阻同傾。

## 未歸

渭水遥通洛，函關近隔秦。百年垂老日，千里未歸身。夢寐嫌爲客，妻孥不諱貧。一官無可戀，花氣五陵春。

## 雨夜

窗秋風獵獵，檐夜雨頻頻。蛩韻愁於我，燈花笑向人。此身猶在洛，何日定歸秦。不必黄粱熟，真慚白髮新。

## 次答伯直侍郎三首

家貧餘四壁，地勝接三鄉。才賦狂司馬，形容老遂良。畫眉從爾闊，舞袖爲誰長？生死交情在，書紳示不忘。

升斗貪微禄，關河隔故鄉。詠歸懷靖節，知足愧張良。不問黄金盡，猶憐白髮長。江湖風浪急，相呴勝相忘。

洶洶何時定，飄飄著處鄉。音書黄耳絶，兄弟白眉良。晚境情偏重，良宵話更長。舊遊零落盡，别後實難忘。

## 冠氏留别趙帥

主人情爛熳，客子自奔忙。不見猶頻夢，相逢合斷腸。秋涼抛藥裹，夜雨倒壺觴。回首高城北，幽燕去路長。

## 泊舟老鸛觜

衮衮風生嘴，涓涓月印沙。船頭平壓浪，櫂尾旋成花。老去長爲客，愁來轉憶家。雙棲疏影裏，羡殺柳橋鴉。

## 送張彦叔還陜二首

管寧猶避世，裨竈豈知天。安穩將何日，奔忙各暮年。且陪山簡醉，未辨水衡錢。便了公家事，癡兒更可憐。

翰墨知名久，風塵會面稀。病來嗟我老，秋到惜君歸。瘦馬駝殘夢，寒蟬送落暉。區區問逋負，直覺宿心違。

## 送靳才卿之平陽

却向他一作西。州去，蕭蕭雪滿簪。丘園初到眼，兒女總關心。汾水野煙白，霍山寒霧深。得歸歸更好，吾亦愛秦一作春。音。

## 呈君美

上陽門外路，日暮獨歸時。齒髪各一作已。衰謝，風塵仍別離。斷雲横紫閣，急雨掠蒼陂。地勝饒新句，君將寄阿誰？

## 得邳大用書復寄

百年真夢寐，萬國久風塵。老去偏相憶，書來恨不頻。季鷹猶在洛，王粲未歸秦。谷口知何似，他時願卜鄰。

## □楊飛卿

吾宗久零落，之子亦中年。紫邏一作閣。堪高卧，玄經擬共傳。前言非戲爾，舊處想依然。留著新詩筆，教隨過海船。

## □文紀行贈以小步馬

洛水西頭路，桃花夾岸香。偏宜紅叱撥，小試紫游韁。雨徑沙初軟，春山草正長。杖藜猶過我，此別莫相忘。

## 答張君美

我無茅一把，誰有橘千頭。應物機仍拙，憂時涕欲流。謾違魚鳥信，豈爲稻粱謀。老去經三仕，詩來抵《四愁》。

## 懷同祖卿

東府倉皇別，西河迤邐回。元戎期坐嘯，上客入行臺。夢裏惠連句，生前張翰杯。龍池清似染，應恨不歸來。

## 宿重陽宫

村落到山盡，軒窗臨水多。野禽如舊識，鄰叟漸相過。林靜連官竹，籬疏補女蘿。夜深眠不著，倚杖看星河。

## 同完顔惟洪至樓觀聞耗

蓬萊隔滄海，虎豹護天關。白髮知誰免，青牛竟不還。茶分丹井水，詩入草樓山。顧我負何事，區區鞍馬問。

陶君秀晉人嘗爲司竹監使因祖淵明嘗游五柳莊爲立五柳祠在縣東西原方見有祠堂詩碑淵明詩《寄陶監使君秀》。向禹城侯先生司竹時與扶風張明叙六曲李仲常鳳翔董彥材從之學如白雲樓海棠觀所謂勝游也兵後吾弟主之亦西州衣冠之幸感今慨昔不能不憫然也握手一笑知復何年敢此以爲質兼示鄠亭趙秀才四首

家世江頭令，風流竹裏仙。海棠烘曉霽，野筍澹春煙。尊俎違今日，弦歌記昔年。掛冠吾有意，送老白雲邊。

違别亦已久，蕭蕭雙鬢絲。自憐多病後，不似早年時。暮雨千山道，春風五柳祠。剩留溪上竹，到處刻新詩。

不見長楊館，人家只翠微。溪流環監署，林影入宫闈。花鴨夜方静，竹鼯秋更肥。青仙無處問，老淚日霑衣。侯先生舜臣没後，其家人輩夢爲青仙觀管香使。

老病鄉心重，艱危世契疏。少年知自立，近日定何如。渭上千叢玉，陂頭半尺鱸。往來元不惡，容我坐籃輿。

## 呈公茂

冰雪相看十五年，照人風采只依然。我今自分蓬蒿底，君獨何心道路邊。渭北幾時無夢寐，終南在處有林泉。不妨便作求田計，伴取疲揚草《太玄》。

## 寄商孟卿

一望東原一惘然，芸窗誰與伴高眠。秋風有意招張翰，春草無由見惠連。王母信音青鳥外，溪翁心事白鷗邊。殷勤爲向侯芭道，判却殘年老《太玄》。

## 病中趙之讓見訪

洛陽三月不得雨，君家西來常苦陰。酒杯雖好怕到手，藥裹底事猶關心。對牀幾日肯相就，擁被中宵愁獨吟。莫疑衰疾便揮謝，解吐新句酬知音。

## 次答庭幹

歲晚周南見此翁，未應抵苦厭塵籠。人須老後心方定，詩到工時例合窮。飯顆儘從嘲杜甫，荆釵元不笑梁鴻。倚楹三詠鴟梟句，始信《離騷》繼國風。來章有鴟梟□□□之句。

## 病中次答

一別南塘十五年，□□虛貸買山錢。梁園不□狂司馬，洛社偏宜病樂天。□□形骸親藥裹，□將心計事征塵。他時湧翠亭前水，又是吾家〔阿〕對泉。

## 寄長安

龜城舊事空悠悠，俯仰一别今幾秋。遥知清談落塵尾，應悔□□書□頭。三川烟月四時在，兩□關河千里愁。道人活計行處是，早晚策杖來□□。

## 草亭既成招肥鄉竇子聲

走徧江淮鬢未華，歸來重對舊生涯。論醫不待肱三折，作賦曾聞手一叉。晚歲蕭條嗟我老，春風揺蕩醉誰家？殺雞爲黍初心在，目斷西雲日又斜。

## 送馬公遠歸桂菴

瘦馬踏雪來長安，老□□雲依空山。長年獨處村落裏，幾日一笑□□□。□院風□□夜話，松□月冷趁晨班。終南太白四時好，不得倚闌相對閒。

## 長安感懷

此心只一作直。欲作東周，再到長安已白頭。往事無憑空擊楫，一作磬。故人何處獨登樓。月揺銀海秦陵夜，露滴金莖漢殿秋。落日酒醒雙淚眼，幾時清渭向西流。

## 延祥觀

長□誰遣降精魂，氣應潛龍道自存。玄女式中消日月，春明門外轉乾坤。諸王決計戡多難，睿主應期即至尊。天□□歸赤符後，遺風猶記老人村。

## 重陽觀

終南佳處小壺天，教啓全真自此仙。道紀宏開山色裏，通明高聳日華邊。南連地肺花浮水，西望經臺竹滿煙。最愛雲窗無事客，寂然心月照重玄。

## 遇仙觀

一飲甘河萬事休，喚回胡蝶夢莊周。口傳鉛汞五篇訣，神馭雲龍八極遊。寰海玄風開羽客，遇仙清迹想氈裘。百年更有何人酌，人自無緣水自流。

## 通濟橋　壬子秋九月，被召過此。

五丁鑿石極堅頑，陌上行人得往還。月魄半輪沈水底，虹腰千尺駕雲間。鄭卿車渡心應愧，秦帝鞭驅血尚殷。爲問長江深幾許，雪風吹馬下天山。

## 試萬寧宮

月澹長楊曉色清，天題飛下寂無聲。南山霧豹文章在，北海雲鵬羽翼成。玉檻玲瓏紅露重，金爐縹緲翠煙輕。誰言夜半曾前席？白日君王問賈生。

楊紫陽跋趙太常《擬試賦稿》後云：泰和丙寅春三月二十五日，萬寧宫試貢士，上躬命賦，題曰《日合天紘》，侍臣初甚難之。而太常卿北京趙公適充御前讀卷官，獨以爲不難。卽日奏賦，議乃定。既而中選者纔二十有八人，僕時甫冠，獲試廷下，而席屋偶居前列，朝隙聞異香出殿檽間，一紫衣人顧余起，問題之難易及氏名里貫年齒而去。少頃，復相慶曰：適駕至耳。薄暮出宫，傳以爲希遇。按萬寧宫廷試，當在金章宗泰和六年，紫陽時年二十一，下第後乃作此詩，蓋紀一時之事也。

## 至日

憶初年少在南梁，兄弟歡遊久未忘。春色共傾花底酒，雨聲常對竹邊牀。怒鯨一夕掀洪浪，斷雁何時續舊行。辜負亂來同被約，尺書不到十年强。

## 謁廟

會見春風入杏壇，奎文閣上獨凭闌。淵源自古尊洙泗，祖述何人似孟韓。竹簡不隨秦火冷，楷林空倚魯城寒。飄零蹤迹千年後，無復東西老一簞。

## 題終南和甫提點筠溪

仙家静住西南溪，竹外須信無餘師。平生高節鬼亦畏，一點虚心人得知。林深自有天地在，歲暮不受風霜欺。何時借我半窗月？萬里黄塵雙鬢絲。

## 録汴梁宮人語十九首

一入深宮裏，經今十五年。長因批帖子，呼到御牀前。
歲歲逢元夜，金蛾鬧簇巾。見人心自怯，終是女兒身。
殿前輪直罷，偷去賭金釵。怕見黄昏月，殷勤上玉階。
翠翹珠掘背，小殿夜藏鈎。驀地羊車至，低頭笑不休。
内府頒金帛，教酬賀節盤。兩宫新有旨，先與問孤寒。
人間多棗栗，不到九重天。長被黄衫吏，花攤月賜錢。
仁壽一作聖。生辰節，君王進玉巵。壽棚兼壽表，留待北還時。
邊奏行臺急，東華夜啓封。内人催步輦，不候景陽鐘。
畫燭雙雙引，珠簾一一開。輦前齊下拜，歡飲辟寒杯。
聖躬香閣内，只道下朝遲。扶仗嬌無力，紅綃貼玉肌。
今日天顔喜，東朝内宴開。外邊農事動，詔遣教坊回。
駕前雙白鶴，日日候朝回。自送鑾輿去，經今更不來。
陡覺文書静，相將立夕陽。傷心寧福位，無復夜熏香。
二后睢陽去，潛身泣到明。却回誰敢問，校似有心情。

爲道圍城久，妝奩斸犒軍。入春渾斷絶，飢苦不堪聞。
監國推梁邸，初頭静不知。但疑牆外笑，人有看宫時。
别殿弓刀響，倉皇接鄭王。尚愁宫正怒，含淚强添妝。
一向傳宣唤，誰知不復還。來時舊鍼綫，記得在窗間。
北去遷沙漠，誠心畏從行。不知當日死，頭白若爲生。陶九成《輟耕録》云：楊文憲公録《汴梁宫人語十九首》，雖一時之所寄興，亦不無有傷感之意。按紫陽又嘗作《汴故宫記》，叙次甚悉，至今讀之，猶可想見其制度規模也。亦載《輟耕録》及蘇天爵《元文類》中。

## 酬昭君怨

玉貌辭金闕，貂裘擁繡鞍。將軍休出戰，塞上雪偏寒。

## 遊嵩山十三首

### 轘轅坂

盤盤十二曲，石嶺瘦崢嶸。脚底有平地，何人險處行。

### 太室

茂陵骨已朽，萬歲恐虚傳。莫上中峰頂，秦城隔暮煙。

少室

方若植嵬冠，森若削寒玉。明月夜中遊，誰家借黄鵠。

啓母石

頑石本在世，啓母人亦知。可憐宋太后，死駡寧馨兒。

少姨廟

路傍雙闕老，蔓草入荒祠。時見山家女，燒香乞繭絲。

盧巖

避名名自在，身瘠道還腴。未到千年後，空巖已姓盧。

龍潭

壯哉昌黎筆，談笑排佛禍。不言動鬼神，翻疑觸雷火。

五渡水

幾時落東溪，曲折卧天漢。語似登山人，可飲不可盥。

測影臺

一片開元石，愈知天地中。今宵北窗夢，或可見周公。

箕山

土階墮渺茫，多少曹與馬。底事住青山，近代無讓者。

潁水

邂逅洗耳翁，去飲上流水。此日儻相逢，黄犢應渴死。

卓錫泉

大士傳心要，諸方叩道玄。至今卓錫地，瑩徹有遺泉。

巢翁冢

既知田間樂，焉知田間苦。惟是唐虞朝，所以有巢父。

讀汝南遺事二首

軹道牽羊事已非，更堪行酒著青衣。裹頭婢子那知此，争逐君王烈燄歸。

六朝江水故依然，隔斷中原又百年。長笑桓温無遠略，竟留王猛佐苻堅。

讀通鑑

風煙慘澹駐三巴，漢燼將燃蜀婦髽。欲起温公問書法，武侯入寇寇誰家？《輟耕録》霍治書云：紫陽楊焕然先生讀《通鑑》，論漢、魏正閏，大不平之，遂修《漢書》駁正其事，因作詩云云。後攻宋軍回，始見《通鑑綱目》，其書乃寢。

## 紫陽閣

碧瓦朱甍動紫煙，清風吹袂渺翩翩。夢回憶得三生事，悔落黄塵六十年。

## 題二賢祠

從經操懿狎孤兒，世事尤非扣馬時。若道後人真可誑，空山焉有二賢祠。癸丑二月望，奉天楊奂題《首陽山夷齊廟》，同里王璨、張端平、陸員擇從行。

## 涿南見蠶婦本汴梁貴家

蠶月何曾出後堂，干戈流落客他鄉。羅衣著盡無人問，自把荆籃摘野桑。

## 出郭作

燕姬歌處囀鶯喉，燕酒春來滑似油。自有五陵年少在，平明騎馬過盧溝。

## 過湯陰崇壽寺二首

城荒寺古冷於冰，絳帳誰燒照佛燈。閒繞空階觀石刻，偶聞音語得鄉僧。

老僧七十六春秋，霜滿修眉雪滿頭。見説故人指病目，幾時攜杖入西州。

## 憶君美

寒雁明朝下五湖，長安西望獨躊躇。無情誰似張公子，兩見秋風不寄書。

## 寄君美二首

不走瀍東走澗西，八年迎送愧山妻。長思醉卧高堂上，滿枕春風聽竹雞。

銅柱從君泣墮鳶，鴟夷心事五湖船。頭顱如此人間世，不得青山對暮年。

## 管寧濯足圖

踏遍遼東未是癡，藜牀欲穴只心知。好留一掬黄泥水，漫却曹郎受禪碑。

## 答客

仕晚自知爲學拙，家貧人道治生疏。滿山薇蕨春風老，昨夜鄰翁有報書。

## 泛舟

燕子迎風掠水飛，樓前楊柳緑依依。十年不作南塘夢，怕見殘陽上客衣。

# 王内翰磐

磐字文炳，廣平永年人，徙居汝之魯山。登金至大四年經義進士第。元中統初，擢益都等路宣慰副使。頃之以疾免，樂青州風土，乃買田洱河之上，題其居曰「鹿菴」，有終焉之志。師圍濟南，授參議行中書省事，遷翰林直學士，出爲真定宣慰使。至元元年，復召入翰林，兼太常少卿，進拜承旨，累乞致仕，不許，年八十二，始遂所請。三十年卒，年九十二。贈太傅開府儀同三司，追封洛國公，謚文忠。文炳人品高邁，氣概一世，嘗曰：文章以自得不蹈襲前人一言爲貴。又曰：爲學務要精熟，當鎔成汁，瀉成錠，團成塊，按成餅。故其文詞波瀾宏放，浩無津涯。李野齋稱其爲文沖粹典雅，得體裁之正，不取尖新以爲奇，不尚隱僻以爲高。詩則述事遣情，閒逸豪邁，不拘一律。其居翰林也，持文柄者餘二十年，天下學士大夫想聞風采，得從容晉接，終身爲榮。元初開國諸公，未有出其右者。

## 遊黄華山

林慮著太行，峰巒一都會。晴嵐照郛郭，朝日炫金翠。盤盤黄華山，高秀衆峰内。萬仞青芙蓉，屹立見根蔕。有泉不知源，滂沛落雲際。初疑玉虹垂，兼訝銀河潰。翻翻雪練飛，洶洶風雷沸。前年會一遊，披覽恨未細。今茲重經過，適與佳客萃。坐分石上苔，行並林間䉶。緬懷雪溪老，遠出遼海外。飛聲入中華，遂占此山麗。吾家墨竈峰，卑小衆所易。婆娑百本松，龍蛇護清閟。煙雨一窗書，作我幽棲地。會看此名山，永無黄華配。江山無大小，玩賞因人貴。嗟我復何人，題詩聊自戲。

## 烘峪山

昨日遊黄華，抵暮方言還。今晨到烘峪，驅馬五松邊。未移金門日，還指元康煙。山中富清境，不暇相周旋。大似山陰客，望門却回船。空懷上方寺，矯首浮雲顛。瀑布落晴雪，金燈開夜蓮。何當重經過，巖下細留連。

## 扁鵲墓

昔爲社長時，方投未可録。一遇長桑君，古今皆歎服。天地爲至仁，既死不能復。先生妙藥石，起死效何速。日月爲至明，覆盆不能燭。先生具正眼，豪釐窺肺腑。誰知造物者，禍福相倚伏。平生活人手，反受庸醫辱。千年廟前水，猶學上池緑。再拜乞一杯，洗我胸中俗。

## 巨源相過話舊有感

中統三年春二月，變起青齊帶吴越。鯨鯢轉側海波翻，城郭横尸野流血。我時辛苦賊中來，兵塵模糊眼不開。妻孥棄捐豺虎口，飛蓬飄轉無根荄。天寒日暮齊河縣，破驛荒涼絶煙爨。騎行驛馬鈍如蛙，官吏散地無處唤。與君此地忽相逢，行臺郎中氣勢雄。憫我白頭遭喪亂，壯我臨難全孤忠。急呼驛吏具鞍馬，使我厄路還亨通。明晨相隨濟南去，出入條侯營壘中。死生契闊不相棄，起居飲食常與同。標山華注日在眼，綿歷春草及秋風。四郊斫木桑柘盡，濼源飲馬波濤空。兒渠腰領膏野草，始見齊魯收煙烽。巨源巨源君且坐，我欲高歌君可和。往事回頭十五年，猶想離魂招楚些。身逢播越百憂纏，生不成名空老大。我依破硯竊恩榮，君佐雄藩收最課。流萍暫聚不多時，且喜相看顏一破。我衰無力訪君難，願君得暇頻相過。

## 嵇侍中廟

十載家艱恨未消，又持手版仕昏朝。已知定亂功難就，猶幸臨危節可要。忠血數斑霑藻火，英名千古迫雲霄。一杯欲酹祠前土，野鶴昂藏未易招。

## 百門泉二首

濟南七十二名泉，散出坡陀百里川。未似共城祠下水，千竅并出畫樓前。

半空風雨山頭樹，十頃玻瓈水底天。孤客南來無著處，相宜只有百門泉。

## 昆陽懷古

行役宛葉間，路入昆陽城。滍水抱城左，蕩漾東南溟。川源入四顧，盤互多岡陵。城頹削懸崖，草深惡鵖鳴。嗟爾一抔土，當此百萬兵。莽圖十九年，聚此天爲坑。王者況不死，千騎驚龍騰。漢業兆豐沛，赤符此中興。創復兩不易，山川賁雄名。東南遥相望，盤盤兩神京。千年事雲散，草木含威靈。野人無所知，城邊事春耕。扶犁上廢壘，隴畝縱復横。只應懷古士，千古愴餘情。

## 堯帝廟

上古元氣淳以朠，羣聖既出如傳臚。高辛登天帝摯痛，爰有真人起參墟。黄收純衣握帝符，馬如白練彤雲車。璇璣玉衡擬天樞，七政循軌萬物舒。耕田鑿井人自娱，帝力於我何有諸。千秋萬古仰範模，皎如白日臨天衢。川流山峙雨露濡，聖人德澤何時枯。□□漢北聲教俱，矧兹河汾其故都。邦人誇耀榮鄉閭，遺廟世守無代無。遷新去故奠神居，道人精誠與神孚。觚棱金碧凌空虚，采椽土階與古殊。歲時香火喧笙竽，神兮歸來駐鑾輿，祐我聖祚窺皇圖。

## 送尚書柴莊卿出使安南

單車奉使柴尚書，龍潭虎穴坦如途。丹青明著使外國，不减漢朝張與蘇。共山李生有志謀，樂執鞭弭同馳驅。但願皇恩彌宇宙，不須珍異輸天都。

## 壽王學士秋澗七十

早歲聲華便軼羣，學優不輟向來勤。兩宫垂顧逢千載，三世讀書萃一門。蘭省柏臺留讜論，玉堂金馬焕雄文。平頭七十無多賀，會見諸孫子又孫。

## 楊總管果

果字正卿，祈州蒲陰人。金正大初登進士第，元初爲河南課税及經略司幕官。中統元年，拜北京宣撫使。明年，入拜參知政事。至元六年，出爲懷孟路總官。其年薨，年七十三，謚文獻。正卿美風姿，善諧謔，文采風流，照映一世。工爲文章，詩尤長於樂府。所著有《西菴集》。其自洛陽起宣撫遼西也，既至莅事，戲爲喻云：回婦越商，相爲室家。言説不能通，畫地爲圖，令以意求之，十纔得其一二。每夕，回婦焚香祝天，雪泣而言，越商不知也。鄰有曉回語者，潛聽譯之云：注禄神官，獨不能遠以從近也邪！傳至廟堂，諸公笑之，數日齒冷，其明年遂入大參。姚燧《牧菴文集》所記如此。

### 羽林行

銀鞍白馬鳴玉珂，風花三月燕支坡。侍中女夫領軍事，一作子。黄金買斷青樓歌。少年羽林出名字，隨從武皇偏得意。當時事少游幸多，御馬御衣嘗得賜。年年春水復秋山，風毛雨血金蓮川。歸來宴賀滿宫醉，山呼摇動東南天。明昌太一作泰。和承平久，北人歲獻蒲萄酒。一聲長嘯四海空，繁華事往空回首。懸弧月落城上牆，一作檣。天子死不爲降王。羽林零落只一作祇。君在，白頭辛苦趨路旁。腰無長劍手無鎗，欲語前事涕滿裳。洛陽城下歲垂暮，秋風秋氣傷金瘡。龍門流出伊河水，北望臨潰八千里。蔡州新起髑髏臺，只合當年抱君死。君家父兄健如虎，一旦倉皇變爲鼠。錦衣新貴見莫嗤，得時失時今又悲。

## 老牛歎

老牛帶月原上耕，耕兒怒呼嗔不行。瘢瘡滿背股流血，力乏不勝空哀鳴。日暮歸家羸欲倒，水冷萁枯豆顆少。半夜風霜徹骨寒，夢魂猶遶桃林道。服箱曾作千金犍，負重致遠人所憐。而今棄擲非故主，飽食不如盜倉鼠。

## 洛陽懷古

洛陽雲樹鬱崔嵬，落日行人首重回。山勢忽從平野斷，河聲偏傍一作到。故宮哀。《五噫》擬逐梁鴻去，六印休驚季子來。惆悵青槐舊時路，年年無數野棠開。

## 過狄仁傑墓

牝雞聲裏紫宸寒，神器都歸竊弄間。一語喚回鸚鵡夢，九霄奪得鳳雛還。荒墳寂寞臨官道，清節孤高重一作直。泰山。爲問模稜蘇相國，當時相見果何顔？

## 登北邙山二首

干戈叢裏過壬辰，原上纍纍冢墓新。寒食清明幾家哭，問來都是陳亡人。
魏家池館姚家宅，佳卉而今采作薪。水北水南三二月，舊時多少看花人。

## 村居二首

草堂有燕賀新成，沙渚無鷗續舊盟。滿徑落紅風掃静，一渠春碧雨添平。
春波澹澹卷寒漪，長日蕭蕭静竹扉。村舍蠶催桑葉大，山田鹿食麥苗稀。

## 峴山秋晚圖

江水江花遶大堤，太平歌舞習家池。而今風景那堪畫，落日空城鳥雀悲。

## 遊裴公亭

裴公亭滿竹林風，王屋天壇在眼中。月桂不隨春共老，池波直與海相通。珍羞恐負將軍腹，時雨休歸社鬼功。天子仁明百靈助，連村簫鼓廢年豐。

## 濟瀆廟禱雨感應

醮壇人散碧雲沈，天表吾君愛物心。一雨霶霈三萬里，成湯無用禱桑林。

## 徐按察世隆

世隆，字威卿，陳州西華人。金正大四年登進士第，元初爲東平行臺幕官。中統元年，拜燕京宣撫使。三年，除太常卿。至元元年，遷翰林侍講學士，兼太常卿、户部侍郎。七年，拜吏部尚書，出爲東昌路總管，擢山東道按察使，移江北淮東道。十七年，召爲翰林學士，又召爲集賢學士，皆以疾辭不行。二十二年卒，年八十。所著有《瀛洲集》百卷，文集若干卷。按明歙人汪子卿仲蘇《泰山志》載：「徐世隆，别號復齋，不知何許人，官翰林學士，元季喪亂，變姓名居泰山岳祠，言人貴賤修短，多驗。明天順間，復至泰山升元觀，一老道士識之，容貌如兒時所見，後不知所終。」考《元史》本傳及東平徐琰撰墓碑，威卿生卒年月甚詳，不聞有學道求仙事也。意别有一徐世隆，而仲蘇不察，誤以威卿翰林學士屬之耳。元人名相同者如劉肅、張經、張樞、王沂、王思誠、張守中、葉顒、伯顏、達溥化、月魯，字相同者如張仲疇、李伯宗、吴養浩、俞子中，此類不可枚舉，而詩篇遂多淆亂，當時載籍散亡，未經訂正，見聞互異，正史尚多滲漏，而山經地志更不足道也。略因所見而辨正之。

## 胡氏殺虎歌

濱州滓海縣，兵籍有劉平。其妻曰胡氏，艱險常同經。起赴零陽戍，仍攜兩兒行。暮宿沙河岸，忽聞嘯風聲。一虎蹲其間，視平若孩嬰。吞臂曳之去，胡氏躍且驚。走逐十餘步，掣足與虎争。急呼兒取刀，屠虎肝腸傾。虎斃平脱口，扶歸季陽城。一支骨已碎，三日目乃瞑。夫殁入黄泉，婦哭入青冥。風雲變黯澹，禽鳥爲悲鳴。帥府取臯比，列狀達省庭。庭庭狀其義，復户仍免征。旌表見國政，激勸通人情。大哉夫婦恩，直與生死并。死同葬虎腹，生同食虎羹。誰謂荆釵輩，乃有如此英。班班古列女，好事多丹青。宜將殺虎傳，題編家家屏。

## 挽文丞相　符觀《元詩正體》作王磐。

大元不殺文丞相，君義臣忠兩得之。義似漢皇封齒日，忠於蜀將斫顔時。乾坤日月一作「精忠貫日」。華夷見，海嶺風霜一作「勁節凌霜」。草木知。只恐史官編不盡，老夫和淚寫新詩。

## 後唐明宗廟

徽陵當日拯殘唐，五季之間號小康。因獸害田秋罷獵，爲民求主夜焚香。八年功德丹青在，千古明靈祭祀長。欲識此邦遺愛事，廟槐人敬似甘棠。

## 紀夢　以下二首見汪子卿《泰山志》。意威卿按察山東時作也。

我夢天倪子，同登日觀峰。骨彊清似鶴，步健老猶龍。方外無官府，堂中有岱宗。仙閭真福地，杖屨會相從。

## 送天倪子還泰山

九十行年髮未華，道人風骨飽煙霞。洞天福地二千里，神府仙閭第一家。牛膝藥靈斟美醖，兔豪盞淨啜芳芽。隱居自愛陶弘景，莫作山中宰相誇。

## 蒿里

世傳蒿里躡靈魂，廟宇燒殘敞復新。七十五司陰□□，□千餘里遠祠人。天神志似張華博，地獄圖如道子真。積少成多能事畢，泰山元不厭微塵。

## 寄天倪子

父居鄆府有牛膝，子倅泰山無鹿茸。寄與天倪憐老病，足痿手戰更頭風。

## 李御史思衍

思衍，字昌翁，一字克昌，號兩山，餘干人。至元間，丞相伯顏渡江，遣武良弼下饒，以思衍權樂平，尋授袁州治中，入爲國子司業。世祖以安南未附，召拜禮部侍郎，副都省參議禿盧奉使招諭，安南奉表款附，賮使甚厚，時禿盧受，思衍不受。既還，上勞慰，問所賮，怒禿盧受。思衍曰：「禿盧受，安小國之心，臣不受，全大國之體。」上賢之，拜南臺御史。卒，張侍講伯淳挽詩云：「斯文誰與立，卓犖兩山名。南粵麾兼餽，東州表獨清。」蓋紀其實也。

### 鬻孫謡

白頭老翁髮垂領，牽孫與客摩孫頂。翁年八十死無恤，憐女孩童困飢饉。去年雖旱猶禾熟，今年飛霜先殺菽。去年飢饉猶一粥，今年飢饉無餘粟。客謝老翁將孫去，淚下如絲不能語。零丁老病維一身，獨卧茅檐夜深雨。夢回猶是悮呼孫，縣吏催租正打門。

### 元日

笏班玉立五雲階，曾醉天家舞馬杯。坐困庾樓分月久，明從堯殿帶春來。洪鈞暖入宫一作官。橋柳，金鼎香傳驛使梅。爆竹一聲春夢曉，沈香亭北牡丹開。

見王參政

獵獵風沙透紙窗，地爐火歇冷侵牀。一聲孤鶴唳殘月，幾杵疏鍾敲曉霜。黍律噓春燕谷暖，梅花入夢楚天長。歸期乞趁東風軟，醉裊絲鞭吟緑楊。

寄江西魏按察

雙氣光收紫氣沈，六絲轡動使華臨。寒生柏府風霜面，清照梅花玉雪心。一道秋江澄濁浪，千厓曉色破頑陰。水天霞鶩吟情逸，只恐商家要作霖。

上雷御史

臺上棲烏顫曉寒，朱簾雲静楚天寬。星芒摇動龍阿劍，霜氣横陳廌角冠。苦透柏心風力勁，清臨梅影雪痕乾。渾源聞有傳家譜，夜露心香借易看。

妙高臺

危亭新構客持觴，雨挹闌干面面涼。烟外好山供水墨，風前老樹奏笙簧。接天净緑秋江白，著地彤雲晚稻黃。驟褭絲鞭歸興邈，水晶宫殿桂花香。

次韻單徒提舉

百蠻冠帶悉來庭，九處臨關萬雉城。漢殿風馳十行詔，唐藩雷動衆軍聲。海涵春育民膏澤，雨施雲行天性情。聽得老瘂扶杖語，紫微垣畔泰階平。

## 汴京懷古

滄海成田艮嶽荒，誰能行役不彷徨。青城北狩隔萬里，花石南來寶幾綱。土暗塵昏天水碧，風輕雨過女真黃。自牡丹譜尚女真黃，宣和以肅冠姚魏昭與天水碧同讖。無人可語宣和事，九些陳留酹一觴。

## 會同館

萬間頂顙翠光團，千尺廊腰眼界寬。鴨脚參天風雨老，館乃亡金之義王府，懷遠堂前雙杏，大王所植。龍髯蟄地雪霜寒。燕寒，葡萄經秋，蟄藤於地。庭花飛墨空遺恨，宮葉流紅不忍看。南來妃嬪常館於此，或書吳彦高「南朝千古傷心事」之詞於其側。古往今來只如此，夕陽搔首倚闌干。

## 華蓋樓

三十六坊如掌平，長橋短艇水縱橫。銀河一道江連海，畫障四圍山繞城。老樹煙雲春緑暗，小樓簾幕曉紅明。陰陰翠影誰家屋？夢覺草池鶯一聲。

## 石牛行

寒牛觳觫秋江煙，五丁擔落石一拳。驚濤拍岸撼不動，夕陽老背供鴉眠。天荒地老煮白石，頑懶不過蒼苔田。騰騰卧地帶佛性，尚肯遠護風濤船。泥深蹄轉重，鼻缺繩難穿。既不能西推紫氣度函谷，五千道德言神仙。又不能糞金開秦塞，隔絶鳥道四萬八千年。渴奔一斗酒，傲兀廬山前。潢池刀劍賣已盡，貞觀斗米方成錢。雨犁急趁勾芒起，不然碎汝春風鞭。

## 世子燕席索詩

乾坤氣運會貞元，皓月騰空息瘴煙。北闕星馳新誥命，南郊春轉舊山川。存誠乃可必事帝，保國無如是畏天。光覲紫宸歸化錦，山河帶礪保千年。

## 世子和前韻有自顧不才慚錫土只緣多病欠朝天之句即席次韻

雨露汪洋普漢恩，鳳啣丹詔出紅雲。拓開地角皆和氣，浄挾天河洗戰塵。盡道璽書十行下，勝如琴殿五絃薰。乾坤兼愛無南北，何患雲雷復有屯。

## 行贐有禮辭之世子舉陸賈事亹亹見愛謝絶以詩

緑璽南來奉玉音，九重惻怛爲民深。蜀人爰命相如檄，越使何求陸賈金。冰雪孤忠臣子事，乾坤生物帝王心。從今但得天從欲，航海梯山歲歲深。

## 彭城

一水淵渟緑不波，四山玉立碧嵯峨。城頭芻石黄樓賦，臺上風雲赤帝歌。竹帛有香豪傑在，山河無恙廢興多。男兒要作千年調，戲馬臺高石可磨。

## 隆山塔院

峰頂浮圖第幾重，四天塵界盡虛空。縣居島嶼縈回處，海在煙霞霧靆中。浴水垂盤暘谷日，轟雷鼙鼓怒濤風。蓬萊咫尺闌干底，平步長橋跨玉虹。

## 志古溪堂

堂成合入《輞川圖》，塵隔香紅九軌衢。詩洩騷情風格老，棋藏活著路頭蘇。梅黄著雨鶯鶯染，竹醉薰風倩鶴扶。一片丹青誰畫得，吟腸惱斷老耕夫。

## 見維揚崔左丞

十里珠簾一半垂，揚州風物最宜詩。平山倚檻歐陽子，明月吹簫杜牧之。吟筆新添梅鼎手，歌樓争覓《竹枝詞》。濡毫願逐奚奴後，描盡春風芍藥枝。

## 拜許魯齋像

玉笏頭邊懶押班，汗青筆削更重刊。直言何管雷霆怒，清節不知冰雪寒。性理晦庵真學術，鬚眉商嶺古衣冠。欲求繪畫者英手，寫過江南子弟看。

## 天慶宫

紫蓋星臨北斗躔，金門客去幾千年。蒙泉有味見福地，劫火離灰是洞天。塵外仙家山上屋，日邊帆影海東船。飄飄雲氣蓬萊近，五彩飛鸞不用鞭。

安南觀棋

地席跏趺午坐涼，棋邊袖手看人忙。檳榔賭□又春緑，送到誰家橘柚香。安南柚花甚香如茉莉，嶺北所無。

漂母墓

登壇拋却釣魚竿，廟食難酬一飯恩。春老五陵佳氣歇，近來誰復念王孫。

## 郭宣慰昂

昂字彦高，號野齋，彰德林州人。至元二年上書言事，平章廉希憲材之。授山東統軍司知事，尋改經歷，遷襄陽總軍司，轉沅州安撫司同知，佩金符，招降溪洞八十餘柵。十六年，以諸洞酋入朝，賜金綺衣鞍轡，進安遠大將軍。二十六年，江西盜起，昂討之。進逼南安、明揚、上龍巖、湖緑村、石門、雁湖、赤水、黑風峒諸蠻，立太平寨而還。授萬户，賜金虎符，鎮撫州，尋授廣東宣慰使。卒年六十一，謚文毅。彦高少習刀槊，能挽强弰，通經史，尤工於詩，率多江關戎馬之作。柳待制貫稱其横槊賦詩，下馬草檄，雖古良將復出，未敢多讓也。

### 寄張九萬户

三楚人驚撓擊頻，兩淮形勢壯分屯。秋風鼓角悲蛇陣，落日旌旗擁戟門。談塵夜摇山月白，劍光晴照海濤渾。與誰共挽銀河水，一洗中原戰血痕。

### 過桃川宫

桃花流水五雲間，咫尺仙凡隔往還。白鶴不來華表在，翠鸞飛去玉簫閒。戰塵滿眼何時了，雲駕無由得暫攀。六載苦辛誰與問，瘴煙空染鬢毛斑。

## 客燕

昨夜鄉關入夢遥，月明魂斷更難一作誰。招。鬢邊白髮愁一作秋。能種，囊裏黄金日易銷。尺壁自慚投暗室，前塗何處是青霄。龍沙見説難容一作爲。客，八月尖風徹敝貂。

## 寓潭水院寄王鼎臣

落魄猖狂久陸沈，鑾金散盡力難任。魂摇漳水雲煙闊，腸斷燕臺草樹深。朽索謾覊千里馬，樊籠空鎖九皋禽。薰風一夜招提夢，明月關山處處心。

## 杜季明

白髮刁搔五十餘，也隨時宦覓新除。功名未了牀頭劍，活計空存架上書。蟲臂敢勞私造化，獐頭深愧强趑趄。春風但假吹嘘力，早趁花期到敝廬。

## 偶感

滿眼黄塵興已闌，閉門高卧且加餐。一燈兒女團圞易，千古風雲際會難。檐外日暄捫蝨坐，庭前月出舉杯看。翠藤儘著參天長，不與孤松並歲寒。

## 呈董相

砥柱東南海一方，春雷隱隱震豺狼。彩旗獵日開晴雪，畫戟森香照曉霜。西土山河如虎踞，南淮風景入鷹楊。棣華滿眼春光好，盡帶鈞天雨露香。

從軍

祆氛慘白晝，天狼窺紫微。世故人心迫，秋高戰馬肥。乾坤增肅氣，鼓角壯神威。刁斗淒風急，貔貅白羽揮。陳雲愁不散，邊月澹無輝。烽火千山起，炊烟萬竈稀。獸蹤驚遠伏，鳥影避營飛。雷電奔長檄，旌旗擁戟闈。八風觀世應，六甲祕天機。社稷悲雄劍，肝腸快鐵衣。樓船功可繼，銅柱願常違。談笑一時了，軒昂滿意歸。太平方有象，聖德自徽徽。

宣春贈別

微茫烟浪浦帆開，一曲琵琶淚滿腮。江水不如湘水好，送人東去復一作又。西來。

開州卜居

旋買耕牛賣寶刀，草廬新結近東皋。貧無官府心常樂，閒爲交親菜自薅。卧虎城危斜日映，洪洋山淺白雲高。蹇驢不怕傍人笑，時趁黄鷄醉濁醪。

## 姚承旨燧

燧字端甫，文獻公樞之姪，少孤，隨樞學於蘇門。及長，以所作就正於河内許衡，衡賞其辭。至元七年，衡爲國子祭酒，奏召舊弟子二十人，驛致館下，始爲秦王府文學。尋提舉陝西、四川、中興等路學校，除陝西漢中道按察司副使，調山南湖北道，入爲翰林直學士，遷大司農丞。元貞元年，以翰林學士與侍讀高道凝總裁《世祖實録》。大德五年，出爲江東廉訪使，移病太平，拜江西行省參知政事。至大元年，入爲太子賓客，進承旨學士、太子太傅。明年，授榮禄大夫、翰林學士承旨知制誥兼修國史。四年，得告歸。卒，年七十六，謚曰文。所著有《牧菴文集》五十卷。牧菴爲文，閎肆該洽，豪而不宕，剛而不厲，春容盛大，有西漢風。宋末弊習，爲之一變。濟南張養浩序其集曰：公才驅氣駕，縱横開闔，紀律惟意，約要於煩，出奇於腐，江海駛而蛟龍挐，風霆薄而元氣溢。時元宅天下已百餘年，倡鳴古文，羣推牧菴一人，擬諸唐之昌黎、宋之廬陵云。

### 姚嗣輝南樝堂

彼樝有土性，生植惟蕺岷。欒欒干雲姿，才與樗散鄰。匠石過不睨，煬夫取蒸一作爲。薪。所貴故山樹，寧計世莫珍。一别十畝陰，清溪俄幾春。筆名堂楣上，如對故鄉親。請事《小弁》詩，桑梓亦惟寅。盛德古自卑，木惡何關人。不見樗里疾，智囊終相秦。君才負棟柱，未許溝斷均。無以橙自期，上孤明堂晨。

## 寄暢純父治中

欲聞真息耗，無使梓潼來。烽火平時報，田疇亂後開。徒歌王粲賦，不直士元才。遥憶牛頭寺，思親日幾迴。

## 輿病高厓道中作

役役乾坤遠，棲棲道路頻。五年三入蜀，十夢九歸秦。瘧鬼偏凌客，山英定笑人。無勞問前渡，祇覺白頭新。

## 舟達黄溪

草木隨寒暑，殊方榮悴同。葦花兼露白，榿葉未霜紅。日月雙飛鳥，江湖一病翁。晚來沙嶼上，愁坐獨書空。

## 發舟青神縣

青神開百丈，江岸轉荒涼。薜荔緣松起，蒹葭並竹長。深披豺虎徑，毒犯虺蛇鄉。何莫非王事，牽夫可惋傷。

## 感事

致位丞疑地，夔龍伯仲間。星當朝北斗，日已薄西山。取謗因讎惡，貪權失匃閒。此行雖鐵甲，未足比慚顏。

## 留别和杜紫微韻

身世支離似敗衣，有戈難却魯陽暉。不知此日公車召，又復何時野服歸。花信正愁風駘蕩，麥苗還喜雨霏微。分攜江上休回首，恐見檣烏作背飛。

## 癸巳九日

去歲君山孤櫂游，如今盡室石城州。明年白髮桑榆日，何地青山萸菊秋。客氣已爲强弩末，宦情空遶大刀頭。果成問舍求田策，未讓元龍百尺樓。

## 次韻時中

多君聞道粗知歸，雲霧何人識少微。爾後驊騮終獨步，目前鶩鳥不羣飛。淮南數日將寒食，客裏三春尚臘衣。安得鑾坡同給札，不妨苜蓿對朝暉。

## 别王良輔

只聞官罷尚荆州，不謂相逢郢水秋。如我避賢三退舍，與君爲客一登樓。人才妄自金鳴冶，世事從渠劍刻舟。明日分攜武昌去，應煩南夢到滄洲。

## 宋陸秀夫抱惠王入海圖

紫宸黄閣共樓船，海氣昏昏日月偏。平地已無行在所，丹心猶數中興年。生藏魚腹不見水，死挽龍髯直上天。板蕩純臣有如此，流芳千古更無前。

## 黄門飛鞚圖

太平無有羽書塵，局促龍鱗萬里身。不著圉人時騁鶩，天閑驕悍若爲馴。

## 賞花

出門京國事無涯，虛擲東風五物華。却謝病歸催不起，故園今見碧桃花。

## 寄王憲使立夫

庭樹生秋風，炎熾奪如失。小蟲鳴嘤嘤，高隼飛駃駃。緬懷素心人，若髮未忘櫛。百年能幾見，過眼徂電疾。而君有官事，出言千里律。何暇喜蛩音，情與逃空一。昨因趙卿至，戒遣書新述。篇軸不害多，無憚費紙筆。且約來北州，罇酒留十日。晴天逼佳夕，共看華月出。非不思餘論，門無一親卽。吾私如汲車，已脱復縈繘。晚菘生待種，早稻行可銍。少須黄花發，秋風亦蕭瑟。倒冠獨山巔，玆遊或能必。

## 次韻閻子濟二首

吾友宋僉憲，頗聞思湘中。每云所遇奇，未易言説窮。崇蘭春風花，巖桂秋露叢。三年一官内，身在香國東。朝航汨羅波，翻動海日紅。暮揖嶽麓寺，蒼煙樓觀霳。喧喧名都邑，百貨聚商工。何時訪君遊，盡歷西南雄。

霜水收風濤，江船穩歸路。唯應江間月，照汝來往屢。長沙隔南雲，尚飽艱險趣。天涯念棋錯，睽闊皆舊故。新知苟會心，何必歡有素。黄鐘未懸業，衆目齊瓦釜。大音故希聲，欲説難至户。況我言毛輶，誰復聽其句？所恃君盛年，學仕猶未暮。丈夫重道義，自足輕外騖。觀今紛華儔，慍喜隨一芋。願終藏山書，榮於鹿眠賦。

## 寄徐中丞容齋

李侯安慶來，遭君江間桅。問云歸湍水，示聲偶及我。自揆衰鈍質，舊學日兼墮。百事於大賢，資取無一頗。始疑逢蒙弓，亦有虚發笴。終知匠石斧，材不捐瑣瑣。增慚失喜餘，背覺芒刺荷。平生聲相接，睟盎見未可。文字親友間，屢得觀藻火。況聞閒世故，盤走夜光顆。仰止高山思，願並餘子顆。曆推天日行，蟻右風輪左。吾徒不相值，其故政此坐。何時廣陵遊，傾蓋願終果。

## 同柳山和尚登落星寺

抵掌女媧前功捐，鍊石力盡還實天。怒飛十有八萬里，擲陷彭蠡三重淵。藏山于澤信有力，愚公欲移重萬肩。黄家亞夫更癡絶，漫向麟史求何年。安知自分牛斗躔，天穴上當匡廬顛。銀河一塞□□□，至今飛流掛長川。我來正逢槐火節，艤磯少繫東吴船。相攜詩僧上佛閣，箕踞對酒淡其然。渠聞舌撟若自失，子辨乃出鄒衍前。無書太古何所得，爲言烏有先生傳。

## 萑葦歎

瀕江不可禾，歲惟葭葦茁。青林無端倪，永與江水匹。由爲薪蒸時，責以租賦出。園人誠貪夫，苞苴黄金鎰。暮夜鑽權倖，入牒妻子質。輸課或未償，投之良不卹。他家皆辦爲，得者皆富室。秋風霜露落，百穀時已實。處處傭千夫，豚酒健力銍。稛載向城市，官外私羨溢。遺笴狼藉陳，入者必見叱。或因取束緼，隨以盜採律。春風將新萌，剪伐未十七。下策付一炬，炎火赤天日。坐視煨燼空，不丏民貧疾。因推是爲心，可見無仁術。周官衡虞置，爲法未爾密。亦已開利源，千年誰能窒。

## 題貞節賈母劉氏

常時易處變時難，掬育孤兒紡織間。向使相歡得偕老，貞名未必滿人寰。

# 參政孛朮魯翀

孛朮魯翀，字子翬，其先隆安人。金泰和間，定女真姓氏。屬望廣平，後徙鄧之順陽，生贛江舟中，釜鳴者三，人以爲異。始名思温，字伯和，嘗從新喻蕭克翁學。克翁夜夢大鳥止其所居，翼覆軒外，出視之，冲天而去，明日翀至，故爲易今名字。大德間，由憲府薦，授襄陽教諭，擢汴學正。至大間，用姚文公燧薦，授翰林國史院編修官，累遷陝西行臺御史，入拜監察御史。泰定間，累遷國子司業，出爲燕南河北道廉訪使，入僉太常禮儀院事，兼經筵官。至順間，拜漢中道廉訪使，入僉太禧宗禋院，兼祇承神御殿事，改集賢直學士，兼國子祭酒，進禮部尚書。元統間，拜江浙行省參知政事，以遷葬歸，至元四年卒，年六十，追封南陽郡公，謚文靖。子翬，學博而正，爲文章嚴重質實，不爲浮靡。其詞悉本諸經，如米粟布帛，皆有補于世教。有《菊潭集》六十卷。姚牧菴謂子翬如此，宜後人以魯姚並稱云。元初文章雄鳴一時者，首推牧菴，而亦推服子翬談論鋒出，文章不待師傳而能，後進無是倫比。

## 范墳詩 并序。

宋蜀郡開國公范鎮景仁，謚忠文，其一世盛德偉烈，光著史籍，人固知之。其葬在襄城汝安鄉推賢里，載東坡集中甚詳。襄城故隸汝州，琳來訪問故老，其墳儼然尚一作故。在，已爲野夫豪農耕爲禾黍之區矣。范氏當金季猶有居墳左者，自經兵燼，不知所存。拊事歎閔。故爲作詩以紀其概，幸在官君子，知其爲先賢遺壟，庶有以處之。

忠文襃眉英，始也迹甚微。堂堂薛簡肅，旟隼西南飛。其人古廉守，肯持蒟醬歸。所得一偉人，天下大布衣。引以賓王家，光映春官闈。昭陵宋仁主，前星久無輝。犯諱言所難，雷電每霽威。雄哉鍊石手，妙補天巍巍。丞相江南來，雲掩扶桑暉。舊德陳苦辭，往往阨謗譏。諸賢抗章疏，弱卒攻堅圍。公力斡禹鼎，正氣砰黄扉。荆舒憤至骨，斥語筆自揮。贈之以蕙蘭，何往無芳菲。時公與司馬，聲諧玉琴徽。解冠挂神武，甘老西山薇。九宇日瞀瞀，赤子將疇依。兩公幸無恙，起拯或庶幾。嗣君元祐初，痛洗前人非。民望屬司馬，欲遯天爲畿。帝命起公卧，門久車馬一作停。騑。君實了吾事，此外何所希。清風溢寰海，不啻嚴陵磯。公既晚家許，道德人所腓。襄城下封窆，汝潁皆京圻。我來訪遺壟，名姓存依稀。來仍散兵燼，雨雪無留霏。公名在天下，豈逐薤露晞。誰能禁耕牧，盛事乘薪機。吾力不足振，感歎徒歔欷。

## 御宿行

蒼茫帝星移紫微，露寒金屋人依依。夢斷瑶池宴王母，地上麒麟鞭不走。山靈訶護魑魅中，何罪取憎逆旅翁。神龍脱淵命如蟻，老嫗眼明龍得水。醉轟惡少慰君歸，歸來宫柳回春熙。仲舒三策賤於草明日黄金賜山媪。

## 閲故唐宫

錦帆一作佩。走滅淮海波，虬髯起操湯武戈。盪民瘡痏六朝下，天開百二秦山河。我來徬徨舊宫土，細麥繁花忽誰主？終南王氣三百年，仙李春風一千古。春風吹夢天茫茫，玉樓金殿春雲香。開元舞馬散冥寞，紇干凍雀含悲涼。世態蒼黄幾煙霧，秦漢英靈不知處。崑崙河脈自西來，湘浦雁行今北去。

## 題周公益墨蹟

今觀益公帖，老氣肅鋒鋩。孫氏青氈永，宜開寶墨堂。

## 題公益答孫魯齋帖

丞相裁詩答布衣，殷勤辭翰總珠璣。秋風吹落蒼松樹，一二百年來此道非。

## 晉祠三首

掌文握瑞既符天，宗子維城足尚賢。功在生靈報君父，禮宜尸祝配山川。羣雲色映三農壤，時雨神通萬斛泉。幸與諸公謁祠下，令人長歎鄭桐編。

泉溜琮琤玉凍香，稻塍歷落卦齊疆。山頭雲氣結媒雨，木杪風聲凜孕霜。神濮有靈凝沆瀣，客纓無垢得滄浪。不須對境談今古，聊詠新詩送夕陽。
天泓雪霤蔭寒松，聖母祠前可鑑容。水利萬家豐稻晦，山靈千古壯桐封。司炎政虐連雲稼，使憲情深望雨農。一灑甘霖徧寰宇，泉關呼起抱珠龍。

# 李平章孟

孟字道復，上黨人，徙居漢中。至元中至京師，裕宗召見東宮，不及用。成宗立，薦爲太子師傅。大德初，武宗撫軍北方，仁宗留宮中，日陳善言正道，多所進益。又從仁宗侍昭獻元聖皇后降居懷州，四年誠節如一。成宗崩，安西王阿難答謀逆，力勸仁宗奉太后還都，收首謀及同惡者，奉御璽北迎武宗，及事定逃去，不知所之。武宗卽位，仁宗爲皇太子。追敘其功，特授中書平章政事、集賢大學士、同知樞密院事。仁宗立，真拜中書平章政事，賜爵秦國公。皇慶元年，授翰林學士承旨、知制誥、兼修國史，延祐元年，改封韓國公。七年仁宗崩，英宗初立，爲丞相鐵木迭兒所誣，盡前後封拜制命，降授集賢侍講學士。至治元年卒，年六十七。詔復元官，贈太保、儀同三司、上柱國，進封魏國公，謚文忠。韓公才氣跌宕，落筆縱横，詩尤清壯麗逸。仁宗嘗親授國公印章，召繪工惟肖其形，賜號秋谷，命集賢大學士王顒大書之，手刻爲扁而署其上，又側注曰：大德三年四月吉日，爲山人李道復製。因自號所著曰《秋谷集》。元初因仍吏治，士氣奄奄僅屬。韓公侍仁宗潛邸，日夕啓沃，謂儒可與守成。迨延祐當國，卽議行貢舉，其後如泰白野、余忠宣、李溽陽諸公，立節疆場，垂名竹帛，皆出自左右兩榜。元朝尊賢養士之報，于今爲烈，揆厥由來，皆韓公主行科舉之力也。

## 贈黄秋江處士

君釣秋江月，我耕秋谷雲。逃名君笑我，伴食我慚君。老我素多病，壯君高出羣。何時各歸去？雲月總平分。

按黄溍撰《黄一清墓志》云：一清，字清夫，休寧人。年逾四十，始游京師，無所知名，洎李韓公以舊學相仁宗，賢才彙進，乃復入京師謁孟。一清古貌長身，鬒髯如戟，寬衣高冠，容止簡率，又作吴語，左右多目笑之。孟望見大驚異，即下執其手，延之上座，自是名動京師。一清以秋江自號，而孟自號秋谷。遺一清詩，有：「君釣秋江月，我耕秋谷雲。逃名君笑我，伴食我慚君。」之句，朝野傳誦滿口，内翰趙孟頫寫以爲圖云。

## 偶成

日午山中道，停驂進步難。鹻侵苔徑滑，風吹一作入。毳袍寒。匡國終無補，全身尚未安。一尊茅店酒，强飲不成歡。

## 寄東宫二首

艱危勤扈從，俯仰盡周旋。小試屠龍技，翻成抱虎眠。脱鈎魚縱壑，漏網鳥沖天。萬事從今始，灰心未死前。

十年陪顧問，一旦決安危。自合成功去，應慚見一作識。事遲。長城徒一作何。自壞，孤注莫相疑。辟穀求仙者，高名一作明。百世師。

## 初科知貢舉

百年場屋事初行，一夕文星聚帝京。豹管敢窺天下士，龍一作鼇，頭誰占日邊名。寬容極口論時事，衣被終身荷聖情。願得真儒佐明主，白頭應不負平生。

按：此詩爲延祐二年春始設科會試，韓公知貢舉而作也。太宗即位之十年戊戌，開舉選，特詔宣德課税使劉公用之試諸道進士，則元朝科舉之設，已兆於此。後七十餘年，皇慶癸丑冬十一月，詔曰：其以皇慶三年八月，天下郡縣興其賢者能者，充賦有司。明年二月，會試京師，中選者朕將親覽焉。是時韓公爲平章，實主其議。許中丞有壬序《秋谷文集》曰：貢舉倡于草昧，條于至元，議于大德，沮尼百端，而始成於延祐，亦戛戛乎其難哉！今讀此詩，可以想見韓公爲國求賢之苦心矣。

## 金陵懷古

西風聒耳過黄蘆，萬水東流草樹枯。蟾闕一作窟。一年秋色遠，一作近。鵲橋萬里客心孤。青山故國新豐市，一作樹。芳草王孫舊酒壚。壯志未磨天地闊，劍光耿耿一作「夜夜」。照江湖。

## 喜雨

誰調元氣入淋漓，枯槁回生只片時。依舊野雲無著莫，高天闊地任風波。

## 舟中作

石激灘聲鑽釣船，夜寒人對白鷗眠。江風吹盡浮雲片，南北東西總是天。

## 在朝思鄉

西望家山咫尺間，白頭多病不知還。中書三入成何事，畫裏相看亦厚顏。

## 遷葬畢還朝

綠暗丘園已暮春，還山堂上會鄉鄰。明朝却上燕南道，依舊征衫滿路塵。

## 鮮于太常樞

樞字伯機，漁陽郡人。至元間，以材選爲浙東宣慰司經歷，改江浙行省都事。意氣雄豪，每晨出則載筆櫝，與其長廷争是非。一語不合，輒飄飄然欲置章綬去，漁獵山澤間而後爲快。軒騎所過，父老環聚指目曰：此我鮮于公也。及日晏歸，焚香弄翰，取數十百年古鼎彝器，陳諸階除，搜抉斷文廢款，若明日急有所須而爲之者。賓至則相對吟諷林竹之間，或命觴徑醉，醉極作放歌怪字，亦足自悦，見者以爲世外奇崛不凡人也。公卿以詞翰屢薦入館閣，不果用，遷太常典簿。晚年懶不耐事，閉門謝客。營一室，名曰「困學之齋」，自號「困學民」，又號「直寄老人」。大德六年卒。元初，車書大同，弓旌四出，金、宋之故老，交相景慕，一時人物，稱爲極盛。伯機與李仲芳、高彦敬、梁貢父、郭佑之，皆以北人仕宦于南，俱嗜吟，喜鑒定法書、名畫、古器物。而吴越之士因之引重，亦數人焉。伯機居錢唐時，吴興趙子昂常貌其神，蜀郡虞伯生贊之曰：「斂風沙裘劍之豪，爲湖山圖史之樂，翰墨軼米薛而有餘，風流擬晉宋而無作。」當時伯機文望，亦與子昂相伯仲云。

### 戊午十二月十二日别家

玄冬尚閉藏，游子戒遠塗。出門少人迹，霜露霑衣裾。强顔辭老親，低首戀蓬廬。牽舟逆北風，墮指哀僕夫。十年賦倦游，卜築滄海隅。既無官守責，亦作飢寒軀。宴坐固所懷，復此畏簡書。仰慚隨陽雁，俯羨在藻魚。

## 過桐廬漏港灘示舟人

驚流激長灘，百折怒未已。篙師與水争，退尺進纔咫。技窮解衣下，力排過乃止。維時春冬交，冰雪寒墮指。我時卧舟中，起視顙有泚。迂疏一何補，辛苦愧舟子。

## 水荒子歌二首

水荒子，日日悲歌向城市。辭危調苦不忍聞，妻孥散盡餘一身。城中米貴匄者衆，崎嶇一飽經千門。城中昔食城外米，城外人今食城裏。耕者漸少田漸荒，政恐明年不如此。水荒子，行歌乞食良不惡，猶勝弄兵獄中死。

水荒子，聽我語，忍死休離去鄉土。江中風浪大如山，蛟鼉垂涎寧貰汝。路旁暴客掠人賣，性命由他還更苦。北風吹霜水返壑，稍稍人烟動墟落。賑濟欲下逋負除，比著當年苦爲樂。水荒子，區區吏弊何時無，聞早還鄉事東作。

## 望嶧山　一本無望字。

東方巨鎮宗岱宗，羣山列侍臣妾同。西南崛起一萬仞，却立不屈如争雄。何年天星一作皇。下天一作星。宫，墜地化作青芙蓉。外如刻削中空同，閬風玄圃遥相通。我昔東遊訪青童，羣仙招我遊中峰。悔不絶粒巢雲松，失身誤落塵網中。如今可望不可到，檥舟空羡冥一作南。飛鴻。神仙可學事亦晚，安用屑屑悲秋蓬。吾聞嶧陽有孤桐，鳳皇鳴處朝陽紅。安得斲爲寶琴獻天子，爲民解愠歌《南風》。

## 題唐摸蘭亭墨蹟

君家禊帖評甲乙，和璧隋珠價相敵。神龍貞觀苦未遠，趙葛馮湯總名蹟。主人熊魚兩兼愛，彼短此長俱有得。三百二十有七字，字字龍蛇怒騰擲。嗟余到手眼生障，有數存焉豈人力。吾聞神龍之初，《黄庭》《樂毅》真蹟尚無恙，此帖猶爲時所惜。況今相去又千載，古帖消磨萬無一。有餘不足貴相通，欲抱奇書求博易。

## 湖上曲

湖邊蕩槳誰家女？緑慘紅愁問無語。低回忍淚並人船，貪得纏頭强歌舞。玉壺美酒不消憂，魚腹熊蹯棄如土。陽臺夢短忽忽去，鴛鎖生寒愁日暮。安得義士擲千金，坐令桑濮歌行露。《輟耕録》云：浙省廣濟庫，歲差杭城諲實户若干名，充役庫子，以司出納。比一家中侵用官錢太多，無可爲償。府判王某素號殘忍，乃拘其妻妾子女于官，又無可爲計，則命小舟載之，求食於西湖，以貲納官，鬼妾鬼馬不肖輩翠趣焉。鮮于伯幾作《湖邊曲》云云。後王之子孫有爲娼者，天之報施，一何捷也。

## 題董北苑山水

愛山不得山中住，長日空吟憶山句。偶然見此虚堂間，頓覺還我滄洲趣。陰厓絶壑雷雨黑，蒼藤老木蛟龍怒。岸石犖确溪澗闊，知有人家入無路。一重一掩深復深，危橋古屋依雲林。是中宜有避世者，我欲徑去投冠簪。源也世本膏粱子，胸中丘壑有如此。後來僅見僧巨然，筆墨雖工意難似。想當解衣盤礴初，意匠妙與造化俱。官閑禄飽日無事，吮墨含毫時自娛。誰憐齷齪百僚底，雙鬢塵埃對此圖。

## 范寬雪山圖

前山積雪深，隱約形體具。後山雪不到，槎牙頭角露。遠近復有千萬山，一一倚空含太素。懸厓斷溜風滿壑，野店閉門風倒樹。店前二客欲安往，一尚稍前一廻步。仲冬胡爲開此圖，寒氣滿堂風景暮。荆關以後世有人，幾人能寫山水真。李郭惜墨固自好，晻靄但若浮空雲。豈如寬也老筆奪造化，蒼頑萬仞手可捫，匡廬彭蠡雁蕩窮海垠。江南山水固瀟灑，敢與嵩高泰華争雄尊。寬也生長嵩華間，下視庸史如埃塵。亂離何處得此本，張侯好事輕千緡。我家汴水湄，境與嵩華鄰。平生亦有山水癖，愛而不見今十春。他日思歸不可遏，杖藜載酒來敲門。

## 題趙模搨本蘭亭後

蘭亭化身千百億，貞觀趙模推第一。百家聚訟謾紛紜，正傳寧到山中石。論書當論氣韻神，誰與癡兒較形質。想當填郭斷手初，帝與歐虞皆太息。昭陵玉匣秘重泉，自此中天無二日。元章老去不及見，却見蘇家評甲乙。北山居士得何許，購取寧論萬金直。幾年戯屋客江海，寶氣奎光夜相射。南來北人多健者，名色連艘金滿室。應嗟我輩太癡絶，常抱蠹書論得失。

## 華鯨引

石上桐孫美如玉，化作長鯨喚僧粥。香嚴一擊六根開，剥落皮毛換凡骨。中郎却顧中散驚，初非爨下鳴不平。批鱗拔角就繩墨，龍門緑綺瘖無聲。昔聞北溟魚，化作天池鵬。今見横海姿，解作威鳳鳴。薾然敗棺材，蠢爾牛闌撑。龍騰虎變固有待，不遇賞音徒爾靈。君不見飯牛自賣亦何者，逢時自致千秋名。

## 赤烏行

木之用髤漆，初以爲美觀。覩茲赤烏材，乃知漆爲木之九轉丹。風雨霜露不能入，所以遠歷晉魏猶堅完。政如厚葬用珠玉，能令血肉經千年。凡物皆尚新，惟琴獨求舊。古人遺迹既已少，近作吾無千歲壽。木不斷生意，雨暘猶相通。及茲生意盡，發聲始與金石同。巍巍烏龍山，巖壑秀且雄。桐洭在其南，溟渤居其東。長灘落深峽，灌木號巔峰。子胥朝夕鼓餘怒，子陵廟貌存高風。託根於此豈復有，凡木感化何讓龍門桐。我本山林人，奔走鬢已翁。何期造物私，錫此哀吾窮。琴成滅迹入深谷，歌詠堯舜甘長終。

## 蛟龍引

古劍咸陽墓中得，抉開青天見白日。蛟龍地底氣如虹，土花千年不敢蝕。洪爐烈燄初騰精，横海已覺無長鯨。世上元無倚天手，匣中誰解不平鳴。割城恨不逢相如，佐酒恨不逢朱虛。尚方未入朱雲請，盟盤合與毛生俱。誰念田文座中客，只將彈鋏歎無魚。

## 高尚書夜山圖

世人看山在山下，李侯看山向絶頂。世人畫山畫白日，李侯畫山摹夜景。絶頂看山山更奇，夜景摹出人少知。遠山蒼蒼近山黑，巖樹歷歷汀樹微。天高露下暮潮息，月明一片寒江遲。藏深樂淵潛，驚定安林棲。耳絶城市喧，心息聲利機。古人無因駐清景，高侯有筆能奪移。容翁復作有聲畫，冥搜天巧爲補遺。後來知有李侯之德高侯畫，千年人誦容公詩。

## 建德溪行二首

山截溪將斷，川迴路忽通。鳥聲青嶂裏，人語翠微中。玄圃參差是，桃源想像同。平生苦行役，翻愛打頭一作「石尤」。風。

碧水一千里，青山十二時。推篷皆是畫，移櫂總堪詩。樂此渾忘倦，公焉遂及私。船頭有官醖，時復一中之。

## 湖上新居

吾愛吾廬好，臨池搆小亭。無人致青李，有客覓《黄庭》。樹古蟲書葉，莎平鳥篆汀。吾衰豈名世，詎肯苦勞形。

## 遊北山呈雲屋上人

犖确敗芒屨，蒙籠礙筍輿。半空横鳥道，絶頂見僧居。興盡拂衣下，詩成借筆書。彌天雲屋叟，不見正愁予。

## 游智者寺

四圍松是祇園樹，三面山開舍衞城。游子心隨仙境化，老禪詩似石泉清。幾人邂逅有今日，半載趦趄成此行。安得盡抛身外事，長年來此學無生。

## 石橋山留題

旁通日月上星辰，有路遥應接玉京。仙弈未終人物一作世。换，秦鞭不到海波平。當時混沌知誰鑿？他日崆峒强自名。枯樹重榮事尤異，欲從樵者問長生。

## 留題廣嚴寺

送客臨平古佛祠，聞公房裏住多時。驪歌不見金閨彦，濁酒聊參玉版師。龍像彫零餘故塔，蛟鼉斷缺有殘碑。藕花未發風蒲短，空詠參寥七字詩。

## 寶林寺

越國龜峰寺，樓臺曜錦翬。許詢初有造，徐浩久相依。開户琅玕裂。登山窣堵危。昔聞禪板少，今見

界河上星，圍十四松蒼，指千三足白。衣師國禮客，菜漢羅烹童。歸鶴老雲看，羅鰻靈雨禱。飛花講

近，煙火下方微。浮世自榮辱，深林無是非。天台五臺遠，何必更驂騑。

## 觀寂照蒲萄

阿師已把書爲畫，俗客那知色是空。却憶西湖酒醒處，一棚涼影卧秋風。

## 高亭道中一絶留題淨慧壁

野醅醿發氣薰然，睡起時驚雪入船。安得鴟夷三百乘，空令饞客口流涎。

## 淨慧寺四絶

寂寂僧房半夢中，蕭蕭修竹四山風。唯應門外蒼髯叟，解亂儋州秃鬢翁。

晚雨纔收日已西，石梁沙路浄無泥。清泉瀌瀌千峰迴，緑柳陰陰一鳥啼。

壞壁蒼蒼上緑苔，籠紗無復護塵埃。只應枉駕遊山客，總爲坡仙寶墨來。

學道當知髓與皮，聖門壼奥要探窺。十年來往臨平道，争信山中有許奇。

## 又戲題廣嚴僧房壁

幾年門外策征驂，不料能來共一龕。壁上未須書歲月，褚河南是護伽藍。

## 僧巨然畫

秋鱸春鱖足杯羹，萬頃煙波兩櫂横。就使直鈎隨分曲，不將浮世釣浮名。

## 王大令保母帖四首

撞破煙樓固未然，唐摹晉刻絶相懸。莫將定武城中石，輕比黄閍墓下塼。

姜侯才氣亦人豪，辨折區區漫爾勞。不向驪黄求駬駿，書家自有九方臯。

臨摹舊説范新婦，古刻今看李意如。却笑南宫米夫子，一生辛苦學何書。

千年鬱鬱閟重泉，暫出還隨劫火烟。嶄惜乾坤如有意，流傳君我豈無緣。

按蘇天爵《題鮮于伯機詩帖》云：鮮于公早歲學書，愧未能若古人。偶適野，見二人輓車行淖泥中，遂悟書法。今讀論書諸作，可以知其所從入矣。

## 題紙上竹

陰涼生研池，葉葉秋可數。京華客夢醒，一片江南雨。

## 題高房山畫

素有煙霞疾，開圖見亂山。何當謝塵迹，縛屋住雲間。

## 過釣臺

霜髮孤舟客，風帆七里灘。漁家江樹晚，雁影水雲寒。鄉近人情好，年豐老慮寛。歸舟真誤矣，何事著儒冠。

## 次韻仇仁父晚秋雜興三首

薄宦長爲客，虚名不救貧。又看新過雁，仍是未歸人。茅屋寒誰補，柴車晚自巾。清雲有知己，潦倒若爲親。

地静莓苔合，心閒落葉深。炎方秋尚暑，水國晝多陰。寓意時觀畫，怡情偶聽琴。起予賴詩友，爲爾動微吟。

身共賓鴻遠，心同野鶴孤。謀生知我拙，學稼任兒愚。北望空思汴，南游未厭吴。餐須問蔾藿，興不在蓴鱸。

## 清明日宴集賢宋學士園時梨花盛開諸老屬僕同賦

琪樹吹香蕩夕暉，華簪人對雪霏霏。漢宫新火初傳燭，楚女行雲乍溼衣。一片花疑蝴蝶化，滿枝春想玉釵肥。娥眉不用梨園曲，唱徹瑶臺醉未歸。

## 都中次張仲實見寄觀梅韻

花老蠻煙隔瘴塵，幾驚清夢唤真真。夜窺幽樹惟山鬼，暖入孤根有谷神。歲晚妝殘金屋冷，月明歌散玉樓春。十年不醉西湖路，辜負先生墊角巾。

## 方方壺蒼頡作字圖

石間點筆撚吟鬚，雄覽江山爲發舒。脱口欲令神鬼泣，臨池清逼右軍書。

## 百步洪

灩澦三蜀險，吕梁天下壯。我昔過彭門，舍舟步青嶂。釃酒神龍祠，凛乎不敢嚮。問關一葉下，號呼百人放。篙師稍失律，身入魚腸葬。至今僕夫輩，言之氣輒喪。危哉石梁洪，勢與吕梁抗。一石截中流，兩山束驚浪。雷霆怒轟訇，魚龍氣悽愴。輕船汎順風，大艦必秋浪。我行有期程，稽留速官謗。慚愧雙白鷗，飄然淩滉瀁。

## 陳治中孚

孚字剛中，號笏齋，台州臨海人。幼清峻穎悟，及長，博學有氣節。至元中，孚以布衣上《大一統賦》。江淛行省聞于朝，署上蔡書院山長，考滿，謁選京師。二十九年，世祖命梁曾以吏部尚書再使安南，選南士爲介，朝臣薦孚，調翰林國史院編修官，攝禮部郎中，爲曾副。陛辭，賜五品服，佩金符以行。至安南，世子陳日燇以憂制不出郊迎，又不由陽明中門入。孚勸曾回館，致書詰責日燇之罪。往復三書，宣布威德，辭直氣壯，皆孚筆也。使還，除翰林待制，兼國史院編修官。廷臣以孚南人尚氣，頗嫉忌之。遂除建德路總管府治中，再遷治中衢州，秩滿，特授奉直大夫、台州路總管府治中。大德七年，台州旱，民饑，詔遣奉使宣撫循行諸道。時淛東元帥脱歡察兒怙勢立威，不恤民隱，孚遂詣宣撫使，愬其不法蠹民事一十九條，按坐其罪。發倉賑饑，民賴以全活者甚衆，而孚亦以此致疾，卒于家，年六十四。剛中天材過人，性任俠不羈。所爲詩文，大抵任意即成，不事雕斲。其于安南道途往返紀行諸詩，山川草木蟲魚人物詭異之狀，靡不具載，又若圖經前陳，險易遠近，按之可悉數也。錢唐皇甫㬚謂其忠義之氣，遇事觸物，沛然發見，良非雕鐫刻畫有意爲文者可比也。

## 出門别親友 以下《覩光稿》。

停君漢水浮鴨之翠杓，聽我嶧山栖鸞之緑桐。男兒拂衣出門去，龍泉三尺光如虹。君不見磻溪鶴髮釣魚者，偶擲漁竿來牧野。白旄麾開炮烙煙，桓圭朱芾侯青社。又不見南陽卧龍人不識，不朝佐漢坐狠石。羽扇輕摇蛇鳥驚，火精焰焰天西極。旗亭四月柳如藍，紫騮嘶風黄金驂。豈無叩牛歌，亦有捫蝨談。天生巉巖崒嵂骨，蒿萊槁死誰能甘。我欲登泰山，扶筇款天關。東溟若木如可攀，手弄日月青雲間。我欲渡黄河，赤脚陵秋波。水仙樓閣銀嵯峨，徑叱海若笞蛟鼉。停君翠杓，聽我緑桐。真人開天，六合同風。騶虞鳳皇，飛舞鎬宫。有綫五色，獻于重瞳。補舜衣裳，山龍華蟲。虎豹九關兮不可以達，吾則脱冠歸來兮丹丘之青峯。長揖二三子，目送西征鴻。

## 過鏡湖

鏡水八百里，水光如鏡明。偶尋古寺坐，便有清風生。天闊雁一點，山空猿數聲。老僧作茗供，笑下孤舟輕。

## 越上早行

青鞋三十里，草露惹衣斑。潮落曹娥渡，雲昏夏禹山。秋聲黄葉裏，天影白鷗間。欲問錢唐路，漁家半掩關。

## 夜泊六和塔下

碧天如幕垂，露溼星磊磊。漁燈射寒沙，萬點亂光彩。壯哉大江水，浩浩東北匯。西風卷潮來，鐵馬擁萬鎧。木落煙障橫，鴟夷魂安在。卧聞黄帽郎，一曲歌欸乃。扣舷起和之，逸興渺雲海。

## 鳳皇山

浮屠百尺聳亭亭，落日鴉啼野蔓青。故國盡銷龍虎氣，荒山空帶鳳凰形。金根輦路迎禪一作神。駕，玉樹歌臺語梵鈴。惟有錢塘江上月，年年隨雁過寒一作空。汀。

## 湖上感舊

昔日珠樓擁翠鈿，女牆猶在草芊芊。東風第六橋邊柳，不見黄鸝見杜鵑。

## 和靖墓

北邙翁仲拱朱門，玉椀時驚古帝魂。誰似孤山一抔土，梅花依舊月黄昏。

## 葛嶺行

葛嶺相君之故居，昔年甲第臨通衢。錢横花間甃作徑，錦鋪泉底疏一作流。爲渠。後庭三千傾城姝，歌𡟭絶世冰肌膚。麒麟銀裳龍綃裾，佩以文螺木難珠。相君出擁萬虎士，各操闟戟左右趨。劍履上殿帝賜坐，駝蹄七寶分御厨。望塵拜者頌元老，伊尹周公所不如。豈知一旦事瓦裂，銀鐺鐵鎖載以驢。我偶過此訪廢址，狐兔縱横草焦枯。琨臺瑶砌不復見，已有野人來種蔬。却怪當時鑿隧道，挾詐出入涽如狙。大臣一身佩天下，板牆複壁何謬歟。山童從我一壺酒，回首落日悲欷歔。摩挲仆碑共踞坐，尚是御賜凌煙圖。

## 飛來峯

寒峯插天出，玲瓏萬菡萏。微風起松際，怪石勢摇憾。上有百尺松，幽花綴紅糝。野猿忽躍去，滴下露千點。回首冷泉亭，天鏡光瀲瀲。游姬長眉青，嬌童兩髦髧。平生山水癖，如人嗜昌歜。對此一壺酒，玉色翻醉臉。路逢老祝髮，絳袍金光閃。兹山信自佳，恨爲緇塵染。置之且復醉，天竺鼓紞紞。

## 嘉興二首 有顧野王讀書堆。

燕子穿煙水荇開，故家猶有讀書堆。平生雙耳松風裏，又向華亭聽鶴來。

簫鼓聲中十萬家，垂楊淺映緑窗紗。象梳兩兩蟬鬢女，笑擁紅嬌買藕花。

## 平江

滄浪亭下望姑蘇，千尺飛橋接太湖。故里空傳吴稻蟹，寒祠猶記晉蓴鱸。芙蓉夜月開天鏡，楊柳春風擁畫圖。爲問館娃歌舞處，鶯花還似昔年無。

## 吴宫子夜歌

紫貝樓闕鬱金香，暖雲七十紅鴛鴦。玉蟬笑擁霞綃裳，星河不墮宫點一作漏。長。緑尊灩灩麟髓泣，露重花寒秋不溼。歈歌一聲驚怒一作「起雪」。濤，海鯨一作龍。夾陛如人立。誰知淺顰蛾半掃，中有疏螢滿秋沼。越兵曉跨一作踏。西風來，碧波一夜芙蓉老。

## 三高祠

君不見洛陽記室雙鬢皤，不忍荆棘埋銅駝。西風忽念鱸魚鱠，歸來江上眠秋波。又不見甫里先生心更苦，河朔生靈半黄土。夕陽蓑笠二頃田，口誦羲黄思太古。二君隱淪豈得已，一生不及鴟夷子。吴宫鹿走越山高，脱纓徑濯滄浪水。丈夫此身繫乾坤，豈甘便老菰蒲根。古今得失一巵酒，我欲起酹汀鷗魂。

## 常州

毘陵城西漁火紅，家家夜香燒碧空。荻花離離季子塜，楓葉索索春申宫。雞聲人語三十里，大船小船浪相倚。鸂鶒一雙飛上天，又在舵樓弄秋水。

## 登北固樓

北固閒回首，荒城夕照中。煙光浮海闊，天影入樓空。星斗占吴分，江河見禹功。誰家兩翁仲？無語立秋風。

## 金山寺

萬頃天光俯可吞，壺中別有小乾坤。雲侵塔影横江口，潮送鐘聲過海門。僧榻夜隨鮫室湧，佛燈秋隔蜃樓昏。年年只有中泠水，不受人間一點塵。

## 瓜州

煙際繫孤舟，蘆花滿棹秋。江空雙雁落，天闊一星流。急鼓西津渡，殘燈北固樓。商人茅店下，沽酒話揚州。

## 真州

淮海三千里，天開錦繡鄉。煙濃楊柳重，風淡芰荷香。翠户妝營妓，紅橋税海商。黄昏燈火鬧，塵麝撲衣裳。

## 金陵

六代帝王州，寒霞一作「宫煙」。滿石頭。星河天北轉，江漢水東流。步絶金蓮雨，歌殘玉樹秋。白頭有漁者，猶説景陽樓。

## 鳳凰臺

鳳皇臺上野烏啼，笳鼓連營一作雲。日又西。天地無情潮寂寞，英雄有恨黍高低。殘桁夜雨迷朱雀，荒冢秋風怨白鷄。空有斷碑蒼蘚裹，千年留得謫仙題。

## 臙脂井

淚痕滴透緑苔香，回首宫中已夕陽。萬里山河天不管，只留一井屬君王。

## 烏衣巷

鳷鵲金波事已非，江山何限淚沾衣。臺空鳳去無人問，只説尋常燕子飛。

## 雨花臺

巍臺千仞梵王家，雲淡秦淮月映沙。天雨寶華今不見，空聞人唱《後庭花》。

## 揚州

千載殘城生亂莎，夕陽吹角秋風多。吴公臺下已黄土，楊子橋頭空白波。隔岸櫓聲桃葉渡，滿樓燈影柳枝歌。當年杜牧亦何意？空向珠簾醉綺羅。

## 平山堂

堂上醉翁仙去，蘆花雪滿汀洲。二十四橋煙水，爲誰流下揚州。

## 后土祠瓊花

荒棘淒淒后土宮，芳根已逐綵雲空。男兒別有揚州淚，不爲瓊花滴曉風。

## 甓社湖遇大風 舊傳有夜光之珠。

天低煙冥冥，平湖繞淮楚。一帆東南來，乃爲風伯侮。前如殘葉飄，後如輕蝶舞。驚濤湧雪山，溼浪濺銀雨。嘗聞貝宮胎，夜夜靈光吐。吾無盜睡心，龍兮爾何怒？舟師倚斷桅，相戒不得語。亦有誦呪者，拱手面如土。回視天際雁，萬點落遠浦。彼物何悠悠，吾生浪自苦。

## 長淮有感

一笛山陽上，東風蜃氣腥。煙迷隋帝柳，潮湧楚王萍。曉市推淮白，秋郊獵海青。古今愁不盡，落日蓼花汀。

## 淮陰侯廟

漢家羅網政高張，誰有勳名記太常。戲爾築壇呼大將，危乎操印立一作豈。真王。煙中草木疑殘幟，沙上風濤憶故囊。鍾室千年君莫怨，未央宮殿已斜陽。

## 漂母塚

英雄未遇亦堪羞，一飯區區不自謀。莫笑千金酬漂母，漢家更有頡羹侯。

## 黄河謡

長淮緑如苔，飛下桐柏山。黄河忽西來，亂瀉長淮間。馮夷鼓狂浪，崢嶸雪崖墮。驚起無支祁，腥涎沃鐵鎖。兩雄鬭不死，大聲吼乾坤。震撼山岳骨，磨蕩日月魂。黄河無停時，淮流亦不息。東風吹海波，萬里湧秋色。秋色不可掃，青煙映蘆花。白鳥亦四五，長鳴下汀沙。黄靈奠四瀆，各剖盤古髓。千載今合流，神理胡乃爾。漁翁一鬢霜，扁舟依古樹。隔浦欲扣之，翩然淩波去。

## 邳州

沂水碧潺潺，江沙白鳥閒。林邊郯子國，煙際嶧陽山。茅屋秋先□，荒城夜不關。烹魚呼濁酒，一笑夕陽間。

## 古宿遷 宿唐豫縣。

月落狐鳴野草荒，雁飛無數水茫茫。數星鬼火寒沙上，知是何年舊戰場。

## 呂梁洪

沂泗之水來魯邦，平沙千里流淙淙。忽逢呂梁萬石矼，勢與石鬭不肯降。半天卷起千尺瀧，怒聲日夜相舂撞。有如萬騎騰驪駹，左挾賁獲右羿逢。惡若哮虎鼎可扛，踴槊躍矢横矛鏦。風雲蛇鳥萬旌幢，大呼擊碎龍文杠。死戰不復留空腔，我生事業在北窗。蒙莊一卷映秋釭，每羡老叟何其惷。忠信出入言非哤，及此更覺心悾悾。西風吹衣衣茸尨，茅店沽來酒盈缸。篙人贈我尺鯉雙，扣舷而歌和柷椌。問禹何故留此跭，何當理我小艂艭。東浮溟海西岷江，沛然一口吸老龐，要使后土安鴻厖。

## 徐州

項王熊豹姿，氣欲吞天下。大呼渡河來，山岳如崩瓦。當其火秦宫，血湧渭水赭。嗔目叱諸侯，膽落毛髮灑。誰知陰陵路，浩歌淚如瀉。惟徐乃故都，昔此奠宗社。尚想巍臺上，鐵槊擁萬馬。酒酣笳鼓鳴，旌旗蔽原野。及今亦何有，荒棘秋滿把。皇天祚真主，神器不可假。豈有時雨師，刈人如土苴。天亡君勿悲，爲君奠罍斝。

## 黄樓

長河如帶鼓城東，亂石蹴起百步洪。昔年民歌山鞠藭，孤城匯爲河伯宫。城上閃閃鯨鬣紅，雪堂先生人中龍。驚湍偃受丸泥封，手援赤子魚腹中。黄樓千尺雉堞雄，巍梁畫棟光朧朧。吹笙伐鼓撞歌鐘，先生鏗然一枝筇。麾斥八極凌星虹，酒酣叱起楚重瞳。爲我拔劍舞西風，卭君作賦聲摩空。至今讀者毛髮鬆，百年事往猶飛鴻，我獨流涕將何從？孤角一聲煙濛濛，又送落日沈西峯。

## 百步洪

大山如飛虯，小山如伏牛。天河横空來，聲撼山骨浮。我偶石上眠，夢驚霹靂怒。急起扶瘦筇，恐山亦流去。

## 范增墓

七十衰翁兩鬢霜，西來一笑火咸陽。平生奇計無他事，只勸鴻門殺漢王。

## 燕子樓二首

長相思，久別離，東風不暖殘燕支。乳鴉困，柔鶯悲。櫻桃泫紅膩，蘼蕪凋緑滋。牙床琥珀枕，夢君君不知。

長相思，久別離，珠樓無人但有月。翠屏寒，銀燭歇。芙蕖爲誰憐，丁香空自結。淚滴錦襜褕，十年化爲血。

## 留侯廟

子房王佐才，其風凛冰雪。天遣鶴髮翁，圯上授寶訣。博浪沙中千尺鐵，祖龍未死膽已裂。況此喑嗚扛鼎夫，不直秋風一劍血。談笑帷幄間，六合雄雌決。卯金四百年，只在三寸舌。但恨漢德非姚虞，不得身爲古稷契。雍熙至治如可作，豈肯脱冠掛北闕。留城古祠一作廟。今千載，碧蘚溜雨眠斷一作短。碣。我恐至人或不死，尚有笙鶴擁玉節。酌泉採菊往奠之，回首芒碭墮山月。

## 沛縣歌風臺

沛上風雲志未酬，彭城先有錦衣游。同爲富貴歸鄉者，只是龍顔異沐猴。

## 陵母墓

太傅勳一作功。名半紙錢，百年人子痛如山。緣何方寸非徐庶，忍死慈親一劍間。

## 魯橋

東魯三家市，長橋壓怒濤。寒沙秋一雁，殘月夜千艘。北極天形大，中原地勢高。百年洙泗上，今得浣征袍。

## 題太白酒樓

昔聞李太白，山東飲酒有酒樓。我今登樓來，北風吹髮寒颼颼。太白天酒仙，人間不可留。金光絳氣九萬里，翩然而上騎赤虯。左蹴大江濤，右翩黃河流。手攀北斗招摇柄，瓊田倒瀉銀灣秋。銀灣吸乾日月液，蟾驚兔泣黄姑愁。太白方悠然，掀髯送汀鷗。炯如曉霞一點映秋水，紅痕微湧玉色浮。太虚變化如蜉蝣，仙今何在不可求？惟有胸中燦爛五色錦，化爲元氣包神州。我欲起從仙之游，安得羽翮飛上崑崙丘。

## 望泰山

扁舟浮泗來，夜宿須句國。眼明忽見玉芙蓉，插天亭亭千丈碧。舟人爲我言，此乃七十二君之泰山。天風吹落黄峴露，冰花亂灑龜蒙間。七十二君今何在？寶符朝朝吐光彩。千年老鶴巢雲松，夜看白日湧東海。東海青童仙，踞龜啖蟹螯。笑秦亭上攀蟠桃，笑彼鞭石駕長橋。天帝之孫莫天極，鮑魚狂魄腥山色。我有東封書，中含萬古情。欲奏天子甘泉殿，手刻玉檢黄金繩。寄聲爲報牽狗老，先向石壇種瑶草。

### 高唐州

千里齊郊亦壯哉，扶筇城上動徘徊。馬隨濟岱秋風去，雁帶關河夜月來。驛路映牆楡葉老，漁村帶水荻花開。吴儂誤讀襄王傳，空向山東夢楚臺。

### 陵州

五里行盡桑麻疇，十里一見蘋花州。十里五里烏烏樂，隱隱煙火浮陵州。陵州大船腹如鼓，陵州梨棗賤如土。陵州女郎金縷衣，低鬟亂擁紅窗舞。柳衣裊裊縈清河，緑頭水禽飛帶波。簫笙月下不肯歛，一笑如此陵州何。

### 景州

聊攝之東一千里，昔爲青社太公履。只今但有無棣溝，楡葉亂擁沙水流。車行半夜草露溼，路傍土堠如人立。丁當鐸摇馬不驚，黑天倒垂參昴星。吾生百年浪自苦，悲笳一聲殘月吐。

### 獻州

萬里天東北，西風獨杖藜。鴈聲秋帶魏，樹色曉浮齊。野闊青煙淡，天空白日低。人家在何處？隱隱野狐啼。

## 河間府

北風河間道，沙飛雲浩浩。上有銜蘆不鳴之寒雁，下有隕霜半死之秋草。城外平波青黛光，大魚跳波一尺長。牧童吹笛楓葉裏，疲牛倦馬眠夕陽。有禽大如鶴，紅喙摇緑煙。路人指我語，似是信天緣。我生功名付樽酒，衣如枯荷馬如狗。爲問天緣可信否，旗亭擊劍寒蛟吼。

## 雄州

燕南垂，趙北際。昔年巍城鐵可礪，城上烽火明如彗。只今殘堞黄雲曀，老榆半枯懸薜荔。市翁叱馬聲嘒嘒，叩以瓦橋潸出涕。英雄虎鬭空萬世，北風吹沙秋鶴唳。

## 涿州

晨發白溝河，薄暮宿范陽。殘城無雉堞，枯木鳴白狼。回首望中原，日落煙茫茫。天低鶻没處，彷彿見太行。緬懷昭烈帝，八尺鬚眉蒼。平生漢社稷，志欲爲高光。惜哉不得就，越在天一方。里人亦何知，牲酒奠樓桑。車蓋不復見，但有秋草黄。我來已千載，誰復悲興亡。天明登車去，塵霧沾衣裳。

## 詠神京一作州。八景

### 太液秋風

一鏡拭開千一作秋。萬頃，碧天倒浸琉璃影。寒飈夜卷雪波去，貝闕珠宮黛光冷。三千櫂歌一作「歌櫂」。摇緑煙，淫鬟吹墮黄金蟬。琪樹颸颸一作「涼颸」。紅鯉躍，衮龍正宴瑶池仙。

### 瓊島春陰

一峯亭亭湧寒玉，露華不墮瑶草緑。珠樓千尺星漢間，天風吹下笙韶曲。萬年枝上槲葉滿，小鸞㑽㑽繞龍管。金根曉御翠華來，三十六宫碧雲暖。

### 居庸疊翠

斷崖萬仞如削鐵，鳥飛不度苔石裂。嵯岈枯木一作「老樹」。無碧柯，六月大陰飄一作飛。急雪。寒沙茫茫出關道，駱駝夜吼黄雲老。征鴻一聲起長空，風吹草低山月小。

### 盧溝曉月

長橋彎彎飲一作眠。海鯨，河水不濺冰崢嶸。遠雞數聲燈火杳，殘蟾猶映長庚横。道上征車鐸聲急，霜花如錢馬鬣濕。忽驚沙際金影摇，白鷗飛下黄蘆立。

### 西山晴雪

凍雀無聲庭檜響，冰花洒簷大如掌。平明起視一作望。巖壑間，插天瓊瑶一千丈。夕陽微漏光嵯峨，倚闌更覺爽氣多。雲間落葉有徑否，想見樵叟猶一作披。青蓑。

薊門飛雨

黑雲如鴉張川谷，雷踴電躍風折木。半天萬點卷海來，森森映窗一作地。如銀竹。鳳城無數笙歌樓，珠簾半卷西山秋。誰憐一作知。羈客家萬里，一燈政擁寒衾愁。

玉泉垂虹

靈波碧湧千崖高，落花點點浮寒瑶。日斜忽有五彩氣，飛上太空横作橋。古寺鐘殘塔鈴語，回首前村猶急雨。輕綃欲剪一幅秋，又逐西風過南浦。

金臺夕照

巍一作危。坡十二青雲梯，老樹偃伏猶躬圭。長裾已翳星辰去，殘陽空一作猶。挂盧溝西。召南六百年宗社，一日黄金重天下。精纏寶氣夜不收，又見殘一作斷。霞明朔野。

出順承一作「承天」。門 以下《交州稿》。

又騎官馬過中原，袖有芝泥御一作詔。墨痕。嶺海孤臣天咫尺，五雲回首是都門。

## 過盧溝橋

去天尺五禁城西，華表亭亭柳拂堤。海上飛來雙螮蝀，雲間擁出萬狻猊。太行山色浮鯨浪，上國秋聲送馬蹄。誰識太微天極象，迢迢河漢玉繩低。

## 良鄉縣早行

西風黄葉館，曉起候鐘聲。驛吏張燈送，山童抱𧜏行。短笻千萬里，長劍月三更。猶有鈞天夢，依稀繞禁城。

## 涿州

乾坤萬里一征驂，馬上彎弓膽氣酣。回首太行青未了，不知身在涿州南。

## 樓桑廟

古廟千年後，桑陰滿涿州。亂山空北向，大火已西流。遺恨三分國，英風百尺樓。里人牲酒奠，想像衮龍浮。

## 易州

白雁飛殘水滿洲，驛亭疏雨古槐秋。平生最惡荆軻事，手障西風過易州。

## 中山府

馬上秋雲擁節旄，霜花如雪點征袍。要留醒眼看天地，不向山中飲濁醪。

## 真定懷古

千里桑麻緑蔭城，萬家燈火管絃清。恆山北走見雲氣，滹水西來聞雁聲。主父故宫秋草合，尉陀荒塚暮煙平。開元寺下青苔石，猶有當時舊姓名。

## 過滹沱河

鉦鼓連天戰血紅，存亡只寄寸冰中。憑誰剪取鱗鱗碧，畫作雲臺第一功。

## 宿趙州驛

晉家曲沃舊池臺，無數行人去又來。可惜石橋三百尺，只留驢跡印青苔。

## 望臺

北道將軍鐵鎖開，火旗萬陳渡河來。君臣感會風雲際，半在雲臺半望臺。

## 鄗南光武廟

赤伏真天子，玄圭衮藻明。千年高邑廟，一笑下江兵。野鬬騰龍氣，河流渡馬聲。列侯冠劍合，英采儼如生。

## 過臨〔洺〕(洛)驛大雨雪寒甚

弭節發襄國，飲馬清洺水。山冰忽陰沍，急雪白玼玼。北風利如矛，翦翦射雙耳。飢烏時一鳴，僕夫寒墮指。平生三間茅，豈不願田里。天子命有行，去去何敢已。道傍有旗亭，溼煙亂汀葦。尚想布衾衣，晏眠猶未起。

## 邯鄲懷古

數點寒峯擁翠嵐，叢臺落日一作「日落」。見漳南。火枯襄子殘銅斗，土蝕平原舊玉簪。宫閉沙丘空有雀，兵吞函谷已如蠶。回仙逆旅今存否？世上黄粱夢正酣。

## 磁州

漳水東流繞碧灣，風蒲獵獵夕陽間。帽簷不奈黄塵滿，賴有磁州數點山。

## 銅雀臺

古臺百尺生野蒿，昔誰築此當塗高。上有三千金步摇，滿陵寒一作松。柏圍鳳綃。西飛燕子東伯勞，塵間泉下路迢迢。龍帳銀箏紫檀槽，怨入漳河翻夜濤。人生過眼草上露，白骨何由見歌舞。獨不念漢家長陵一抔土，玉柙珠襦鎖秋雨。

## 彰德道中

偶逐征鴻過鄴城，譙樓鼓角晚連營。雨垂魏武分香淚，水湧周文演易聲。林慮山高秋霧溼，湯陰里近夜燈明。誰人得似韓忠獻，鄉社猶誇晝錦榮。

## 黄河

千載金湯擁上流，只今惟有荻花秋。江南客子笑無語，閒看黄河繞汴州。

## 博浪沙

一擊車中膽氣豪，祖龍社稷已驚摇。如何十二金人外，猶一作唯。有民一作人。間鐵未銷。

## 汴梁龍德故基

書來海上勸連一作休。兵，已見金輪逐火精。醮絶絳樓無鶴唳，朝空丹扆有狐鳴。羽袍士尚傳三洞，介幘人誰報六更。一代興亡真大夢，陳橋驛畔見青城。

## 登大相國寺資聖閣

大相國閣天下雄，天梯縹緲凌虚空。三千歌吹燈火上，五百纓緌煙雨中。洛汭已掩西墜日，漢津空送南飛鴻。闌干倚徧忽歸去，颯颯兩鬢生秋風。

## 石假山

晨游大梁圻，涕泗不可忍。道間萬崔嵬，插天湧若筍。尚想吴震澤，巨斧斵嶙峋。東南赤子脂，已逐枯羅此亂蛟蜃。事往不必議，陰雨洗殘燐。回首丹鳳門，古槐葉黄隕。
蘚盡。峨峨神霄君，瑶鐘擁鴉鬟。摩挲太古姿，左貫右京稹。維國建宫室，天球樹靈篹。胡爲黑髯髻，

## 鄢陵

鄢陵昔搆兵，萬騎夜流血。一笑忽飛來，射落楚山月。哀哉公子側，戰骨當速朽。胡爲三日穀，易此半尊酒。我今不飲酒，但飲落月光。晉楚杳何處？雉鳴煙茫茫。

## 上蔡縣驛

上蔡城邊雉兔肥，滿川桑棗緑成圍。東門牽犬無窮樂，誰遣君侯不早歸。

## 蔡州至馬鄉遇大雪有作

北風一夜聲洶洶，大地欻如銀浪湧。古槐夾道萬玉虬，向人夭矯欲飛動。蔡州昔讀昌黎碑，疾馳文城見真勇。我今躍馬蹴瑶瓊，馬怒長嘶耳雙聳。平生凜凜鐵石心，意行萬里無關隴。膚爪皴裂豈復問，政要歲寒報天寵。回頭却笑鶴髮翁，地爐如蝟縮擁腫。「鶴髮翁」，謂交趾老使臣也。

## 黄州黄陂驛

晨發定邊驛，千崖紅櫟林。午度大勝關，萬壑青松陰。寒泉寫澎湃，亂石懸嶔崟。呦呦走野鹿，角角鳴山禽。平生一兩屐，若有山水淫。天台雁蕩路，坐對清猿吟。揭來擁使節，躍馬聲駸駸。誰知長淮上，

風露凝衣襟。黄州渺何處，雪堂蒼煙深。因思蘇長公，幅巾霜滿簪。洞簫起月下，天地皆清音。千載豈云遠，知我猶此心。

## 陽羅堡歌

陽羅殘堡高巑岏，亂山勢如秋蛇蟠。長江西來五千里，雪濤怒濺秋風寒。憶昔王師駐江上，旌旗百萬騰龍鸞。江神俯首不敢喘，鏡光浮碧無驚湍。乾坤一統自此始，坐見北極朝衣冠。我來蘄黄望夏口，彷彿但認煙波竿。漁歌數聲起何處，白鳥飛盡青天寬。鯶公盈尺不論價，翛然一笑生清歡。興亡往事誰復問？磯頭石老蒼苔乾。津鼓急催渡江去，又見曉日浮晴巒。

## 黄鶴樓歌

業業乎黄鶴之樓兮，突起乎天之東南。吾不知其幾百尺兮，踞石磴而仰望，眩金碧之眈眈。手捫星漢如可近，但見天飈吹髮寒鬖鬖。瞿唐三峽之波濤洶湧訇擊而下兮，雷聲怒撼于江潭。忽繞城以北匯，浄若萬頃之青藍。楚山數點鸞騰蛟躍兮，碧影倒浸乎煙嵐。殘霞似落未落兮，蒲獵獵以風偃，柳裊裊以露含。武昌亭臺一十萬，瓦光參差浮楩楠。下視十二之衢兮，袨服士女東西行者，藐蠕蠕之吴蠶。黄鶴之仙人，霓冠青瑶簪。御絳旌于列缺倒景兮，偶見我以大笑，欲駐我之征驂。攀東溟之博羅曜，折西極之優鉢曇。飲我以蒲萄鴨頭之緑兮，侑以洞庭之蒼柑。洞庭帝子鼓軒轅之瑟兮，舞干戚而撞宫函。白也挾赤鯨以旁睨，崔顥伲縮而不敢以談。浩浩乎萬丈之氣兮，長虹横空夭矯而方酣。下蟠黄之輿，上斡玄之堪。安得挽招摇以酌元氣兮，妙太極而函三。慨彼在昔，如焚如惔。陶司馬之狂悖，庚太令之貪婪。鸚鵡之洲何罪而戮，赤壁之磯何功而戡。吾豈若二三子斲崑崙之璞兮，輕蹈夫大阿之鐔。飛來兮黄鶴，跨汝從兮彭聃。

## 鄂渚晚眺

黄鶴樓前木葉黄，白雲飛盡雁一作岸。茫茫。櫓聲摇月歸巫峽，燈影隨潮過漢陽。庾令有塵汗簡册，禰生無土蓋文章。闌干只有當年柳，留與行人記武昌。

## 鸚鵡洲

大江東南來，孤洲屹枯蘚。中有千載人，殘骨寄偃蹇。貽漢黨錮禍，薦紳半摧殄。況復啖葛奴，盡使羽翼剪。天乎鸞鳳姿，乃此侶猰犬。想當落筆時，酒酣玉色洗。鸚鵡何足詠，僅以雕蟲顯。我來策蓬顆，清淚悽以泫。尚悵迷幾先，不爲無道卷。賢哉龐德公，一犁老襄峴。

## 吕仙亭

昔日吕公游洞庭，玉簫吹裂蘆花汀。秋空一劍忽飛去，夜月千山煙冥冥。天地茫茫烏兔急，波濤洶洶蛟螭腥。起呼老樹欲與語，溼露亂灑苔痕青。

## 岳陽樓

洞庭木葉風颼颼，雪浪萬頃飛白鷗。氣浸中天日月溼，影摇大地山河浮。數聲裂玉洞賓魄，一點殘黛湘娥愁。安得天瓢酌仙酒，跨鯨直上扶桑洲。

潭洲

百萬人家簇綺羅，叢祠無數舞婆娑。山盤衡岳樹林密，水落洞庭鳧雁多。斑竹痕深湘女淚，佩蘭聲斷楚囚歌。洛陽年少胡爲哭？不奈承塵鵩鳥何！

## 瀟湘八景

### 洞庭秋月

月明水無痕，冷光泫清露。微風一披拂，金影散無數。天地青茫茫，白者獨有鷺。鷺去月不摇，一鏡湛如故。

### 煙寺晚鐘

山深不見寺，藤陰鎖修竹。忽聞疏鐘聲，白雲滿空谷。老僧汲水歸，松露墮衣緑。鐘殘寺門掩，山鳥自争宿。

### 江天暮雪

長空卷玉花，汀洲白浩浩。雁影不復見，千崖暮如曉。漁翁寒欲歸，不記巴陵道。坐睡船自流，雲深一簑小。

瀟湘夜雨

昭潭黑雲起，橘洲風卷沙。亂雨灑篷急，驚墮檣上鴉。黿鼉互出没，暗浪鳴艑牙。漁燈半明滅，溼光穿蘆花。

平沙落雁

十里黄晶熒，菰蒲映原隰。亂鴻忽何來，影墜西風急。嘹唳三數行，欲起又飛立。水寒夜無人，離離爪痕溼。

遠浦歸帆

日落牛羊歸，渡頭動津鼓。煙昏不見人，隱隱數聲櫓。水波忽驚摇，大魚亂跳舞。北風一何勁，帆飛過南浦。

山市晴嵐

茅屋八九家，小橋跨流水。市上何所有，寒蒲縛江鯉。犬吠樵翁歸，家家釜煙起。共喜宿雨收，霞明亂山紫。

漁村返照

雨來湘山昏，雨過湘水滿。夕陽一縷紅，醉眠草茵暖。漁罾曬石上，腥風吹不斷。野凫沈更浮，沙汀荻芽短。

## 衡州

千里山逢十里平，巍樓突兀見澄清。州依岣嶁屏邊住，人在瀟湘畫裏行。海雁飛回秋渚野，江豚吹老夜濤聲。何時得似龐居士，一鉢空門了此生。

## 永州

燒痕慘澹帶昏鴉，數盡寒梅未見花。回雁峯南三百里，《捕蛇説》裏數千家。澄江繞郭聞漁唱，怪石堆庭見吏衙。昔日愚溪何自苦，永州猶未是天涯。

## 盤石山

懸崖千仞鐵崔嵬，勢似飛虯卷海來。我見只疑山欲躍，馬蹄不敢蹴青苔。

## 全州

城郭依稀小畫圖，佛光猶照鐵浮屠。斑爛歸洞見盤瓠，格磔滿林聞鷓鴣。蒸水北吞雙練急，湘山南聳一螺孤。停鞭欲問炎州事？不奈侏離見矮奴。

## 靈川縣觀桂林山

碧波洗出萬雲鬟，堆滿殘陽紫翠間。三世眼根修得到，天教盡見桂州山。

## 馬王閣

千山萬山紫翠芒，巍閣突起山中央。熀熀金身兜率佛，棱棱鐵面扶風王。煙雲浮動貔虎氣，日月飛繞狻猊光。回望交州渺何處？孤鳶跕跕南海黄。

## 七星山玄元樓棲霞之洞

懸崖插天千尺餘，下有靈穴呀空虚。勢如瑶宫聳渠渠，菡萏浮動金芙蕖。想當未判混沌初，元氣旁魄不得舒。鬼斧鑿裂蒼崎嶇，要令吞吐如蟾蜍。浩浩大海東南瀦，洪濤蕩激痕未除。白乳滴結色雪如，伏翼倒懸啄瓊琚。滿洞雲煙誰所嘘，冷翠撲人溼衣裾。直疑竅通崑崙墟，十二玉樓鈞天居。日華月華佩璠璵，天丁夾侍黄金輿。翻然而下騎鯨魚，流鈴似有聲虚徐。平生嗜山如猿狙，南窮衡岳北醫閭。數年侍直承明廬，章服政爾祠鶢鶋。今朝偶捧紫泥書，鵬題鴂舌開象胥。見山忽覺形蘧蘧，三世熱惱爲之舒。手攀古藤倚栟櫚，天風吹鬢寒蕭疏。山僧留我羹野蔬，問我何時返樵漁。人生六合一土苴，胡能戚施與籧篨。有江可釣田可畬，便當箬笠隨春鋤。冠卿何人墮泥淤，郡邑鞭背生蟲蛆。日之夕矣吾歸歟，欲歸更爲山躊躇。

## 自永福縣過八十里山

下山如井上如梯，亂石嵯岈割馬蹄。正是行人行不得，鷓鴣更在隔林啼。

## 馬平謁柳侯廟

詞華一代日星尊，茶臼村童儼尚存。山左竟令驅癘鬼，庭中已悔乞天孫。善和里隔生前淚，文惠祠封死後魂。欲奠荔蕉不知處，滿池榕葉擁朱門。

## 賓州

賓州大如斗，青林掩蒼靄。亂石熊豹蹲，纍纍漱江瀨。野嫗碧裙襦，聚虛擁野外。青篛羅米鹽，飄飄雙繡帶。日晚投古驛，酸風不可奈。緑竹亂生枝，離披影如蓋。瘴雨飛爲塵，鵂鶹聲噦噦。府僚跪庭前，對我各一慨。濁酒強爲飲，旅魂如可酹。故園何日還？白雲繞吴會。

## 過牂牁江

青草風吹毒霧腥，交州何在海溟溟。牂牁已恨天涯遠，又過牂牁二十程。

## 過邕州崑崙關

昨日過大林關，酸煙毒霧山復山。今日過崑崙關，寒泉怒瀉聲潺潺。道傍榕葉密如織，千柯萬葉嵒崖間。怪藤倒懸一百尺，霜雪不剥皮堅頑。勢如蛟螭夭矯下絶壑，駐馬側視不敢攀。老虺忽何來，眼閃電光尾彎彎。山童驚顫髮卓竪，勸我急勒金鞍還。因思狄天使，貔貅夜度摧狂蠻。上元燈火杳何處，至今野燒痕斕斑。我雖一書生，袖有青絲綸。誓將報天子，肯避路險艱。邕州南征士三萬，鐵甲未解寒恫瘝。我身七尺不能勇，金符正爾羞蒼顔。鐵鞭一揮出關去，孔雀飛下滄江灣。

## 邕州

左江南下一千里，中有交州墮鳶水。右江西繞特磨來，鰐魚夜吼聲如雷。兩江合流抱邕管，暮冬氣候三春暖。家家榕樹青不凋，桃李亂開野花滿。蝮蛇挂屋晚風急，熱霧如湯濺衣溼。萬人塚上蛋子眠，三公亭下鮫人泣。驛吏煎茶茱萸濃，檳榔口吐猩血紅。颯然毛竅汗爲雨，病骨似覺收奇功。平生所持一忠壯，荒嶠何殊玉階上。明年歸泛兩江船，會酌清波洗炎瘴。

## 江州

老母越南垂白髮，病妻燕北寄一作待。黄昏。瘴煙蠻雨交州客，三處相思一夢魂。

## 度三花嶺

絶壁三千丈，荒煙八九家。黄茅青草瘴，黑質白章蛇。橄欖高懸子，芭蕉倒吐花。嶺頭一回首，何處是京華？

## 思明州元日

去年元日步瀛洲，獸舞天墀拜冕旒。山驛今朝一樽酒，微臣身在嶺南州。

## 思明州五首

風吹蠻雨滴芭蕉，杵臼敲殘夜寂寥。習得孤燈牀榻畔，思明州裏過元宵。

手捧檳榔染蛤灰，峒中婦女趁墟來。蓬頭赤脚無鉛粉，只有風吹錦帶開。

鹿酒香濃犬彘肥，黄茅岡上紙錢飛。一聲鼓絶長鎗立，又是蠻巫祭鬼歸。

毒蟲含弩滿汀沙，荒草深眠十丈蛇。遥望天邊紅似火，瘴雲飛落木棉花。

刺竹叢叢苦筍生，山禽無數不知名。元宵已似春深後，龍眼花開蛤蚧鳴。

## 度摩雲嶺至思凌州

嵯峨摩雲嶺，石壁如梯繞天頂。千年毒瘴鬱不消，怒入老楓結丹癭。蒼莽思凌州，懸崖結屋如蜃樓。寨門半掩刀槊健，隱隱雲際聞鳴牛。奴獠下山健如虎，口紅如血面如土。手捧椰漿跪馬前，山肔水蟲間殽俎。對此停鞭空自慨，吾獨何爲在荒裔。他年周京王會圖，願借丹青寫椎髻。

## 禄州遇大風

巖壑驚摇木樹摧，滿空苦霧卷塵埃。黑風鬼國漂流去，赤縣神州夢寐回。病馬不嘶毛似蝟，征夫相對面如灰。夜深不解征衣睡，況有翻盆急雨來。

## 交趾境丘温縣

九月出薊門，北風吹雪衣正温。正月至交趾，赤日燒空汗如水。天涯海角茫茫路，馬蹄聲裏光陰度。萬里長空一飛絮，飄飄知復墮何處？夜瞻天極思鬱結，臣身南嶠心北闕。願頌聖王如天福，早見塗山班萬玉。

## 二月初三日宿丘温驛見新月正在天心衆各□驚異因詩以記之

至元癸巳春，二月三日夕。陳子使交州，弭節丘温驛。雲開林影明，出門看月色。但見天中間，彎彎貼半璧。同行二三子，相顧各太息。中原月初生，去地纔數尺。今胡翹首望，月乃在東北。神禹奠九州，維此實異域。玄象尚爾殊，禮義何由識。太息不能寐，風動松露滴。亂星不知名，纍纍擁南極。

## 交趾支陵驛即事

六轡南驅下寶臺，交趾山名。交州正月已青梅。富良江湧瘴雲溼，安化橋昏蠻雨來。蝙蝠穿林紅似𩡟，蜈蚣浮海黑如堆。防風猶後塗山會，終爲生靈結禍胎。

## 交趾朝地驛山名即事

帝德堯同大，山河共一天。璽書行萬里，銅柱又千年。赤幟明雲際，烏衣拜馬前。舞階干羽在，未必賴樓船。

# 交趾橋市驛戲作藥名詩

長空青茫茫，大澤瀉月色。使君子何來，山椒遠于役。虎狼毒草叢，淚如鉛水滴。更苦參與商，骨肉桂海隔。問天何當歸，天南星漢白。

# 安南即事

聖德天無外，恩光燭海隅。遂頒南越詔，載命北門儒。萬里秋持節，千軍夜執殳。前驅嚴弩矢，後爨擁樵蘇。睠彼交州域，初爲漢氏區。樓船征既克，徵側叛還誅。五代頹王紐，諸方裂霸圖。遂令風氣隔，頓覺版章殊。丁璉前猖獗，黎桓後覬覦。一朝陳業構，八葉李宗徂。安南本漢交州，唐立都護府，梁貞明中，土豪田承美據其地。楊延藝、結洪、吳昌岌、昌文，互相争襲。宋乾德初，丁公著之子部領立，傳子璉、璿，大將黎桓篡之。桓子至忠，又爲李公蘊所篡。公蘊、德政、日尊、乾德、〔陽〕(楊)煥、天祚、龍翰、昊旵，凡八傳至宋嘉定乙酉歲，陳氏始奪其國。陳本閩人，有陳京者，僞謚文王，婿于李，值龍翰昏耄，不恤政事。京與弟本僞謚康王，盜國柄，昊旵沖幼，其子承篡立，僭號太上皇，死。子光炳嗣，在宋名威晃，上表内附，國朝封爲安南王，死。子日烜立。在宋名日照，死。今日燇代領其衆，于是有國六十九年矣。下俗澆浮甚，中華禮樂無。諱嫌訛氏阮，託制僭稱孤。國諱李字，姓李者皆易以阮。臨文爲字不成，以父死，自稱孤子，表疏文移及對其羣臣皆然。祭祀宗祊絶，婚姻族屬汙。雖有寢廟，無歲時祀禮，惟供佛最謹。國族男女與同姓爲婚，互相匹偶，以齒不以昭穆。今酋之妻，其叔興道女也，蓋竊國于李，懲創而然。尊卑雙跣足，老幼一圓顱。民皆徒跣，間有躧革履，至殿則去之。郊迎之際，袍笏百人，皆跣而已。男子悉髡，有官則以青巾羃之。民悉僧也。陟嶠輕于鹿，泅洗疾似鳧。足皮厚甚，登山如飛，芒刺悉無所懼。父子男女同川而浴，冬夏皆然。善水，有濳行數百里者。**斜鉤青繒帽，曲領黑羅襦。**巾色深青，䌰繒爲之，貫類以鐵綫，前高一尺，而屈之及頸，以帶束反結其後，頂有鐵鉤，有職掌則加帶于鉤。家居囚首，見客乃巾，遠行則一人捧巾以從。惟酋醫以皁羅包束，遠望如道家綸巾，而益廣出，其旁髮皆露垂。國皆衣黑，皁衫四裾，盤領以羅爲之。婦人亦黑衣，但白裏，廣出就以緣，其領博四寸，以此爲異。青、紅、黄、紫諸色絶無。**語笑堂前燕，趨鎗屋上烏。**語音侏離，謂天曰「勃未」，地曰「煙」，日曰「扶勃未」，月曰「勃㕚」，風曰「教」，雲曰「梅」，山曰「斡隈」，水曰「掠」，眼曰「末」，口曰「皿」，父曰「吒」，母曰「娜」，男子曰「干」，女曰「于多蓋」，夫曰「重」，妻曰「陀被」，好曰「領」，不好曰「張領」，大率類此。聲急而浮，大似鳥語。趨進輕佻，往來如風，深黑一色，如寒鴉萬點。**抵鴉身偃豕，羅我背拳狐。**其舁人用布一匹，長丈餘，以圓木二，各長五寸，挈布兩端，更以繩挈圓木，上以大竹貫繩，兩人舁之，人側其中，若舉羊豕然，名曰抵鴉。貴者則以錦帛，扛用黑漆，上拖黑油紙屋。高四尺許，鋭其脊而廣其簷，簷廣約四尺，雨則張之，晴則撤屋而用傘。酋出入以紅輦朱屏，八人舁之，甚麗。象背上施鞍轡，凡座名曰「羅我」，人坐其上，拳屈如狐。象領編鈴數十，行則琅琅然。**寺號千齡陋，州名萬劫愚。**使者館于太師府，左有小刹曰「天啓千齡」。寺前有碑，載建中八年壬辰歲造，乃其祖僭號，爲母李氏追悼冥福，李氏僞謚慈順太后，龍翰女也。僞興道王陳峻據萬劫府，即唐浪州。馬援駐兵浪西里地。甚重佛，故州名曰「萬劫」。**笙簫圍醜妓，牢醴祀淫巫。**嘗宴于其集賢殿，男優女倡各十人，皆地坐，有琵琶、箏箏、一絃之屬。其謳與絃索相和，歌則先哩喻而後詞。殿下有踢弄上竿杖頭傀儡。又有錦袴，裸其上體，跳擲號呶。婦人赤脚，十指爪槎枒起舞，醜態百出。人家門首必有小祠，其神曰「馬大人」，刻木象，猥惡不可名狀，朔望則陳于庭，老稚羅拜之。**國尉青盤護，軍撤白梃驅。**當國二人，其叔僞太師陳啓，弟僞太尉陳曄，國事巨細，曄、啟皆專之。每至殿門下輿，則二人各執二大木，圓如鏡，色青，廣六尺，上畫日月北斗二十八宿，意以自障也。每州縣有官曰「將撤」，司巡徼之事，兼領土兵。有警則盡驅丁壯以往，器械悉自備，無弓矢，惟持藥弩、標鎗，亦有操白梃者閲條親獄訟，明字掌機樞。官自司尉而下，有撿法、明字，皆執政官，今丁公文、杜國器、黎克復等爲之。次有尚書、亞卿、翰林、奉旨、判首、三司。又有關條，則掌法令、刑獄。其族有昭明、興道、昭懷、昭文、佐天，皆僭王號。正月四日，椎牛饗其官屬。以七月十五日爲大節，人家相問遺，官屬各以一口獻其酋，十六日開宴酧之。勃窣官中客，鬅鬙座上奴。奴皆涅其額，有曰官中客，則官奴也。曰座上奴，則可至酋左右，餘皆白。臺章中贊糾，邑賦大僚輸。置御史臺中贊，卽中丞也，刑法酷甚，盜及逃亡，斷手足指，其人甘心，或付象蹴殺之。國有大鐘樓，民訴事扣鐘。州設安撫通判，縣有大僚，箕斂煩重，魚鰕蔬果，悉以充斂，皆大僚主之。吏榷檳榔稅，人收安息租。産檳榔最多，其稅亦重，專立官榷之。安息木取其津及葉，揉爲小團，大數寸，歲收租利甚厚，然與西域安息不類。黄金刑莫贖，紫蓋律難踰。民間金銀，雖銖兩悉徵送官，有私服用者罪死。官品崇卑，視傘爲差。卿相則用三青傘，次二傘、一傘，若紫傘，惟親族用之，他人不敢用。安化橋危矣，明靈閣岌乎。自館行六十里過安化橋，復一里至青化橋北，其上爲屋十九間。至酋所居門曰「陽明門」，上有閣曰「朝天閣」，左小門曰「日新門」，右小門曰「雲會門」，門內天井，廣袤數十丈，升自阼階。閣下扁曰「集賢殿」，上有大閣曰明靈閣，道右廡至大殿曰德輝殿，左門曰同樂門，右門曰橋應門，其扁皆金書。曲歌歎時世，樂奏入皇都。男子十餘人，皆裸上體，聯臂頓足，環繞而久歌之，各行一人舉手，則十數人皆舉手，垂手亦然，其歌有莊周夢蝶、白樂天母別子、韋生玉簫、踏歌、浩歌等曲。惟歎時世最愴惋，然漫不可曉。大宴殿上，大樂則奏于廡下之後，樂器及人皆不見，每酌酒，則大呼曰樂奏某曲，廡下諾而奏之。其曲曰降黄龍、曰入皇都、曰宴瑶池、曰一江風，音調亦近古，但短促耳。龍蘂常穿壁，蔞藤不離盂。以龍花蘂和安息香油揉爲小鋌如筯，長尺許，插壁上然之，終日不絶，香甚清馥。閩廣人檳榔皆啗乾者，以蔞藤石灰和之。交人惟啖輭檳榔，取新採嫩者，以蔞葉二寸，塗蜆灰裹而食。貴者以黄銀榼，僮攜之不離左右，終日咀嚼不少休。玳簪穿短髮，蟲紐刻頑膚。婦人斷髮，留三寸束于頂上，屈其杪，再束如筆，無後鬢鬟，亦無膏沐環珥之屬。富者玳瑁珥，餘骨角而已，錙銖金珠無有也。人皆文身，爲鉤連屈曲之文，如古銅爐鼎款識。又有涅字于胸，曰義以捐軀，形于報國，雖有子姓亦然。有室皆穿竇，無牀不尚爐。屋無折架法，自棟至簷，直峻如傾，棟雖至高，簷僅四五尺，又有低者，故皆黑暗，則就地開窗，如狗竇然。人用蒲席地，坐而向明。睡榻之側，必有爐熾炭，盛暑亦然，以避溼蒸之氣。星華舟作市，花福水爲郛。星華府即唐驩州，去交州城二百餘里，海外諸番，舟航輻輳，就舟上爲市甚盛，酋叔昭文祖廟與其重寶皆在，實大鎮也。交州無城壁，土牆睥睨而已。西有花福州，以水圍繞，前有莫橋、西陽、麻他、老邊四橋，以通出入。突兀山分臘，汪茫浪注瀘。其國四面皆山，惟寄狼、寶臺、佛跡、馬鞍于境內爲高。西南善汝縣有赤土山，萬仞插天，緜數百里。□□□□□□□□□□南珊江以筏渡，行四十里至富良江，水湍急，不甚闊。有江之南名橋市，居民頗衆，又四十四里曰歸化江，一曰瀘江，闊與漢鄂等。江自大理西下，東南入于海，即諸葛武侯渡瀘之下流也。有四津，潮汐不常。鼠關林翳密，狼塞澗縈紆。丘温東南行十數里，陟岡度嶺。西南行，兩山間，初所見黄茅修竹，既而深林茂樹，水闊不數尺，然周遭百折，或百步一涉，或半里一涉，凡六七十。復度一嶺，夾道皆古木蒼藤，有巨石挺出，篁竹叢薄，最爲嶮，名老鼠關。西行有山峯，秀拔緜亙不絶，是爲寄狼山。翠壁蒼崖，異木翳密，鸚鵡孔雀，飛鳴互答，猿猱無數，凡三十里，抵刺竹關，下有兵守之，關上兩山相交，僅通馬道。大竹皆圍二尺，上有芒刺，蓋其國控扼之地也。士燮祠將壓，高駢塔未蕪。吳士燮,蒼梧人。兄弟四人,一爲合浦太守,一爲九真,一爲南海,土燮爲交趾太守,有惠政,死葬焉,土人祠之甚謹。高駢既定交州，遂于富良江上橋市之左立石塔，巋然猶存。鐵船波影見，銅柱土痕枯。馬援征徵側，造鐵船四隻沈于海，今水清猶彷彿可見。銅柱，援所立也，在乾地鋪，其刻有云：銅柱折，交人滅。今陳日烜以土埋之，上建伏波祠。墟落多施榻，顛崖屢改途。村落有墟，每二日一集，百貨萃焉。五里則建屋三間，四面置榻，以爲聚墟之所。使臣至其國，不復行舊徑，皆鑿山開道，縈回跋涉，意以示險遠也。千艘商斥鹵，四穫粒膏腴。國無儲蓄，惟恃舟航賈販。稻歲四熟，雖隆冬，苗芃芃然。

短短桑苗圃，叢叢竹刺衢。桑椹逐年種以供蠶，每家三五畝，竹籬環之。刺竹大者徑七八寸，刺堅如鐵，斬而插之則活。牛蕉垂似劍，龍荔綴如珠。芭蕉極大者，冬不凋，中抽一幹，節節有花。花重則幹爲所墜。結實下垂，一穗數十枚，長數寸，如肥皁，去皮，輭爛如绿柿，極甘冷，一名牛蕉。龍荔實如小荔枝，味如龍眼，木與葉亦相似。二果，古名奇果。有波羅蜜，大如瓠，膚礧砢如佛髻，味絶甘，人面子肉甘酸，核兩目口鼻皆具。又有椰子、盧都子、餘甘子，皆珍味可食。寶竺羅鸚鵡，名香屑鷓鴣。鸚鵡螺，色紅如雲母，形嘴翅似鸚鵡，故名。香材最多水沈，旃檀亦有之，似鷓鴣斑者爲貴。揭旌圖鬼像，擊柝聚兵徒。旌旗黄黑青紅簇色四脚，中畫星官天神，或如羅刹之狀。呼集儔類，則以大竹截爲筒，叩之，雖遠亦聞。鼻飲如瓴甋，頭飛似轆轤。習以鼻飲，如牛然，酒或以小管吸之。峒民頭有能飛者，以兩耳爲翼，夜飛往海際，拾魚蝦而食，曉復歸，身完如故，但頸下有痕如紅線耳。蚺皮爲鼓擊，蝦鬚作笻扶。蚺蛇大者，如合抱之木，長稱之，腊其皮，刮去鱗，以鞔鼓面，闊數尺，但用背皮，腹皮不與也。向明視之，黑質白章如方勝，交人樂以爲前列。巨蝦大如柱，鬚有長七八尺者，海濱之人以爲拄杖，甚佳。家必烹蛇虺，人能幻虎貙。山蛇水虺，乃其常膳，間以充腩醢。峒民有妖術，誦呪修煉，則幻形爲虎，搏獐鹿生啗之，然不常有也。魚鱗簷粲瓦，鷁尾海浮桴。瓦形如板，上正方而鋭其下之半，如古圭然，横半竹以爲棧，以爲竹釘，釘其瓦于棧上，自簷以次相壓至屋脊，宛如魚鱗。舟輕而長，板甚薄，尾如鷙鳶之翅，兩旁翹起，操以三十人，多有至百人者，其疾如飛。水弩含沙擲，山猣出穴粗。水弩一曰含沙射工，以氣射三十步，射中其影，但覺紅癢。即以刀抉去肉，不爾必死。大率毒蟲毒藥，廣以南多有之，中州人至此，不善寶護，必爲所害。山猣一曰山都，居在大木爲巢，或居巖穴，獨足跳躑，能眩惑人，蓋山鬼水怪類云。鰐魚鳴霹靂，蜃氣吐浮屠。鰐魚大者三四丈，四足，似守宫，黄色修尾，口森鋸齒，一名忽雷，其聲如霹靂，鹿走崖上，聞其嗥吼，則怖而墜，多爲鰐所啗。海中大魚多有之，惟海鰌最偉；小者亦數千尺，吞舟之説非虛也。蜃千春夏間吐氣蔽天，如樓臺宫室，亦有如七級塔者，人往往見之。寓縣傷分阻，生靈困毒痡。舞階猶未格，折箠豈能呼。大社初傳禡，轅門合受俘。貔貅微偃戢，蛇豕偶逃逋。天已殂渠惡，民猶奉僭雛。勢如純據隴，政以皓亡吴。鳳札重宣令，狼心更伏辜。幸能寬斧鑕，猶自戀泥塗。獻頌尊天子，騰章遣大夫。象鞮言可訂，蠹册事非誣。功欲收邊徼，威須仗廟謨。沐薰陳此什，禮部小臣乎。

## 交趾僞少保國相丁公文以詩餞行因次韻

一雨隨車洗瘴煙，大鵬還擊水三千。南來未了維摩病，北渡一作去。空思達磨禪。使節尋常銅柱外，天威咫尺玉階前。臨岐握手無他話，一作語。留取忠貞照暮年。

## 老鼠關

春風又送使旄還，笑掬清波洗瘴顏。從此定知身一作心。不死，生前先過鬼門關。

## 柳州道中

五嶺炎蒸苦，征夫各憚行。荒哉秦象郡，痛矣柳龍城。水毒人多病，煙昏馬易驚。閭閻彫瘵甚，邊將莫言兵。

## 至永州

萬里歸來一葉舟，淡煙疏雨滿汀洲。夢魂怪得清如許，身在瀟湘第一州。

## 回衡山縣望南岳呈御史完顔正夫修撰龐或簡二首

雨洗松陰緑未乾，今朝山下倚闌干。一天露重月華溼，七十二峯生翠寒。

回雁峯前一棹孤，平波如鏡漫菰蒲。楚天日落碧雲合，山北山南聞鷓鴣。

## 泊安慶府呈貢父

共擁旄幢度百蠻，今朝忽遇一作過。皖公山。幸承乙夜君王問，更喜丁年奉使還。舊夢未迷天禄閣，新愁猶憶鬼門關。塵纓笑濯滄浪水，少一作小。伴沙鷗半日閒。

## 采石月題娥眉亭

昔年李白身翻一作翩。然，袖裹明月飛上天。剛風吹度瑶圃一作花。前，雪兔跳落千丈泉。白今已去八百年，明月猶向江中圓。我行萬里擁使旃，柳根偶繫東歸船。三生似結明月緣，銀一作鏡。光射牖窺我眠。夜深忽夢羽衣仙，神如碧沼浮疏一作青。蓮。脚踏赤鯨一作鯉。跨紫煙，問月何在摇玉鞭。聳身忽滅鴻一作形。翩翩，覺來試鼓朱絲絃。起誦國風月出篇，開篷視月月滿川，魚龍吐浪聲濺濺。

## 交州使還感事二首

少年偶此請長纓，命落南州一羽輕。萬里上林無雁到，三更函谷有雞鳴。金戈影裏丹心苦，銅鼓聲中白髮生。孚年三十五，已見二毛矣。已幸歸來身健在，夢回猶覺瘴魂驚。

寶劍金符笑此身，灞陵今是舊將軍。榻前未上征遼疏，囊底空留諭蜀文。七十親闈雙鬢雪，八千客路一鞭雲。何時歸棹煙江上，閒對沙鷗洗瘴氛。

至元壬辰秋九月朔，詔命吏部尚書臣梁曾、禮部郎中臣陳孚，奉璽書問罪于交趾。越翌日，召至便殿，賜金符、襲衣、乘馬、弓矢、器幣，諭遣之。明年正月二十有四日至其國，三月望日，世子陳日燇遣陪臣明字陶子奇、奉旨梁文藻等奉表請命。以九月至京師，行李之往來及期，凡駐僞境五十有二日，其山川、城邑、風俗爲圖一卷，諭以順福逆禍爲書八篇，悉已上于史館，兹不敢述。姑即道中所得詩一百餘首，目之曰《交州稿》，以示同志云。癸巳除夕孚敬書。

## 偕翰林學士劉東崖禮部侍郎李西山登憫忠寺閣　以下《玉堂稿》。

天京朝萬國，十二舜神州。宫闕開中禁，關河拱上游。扶桑彤氣近，析木紺光流。劍佩千牛衛，旌幢五鳳樓。玉泉蟠地湧，金塔插天浮。北岳瑶符出，南溟瘴霧收。人皆躋壽域，我亦步瀛洲。智不如犀首，癡猶過虎頭。帝恩難獨報，儒術幸同儔。偶此登阿閣，悠然望薊丘。長庚欣識李，太乙願依劉。雪擁飛狐夜，風號涿鹿秋。黄花堆徑溼，紅葉帶城幽。且盡一壺酒，掀髯送白鷗。

## 同國子司業王士能監丞滕仲禮謁南城文廟觀周宣王石鼓各模數本以歸

退之昔爲《石鼓歌》，子瞻亦嘗詠石鼓。我從江左游京師，眼見石鼓心欲舞。周室中興流僉餘，盡復蒼姬舊疆土。大蒐岐下還車徒，虎賁三千健于虎。想當刻石紀勳時，載命臣籀臣吉甫。豈惟猗那清廟詩，要記豐功繼丁武。兑戈和弓無復存，此獨不磨燿千古。鯉鱮貫柳字班班，勢如雷文斲天斧。由漢訖唐棄草菅，大觀輦致圖書府。黄金填畫失之奢，金輪已整黄河櫓。燕山潭潭素王宫，太史夜奏神光吐。誰知至寶在人間，乃是鳳篆龍章祖。我皇御天開三雍，石渠金馬列李杜。鼓昔有十今存七，搜剔崖藪尚可補。小儒更有筆如椽，作玄一經配鄒魯。

## 呈閣静齋學士

四海文聲重泰山，十年忠讜侍龍顔。屢分天上金蓮炬，獨占人間玉筍班。麟筆露寒青簡溼，鳳章雲藹紫泥閒。孤帆已有東風便，喜近蓬萊碧水間。

## 承旨野莊董公殊勳清節孚聞之縉紳紀以八詩 録四。

盟府旂常策世勳，一門忠孝氣凌雲。衣冠盛事誰堪比，漢後元間萬石君。

鐵馬長驅棧路高，捷旗飛渡大江濤。漢南煙柳蓬婆雪，猶識團花舊戰袍。扈從破大理雲南，己未，飛渡爲先鋒，首奏捷功。

不負朝廷七十年，樓臺無地榻蕭然。清名當與温公並，只欠河南二頃田。

萬卷清燈味道腴，苦心欲探魯鄒餘。朝回立馬天衢上，又典春衣買異書。

## 偕承旨野莊公學士劉東崖侍講張西巖游慶壽寺憩僧窗有作

金碧樓臺護紫霞，一塵不到小窗紗。老僧倚杖對疏竹，童子抱琴眠落花。風起亂飛千萬葉，日斜閒啄兩三鴉。自知不是名韁客，消得曹溪一滴茶。

## 八月朝回呈學士閻靜齋李野齋趙方塘二首

十二光明闕，神仙奠巨鼇。風清雙雉扇，天近五龍袍。玉斧紅雲合，金莖碧露高。聖明千載會，喜色動旌旄。

獸舞龍墀下，青衫葉半枯。九重明主聖，八品小臣孤。鵠但依三帀，鷹猶待一呼。每慚僚吏問，袖有諫書無。

## 得家書寄呈可翁家兄

風南枝北兩沈沈，忽有書來似萬金。三十年間聽雨夢，八千里外望雲心。舊書尚喜黄盈架，先隴應添碧滿林。若問客游新況味，紫薇花發玉堂深。

## 燕山除夜簡唐靜卿待制張勝非張幼度編修

萬井笙歌徹曉聞，千官待漏夜紛紛。奴星有柳祠窮鬼，臣朔無柑遺細君。長樂鐘聲敲碧漢，廣寒簾影卷紅雲。自知報國無他技，賴有詩書可策勳。

## 野莊公與孚論漢唐以來宰相有王佐氣象得四人焉命孚爲詩并呈商左山參政謝敬齋尚書

諸葛孔明

當塗哮吼健於虎，卯金一脈如寒土。民間只有大耳兒，真是高光宗祏主。南陽笑脱青蓑衣，出試烏林萬火炬。永安受遺輔太子，漢賊未誅忠膽苦。峨眉山高錦江寒，白旄一旌招搖怒。出師兩紙流涕書，三代而下無此語。中營若不墜長星，何止逆雛覺征鼓。定知盛事繼蒼姬，禮樂光華耀千古。

謝安石

典午叔世失綱紐，紫髯老奴垂涎久。謝公笑麾九錫文，姑熟一夜骨已朽。繼以草付臣□□，九十六萬猰㺄吼。白羽從客别墅棋，破賊只在一尊酒。長淮西風夜鶴鳴，坐閲兵車見雲母。古自醫國到危殆，始見擎天活人手。誰能白刃在頸時，正色毅然以死守。如公信是社稷臣，定論要期千載後。

裴中立

唐自天寶藩臣强，關東割地尊犬狼。憲皇赫怒思賢佐，十載始得緋衣郎。六龍夾日升黄道，魍魅誰敢争天光。惟有蔡州煽逆焰，假鉞一指孤城亡。瘦骨骨昂五尺長，四夷聞名驚欲僵。垂紳搢笏坐台席，隱然一身佩巨唐。唐家太常紀勳烈，後有西平前汾陽。誰如公探皇王祕，笑睨伊召躋羲皇。

司馬君實

熙寧誤相老安石，惡政變盡法三尺。頭會箕斂禍尚可，動驅赤子陷鋒鏑。端明相君從西來，大梁草木

亦動色。紫簾中坐女堯舜，甘雨一洗大地赤。平生受用惟忠貞，妻無完裾面如腊。十年布衾二頃田，

走卒兒童服至德。誰將誣語仆魏碑，丹心自有蒼蒼識。至今涑水一卷書，尚爲乾坤立人極。

## 翰苑薦爲應奉文字二十韻謝大司徒并呈諸學士

天上金鑾客，人間第一流。贊爲唐内相，禹拜漢元侯。鯤海三千水，鼇峯十二樓。月寒紅燭夜，風淡紫薇秋。鳳誥窺姚姒，麟篇振魯鄒。珮隨宫漏遠，衣染御煙浮。淑氣騰奎壁，祥光射斗牛。焜煌青瑣闥，縹緲紫霞洲。瑪瑙濡堯甕，珊瑚燿漢鉤。駝蹄中禁釜，豹尾上方騶。僕本師黄卷，生惟伴白鷗。親庭雙鶴髮，家事一漁舟。偶預天官選，來爲帝里游。綠章蒙獨薦，青史許同修。故郡驚王勃，新豐異馬周。隊隨魚圉圉，角喜鹿呦呦。勢似飛三鳳，功如輓萬牛。桑榆終有望，葑菲未爲愁。國士恩難報，書生志易酬。誓堅冰雪操，正色贊皇猷。

## 史館暮春有感呈承旨野莊公

滿篋詩意未必傳，微官束縛正堪憐。蘼蕪滿院又三月，苜蓿堆盤無一錢。洛邑家書黄犬上，巴山舊業子規前。夜聽兒女青燈話，似覺朱顏老去年。

## 呈李野齋學士

青蓮居士長庚星，手抉河漢翻滄溟。天子呼來紅潮湧，冰唾濺几玻瓈聲。仙人上天不可見，耳孫更待金鑾殿。欲補十二龍火衣，袖中别有五色綫。上帝册府紅玉田，宫鬟對捧芙蕖煙。彩毫草就雞竿詔，

畨雲赤繞寥陽天。江南客子年三十，布袍鴉黑秋霜溼。欲買俠骨無千金，雄龍一夜銅花泣。今朝出門忽膽驚，後五百載逢長庚。安得剛風九萬里，從公横騎太乙鯨。

## 李尚書有唐畫飛燕姊弟爲嬌困相倚之態

玉鸞支枕珊瑚几，緑鬓微困嬌相倚。太液東風扶不起，一雙芙蓉褭秋水。粉痕誰寫温柔鄉，淺蛾對蹙煙峯長。意中似有赤鳳皇，唾花猶濺榴裙香。合歡繡帶飄金縷，含情兩兩春無語。冰魂縹緲空千古，月落鴛鴦渡南浦。

## 感懷呈龐夷簡修撰張幼度應奉二首

濫直承明署，身閒似地仙。雖無官長罵，未敢酒家眠。瘦已寬朝服，貧須一作猶。乞酒錢。最愁親舍遠，夢遶白雲邊。

五湖煙浪闊，短棹早歸休。有母思臣密，無人問客周。關河雙鬢晚，風雨一燈秋。留取金鑾夢，寒汀對白鷗。

## 李妃妝臺歌

南城之西臺巍巍，欲問何代築者誰。臺前老叟爲我語，創自泰和明昌時。金章宗年號。道陵御宇思傾國，道陵，章宗陵名。掖庭婑媠千蛾眉。其中榮寵震天下，依稀憶得李宸妃。朝陪金根輦升殿，夕則專御流蘇幃。一月日邊明炯炯，章宗與妃共對妝臺，口占曰「二人土上坐」，命妃對，應聲曰「一月日邊明」。帝大喜。六宮珠翠無光輝。恩禮殊絶與后等，但無副笄翬翟衣。少嘗没入宮籍監，本紀。論妃家閥何卑微。腐木作柱古所戒，胡乃重色輕國爲。斯臺實昔湯沐地，瓊樓開鏡迎朝曦。想見雙蟬緑委地，蘭釵半墮湘雲垂。麝臍龍髓嬌不盡，腰肢柳裊一尺圍。雪艷透膚膩紅重，仙姿何待鉛華施。妝成獨對東風笑，藕花一朶開漣漪。君王濃香夢魂裏，紫宸晏朝酣不知。諫臣當時盡結舌，空有伶者爲嘲譏。伶官嘗對御叱飛禽曰：鳥、鳥，你只向裏飛。一朝房山弓劍墜，燕飛啄矢不復遺。衛王有詔下永巷，太阿無情血淋漓。妖容寸斬何足惜，金源自此鴻圖衰。寶鈿零落今安在，露桃猶似溼臙脂。武元辛勤建大業，武元，金太祖謚。子孫一笑寒灰飛。臺非不高築亦壯，無奈社稷基先隳。我聞叟語忽驚起，謂叟不必苦嗟咨。君不見檿弧箕服亡周國，古來何限褒龍漦。

## 與李子構讀開元天寶遺事

四十乾坤拱紫宸，東風只屬倚門一作闌。人。玉鳧波暖驪山曉，金櫃煙横繡嶺春。七夕有釵留羽客，千秋無鏡泣孤臣。紅塵一騎君休笑，中有漁陽萬騎塵。

## 出健德門赴上都分院

北樓急鼓絶，南樓疏鐘鳴。盥櫛未及竟，騶官戒晨征。三年去鄉井，已覺身飄零。今朝别此去，又有千里行。懷君豈不願，王命各有程。小車如雞栖，軋軋不得停。出門見居庸，萬仞參天青。鄰家三數媪，對我清淚傾。問我善飯否，慮我衣裘輕。大笑揮之去，我豈兒女情。

## 觀光樓

試上危樓望，東風尺五天。一溪寒瀉月，萬壑暝含煙。古塞黄雲外，巍臺白雁邊。誰憐家萬里，有客擁衾眠。

## 居庸關

車棱棱，石角角。一作「确确」。車聲彭彭關石角，馬蹄蹴石石欲落。不知何年鬼斧鑿，僅與青天通一握。上有藤束萬仞之崖，下有泉噴千丈之壑。太行羊腸蜀劍閣，身熱頭痛懸度索。一夫當關萬夫却，未必有此奇巘崿。吾皇神聖混地絡，烽火不紅停夜柝，但有地險今猶昨。我扶瘦筇息一作立。倦脚，欲叩往事雲漠漠，平沙風起鳴凍雀。

## 彈琴峽

月作金徽風作絃，清聲豈待指中傳。伯牙別有《高山》調，寫在疏松亂石邊。

## 懷來縣

榆林青茫茫，塞煙三十里。忽聞雞犬聲，見此千家市。石橋百尺横，其下跨嬀水。人言古嬀州，殘城無乃是。民家坐土牀，嬉笑圍老稚。糲飯侑山葱，勸客顔有喜。足跡半天下，愛此俗淳美。醉就軟莎眠，夢游葛天氏。

## 鵰窠道中二首

曉馳漠北暮居庸，千里山河一瞬中。江左故人知我否？馬蹄聲裏過秋風。

車外塵沙十丈黄，車中客子黑貂裳。拂雲堆上閒回首，無數征鴻帶夕陽。

## 桑乾嶺

昔聞桑乾名，今日登桑乾。桑乾是否不必問，但覺兩耳天風寒。大峯小峯屹相向，空際谽谺一千丈。燕雲回首夕陽間，長川歷歷平于掌。人家如蠣黏石壁，白土堆簷高半尺。門外氈車風雨來，平地轟轟驚霹靂。漢唐百戰場，緑草今滿磧。野夫耕田間，猶有舊鐵戟。道傍誰欵三歎息，布袍古帽江南客。

## 李老峪聞杜鵑呈應奉馮昂霄

三月十九日，客行桑乾坂。杜鵑啼一聲，清淚悽以潸。故園渺何處？萬里隔雲巘。燕子三見歸，我車猶未返。杜鵑爾何來？弔我萬里遠。同行二三子，相顧一笑莞。問我此何鳥，怪我苦悲惋。掉頭不復言，日落千山晚。

## 赤城驛

一溪流水遶千峯，宛與天台景物同。魂夢不知家萬里，却疑只在赤城中。

## 雲州

天險龍門峽，懸崖兀老蒼。千蹄天馬躍，一寸地椒香。夜雪青氈帳，秋煙白土房。路人遥指語，十里是温湯。

## 秦長城

驅車出長城，飲馬長城窟。朔雲黄浩浩，萬里見秋鶻。白骨渺何處，腥風卷寒沙。蒙恬劍下血，化作川上花。祖龍一何愚，社稷付征杵。長城土未乾，秦宫已焦土。千載不可問，似聞鬼夜哭。矯首武陵源，紅霞滿川谷。

## 金蓮川 金章宗與李妃避暑于此。有泰和宫，今廢。

茫茫金蓮川，日映山色赭。天如碧油幢，萬里罩平野。野中何所有，深草卧羊馬。昔人建離宫，今存但古瓦。秋風吹白波，猶似衰淚灑。村女採金蓮，芳香紅滿把。豈知步蓮人，艷骨掩泉下。人生如蜉蝣，百年無堅者。安得萬斛酒，浩歌對花瀉。

## 明安驛道中四首

野鵲山頭野草黄，野狐嶺上月茫茫。五更但覺天風冷，帳頂青氈一寸霜。

貂鼠紅袍金盤陀，仰天一箭雙天鵝。雕弓放下笑歸去，急鼓數聲鳴駱駝。

黄沙浩浩萬雲飛，雲際草深黄鼠肥。貂帽老翁騎鐵馬，胸前抱得黄羊歸。風吹灤水湧如淮，十萬雕弓飲馬來。長嘯一聲鞭影動，金鞍飛過李陵臺。

## 李陵臺約應奉馮昂霄同賦

落日悲笳鳴，陰風起千嶂。何處見長安，夜夜倚天望。臣家羽林中，三世漢飛將。尚想甘泉宫，虎賁擁仙仗。臣豈負朝廷，忠義夙所尚。漢天青茫茫，萬里隔亭障。可望不可到，血淚墮汪漾。空有臺上石，至今尚西向。

## 夜宿灤河觜兒

貂裘塵吐黑如鴉，海角孤臣扈翠華。萬里親庭應鶴髮，一生客路又龍沙。囊中藥卷蓯容葉，盤裏蔬堆芍藥芽。漸見馬前添喜氣，明朝天近玉皇家。

## 桓州

躍馬長城外，方知眼界寬。晴天雷雨急，暑夜雪霜寒。鐵騎秋呼鶻，金盤曉薦貛。柳營弓劍滿，容我一儒冠。

## 開平即事二首

百萬貔貅擁御閑，灤江如帶緑回環。勢超大地山河上，人在中天日月間。金闕觚棱龍虎氣，玉階閶闔鷺鴛班。微臣亦有河汾策，願叩剛風上帝闕。

天開地闢帝王州，河朔風雲拱上游。鶻影遠盤青海月，雁聲斜送黑山秋。龍岡勢遶三千陌，月殿香飄十二樓。莫笑青衫窮太史，御爐曾見衮龍浮。

## 送羅子有奉亦愚右丞之喪歸杭

風沙萬里一征鞍，短帽疏一作朱。髯淚未乾。廣武山川空阮籍，長平賓客只任安。故園有夢鵑聲急，大厦無依燕翅寒。江左故人如見問，爲言燈火客金鑾。

## 送脩撰輔伯賢同知滑州

又作州官去，秋霜點鬢沙。風生白馬渡，月冷紫薇花。三釜娱親老，雙旌放吏衙。重來定何日，雲路有靈槎。

## 春日游江鄉園 一作《小城南吟》。

城南三月花亂開，花間羯鼓聲如雷。蟬衫麟帶誰家子，笑騎白馬穿花來。美人如花映碧水，榴裙吹舞金鵲尾。手折楊枝擲水中，腰裊如弓送窮鬼。人言此是上河梁，滿川羅綺東一作春。風香。年年窮鬼送不了，一作去。波心驚起雙鴛鴦。蓮莖一寸緑芒短，老盡碧桃春不管。游人醉歸夜迢迢，十二天街御煙暖。

## 至元壬辰呈翰林院請補外二首

微臣官蟻蝨，無力報乾坤。政爾廣文館，何如神武門。世情三峽險，歸夢五湖昏。朝市山林上，無非荷國恩。

萬里家書到，催歸未得歸。山妻愁掩袂，稚子病牽衣。客舍園林僻，官曹簿領稀。清時鴛鷺滿，容得一鷗飛。

## 送應奉張幼度同知冠州

張子美少年，濯濯春月柳。夜窗三尺琴，六籍洞户牖。我游承明廬，見此真益友。金櫃共校讎，過眼十八九。僚吏坐俗談，語乃不出口。美哉德如玉，温縝世未有。近詔開東觀，天章爛瓊玖。我本木强人，技已陳芻狗。君胡爾不留，得州大如斗。男兒抱奇氣，榮進付之偶。血指古則然，今何怨袖手。但莫負所學，千載有不朽。北風號枯桑，落葉滿林藪。送君薊南門，山色照尊酒。監州豈不佳，千里民父母。顧回判花筆，桑麻勸南畝。竹馬歌兒童，定勝牛馬走。明年我南歸，雲卧鼻雷吼。當哦山中詩，寄君一搔首。

## 别離曲 以下補遺。

杏花紅壓紗窗雨，畫檷孤禽弄嬌語。翠綃曉帳雙娥愁，淚溼菱花怨歌舞。龍香記昔調哀弦，一絲指撥春風前。羅衾未暖驪駒發，柳條折盡長亭寒。燕釵分恨藏塵玉，夢斷雲深楚江緑。舞鸞折翅錦字空，魚目晴波接紅燭。江南賈客千黄金，停鞭欲換天涯心。從教門外苔痕老，繡鞋不過屏山陰。

## 春風行

子規催春春欲去，海棠片片飄紅雨。幽人豈無兒女情，懶聽畫樓鶯燕語。東風吹到古渡頭，淡煙渺渺横孤舟。孤舟撑入菰蒲裏，日落未落波悠悠。遠峯幾點青未了，前浦冥冥没白鷗。獨倚短篷聽漁歌，不知人世居□□。

## 題壁

我不學寇丞相，地黄變髮髮如漆。又不學張長史，醉後揮毫掃狂墨。平生紺髮三千丈，幾度和雲眠石上。不合感時怒衝冠，天公罰作圓頂相。肺肝本無兒女情，亦豈惜此雙鬢青。只憶山間秋月冷，搔首不見鬖髿影。陶南村《輟耕録》云：剛中，國初時嘗爲僧以避世變，一日，大書所作詩于其父執某之粉牆上云云。父執見之曰：此子欲歸俗也。呼來館穀之。命養髮，經半年餘，謂曰：汝當娶，吾將以女事汝。剛中擇日迎歸，父執喜曰：五馬入門矣。後果以功授治中典鄉終老焉。若父執者，可謂識人也已。

## 入安南以官事未了絶不作詩清明日感事因集句成十絶奉呈貢父尚書并示世子及諸大夫篇篇見寒食

拜掃歸來走鈿車，《文類》、《體要》並作「十里宜春下苑花」。二年寒食住京華。自憐慣識金蓮燭，奉使虛隨八月槎。杜牧之　胡曾　歐陽修　杜甫

回首扶桑銅柱標，芙蓉帳暖度春宵。清明寒食誰家哭，折戟沈沙鐵未銷。杜甫　白居易　白居易　杜牧之

關山迢遞古交州，物換星移幾度秋。微雨微風寒食節，夷歌銅鼓不勝愁。《文類》、《體要》並作「水流花謝兩無情，獨上高樓望帝京。聞憶金明池上路，人生看得幾清明。」　李郢　王勃　裴廷裕　陳羽

殘花悵望近人開，《文類》、《體要》作「江東行客思悠哉」。不盡長江滚滚來。寒食清明都過了，鷓鴣飛上越王臺。杜甫　杜甫　參寥子　李紳

台州地闊海冥冥，人踏金鼇背上行。獨在異鄉爲異客，無花無酒過清明。杜甫　楊蟠　王維　魏野

慈母年高鶴髮垂，鄉書無雁到家遲。初過寒食一百六，一日思親十二時。石介　許渾　白居易　黄山谷

昔藉梨花作寒食，孟光舉案與眉齊。越裳翡翠無消息，夜合花開日又西。蘇東坡　蘇東坡　杜甫　白居易

寒食家家出古城，滿川風雨看潮生。八千里外飄零客，起向朱櫻樹下行。王建　石曼卿　白居易　張籍

一百五日寒食雨，風光别我苦吟身。尚書氣與秋天杳，同是天涯淪落人。黄山谷　賈島　杜甫　白居易

海客乘槎上紫氛，清明時節雨紛紛。虎牙銅柱皆傾側，水盡天南不見雲。李商隱　杜牧之　杜甫　李太白

# 侍讀學士小雲石海涯

小雲石海涯，阿里海涯之孫。父名貫只哥，雲石遂以貫爲氏，號酸齋。年十三，膂力絶人，使健兒驅三惡馬疾馳，持槊立而待，馬至騰上之，越二而跨三。運槊生風，觀者辟易。或挽彊射生，逐猛獸，上下峻阪如飛，諸將咸服其趫捷。稍長，折節讀書。初襲父官爲兩淮萬户府達魯花赤，鎮永州，一日，解所綰黄金虎符，讓弟忽都海涯佩之。北從姚燧學，燧見其古文峭厲有法，及歌行、古樂府慷慨激烈，大奇之。俄選爲英宗潛邸説書秀才。仁宗踐祚，拜翰林侍讀學士、中奉大夫、知制誥，同修國史。乃稱疾辭還江南，泰定元年五月八日卒，年三十九，贈集賢學士、中奉大夫、護軍，追封京兆郡公，謚文靖。酸齋晚年爲文日邃，詩亦沖澹，草隸等書，變化古人，自成一家。其視死生若晝夜，絶不入念慮。臨終有辭世詩云：「洞花幽草結良緣，被我瞞他四十年。今日不留生死相，海天秋月一般圓。」洞花、幽草，蓋二妾名也。酸齋休官辭禄後，或隱屠沽，或侶樵牧，常於臨安市中立碑額「貨賣第一人間快活丸」，人有買者，展兩手，一大笑示之，領其意者，亦笑而去。一日，錢唐數衣冠士人游虎跑泉，飲間賦詩，以「泉」字爲韻，中一人但哦「泉、泉、泉」，久不能就，忽一叟曳杖而至，應聲曰：「泉泉泉，亂迸珍珠箇箇圓。玉斧斫開頑石髓，金鉤搭出老龍涎。」衆驚問曰：「公非貫酸齋乎？」曰：「然、然、然。」遂邀同飲，盡醉而去。其依隱玩世多類此。

## 桃花巖 并序。

白兆山桃花巖，太白有詩，近人建「長庚書院」。來京師時，中書平章白雲相其成，求詩於祠林臣李秋谷、程雪樓、陳北山、元復初、趙子昂、張希孟，與僕同賦。

美人一别三千年，思美人兮在我前。桃花染雨入白兆，信知塵世逃神仙。空山亭亭伴朝暮，老樹悲啼發紅霧。爲誰化作神仙區，十丈風煙挂淮浦。暖翠流香春自活，手撚殘霞皆細末。幾回雲外落清嘯，美人天上騎丹鶴。神遊八極棲此山，流水杳然心自閒。解劍狂歌一壺外，知有洞府無人間。酒酣仰天呼太白，眼空四海無纖物。明月滿山招斷魂，春風何處求顏色。

## 美人篇

仙風雕雪玲瓏温，吴姬翦月纖纖昏。行雲補髻翠光滑，鳳凰叫落空山月。手摘閒愁八字分，春山恨重畫不伸。肌濃汗膩朱粉匀，背人揮淚妝無痕。霜刀自製石榴裙，閉門不識諸王孫。緑煙熏透一作暖。藍田玉，羅帶隨風换裝束。飛鳥銜怨過長門，芳菲不忍韶華屋。連環步窄玉佩響，霓裳袖闊春一作東。風長。釧鬆腕瘦覺多情，舉手搔天天亦癢。錦香一作「枕昏」。帳冷蘭燈沈，落花不入芙蓉衾。三山路杳銀河深，彩鸞高訴愁人心。天與美人傾國色，不如更與美人節。夢裏梅花夢外身，萬古千年對一作一。明月。

貫酸齋以樂府得名，同時有徐某號甜齋，時號「酸甜樂府」。

## 君山行

北溟魚背幾千里，負我大夢遊弱水。蓬萊隔眼不盈拳，碧落香銷吹不起。茜裙女兒懷遠遊，遠人不歸明月羞。寶釵綰髻翠欲流，鳳鬟十二照暮秋。女媧煉石補天手，手拙石開露天醜。瓊樓玉宇亦人間，直指示君君見不。斯須魚去夢亦還，白雲與我遊君山。

## 畫龍歌

老墨糊天霹靂死，手擘明珠换眸子。一潛淵澤久不躍，泥活風鬚色深紫。虬髯老子家燕城，怒吹九龍無餘燈。手提百尺陰山冰，連雲塗作蒼龍形。槎牙爪角隨風生，逆鱗射月干戈聲。人間仰視玩且聽，參辰散落天人驚。瀟湘浮黛蛾眉輕，太行不讓蓬萊青。烈風倒雪銀河傾，珊瑚蓋闕堪不平。吸來噴出東風迎，春色萬國生龍庭。七年旱絶堯生靈，九年滂漲舜不耕。爾來化作爲霖福，爲吾大元山海足。

## 觀日行 并序。

丁巳春三月，余之所謂寶陀，山顛有石曰「盤陀」，可觀之，初疑其大不可量。既歸宿作，方夜半之餘，詩僧魯山同賦。

六龍受鞭海水熱，夜半金烏變顔色。天河蘸電斷鼇膊，刀擊珊瑚碎流雪。朔方野客隨雲問，乘風來游海上山。飛驤拖空渡香水，地避中原雜聖凡。壯鼇九尺解霜鼓，瘦紋巨犬自掀舞。驚看月下墨花鮮，欲作新詩授龍女。人生行此丈夫國，天吴立濤欺地窄。乾坤空〔際〕落春帆，身在東南憶西北。

## 采石歌

采石山頭日頹色，采石山下江流雪。行客不過水無跡，難以斷魂招太白。我亦不留白玉堂，京華酒淺湘雲長。新亭風雨夜來夢，千載相思各斷腸。

## 別離情

吁別離之苦兮，蒼梧之野春草青，黄陵廟前春水生。日暮湘裙動輕翠，玉樹一作「脩竹」。亭亭染紅淚。又聞垓下虞姬泣，斗帳初驚楚歌畢。佳人閣淚棄英雄，劍血不銷原草碧。何物謂之別離情，肝腸剥剥如銅聲。不如斫其竹，剪其草，免使人生謂情老。

## 蘆花被 并序。

僕過梁山泊，有漁翁織蘆花爲被，僕尚其清，欲易之以紬者。翁曰：君尚吾清，願以詩輸之。遂賦，果却紬。

採得蘆花不涴塵，翠蓑聊復藉爲茵。西風刮夢秋無際，夜月生香雪滿身。毛骨已隨天地老，聲名不讓古今貧。青綾莫爲鴛鴦妒，欸乃聲中别有春。歐陽玄撰貫雲石神道碑云：雲石嘗過梁山濼，見漁父織蘆花絮爲被，愛之，以紬易被。漁父見其〔以〕貴易賤，異其爲人。陽曰：「君欲吾被，當更賦詩。」公援筆立成，竟持被往。詩傳人間，號蘆花道人。公至錢唐，因以自號。

## 秋江感

澄净秋江一舸輕，不堪蹤迹樂平生。西風兩鬢山河在，落日滿船鴻雁聲。村酒尚存黄閣醉，短檠猶照玉關情。料應今夜懷鄉夢，殘月蕭蕭月二更。

## 蒲劍

三尺青青古太阿，舞風斫碎一川波。長橋有影蛟龍懼，流水無聲日夜磨。兩岸帶煙生殺氣，五更彈雨和漁歌。秋來只恐西風惡，銷盡鋒棱恨轉多。

## 三一菴

茅棟蕭蕭水石間，放懷終日對林巒。夢回不覺丹臨砌，吟罷始知身倚闌。藥碓夜舂雲母急，石瓶秋迸井花寒。羣魚亦得逍遥樂，何用機心把釣竿。

## 神州寄友

滄海茫茫敍遠音，何人不發故鄉吟。十年故舊三生夢，萬里乾坤一寸心。秋水夜看燈下劍，春風時鼓壁間琴。邇來自愧頭尤黑，贏得人呼小翰林。

## 思親

天涯芳草亦婆娑，三釜淒涼奈我何。細較十年〔衣上〕（元下）淚，不〔如〕（知）慈母綫痕多。

## 題陳北山扇五首

秋鳴無數醉秦娥，却把輕風惹扇羅。明月碧澄天似水，此山雲氣動纖波。

紅旭如鉛海上來，蒼蒼烟霧小蓬萊。東風昨夜醇如酒，吹得桃花滿樹開。

翠幕低垂護午陰，碧缾裏面水痕深。東風截斷人間熱，勾引清涼養道心。

一簾明月倚闌干，宇宙尤宜就夜看。飛上仙槎河漢近，手招沆瀣海銅盤。

功成不用服丹砂，笑指雲霞總是家。清曉山中三尺雪，道人神氣是梅花。

## 題廬山太平宮

山上清風山下塵，碧沙流水淺如春。不知松外誰敲月？驚動南華夢裏人。

## 題岳陽樓

天遠岳陽樓影孤，下窺夢澤渺平蕪。城南老樹依然在，試問仙童重到無。

## 題練川書隱壁

朝來策杖輕天涯，東風落脚山人家。悠哉野服棄俗態，蕭然未受豪華加。兒兮子兮嬉且悲，燈昏小帳連依依。山人已有春微微，吾儕必欲留新題。

## 篳篥樂爲西瑛公子

雄雷怨别雌雷老，雲海鏝沙地無草。□塵不受紫檀風，三寸蘆中元氣巧。微聲轔轔喘不栖，魍魅夢哭猩猩饑。壯聲九漏雪如鐵，酥燈燄冷春風滅。神妻夜傳髑髏杯，倒解昆侖飲腥血。紫臺雲散月荒涼，歸路人稀腔更長。

## 岳陽樓

西風吹我登斯樓，劍光影動乾坤浮。青山對客有餘瘦，游子思君無限愁。昨夜漁歌動湖末，一分天地十分秋。

## 當塗郡有脱靴亭以謫仙采石得名乃繪之圖而贊以詩

錦袍兮烏幘，神清兮氣逸。凌鑠兮萬象，麾斥兮八極。我思古人兮李太白，孰爲使之朝禁林而暮采石也。其天寶之嬖倖歟，公則何所於欣慼。

## 山谷守當塗方九日而被謗謫宜州遂作返棹圖而系之詩

幅巾兮野服，貌腴兮神肅。孤騫兮風雅，唾視兮爵禄。我思古人兮黄山谷，曷爲使之六年爽道而九日姑孰也。其符紹之朋黨歟，公則何所於榮辱。

## 初至江南休暑鳳凰山

路隔蒼苔卒未通，泉花如髮玉濛濛。蛟浮海近雲窗溼，螽怯山寒葛帳空。高枕不知秋水上，開門忽見暮帆東。物華萬態俱忘我，北望惟心一寸紅。

## 宫詞

風外丁當響珮環，玉人依約憑湖山。侍兒報有君王命，月下輕輕整翠鬟。

## 鄧祭酒文原

文原，字善之，一字匪石，綿州人。父漳，徙錢唐。文原年十五，通春秋，在宋時以流寓試浙西轉運司，魁四川士，至元間，行中書省辟爲杭州路儒學正。大德間，調崇德州學教授，擢應奉翰林文字，陞修撰。至大三年，出授江浙儒學提舉。皇慶元年，召爲國子司業。科舉制行，文原校文江浙，慮士守舊習，大書朱子《貢舉私議》揭於門。延祐四年，陞翰林待制，出僉江南浙西道廉訪司事，移江東。至治二年，召爲集賢直學士，兼國子祭酒。泰定元年，以疾乞致仕歸，致和元年卒，年七十一，制贈江浙行省參知政事，謚文肅。所著有《讀易類編》、《内制集》、《素履齋稿》。義烏黄溍曰：公爲文精深典雅，温潤而有體，確實而有徵，詩尤簡古而麗逸。句章任士林曰：善之渾厚以和，沈潛以潤，如清球在懸，明珠在乘。當大德、延祐之世，承平日久，善之與袁伯長、貢仲章輩振興文教，四海之士，望風景附，王士熙、馮思温名位爲最顯，亦皆出善之之門。文章之柄悉歸焉，其盛事可想見也。

### 雨中次范德機見寄雜興韻

窮巷積陰雨，離居寡悰情。安得塩埃風，逍遥余上征。長日有逝川，春花無晚榮。永懷山澤居，好遯潛英聲。於陵方灌園，龐公不入城。此意豈忘世，詠歌以濯清。今我夢江國，嗷嗷鵜鴂鳴。不憂芳草歇，但恐白髮生。歸休企前哲，矢言著貞誠。悠悠莫識察，思子攜手行。

## 題高尚書夜山圖

吴山面滄江，中秋氣颯爽。樓居謫仙後，公退謝塵鞅。孤月出海上，高懷一俯仰。佳哉高侯畫，得意超象罔。我來秋向晚，月色寒莽蒼。山遠落木浄，風高怒潮響。奔騰萬雲氣，忽駕蒼虬上。平湖雨翻江，渺渺波蕩槳。回思圖畫時，歲月倏已往。山川更晦明，陰陽遞消長。人生何獨勞，局促老穹壤。我將乘倒景，千載縱清賞。松喬遺世人，一笑凌煙像。

## 題丁氏松澗圖

天目之峰凌紫烟，下周林壑紆長川。清池斗絶涵倒景，神運直自疏鑿先。彼美幽貞廬，閒房曲奥辛夷茎。蒼官一作松。手植經幾年，靈虬夭矯今參天。門前朝流暮流水，但聞激石瀉瀨鳴濺濺。山人養真衡茅下，有書可讀琴可弦。意行清澗曲，長嘯松風前。山一作溪。月出林高，溪花弄春妍。仙人歌一作欲。來夜將半，天空鶴唳山凄然。颷塵大笑狂馳子，口誦丹訣傳真玄。我欲從之結鄰屋，得疏藥圃謀芝田。

## 山中居

山人獨向山中居，風雨不庇三椽廬。短衣破帽家無儲，形忘意適心自娱。挂壁拄杖懸珊瑚，鬼神遯迹蛟龍趨。眼前不識爲妻孥，生平豈解躬耕鉏。黄精採苗供曉餔，碧溪飲泉傾瓠壺。行歌紫薇眠枕書，夢遊滄海坐釣魚。雲霧煙霞同卷舒，狙猿麋鹿相驚呼。顛崖蒼蒼日欲晡，舉手拊掌笑挽鬚。起望八極吞五湖，喬松在足憑空虚。有客跨鶴來須臾，龐眉皓齒當坐隅。綺語唾落飛明珠，翻身别去登康衢。寄言擊壤人有無，茅茨風俗今何如。

## 梁貢父學士江行阻風圖

匡廬枕長江，彭蠡居上游。我幼不識風濤怒，但喜青山緜亘急櫓鳴中流。老來行道增百憂，山有虎兕水次多蛟虬。梁公示我江上圖，空齋颯爽回高秋。想見飛廉簸蕩驅陽侯，雷鼓動地萬貔貅。連檣十日不得發，何異駿馬伏櫪鷹在鞲。行人徼福古祠下，潔觴置酒旨且柔。小姑倚絶岸，彭郎渺孤洲。脈脈關情隔烟水，不如天孫絶漢從牽牛。明發風止江鏡浄，楚天無際來櫂謳。回首繫舟處，惟有參差烟樹飛鳧鷗。世事翻覆那有定，人生憂樂爲誰謀。慨彼東逝川，白日不得須臾留。濯滄浪，委浮休，買田結屋山之幽。擷芳釣鮮亦足樂，安用高門列鼎冠蓋誇鳴騶。

## 贈墨士吴雪堂

永寧賜筆世安有，易水良工今不傳。了知膠漆用相得，亦悟膏火明自煎。昔從蒙莊觀副墨，老歸芸閣窮《太玄》。與子欲擬毛穎傳，待我暇矣磨墨甎。

## 滿目雲山樓　一作《米元暉雲山短卷》。

芳草孤舟度，幽居一徑通。一作雲。江湖春雨外，墟里暮煙中。一作分。機息鷗亢下，花飛水自東。一作「亦芬」。臨流一作「氛氳」。無限意，畫史若爲工。一作「畫裏識敷文」。

## 伯夷頌

心田垂世遠，手澤歷年殊。誰購山陰敍，真還合浦珠。身惟名不朽，書與道同符。諸老珍題在，猶堪立懦夫。

## 送吳宗師南祀歸二首

國老分茅社，祠官從使星。鶴書來澗谷，羽節動仙靈。寸草春逾碧，黄花晚獨馨。真人猶五采，歸受《蕊珠經》。

草木南薰候，神仙上界官。平生修月斧，萬里御風翰。江雨鳴星劍，涼空憶露盤。白鷗秋水外，相與醉憑闌。

## 陪高彦敬游南山

不到南山又二年，離離秋草映寒泉。東林蕭散開蓮社，西晉風流櫂酒船。古寺雲煙終日合，長松風雨半空懸。謝公未了登臨興，故向禪房借榻眠。

## 十月十日出都城二首

倦客愁深素髮生，分甘投劾謝塵纓。老來每愧公車召，歸去何須祖帳榮。紅葉早霜催歲晏，白鷗野水與雲平。腐儒漫任真無補，深負巖居與谷耕。

朝擁皐比夕短檠，病餘静息厭勞形。閒情只合營三徑，便腹那能貯五經。忝侍禁幃慚啓沃，欲尋耆社覺凋零。歸歟嘯傲西湖上，時看晴雲度翠屏。

## 三月廿九日上御流杯亭聽講明日子翬司業有詩因次韻

咫尺天顏仰照臨，緝熙盛事見方今。上林花接南薰早，流水春函太液深。寒士簡編窮皓首，野人芹曝抱丹心。退朝欲草清平頌，散作成均木鐸音。

## 送劉時可還括蒼兼寄洪中行

洪郎不來魚雁稀，君今歲暮告我歸。故人青燈山水屋，游子白苧風霜衣。時俗俯仰妨道性，聖哲出處存天機。東還石門對飛瀑，卧看寒月投窗扉。

## 贈白君舉

昆侖西日水東溟，何處清一作東。風起獨醒。遠道雲烟今古樹，行人朝暮短長亭。草鋪平野春如剪，花落重門晝不扃。不有茅茨容嘯傲，終南山色爲一作與。誰青。

## 送人游天台

此去蘭亭修禊後，平明驅馬試征衣。海邊山盡天無盡，花底春歸人未歸。一雨潮生魚入市，遠巖月上鶴投扉。舊游二十年前路，孤負東風賦《采薇》。

## 壽何平章

位正三台拱太微，德人山立玉揚輝。致身直道難諧俗，救世危言易觸機。空谷霜嚴蒼檜在，長空雨盡白雲歸。閒庭燕坐觀春草，依舊東風自款扉。

## 題子昂馬圖

奔騰駿骨雲路長，蕭灑神鬉風露涼。沙場春牧草肥雨，野徼秋嘶楓隕霜。三關戰士黄金甲，五陵俠客紅絲繮。朝羈暮絡衹腸斷，華山煙樹遥蒼蒼。

## 題林彦文詩卷兼送南歸

東周離黍先亡雅，南楚崇蘭又變騷。上下漢唐觀體裁，古今李杜擅雄豪。青林曉日鳴雙鳥，碧海秋風釣六鼇。白髮詩翁會天趣，吴山一笑返漁舠。

## 都中送元傑道士南歸

授節仙山得過家，都門津柳動春華。還鄉近似千年鶴，奉使榮於八月槎。古井雲封丹竈藥，舊松風掃石壇花。道人冠劍鳴瑶佩，豈必高車晝錦誇。

## 奉題延祐宸翰 并序。

欽惟仁宗上承祖武，蒐羅俊彦，求治靡寧。尤尊禮儒臣，務敦風化。由是治書侍御史臣郭貫擢禮部尚書，凡在選者六人，惟貫進秩有加。親灑宸翰，昭示龍光；忝備臣僚，咸增鼓舞。集賢直學士臣鄧文原謹拜手稽首而作詩曰。

宵旰需賢表薦紳，秩宗首選贊華勛。官聯天府璇璣象，帝闡河圖琬琰文。曾聽簫韶瞻曉日，仰攀弓劍泣秋雲。小臣作頌稱仁聖，湛露承恩未足云。

## 題小薛王畫鹿

禮樂河間雅好儒，曾陪校獵奉鑾輿。畫長靈囿觀游後，政暇嘉賓燕集餘。蛺蝶圖工人去久，騶虞詩好化行初。宗藩翰墨留珍賞，憑仗相如賦《子虚》。

## 題謝氏通濟橋

涔陽川上壓雲濤，迥若仙山駕巨鼇。甃石不愁僧路滑，傾金寧計鬼工勞。泛槎客去銀河近，題柱人歸玉壘高。此地通津足佳興，楚歌明月放輕舠。

## 郎中蘇公哀挽 志道

塞垣重鎮雪雲堆，畫諾人稱幕府材。流馬道艱逢歲儉，涸魚民病得春回。陽關猶記歌《三疊》，杜老俄成賦《八哀》。夜静燕臺山月冷，祇疑化鶴一歸來。

## 送李彦謙御史之西臺

霜風十月長安道，健鶻凌空浄羽毛。地控函關西極重，星聯執法太微高。鑄金古鼎姦先伏，發刃新硎用欲韜。雅志澄清付公等，我懷江海放漁舠。

## 送鮮于伯機之官浙東

衣冠文獻參諸老，臺閣功名負此公。十載黄塵看去馬，萬山青眼送飛鴻。揮毫對客風生座，載酒論詩月滿篷。昭世需才公論定，起分春雨浙江東。

## 送張綱父教官

我友白蘋洲畔客，忽凌風雪問征塗。南州歲晚尋高士，西塞烟深憶釣徒。呼酒江船春水動，讀書山館雨燈孤。無錢自愧蘇司業，聊賦《驪駒》爲子娱。

## 贈趙錬師奉祠南海會稽

函香南國羽衣師，東繞稽山謁禹祠。使馭穩如乘白鶴，仙都歸及采玄芝。文園進稿無封禪，宣室求言有受鳌。書就會同靈貺闊，詞人休譔《九歌》辭。

## 送姚利用入京

雪晴川浄駕飛桅，舟入河冰二月開。壯士不緣彈鋏去，故山曾見爛柯來。上林淑氣催花柳，盛代英雄擢草萊。青眼諸賢如問訊，爲言衰病懶登臺。

## 獨立

數盡飛花一愴然，壯心迢遞夕陽邊。十年人事空流水，二月風光已杜鵑。過眼青春寧復得，涴人黄土絶堪憐。故園尚有平生約，可使蒼苔到石田。

## 正旦有感

干戈短景去忽忽，回首南朝一夢中。世事盡隨天道北，春正依舊斗杓東。四時玉燭堪調燮，萬國車書想混同。寂寞荒山老松樹，看渠梅柳競春風。

## 清明省墓

短櫂吴歌花滿川，春帆愁斷《蓼莪》篇。小溪蘋藻墦間祭，春雨桑麻墓下田。黄壤有靈終異土，青山無樹半荒阡。傷哉巴峽松楸路，狐兔若寒六十年。

## 趙孟堅水墨雙鉤水仙長卷

仙子凌波佩陸離，文魚先乘殿馮夷。積冰斲雪揚靈夜，鼓瑟吹竽會舞時。海上瑶池春不斷，人間金椀事堪疑。天寒日暮花無語，清淺蓬萊當問誰？

## 松雪翁桐陰高士圖

玉立桐陰十畝蒼，託根何必在朝陽。迎風簌簌秋聲早，灑雨陰陰月色涼。勝事只消琴在膝，野情聊倚石爲牀。高人自得坡頭趣，不爲花開引鳳皇。

## 除夕書懷

年光逝若片帆輕，坐惜宵分到啓明。客舍張燈浮太白，禁鐘和漏隔華清。攝提北斗中天運，太乙東宮吉日迎。身在詞林無寸補，幾陪鴛鷺聽雞聲。

## 萬歲山廣寒殿

雪殘春意滿仙臺，碧樹青葱翠作堆。三島靈山浮海至，九天丹闕倚雲開。仗穿玉兔輪中出，輦跨金鼇背上來。欲獻甘泉辟雍賦，白頭零落愧非才。

## 三月晦遊道場山宿清公房與成父同行二首

絶頂軒窗納晚晡，下方燈火聽鐘魚。天連震澤涵元氣，地涌浮圖切太虛。涼立松風觀石溜，晚尋樵徑扣僧廬。孤亭山麓荒苔積，猶想幽人夜讀書。

澗石縈紆紫竹叢，晴雲吹落水晶宫。夜寒身宿羣峰頂，花盡春歸萬木中。儻買山田營破屋，時過僧寺駕孤篷。只應渺渺軒前路，杖履長陪鶴髮翁。

## 文湖州竹二首

翰墨真儒者事，書生如山未知。判取詩書萬卷，來看風霜一枝。

此老墨君三昧，雲山發興清奇。我在蓬萊書府，曾看曉靄横披。

## 題陶淵明像

詩中甲子春秋筆，籬下黄花雨露枝。便向斜川頻載酒，風光不似義熙時。

## 袁安卧雪圖

門外雪深泥没膝，幽人懷抱自春風。可憐令尹無高致，乘興何須見此公。

## 松雪臨郭熙溪山漁樂

峭石浮嵐俯翠微，瀑流飛雨散林霏。漁舟來往清溪曲，悵望行人古道稀。

## 松雪墨梅

憶昔衝寒踏雪時，百花零落顧開遲。如今收拾横書卷，一任無情塞管吹。

江參百牛圖

涇涇羣行四百〔蹄〕(號)，耕犂初罷樂相隨。春風緑遍川原草，回首牧人知是誰。

錢舜舉碩鼠圖

禾黍連雲待歲功，爾曹竊食素餐同。平生貪黠終何用，看取人間五技窮。

錢舜舉瓜蔓圖

極目荒墟落木中，空山人静凋泉春。秋來不用爲霖雨，留得閒雲養卧龍。

温日觀葡萄

滿筐圓實驪珠滑，入口甘香冰玉寒。若使文園知此渴，露華應不乞金盤。

周曾秋塘圖卷

慘澹枯荷折葦間，芙蓉秋水轉碕灣。鳴鴻飛度江南北，却羨溪禽滿意閒。

米敷文楚山清曉卷

濛濛煙樹楚江湄，寂寞漁村護短籬。雲夢舟中春睡足，醉餘猶記牧之詩。

李仲賓墨竹圖

石根天矯出寒梢，明月空山舞翠蛟。□作江湖墨風雨，曾隨海浪過南交。仲賓曾使交阯，故云。

## 郭恕先升龍圖二首

海上參差十二樓，閬風玄圃綵雲浮。神仙尚厭人間世，故作乘龍汗漫遊。

建章宮闕漏沈沈，翠輦春遊接上林。未識嫦娥天上樂，廣寒丹樹五雲深。

## 題高尚書秋山暮靄圖

傍溪草舍隔林中，望際雲山翠幾重。長憶雨餘閒信馬，輕鞭遥指兩三峰。

## 題高房山墨竹圖

人纔有我難忘物，畫到無心恰見工。欲識高侯三昧手，都緣意與此君同。

## 題王朋梅金明池圖

溶溶春水戲羣龍，畫鼓蘭橈競奏功。得失等閒成慍喜，人生萬事弈棋中。

## 題開元宮圖

西湖春動風泠泠，歘忽鼓瑟窺湘靈。夫君要眇降雲軿，椒堂桂棟羅芳馨。春城日逝崦嵫暮，幽夢重門鎖花霧。玉簫聲沈鳳飛去，迸入秋風五陵樹。至人高懷視雲浮，昔者金屋今丹丘。白鶴來下明月樓，知有王喬飛舄遊。仙人好幻多戲劇，海變桑田蓮變碧。百靈呵護融風息，依舊瓊臺絳宇炫燿雲五色。

## 寄普福講寺住持無公

浄土談玄屢款扉，平生我亦悟毘尼。天台道在毘陵記，廬阜神交惠遠師。度嶺白雲飛錫處，散花清晝說經時。西南峰下龍泓路，曾記山房舊賦詩。

## 題圓覺天台教寺

大圓覺境清涼地，要闡毘盧貝藏開。飛錫不妨隨鶴下，蟠桃曾見有龍來。相逢定性三生路，盡了塵心萬劫灰。憶我初年慕禪蛻，石橋煙雨過天台。

## 送俞觀光赴義塾師

越山嵐翠俯青谿，念子懷歸歲屢移。乘興未尋安道宅，傳經且下仲舒帷。稻粱秋足飛鴻外，燈火涼生積雨時。東老收書兼好客，何人詩寫石榴皮。

## 題張谿所畫霜林雲岫圖

慚余生也晚，未能識君顏。宿秉川嶽氣，時發胸臆山。澗壑自回互，溪林若縈環。雲光映天色，秋葉舒錦斑。室中有揚子，向晚啓玄關。何如塵外侶，日夕相與還。悠悠箇中意，未許落人寰。

## 閻立本西嶺春雲圖

旅人陟春山，回互臨幽絶。馬首觸層雲，鳥鳴當三月。桃蕚爛虚空，松風吹洞越。高岑上青蒼，曲磴復敂缺。澗壑瀉飛流，煙靄忽明滅。靈仙扣丹房，素女開瑶穴。鄉關在遐方，中情向誰説。忽聞上方鐘，午餐僧已設。閤子爲此圖，翫之未能輟。恐爲造化憎，隄備六丁掣。

## 盧鴻盧嶽觀泉圖

九江峙廬嶽，盤回幾許深。絶壁倚霄漢，濺瀑直千尋。颼飀松風至，髣髴蒼龍吟。叠石挺瓊樹，飛樓起危岑。流沫灑虚闌，長歌響澗陰。雲深草木潤，風度煙景沈。何來暫停轡，於焉散煩襟。余以羈塵鞅，未得諧夙心。能知此中意，奚事方外尋。良圖爲爾襲，比勝雙奇琛。

## 題李思訓寒江晚山圖

李唐王孫重毫素，愛寫寒江千萬樹。上有蓬萊五色雲，下有仙家幾庭户。清霜點作秋滿林，咫尺瑶窗起煙霧。西風吹動晚山蒼，歸舟掩映猶堪數。迢迢錦水汎雙鳧，漠漠青天飛雪鷺。人間畫手非不多，誰似李侯得真趣。李侯宿世列仙儔，更有何人同出處。徽廟題來字字真，把玩殷勤乃奇遇。斯圖斯景世莫傳，古汴荒涼風景暮。眼中人事已非前，畫裏山川尚如故。老我披圖一愴然，落日長歌漫爲賦。

## 王摩詰春溪捕魚圖

輞川之景天下奇，我惜曾聞不曾識。若人筆端斡玄氣，萬頃煙濤歸咫尺。漁翁生事浩無窮，醉挹青藍洗胸臆。或披蓑笠卧寒蟾，或倚孤篷蘸空碧。静觀此理良可娱，應須仰慕王摩詰。

## 李昭道春江圖

江上亂山青束筍，平沙草樹望不盡。大江入海來滚滚，吐雨吞雲雜蛟蜃。中有崔嵬敻絶之高亭，遠出晴空寒數仞。江山傳舍觀英雄，英雄盡説孫江東。自從得地雙鶴翁，紫髯一拂豚犬空。石田睡起秋屢豐，歸耕應羡漢陰翁。

## 趙幹春山曲隖圖

春雲盡斂青山出，雨過千林翠猶滴。桃花歷亂柳芊綿，兩兩啼鶯在林隙。短橋深樹阿誰家，樓閣重重映曉霞。往來豈是避秦客，理亂不聞度歲華。衡門草緑深於染，回塘瀲灎流青靛。雞鳴犬吠各成村，巖際飛泉如白練。虚亭寂歷倚江開，圖畫千重入望來。桃源山莊何足數，此卷真足稱奇哉。畫史當年推趙幹，妙筆流傳人所羡。吁嗟乎人去悠悠不可呼，爲君賦此期重見。

## 王晉卿蜀道寒雲圖

巨靈何年移五岳，石扇中開兩厓削。峽中六月清風寒，仰視青冥何漠漠。碧溪屈曲通冷泉，紺葉玲瓏帶籬落。勾連石棧不可梯，縹緲煙中見樓閣。行行遊子幾經年，幾度空林愁夜鶴。仙峰歷覽豈不嘉，還憶白雲舊巖壑。江城過雨秋氣凉，時有疏鐘度寥廓。山林如此誰能爲？都尉丹青深問學。當年故習一銷鎔，三百餘年無與角。君家珍祕在雲房，六時展對忘離索。我詩渠畫相後先，固應不負三生約。

## 李思訓妙筆 并序。

思訓作畫，雖由於天性。然亦多宗閻立本，惜世罕有知者，因見此卷，爲表而出之。

李侯丹青勝結緑，貝闕珠宮看不足。偶研丹碧寫春山，萬壑千峰僅盈幅。應知深處有神仙，花落花開度歲年。扁舟自是尋真侶，爲覓桃源一洞天。

## 唐子華雲松仙館圖

危峯削玉插晴空，淋漓秀色含鴻濛。世間萬物有時易，惟有青山今古同。隱君山下營茅屋，煙霞笑傲逃塵俗。日長心境鶴俱閒，自掃白雲松下宿。谿頭覓句行遲遲，童子囊琴歸竹籬。猗蘭調古少人聽，等閑何處尋鍾期。

## 題顧善夫所藏張僧繇畫翠嶂瑶林圖

善夫夙有耽奇癖，珍秘何須羨賈胡。徽廟未銷當日字，僧繇仍見昔年圖。千林歷落人煙密，萬里縈回鳥道孤。幾欲臨風試題句，恍疑身世在冰壺。

## 劉松年春山仙隱圖

緑柳疏花遶舍栽，長松灌木覆亭臺。雲巒倒影水天夐，蒲葦有聲山雨來。内史幽情觴詠樂，右丞別業畫圖開。何時許我遊真境？野色橋邊蹋紫苔。

## 趙松雪重江疊嶂圖

東風江上柳初團，海燕飛飛杏雨寒。帆影亂催人去遠，煙光遥映嶂爲攢。鶯啼幾處村方市，犬吠千家客正餐。滿目溟濛無著處，一林鐘磬落潮湍。

## 顧愷之瑶島仙廬圖

渺渺晴山路更幽，茸茸瑶草幾春秋。巖棲自昔推巢父，學種于今説故侯。雲物豈因時序换，鹿麛不共世塵浮。貉頭驀有尋真客，期向天台汗漫遊。

## 陸探微層巒曲隝圖 并序。

善夫過訪，出示探微妙筆，不勝驚訝。漫賦若此，以識奇觀。

勾吴山水素稱奇，箇裏神工已得之。山翠却從林外出，水深常遶屋東澌。雞鳴竹里人何處？犬護柴門客正炊。一段風煙誰會得，避秦當日自相宜。

## 吴道玄五雲樓閣圖 并序。

吾僚友趙松雪盛稱此卷，余豔慕之已二十年餘矣。一日危太樸出示索題，深慰夙懷，因書近詩一律於尾。

觀閣嵯峨起日邊，春雲靉靆倚層巔。天低青海一杯水，山落齊州九點煙。百尺長松神闕外，千秋靈柏古壇前。遨遊盡是蓬山侶，瑶草金芝不記年。

## 王維高本輞川圖

輞口風煙春日遲，淺沙深渚帶東菑。紅杏花開翔白鶴，緑楊絲裊逗黄鸝。山雲寂寂入寒竹，野露瀼瀼裛嫩葵。誰似右丞清絶處，千秋一士更何疑。

## 王維秋林晚岫圖

千峰凝翠宛神州，中有仙翁寤寐遊。林麓漸看紅葉暮，風煙俄入野塘秋。摇摇小艇尋谿轉，寂寂雙扉向晚投。我欲探幽未能去，畫中真境許誰儔。

## 李昭道畫卷

松篁寂寂掩深居，一段清幽樂有餘。麞鹿自來尋舊迹，高賢還去賦歸歟。千山夕照耕初罷，隔樹炊煙誦自如。有客臨溪清話久，數聲長笛過前畬。

## 盧鴻仙山臺榭圖

仙都闉合碧雲籠，洞口緋桃著雨穠。丹闕春深巢翡翠，朱扉風暖出芙蓉。壺公不負三山約，向子終期五嶽逢。野鶴一聲山館寂，倚闌長聽水淙淙。

## 題洪谷子楚山秋晚圖

舊知洪谷古先儔，五尺横圖見十洲。千嶂排空青玉立，一江流水白雲浮。珊簷共話當年雨，丹葉誰憐滿徑秋。最是無聲詩思好，恍然身在赤城遊。

## 郭忠恕十幅

洛陽畫史稱忠恕，尺素能窮造化工。翠嶂倚雲天外落，高林飛雨望中叢。彤樓風暖歌聲細，綺閣春深舞袖紅。應是宣和多愛惜，故將題墨琬琰同。

## 趙令穰秋村平遠圖

白沙翠竹映江皋，幾處村居對寂寥。水落漁梁人暗度，霜清曲渚荇初銷。千山雜沓凝嵐紫，萬木蕭森向晚彫。自是秋光無限好，誰如點染付輕毫。

## 趙千里山水長幅

蒼山高處白雲浮，樓閣參差帶遠洲。千尺虯龍依絶壁，一羣鸛鶴唳清秋。山翁有約憑雙屐，野客無心泝碧舟。最是霜林好風景，居然咫尺見丹丘。

## 馬和之卷

回嵐洞壑玉參差，滿地濃陰日影遲。寂寂柴門雲自合，深深灌木鳥仍窺。滄浪唱晚空天地，緑綺尋幽過竹籬。豈是柴桑歸去者，時臨清淺賦新詩。

## 危太樸集八大家 并序。

余與太樸久别，一旦會于九龍山僧舍，因出諸名勝合作卷見示，隨賦小詩於後，并敍遠别之意云。

憶昔相逢數十年，一朝邂逅碧山前。奚囊錦繡煙雲溼，滿目峰巒紫翠妍。歲月盡從忙裏過，文章還向世中傳。明朝無限東西路，馬首仍憐各一天。

按明東吴張泰階爰平《寶繪録》太樸集八大家圖爲大癡道人黄公望《富春山圖》、天水趙雍《五馬圖》、黄鶴山人王蒙《秋溪泛櫂圖》、房山高克恭《幽谷晴雲》、東海倪瓚《長松絶壁圖》、吴興錢選花鳥、梅道人吴鎮戲墨、武塘盛懋畫也。

## 趙松雪怡樂堂圖贈善夫副仗

一榻幽然樂事多，四時風景復如何？遶溪水色清流玉，排闥山光翠擁螺。静裏研朱將易點，醉中邀月鼓琴歌。知君所好無塵趣，肯許吾儕見訪過。

## 趙仲穆秋山訪隱圖

城市山林路不分，畫橋騎馬是徵君。樹邊高閣連青嶂，陌上紅塵亂白雲。碧澗漣漪魚自泳，陽坡平軟鹿爲羣。滑稽誰似東方朔，更向金門避世氛。

## 方方壺松巖蕭寺圖

雨過鷓鴣啼歇，日斜猿兕聲高。湖上長煙漠漠，山中古寺迢迢。人立東臯清眺，帆歸西浦寒潮。

## 荆浩秋山問奇圖

木落千林秋氣新，虚亭寂寂不生塵。悠然危坐草玄者，不負山橋問字人。

## 顧愷之秋江晴嶂圖二首 并序。

太樸危君所藏愷之妙卷，誠希世物也。出示索書，不勝歎羨！爲書短句以志喜云。

晉室風裁推虎頭，山川靈氣屬君收。指端幻出千重秀，并作江南一段秋。

静日攜笻溪水頭，何如風景鄣圖收。與君相對坐不語，祇領千林萬壑秋。

## 閻立本秋嶺歸雲圖二首

貞觀從知畫有仙，能將萬里尺圖間。白雲掩映楓林好，遮却溪南無數山。

盤紆逕路却何之，中有居人未卜誰？百丈飛泉雲外落，一林霜葉九秋時。

## 題危太樸所藏滎陽鄭虔畫秋巒横靄圖二首

金風瑟瑟入空山，村落人家葉盡斑。羡殺箇中奇絶處，一天煙靄有無間。

鄭君胸次有江山，應識區區只一斑。山色空濛斜日裏，鬱林遥指碧雲間。

## 題耕雲徵士東軒讀易圖次韻三首

衡門寂寂有儒風，相對高人笑語同。何必隔籬沽取醉，新詩初就竹爐紅。

棐几清疏無俗物，圖書雜沓有仙言。晚來静倚南軒下，始識山林道味尊。

悠然結屋對南山，好鳥忘機自往還。昨夜天風吹月下，黄金散布一林班。

## 題趙千里春景

籠煙楊柳嬌無力，著雨桃花冶有姿。人在畫樓春睡起，不知溪上有新詩。

## 題趙子昂爲袁清容畫春景仿小李

王孫久别同朝侶，爲寫晴雲百疊峰。挂起碧窗凝望處，畫中今喜故人逢。

## 趙子昂仿顧愷之

溪邊春樹緑成羣，重疊青山翠影分。客子何來忘歸去，歌聲遥落水中聞。

## 王洽雲山圖 并序。

王洽爲百代雲山之祖，故米氏父子皆由此出，何況易世之後乎！善夫尤宜寶之。

五雲深處擁蓬萊，樹色蒼涼映水開。何處書聲映林樾，却教仙侣過橋來。

## 趙子昂仿顧長康

蒼厓突兀白雲封，雨潤金芝色更濃。采藥劉郎何處去？桃花依舊笑春風。

## 棣華堂爲錢塘羅雲叔題

江空暗雨飛鴻杳，天長古道行人少。芳草池塘夢欲迷，紫荆庭下無人掃。誰似君家常棣華？炫日矜春長媚好。文采風流詔諫孫，詩書滿屋來華軒。我聞同姓古所敦，尺布斗粟何足論。

## 清溪謁象山先生祠

我行厭塵役，愛山極幽阻。及茲叩巖扃，浮嵐薄窗户。危石倚蒼屏，盤盤一洞府。邈哉混沌根，疏鑿自太古。或疑昏墊初，屹立中流許。懸崖瀉驚瀑，洒空作飛雨。泓渟水鏡虛，林影浄可數。石闌少流憩，樛枝啼翠羽。山花明炫目，薜逕劣容武。陡上高明臺，桑麻蔽村塢。却笑羣山卑，矜春相媚嫵。了如靜者性，孤潔恥俗伍。昔賢此鳴道，松風入談麈。教鋒振羣哇，朋簪謝華組。末學分畛域，正道日榛莽。嗟余嗜探賾，離索增歎憮。入舟耿清夢，前溪聽鳴櫓。

## 登五嶺

去歲登斯嶺，歊暑窮躋攀。茲歷至源道，五嶺九縈盤。雞鳴戒行李，月明清露溥。筍輿兀殘夢，絺衣颯微寒。峭立芙蓉峰，秀出羣厓端。陟上捫煙蘿，邈視凌風翰。想當混沌初，疏鑿驅神姦。幸經資斧貫，猶有蒼石頑。劍門倚崇墉，函谷封泥丸。顧此東南偏，夷險遂殊觀。小憩天欲曙，嵐光漲林巒。頗聞招提勝，峻絶逾商顔。野人耕鑿共，山僧巾屨安。白首不出寺，豈復世慮干。我欲叩幽迥，策足嗟蹣跚。維時清秋暵，老龍猶泥蟠。灑空飛雨至，乃在半山間。粳稻緑如雲，白水行碕灣。農意良已欣，我行詎云難。買酒澆磊塊，臨溪濯潺湲。山靈亦我娱，風松寫清彈。

## 貧居

閉户無塵雜，看山有卧遊。半酣梳白髮，新浴漱清流。讀《易》茅齋曙，彈琴竹院秋。貧居聊足樂，軒冕欲何求。

## 桐川九日絶無佳菊小酌書懷奉簡明仲博士一笑

遊宦年光逐雁飛，傳杯好友念分違。欲〔遮〕老眼看黄菊，不遣秋香近繡衣。稻蟹霜遲聊取醉，蓴鱸家近重思歸。緬懷晉宋多才傑，得似風流落帽稀。

## 哭李息齋大學士

冰紈亂掃拂雲竿，不盡清風入譜刊。紫氣直過銅柱去，蒼龍欲卷墨池乾。憶陪客館燈花落，喜借僧房貝葉看。得遂懸車娱暮景，淚零耆舊向彫殘。

從遊僧寺醉江天，疑語山亭濯澗泉。能悟莊周齊物論，能參居士在家禪。竹西卜宅他鄉老，花底歸朝上界仙。寄我楚江煙雨筆，每懸素壁一潸然。仲賓近刊《竹譜》廿卷，嘗自京師寄墨竹雙幅，題曰「楚江煙雨」。

余兩年往來江左道中，塵勞之餘，輒賦數語以自適。坡老云：「多生綺語亦安用。」當不滿大方一笑。因留桐川，明仲教官以此紙俾余書之，聊識其後如此。巴西鄧文原。

## 祖孝子求母詩

田家桑柳蔭柴扉，誰道兵戈有亂離。住舍尚存萱草地，生兒不及木蘭時。鳳釵一折悲誰語，鶴表重歸樂自知。想見鄉閭歡會處，萊衣起舞對齊眉。

## 涔河橋

清涔虹影落雲濤，海上三山望不遥。春漲漫愁杯渡細，雲深常護鬼功勞。汎槎客至銀河外，題柱人歸玉壘標。明月遠天漁父意，一聲鐵笛一蘭橈。

## 題趙子固墨蘭

承平灑翰向丘園，芳佩纍纍寄墨痕。已有《懷沙》、《哀郢》意，至今春草憶王孫。

## 高尚書克恭

克恭，字彦敬，其先西域人，後居燕之房山。初仕爲省郎，出爲江浙行省左右司郎中。大德初，爲御史，官至刑部侍郎卒，追贈刑部尚書，謚文簡。彦敬好作墨竹，畫山水，初用二米法。寫林巒煙雨，晚更出入董北苑。每不輕於著筆，遇酒酣興發，或好友在前，雜取縑楮，研墨揮毫，乘快爲之，神施鬼設，不可端倪。趙松雪詩有「國朝名筆誰第一？尚書醉後妙無敵」之句。卒後購其遺墨者，一紙率千百緡。自號「房山老人」，因皆稱曰高房山。爲詩不尚鉤棘，自得天趣。柳道傳嘗謂高公畫入能品，故其詩神超韻勝，如王摩詰在輞川、李伯時泊皖口舟中，思與境會，脱口成章，自有一種奇秀之氣。其畫中題句如：「木落秋宇空，天寒遠山静。」「峭寒留剩雪，暮影入濃雲。」「雲氣外無出路，水聲中有人家。」「冷光溼翠相摶處，曾向廬山月下來。」「青山萬疊雲無屋，中有仙人問月臺。」具有妙思，故并録之。

### 至正己亥四月廿二日宿翠峰禪室登留雲閣數日與淨蓮公

米老天機清，夢入煙雲窟。山河大地影，玻瓈鏡中出。任自選勝場，莫浪翻墨汁。今于西湖濱，割取南半壁。

## 岳陽樓

九水匯荆楚，一樓名古今。地連衡岳勝，山壓洞庭深。宿雁落前浦，曉猿啼遠林。倚闌搔白首，空抱致君心。

## 題管夫人竹窩圖

雲梢露葉秋聲古，萬玉叢深翠蛟舞。此君擬結歲寒盟，拄笏相看立煙雨。過雨山窗斜映日，帶煙霜節總宜秋。凍雷迸出千崖翠，勒此高歌傲素侯。

## 題怡樂堂爲贈善夫良友

君家華堂號怡樂，已見簷楹佳致作。時張圖畫翫江山，晴敞窗櫺詠風月。有書教子知義方，有席延賓酬斝觴。天壤不知更何樂，松門醉倚看斜陽。

## 倣老米雲山圖 一作《秋山暮靄圖》。

青山半晴雨，遥一作色。現行雲底。佛髻欲争妍，政恐勤梳洗。

## 松濤軒題畫爲鄧善之

春雨欲晴時，山光弄煙翠。林間有高人，笑語落天外。

## 静觀閣早興寄懷善之先生

君宦近九列，我畫將二米。不虛五年别，勝進各如此。

## 種筆亭題畫

積雨暗林屋，晚峰晴露巔。扁舟入蘋渚，浮動一谿煙。

## 過京口 以下七首見《水村圖卷》。

北來朋友不如鴻，幾箇西飛幾箇東。多少登臨舊臺觀，闌干閒在夕陽中。

## 過信州 一作《題陽臺道中》。

二千里地佳山水，一作「好耕桑」。無數海棠官道傍。風送落紅攙馬過，春風更比路人忙。王士熙云：「房山樂府有云：『吴山青，越山青，兩岸青山相送迎。』絶句云：『無限飛紅隨馬足，春光更比路人忙。』大有唐人意度。

## 過弋陽

雷聲驅雨過山西，山腹雲根似削齊。日暮牧兒歸不得，料應白水漲前溪。

## 拍洪樓

仰有嵐光俯有溪，軒窗初不計東西。雲峰兩岫安排定，松竹林林自整齊。

## □□□□

山腰澗曲繞短垣，百怪老樹龍蛇蜿。山翁有時抱琴至，雪霽月明開此軒。

## 滿目雲山樓

溪頭白鷺來相安，溪上紅桃雨打殘。滿目雲山爲誰好？一川晴色上樓看。

## 即事

古木陰中生白煙，忽從石上見流泉。閒隨委一作屈。曲尋源去，直到人家竹塢邊。大德八年夏五，還自江西。過虎丘，舟中子敬攜此卷見示，俗客以惡酒相撓情況，搆詩不成，遂書途中所作，少答雅意。房山高克恭。

## 贈英上人

爲愛吟詩懶坐禪，五湖歸買釣魚船。他時如覓雲蹤跡，不是梅邊即水邊。

## 題道院二首

綠陰無際壓蒼苔，爲愛幽深手自栽。風月早知煩耳目，不教春筍過牆來。

草色琅玕逼兩楹，早陰才過午陰清。斜陽又送西軒影，一就移牀待月生。

## 無錫山中留題

山深自昔無車馬，道在何曾畏虎狼。祇恐閒人來看竹，淋漓醉墨污新牆。

## 夜山圖

萬松嶺畔中秋夜，況是樓居最上方。一片江山果奇絶，却看明月似尋常。

## 趙子昂爲袁清容畫春景倣小李

春林如染綴溪容，幾處幽居倚碧峰。不是兩翁情話久，白雲深杳未能逢。

## 元學士明善

明善，字復初，大名清河人。讀書過目輒記，尤深於春秋。弱冠游吴中，浙東使者薦爲安豐、建康兩學正，累辟掾臺省，坐誣免。僑寓淮南，仁宗居東宫，首擢太子文學，及即位，改翰林待制，陞直學士、知制誥、同修國史，遷侍讀學士。延祐間，改禮部尚書，擢參議中書省事，復入翰林。歲終，拜湖廣行省參知政事，召爲集賢侍讀學士，進翰林學士。至治二年卒于位，年五十四，贈資善大夫、河南行省左丞，追封清河郡公，謚文敏。復初早以文章自豪，晚益精詣，吴伯清稱其文脱去時流畦徑，而追古作者之遺。馬伯庸亦謂公文刻而不見其迹，新而必自己出。蔚乎其華敷，鏗乎其古聲，倡古學於當世，爲一代之文宗者，柳城姚燧暨公而已。初，復初在江西金陵，每與虞伯生劇論，相得甚歡。至京師，乃復不能相下。真人吴閑閑與復初交尤密，嘗求作文。既成，謂閑閑曰：伯生見吾文，必有譏彈，爲吾治具，招伯生來觀之。明日，伯生至，復初出文問何如？伯生曰：公能從集言，去百有餘字，則可傳矣。復初即泚筆屬伯生，凡删百二十字，而文益精當，復初大喜，乃歡好如初。伯生亦嘗謂復初文章發揚蹈厲，藐視秦漢云。

### 跋南岳壽寧觀碑後

朱陵靈臺天柱巍，太虛空一作寶。洞緑煙扉。上館赤帝朱鳥飛，祝融宅南參與一作爲。旗。羲娥兩曜愁蔽虧，象緯冷逼嗟位迷。四觀燕吴與秦齊，恆嵩泰華孰崇卑。五氣順布百志熙，流祥阜物宜后祇。雨風露雷豈其私，惠爾下土尸者誰。中有異人餐玉一作赤。芝，夜眠秋霞晝天倪。衣以青雲裳白霓，風車八極參一作驂。兩螭。七十二峰足幽棲，琳宫貝闕輝陸離。潛光煉魄如嬰兒，大丹入咽無渴飢。誰其思之吴宗師，神變倏忽方張施。冷然御風渺何之，太君歲晏嘉予期。千秋萬歲受鴻釐，星圖景運永以丕。手持芙蓉朝紫微，旋飈天闔此來歸。彰靈答貺達爾垂，磨崖鐫我《瑶華碑》。

## 題息齋墨竹圖 并序。

己酉秋，玄卿道提舉求賦墨竹詩。走筆快書，子昂、仲賓見之，當大笑其狂也。

玄卿口哦子昂詩，手持仲賓墨竹枝。此詩此畫真兩奇，似爲玄卿寫幽姿。日光不下雲扃暗，元氣歘忽寒人肌。楓林青青少陵夢，無乃澤畔逢湘纍。楚江小月晃初夜，淇園苦雨秋竹迷。二妃彈瑟淚如雨，幽壑龍潛春欲飛。天路迢遥獨後來，黑雨挾風山鬼啼。老氣盤空根徹泉，地靈上訴玄冥悲。摩挲老眼久知畫，恍然吾與□物移。揮杯三叫我非狂，墨瀋翻江江竹辭。

## 題天冠山

仙翁昔住天冠山，夜呵鬼神衛爐丹。丹成飛去杳不還，藥池丹井猶山間。翩翩學子鳴一作風。佩環，華榱巨麗青雲端。思玄尋躅果安訪，鶴歸月落前溪灣。

## 寄直夫

嶽雲低接使君舟，湘水無波桂樹稠。井冽自涵千古月，絃清誰寫一簾秋。青楓路暗空多夢，白雁天遥不見愁。聞説匡廬當稅駕，策勳殊未到滄洲。

## 寄翰苑諸公

蒼煙緑樹滿汀沙，負手行吟日又斜。江水有時窮地脈，海雲何處是天涯。生前幾醉尊中酒，夢裏曾乘海上槎。惆悵懷人重回首，晚風吹盡紫薇花。

## 書湖廣省中壁

鼎湖龍去欲無天，臣抱烏號淚作泉。四海重瞻堯日月，萬年長履禹山川。恩波浩蕩霑民物，文運休明屬聖賢。竊禄四朝無寸補，何堪西掖進經筵。

## 京師送玉虚宗師還山

句曲山高奠楚氛，神仙初祖大茅君。遥天歸鶴盤秋月，幽壑潛蛟吟夜雲。丹鼎神光松桂室，酒壺春色澗溪芹。一從待詔西清閣，石髮梳香得夢聞。

## 送湖南李直夫憲使

君去湖南我上京，思君欲見又蕪城。滄波留月能歸海，江雁拖雲不到衡。一代豪華誰遠識，百年驚畏護靈名。好來不作男兒事，有水可漁山可耕。

送董慎齋左丞討賊

負劍先驅意氣閒，也勝局蹐著儒冠。古來每説從軍樂，此去不辭行路難。使節再臨民志定，兵鋒一舉賊心寒。書生奮力效馳逐，要寫功名久遠看。

次韻危虚室過居庸

一山萬里限中原，神鑿居庸百二川。峰勢陡回愁障日，地形高出欲捫天。風沙漠漠龍庭遠，雲物沈沈鳥道穿。眼底興亡誰解寫，石琴秋水學冰絃。

謁先主廟二首

合散扶傾老益堅，荒祠重過爲悽然。君臣灑落知無恨，庸蜀崎嶇亦可憐。一縣山陽堯故事，三年章武魏長編。錦官羽葆今何處？半夜樓桑叫杜鵑。

一軍南北幾扶傷，長坂安行氣已王。豪傑盡思爲漢用，江山初不假吳强。兩朝元老心雖壯，再世中興事可常。寂寞永安宫畔土，争教安樂似山陽。

祖孝子求母詩

冷月酸風夜，長年聞哭聲。母今猶在隸，兒亦欲無生。岐路固多阻，人神孚至情。相逢還細認，悲喜比時併。

介春堂

真常真人若冰雪，大年夜食清溪月。誰知袖裏閟初陽，散作玄元春滿堂。鬌龍宵吼石壇秋，老竹風生翻陸江。天籟已沈羣妙集，隱几嗒然今坐忘。雲扃不鑰瞰虛白，揮謝萬象俱行客。

## 張侍講伯淳

伯淳，字師道，杭州崇德人。少善書法，宋末應童子科，□宗命給巨筆大紙寫之。伯淳書天字在紙中間以進，詰之，對曰：「惟天爲大，惟堯則之。」□宗喜，遂中選。尋舉進士，累除太學録。元至元二十三年，用薦者言，授杭州路儒學教授，遷浙東道按察司知事。二十八年，擢福建廉訪司知事。歲餘，召至闕下，論事數十條，皆當世急務，辭意剴切，世祖爲之動容。命至政事堂，將重用之，固辭。授翰林直學士，謁告歸，授慶元路總管府治中。大德四年，即家拜侍講學士。明年造朝，扈從上都。又明年卒，謚文穆。師道稱趙魏公孟頫爲内弟，與巴西鄧文原同直詞林，情義款洽。文原嘗謂師道爲文，恥尚鉤棘，而春容紆餘，鏗乎如金石之交奏，然不喜以藻翰自能，殁後無成稿。其子河東宣慰副使采，長孫武康縣尹炯，訪求遺逸，釐爲十卷。蜀郡虞集爲序，刊之右塾，時至正六年也。

### 送祥餞夢符行

古交重氣誼，不爲勢位隔。會少别離多，志士深所惜。驄馬東南來，來暮去何亟。留連苦無計，杯酒聊永日。絶嫌城市喧，一舸訪荒寂。孤山芳意歇，青子漸堪摘。淒淒風雨横，黯黯楊柳碧。天公豈有意，助我動秋色。重來定何時，慰此長相憶。

## 題董承旨野莊圖

古人志道義，但覺利禄輕。朝市亦足隱，何必求郊坰。論心不論迹，乃稱人物評。董公廊廟器，一門富簪纓。石張漢世胄，崔郭唐家聲。筆下翻波瀾，胸中韜甲兵。黄閣政柄舉，烏臺公道行。征謀與治法，和氣與威稜。隨施無不宜，因物以賦形。詞林日月閒，班高地望清。公餘掃俗軌，窗草階苔青。樓臺雖無地，詩禮勝金籯。田園雖荒薄，松菊還欣榮。有詩論國事，膽張目增明。使公遯江湖，秉心亦朝廷。所志真在隱，非必身歸耕。野莊視緑野，他年定齊名。

## 題程雪樓黄庭經

雪樓之中有至人，手持一卷《黄庭經》。閒居無事心太平，審能行之可長生。鼠鬚吐英玉蝺蟠，山陰書仙脱塵凡。傳之琬琰堅且完，拓以繭素資陳玄。白黑粲粲久可觀，雙瞳炯炯常凝注。天君泰定歸俗慮，自然神全守深固。門中五城十二樓，粉黛當前身之蠡。被服《黄庭》急回頭，長生之方勿外求。古今日月車兩輪，昆侖蓬萊無晨昏。深藏巾笥培靈根，君能寶之可長生。

按師道古詩，殊少合作。集中尚有題鮮于伯機所藏《黄庭經》七言一首，語氣較古健，及閲《松雪集》，乃知子昂作也。因考孫元理《元音》、劉大彬《茅山志》，亦俱作子昂，其爲編詩者誤入無疑，故不録入。

## 挽楊忠齋

五年新召綍，六館舊儒冠。枌社年來好，棠陰種處難。家貧書簏富，居隘酒尊寬。郡府多咨問，閭閻遂妥安。少游鄉譽藹，老杜士心歡。盤屈千軍筆，遲回四品官。使車將秣馬，仙馭已鞭鸞。憶昔親師範，論交在歲寒。離羣雖苦早，爲善每相觀。頃日留班著，臨風欠羽翰。嗣音無間斷，滿紙話辛酸。歸恨幽明隔，時將簡牘看。殊方悲宿草，餘慶屬庭蘭。身世誰能駐，聲名死不□。涉江傳楚些，有淚濕毫端。

## 贈彭萊山

總是江南倦客，君平到處生涯。老去黄塵没馬，襟期付與鶯花。

## 病齒二首

蕭蕭一室老維摩，風日佳時電影過。病裏不分春早晚，子規啼處夕陽多。

宿有慾尤在齒牙，閉門經月卧沈疴。杏園舊夢還重醒，無奈紅綾餅餤何。

## 山居

兀兀山居覺日長，舊時松檟又成行。本無世慮何須遣，一縷晴窗柏子香。

## 爲范君澤賦梅屋

壑谷周遭萬玉妃，當時茅舍映疏籬。衹今便作槐堂看，不問南枝與北枝。

## 題單吉甫攜示江孝鄉書卷

單君昔佐吾鄉幕，垂去還如到郡初。今日都門重晤語，篋中惟貯古人書。

## 蕭蘭英

翠裹腰肢絳點脣，楚蘭買斷四時春。丁寧莫向游塵老，却顧蕭郎是後身。

## 寄蔡復齋二首

美人秋水隔丰標，老樹陰森鎖畫橋。幾度經過須檥櫂，不緣茅店酒旗招。
夜雨西窗話歲寒，雲萍自昔聚時難。殷勤不在同衾處，長作西窗夜雨看。

## 舞馬圖

獨立天衢骨相奇，縑緗猶記寫真時。開元天寶今陳迹，舞破中原馬不知。

## 洗馬圖

蕭蕭霧鬣與風騣，撲面征塵一洗空。相顧倍增神駿氣，恍疑初在渥洼中。

## 楊柳村

千絲萬縷拂章臺，陌上行人幾去來。何事結根荒寂處，東風青眼爲誰開？

## 皇甫松竹梅圖

三友亭亭歲晚時，政緣冷澹易相知。何須近舍今皇甫，却向圖中覓補之。

## 錢舜舉青驄圖

翠鬣朱纓骨相殊，貢來名種出單于。唐韓宋李都休論，且看錢家進馬圖。

## 送李公略

風雪滿吟鞍，長江望眼寬。宦情騰踏易，聚久别離難。人去鶴應怨，冬深梅不寒。暮雲依舊碧，幾度倚闌干。

## 與劉伯宣

屈指六年别，關心萬里長。重來深顧見，久病欲相忘。風物隨人老，秋光似舊香。公門桃李滿，多愧一莊荒。

## 送張永錫

臺閣文書静，相過眼倍明。澹交還有□，遠别若爲情。行色隨秋薄，扁舟載月輕。書郵如可寄，休付石頭城。

赴浙東

涉水是東州，江南記舊游。中年偏苦別，薄宦欲何求？岸北雪仍在，嶺頭雲未收。陰晴元不定，且泛剡溪舟。

送嶧山鄧同知

鄧君名譜系，邂逅軟紅間。解組郵京闕，題輿向嶧山。秋清行色好，地僻宦情閒。已熟雲霄路，何時報政還。

次韻安野内翰梨花

玄景窮陰候，春林早著花。素妝臨曉鏡，紅粉浣輕紗。勝賞懷京洛，吟情軼永嘉。泥中妨載酒，咫尺路頭賒。

送陳仲孚赴天台教諭

除書出紫微，百里較增輝。又趣横經去，應如衣錦歸。鄉枌迷驛柳，泮藻勝山薇。問訊諸親友，秋高雁字稀。

贈富翠屏

人海偶相逢，淒涼共客中。笑談良不惡，去住若爲同。春草池塘夜，梨花院落風。鄉人如問訊，即此是詩筒。

挽趙太監

貴宦猶韋布，能聲在薦紳。當時供奉曲，晚歲義熙人。白首廛間隱，黄粱夢裏身。階庭珠樹密，曾不染微塵。

挽張梅軒

每侍吾兄話，鄉閭稱善人。未華班武舊，阜蓋姓名新。巖壑何曾老，階庭總是春。梅花香韻歇，雲黯浙江濱。

挽鮮于伯機二首

福星推乃祖，濟美舊家聲。浙水分鄉社，湖山合墓塋。詞華推哲匠，幕府負平生。猶想池亭上，高談□座傾。

廿載論□稔，閒中屢盍簪。北來凝望眼，西□報歸音。□好空遺墨，人亡不問琴。幽明從此隔，庭樹看成陰。

送王廷用

滿城風雨怕催租，賴有諸賢素望孚。農色載頒新號令，毘陵猶頌舊規模。江山入眼馬蹄疾，南北關情雁影孤。客裏不堪斟別酒，夢隨流水到西湖。

## 送林德隱

同年君是早歸人，多羨乾坤自在身。客舍歌殘朝雨後，扁舟興盡雪溪濱。淵明入社何妨酒，摩詰懷鄉祇爲親。若會東州諸故舊，莫將羊酪配蓴羹。

## 寒食

春雨松楸望眼賒，春城楊柳舞腰斜。四千里地江南客，五百風光陌上車。兒爲歸遲稀遣信，僕多愠見苦思家。公餘少慰淒涼意，蓓蕾一枝紅杏花。

## 洪同僉座上次韻

萬里同晴八月秋，耆英想像洛中游。相逢筆底翻三峽，共訖人間有十洲。舞袖卷回雲又過，禁鍾催散月還留。將詩酬酒吾何敢，早已輸公第一籌。

## 寄柳老

旅食京華兩載同，錢唐邂逅苦怱怱。曾將漫刺投鈴下，又報危檣過浙東。天闊雲飛俱暮景，雪凝冰沍易春風。闌情總在闌干曲，明月雙溪徙倚中。

## 共北樓

縹緲樓臺十二闌，舉頭人在鳳池班。天風不隔尋常眼，辰極長依咫尺天。更點分明關政事，規模雄麗厭江山。東南民物瞻堯日，乞得餘光萬里還。

贈趙治中

要教嶺海瘴塵清，膽氣凌空身可輕。北闕肆頒温詔語，南州欣見老書生。馬卿諭蜀惟傳檄，裴相平淮不□兵。論賞雲中還未竟，秋香晚節是功名。

贈王元帥

奇絶曾聞海外游，瘴鄉安適等中州。六韜三略傳書出，二廣重湖宦轍周。廣將來從元帥府，杜陵吟到岳陽樓。公餘莫恨登臨少，民瘼須將念慮求。

送宣使趨省

百里棲遲別駕才，好風飛下鶴書催。扁舟揚子江頭去，兩雁龔兒溪上來。驛路相望秋月照，邦人專待使星回。臨岐不作陽關想，聊寫心期付酒杯。

次韻

客中歲晚正天寒，幾度行藏獨倚闌。窗眼奏竽風借隙，檐牙間玉雪留殘。同門合志成三益，剪燭論文羡二難。空作孤山香影夢，此君相對衹蒼官。

送張孝先

萬人海裏得吾宗，傾蓋論文冷澹中。快覩冰壺映寒露，又催霧鬣趁秋風。鳳皇悮喜臺如昨，猿鶴才知帳已空。折柳津頭重回首，暮雲碧處是江東。

送王中丞

學海波源識老龍，人生聚散苦匆匆。愛閒易得過從懶，臨别還將姓字通。白簡絳騶凌曉色，空城故國鎖秋風。當年宦譜傳江左，勳業憑高指顧中。

送王御史

客裏忘形足笑歌，西風吹恨落庭柯。不隨遠别情懷惡，況是中年感慨多。熟路馬蹄偏駛駃，舊時鷹角轉嵯峨。從今側耳朝陽鳳，時借餘輝到澗阿。

送趙壽卿赴廣西書吏

客中尊酒足清歡，驄馬驚飛白鷺閒。向上儘多清步武，極南更有好溪山。扁舟桂海冰天處，健筆紅蓮緑水間。人到中年偏惜别，不禁對雨聽《陽關》。

送劉光裔

客裏相逢意味投，自憐無地可依劉。及民不問官高下，奉檄難從我去留。春事已隨流水逝，湖光未卜幾時遊。悠悠千里共明月，别後相思付倚樓。

## 送趙懷玉

倚門白髮望悠悠，全璧言歸古冀州。喜色不緣毛義檄，壯心欲效子長游。幾年湖海滋吟筆，萬里風霜入敝裘。臨别莫爲兒女語，琴書滿載更何求。

## 送王耕存使日本

要將談笑息兵端，此舉能爲世所難。數日南風傳號令，一時東海識衣冠。人言蘇武持旄去，我作康功買磬看。名遂願公身早退，送行不特勸加餐。

## 題楊墳

爲求閒曠訪雲林，觸目□□都上心。澗水似鳴千古恨，墓門空鎖一庭陰。穹碑短碣摩挲久，舊草寒煙感慨深。青眼主人山共碧，杖藜何日重登臨。

## 呈田副使移治平江

三年心事付西湖，門外遊塵一點無。已報紫泥來北闕，暫移翠節過東吳。城狐膽落秋霜凜，枝鵲情深夜月孤。歌罷《陽關》重回首，澹雲斜照落平蕪。

## 送廉僉事

憲府清秋易地開，天移明月過蘇臺。行裝拍塞惟詩卷，祖帳殷勤付酒杯。才大便應黄閣去，政繁須待繡衣來。懸知别後相思處，極目長空雁影回。

## 次韻完顔經歷

半年傲兀客氈寒，多愧侏儒蠹縣官。飲少獨憐書味好，愁多不覺帶圍寬。從教蒼狗浮雲過，留得黄花晚節看。但借餘光聊自佚，終無夢想到登壇。

## 次韻光裔

爲民那肯爲身謀，歲月蹉跎志士羞。砌下有蛩還促織，眼前何草解忘憂。湖光收入千軍筆，世事催成兩鬢秋。但願豐年同一飽，巴歈正不減齊謳。

按師道古詩，語意膚淺，近體率皆應酬之作，全篇殊不足觀。而佳句頗多，如《簡張疇齋》云：「白髮游塵裏，黄花過雨餘。」《出郊》云：「瘦筇支彳亍，狹路寫之玄。」《壽張右丞》云：「春意偏于天上早，月華長似夜來圓。」《次韻雪澗兄》云：「身疑夢裏同清境，喜到眉間展碧峰。」《送王士能赴衢州同知》云：「纔從國子先生出，曾是分司御史來。」《送顧東囿》云：「一廉宜得能官譽，垂去還如始至時。」《送張可與參政》云：「不日可承三接寵，此官已較十年遲。」《賈氏望梅樓》云：「曾觀海者難爲水，自出山來無此遊。」《送張從之臺郎》云：「幕中頗見此客不，江左喧傳某掾來。」覺意深語健，耐人吟諷也。

## 楞伽古木

楞伽古木山門前，下有山石摩蒼天。道林卓錫舊種此，髣髴于今八百年。皴皮刳腹不自愛，猶是童童一車蓋。矯然化作龍虎蟠，勁節不爲霜雪改。或時孤高烈風起，蒼茫白日雷雨至。從容下蔭數百人，赤金六月流清氣。卷曲擁腫也可憐，天賦樗散終天全。道材不世骨已朽，人間歲月何足言。

## 題趙子固水仙圖

裙長帶裊寒偏耐，玉質金相密更奇。見畫如花花似畫，西興渡口晚晴時。

## 陳僉事思濟

思濟，字濟民，號秋岡，柘城人。以才器見稱於時輩，世祖在潛邸，聞其名，召備顧問。卽位，始建省部，俾掌敷奏。姚樞、許衡皆器重之，除右司都事，從中書廉希憲行省山東，未幾召還，遷同知高唐州，入拜監察御史，出知沁州，遷同知紹興路總管，轉同知兩浙都轉運司，調陝西漢中道按察副使，丁母憂去官。服除，授同知浙東道宣慰司事，歷兩淮都轉運使，擢嶺北湖南道廉訪，改池州總管，累遷中議大夫，僉河南江北等處行中書省事。大德五年卒，年七十，贈正議大夫、吏部尚書、上輕車都尉，追封潁川郡侯，謚文肅。有詩集若干卷，虞伯生爲之序曰：秋岡先生平生文章之出，沛如泉原之發揮，而波瀾之無津；譬如風雲之變化，而舒卷之無迹。孫廣東廉訪使允文手自校儲，梓而藏之。

### 題趙德輝宣慰代友人償債卷

人以利爲利，利等丘山高。能以義爲利，其利輕鴻毛。偉哉趙使君，重義輕幣刀。周急乃君子，而況同氣交。交游負宿債，代償曾不勞。錐刀抵死競，紛紛笑兒曹。義風久不作，千載空寥寥。佳聲足傳播，復有御史謠。余時亦安用，但續金之貂。尚願君侯心，推之及蓬蒿。又願君侯位，鈞衡早持操。躋民富壽域，永永無逋逃。

## 送盧處道提刑陝西

繡衣直指上長安，白簡風生吏膽寒。三輔輿情應日望，九秋一鶚上霄摶。吟邊嵩華雲間供，畫裏周秦馬上看。到後相逢李夫子，謂余白髮已闌干。

## 寄沁州玄都觀張漢卿

爲問張卿自別離，桃花幾度發新枝。玄都宫闕連霄漢，故國山川入夢思。雪屋未忘餐豆粥，晴窗曾看理瑶絲。而今髮白朱顔改，只有新詩似舊時。

## 漱石亭和段超宗韻

風波萬頃一官微，羨殺田家豆粥稀。後日秋岡岡上去，樹腰移榻轉斜暉。

## 移官淮東别杭州

湖上雲烟百態新，湖邊幽趣屬閒身。春風楊子江頭路，白首行人又問津。

## 發南康赴江州

繡斧重持白髮翁，路人猶説宦情濃。一帆又下潯陽去，羨殺雲間五老峰。

## 寄陳處士

杏桃落盡清明後，姚魏開時穀雨中。爲問西湖陳處士，青梅煮酒有誰同？

## 惜花

長恐花殘漫欲狂，千回百匝繞花傍。高張翠幄朱闌護，山雨溪風未易防。

## 湖中醉呈崔郎中

杭州城西天下無，水晶盤裹青珊瑚。江山勝槪乃如此，醉筆走呈崔大夫。

## 寄沁州史長老

舊時行縣到金田，曾向禪窗借榻眠。别後小詩聊寄問，龕燈還有幾人傳。

## 盧待制亘

亘字彦威，汲郡人。幼卽穎悟，日記數千言，自經傳史漢諸子皆成誦。其爲文，初若不經意，徐而讀之，雄辭逸氣，真足以追古作者。而尤工於詩，一時名流多宗尚之。元貞間，以擬著《滕王閣記》受知姚牧菴，薦爲國史院編修官，時年二十四。遷應奉翰林文字，辭職省親河南，及丁父憂服闋，除翰林修撰。尋除待制卒。嘗著《藏書記》云：「余少年輕脱，喜爽邁，不樂沈静。或天日清淑，時入書室，巡架而視，抽所喜讀書，按文疾讀，校之他人章分句析，而余數十卷已過目矣，雖不能窮神入妙，而欣然會心，略無滯礙。倏然如登千尺之臺，憑虚縱覽，草木人物，可指而數。杳如夜入空山，秋高月朗，而絲竹清越，倐起數步之内，無首無尾，而宫徵可辨，故讀雖不多，而自悟不少。至不喜讀者，雖世共指以爲切要，而余未嘗一過目焉。」蔣師文《皇元風雅》述其自序如此。

### 送侍講學士鄧善之辭官還錢塘 一作《送鄧善之提舉江浙》。十首

北門古深嚴，論思寄籌度。自非鴻才士，一作世。訓誥何由作。夫君出巴蜀，文采動京洛。十年掌絲綸，摛藻揚景鑠。荆璞抱瑾瑜，龍淵淬鋒鍔。肯獻《上林賦》，寧居天禄閣。卽今觀浙江，眷戀睎金雀。黄圖鬱紫氛，絳節生一作森。碧落。依然難爲情，清霜養一作捲。飛藿。

春秋嚴筆削，凜若執玄鉞。君獨抱遺經，結髮飽刳劂。明剖是非心，微探義理窟。下視羣兒愚，争端王正月。揭來奮直筆，浩然心思竭。一作絶。王功與帝德，昭昭日月揭。胡爲厭詞林，南一作擬。欲觀溟渤。榮華若浮煙，汗簡青不滅。

詞林富聲華，幾人得精悍。悠悠三百年，篇翰孰承纘。夫君清廟器，裸薦盛圭瓚。五就惜繁纓，九游載雲旱。依依風向翔，忽忽月新滿。泠然時雨情，一作晴。短章不可斷。

風雨妒芳華，稂莠深嘉穀。天地豈不仁，盛德稟命獨。明廷萃羣英，四門延穆穆。既卜渭水釣，又起傅巖築。聲華何岌業，衆輻輳一轂。鑾坡儼清韻，碩人歌在軸。願言往從之，星駕命宜夙。豈知彼玄鳥，戢翼辭雲屋。幸無素絲悲，庶免窮途哭。

離離天星高，皓皓雲月光。候雁過楚澤，蟋蟀鳴中堂。天時諒難測，徒然多感傷。念子去意遠，沈憂結衷腸。憶昔初奉歡，露白春蘭芳。清尊罷新製，妙趣深濠梁。飛景急西匿，川流浩湯湯。玄髮凄歲晚，木脱天雨霜。蔓草豈容惜，松柏在高岡。

翰林子元子，武庫森戈矛。英聲邁千古，逸韻横九州。與君契金蘭，投分何綢繆。清和謝夷惠，典刑追韓歐。坐令人文焕，允塞昭王猷。念君獨遠邁，寥落行人愁。木瘦楚山曉，風静寒江流。何當駕飛車，却憶昆侖丘。塵埃滿腥腐，朝暮同蜉蝣。

暘谷上寒日，影射扶桑枝。瞬息及中天，流光迅難持。人生百年内，昂昂何所施。孤鴻東南征，浮雲西北馳。可憐萬感身，會合須臾期。安得弄明月，皎皎遠憂疑。折花芙蓉浦，蕩槳江潢涯。優游以卒歲，身名良不𡾰。

游雲蒼鱗穹。閶闔不可叫。徒令虎豹闞，日月近輝耀。濛濛八表塵，隱隱萬彙竅。泯然一歸途，伊誰執其要。栖栖聖者徒，禮樂懷幼眇。閉門忍朝飢，風雨深蓬蓼。今年江海去，光景短螢爝。禾黍滿故墟，閭巷餘返照。揮絃送飛鴻，古今人長嘯。

昔我適吳會，日夕承歡顔。高堂樂起舞，綵服何斒斕。東海洶波濤，西湖翠煙鬟。北歸餘十年，謬蹟通朝班。家禍一朝集，音容何可攀。悲號蒼穹迥，往事思日艱。命窮時亦迫，志弱體自孱。安得騰化術，從君超人寰。執手不忍訣，臨風涕空潸。

我留君勿思，君歸我當憶。十年膠在漆，一旦各異域。吳江激微波，震澤起暝色。鵾鵬隔天地，雁鶩雜南北。念我平生友，愴恨摧胸臆。獨看燕山雲，歲暮日初昃。永言長風翔，情寄南風翼。

## 和閻子濟韻二首

愁憂無端來，有巧不容措。平生兔三窟，挂網不知懼。君子事明哲，爲善天下妒。俯仰無愧怍，於以理世務。禍罹忽然至，不幸我豈惡。所以終百年，任運恆優裕。哀哉古屈子，死豈忠貞誤。委質復潔身，讒口焉得汙。

神仙冰雪姿，方丈難企覬。清高絶塵上，亦藉波濤險。世人空想像，年歲虚荏苒。秦皇與漢武，鬢雪不可染。猖狂遺餘恨，略得筆舌貶。君看唐虞聖，聞君衽猶斂。

## 題張國綱理問塞河詩卷

導河積石堯解憂，滔天之水成安流。何年決齧半南土，清淮怒卷黄雲愁。宣房既築漢歌喜，越巫抱璧神光起。害除梁楚二渠成，海溢西南九河死。後來羣策知誰賢，何人捧土能防川。彭城樓堞照黄土，河平堰石愁金天。吾皇放勳超萬古，澤世餘功平水土。睢陽塞決付賢侯，解變狂瀾作安堵。于今此功寧復有，從容小試經綸手。千年遺愛在邦民，春風吹水濃如酒。

## 送李應中檢校江西

故人昔御南風來，今年便逐輕鴻去。短亭古堠不記人，依舊青天覆長路。馬鳴日落風蕭蕭，九月飛霜催柳條。出門相顧仰天笑，胸中直氣干雲霄。莫恨江山連百越，自有清游醒詩骨。都將萬事付無心，徐孺亭前釣秋月。

## 讀王維夷門歌盡述侯嬴朱亥之事今春侍大人官汴省得以周覽城郭而遺臺廢圃往往瓦礫山積所謂夷門者不可復識其處而嬴亥遺迹無知之者千數百年於此矣用其意作歌續其後大德甲辰歲也

憶昔詞客歌夷門，七雄爭戰紛如雲。信陵盜符侯嬴死，鐵鎚擊碎邯鄲軍。後來誰震關河響，五季相乘如反掌。當年意氣作飛煙，空餘朽骨埋黄壤。宋家九葉二百秋，仁涵義染還生羞。壽山穹窿九州哭，獨有遺民恨銷骨。易水南流汴水清，黄河不洗中原兵。天戈一指八紘舉，四海無波日月明。雄臺屹立天垣近，夔皋繼出扶皇運。桑陰蔽日麥連雲，坐看龔黄清列郡。我來喜遇春如海，瓦礫生煙變光彩。紅塵撲面人不知，獨過屠門弔朱亥。

## 題四皓圖

姬昌聖瑞胤厥祖，泰伯仲雍逃荆蠻。坐令周歷過所卜，高風千古誰追攀。惠皇畏廢出奇計，四老昂藏趨殿陛。吕宗覆盡鼎再安，玉璽神光歸代邸。趙王枯冢生秋蓬，穀城黄石埋幽宫。空山不聞《紫芝曲》，白雲影没南飛鴻。

## 題金顯宗墨竹

天人賦物如天工，墨光灑竹回天容。千年勁玉寒不死，清波照響悲吟龍。烟凝草緑承華殿，鬼冷秋霜月如練。長毫寫影竹不知，《子夜歌》殘空記面。春雲一散風吹塵，茫茫海色翻青鱗。金仙淚痕愁漢月，尚憐玉軸隨時新。夢跨茅龍上天去，女媧補天天不語。海綃畫鸞生翠羽，踏破銀灣涇河鼓。射龍江深春不度，風色蕭蕭怨千古。

## 行盧溝之南書所見

幽薊忽如九天上，俯視左右分秦齊。萬里南來太行遠，蒼龍北峙飛雲低。岡回一崦花柳暗，川平百里風煙迷。丈夫出門自有樂，人生何必常棲棲。

## 九月十日接駕回因遊香山寺飲于西厓之上酒酣呈主人

迎鑾北去迷風沙，看山西來走煙霞。蒼山朝含太古色，長松百尺凌雲斜。傑觀重樓炫金碧，笑拍闌干倚天立。出門却得望東山，紅樹青林亂秋色。痛飲崩厓鯨吸川，徑欲醉倒秋風前。但恨浮雲蔽白日，使我不得瞻青天。忽忽今年負重九，樹老山空復何有。莫將身世愧淵明，縱有黄花無此酒。

## 送友

晴雲半逐雨雲低，九陌無塵共落暉。滿目秋蕪悲澤國，一聲煙鶴到巖扉。西風帆飽隨天遠，殘月砧寒入夢微。路隔蓬萊鼇背闊，劍光長拂海濤飛。

## 送侯尊師

白雁風高錦樹空，寒郊落日滿飛蓬。心遊太始鴻濛外，命寄圜穹象緯中。京國輪蹄殊擾擾，煙霄岐路漫忽忽。青雲别後仙山遠，何日丹砂問葛洪。

## 奉賀李秋谷平章宿西郊

春生騎吏飛塵外，便覺高情遠世紛。酒泛泉香清易冽，夢侵仙骨冷難醺。珠生滄海還驚月，鶴舞層霄不見雲。無象太平今有象，共欣良相遇明君。

## 題華山太古雪贈人　太古雪，石名。

往時天大風，能吹華山裂。墜此一拳石，咸云太古雪。粵自開闢初，雲氣所凝結。已經六萬歲，變化同巖嶪。望之色正白，表裏共澄澈。塵土不能涴，光彩耀日月。願君勿愛此，持以獻金闕。回中避暑時，可用清毒熱。

# 李宣慰京

京字景山，河間人。早歲起家掌故樞府，不數年，遂長其幕，遽坐廢。大德五年春，奉命宣慰烏蠻，尋陞烏撒烏蒙道宣慰副使，佩虎符，兼管軍萬户，悉其見聞爲《雲南志略》四卷，三年而報使，因以其書上之，即移病歸鄉里卒。景山於書，酷好《老子》，獨慕白樂天之爲人，平生爲詩凡數百篇，而雲南諸作，尤爲世所傳誦，總題曰《鳩巢漫稿》，鳩巢，其自號也。袁伯長謂其詩「質而不俚，綺而不踰，襲衆芳之英，融寄於窮厓絶域之地。」虞伯生謂雲南之詩，「雖悲宕動人，而無怨尤忿厲之氣，其所存庶幾不繆於古人。」余觀景山之自敍曰：其詞或傳，幸得託于中州人士之末。其自命可知已。

## 金沙江

雨中夜過金沙江，五月渡瀘即此地。兩厓峻極若登天，下視此江如井裏。三月頭，九月尾，煙瘴拍天如霧起。我行適當六月末，王事役人安敢避。來從滇池至越巂，畏塗一千三百里。干戈浩蕩豺虎穴，晝不遑寧夜無寐。憶昔先帝征南日，簞食壺漿竟臣妾。撫之以寬來以德，五十餘年爲樂國。一朝賊臣肆胸臆，生事邀功作邊隙。可憐三十七部民，魚肉豈能分玉石。君不見南詔安危在一人，莫道今無賽典赤。

## 出使雲南留别都一作京。城諸公

蒼龍雙闕鬱岧嶤，曾侍鵷鸞趁一作赴。早朝。往事已隨塵袞袞，虚名贏得鬢蕭蕭。長林豐草空相憶，瘴雨蠻煙苦見招。借問都門門外柳？爲誰留著最長條。此詩見《元音》、《雲南通志》，爲李材作。

## 過七星關

七星關上一回頭，遥望鄉關路阻修。欲倚雲山攀北斗，不辭鞍馬過南州。兩厓斬壁連天起，一水漂花出洞流。聞道清時無瘴癘，行人經此不須愁。

## 過牂牁江

歸歟何日是真歸，慚愧山林與願違。垂老八千餘里謫，回頭四十九年非。窮邊野水黄雲渡，夢裏田家白板扉。珍重沙禽頻見下，也應知我久忘機。

## 初到滇池

嫩寒初褪雨初晴，人逐東風馬足輕。天際孤城煙外暗，雲間雙塔日邊明。未諳習俗人争笑，乍聽侏離我亦驚。珍重碧雞山上月，相隨萬里更多情。

## 滇池九日

今日真成我重九，誰言風俗傖吾真。可無白酒招佳客，尚賴黄花似故人。終老柴桑聊自便，三年瘴海未全貧。不須更上高城望，野樹寒鴉恨更新。

越嶲元日

雞人唱罷曉沈沈，仙仗遥分翠殿深。三島樓臺龍虎氣，五雲絲竹鳳鸞音。普天率土皆臣妾，航海梯山總照臨。今日南荒瞻北闕，不勝惆悵淚霑襟。

元日大理

華馬國裏逢冬至，點蒼山下見新年。飲冰嚼蘗將誰訴，斷梗飛蓬自可憐。洱水北來明似鏡，神州東望遠如天。明年此日知何處，醉撚寒梅一泫然。

天鏡閣

檻外千峰插海波，芙蓉雙塔玉嵯峨。銀山殿閣天中見，黑水帆檣鏡裏過。芳草滄洲春思晚，野雲孤鶴客懷多。共誰一夜山堂月，洞口參差長薜蘿。

點蒼臨眺

水繞青山山繞城，萬家煙火一川明。鳥從雲母屏中過，魚在鮫人鏡裏行。翡翠罘罳籠海氣，旃檀樓閣殷秋聲。虎頭妙墨龍眠手，百幢生綃畫不成。

## 雪山

麗江雪山天下絶，積玉堆瓊幾千疊。足盤厚地背摩天，衡華真成兩丘垤。平生愛作子長遊，覽勝探奇不少休。安得乘風陵絶頂，倒騎箕尾看神州。

## 文太常矩

矩字子方，長沙人。盧翰林摯廉訪湖南，辟署書吏，敬其才辯，遇之殊常人。大德間，授荆湖北道宣慰司照磨，兼承發架閣，公卿聞其名，留補刑部宗正，轉秘書省校書郎。延祐間，陞著作郎，改翰林修撰，同知制誥，兼國史院編修官。至治初，議遣使持詔諭安南國，被選爲奉議大夫禮部郎中，佩黄金符，奉使安南。復命，進太常禮儀院判官，卒于京師。趙松雪嘗贈詩云：「我友文子方，其人美如玉。文章多古意，清切緑水曲。」吴草廬志其墓，稱其「文章歌詩，雖疏宕尚氣，有陳事風賦之志焉，惜其未傳而遽止也！」

### 和寧致陶幽懷

時雨息氛翳，高林嘒風蟬。端居愜孤尚，圖書静當軒。凉飈薄櫺户，微爽生簡編。客來聊與樂，客去自復眠。徜徉永今夕，庶以全吾天。

### 題中慶學廟壁二首

世皇昔仗鉞，汛掃開八垠。兹方邇彭濮，同氣皆吾人。祥曦洞幽闇，化雨清炎氛。哀爾窮髮黔，煦以天地春。魋卉襲冠帶，鳥語同書文。邇來六十載，含哺知尊親。人心異禽犢，適性非難馴。吾聞古王政，不以土役民。季世乃夸奪，畦町逾紛紛。七縱昧柔遠，降女傷王尊。吾元有至德，萬古欽皇仁。素王萬世師，國經有常祀。滇南古荒服，薦祼豈異禮。王宫正南面，温厲思敬止。豆籩具威儀，登獻何纚纚。升歌永齊商，琴瑟散宫徵。共言唐法曲，歲久復迨遻。陋邦何足徵，居夷聖所儗。於皇人文化，道大孰與比。六經如日月，洞照無遠邇。敍秩敦彝倫，百王同一軌。邈哉天何言，悠悠政如此。

## 送馬伯庸御史奉使關隴

聖朝啓文運，同軌來無方。夫君起天關，崛起千仞翔。修辭陋史漢，高步追黄堂。乃祖尚書君，樹立何堂堂。昔在帝世祖，榮身事戎行。風雲一朝會，奕世傳芬芳。矧君擢高科，有業未易量。斯文繫政教，治忽慎弛張。世豈無勇者，舍君吾何望。勿爲守鉛槧，局束徒苦傷。僦屋京城居，去君百舉趾。聞君起冠廌，僮走亦欣喜。况當遠於征，無言詎能已。朝風號空桑，衆草日披靡。河關尚瘡痍，聖度乃弘偉。緊彼涵大休，能不懷愧恥。艱危見臣節，維持賴風紀。温言表遺忠，生氣凜不死。乃知烈丈夫，豈獨魯連子。

## 題楚山春曉圖

荆門雪霽江樹芳，巫峽冉冉愁雲長。山猿杜鵑叫落日，風灑露沐何蒼涼。六龍從東來，曉氣開扶桑。天高雨絶人事變，解環結佩空相望。渚宫西湓連三湘，畫中隱隱聽鳴榔。安得置我〔棲〕（淒）其旁，爲君一曲歌滄浪。

## 次元復初韻送虞伯生代祠江瀆二首

成均十載宛一作考。遺經，未識沙墩長短亭。旌旆曉霞穿化日，文章秋月映華星。烏鳴春晝岷江白，鶻没天低隴樹青。四海車書今混一，摩挲劍閣重鐫銘。

出宿春城宿霧低，閱人老眼似層梯。功名愧我蠅鑽紙，文采憐君玉在泥。蜀道連雲春繫馬，巴山踏月夜聞雞。贈言知笑瀛洲客，冷落梅花日又西。

## 贈别任毅夫御史行臺陜西

金天行秋河漢涼，星軺夜起尚書郎。隴山晴樹熙化日，燉煌楚道霑飛霜。天邊鸑鷟意自遠，草間狐兔無苦傷。丈夫樹業方如此，探别不用愁中腸。

## 九疊屏

吾聞匡山雲錦九疊之勝神所棲，界天絶壁雲爲梯。鳥飛摩霄注壑不可到，上有泰始之積雪，下有歷劫之冰澌。靈岫仙巖虎豹遠，緑樹杳杳青猿啼。蔡元君，騰空子，今何處？桃花石室徧巖户。捫箕歷軫欲上去轉迷，中有神君指仙路。石梁浮空來，浩然啟天關。手捫五老頂，足躡香鑪煙。但見飛霞笑電摇光九道疊雲錦，天河中斷摧，鐵山何巀嶪，素浪決出崑崙巔。懸流一瀉數千仞，跳珠迸出與石恣鬭，却上倒作雪濤翻。長松吹香灑晴霧，玉泓直下含清寒。嗚呼！安得南箕爲杯此水爲酒。手攜雲旗喚王母，排獻吾君千萬壽。暢皇風，包九有，七十二君同不朽。却容三十六帝有外臣，盡乞南山種三秀。清水黄塵一回首，盧君此意今知否？

## 郭掾郎天錫

天錫名畀，以字行，一字祐之，别號北山，丹徒人。累舉不第，歷鄱江書院山長，調吳江儒學教授，未赴。江浙行省辟充掾史，美鬚髯，人呼爲郭髯。畫學米南宫，師事高房山，得其筆法。嘗往來錫山，與倪高士元鎮交最久。元鎮嘗有詩題其畫云：「郭髯余所愛，詩畫總名家。水際三叉路，毫端五色霞。米顛船每泊，陶令酒能賒。猶憶相過處，清吟夜煮茶。」時至正癸卯十二月十日，寫于笠澤蝸牛廬中，距天錫之歿已二十餘年矣。

### 題宋春卿城市山林

功名身外聊復爾，丘壑胸中實過之。盤谷壽康懷李愿，輞川瀟灑友王維。何人使氣鐵如意，老子放懷金屈巵。市井收聲良夜永，竹風杉月亂書帷。

### 普照寺楚山圖

白衣處士息羣機，高閣登臨送夕暉。吳地荒涼征馬盡，楚山空闊斷鴻飛。畫一作圖。間塔影來朱户，月落鐘聲隱翠微。直下先人敝廬在，暮年蓮社得相依。

### 大年便面

疏雨灑荷氣，微涼生柳陰。閒亭不受暑，坐占清湖心。無客且罷棋，有風宜披襟。向來行路錯，足底黄埃深。此意一領略，落日孤蟬吟。

## 爲僧作山水二首

門有方袍客，圖成水墨山。我非求肖似，汝亦愛幽閒。密樹難分辨，高雲任往還。行當絶世事，終老屋三間。

有客被方袍，合爪前致辭。不獨愛公畫，仍復愛公詩。詩成縱意書，了此一段奇。世人稱三絶，公胡不自知。我心了不知，晚歲聊嬉嬉。向來用世心，轉首成棄遺。所嗟聞道晚，倏已雙鬢絲。前賢去已遠，來哲未可期。寓形宇宙間，伥伥欲何之。願誨藥石言，再拜真吾師。

## 三月十日寄了卽休

白水起寒霧，蒼林騰溼煙。會心圖已竟，假筆意難傳。一悟空中色，相忘定外禪。裹茶來竹院，風雨落花前。

## 送樂伯善赴都三首

石磴雲昏筍蕨香，江城花落燕鶯忙。黄金臺高地形聳，白玉堂深春日長。之子顯擢神所與，吾道將亨民小康。臨行握手出軟語，東鄰夜雨淋槽牀。

燕趙感慨鼓俠氣，江湖摇落嗟虚華。艱危歷盡爲憂國，事業無成非戀家。江光隱現魚龍窟，雲海蒼茫鷗鷺沙。桃花水長三月暮，片帆挾雨飛天涯。篆籀堆牀窺逸跡，歌詩到耳遺古音。歲華正似阮孚屐，世事真成昭氏琴。翦毛肥一作脾。羊快一飽，泛駕駿骨輕千金。喧風拂帽春衫薄，小憩官牆楊柳陰。

## 趙千里小景

鸜鵒喧柳陰，生鵝樂清泚。竹風遞荷氣，長夏涼如水。王孫翰墨仙，丹青絶紈綺。何當著幽人，艇子沙頭艤。

## 元暉山

灌木蔭滄洲，閒雲疊層巘。茅茨在咫尺，徑路渾莫辨。王家玉印章，翰墨屹冠冕。悵望海嶽庵，禾黍西風轉。

## 下隍朱氏竹山圖

鳳臺東南山萬里，山人宴坐何從容。乾坤清氣不可遏，一夜春雷起籜龍。詩家襟度蔚蕭爽，百尺琅玕日應長。我欲驅車訪此君，只恐山靈杜來往。

## 題米南宫像

海嶽庵空骨已仙，風神超邁畫中傳。凌雲健筆飛光怪，不顧人間唤米顛。

## 客有蓄青玉荷盤色奇古檠杯作蓮蓬下屈爲柄上覆作蓋蓋十九點青質而紫章匠氏剜爲蓮房殆奪天巧故人元復初命不肖賦詩

碧雲亭亭水天永，翠蓋翻風墮秋影。文姬團扇感初凉，露華亂落明珠冷。紫莖緑葉歌秋蘭，涉江折得煙蓬還。前緣已被專房誤，守宫血點猶斑斑。麴生邂逅誇奇特，倒卷滄溟供一吸。太華峰高歸路遥，但覺滿懷春拍拍。俗眼傲睨琉璃鍾，金罍未用争誇雄。嗚呼！古詩調高和者寡，擬唤杜陵醉中把。

右近詩數首，書遺了堂高弟林上人，畀。了堂上人方外友如天錫者，情爲至矣。故其手蹟盈篋，每皆惜之，不令有所散逸。雖俗士有不及之者，宜勤師拳拳不忘歐公於冥冥中也。錢良右跋。

## 明妃曲

君不見王昭君，家住子規啼處村。生來近住離騷國，悲歌慷慨惡離羣。紉蘭結茝佩蘅芷，芝澤頮面薇骨熏。瑶琴慣識《九歌》譜，懷感遠道偏消魂。

## 夜宿山寺

客行暫憩此禪林，路繞溪流石磴陰。山氣入舟知夜久，雨聲連樹覺村深。寒添芋火增多事，風落燈花息妄心。憶與高僧宿靈鷲，月斜松頂一猿吟。

## 贈筆工范君用

光分顧兔一毫芒，徧灑春分翰墨場。得趣妙從看劍舞，全身功貴善刀藏。夢花不羡雕蟲巧，試草曾供倚馬忙。昨過山僧餘習在，小書紅葉拭新霜。

## 次韻袁通甫

晚風索索酒初醒，巖桂花開香滿庭。掩書不讀亦不寐，明暗一燈如露螢。

## 唐摹蘭亭墨蹟 并序。

唐賢摹晉右軍蘭亭宴集敍，字法秀逸，墨彩艷發，奇麗超絶，動心駭目，此定是唐太宗朝供奉搨書人直弘文館馮承素等奉聖旨於蘭亭真蹟上雙鉤所摹。與米元章購於蘇才翁家褚河南檢校搨賜本張氏石刻對之，更無少異。米老論精妙數字，皆具有之，毫鋩轉摺，纖微備盡，下真蹟一等。余家舊藏趙摹搨本，雖結體間有小異，而義類良是，然各有絶勝處。要之，俱是一時名手摹書。前後二小半印，「神龍」二字，卽唐中宗年號。貞觀中，太宗自書「貞觀」二字成二小印。開元中，明皇自書「開元」二字作一小印。神龍中，中宗亦書「神龍」二字爲一小印，此印在貞觀後，開元前，是御府印書者。張彦遠《名畫記》，唐貞觀開元書印，及晉宋至唐公卿貴戚之家私印，一一詳載，獨不載此印，蓋猶搜訪未盡也。余觀唐摹蘭亭甚衆，皆無唐代印跋，未若此帖唐印宛然。真蹟入昭陵，搨本中擇其絶肖似者祕之內府，此本乃是。餘皆分賜皇太子諸王，中宗是文皇帝孫。內殿所祕，信爲最善本，宜切近真也。至元癸巳獲於楊左轄都尉家，傳是尚方資送物，是年二月甲午，重裝于錢唐甘泉坊僦居快雪齋。

神龍天子文皇孫，寶章小璽餘半痕。鸞飛離離舞秦雲，龍驚蕩蕩跳天門。明光宫中春曦温，玉案卷舒娱至尊。六百餘年今幸存，小臣寧敢比璵璠。

## 趙子昂人馬圖

平生我亦有馬癖，曾向畫圖求象龍。曹韓已化伯時遠，昂翁筆底寫追風。

## 李昇林泉高隱圖

爲厭繁華愛好山，幽棲贏得此身閒。生平已足林泉興，留取高名滿世間。

## 營丘江山招隱圖

健枝無冗筆，樹外來江山。洲渚蘆荻空，斜陽澹煙鬟。歸鞍倦危橋，短篷止荒灣。業漁古云樂，寧論晉宋間。菰米蓴菜羹，妻兒有餘閒。坐令王李輩，濡毫破天慳。展玩不去手，緑陰掩柴關。浩歌滄浪辭，濯我塵土顔。悠悠江湖夢，隱者招不還。

## 題高尚書秋山暮靄圖

遠樹含空煙，羣峰緘積翠。離離雁外檣，落日來天際。高侯丘壑心，點墨悟三昧。我欲畫滄洲，畫長枕篷睡。

## 題雷雨護嬰圖

轟雷欲破山，急雨撼坤軸。母兮抱兒歸，掩耳趨茅屋。畫師巧爲此，村景了在目。一時似可驚，四郊想霑足。明朝雨霽還復來，平疇却看秧鍼緑。

## 遊焦山

砥柱中流障北溟，海門對勢兩峰青。鶴歸幽竇玄煙冷，龍卷□江樹石腥。爲爾欲招蓮社侶，嗟余久負草堂靈。坡翁綸老之何處？西日荒寒照野亭。

## 元日登北固望金焦二山

弟兄常共屋三間，元日登高北固山。江水拍堤知雪盡，晴風著面覺春還。新年且醉一杯酒，勝地同消半日閒。放目金焦天宇闊，暮雲低處擁煙鬟。

## 宿焦山上方

楊子江頭風浪平，焦山寺裏晚鐘鳴。爐煙已斷燈花落，唤起山僧看月明。

## 龔翠巖天馬圖

髯龔畫馬師曹霸，相見開元天寶年。水滿曲江春草碧，何知蜀棧上青天。

## 李□□材

材字子構，京兆人。詩多奇句，早亡。年十七與趙松雪同賦《海子上卽事》詩，松雪驚歎，以爲雜於唐人詩中，未易辨也。會客有賦十月桃者，子構應聲云：「劉郎再來歲云暮，王母一笑天回春。」衆皆鉗口不作。詩才敏妙如此，而竟不永年，唐人中李長吉也。

### 懸瓠城歌

我經懸瓠城，試作懸瓠歌。殘灰五百載，懸瓠不復峩。有唐中葉失馭將，退辱進危多詆謗。淮西孽雛手指天，百萬官兵不敢傍。長安市上晝殺人，司隸走藏魂膽喪。晉公一語破紛紜，意斷心謀神莫抗。諫書不到雙闕下，詔檢初成九天上。煌煌日月煥斧節，慘慘風雲動鞬韔。殿前虓虎神策軍，愬武通顔分玉帳。夜深雪花大於璧，懸孤城頭血埋仗。寒威方勁弓百鈞，浄影不摇旗十丈。已囚猰貐山更沸，再戮鯨鯢海無浪。蔡人不識緋衣兒，劍氣磨天大丞相。方城大將拜道左，犀甲金戈光炫晃。兇嚚狡衆五十秋，白日青天破昏障。兒童不遺避介冑，婦女争來沽緑釀。入朝論功功有差，晉公之功無與讓。英雄事往名器虚，慄斯嚅唲竟相尚。外藩跋扈驕將侮，中禁深嚴嬖臣誑。山東何啻百少陽，秦苑洛陽隨板蕩。我歌懸瓠辭，歌聲頗悲壯。嗚呼！唐之覆車將誰尤？後人弔古徒哀愴。懸瓠城下流水流，懸瓠城邊牧笛唱。懸瓠歌，歌已終。君不見豐碑野火化爲土，悵望文公及晉公。

## 過黃陵廟

黃陵廟前湘水緑，天寒漁郎唱巴曲。沙棠舟上月蒼蒼，翠蛟白蜃江茫茫。似聞清愁五十柱，萬里鴻飛楓葉暮。神鴉翻舞祠門開，珠裳玉袖霑莓苔。玄猿晝啼薜蘿一作「蘿薜」。影，赤鱗夜去芙蓉冷。北渚淚痕斑竹紋，南風哀思蒼梧雲。山頭古桂秋露碧，山下江流豈終極。荒涼揭車雜杜衡，靈風自吹烟霧旋。輕帆晚向芳洲一作渚。泊，聊薦蘋羞奠蘭酌。沅有汜兮湘有沱，洞庭水落生層波，徘徊獨詠騷人歌。

## 泊舟湘岸 《乾坤清氣》作高克恭。

長沙今在眼，青草舊知名。二月風檣疾，三湘雪浪平。藤深帝子廟，花發定王城。暮檥江南岸，啼一作鳴。鵑處處聲。

## 游山寺

行行行復止，行到白雲間。見客意不俗，逢僧心便閒。細泉分別澗，小逕入他山。擬借禪房榻，追遊信宿還。

## 壽杜侍御

黃閣老臣踵夔皋，法冠蒼佩陪霓旄。八龍委蛇卷春水，一鶚搏控明秋毫。華勳玉冊耀天府，雄章銀筆翻雲濤。舉觴獻壽碧桃晚，南極正與文星高。

## 席上賦老松怪柏圖

仙人解衣般礴贏，造化慘澹秋毫端。枝柯千尺入層漢，笙籟萬壑鳴驚湍。堂中日月不可老，壁上雷雨何當乾。我來醉卧北窗下，夢跨黄鵠天風寒。

## 和王御史春詩韻

鶯啼燕語花漸稀，天明海碧涵晴暉。洛陽臺榭春色在，山陰衣冠昔人非。夢雲何處燕瑶席，舞雪誰家裁苧衣。獨有倚樓無限意，年年烟草暮鴻飛。

## 元日賀裴都事朝回

海上瓊樓接五城，人間歌吹近蓬瀛。雲移豹尾旌旗暖，日射螭頭劍戟一作佩。明。拜舞盡隨仙仗入，退歸遥聽玉珂鳴。欣欣百草含春意，得傍東君暖處生。

## 海子上即事 一作「都門春日」。

馳道塵香一作「紫陌香塵」。逐玉珂，彤樓花暗弄一作鼓。雲和。光風已轉一作「漸緑」。瀛洲草，細雨微添一作生。太液波。月榭管弦鳴曙早，水亭簾幕受寒多。少年勿動傷春感，唤取青娥一作「蛾眉」。對酒歌。

此詩一作盧亘。

## 送省郎楊耀卿使雲南

飄飄使節出金閨，郭隗臺前暫解攜。天入五溪無雁到，地經三峽有猿啼。子雲舊里風煙在，太尉家聲日月齊。後夜客槎何處望？秋河迢遞碧雲低。

## 禁城秋夕

絳宮星澹海無波，九陌猶聞動玉珂。閶闔微雲藏夕漏，建章明月挂秋河。此身天地流萍遠，故國關山落木多。欲聽鈞天塵夢隔，紫簫吹盡桂婆娑。

## 何山長中

中字太虚，一字養正，臨川人。少穎拔，師進士張叔方、朱光甫、羅士鼎，遂以詩名。至大初，攜所著書來京師。公卿列薦之，命未下而歸。至順二年，江西行省平章全岳柱聘爲龍興路學宗濂、東湖二書院山長。明年二月以疾卒，年六十八。揭侍講徯斯志其墓。所著有《知非堂稿》十七卷、《知非外稿》十六卷及《易類象》二卷、《書傳補遺》十卷、《通鑑綱目測海》二卷、《通書問》一卷、《韻補疑》一卷、《六書綱領》一卷、《補校六書故》三十一卷、《支頤録》二卷、《薊丘述遊録》一卷，門人潘懋類聚刻之。太虚藏書萬卷，手自校讎，其學弘深該博，程鉅夫、元復初、姚端甫、王肯堂、揭曼碩皆推服之。吴伯清與太虚爲姻兄弟，亦以文豪相許，嘗序其集曰：「表弟何太虚少負逸才，弱冠已能詩，而亦用意於文。余於病中授集讀之。雖病餘倦書，然喜之不極，爲書其後而還其稿。」其爲伯清所傾倒如此。

### 别謝提刑 並序。

戊子十一月二十四日，拜疊山先生於雙桐驛，蓋先伯見山同丙辰理宗親擢也，先生敍舊好言同心焉。明日，中賦詩爲别。

峩峩樓觀地，寂寂風雨墟。可憐零落身，萬里投修塗。窅窕千蛾眉，已奉他人娛。主恩天罔極，苟生豈良圖。行行重行行，善保千金軀。别懷不敢訴，顧步復踟蹰。

## 安上人蘭若

獨尋小蘭若，積翠森松筠。禽聲悟禪家，幽花吐清芬。晴日水光合，時飛野鴨羣。娟娟前山秀，適來何處雲。清心欣有得，澹焉失腥氛。道人煮春茗，離坐與晤言。亦忘此境邃，兩耳天樂聞。何當脱世網，於焉窮朝曛。

## 菊二首

我耕不半畝，黄花列千叢。蕭條變衰時，一夕萬里風。立孤不作難，英英異風骨。君看牆東客，夜寒步霜月。

菊花如幽人，梅花如烈士。同居冰雪中，標格不相似。道里阻荒寒，故人萬里餘。菊枝儻可折，持以寄遠書。

## 讀史三首

桓桓韓將軍，當年誰寄目。豈無漂母食，亦有胯下辱。雄劍一朝飛，舉手拾秦鹿。風雷走倏爍，乾坤困馳逐。滎陽廣武間，楚漢寄我足。王業四百年，尺封屢翻覆。賞厚豈勢摇，功成乃身戮。所貴英雄人，豈甘草中伏。誰爲後來者？感此空碌碌。舉頭見青天，天邊有鴻鵠。

贏法四海熱，震蕩昏三光。雲飛大風起，赤子沐清涼。當時周旋人，一瞰罹身殃。悠悠赤松子，不識爲何祥。千年有崔浩，前修持自彰。豈知愧所事，乃是元家王。恐非鳳銜圖，但見雁求粱。伊爾山中人，勿棄蘭蕙芳。

鼎移炎德燼，南陽尚躬耕。胸中經濟事，感我三顧誠。保蜀非王基，何似田一成。顧豈志功名，乃欲表忠精。煌煌漢家業，草木豈無情。誰知鄴中兒，元是漢人生。運去身或移，事往恨難平。悠悠《梁父吟》，終古有餘聲。

## 穆山山中

江南有丘壑，我生良獨閒。秋風二三友，揭來遊茲山。山深不見寺，但見飛泉寒。蛇行兩山挾，天風鳴佩環。青煙從何來，墮我前林端。未知有徑否，鐘磬猶未殘。長歌萬谷應，仰見數峰攢。紆餘緣澗入，側步寒雲關。豁然得空曠，聊復解破顔。殿静蘚花潤，松危鶴聲乾。僧寶炯數珠，相我般礴觀。大開雙白眼，應接幾青鬟。徘徊日已晚，人間行路難。猛虎蔽叢薄，潛蛟漱風湍。振衣出山去，大嘯驚人寰。

## 雜述二首

天龍地用馬，健順理亦宜。誰於其兩間，赤手握陰機。東門一長嘯，四海皆驚迷。向來種桃人，此去當何之。悠悠黄唐遠，來者邈難期。龍逝白雲征，馬輕九坂馳。行行馬上郎，萬里長風吹。不見長江邊，折盡楊柳枝。蕭蕭白楊風，依依吹井煙。曠哉上下宇，逝者不待年。彼殤亦何祥，一日幾新阡。誰招皋某復，遞哭送九泉。高樓當西日，落花滿寒川。流浪曠劫間，彭殤俱可憐。漢陵春蕭瑟，回首尚變遷。萬古一起滅，此意何茫然。

## 夜久

夜久□□步，蛛露空盈襟。蕭條川氣高，慘澹浦色侵。河横星漸轉，露厚山將沈。鳴蟲促繁響，飛螢亂寒陰。時物遂如此，惻愴抱寸心。天將落月去，何當復東臨。乾坤入冥漠，衆竅酣哀音。欲令萬夢覺，誰憂獨難任。商歌浩忘疲，俯仰情逾深。忽聞雞聲起，左右風滿林。

## 讀晉史九首

林疏暑風劇，窗户殊未涼。悠然倦不力，吾我已俱忘。眼醒見周秦，眼醉遊軒黄。日月山外過，興廢枕中藏。振衣起長嘯，六合何軒昂。斯人縱高視，旁皇復旁皇。於焉讀晉史，感激繫中腸。言言不能已，自笑已如狂。

哀榮無盡變，俯仰還自推。陳留既作賓，何如山陽時。中都血流杵，江左中興基。不待卯金刀，嬴彊吕已移。天道巧相復，人理固易知。巢由遇高躅，今古無還期。

天地一虚器，所寄在斯人。人能主天地，豈不貴我身。嗟哉嵇阮輩，酒鄉爲隱淪。朝醉既及暮，暮醉還及晨。裸飲或稱達，喪□乃名真。獨善諒非計，況此國與民。被髮祭伊川，豈不在諸臣。平陽有餘恨，千載同悲辛。

蟄龍卧滄淵，瑞鳳棲蓬海。悠悠接輿歌，千古消光彩。出處酌其宜，勿爲世所駭。預人家國事，此身固有在。嗣宗濟世心，無爲著達莊。叔夜明養生，東市援琴傷。一出與一處，徒能決籓牆。淳風竟不返，二子俱亡羊。汲郡蘇門山，其人遊何鄉？我欲振奇翮，碧宇追翺翔。

高平釋時論，魯褒錢神篇。晉轍固難挽，猶勝談虚玄。夷甫晚良悔，將死復何言。誰登平乘樓，尚能議諸賢。老莊異端學，冥合歸自然。蕭曹相業大，文景王道便。尊尚本非異，興衰由此遷。信知浮論者，亡國有餘愆。

江左二百年，立國初何恃。中夜荒雞鳴，天地皆英氣。枕戈劉越石，擊楫祖士稚。如此中原間，端能了公事。局促并豫州，奇功中道墜。嗚呼二豪雄，本爲宗社計。異類禽獸心，推議諒非意。石死固可哀，稚則吾何議。徒懷墟墓間，還念金行祀。誰令若思來，後代常歔欷。

兩賢不相厄，王庾乃如斯。天步政多艱，此豈私憤時。東山謝安石，造次威鳳儀。三賢抱宏器，繼出相等夷。風流文雅盡，同惟世所推。但恨立朝間，典禮殊未施。玄談竟澆俗，逆臣終亂階。湯武肇王業，伊周垂綱維。桓景彰伯道，管晏横要規。古人不作遠，所立百世師。奈何民具瞻，退食徒委蛇。卜世固天定，欲責當誰歸？

春風滿南國，公子争爲歡。錦繡少花艷，珊瑚耀日寒。美人佩蘭麝，驄馬馳雕鞍。酣歌金谷迴，笑舞涼臺寬。一朝化爲血，付與來世歎。人國亦如此，榮落朝夕看。悠悠勸進者，端似墜樓難。填石□□□，膠杯誰能舟。我豈不知我，量力乃哲謀。有才比管葛，感奮爲武侯。保身慕夷齊，静退淵明儔。物亦非所忌，名亦非所求。北窗羲皇上，東籬晋宋秋。零陵一杯酒，終古屬斯愁。

## 偶書

桐寒葉落風，菊浄花開雨。掩映半畦秋，好竹三四五。對此憔悴人，忽笑不復語。

## 掩卷

掩卷如鬱鬱，鬱鬱亦何似。野人每多憂，不悟本無事。仰觀千載前，去者極所詣。俯期千載後，來者邈難至。惟我於其間，欲策無名驥。出門萬里遠，寸挽何能至。山空白雲合，日黑野風駛。獨默已如瘖，閒送飛鴉墜。

## 遊芙蓉山八首

十里五里石，一步一長嗟。行行山轉高，悠悠日將斜。縈折抵深谷，直下十數家。來往自成村，桃柳映桑麻。崖杉老絳葉，石樱垂枯花。陰凝四時雪，陽談一川霞。誰令余到此，幽意浩無涯。行將辦畚鍤，來此耕山畬。

岧岧青芙蓉，峻秀琢寒玉。危流千丈飛，鏗鍧石相觸。幽閟魚龍宫，荒寒霧雨蓄。淒神不可留，前登散遐矚。參差雜花動，香氣汎深谷。日照丹霞開，萬峰洗晴緑。同心有長鑱，緩尋靈藥斸。葛仙早見招，庶得從所欲。葛仙曾遊此山。

春風吹衆樹，春喚如鳴梭。平煙帶遠村，時聞樵者歌。田父有真樂，東皋牧羣鵝。煙暖衆草合，艷緑如流波。搔首負白日，歡然得婆娑。事立或福的，識深乃愁多。西家酒正熟，況此天氣和。

側足上翠微，石磴八九折。開盡滿厓花，坐來羣香歇。遊目盡遠空，亂數碧簪列。草木頗葱蘢，雲興復霞蔚。不知十日雨，還長幾枝蕨。山中無事業，特用慰采擷。盈筐歸路遥，忽見滿山月。

緑峰在頭上，落月在脚下。點點煙鬟開，春晴真無價。紅泉響哀玉，蒼石飲渴馬。林窮蘭雪香，厓古蘿衣挂。屬聞絶壑底，松聲更清灑。世遠事難即，趣深月彌暇。誰知須臾間，白雲已無罅。都失眼中奇，茫然獨悲咤。

花開風自柔，谷深日無暉。高蘿鳥聲轉，葱翠摇陰霏。孤娱有窮深，境異心不移。東峰虎長嘯，西澗麈争啼。運往人理盡，物新古道違。欣然抱奇懷，白雲遥相知。日夕意猶緬，信有忘歸時。

日日碧山去，香草生還蹋。幽禽識履聲，間鳴故相狎。意行不知遠，清嘯得虚答。石上緑雲生，巖下紫煙合。莫負今日晴，聊折山花插。

商山非遠遐，胡爲可避世。人間已帝秦，紫芝尚周味。看瓜有奇禍，紛紛誰能避。此翁良優游，乃爲秦所置。獨恨六籍尊，友愛陋儒累。儻使誠德人，羅者誰敢睨。蕭散東陵侯，隱約濟南士。清風百世存，庶激懦夫志。

## 春日書懷二首

牆東緑陰好，稍覺朝日遲。人間事輪囷，我枕聊復攲。開扉覽曉色，萬端集兩眉。風狂忽倒人，迎立愛其吹。掠我徑西去，花影□透迤。微吟視青天，一笑聊自持。相如不妨慢，長康政須癡。

鼃聲池上起，竹聲窗外傳。吹萬不可息，聒我春晝眠。林外固多累，林間復多喧。誓欲躡太清，冥冥不得前。□我一寸心，焚香小窗邊。以我無盡目，送此有盡煙。

## 李千户至自南海分遺椰實戲賦

亂餘乏佳實，賤者猶貴之。招呼梨栗輩，已作席珍推。豈無仙人棗，無蹊至山蹊。桓桓李將軍，色映海嶠奇。歸馬馱椰子，濩落魏瓠垂。徇華殼初剖，濯濯膾玉肥。來餉山中人，意重千金遺。香釃□石髓，味腴輕肉芝。尊前有南海，頓壓衆果卑。向當逋子齡，待親曲江湄。啗此不知厭，亦與檳榔宜。既別十五年，猶有夢往時。故人忽相見，喚起三生悲。遇難心易快，感至情還移。百年能有此，再見安可期。子西憂蜜果，東坡歎荔支。雖云供貢勞，吾念君臣儀。安得白玉盤，登之白玉墀。萬古還綱常，不令世愈衰。蒼茫叫虞舜，魂繞天南維。梅花滿庭浄，香煙一簾遲。椰杯更自酌，聊欲捐余思。

## 歲晚詠懷三首

陰風入空林，玄雲羃平野。薄帷負閎寒，飛雪鳴古瓦。抱衾不成温，孤懷浩難寫。荒荒豺虎區，三殤無遺者。王風不列國，安得猶存雅。黄竹聲久沈，傷來淚盈把。

前檐立閒夜，園中珍木長。雪雲正澄澈，霜颸復飄揚。衆星憑幽闇，各出争耀芒。東方起圓月，失此萬點忙。不有照燭功，何以尊其光。安得騎蟾蜍，偃息桂樹傍。

門扃幽樹聲，窗銷羣峰影。寒氣迎遥夜，華星在西嶺。秋蟲無餘聲，時雁有新警。天機自消長，冥參得深省。名衢萬里轍，理海載孤艇。力弱昧前馳，心彊遡真境。卽俗幸無能，澹然聊自領。

## 華蓋山

三山立天半，蒼翠横古今。斷厓三萬丈，花落紫煙深。路蟠一帶危，上薄元氣侵。亂霞導飛舄，閒雲護行襟。風巖虎豹穴，泉壑蛟龍吟。川明散衆色，空碧生清音。仰瞟星河次，飛鳥下階臨。肅然剛風近，仙人撫瑶琴。立身如此高，人世寧不欽。蒼茫萬里色，浩蕩一寸心。期爲太清遊，不獨往山林。

## 松野卽事羅氏園林

娱心仗老筇，細數諸峰影。微煙過前樹，澹日有半嶺。幽鳥識歸宿，遑恤雲路永。冥鴻各有見，日邊半行整。出處無定期，是非諒難省。歸休忽已夜，夜月變光景。

## 遠離别

空村落葉亂，曠野飛雲遲。抽盡園客繭，難比妾相思。自從出門來，足繭拆兆龜。夜宿茅篁雜，曉行霜露淒。仰舉千重岑，俯涉百渡溪。骨肉無一在，親戚知爲誰？羣刀血模糊，殺人相娱嬉。有聲不敢吐，有淚不敢垂。妾魂久已逝，妾身終何之。行行忽遇兵，擾擾貪獲資。力戰豈不勝，何以救蒸黎。鄉兵又擄妾，無異在賊時。朝汲風激面，暮春日皴肌。妾無使令者，遠勝妾在兹。寄言北去鳥，妾死君得知。自從結昏姻，得備奉盥匜。幸甚終所託，可保黄髮期。苟死又何憾，有此生别離。自盡亦非難，冀君贖妾歸。君心寧絶妾，望君君來斯。又恐多險艱，爲妾使君危。佛鬱一寸心，撩亂百結絲。牽牛與織女，乘隔始不疑。昨夜夢到家，銀燭照華榱。夢覺恍見君，回回日如迷。果如兩龍劍，長懷相望悲。人人儻如妾，何以生世爲。

## 秋日山行雜興三首

獨往非避俗，散懷聊尋芳。流風澹翠麓，理策秋路長。蒼石含幽色，樛木落寒香。一片太古雲，化爲孤鳳翔。忽然歸紫霄，蕩漾不可望。浩歌向夕霽，敢事接輿狂。

山回杉標清，厓傾花雨下。詎知吾道非，偶然適曠野。磊落萬隕星，赴流飲奔馬。風微葉時落，磴寒雪自灑。孤松縈蘿轉，幽峰抱嵐炧。景晦良遇稀，心異真賞寡。舉手謝時人，巖陰棲古瓦。

晚山菡萏開，濃秀映秋碧。長風瀉萬里，寒花落石壁。雲氣静欲消，霞光亂相射。縹緲浮丘翁，素手垂鶴翼。笑看蓬萊波，與世共陳迹。天地無恆春，羣兒倚少色。功名猶自誤，口體乃相賊。安知骨爲塵，不得同瓦礫。浮丘經行之地。

由書堂寺入芙蓉之麓五代時有胡先生隱居其地寺故名云今碑不書有游生者寫華嚴經留寺清整可觀生寧宗時人

雨歇入幽麓，朝氣籠澹晴。夷塗何所慮，乃此沿流行。夭嬌玉虬飛，驚波□天明。急播萬珠絡，遞應千雷轟。忽激羣鷺躍，徐肆游絲縈。曲曲揭清淺，盤盤度崚嶒。明生一掬緑，幽閟兩林清。胡爲夥生聚，却羡非世嬴。蒼煙出磬響，深谷藏經聲。閒過小蘭若，茶香滿前楹。誰寫天竺書？秋雁點寒汀。盛代安可及，隅谷有精能。嘗聞昔五季，胡君亦豪英。讀書向此地，詎冀千載名。俗士輕高人，不著石麗牲。空令繞竹泉，長作琅琅鳴。寸心持餘感，出門陟寒青。駮石當目隙，高下擁精靈。朋聚鳥□伏，孤兀蒼虎獰。左峰覆欲壓，右厓危將傾。乾坤有此險，始□性命輕。前邁忽自哂，天定亦何驚。萬杉列雲際，濃澹因雲成。佳樓交翠竹，茅屋矗相憑。向來看盡意，盡向眼中生。老翁理泉竇，東菑秧事興。險謂樂如此，翁顰訴其情。歷述先朝美，言罷淚縱横。方余起醲羡，屬聞意冥冥。古來多隱者，全身一何精。將非智不及，亦豈福難勝。不然幽勝地，自可飽芝苓。放魔心不忍，力極還小停。歌吟雜悲樂，寫之蒼石屏。他年有知者，此語良足徵。

## 黄塘渡

早聞東吴路，今識黄塘灘。聊乘舴艋過，一篙濟艱難。緑秧映屋秀，古木垂村寒。曠野何所尊，亂躍千平巒。回眺寒煙外，浮屠乃上千。乾坤我來遲，促促寧遑安。遥謝山中人，合眼無悲歡。

## 文江夜舟

北斗一何渴，下飲空江流。南雁知何愁，相唤不自休。東浦征人歸，孤燈出籬幽。西淵捕魚急，飛火走一舟。漢皇極寬仁，今年租稅優。有生亦擾擾，吾道更悠悠。

## 箬嶺人家

溪回谷深盤，石阨水成布。風吹巖下雲，挂在溪東樹。雨深兩岸花，高下樓臺聚。安知主爲誰？倚遍闌干去。

## 登北山塔

閒驅葛陂龍，急追數峰雨。仙人專幽奇，我亦微徑取。山花帶雲香，徘徊綠承宇。身行元氣表，心明萬里俯。我今爲我役，出沒塵潦路。仙人何超然，應笑我如許。何當寄此山，隱几玩今古。

## 東湖别吴伯清周棲雲虞伯生諸君子

炎炎白日長，窅窅孤雲去。身縻心久歸，别至情更苦。良時難驟得，異縣不同聚。名都親友并，並翔文鴛羽。處獨忽多聞，至樂欣所遇。拆理挹清風，吟詩看疏雨。鳴琴挽幽聽，評帖劣前武。有時縱登覽，江山見吞吐。行襟浦草青，解帶湖柳舞。兹遊豈不佳，歸來胡遽賦。顧兹山林姿，終非城市侣。故園芙蓉華，綠池照茅宇。我懷詎能忘，寧爲倦羈旅。長歌招隱詩，諸君果何許？他夜宿山郵，明月照去住。

## 聚遠樓分韻得笛字

彩榜聚遠題，登樓記疇昔。一尊集七賢，共領諸峰碧。雲樹分村容，嵐霏長溪色。點點鴉影翻，沈沈市聲□。古來多勝踐，談笑不知夕。欲去重倚闌，寥亮滄洲笛。

## 梅

一徑蒼苔深，梅龍著花早。初回天際春，更覺江南好。月色冰霜寒，角聲天地老。寄語宋廣平，時無蘇味道。

## 贈元復初

暖雲流青堤，光風轉芳甸。遠在天一涯，幽沈限聞見。點點秋歸鴻，翩翩春來燕。天路萬里通，胡寧一作爲。絶遐睠。奇姿奪南國，悵望愧疏賤。良會慰夙心，願君畢歡宴。

## 春風如少年效程漢翁

春風如少年，狂逐無定處。垂楊曲江堤，細草東郊路。祇言今似昔，不悟新非故。流水何時歸？殘鶯數聲暮。

## 西湖山

峩峩西湖山，靈秀入空碧。蘿陰轉累磴，松色漬幽石。微霞生絶陘，飛溜灑攲壁。鶴鳴巖光動，花落雲影拆。危椒登古壇，百年此一息。聲影混大荒，不見興滅迹。剛風三天寒，元氣萬里色。悵望仙子期，凝神撫玄極。

## 皈信寺近曾文昭公墓次

緑柘茅舍村，青山晚煙渡。何處櫂歌還，直入深林去。隔畈數聲鐘，鴉啼翰林墓。

## 招仙觀

逶迤溪南路，窈窕招仙谷。空堂兩道人，殘棋映深竹。一葉響疏籬，雙鴉啼高屋。出門隨歸人，遠燒在山麓。

## 知非堂夜坐

前池荷葉深，微凉坐來爽。人歸一犬吠，月上百蟲響。余非洽隱淪，隙地成偃仰。林端斗柄斜，撫心獨悽愴。

## 遊樂安穆山寺

秋陰出南郭，佳色來遠山。悠然渡野水，却宿前林間。朝氣鋭幽步，相攜上孱顔。行穿緑蘿遠，共愛青杉閒。已窮高原路，忽得雙石關。飛煙帶香氣，深木藏幽潺。景晏鐘磬寂，桂花滿苔斑。道人一尊酒，時聽風珊珊。多悟從此始，塵緣諒能删。空廊對微雨，亦復不知還。

## 宿田家

村暗煙火生，林深雞犬静。麥花如積雪，月色澹相映。鄰家夜汲歸，寒蛩滿幽徑。

## 發新淦金水亭

振衣上野航，回首謝山阪。日澹秋水空，風清片帆遠。沙光侵岸發，峰影隨人轉。前渡煙火深，離亭路今緬。

## 小孤山

牽牛與織女，河漢有時渡。小姑緑髮深，隔與彭郎語。流水去仍回，望郎郎不來。精神有相貫，形迹難相猜。年華朝又暮，江頭晴又雨。靈風吹斷磯，行人聽鐘鼓。

## 曉發辭夫磯時李泂溉之友先行

荻暗雞鳴村，平皐下殘月。參差鄰舫語，櫓聲帶潮發。露華望中白，蓬陰散秋髮。沙鳥知曙鳴，海雲上空滅。念我前行友，青山已飛越。遲爾及相攜，無嗟賞心歇。

## 龍潭阻風夜興

水宿滯前期，前津北風惡。林寒燈影深，莎雞滿籬落。荒忽寄孤迥，淒清愧離索。年光星河轉，夜氣衣裘覺。我前勁翮翻，我後大魚躍。潮痕侵柳根，移船避沙閣。

## 望新安山投宿不及

踰淮數百里，欣逢下邳山。新安十數峰，窈窕霞影間。遥看若可即，既近杳難攀。契深迹莫遂，悵然空厚顔。倦鷺辨沙落，遠禽求村還。已暮將何歸？回濤冒瀠灣。渡口雙古柳，茅茨相與環。清時寄孤枕，敢厭聞鷩潺。

## 歌風臺

神魚鰲遠海，雄鵠陵高玄。區區一亭長，帝業何赫然。光芒三尺劍，羣雄讓鋒先。嬴項屹山岳，掃滅如飛煙。故鄉偶一歸，艾老相周旋。百感忍中起，深情何由宣。往時同功人，今乃不一全。害能亦寧忍，遠計有未便。矜孱視孤影，三侯發尊前。丈夫英雄氣，兒女淚迸泉。縱觀能幾時，憂虞浩無邊。西風吹古臺，老屋鼓河壖。低徊一長嘯，乾坤多材賢。

## 同鄉客　有認余舟者，問龍興消息焉。

遥見江西船，認是同鄉客。何日發龍興，迎人問消息。長河落雁秋，古渡啼鴉夕。不見楚天長，重重暮雲色。

## 酬揭曼碩重贈

歲晏君獨留，路長我將發。林居難共語，帝里易成别。煮水逐人飯，依樹因車歇。今夜抱衾眠，街頭響鐘絶。

## 宿十里村

朝出順承門，暮宿十里村。臂鷹獵騎歸，積雪明郊原。居人喜客來，汲井鄰牆温。羹湯稍暖熱，餅餌亦燒燔。此夕羈旅意，深知路人恩。重林隱城堞，昉此勞心魂。

## 涿州道間雪霽

昨日飯良鄉，今失涿州城。此路有終去，安能緩車聲。平野散寒景，流輝起浮英。濛烘遠樹密，落削僵柳明。貛律共鴉牧，團瓢忽雞鳴。殊方雪初霽，余抱孤賞情。胡爾同車人，苦云路難行。貛律《松漠紀聞》作「羖䍽」。

## 河間曉行

歸人心久歸，車夫苦相促。衣裳急披攬，衾毯自裝束。寒深肌骨痛，夜久情懷獨。萬里多往還，他人媚僮僕。霜枝叫羸雀，雪徑過山鹿。望野欣海霞，辨煙識村屋。飢尋麥粉粗，到夕當得粥。南中好男兒，閈廛絶行躅。河間猴子多，毋煩記生熟。

## 淮安道中

聲鐘起前林，悠悠向南客。天垂大野高，月澹行路白。雞犬淮上村，雲霞海邊色。舊時塞垣地，來往人馳驛。

## 得風自施團一日至梅根

泝游縮程期，景氣異昏旦。波聲船頭響，旗尾檣竿轉。施團方入望，忽過繁昌縣。雄吹徹窅冥，陰色形怪變。凌虛犷超軼，坤六酣龍戰。幾日西南風，去帆眼中羨。蒼蒼水雲鄉，九華今不見。

## 南浦旅懷

鄉近歲已闌，猶爲候風客。落霙蓋篷深，三日不知息。浦樹分城煙，水明遠沙色。滿筐紅竹枝，渡人隔村夕。久滯妻孥望，孤還友朋惜。音形兩暌離，情生自難抑。

## 朱方偶作

雪餘春水生，日上暖雲泮。杳靄松林中，柴扉起樵爨。新妝擕童稚，鄰曲欣年换。坎坎村鼓鳴，沙頭酒聲亂。江西田家樂，豐歲尤盛觀。山市溪橋春，還多看燈伴。

## 訪程漢翁不遇賦寄

高躅洽冥棲，鈍資得暌阻。逢人問來期，指日往城府。俄聞幽軨至，迎候急江滸。沙柳歸流風，陰虹割飛雨。還同騎馬客，尋竹叩深户。多藴喜頓傾，失覯還茹苦。度鳥遺還聲，緘情促歸武。怊悵新城雲，秋山事晴嫵。幸因揭陽侯，謂曼碩也。日日開玄悟。

## 暮行城東懷程漢翁因寄

倚郛起遥悲，日下滄波闊。何處是新城，層峰翰飛滅。始反今悔悟，沈想還成結。百里詭稱遥，長年忍爲别。回風歸山霞，道景發沙月。獨殷今夕情，淒迷轉城闕。

## 丹霞洞天

飛舄落丹霞，蒼然洞天劃。草木皆異香，煙霧有靈色。寒苔潔宜坐，幽水甘可滌。樵子指峰賞，野翁教藥摘。琳宮積筠陰，慮消景難昃。道人供仙名，亹亹古所歷。唐王懸舊照，唐帖式遺墨。使年知幾何？山前事多易。稽首浮丘翁，歸歟紫玄宅。

## 照武西塔山報恩寺

山椒敞禪扃，幽欣失微倦。密林稍深沈，新筍亦葱蒨。磴折迎空香，臺虚得清囀。芸芸趨前塵，往往遺勝踐。始知佛力弘，能使地靈見。市聲俯一席，山色照三面。郡小覽易窮，興高賞難徧。微生諒何緣，周流散遐睠。

## 三仙謡

紅紗籠玉香，金翠繡鴛小。鶴頂壓青絲，斜戴花枝裊。何方馬上郎，下馬伴驚悄。羅扇掩微頰，答語相縈繚。郎有千金重，妾惜容華少。怕不稱郎心，看郎幾曾老。

## 苦熱得雨

炎德王甌駱，羈羸負天刑。不爲冰谷留，乃使熱阪經。几席集蠅蚋，輿臺亂猱鼪。居煩易激疾，習静難遺形。每倚高閣立，但愛方山青。林端動虚籟，殿角揺飛霆。雨影襲虹氣，土香雜龍腥。儵儵改神慮，肅肅賓仙靈。散襟澹幽佇，稻花如雪馨。

## 九日

屬耳喧令序，虚旻景清温。久生理難期，陽德聖所尊。菊籬黄未坼，萸枝緑初繁。時萸尚青。幽嶼寡芳物，離索誰相存。白日照杯酒，壺山落秋痕。高歌行太清，海翳開渾渾。倚伏祥視履，登高倦躋攀。化機何由息，悠哉委乾坤。

## 壺山絶頂望海

縈磴入蒼靄，斷厓倚晴暾。天颷盪□駛，城氣回矚昏。磐石偃危椒，谷王浩無垠。鳴交羣龍戰，舶點微鷗翻。浮雲岌雲朶，懸霄浴霞根。空溶東南突，逌□日月門。指數十洲翳，招呼九仙存。余懷已瀁瀁，前境方渾渾。乘槎寄虚感，微跡猶當論。

## 登九仙山 仙何姓，兄弟九人。

吾宗九仙人，鍊藥此山上。渺渺嘉遯心，□煙一相訪。海門葱蘢外，山氣嶒嵲狀。側目明遠潮，歸遐委孤嶂。塵緣誤良契，仙事敦夙尚。何處乘鯉歸？微風起清漾。

## 烏石山天王寺

天王小精廬，山角臨城闉。古稱藩服雄，畢境環相陳。塔影六七枝，瓦縫千萬鱗。煙明南臺樹，潮壯方山津。老僧肯前揖，似余異人人。指點壁間畫，修廡行逡巡。觀音大自在，維摩妙悲顰。蒼然古木陰，寒山砦可親。版扉幾尊者，一一皆風神。老僧太息言，刼餘偶遺珍。從今幾年算，此壁終成塵。余笑謂老僧，子意亦良勤。適見俄已失，當悟無還真。

## 黄溪口看白水

黄溪且緩程，白水方迎賞。石扇千餘仞，雪源數百丈。幽光照天動，寒氣發地爽。松杉含清英，猿鳥玩奇響。仰視葱蔚中，當得一席敞。移家結香茅，把書寄泉上。

## 訪貢仲章舟行阻風

今旦始自信，余坐非數奇。懷人發清興，欲雪成良時。波響雙櫓澀，灘寬衆帆馳。危槎立小渡，殘竹懸斷旗。指浦見鴉合，轉篷惜峰移。深煙曲江磬，微雨三洲炊。寂閴有餘適，濛鴻無定姿。余寧不可奈，久與西山期。

## 早起

覺來日已升，花梢衆禽語。何許白浮萍，池間散還聚。起見梅已空，夜來幾更雨。魚行春到水，草暖香在露。溪上人語諠，樵薪滿沙路。

## 撫州魏壇觀

何年女仙壇，百步遠城堞。樹色隨春新，飛花襲枯葉。廊虛苔緑重，簾静藥香浹。主人勉逢迎，小憩薄名呷。却讀魯公碑，仙事公素愜。是時中興頌，筆力泰華壓。此書最爲小，勁氣亦業業。大節照古今，片石卽光爗。人生果何爲，草草度塵刼。揮手謝壇扉，天長碧雲叠。

## 洪都靈應觀榜雲徑

厭煩取蕭閒，隨意入雲徑。上堂敲響板，山童質辭令。地寂室生涼，體暢心逾静。出門看木陰，佳鳴發清聽。風光匀可愛，水色艷相映。真契成自怡，歸路得新詠。城市今滯留，將無失幽性。

## 新淦太平山

縱觀不知遠，言登太平山。諸峰卷秋雨，日射風霏間。懸磴折古石，側溪倒危潺。金燈如丹紅，異卉相斕斑。忽悵經丘絶，俄欣尋壑間。筠陰聚森爽，樵人指幽關。聲鐘出晻靄，演梵作孱顔。静者足吾契，語瑩冰珊珊。厓東野月上，露華膏夜鬟。松杉炯玲瓏，流飈過瑶環。既静有餘聽，焉知趺坐頑。偶然在塵表，非能悟無還。

## 崇仁鍾山寺 宋樂史侍郎有詩在寺。

方看望仙雪，仍訪鍾山泉。石限陁危溜，峽庢減青天。不知路深淺，但愛山蒼圓。俄驚侈樓觀，一禮黄金仙。衲僧喜客來，觴行續茶煎。仰視慈竹題，俯吟慈竹篇。前修凜高躅，滋久餘芳傳。白日倚山轉，倒暈千峰煙。悠悠思難極，且與樵風還。

## 櫪溪

林嶺甚可愛，溪源無盡時。山花已亂發，煙暖東風遲。因與采樵者，坐談樹陰移。日斜自歸緩，我與非人知。

## 河湖市岐山觀與友人皮季武同遊

旦旦望岐山，樛木森山椒。其下美清蔭，仙真集蕭寥。佳友謝塵慮，導余度飛橋。危湫濺跳雪，石磴藏靈飈。探邃裂凝陰，憑顛洞遐宵。寒蒼貫晴紫，滉瀁峰巒摇。久無登臨適，快此煩怯消。日馭諒難迅，人區亦非遥。遲遲敢迷復，亹亹同歡謡。

## 豐城疏山寺

天氣良晏温，山原足游衍。石溪試初涉，衣裳費牽挽。油油風力舒，恍恍煙色遠。指峰左右賞，愛草行坐軟。情與俱笑談，造詣各深淺。望望蒼寒中，禪關路猶緬。

## 樟樹鎮五公寺

久幽厭拘維，暫弛欣舒散。近關得禪扉，擇步歷蒼蘚。沈沈松陰重，灧灧水光遠。殘花起餘香，乳禽響新囀。虛廊清晝長，高僧坐談簡。學空素所昧，慮妄一作遠。還自遣。移晷始知歸，生煙滿林晚。

## 儒學提舉司宴集 至順二年冬，平章全公命提舉高才翁設宴儒司，酒酣分韻賦詩，得迎字。

賤子久在野，低頭事躬耕。堂堂賢宰輔，胡爲知姓名。許辭庠序責，復假賓師稱。仰既慚簡書，俯仍愧輿評。公館良宴會，文雅有餘清。粲粲珠玉質，噰噰鸞鳳聲。深意脩綆汲，雄辯四筵驚。我衰但多感，一出寧非輕。白日照天碧，耿耿梅花明。城南有歸路，西山能送迎。

## 除日文江書懷

馳外心久息，求安志惜違。江受風雪壓，帆從波浪飛。眄彼東山雲，妄行已足非。爲誰餞殘臘，蕩漾不知歸。沈沈州郭暝，黯黯煙火稀。流炊理多悟，孤睽情自微。

## 正月五日吾族諸老儒服縱游

山中忘世換，人事又從新。儒服吾宗老，南冠故國人。悲風千載淚，幽谷一年春。折取山花供，清香已滿巾。

## 春郊二首

試數亂離年，傷情更惘然。牛羊荒草樹，天地老風煙。白骨蒼苔外，山花野水邊。幽禽未棲宿，來往自翩翩。

歸鳥情方遠，啼鵑淚未收。淵明姑託醉，老杜不勝愁。雲冷花無主，山寒雨似秋。江南春水足，何處具扁舟。

## 雨後晚行二首

謾適閒中興，應知事外情。江山歸釣影，天地入笳聲。小市風煙合，孤村竹樹清。眼中賒小景，收拾即詩成。

棲鳥黄昏後，歸牛蒼莽間。水明疑有月，煙濬欲無山。幽谷元非隱，高人自喜閒。徘徊不能去，莎碧耿荒灣。

## 伯艾堅白道人挽詞 即見山也。

晝静清江獄，臨江録事參軍。春調衣錦絃。知興國縣。去妖人共異，息盜史堪傳。使節臨鄉國，郎星照楚天。穆陵親擢士，公不愧諸賢。

## 奇石

奇石争迎立，青杉互引前。泠泠兩溪水，澹澹一峰煙。閒作題巖字，時逢采藥仙。蒼厓恐陡絶，松影一飂然。

## 山中

何處征徭急，兹山水石奇。鳥鳴新葉長，磴仄斷雲移。趺坐天正碧，起行風自遲。徑穿松罅去，巾袂罥蛛絲。

## 曉晴

一雨生春色，千山起曉晴。落花縈樹轉，幽鳥過林鳴。杳杳天如古，茫茫世有兵。開扉小倚杖，沙上草初生。

## 南居寺

閉户未從容，出門誰適從。聊隨碧溪轉，忽與白鷗逢。小雨十數點，澹煙三四峰。峰峰看不足，山寺已鳴鐘。

## 饒州道上

新晴破積陰，淑氣泛行襟。千里山河眼，百年耆舊心。霞飛滄海遠，煙入緑村深。學劍江東者，茫茫不可尋。

## 采山歸步

松邊采藥去，谷裏帶雲歸。步轉半厓側，影涵空澗微。獨尋茅宇歇，因看水春機。數點山花落，孤禽避客飛。

## 病中感懷

多病他鄉外，孤懷始覺愁。山圍雙鷺曉，門閉一蟬秋。遇合憑生鋏，勳名季子裘。悠悠耦耕者，端暇爲人謀。

## 留金溪夜雨達旦有懷

忽見干戈動，他鄉隔老親。一窗如此雨，兩地未歸人。雁度關山暗，雞催海宇晨。誰能更攲枕，聊挹曙光新。

## 陳家源

翠霧斷厓側，丹霞流水西。竹從幽處密，松自古來攲。落葉半藏路，清風時滿溪。仙家元不遠，未許衆人知。

## 龍池寺蒲石

底有貪奇意，吾行亦偶然。尋泉經絶壑，看石到幽禪。鳥語前林日，雞聲曲巷煙。偶逢樵客歇，共坐偃松邊。

## 劉太博挽詞三首

懇款憂危國，從容友大臣。竟孤嬰臼志，遂作綺園身。名節非無壽，乾坤更有人。堂堂天下士，何必畫麒麟。

妙悟通羣聖，微言刺六經。千年遺此老，四海□先生。文字空傳蹟，知聞謾敬名。豈無房杜者，猶足致隆平。

如許龍門近，胡寧忍闊疏。不爲終古別，詎信此生虚。未始壺丘學，頗知揚子書。向來香一瓣，薄命竟何如。

## 立秋夕作

但覺焦原苦，何當沛澤流。夕風微報響，古木暗藏秋。未事冥難測，閒心遠作愁。亂山高下碧，煙靄澹浮浮。

## 雨餘桂花盛開

搔首發清磬，開扉啼早鴉。西風一夜雨，丹桂滿林花。老託心猶壯，愚云識有加。平生讀書眼，閒送曉天霞。

## 槎溪

岸斷風攲柳，村寒雨病花。安心貪自適，危路得長嗟。別壑亂雲散，危灘歸鷺斜。平生謝康樂，幽意滿天涯。

## 送人歸臨川

金河疏柳外，去櫂響流澌。爲客有歸日，送人愁別時。寒雲隨雁遠，南雪到山遲。舊隱書無恙，行藏莫預期。

## 絶江

挂席亂驚湍，曾過此渡難。潮歸揚子晚，山入秣陵寒。聽語知鄉近，忘年計日寬。穩行隨夜泊，煙火滿江干。

## 鄱陽湖中除夕

除夕生能幾，誰無骨肉親。望鄉偏恨路，在遠并遺身。湖雪殘波岸，船燈獨夜人。淹旬須一到，珍重故園春。

## 辛亥元夕二日

頑坐故貪默，忽行時自言。寒沙梅影路，微雪酒香村。時序鬢髮改，人家童稚喧。街頭試燈候，不到郭西門。

## 送吴主簿之官石埭

簿領池州去，開帆帶雨微。當令公事簡，見說縣人稀。雲入九華碧，雁驚秋浦飛。丁寧橋下水，官滿載書歸。

## 水口夜思

牢落不成寐，荔陰寒石磯。潮生灘響盡，海近夜涼歸。旅思隨時進，鄉音逐遞非。燕南與粤北，格是費征衣。

## 除夕

我有百除夕，蘧廬是處安。翻因歸路近，始覺到家難。浦隔雁聲落，篷孤燈影寒。家人應共說，賓閣尚盤桓。

新城王尚書士禛阮亭云：中詩工五言，其近體亦冲澹。如：「聊隨碧谿轉，忽與白鷗逢。」「小雨十數點，澹煙三四峰。」「寒沙梅影路，微雪酒香村。」「湖雪殘波岸，船燈獨夜人。」「落葉半藏路，清風時滿溪。」「西風一夜雨，丹桂滿林花。」

皆有唐賢風味。

## 移菊

僅得林間趣，閒尋菊本移。人家深竹裏，楓葉夕陽時。汲井澆畦潤，將鉏下手遲。護叢愁蕊損，帶土怕根知。每被歸樵問，深憐冷蝶隨。寒香生徑術，幽事補灣碕。斗柄西北落，雁聲霜露垂。徘徊繞叢畔，自笑可能癡。

## 皮氏逸亭

地僻藏吾逸，隨宜託數椽。池新何許水？楓壽不知年。竹讓前林月，花歸隔浦天。綵鱗孤鏡照，幽哢四窗圓。曲几清時裏，閒心太古前。入因添曉起，出每及宵眠。句得思仙寄，棋高許客傳。乾坤餘蠹簡，勳業老觥船。智有過榮計，先求勝祖鞭。太章短東極，夸父恨虞淵。世共稱工者，吾知付莞然。他時耆舊傳，應指某公賢。

## 漢宮春

君不見漢宮六六多佳麗，露花半染雲裾翠。少翁招得夫人魂，孤鸞夜啼月波墜。趙家姊妹專風流，雙蛾不識人生愁。芙蓉並蒂𢾺一朵，西風青鳥徒離憂。飛龍翩翩上天去，雲幕椒房土花雨。墮膩埋臙恨未消，香魂尚寄寒莖舞。人間炎日焦衆芳，肯隨葵藿來傾陽。柔情幽怨透地脈，煙幃寂寞彊成妝。誰吹舊曲緣雲切，寸寸婉婉應愁絕。綠羅幾疊御賜衣，紅綃半點守宮血。淒兮媚臉棲餘妍，遙憶羊車望幸年。至今一片巫山雨，化爲飛煙空潸然。故家陵苑孤雲外，綠樹如雲草如海。殷勤唯有虞美人，同向牆陰弄晴靄。

## 春怨二首

洛人傾國賞牡丹，東家繡轂西家園。黄鸝紫燕新得意，柔雲如酥花迷魂。遊人寂寂歸何處？花亦年年占風雨。江南却遇李龜年，蘇州空感楊開府。誰吹玉笛斷人腸，斜橋淺淺流水香。惟有千年老銅狄，看盡人間幾夕陽。

天女手剪五色雲，鞭雷控電行青春。散作江南萬錦繡，燭龍眩轉空無塵。燕兒眼寒心更苦，吴娃情酣夢無據。依然錦繡化爲雲，却恨風來挾雲去。十二樓邊芳草多，知今鸚鵡聽誰歌。千金買取新豐酒，地久天長耐樂何。

## 用歐陽文忠公神清洞韻題維士鼎所藏米元暉神清洞圖

元暉昔作西江客，夜飛墨花曉無跡。春風留此二百年，幸是山中至人識。有千黄金雙白璧，鵝溪白繭纔數尺。潁陽山高風露寒，幾處高堂挂生色。

## 中秋走筆

忽忽不知秋已中，起來望盡江之東。天風吹上一片月，萬古有盡明無窮。自歌自酌自起舞，失喜墮在明光宫。須臾見雲不見月，九州之外俱昏濛。我狂絶叫天何聰，乾坤如此寧忽忽。江流冥冥上有楓，雲邊又叫南飛鴻。有酒且醉無酒可，有月不與無月同。丈夫意氣見石裂，直欲掃裂雲皆空。低佪一笑良自悟，事與變會誰其逢。仰看雲月勿復道，西風落山人睡覺。

## 塞野縱目

讀書萬卷不經濟，懶境最佳工坐睡。手持緑玉信步行，穿破麥花到林際。縈回空谷含幽光，隱映深松發清吹。北風掠野牧者誰？牛影參差霜草悴。一牛閒卧意方安，童子何知鞭已至。回頭一望盡天南，高下千峰灑濃翠。近村遠浦合寒霏，落木平林歸暮氣。世工善畫貴逼真，悠悠真境誰能契。古來文章亦如此，真處看來有深味。競爲幻語欲幻人，敢向人前辨醒醉。歸來歸來勿爲留，幸有禽聲賸予沸。

## 高囦四時歌

春風東來汎幽谷，出門一笑人間緑。新雨池塘柳帶鶯，嫩雲洲渚沙眠犢。一蓑一笠東西村，天高地下斯人存。歸來醒醉聊隨意，翠樹無言花滿門。

陽烏炎炎焦九土，老農吁嗟氣如縷。山中神化出移時，一片閒雲半溪雨。誰家金谷有涼臺？葵扇桃笙争自媒。清風却在長松下，不須用智不須才。

楊柳磯頭天萬里，長笛一聲風不起。翠灑千峰日映煙，清涵雙澗霞通水。季鷹底事却思歸，豈是鱸魚輕别離。晚知□悔又何益，灣頭釣竿君好持。

寒鴉萬點落葉赤，山風蕭蕭野日白。池上梅花俱有情，林間茅舍元無客。人言梅花知歲寒，花亦偶然冰雪間。向來羣芳令欲盡，蘭芽已動春將還。

## 宿紫玄洞天

閒招雙白鶴，駕我吹玉笙。去謁紫玄君，飛飛入青冥。石古天風吹不剥，銀漢殘波厓畔落。萬年碧樹春長花，花間弭節聽天樂。戲拈北斗柄，細酌瑶露團。八面煙霞滄海曙，四垂星月碧天寒。珊珊曉珮人間去，萬頃飛塵入揮麈。徜徉九縣賣金丹，邂逅千秋人未度。

## 寄題疏山寺半間禪房

往時沿泝盱毋川，李花陰陰曾繫船。丰茸沙草取幽徑，叩關一禮白雲禪。千柱空廊絶人跡，蒼苔亂點飛紅妍。松香四襲翠滴雨，江影半侵明映煙。鸛鶴流聲出巖谷，輕霏忽散風鏘然。長哦欲寫不能就，每寄清夢時周旋。秋風吹空客如仙，名山有記持相傳。乃知曇花解重現，彈指一瞬五百年。經閣香臺雪幾春，戲成小果留人天。先師吾鄉白雲寺，卓錫尚令題榜鮮。半間之半可著我，呼童亟辦青行纏。身前舊境餘一念，定許鄰舍香茅編。

## 郝思温大字歌　號東山，雪菴高弟。

東山手提雪菴筆，筆中出此萬鈞力。重如岱岳鎮坤維，奇如古鼎躍泗側。點如滄海之碣石，直如參天之古柏。曲如老龍恣盤挐，横如方城立鐵壁。快如大澤斬蛇劍，妖夔幻魈□辟易，巨靈引指太華擘。三千獅子座，舉臂可移得。偶然揮毫□，世間壯士不能擲。瘞鶴銘，摩厓碑，後來者誰誰繼之。我嘗見龍溪之字大如箕，五百年間無此奇。雪菴老，東山子，優鉢曇花重現世。崐崙以爲筆，東溟以爲硯，青天以爲紙，爲我寫太平兩大字。持獻天皇九九八十一萬歲，我歌爾字我老矣。

## 題江南煙雨騎驢圖

風發發，雨瀟瀟。渡船未度山相招，騎驢不知前路遥。路遥抵何處？南山之南且穩住。莫向長安街上去，京尹今無韓吏部。

## 車碌碌

車碌碌，車上行人雪中宿。三更驅驢聲陸續，頓憾肝腸眩心目。霜棱飛刀風激鏃，荒郵無煙抱空腹。橐駝不收馬成簇，暗裹低心避羣牧。望斷海光上東旭，木末天低星熀熀。

## 龍灣阻風次日舟人必行解舟風回喜賦

東風吹船行，西風留船住。鬈鬆黄頭郎，作底使風去。蘆篷兩扇當江開，船船相趁風初回。龍淵煙氣隔洲失，宣化山光隨櫂來。潮頭又上推船走，一時便過新河口。兩人勝負篷底棋，船行遲速人不知。黄頭郎，穩扶柁，信風宿。大信肉色花枝紅，采石酒波春水緑。

## 長風沙

長風沙，酒旗斜。風沙有情留郎住，勸郎莫向前江去。前江去，轉風波。牛渚圻邊須過得，皇天蕩裏奈郎何。郎船但繫門前柳，唱曲好歌勸郎酒。與郎不是平生親，憐郎却願郎長久。郎今必去當何爲，教郎解有思人時。

## 山硱硱

山硱硱，石确确，一灘翻下一灘惡。青衫黄帽扶招竿，銛鋒如戟波心攢。打槳失手能盪過，扶竿失眼船隨破。三山城中女如花，高樓酒賤多魚鰕。荔支林中尋屋住，上灘難轉莫歸去。

## 沖虚宫景真堂

怡山東麓堂静深，欲尋真景真難尋。華鐘時發貞明韻，王審知時。秀木遞懸天監陰。王伯梁天監中飛昇。天風飂飂吹余髮，戲綰幽藤作條脱。騎鳳簫鸞烏石雲，降龍劍照古山月。丹爐藥竈長周旋，六時采擷三芝鮮。蓬萊書札失幽約，幾度歸潮深碧煙。

## 了孃囝

了孃囝，西禪寺裏粥鼓鳴。殿前殿後荔支密，葉落當掃草久生。衣裙潔峭茗鉏輕，戲將苔石閒敲鏗。廊陰同伴笑相謔，話字難通知有情。紺園花香日易晚，行童遲打昏鐘聲。

## 古秋夜長晴雨二首

壁帶懸素琴，銜牙起瑶林。月寒文甃百蟲語，簾外桂花香雪深。繡茵暗綴雙龍枕，紋笥密收團鳳錦。西鄰少婦少齊眉，寶帳芙蓉攜醉歸。獨自佳期長是誤，璿霜欲下雁驚飛。雪浪流碧虛，雨花散前除。西風紅葉石欄曲，盡并寒聲歸綺疏。回文讀罷雙蛾斂，城上啼烏稀漏點。東家嬌小乍迎郎，沈水銀篝殘晚妝。燈裏鏡臺閒自照，紅顔相似夜偏長。

## 題盧鴻十志圖

厓欲脱，峰欲飛。水灑灑，煙熏熏。石間老樹不老色，翳蘿懸陰石入黑。調琴未了趣觀泉，十處奇蹤日相迫。紫虛萬里丹霞開，直上倒景之高臺。佳雲好花滿嵩少，仙友爲我今歸來。莫嫌登山脚，曾踏東都路。姚崇宋璟可人故，不然豈肯容易出山去。

## 擬峴臺

擬峴臺，山如杯，樹如苔。臺前東風花亂開，流雲藏雨花間來。花根得雨新緑催，花枝隨雨成香泥。神工鞭策不停手，七尺容形争好醜。桐林領頭木香酒，百錢一盞當酤否？

## 雪中度崇仁望仙峰

游樂之溪清可沿，天風剡剡山盤盤。愈行愈深愈幽邃，疑有仙者棲神丹。樛木怪藤鳥鳴答，緑潭青壁龍嬉蟠。徘徊賞愛不能已，步步駐目摇荒寒。寒雲平凝帟帷妥，急霰亂下珠璣完。忽而兩厓蒼蒼散花雪，板橋石路浮霙乾。交迎密撲迷欲眩，怯下疑高行自難。凭澗茅房所居雅，叩門煙火相依安。澄渟夜氣造寧極，嬰冒曉凍追殊觀。忍觸瓏璁縱健踏，喜聆環朗藏鳴湍。垂蕤不動偃杉竹，懸柱偶脱争巖巒。前源未窮取危磴，直上百折陵巑岏。新爪痕痕過飢虎，高翰葉葉遊飛鸞。□然獨立倚霄漢，波濤翻海鎔銀寬。雙瞳四徹洞萬境，肯與塵界循憂端。蹇余看雪知幾處？何如此時望仙峰上看。仙之人兮來不來，浩浩元氣與我同朝餐。

## 題五馬獵歸圖

秋野肅肅，秋草萋萋，天空雁度呼鷹時。一馬前行四馬隨，前者回顧相指揮。最後兩人俱下馬，一人拱手俯聽之，一人挈麞毛色肥。角弓在弢箭在房，人馬意態何遲遲？知從底處射獵歸，莫是營州少年并州兒。閒中貌此知爲誰？筆力精勁妙莫窺。我疑此畫有似汲冢古書出，蠹簡殘逸有缺遺。不須完足自可寶，古人日遠何由追？嗚呼古人日遠何由追。

## 黄氏南園歌

南園花，南園花。白於雪，紅於霞。深處定有仙人家，花陰亂駐七香車。山香儘舞花不老，花艷直上摇金鴉。瓊膏一吸香入骨，醉呵金鴉不令斜。南園竹，南園竹，寒於冰，緑於玉。割得何天土一丘，炎官雖炎誰敢酷。天山太古雪皎皎，蓬萊絶境風蕭蕭。白鶴翻空啼一聲，下占清陰對棋局。君不見古南園，錦茵紅皺琵琶弦，珊瑚碧樹沈水煙。嘉賓列坐鼓咽咽，白石詩句吟成編，放翁記文筆如椽。挾策博塞若爲賢，撫掌一笑睨青天。不如花竹之間汲清泉，且取粟粒香芽煎。

## 由寶塘舟行至臨汝

盧鴻十志看不足，愛雪貪行雪相逐。晴風吹散圯山寒，三十六陂水初緑。黄洲挐得罩篷船，松筠繚繞煙成淵。陂聲疊下灘聲惡，鮑照却歌《行路難》。

## 山中樂效歐陽公四首

東方風回春山道，趁暖行歌霽華早。溪源露歇逢藥苗，石徑煙輕掇芝草。紅英灑地燕將乳，緑樹添陰鶯未老。入箬魚鰕朝赴饌，頃筐筍蕨夕供芼。山中之樂誰得知？我獨知之來何爲！水竹沙頭閒檢校，村村簫鼓太平時。

堤柳緑摇新翠畫，石榴紅摺嬌裙衩。蓮蕩風閒翡翠攲，菱塘雨定鴛鴦下。溪女浣紗朝出村，行官飲水暮歸舍。瓦缾手挈隔年醅，石下坐圍明月夜。山中之樂誰得知？我獨知之來何爲！空裏烏蟾飛影過，桑麻課效勝書帷。

空山一夜生新雨，涼起賞心千萬緒。扇團自守不依人，桐葉知幾尋脱路。隔隴笑談雜樵牧，臨流賓從惟鷗鷺。旋庖蘆菔美勝酥，精淅新秔香滿户。山中之樂誰得知？我獨知之來何爲！青林紅樹人煙溼，護得金橙密處垂。

千花重作陽春節，野杏山桃隨處發。莫思前度看花誰，已見新墳芳草歇。穆山山下數灣月，華山山厓千丈雪。幽人獨在雪月中，要與梅花成四絶。山中之樂誰得知？我獨知之來何爲！除却山家新臘醖，世間無事可相宜。

## 龍霧洲　時大王有南行者。

龍霧洲，水油油，中有驛馳南越舟。庚嶺瘴天雲不收，直到海邊天盡頭。天盡頭，海茫茫，金珠璀粲平斗量。鴻毛性命此難忘，檻車何事招巫陽。不如回雁峰前雁，雁門舊侶年年見。

## 秋懷

采采蘋花可佩香，依依橘柚未全黄。人行塞北非征戍，雁過江南有稻粱。短笛疏鐘來别浦，亂鴉飛鶩共斜陽。西風擾擾知何似，看見黄花滿地霜。

## 閲穆陵丙辰御賜進士詩

後代忠臣擢丙辰，穆陵魂斷北征人。長江浩浩傾吴越，九野荒荒嘯鬼神。鵑血縱乾難返蜀，烏頭未改竟留秦。琵琶絶域千年恨，青冢黄雲不識春。

## 臨川道中

路隨一水曳長煙，秋入重雲擁亂山。過眼向來華屋處，寸心不挽盛時還。紛紛世故行人亂，漠漠林霏白鷺閒。忽遇長空飛驟雨，春泉一派落松間。

## 答清江皮季賢見寄

古人千里夢相求，咫尺翻增隔絶愁。雲護牋題醒處墨，雨深樹色緑邊樓。文章正法追前哲，句律新功却俗流。爲問幾時談到劇？壽楓南畔菊花秋。

## 酬揭曼碩贈别

來日君還在我前，歸時我獨占君先。冰寒斷道鳴駝外，雪暗空村落雁邊。畫省諸公扶日月，南州孤客記山川。松聲多處黄精好，舉手青霞始學仙。

## 任城南

自愛清游自愴神，五千里外獨歸身。馬嘶平野呼鷹吏，犬吠寒沙射雁人。直北關山初合凍，近南氣候漸知春。蒼苔白石梅花路，長憶驅車魯水濱。

## 偶成

初啼山鳥篆香斜，荏苒明時翫歲華。三日雨深春在水，一林烟溼暖生花。尋盟舊卷鈎簾展，開禁新醅隔竹賒。却憶去年歸漸近，半篷殘雪上寒沙。

## 壬子元夕

□市人□啼倦鴉，常年歌吹稍喧譁。夜風十里滅燈影，春雪一林寒杏花。凍濘漸深緘蟄户，新灘微壯奪鷗沙。西林樵客同爐炭，閒試香芳品荈茶。

## 寄鄉信

謡俗傖荒越下州，西風孤旅倦悠悠。酒壚女静花落樹，魚市人歸潮滿溝。鄉夢頻經關上月，書題分寄海邊秋。已期待臘西村畔，春在梅花雪映洲。

## 遇揭曼碩有贈　時特賜其父荀坡貞文先生，奉敕立碑。

十年相隔一作勸。忽相見，一作贈。猶記書題獨一作狎。故人。京闕詩傳多應制，里門禄一作碑。建獨榮親。梅花滿映林霏雪，柳眼初迷輦路春。知是高情難去住，一作任。此身誰是自由身。

## 新淦畈步作

松筠色潤翠成圍，鵝鴨聲多水漸肥。隔縣販人争野路，迎年姹女試新衣。暖烟黄柳知春到，殘雪青山伴客歸。茅屋酒旗隨處有，悠悠世事儘相違。

## 元日

聖主龍飛肇紀元，野人相賀板扉前。不知顔色老昨日，共詑時光勝舊年。井口杏花春食雨，牆笸柳蕊暖肥烟。長溝緩繞風漪緑，林下烏犍漸受鞭。

按太虚七律，殊少韻致，不逮五言遠甚。其佳句可摘者，如：「蟬鳴晚日濃時樹，鴉落秋煙澹處村。」「客如种放豈樵者，師似彌明非世人。」「四時勝日圍芳草，一塢春風護牡丹。」「鶴爲乘軒能致妒，馬因立仗却移尤。」「緩尋芳草多諳藥，笑指遥岑便説山。」惜全首皆不相稱也。

## 即事

落紅瑟瑟疊蒼苔，古徑無人獨到來。野蝶山蜂渾不見，春風更許草花開。

## 夕陽

夕陽盡入笛聲中，兩岸樵漁一水通。楊柳已疏楓漸落，黄花渾未識秋風。

## 絶句

山似芙蓉向晚開，水如羅帶束林回。世間只有閒鷗鷺，立盡寒空待我來。

## 次史葯房池上即事韻

萬蕊飛香百草芽，簾旌不動柳陰斜。幽禽還識欄邊客，曾立東風仗外花。

## 登高

數峰高聳萬峰低，看到斜陽意欲迷。一朵碧雲深淺碧，殷勤只在數峰西。

## 小齋獨坐

老蘇朱墨十分工，應笑林間遠世蹤。翠樹玄蟬秋滿院，更添何處一聲鐘？

## 穆山

一陂凝緑倒垂天，直上層峰積翠邊。迢遞烟雲三百曲，水聲徐出石門前。

## 維揚道中二絶

淮天如水水如秋，葉葉漁郎下釣舟。北畔荷花南畔柳，殷勤送我到揚州。

香霏滿櫂渡長溝，濃著秋光淺著愁。日暮女郎清唱發，鴛鴦斜拂柳邊洲。

## 邗溝

衰柳殘荷并慘然，青山隔岸弄嬋娟。多情唯有邗溝水，長送江南過客船。

## 微雨

一天微雨濕芳塵，紅緑相依幾聚春。家在海棠花下住，傷心長是未歸人。

## 放船

晚色重重放客舟，輕風吹漾落潮流。林巒盡異來時路，知是明朝到福州。

## 莆陽歌五絶

兩兩�籃溼暖煙，窄衫短鬢裊行肩。到門迎著郎來早，待向街頭賣海鮮。

慣得驕驄識妾家，佛桑庭院繡簾斜。鏤銀合子檳榔片，戲噴猩紅散唾花。

天妃廟前斜日時，女郎歌斷綵鴛飛。林花滿地瓜船散，城裏官人排馬歸。
烏石山前颭酒旗，醉來健倒日平西。蔡家石刻端明字，賣與他人作墓題。
丞相堂前草暗階，尚書池上樹生臺。子魚風起秋蕪路，記得誰家甲第開。

## 山行隨興二首

暖風吹雨溼平沙，遠色疑青草欲芽。誰是多情能愛我，野梅一路臘前花。
金石臺前鴉亂飛，空濛山影出陰霏。野塘水活柳生眼，茅舍聚人迎婦歸。

## 清江道間阻雨

峰影微昏樹影明，人煙深淺水縱横。前時逢雪今逢雨，長在江南畫裏行。

## 新淦藍步溪 一作《畈步作》。

陰靄通煙翠作霏，春風入雨一作「吹入」。暖成泥。女郎挑菜不知溼，調笑相攜過水西。

## 題墨菊

橘枳蘭芽玉易瑕，商山一出便忘家。幾回惆悵梅花別，并有緇塵到菊花。

## 酬友人見訪不遇

荷笠深山采藥回，荆扉石徑損秋苔。花邊稚子相迎説，昨日有人騎馬來。

## 荷花

曲沼芙蓉映竹嘉，緑紅相倚擁雲霞。生來不得東風力，終作薰風第一花。

## 除夜自封溪歸高淵

鴛鴦翻雨戲迴溪，溪路迢遥溼翠圍。隔竹杏花紅萬點，何因知我此時歸。

## 豫撞登舟作

城南無樹識神仙，閒往閒來四十年。西岸青山東岸塔，爲誰相對老秋煙。

## 象牙潭

水禽兩兩樹三三，近浦遥峰隔嫩嵐。新换一天秋色别，短篷又過象牙潭。

## 豐城道中

江村南北笑聲頻，紅燭花時次第新。春水漸生桃葉渡，小舟時載嫁歸人。

## 風雨 以下四首見《元音》、《風雅》。

池上風雨來，柴扉人迹絶。隔水煙氣生，林峰半明滅。蛤吠秋草深。魚驚晚荷折。孤坐倚匡牀，微紅隱天末。

## 次韻甯志道表氏偕庵夜興

空庭山色重，積此松桂陰。微風從何來，一鳥驚前林。清心有密契，幽聽得遠音。寒燈照孤館，歲晏夜偏深。

## 柳下

是誰安宅子，占得緑楊陰。山色春來長，溪流雨後深。樹遥飛鳥疾，人近戲魚沉。舟子船頭望，安知不解吟。

## 除夜

風綮綮，雨霏霏。寒輕新柳潤，春到落梅稀。筠籃入市買紅燭，煙火松林人醉歸。

# 任山長士林

士林，字叔實，句章人。其先居蜀緜竹，再徙而居埼山。士林六歲能屬文，諸子百家，靡不周覽，鄉子弟多從之學。廉訪完顏公深加敬慕，俾經理文公書院，既成，命職教上虞，後乃講道會稽，授徒錢唐。至大初，中書左丞郝天挺以事至杭，聞士林名，舉之行省，得湖州安定書院山長。俄而得嘔疾，卒於杭之客舍，年五十七。叔實嘗自作《松鄉記》。有《松鄉集》十卷。萬曆間，同邑孫能傳縱觀祕閣藏書，因得至正間舊本，耳孫一鳴復裒而刻之，以行於世。趙文敏公曰：叔實之文，沈厚正大，不作瘦語棘人喉舌，而含蓄頓挫，使人讀之而有餘味。明祭酒胡儼曰：其文篤實而弘博，深厚而舒徐，鏘然而金石奏，燦然而琅玕呈。蓋卓乎有道之言也。

## 訪牟大卿

自開黄葉徑，城郭有山林。老失相如璧，貧嗟靖節琴。青天庭樹在，白髮鏡塵深。欲叩黄唐事，寥寥千載心。

## 寄陳宣慰帖

客從崑崙來，遺我一寸膠。投之東海中，濁浪生清濤。世人飲涇水，淪浹如村醪。醉久與俱化，復惡醒者勞。客笑余亦休，涇水方滔滔。

## 屏居

壯志輪囷強未銷，屏居萬事飽塵勞。貧知渭竹真堪傳，老恨江梅不入騷。山谷樵歌閒日月，江湖魚計足風濤。妻孥燈後應相笑，頭上如今有二毛。

## 海扇

海中有甲物如扇，文如瓦屋，三月三日潮盡乃出。

漢宫佳人班婕妤，香雲一篋秋風初。網蟲蒼蒼恩自淺，猶抱明月馮夷居。至今生怕秋風面，三月三日纔一見。對天摇動不如烹，肯入五雲清暑殿。

## 次韻吾子行新年三首

有道貧方樂，無營坐亦深。新詩知病後，老鬢覺年侵。信有乾坤力，時勞江海心。文園亦消渴，渾愧白頭吟。

已分身將隱，還驚老易過。時來慰岑寂，相與惜蹉跎。白髮短猶櫛，青銅暗欲磨。人生有如此，我醉子當歌。

雪後春風起，天空江水來。新年渾作客，多病孰憐才。有道身先老，無人首屢回。承禎須不爽，聞已掃丹臺。

## 公子舞歌

明河在天不可舠，我欲汲之成酒醪。維北有斗不可量，我欲把之爲酒觴。人生豪誕有如此，況有開筵柳公子。公子平生白苧袍，酒酣起舞天爲高。大鵬長風九萬里，老蛟鱗甲秋江水。坐中忽唱河西曲，琵琶聲高裂寒玉。態濃海樹出鷓鴣，意足霜枝下鸜鵒。爲君一洗兒女目，衆賓自愛白宰酒，情歡不用夫起壽。長空更喚明月來，人影檀欒風滿袖。

## 鳳求凰

鳳將將，求其凰。凰既遂，辭母旁。逐凰孔良，不與母同翔。鳳心長，海樹涼。

## 用子行韻簡周景遠應奉

供奉平生酒，中郎絶代書。自便青瑣直，未放碧山居。輩行人誰在？行藏意自如。絲綸須世掌，曾識典墳初。

## 送許君實同知之任鄉邦因簡于有卿知州

一出已十載，江流只目前。家鄉荒政日，客路獨醒年。南郡碑錢遠，東山屐薜圓。歸心隨使鷁，漠漠海雲邊。

## 客遊華亭訪衞山齋

東浙青山少，西湖白髮新。漸多江海伴，更卜水雲鄰。楊柳初籠雨，蒹葭欲剩春。不愁成汗漫，天地有閒身。

## 劉將軍射虎行

半濕新蹄山徑曉，於菟夜渡海中島。百夫鼓譟屋瓦震，將軍彎弓白日皎。地形平露草不長，狂嘯無風威欲倒。玄翎一中洞心胸，坐據木牀脱鬚爪。胃中白骨誰家魂？紅肉已供人醉飽。人生意氣不下堂，車鐸當當馮婦老。

## 曉發衡山訪子昂學士

山林真學士，天地一詩翁。乘興不可返，孤舟雪後風。浩蕩襟期别，艱難道術窮。何當真卜宅，共老水精宫。

## 屢訪開元陳高士不值

我亦乾坤一腐儒，杖藜時訪白雲居。故人不入江海夢，道士空驚世俗書。簫史鳳歸雲縹緲，劉郎桃在雨扶疏。當年親見東風事，楊柳絲絲二月餘。

## 李唐春牧圖

春氣熏人未耕作，江草青青牛齒白。牛飢草細隨意嚼，老翁曲膝睡亦著。蓬頭不記笠拋却，午樹當風夢揺落。夢裏牛繩猶在握，昨夜囘頭牛食薄。

## 用韻酬陳渭叟林伯清

我本厭塵市，志在棲幽清。還聽客城雨，深夜愁寒更。山中兩道士，孤鐺煮雷鳴。潄沐得清謡，久却世上名。何用王子喬，相從學長生。

## 和唐玉潛用友人韻見寄

獨憐鬢雪上蓬〔婆〕（娑），未得逢君鏡水波。世上冬青高誼少，山中日録好詩多。白雲明月懷安石，細雨斜風老志和。人事參商那有此，時勢相望意如何。冬青事見別録。

## 四雁圖

江北江南秋正驕，孤飛萬里氣方豪。平生慣有冰霜翼，却笑東風燕雀高。
滿腹秋風鬱未開，一聲清唳九天回。人間兒女有癡夢，明月樓頭獨往來。
孤咮雙翎睡古香，蘆花水淺海雲黄。城頭未落三更月，夢入青天萬里長。
兩翼清秋倦未翔，北風喉咶水雲鄉。菰蒲萬頃食不盡，肯與羣鳧逐稻粱。

## 重游昇元歸寄陳道士

獨往有所適，重來興未窮。蒼雲山色外，晴日樹聲中。世亦思遐舉，吾方抱屢空。平生司馬約，回首起玄風。

## 七夕客中

容易鄉心秋自生，紆餘老態日縱横。無官謾賦五升糴，有婦難呼一石醒。露氣滿山高木落，秋聲入屋短檠明。薄田可買歸無計，星漢年年浪影清。

## 喜陳茂陽客歸

對坐頭俱白，愁來强欲歌。出門知己少，遇事折肱多。海氣低青嶂，年光暗緑莎。不堪妻子笑，舌在欲如何？

## 上虞客中

黄葉空階曉，清齋白髮人。于于風力緊，滴滴雨聲頻。妻子千山遠，詩書一飯身。人間有知己，重老未相親。

## 寄襄貴丁明府

丁亥，吾邑有瘦馬，鬻之賈校尉。詩生講後必一來，對余嘗嘶。如此者兩月。其甥徐天麟歸奉承，故云。

小桂堂前手自栽，未沉沙塌已生苔。青山自笑不歸去，白馬相看時獨來。涼月清宵誰與共？好花晴日不須開。明年應度盧溝水，早寄春風郭隗臺。

## 過華亭留別吳山諸友

出處何時定？歸棲老尚遲。江山無倦客，天地有真知。竺嶺呼猿日，華亭聽鶴時。平生愛杯酒，到處付襟期。

## 八月十五夜對月

客路惜年年，中秋月自圓。正憐兒女側，不共弟兄前。老去一丘壑，人生二頃田。兹游諒何事，清影未能眠。

## 贈相者王月屋

布囊詩卷勝黄金，白紵烏紗碧眼深。自是清時少遺逸，不須物色到山林。

## 和杜元用見過韻

湖上新樓好，相過不厭君。年光吳地老，客夢越江分。聚散無虚迹，窮通有昔聞。時遮西望眼，冉冉見浮雲。

## 送延慶濟上人歸西

人世難爲客，心空不待年。坐深千衲在，道許一燈傳。白日論詩地，青山住世緣。高歌望吾子，我亦買歸船。

## 十二月初六日曉發松江

冬霧比春濃，舟行日未東。可能辭物役，豈敢怨塗窮。清興乘江水，交情付曉風。流年今白首，何日慰飄蓬。

## 九日詩寄明碧竹院

我豈人間客，秋風託爾鄰。一聲清唳曉，萬里壯遊身。出處自有道，棲遲未厭貧。黄花謾情思，清對未歸人。

## 送石棋盤醉歸分韻得邊字 并序。

詩酒日廢，人事數日，故少疏之。道士黄季勉出荷包中錢二索，沽酒意行。初過吴守道，見菊花數本，正復可人，其翁出酌三行。再過謝希聖，盆花標致，殊倍於吴，試朱砂杯亦三酌。徑上石盤上，看仙人弈棋遺迹，雖爛柯之客不來，而橘中之樂如在也。歸坐溪西，酒肉具矣，爲舉大白劇醉。尚念吾徒兄弟四海，今鬱鬱山城間，意氣相得，徒此五六人，如膠漆相投，匀合秤停，乃事磨刷。游以泄其趣，酒以陶其真，詩以出其藴，豈獨高陽徒乎！分杏樹壇邊漁父韻。

一雁不渡海，銜蘆列青天。孤疏怯走蹔，遠赴百道泉。結交貴日廣，不廣空壯年。摶沙固易散，投漆固易堅。所以日共飲，山花列秋筵。道士黄石孫，亦解供酒錢。初游濮陽家，再醉康樂前。却看仙人棋，危石如平田。山風子聲寂，洞日瓢影懸。歸來忽自笑，我豈非謫仙。更唤酒杯入，健倒東籬邊。摸索溪石白，莫嗔我欲眠。

## 送徐春野 并序。

往年徐春野來綜吾州吏事，朔風裘馬，意氣偉甚。今紫髯飛雪，告父兄以去，人貧以仕，君仕而貧，吾不知人事竟何如也！其所游松鄉任某歌以送之。

昨日之酒月滿樓，今日之酒月滿舟。三十度月月圓缺，期君看月丹山頭。君攜月色錢唐去，我有濁酒誰爲酬。功名一紙政復爾，歲月兩鬢歸來休。柳橋久負秋夜笛，花鬟老憶春風喉。鵬雲正高眼歷歷，鯤海未運天悠悠。雄雞一聲騎當發，男兒頂上響公矦。

## 四禽言 録二。

行不得哥哥，未曙登程日已蹉。腹飢足跰可奈何，前山雨暗豺虎多。

脱袴脱袴，破碎一鍼無補處。誰持篋中新，换我身上故。但得深閨有孟光，年年袴破亦不惡。

## 題翰墨十八輩封爵圖 并序。

翰墨十八輩，皆几案間不可闕一之物。上標封爵，下圖其形，旁書贊語，殊有史臣之體，余觀之不去手。畫筆精妍，疑亦島外人所製。詩題其左。

公子裝車從楚國，十九人行一不足。上階卒賴毛先生，招手相呼公録録。邇來翰墨十八人，一日受封列華物。世上空成孺子名，論功却笑中書秃。人生慎勿爲事先，乞留足矣張良獨。

# 月下歌

月從東出西壁沈，曾照千古萬古之人心。人心只有月照破，達人當之成酒淫。卿不聞李太白蘇子瞻，把酒頻問月，無月酒不斟。月爲抵愁之白玉，酒爲買笑之黄金。吾徒俯仰明月下，月亦傲兀窺人深。徑須椎罍倒甕爲月盡一醉，如何青天白眼放月還西岑。狂歌他日作佳事，共道此樂今宵今。

## 于處士石

石字介翁，婺之蘭谿人。貌古氣剛，喜詼諧。早慕杜古高之爲人，後從王宗菴業詞賦，自負甚高。年三十而宋亡，隱居不出。一意於詩，出入諸家，豪宕激發，氣骨蒼勁，望而知其爲山林曠士也。因所居鄉自號紫巖，晚徙城中，更號兩谿。有詩三卷，門人同里吴師道正傳選次，金履祥吉父爲之序。

### 山中二首

我家萬山中，日日采樵去。捫蘿上層巔，苔滑不留屨。落日負樵歸，雲深失歸路。誰家犬吠聲？聲在雲深處。

偶因抱甕出，夜汲澗底泉。蕩摇水中月，水定光復圓。問水水不語，問月月不言。倚樹一長嘯，萬壑松風寒。

### 晚步

徑狹不容車，谿淺不容釣。平蕪淡雲煙，獨鳥下殘照。見山了無言，倚樹忽長嘯。徘徊澹忘歸，空林明遠燒。

## 宿棲真院分韻得獨字

空翠泠滴衣，石蘚滑吾足。偶隨白雲去，棲此林下屋。樓影挂斜陽，鐘聲出深竹。山僧老面壁，誰與伴幽獨。分我雲半間，敧枕聽飛瀑。

## 探梅分韻得香字

絶壁雨屨雲，荒村半橋霜。孤往欲何之，林下幽徑長。寒梅在何許？臨風幾徜徉。誰家斷籬外？一枝寄林塘。水静不摇影，竹深難護香。無言獨倚樹，山空月荒涼。

## 所懷寄何寺簿

斜日明遠樹，落葉走空階。閉門寂無事，心澹境自佳。美人期不來，此樂誰與偕？豈無南飛雁，可以寄所懷。所懷不可寄，孤雲渺天涯。

## 感興三首

吴起爲魯將，殺妻殊不仁。樂羊伐中山，食子太無情。功名苟爲重，骨肉無乃輕。以此謀富貴，何如甘賤貧。沛豐三尺劍，抵掌收楚秦。未央玉巵壽，以功驕父兄。惜哉一杯酒，終愧一杯羹。

衞人將授甲，鶴有乘軒寵。愛人不如禽，士固不爲用。唐人競朝梁，怒殺孫供奉。獸猶知有君，人胡不愧悚。

羣栖平沙雁，有警奴輒鳴。鳴多謂奴妄，哀嗷墮弓矰。甡甡中林鹿，以媒誘其羣。相呼入罔罟，鹿死媒獨生。骨肉不相信，效忠況他人。輕言託心腹，賣友終不仁。君子能審交，四海皆弟兄。

## 示衢子

我學三十年，巧不能勝拙。汝年今弱冠，慎勿虛歲月。何必千里師，而後可受業。何必萬卷書，而後稱博洽。讀書貴有用，豈徒資筆舌。立身一弗謹，萬事皆瓦裂。蔬肉同一飽，自可甘薇蕨。布帛同一煖，何必輕裋褐。貧賤士之常，紛華安足悅。晴窗明几硯，夜燈耿風雪。汝今其勉旃，經史須涉獵。顧我何足學，當學古賢哲。

## 鵲鴉行

世以鵲爲吉，人多喜其鳴。世以鴉爲凶，鳴多人輒嗔。吉凶一以定，嗔喜此焉分。相彼新羅鵲，於何分愛憎。羣鴉競喧集，有耳若不聞。一鵲不相容，搏擊以爲能。不知鵲可喜，甘與鴉爲羣。妒善復黨惡，鷙悍徒不仁。石顯恃權寵，望之不容身。林甫擅柄用，何有乎九齡。寧爲望之辱，不作石顯榮。寧爲九齡死，不作林甫生。邪正苟倒置，是非竟難陳。人事無不然，何獨此微禽。

## 故家有喬木

故家有喬木，衆鳥巢其枝。紛然各卵育，自啄還自飛。誰歟恣殘忍，緣木登其危。毁室取爾子，殺戮輕如嬉。漂搖風雨中，巢破不復支。破者尚可完，死者終無歸。自謂翔後集，今乃失所依。胡不舍之去，遠擇高林棲。主人不我愛，舍此復何之？哀哀鳴向天，路遠天不知。吾聞重太息，事莫大於斯。弱肉强之食，擾擾今何時？人生且未保，爾死誰復悲。寄言民父母，赤子方流離。

## 鄰叟言

客行歸故鄉，依依一鄰叟。把酒向我言，重歎生不偶。大男年二十，前年方娶婦。府帖點鄉兵，井邑備攻守。萬騎聲撼天，戰骨今欲朽。小男年十三，嬌癡獨戀母。所恃惟此兒，未忍輒笞毆。垂白力耕耘，一飯僅充口。東鄰數十家，兵火十無九。西鄰破茅屋，蕭然一無有。悍吏猛索租，椎剥及雞狗。嗟子行四方，頗亦聞此否？偶述鄰里情，勿訝言語醜。老婦洗瓦盆，呼兒進畦韭。願子姑暫留，爲我進杯酒。

## 母子别

客遊嚴陵道，中路哭者誰？哀哀母子别，云是夫棄妻。百年結歡愛，一旦生别離。妾去何足憐，憐此乳下兒。呱呱未能語，棄去良可悲。兒啼苦戀母，母聞轉悲淒。欲語别離苦，孩提爾何知，徒能撫汝頂，相顧空淚垂。夫婦義已絶，母子恩亦虧。爾飢誰與哺？爾寒誰與衣？明年爾學行，誰與相提攜？人言無母憐，有父尚可依。爾父忍棄我，棄汝將如遺。去去兩相失，相見未有期。娟娟秀眉目，夢寐或見之。夜静凋聲咽，猶似聞兒啼。

## 路傍女

路傍誰家女？躊躕不能去。自言妾小時，家本樵川住。十五嫁良人，長年秉機杼。辛勤奉舅姑，足不越庭户。去年秋棗紅，邊人健如虎。移家入深林，自謂百無慮。空山鳴劍戟，失色駭相顧。星散各偷生，不幸適相遇。妾身如風花，飄零委塵土。妾命如蜉蝣，焉能保朝暮。一死恨不早，空爲年少誤。去去忽相失，零落在中路。妾有乳下兒，呷啞方學語。四海尚干戈，安知爾生死！回首望天涯，家山在何處？妾命負所天，顧影惟自憐。自憐輕失節，天下何獨妾。

## 七月七日

西風掃殘暑，微月澹新秋。相傳織女星，今夕嫁牽牛。翩翩聯鵲橋，亭亭擁龍輈。多少乞巧人，笑語穿針樓。吾嘗夜觀象，細與推其由。惟有五緯星，順逆有去留。經星二十八，歷歷如綴旒。萬古儼不動，分列十二州。其餘衆常星，爛然滿空浮。休咎必有證，君德修不修。胡爲牛與女，不與衆星侔。乃知塵世人，配偶相綢繆。少陵號詩史，萬象窮冥搜。亦云年年渡，秋期何用愁。彼哉柳河東，抱拙不自謀。傍趨事曲折，竊效兒女求。誰與倡邪説？誕謾不復收。淫褻轉相襲，寖使其辭浮。仙槎儻可乘，我欲凌空遊。再拜二星靈，一洗千古羞。天高不可問，河漢空西流。

## 鄰翁招飲

燈火隔籬落，呼兒掩柴門。鄰叟挽我衣，笑指老瓦盆。酒盡意未已，語雜情更真。嗟嗟行路難，勸我歸與鄰。團圞一家樂，亦足娛其親。低頭愧叟言，未語面輒赬。父昔教我書，意在爲榮親。十歲始知學，二十能爲文。三十將遠遊，海波忽揚塵。年今幾半百，親老安可云。歲時一杯酒，父子祖與孫。客多在家少，暫聚還復分。曾不如爾樂，歡然力耕耘。父醉兒解扶，翁歸嫗相迎。十日九在家，笑語藹生春。我無田可歸，豈無山可耕。我無秫可釀，豈無泉可烹。幸及親未衰，菽水或可嘗。無愧鄰叟言，乃不愧予心。

## 我從山中遊

我從山中遊，歸來林壑暝。澗水凍不流，月出四山静。柴扉不敢敲，恐驚孤鶴醒。徘徊踏月明，倚杖看松影。

## 再遊石壁寺

曾爲石壁遊，更借僧房宿。樓閣倚林腰，谿山醒塵目。敲門尋舊僧，清響應林谷。老僧不厭客，分我雲半屋。禪月豈後身，尚餘詩滿腹。疑我亦荀鶴，再與賦漢牧。汲井晝煮茶，洗鉢夜分粥。山空人語寂，邀我入深竹。獨抱無絃琴，不唱浮生曲。月樹影參差，風灘聲斷續。翛然出塵表，身世轉幽獨。明朝出山去，無言笑相矚。江上石牛眠，秋草爲誰緑。

## 小石塘源 源深幾百里，屬嚴之建德，接婺之浦江。民俗淳古，真避世之地。

萬山鬱回合，羣木尤老蒼。細路百盤折，崎嶇陟羊腸。涼陰覆峭壁，縈回澗流長。緣蘿下百尺，笑挹清泉香。甘寒試一漱，齒頰凝冰霜。拂石坐未去，樵叟來我旁。云此澗中水，其源來浦陽。浦陽婺屬邑，亦我父母邦。欲我飲此水，而不忘故鄉。叟言起予意，振衣欲飛揚。便將隨水源，徑度千仞岡。叟前挽我衣，遲留且勿忙。吾家隔前坡，林居愧荒涼。寒醅旋可壓，爲子炊黄粱。微徑行犖確，柴門隱松篁。推户拂塵席，延我入中堂。呼兒出長揖，凋步何蹡踉。問我從何來？驚顧走欲僵。屢呼不復出，自起致茶湯。坐不分賓主，高談到羲皇。炊煙澹茅屋，勸我飲盡觴。葫蘆爛鵝鴨，盤飣羅芥薑。一飽共酣寢，此樂殊未央。攝衣起謝叟，聽我歌慨慷。風埃暗宇縣，干戈幾搶攘。朽骨纏蔓草，呻吟卧殘創。荒丘奔狐兔，斷礎悲蛩螿。奔逃不相顧，流離各悽傷。十年未返業，幾人失耕桑。而此源中民，熙然獨徜徉。數家聯聚落，茅茨帶林塘。笑語聲相聞，隔籬燈火光。翁嫗各垂白，童稚紛成行。嫁女必近鄰，生男不行商。死徙無出境，耕織各有常。地罏老瓦盆，竹几素木牀。俗淳氣亦古，豈識時世妝。瓜瓠滿籬落，麻苧翳門牆。缺竇出雞犬，平坡散牛羊。豚蹄一盂酒，神休答豐禳。村謳雜社鼓，醉舞衣淋浪。晝無悍吏恐，夜無羣盜狂。生者遂所養，死者得所藏。其樂有如此，宜與世相忘。叟前重致詞，爲子言其詳。使我居華屋，綺疏交洞房。使我服鮮麗，翠襦繡羅裳。食必具水陸，飲必酣瓊漿。出則盛車騎，錦韉紫遊韁。歸則擁歌吹，粉黛環姬姜。貴封侯萬户，富儲粟千倉。如此豈不樂，患至難豫防。利者禍之的，何地非戰場？况有吏椎剥，寧免盜陸梁。安貧卽樂土，多財必遺殃。人生守常分，世事胡可量。我聞重歎息，臨風幾徬徨。林霏掩蒼翠，回首路杳茫。遠山銜落日，慘慘塵沙黄。因思桃源中，人多壽而康。山深事簡寡，居安俗淳良。不與外人接，别在天一方。兒孫自生長，古今任興亡。

世以爲神仙，此説誠荒唐。平生志遠遊，恨不窮八荒。去家百里近，絶境見未嘗。邈與桃源居，異世遥相望。安知千載下，以我非漁郎。獨恨無桃花，夾岸摇紅芳。花落春水漲，一葦或可航。

## 浪吟

十載驅馳翰墨場，翩翩霞佩高頡頏。賦窺賈馬搜班揚，詩崇晉漢卑齊梁。斯文未喪道未亡，欲尋墜緒何茫茫？蕭騷短褐淒風霜，匣中蛟龍吼干將。男兒有志行四方，安用把筆工文章。掀髯長嘯眺大荒，殘煙落日塵沙黄。紛紛蟻穴争侯王，邯鄲一夢炊黄粱。斷鶴續鳧誰短長？世間萬事俱亡羊。何如長歌歸故鄉？古松流水遶石牀。濁酒一壺琴一張，卧聽孺子歌《滄浪》。

## 續金銅仙人辭漢歌

魏明帝遣宫官西取長安漢武帝承露盤，置洛陽。仙人臨載，乃潸然泣下，俄而盤折，銅人重，遂不能致。唐李長吉賦《金銅仙人辭漢歌》，辭未能達意，因作後歌以廣之。

漢皇鋭意求神仙，神仙之效何茫然？蓬萊弱水不可到，且立宫中承露盤。飢餐玉屑不堪飽，誰謂有方能却老。人生修短數在天，多慾未必能延年。秋風吹老茂陵樹，年年空滴金莖露。建章宫闕隨煙塵，塊然屹立惟銅人。宫官西來果何意，一朝辭漢將歸魏。吁嗟銅人如有知，口不能言惟淚垂。自從曹氏盗神器，父子相傳已三世。漢宫故物無一存，汝獨猶能感舊恩。淒然照影臨渭水，一折銅人扶不起。寧爲棄物委道傍，不忍漂泊離故鄉。迢迢東望洛城路，回首長安愁日暮。長安繁華非昔時，洛陽寥落誰復悲。漢魏興亡何日了，長見銅人卧秋草。

## 夜燒松明火次韻黄養正

銀爐熾炭麒麟紅，銷金帳煖熏籠烘。爨下有蠟可代薪，笑我夜寒癡坐然枯松。貧富貴賤何不公，安能排雲叫呼天九重。空憐爾松生抱有用材，不遇匠石梁棟施栟欂。盤根錯節屹立凍不死，凜凜勁氣猶足排嚴冬。顛崖峭壁人跡絶，閒雲流水相冥濛。胡爲明不能保身，丁丁斧斤山其童。鶉衣百結縮如蝟，地爐擁膝便可閒從容。當年榷油幸不嚴，汝禁餘用尚及斯民窮。陽和無聲入骨髓，不知夜雪没屋霜横空。但見濛濛香霧靄四壁，紅煇紫焰明窗櫳。禦寒何必裘蒙茸，盎然一室回春風。何當散作一天煖，坐令四海盡在春風中。

## 梁父吟

諸葛孔明好《梁父吟》，深不滿齊相二桃殺士之事。辭氣慷慨，可以想見其人。嗚呼！天若祚漢，孔明不死，天下事未可知，吾於此重不滿焉。

建安天下如潰瓜，一榻之外非吾家。黄屋飄飄定何許，龍爲魚兮鼠爲虎。老瞞詐力敢欺天，朵頤羊鼎方垂涎。紫髯將軍一攘臂，控荆引越三千里。慷慨山東大耳兒，南飛烏鵲棲無枝。草廬一語君臣契，目中久已無吴魏。堂堂大義凜不磨，靈關劍閣空嵯峨。昨夜西南一星落，六尺之孤竟誰託。渭水旌旗歸故都，江上空存八陣圖。抱膝長歌《出師表》，古柏蒼蒼爲誰老。

## 己卯寒食

今年客路逢寒食，村落無煙春寂寂。荒塚纍纍人不識，芳草淒淒吐花碧。麥飯一盂酒一滴，哀哀兒女春衫溼。我過其傍因太息，有墳可酹何須泣。干戈滿地邊雲黑，路傍多少征人骨。

## 追和東坡次蔡郎中遊湖韻

昔年著脚窮深幽，藕花十里煙波秋。騎驢踏月楊柳市，買舟聽雨菰蒲洲。酒樓倚天沸歌管，繁華轉眼如雲浮。山川悠悠尚如昨，歲月忽忽不可留。君不見錢唐江上潮，早潮生兮晚潮落，滔滔東去何時休？

## 西湖荷花有感

我昔扁舟泛湖去，回望荷花浩無數。誰家畫舫倚紅妝，笑聲迴入花深處。笙歌淒咽水雲寒，花色似嫌脂粉汙。夜深人静月明中，方識荷花有真趣。水天倒浸碧琉璃，浄質芳姿澹相顧。亭亭翠蓋擁羣仙，輕風微顫凌波步。酒暈潮紅淺渥脣，膚如凝脂腰束素。一捻香骨薄裁冰，半破芳心嬌泣露。湖光花氣滿衣襟，月落波寒浸香霧。恍然人在蘂珠宫，便欲移家臨水住。回首落日低黄塵，十年不到湖山路。花開花落幾秋風，湖上青山自如故。

## 張德裕盤谷隱居

盤谷四面環青山，晴嵐暖翠浮雲煙。盤谷之阻多幽泉，湛然深碧蛟螭蟠。中有華屋貯神仙，猿鳥不驚犬不喧。竹侵行徑松礙檐，人疑無路堪攀緣。忽聞讀書聲琅然，始信别是壺中天。翩然振屐登其顛，仰林俯壑天地寬。桑麻盡處開平川，千帆來往無時閒。旁有一葉漁翁船，出没紅蓼黄蘆邊。呼之來泊巖下灣，就船買魚歸烹鮮。煮茗有泉秫有田，問之世事笑不言。家藏黄石書一編，安用李愿歸來篇。我欲前峰卜數椽，幅巾杖屨行其間。目送歸鴻揮五絃，閒窗静聽松風眠。

## 田家婦

村南村北麥欲枯，桑麻陰陰滿路隅。炊黍田頭行餉夫，餅爐未熟兒呱呱。鴨頭長襪短布襦，平生未識鉛與朱。彈箏不用如羅敷，懷金不顧逢秋胡。眼前富貴何足娱，一身飽煖自有餘。茅檐笑語寒燈孤，夜舂曉織奉舅姑。

## 山居

結屋萬山頂，柴扉晝懶開。擣茶驚鶴醒，抛果引猿來。筍短和泥掘，松高倚石栽。有時尋勝去，多趁暮鐘回。

## 伊昔四首

伊昔西湖柳，清陰滿畫樓。午涼欺舞扇，晚雨繫漁舟。春盡花無主，風寒葉自秋。六橋今在否？空惜舊時遊。

伊昔西湖上，孤山幾樹梅。斷籬深院落，流水舊亭臺。明月無今古，春風自去來。逋仙不復作，消瘦爲誰開？

伊昔西湖裏，娉婷十里蓮。香凝花上露，影落鏡中天。枕簟水亭雨，笙歌月夜船。雙鴛不解事，常傍翠陰眠。

伊昔西湖外，清陰九里松。天低深雨露，風怒走蛟龍。林靄通樵徑，山雲隔寺鐘。何時一行樂？重到北高峰。

## 得家書

久客秋又晚，思家夢屢驚。空階聞葉落，隔樹見燈明。親老貧常健，兒癡學未成。凄涼今夜月，照我故鄉情。

## 棲真院

空翠凝寒不受埃，斷崖千尺擁崔嵬。老僧倚樹驚猿去，童子掃階知客來。石徑晴因松露溼，茶煙遠趁竹風回。禪家也辦吟邊料，不種閒花只種梅。

## 半山亭

萬疊嵐光冷滴衣，清泉白石鎖煙扉。半山落日樵相語，一徑寒松僧獨歸。葉墮誤驚幽鳥去，林空不礙斷雲飛。層崖峭壁疑無路，忽有鐘聲出翠微。

## 春事

白了江梅柳又青，遊絲千尺網紅塵。鵓鳩夫婦孤村雨，杜宇君臣故國春。客裏易添芳草思，樽前誰是去年人。桃花源上空流水，安得漁郎一問津。

## 清明次韻趙登

九十春光半晦明，東郊攜手趁新晴。飄零風絮如行客，冷煖廚煙見世情。宿雨鞦韆花有淚，斜陽古塚草無名。勸君且盡樽前興，柳上一聲何處鶯？

## 瀟江亭

背依古塔面層峰，曲曲闌干峻倚空。萬屋參差江色外，片帆出没樹陰中。五更鐘鼓半山月，兩岸漁樵一笛風。極目子陵臺下路，滔滔惟有水流東。

## 送友人之武林

錢唐江上一帆風，爲我重尋舊日蹤。十里湖山空戰艦，千年宫闕咽僧鐘。潮生潮落東西浙，雲去雲來南北峰。往事茫茫何處問？殘煙衰草泣寒蛩。

## 淨居院

峰回澗曲路縈紆，萬壑中藏一畫圖。雪墮枯枝龍解甲，藤纏怪石虎生鬚。滿樓山色自濃澹，隔竹泉聲半有無。紙帳蒲團清思足，更添梅種兩三株。

## 秋思

遠水遥天起斷鴻，秋光冷澹客情濃。一川疏雨平沙牧，半樹斜陽隔塢舂。落葉輕於流俗態，寒花羞作少年容。憑高不礙乾坤眼，與入晴嵐第幾重。

## 讀史

今來古往一封疆，虎鬬龍争幾帝王。百二山河秦地險，八千子弟楚天亡。朝廷有道自多助，仁義行師豈恃强。往事廢興何處問？寒煙衰草滿斜陽。紫巖讀史共七首，中云：「首録鄭侯忘紀信，不誅項伯戮丁公。」又云：「鄭君不肯更名籍，項伯胡爲賜姓劉。」對仗極工，惜全首未稱，故不録入。

## 西湖 鄉人杜伯高昔與諸公飲於湖上，得風月一聯，予愛其語，因爲足成之。

西湖勝概甲東南，滿眼繁華今幾年。鐘鼓相聞南北寺，笙歌不斷往來船。山園花柳春風地，水浸樓臺夜月天。士女只知遊賞樂，誰能軫念及三邊。

## 次韻徐永之秋興

誰謂四時秋最愁，胡牀談詠晉風流。山川長在英雄老，草木無邊天地秋。驚雁一行漁唱晚，斜陽萬里客凭樓。茫茫遠水涵空碧，與入蘆花第幾洲。

## 次韻何寺簿閒詠

居喜山深人不知，凝嵐空翠澹含輝。隔林樵語驚猿去，倚石松枝礙鶴飛。留客眠雲聽澗瀑，呼兒踏月掃苔磯。冥心静坐勿輕出，門外藤蘿露溼衣。

## 雜興

采藥歸來竹徑涼，滿身草露溼衣香。怕驚幽鳥穿林去，不掃松花卧石牀。

## 釣臺

傲睨羣雄百戰來，獨全高節老蒿萊。三公不任雲臺將，物色何須及釣臺。

## 兜率寺 詩僧貫休道場也。

錢唐一劍倚霜寒，萬〔水〕（木）千山蜀道難。瓶鉢生涯何處在？秋風松子落詩壇。

## 淨居院遇雪

夢回寒月吐層崖，湯響松風聽煮茶。倚樹恐驚殘雪墮，起來不敢嗅梅花。

## 次韻趙羽翁秋江雜興

雁落蘆花洲外洲，半川斜日獨凭樓。笛聲何處雁驚起，點破清江一片秋。

## 旅中遣懷

片雲相望浙東西，回首家山路欲迷。昨夜桐江江上夢，倒隨流水上雙谿。

## 柳子厚

早綴朝班附叔文，晚隨兒女拜雙星。半生巧宦翻成拙，何用區區更乞靈。

## 次韻子益秋懷集句

春草秋更緑，能得幾時好？人生非金石，坐愁紅顔老。振衣千仞岡，木落雁飛早。無營地轉幽，逐動自紛擾。時哉不我與，全身以爲寶。不是傲當時，用拙存吾道。

## 春遊集句

興來無遠近，吾得及春遊。江月隨人影，山光落釣舟。樹交花兩色，石横水分流。天外猿啼處，數峰生莫愁。

## 弔古行 見《元詩體要》。

蒼梧之南湘水頭，煙波逐客增離憂。重瞳孤墳閟白日，雙娥貞佩摇清秋。江空夜闃鬼對泣，泣罷仍爲鼓瑶瑟。瑟聲漸杳江聲長，丹楓墮影天霜白。臨江被髪招帝魂，拔劍欲斷東流奔。東流無窮帝不返，烏乎薄俗無由敦。

## 自笑

歸來更讀十年書，自笑今吾即故吾。栗里谿山晉處士，桐江風月漢狂奴。種梅添得詩多少，愛菊何拘酒有無。隨分生涯聊爾耳，門前應免吏催租。

## 次韻君會感恩

滿眼湖山感舊遊，依然野水自横舟。一樽長照古今月，兩鬢不禁天地秋。有屋有田清潁尾，自蒲自柳曲江頭。虛名不落人間世，一逕松風穩跨牛。

## 小三洞

予所居有小三洞，金華洞天之附庸也。各賦一絶。

四山回合響幽泉，古木蒼藤路屈盤。一局殘棋雙鶴去，石屏空倚白雲寒。右上洞，舊名「白雲」。

洞門相對是吾家，朝看煙雲暮看霞。鐵笛一聲山石裂，老松驚落半巖花。右中洞。

斷崖怒湧四時雪，虛壁寒凝六月霜。倚樹老僧閒洗鉢，碧桃花落澗泉香。右下洞，東萊吕公祖謙名以「湧雪」。

## 旅夜

擁爐兀兀坐成睡，夢到家山人不知。半夜酒醒還是客，一庭黄葉雨來時。

# 揭經歷祐民

祐民，廣昌人。豐頷修髯，長身如鶴。泰定中，官邵武經歷，延平太守桀驁自用，祐民直氣待之。三至京師，公卿多樂與遊，程承旨鉅夫尤敬禮焉。後寓居盱水上，號曰「盱里子」。晚年自病狷介，又稱「希韋子」。族子傒斯爲作《盱里子傳略》云：盱里子性抗直，仕閩海間二十餘年，稱能官。北遊燕、趙，東至遼，覽故都遺迹，必徘徊悲歌而去。泛黄河，作《河上賦》。過海口，作《海口賦》。遇空同子，作《空同子傳》。騰擲宇宙，陵轢今古，顛倒萬類，出無入有，如驚龍飛兔，不可羈而紲也。今録其詩，豪蕩激昂，可想見其人矣。

## 淮安王吴山歌六章

澤欲流，强用兵。仁者師，無威聲。持百萬，如雲行。令所出，時揚麾。不血刃，惟功成。

來南東，用生道。前旍旗，後盾纛。稱兊戈，存障堡。上韜略，匪勇暴。泯殺機，遂仁好。

東蒼龍，入震澤。民胥生，道得國。始用牡，振太白。徐用止，田有獲。吴山高，著銘勒。

虎丘奠，西師安。念越棲，稽山完。國既遜，無胥殘。泰伯祠，在江干。過禹穴，碑勿讙。

王臨襄，繼踰淮。以所履，覘雲雷。利建侯，雄基開。入圖像，麒麟才。視王儀，毋能儕。

笳鼓競，鐃歌長。王有靈，福此方。男吹笙，女協簧。撫琴瑟，升中堂。惠我杭，時無疆。

## 河南王孫南谷平章詩三章

河之水，波瀰瀰。見世澤兮在中流，夾日焜燿兮爲國伊周。保合元氣兮春陽和柔，功有紹兮名長留。楊之土，春煦煦。美有濟兮世此所，薦生良弼兮爲國申甫。輔翼治道兮還龐復古，猗其人兮袞是補。會稽之月，下照禹穴，履海島兮被吳越。勤勞王孫兮秉玉節，爲國南鎮兮地罔齾齧。彰舊聞，聲烈烈。

## 永固廟

礬礬龍虎死，集靈壯高居。其陽播江濤，其陰蓄澄湖。井固不可改，邑亦何嘗殊。但感歲月遷，流入楣間書。重來二十年，舊碧眼欲枯。神在不可褻，下山仍踟躕。

## 南山泉

南山有泓泉，濯濯清不渾。下有到地株，上有號雲猿。積石從西來，歲久根遂蟠。如何百年後，雕鑿加鑽刓。我恨來最遲，不見真氣完。萬物自有弊，至理難窮言。

## 登鳳凰臺

西風掃建業，六朝倏更代。孤鳳何年來，高臺此留待。唐家日方中，憂昃深感慨。宗臣裂肝膽，片語到今在。癡雲起大荒，事業果顛沛。遺吟所鐫磨，歲月又屢改。梁園後悲秋，草草作南内。登臺渺八顧，潮落石頭碎。禍亂有本原，臣子出忠愛。夜深挹長庚，江月爲誰對？

## 西風礙長養

西風礙長養，冷氣移當暑。河北饑未賙，燕中久無雨。傳言山東地，亦有流冗故。細民輒疵癘，天意肯回互。猶聞客子船，買口向南去。饑饉事關天，肯使爲利賂。南人多暴殄，米粟易珠土。此理焉可常，翻覆隨朝暮。曩歲江浙間，眼見吁可懼。長願四序平，秋香熟禾黍。

## 泰山發秋潦

泰山發秋潦，東魯數州没。及兹黄河交，南徐更湯割。我乘歸船來，引纜行木末。高原尚爲沈，低土焉得遏。夜來泊溪岸，寒螿啼冷月。鴻雁無寧宅，蛟蜃有深窟。秋成一月浸，百草俱爛物。客中視此意，憂事貫華髮。茫茫下雙洪，寥落寸心掇。

## 中原道上次歐陽齊汲韻

中原七郡地，氣厚風還淳。天分澗瀍水，路入河洛春。聖賢所經營，繩準相均平。六合昔有隔，一觀恨無因。懷哉此盛區，理者皆先民。曾經龍虎啖，重爲狼羊貧。大若斡元化，細物涵深仁。一士行其間，鞍馬猶逡巡。解帶思古道，題詩清路塵。望迷黄河北，欲度正愴神。遺黎當道隅，涕説青城濱。青城不可説，回首傷天津。

## 瘠馬圖

念汝出塞下，四蹄疾如飛。半夜馳臨關，氣奪戎王圍。被鐵踏河冰，幾度向武威。將軍事百戰，騰力不顧肥。祇今飲渭流，齒老不任鞿。坡寒暮風酸，磧瘠春草微。百感畫者意，要見駿骨稀。但看古英賢，工苦常寒飢。

## 繡婦行

回文未動機心忙，幼時學刺雙鴛鴦。漸摹小景作蘆雁，稍引初智成麐麚。幾回停線望長晷，年深勾撥入教坊。宫羅裁就繡御用，伴伍推讓尊前行。一絲欲理三滌手，龍鳳密湊雲分光。臂垂枯木挂猿狖，眼注寒水明鶖鶬。瘖瘖蜩蟬殼未脱，櫛櫛蠶腹絲爲僵。晴天日杲等餘事，清夜膏繼争毫芒。嗚機裂下裍忽解，摑摑一弗聲聞廊。千秋萬歲奉聖王，若比倚市真誰强。

## 澤民分靈祠樂歌　祀唐詩人李頻也。祠在建安郡學。

山爲鈎曲藏神宫，拂天雲旗揚靈風。云何巫陽招之東，乘彼赤羆駕文熊。飄然遨遊顧環雍，帝裔隊仗王儀容。手挾垂矢并和弓，下庭考鼓兼鳴鐘。銅槃白雉血在中，淋漓酒肴薦和雍。引接我士俱登庸，上天翩翩策飛龍。酹神一心謝惠蒙，祈與萬世昌文宗。

## 送落齒行

兔年羊月日加豕，我齶上震落一齒。剥果已熟無留根，輔車相依何忍棄。衆城不動一城覆，終是風寒惡傷類。缺穿小竇未渠憂，恐作懸厓縋兵計。我今行年七十五，汝决辭行知汝意。平生不飽太官飯，共啜藜羹汝之恥。言樞難虞損機格，柔弊剛摧成止止。噬嗑唯宜見日中，過分人生當落幾。落日減齒君勿笑，毁齒如同昔年少。

## 題秋江晚渡圖

柰榆株櫟楓樗村，古臺半隱溪林根。短橋細路入幽徑，斷無人屋誰鄉枌。遠山微雲出木杪，白沙丹葉隨洲痕。岸莎時方蘸浄潦，天霜氣欲浮黄昏。一舟横衝破秋色，中有坐止知奚云。應言去早失歸晚，夕陽下擲潛無曛。巾衣各振離舸散，到家定未關柴門。吴越小景重摸索，江湘雅致費討論。豈無片壑可與共，漁樵逸樂同雞豚。彼翁欣還倚杖屨，誰能無酒妻兒温。我生只爲書儋誤，披卷坐對真消魂。黄金鄘塢不若此，浣花書屋翻能存。還君圖卷百感歎，武陵溪上難尋源。不能忘者舊山麓，春日起處思聞猿。

## 興勝寺歌

青齊門，北邙山。累累復累累，何丹能大還。使人墮清淚，使人彫朱穆。穆公以人從穴中，田横有士穿冢間。雖能就義死傷勇，空令後世悲潺湲。燕昭築宫闢賢路，聲名未終身謾故。今人欲弔望諸君，惟有黄埃黯墟墓。我今有淚，不到黄泉。興勝之歌，悲不可言。

## 柳林詞四首

御柳擺緑春風前，帝策飛龍舉玉鞭。大蒐道合三千年，獸之所同三矢捐，後車載者當誰賢。
虞人得意勤張羅，四入騶囿獸靡他。雪鷹騰擊認鵬過，下掠雁鶩空鴐鵝，聖皇祝網仁心多。
穹林熊豕驅若馴，五豝一發方肥春。封狐狡兔不足論，麝香女麋當美珍，偶獲慎勿傷麒麟。
臣生涉獵詩書林，羆熊已老空遺心。鷃飛卑下魚潛沈，有味不中庖經歆，無復能發長楊音。

## 方鼓二山下

方壺地上日月轉，屶鼓天半風濤鳴。樓船海市倏忽集，金客鮫人無數行。紫氣暮濃千嶂合，黄雲霜熟萬疇平。何能買屋西山下，白稻銀魚了此生。

## 哭胡石塘

顔樂齋修文史終，更千年後有胡公。名存寧海生祠裏，神達青蓮死榻中。饑賑公規著盱右，私居喪制過遼東。聖門三省工夫在，意合西銘是則同。

## 監繡

鳳閣龍庭慶自今，羽鱗顔色組絲深。美人百巧天孫手，才士一生紅女心。願化神蠶抽甕繭，用將繅藉入瑶林。讀書補報渾無力，漸愧臨機惜寸陰。

## 二月游禪林寺

溪桃二月逗殘紅，喚醒尋春到倦翁。騎馬度橋觀日瀑，支笻轉嶺聽松風。才通麥氣兼花氣，政想農功比吏功。安得細民如庶物，離離生意滿西東。

## 送人上京

天上吟仙笑相見，松間坐客飯青精。真遊不知白日晚，身世相與浮雲輕。冥冥落花啼鳥靜，窅窅風磴寒泉鳴。丈夫邂逅志萬里，滄浪水清宜濯纓。

## 歷谿書事五首

剥落一弊帚，自持掃休庵。老隨筋力至，此外了非堪。弊帚

寶蓍藏櫝中，不用亦持敬。願作長生龜，相守盡性命。蓍櫝

吾韋佩已久，韋弊將若何。縱有未革性，謝韋功已多。佩韋

我有一寸〔綆〕(緶)，能汲萬古泉。無人同此意，閒看水中天。汲古

舊拙不可悔，新巧吾無能。閉户深養拙，拙久智自增。養拙

## 聽兒讀衞詩二首

羔羊同時縫素絲，抑抑有老尊其儀。如何多善臣子國，猶有北門懷仕詩。

人生仕進亦偶爾，出門入室同一軌。書聲聽處千年心，霜月殘釭夜如水。

## 題露臺夜炷圖

赭紅清夜露臺香，月冷銅人正耐霜。心事意知惟密訴，帝青天語近琅琅。

## 題玉版蘭亭

臨池舊眼被昏遮，玉版摩挲字隔紗。忽憶昔年觀定本，絶勝枕臼與梅花。

## 題四時折枝

京洛名花觀盛衰，雪錢風景各隨時。靈株本撥無留活，却恨圖中誤折枝。

## 何處士失

失字得之，昌平人。負才氣，與高尚書彦敬、鮮于太常伯機同學爲詩。家善織紗縠，日出買紗，騎驢歌吟道中，指意良遠。嘗有詩云：「一井當門涷，寒光照四鄰。」又云：「我住東街北，鐘樓在屋西。」其景象可知也。至正間，名公交薦，以親老不就，年八十而終。得之詩集散亡，京兆杜伯原稍憶其所口授者敘而傳之，蜀郡虞伯生爲記其後。東平王繼學曰：余識京師耆老多矣，所敬者惟張子正及何得之。得之最能爲詩，充然有得，如宋陸務觀，可傳也。豫章揭曼碩嘗過其故居，作詩有云：「心事巢由以上，文章陶阮之間。」

### 感興四首

大寶隱於石，哲匠莫覈真。猛虎走四野，尺草豈蔽身。昧者虎不見，投石安足珍。所以卞和泣，千載共霑巾。

飲酒莫啜醨，結交當求知。論人先論行，相馬不相皮。一諂余何敢，三讒親亦疑。投身入屠釣，猶勝坐書癡。

人皆欲富貴，我豈願貧賤。青雲一差池，如藥弗瞑眩。幼學苦不多，夜思曾得半。今也髮盡白，梳頭雪滿面。長恐愧鄉閭，一朝死愚懦。

渥洼騏驥兒，自有絶塵足。錦張一作障。過都門，飛采射衆目。歎彼轅下姿，亦非駑駘物。世乏伯樂儔，誰識千金骨？所以荷蓑士，烟水日淪没。

## 對酒

古人不我俟，不共此酒醇。此酒復易盡，不能俟後人。並世有不察，畢代若爲親。茫茫宇宙間，此抱難具陳。惟應空中月，分留大江濱。

## 招賈元播馬德昌飲

積雨釋炎熱，涼飈變清商。薄帷納朝景，倏爾頽西廂。念我二三子，不來復一觴。言笑吐蘭菊，芬芳粲中堂。仰慕不昨日，忽别若殊方。况各迫桑榆，何以永夕光。

## 招暢純甫飲

地白雪方作，城烏夜始啼。風枝久不定，達曙未能棲。長安多逆旅，客意勢連雞。豈不懷其寶，念子寒與飢。我甕酒初熟，葡萄漲玻瓈。野老日無事，出望幾千回。如何不見來，覆此紅螺杯。

## 老病

老病積漸來，筋力日覺墮。南園一步地，杖藜不能過。階前宿雨晴，屋角紅日大。不是賣花聲，曉夢誰驚破？

## 暮吟 一作歸。

獨老朝朝出，或醉暮未歸。高樹挂新月，山妻候柴扉。飲伴更相送，欲辭意難違。感此鄉曲情，淚下忽霑衣。

## 野性

野性等麋鹿，長林足遊盤。焉知廊廟器，峩峩巍其冠。有時一壺酒，花下自成歡。妻孥儘辛勤，生理固其然。我今雖白髮，敢不思古賢。

## 擊缶

不愛種松樹，以我非長年。不愛種竹竿，以我無閒緣。所愛一杯酒，吟詠詩百篇。酒能陶我性，詩能俟采官。得達至尊聽，可使黎庶歡。詩還開國初，政似結繩前。委事一二人，削此機務煩。萬一洪荒地，無人拾馬鞭。

## 辭薦

平生疏懶性，發赤向人前。豈識爲官貴，那貪處士賢。慈親俱老大，稚子始狂顛。此日能完聚，稱觴賴聖年。

## 我醉

我醉焉知老，人扶不論家。鶴衫飄月練，烏帽墮風紗。是處相逢笑，醒來更自誇。神仙豈無有，死後上煙霞。

## 飲酒

野人早起懶梳頭，遥見青帘一日休。席破貪書曾廢食，雞鳴趨利得無羞。況兼老病將爲鬼，那更居浮强作囚。但願尊罍容我了，烏鳶螻蟻任渠謀。

## 方鏡二首

鑿地作方池，背帶千花草。萬磨愈不情，一照一回老。

十八事舅姑，機杼任蓬首。照面不照心，照心妾不醜。

## 雨中睡起

閉門連日雨霏霏，一醉誰憂生事微。睡起不知風色暮，北窗花氣溼人衣。

## 燕都雜題三首

畫屏誰畫一風帆，阻隔千山與萬巖。不護樓頭些子雨，使人春盡怯春衫。

一夜春陰徹曉寒，玉山無奈酒杯乾。青娥知有愁多少，狼藉妝奩懶對看。

花市東邊柳市西，矮堂一笑百金揮。如今蹤迹無尋處，谷雨綿山燕子飛。

## 書懷

野性長便雲水居，城中有屋不如無。慳時因記人來往，多少紅塵汙白鬚。

## 寄暢淳甫

思君不見費人思，何日人思能已時。又見鸞坡三月柳，數枝濃緑自絲絲。

## 絶句

出門何路覔亡羊，日日紅塵枉了忙。喚殺東齋趙夫子，不來看菊過重陽。

## 傅廣文若金

若金，字與礪，新喻人。家貧力學，爲同郡范梈所知，得其詩法。以布衣至京師，數日之間，詞章傳誦，名勝之士莫不倒屣而迎，以爲上客。蜀郡虞集、廣陽宋褧以異材薦之，佐使安南，歸除廣州文學教授。至正三年卒，年四十。若金初字汝礪，揭文安公以同姓氏者衆，與汝聲相近，易之曰「與礪」。且云：余每讀與礪詩，風格不殊，神情俱詣，如復見范德機也。德機七言歌行勝，與礪五言古律勝，餘亦在伯仲之間。虞文靖公序其詩曰：國初中州襲趙禮部、元裕之之遺風，宗尚眉山之體。至涿州盧公稍變其法，始以詩名東南，宋季衰陋之氣亦已銷盡。大德中，文章輩出，赫然鳴其治平者，則浦城楊仲弘、江右范德機其人也。其後馬伯庸中丞用意深刻，思致高遠，亦自成一家。而進士薩天錫者，最長於情，流麗清婉，作者皆愛之。今諸公先後淪逝，而德機里人傅君與礪出，以詩鳴，臺省館閣稱之無異辭，非其風韻足以及於余所道諸君也哉！與礪詩有《初稿》、《南征稿》、《使還新稿》、《牛鐸音》。殁後，其弟若川次舟重爲編次鋟梓，總名曰《清江集》云。

### 楚漁父渡伍胥辭劍圖歌

江有阻兮路有岐，時將迫兮來何遲。子弗渡兮我心悲，既渡子兮我何以劍爲，吁嗟行兮子毋我疑。

## 歸來三曲送李建中

月皎皎兮河漢長，黄鵠在天兮招我以翱翔。天氣涼兮夜未央，援鳴琴兮託宫商。商聲作兮風摵摵，歸來兮天路杳渺不可以終極。

月皎皎兮夜既寒，白露下兮衣裳單。南風一去兮何時還？援鳴琴兮曲再彈。曲再彈兮天地爲秋，歸來兮清都之上不可以久留。

月皎皎兮寒風作，猿啾啾兮怨鳴鶴。常恐秋遂爲冬兮羣物以蕭索，援鳴琴兮忽不樂。忽不樂兮思吾土，歸來兮山中之人不可以無父。

## 雜詩三首

植蘭彌九畹，種菊被三徑。幽芳固殊姿，馨德一作香。良可並。搴蘭以爲美，餐菊以資命。睠言理蕪穢，恆使枝葉浄。蕪穢苦易侵，枝葉苦不盛。豈無桃與李，貴此諧野性。

窮巷有畸人，夙夜勤古道。敝衣適至骭，蔬食恆不飽。歌聲若金石，顔色終歲好。豈無當世念，所趣惡佻巧。美玉不足珍，懷義以爲寶。

異人言種石，可以致雙璧。千金受玄祕，辛苦乃有獲。温其比君子，韞櫝良愛惜。青蠅易爲汙，恆恐傷厥德。連城不願售，思以置君側。終歲無與言，持之將安適？

## 從軍行

征夫遠從軍，徒旅無時還。炎暉薄五嶺，修蛇横道閒。朝食未遑飽，夕寢焉能安。駕舟涉廣川，驅馬登崇山。生別已不惜，矧畏道路艱。豈不懷室家，王事有急難。生當同富貴，没當同憂患。

## 少年行

長衢若平川，輕車馳流波。上有都人子，明肌艷朝霞。芳塵揚遠風，白日耀舞羅。少年輕薄兒，調笑相經過。狎坐酌美酒，日暮酣且歌。千金罄一笑，豪右焉能加。時俗誇朱顔，美女悦春華。春華豈不好，遲暮當如何？

## 經采石

未明發蕪湖，終飯次采石。大江天同瀉，巨浪山與敵。松寒蒼虯姿，崖古老鐵色。其旁有仙冢，云是李太白。生爲長庚精，没與一作爲。大塊息。一作跡。因思開元中，出入蒙帝澤。御羹白瑶杯，宫硯青玉滴。恩榮日深重，意氣何赫奕。酣歌泰華小，豪飲渤海一作澥。窄。頗聞宫中怒，遂有天上謫。殷亂微子行，楚昏屈平斥。嗟我唐家帝，同姓逝安適。何年爲兹游，千載但故迹。騎鯨信縹緲，捉月詎昏惑。得非厭塵羈，無乃達寄客。翻然委之去，富貴何足惜。杜陵平生友，夢寐頻見憶。白骨焉所求，青山亦岑寂。相去嗟已遠，令人心悲塞。舉酒欲酹一作酬。之，帆去招不得。

# 飛雪篇

北風厲中宵，明晨散飛雪。連翩素彩動，泱漭玄陰結。羣林互騰耀，衆景紛變滅。既增寒竹姿，復宜青松節。因高始成勢，遇坎俄就缺。東西衢路間，來往昧深轍。衆穢交凌踐，幽光自娛悦。皎皎恆易汙，無爲恃清潔。

# 寒竹篇

寒竹依澗阿，石生何磊磊。滋息因厚地，生成藉玄宰。春陽散華景，枝葉被光彩。及兹芳歲闌，使我憂心痗。遽悲凜節變，但恐驚塵浼。寒燠既異宜，遲暮復焉悔。淇園蔭未息，嶰谷音猶在。君子夙相好，深懷邈雲海。竹性諒靡遷，人心懼中改。願言卒封植，勿使傷樵采。

# 勤耕亭

日月靡閒暇，四序一作時。更運之。斯人務作業，矧敢怠違時。負耒適西疇，恆患耕作遲。仲春時雨至，羣物具含姿。牛食青澗阿，鳥鳴芳樹枝。與言播嘉穀，夙夜將耘耔。豈不懷逸居，亦念寒與飢。但使秋税畢，聊樂及我私。羲農雖已遠，沮溺不吾欺。努力順天命，素餐非所知。右詩爲鄭福作也，福，豐城田家子，事藝文揭先生，餘力能讀書爲聲詩。又喜《國語》，習通其學，然朴慎不忘乎勤，先生甚喜之。常手書福自爲詩七首，叙其所從出。京師爲文詞者，福多得其題述，是何福之能使人愛若是也，學者果皆繫所出乎！于是益知藝文爲有德矣。

## 送陳衆仲助教赴江浙儒學提舉

秋風吹浮雲，鳴雁復南翔。山川何憀慄，草木日夜黄。客行歲云除，直慮切。僶俛懷舊鄉。君行即吴會，執别此河梁。淮泗多奔流，雲海浩茫茫。靈飈翼飛艫，馳景曜征裳。去途日以遠，來會日已長。援之不可得，躑躅情内傷。

## 使至真定赴都計事遇大雹傷穀時逆臣唐其勢誅

午發滹陽城，暮投郭村店。人煙樹相錯，分野昴所占。連屋臨古塗，幽花垂深塹。行旅各已息，下馬卸征轞。形容風日槁，衣服塵土染。倚牀秋蕭蕭，汲井月灧灧。舍翁得客喜，亭長見官厭。田家始收穫，勤苦供税斂。夜來大雨雹，婦子憂食歉。還聞公侯家，終歲酒肉饜。天子今聖明，誅鋤盡奢僭。覆車監前轍，焚室戒微焰。禍淫良已速，福善終必驗。區區予何人，行役奚足念。

## 中山北道傍丘阜

自出城北門，平野亙長雲。道傍多高阜，纍纍若丘墳。豐草爲不生，白日何氤氲。焉知非陵墓，下有長逝人。棺槨化爲土，衣冠腐爲塵。既往不可見，來者不可聞。百歲何足恃，爲生良自勤。

## 九日夷山驛

馳驅涉長道，時節良易更。去日能幾何？商飈颯以盈。玄蟬號且息，羣雁翩南征。兹辰揆重九，在俗豈殊情。抗袂出虛館，登高望舊京。圓穹無留翳，素顥有餘清。延矚周四遐，但見古時城。頹宮委蔓草，喬岳襲前名。茫茫陰陽間，感此百慮并。我性不解飲，虛觴聊自傾。

## 歌風臺

黔首厭秦暴，龍德奮炎劉。英雄乘天誅，拔劍起相仇。天風瘵陵谷，飛雲揚九州。天下事既定，懷土未遑休。置酒宴高臺，中廚進庶羞。悲歌落林木，父老皆涕流。功臣日葅醢，壯士從何求。至今豐沛間，長顧使人愁。故鄉帝所愛，零落遺舊丘。大運各有終，聖賢誰能留。焉知萬歲後，魂魄復來游。

## 用謝玄暉入朝曲分韻送馬中丞赴南臺得收字就用其體

金陵鬱迢遞，行旆曖悠悠。蘭臺清露集，松庭積靄收。白鷺回修渚，朱鳳矯崇丘。離離曳青綬，曄曄振彤騶。遠甸芳風散，神都旭景浮。臨軒結沖想，還車寧久留。

## 秋日懷揭翰林二首

涼風吹庭樹，天地何蕭索。玄蟬寂不鳴，羣鳥飛相失。寒氣日以至，誰能無家室？驅車望江介，道路焉可述。河濟無安流，原野皆蕩潏。稷黍寧復遺，草木但蒙密。虎豹無時號，蛇龍多夜出。對此不能言，懷人易成疾。

遠行去鄉邑，單棲無匹儔。黃鵠鳴中天，夙昔乖所求。東西無恆舍，南北異遨游。同居更離處，誰能心不妯。日月逝無厭，弦望疾若流。咫尺踰千里，翹思若三秋。白露淒以降，寒風忽我道。蘭芳委嵒谷，蔓草靡道周。君子多思念，感物諒懷愁。河海豈無梁，風波安可由。且復加餐飯，無爲增隱憂。

## 和趙德隆秋夕雨

落景翳重城，凝陰起初夕。蕭條飛雨至，散漫輕飇激。洒幌静彌多，喧簷暴復息。清商亂急管，遥怨生離席。游子恆念鄉，氣凄感時易。既興北風歎，亦抱南山戚。晨雞不廢度，征雁無寧翼。嚮道乖夙期，寸陰違所惜。詠歌良可興，幽懷坐填積。

## 雪中送宋上舍仲敏歸滑州省親

北風何烈烈，雨雪亦雱雱。遊子去成均，將歸一作往。古靈昌。詩書豈不樂，歲晏懷我鄉。我鄉伊可懷，父母在中堂。休告亦有時，定省焉可忘。浮雲踰大伾，白日照宣防。子行日已至，送者各盡觴。當歌念遠遊，令我愧中腸。

## 四月十四日發京

六龍西北馳，羣鳥東南翔。感我客游士，一作志。心神隨飛揚。迢迢踰大河，恍恍一作者。越崇岡。已驚時序易，復念道路長。驅車出東門，浩歌慨以慷。燕薊豈不樂，吴楚爲我鄉。父母久違離，兄弟不在旁。當兹遂歸去，一作志。聊可慰中腸。

## 劍門圖

劍門天下險，亦復天下壯。峥嶸扼西南，氣欲軋萬象。石壁摩往來，風湍東奔放。深蟠虚無底，峭出日月上。二儀含崎嶔，萬古設眺望。一夫或當關，强敵不敢傍。胡爲昔人國，恃此亦傾喪。聖朝今無外，皇化極浩蕩。勢狹秦漢争，治同唐虞讓。乃知不在險，六合德可王。前年南中行，其地少平曠。懸車度重隘，束馬下疊嶂。翻疑蜀道坦，劍閣固殊狀。及此觀畫圖，間關愁西向。浮雲從中來，日暮一惆悵。

## 琵琶怨

美人揮哀絃，上客歎蛾眉。急響多悲思，孰知心所之。一作悲。感昔奉綢繆，不言生别離。誓將桃李顔，結君長相思。如何雙棲翼，中路忽乖睽。不怨歡會難，但恐恩愛虧。含情冀回顧，中曲多苦辭。君子苟不聽，賤妾欲奚爲。

## 團扇辭

團扇昔在時，素手不相離。涼温得君意，動息亦有儀。炎暑良未徂，恩愛詎中衰。何言遽相失，一旦棄如遺。舊物諒非貴，故心不可移。願因新人得，持以置君懷。

## 題蘇氏耕樂堂

少年思薄宦，既老思田里。耦耕非吾事，素食良所恥。時雨行東臯，平疇被流水。輿言命童稚，東作從兹始。飯牛桑苧陰，秉耒郊原裏。舊麥既青青，新苗復靡靡。升堂舉杯酌，閒暇閲經史。有秋庶可待，敦本聊自喜。古人不復存，斯士亦云已。食力吾所安，夜行貴知止。

## 題宜春鍾清卿清露軒 清卿能琴。

秋氣集太虛，夕光溥高樹。時聞陰液墜，暗識商飈度。旋旋星動林，英英月霏霧。涼肩息塵想，幽琴寄玄悟。寂歷松上聲，逍遥丘中趣。鈞天澹斜景，銀漢藹一作曖。微素。古調今所希，大音誰能喻。仙人飲沆瀣，壽命金石固。千歲不可期，空歌徒延慕。

## 九鷺圖

鮮鮮白鷺羽，振振清江滋。露草寒已衰，風蘆近相蔽。飛鳴各自適，離居亦有次。雖愜江海情，終懷雲霄志。君子思有則，畫者工取譬。儀羽庶可希，修潔誠所貴。

## 羣雁圖

微茫洞庭野，隱約瀟湘岸。鴻雁將栖息，飛鳴求其伴。先集良未安，後至淒欲斷。使我懷弟兄，因之中腸亂。留連江海遠，慘淡秋暉晏。常恐隨天風，高飛入雲漢。

## 題雲崖圖

高崖含青空，雲氣所出入。絪緼日千態，嶄絶恆特立。雨合龍挂低，風回鳥飛急。寄言爲山者，進簣庶可及。

## 題山水小景雜畫四首

空村斷行跡，深雪連昏暮。慘淡既平岡，坡陀復盈路。時聞一樹折，猶見羣鳥去。中有映書人，柴扉對何處？

江白雲稍歸，山青樹如沐。輕舟漁石渚，獨騎經林麓。野氣昏已明，泉聲斷猶續。坐憶汎湘時，村西見茅屋。

雲歸山欲暝，月出泉相映。石影生夜寒，松聲起僧定。遥疑露下立，或發風中詠。幽境何闃寥，長廊罷鐘磬。

盤盤蒼山根，泉石如素練。含風静復響，觸石驚相濺。竹回秋氣來，松涼夏陰轉。山翁閲妙理，獨立無人見。

## 題墨梅二首

老樹亞晴空，疏花帶寒野。風流不自惜，澹泊從人寫。歲晏孰能娱，空山少來者。

孤花何婉娩，玉立含幽素。短短時出橋，疏疏或臨路。生疑簷下月，半照牆西樹。

## 奉題仇工部壁間古松圖歌

蒼松在山自奇古，灌木翳之人不驚。忽然圖向堂上壁，滿坐歎息長風生。交柯蝹走森晝晦，其下將疑鬼神會。霧雨寒霏虎豹毛，雷霆怒拆蛟鼉背。乃知巨筆老且神，力斡造化雄千鈞。皇天不夭棟梁具，后土潛回霜雪春。爾松已爲人愛惜，見爾爲爾生顔色。山中豈無材木倚絶壁，未逢匠石嗟何益。虞公見之題云：「絶妙絶妙，吾人吾人」，新來第一手。由是名動京師。

## 猛虎行

長林瑟瑟多悲風，猛獸引子戲林中。白晝横行動山谷，周遭十里無麞鹿。路暗樵夫畏獨歸，行人愁向山家宿。近山日日取牛羊，更嚙居民横路傍。民要耕田給倉庾，官家得知射殺汝。

## 賦得秋夜長送方叔高二首　叔高名稷，九江人。

秋夜長，長如歲。長如歲，尚可夜。涼薄人，不能寐。羣雁各南翔，一鳧尚北飛。團團素明月，流光照我衣。當歌正激烈，慷慨送將歸。丈夫成名微亦足，焉能終夜悲刺促。

秋月皎皎夜何長，念君客游思故鄉。當壚美人惜年芳，長夜起舞歌清商。歌清商，送急管。爲君酌美酒，請君勿辭滿。夜長迢迢漏未終，離思比之何時斷。離思長，夜猶短。

## 渾沌石行　九江方叔高得武侯八陣磧中小石于其處，白質而黄章，狀若雞子，字曰「小渾沌」。揭藝文爲作《渾沌公傳》云。

渾沌以來不可數，萬八千歲生盤古。絪緼乃在卷石間，光怪潛通落星渚。來從魚腹人盡訝，坐念武侯心獨苦。八陣圖成泣鬼神，三江石轉凋寒暑。蒼波噴浸圓且堅，雞子結成生理全。久當化鳥非爲怪，犬未成羊亦可仙。玉精隱月相照射，金液流霞紛繞纏。輕清已判中黄外，元氣猶涵一作含。太素前。英雄事往唯存石，天衡地軸今誰一作徒。識。江上嘗疑霧雨寒，坐中欻恐風雷黑。一作擊。摩挲直如見溟涬，位置豈肯同沙礫。長路相將拂劍隨，天陰勿使精靈得。

## 奉題達兼善御史壁間劉伯希所畫古木圖

遠樹含幽姿，近樹亦古色。水傍嘗見畫不得，乃在君家中堂之素壁。青林寂寞行人窈，白澗微茫斷煙隔。入門蕭蕭雲氣生，落日便恐歸禽爭。耳後颯爽寒風聲，知君夜眠愁雨黑，留客晝坐宜秋清。劉侯學李成，畫手稱獨步。時見作古松，盤屈百怪聚。一作「任形勢」。中林一株直且良，安得劉侯寫其趣。一作「安得揮毫縱奇氣」。

## 送鄧朝陽歸赴分寧州杉市巡檢

男兒生當游八區，焉能鬱鬱守座隅。往昔滯留湘中日，我兄翱翔天子都。先皇崇文坐垂拱，平明西閣千官擁。瓊島稱觴日月閒，玉階奏賦星辰動。後來執筆隨天官，纂述大典垂不刊。書成入對紫微曙，宴罷歸辭青瑣寒。兄今得官三釜足，借乘遲騎一作「腰弓騎馬」。南山麓。我有家君欲寄將，柴門回映清江曲。朝陽予同里，天曆初至京師，嘗因天壽節獻《萬歲山賦》。後以能書助修大典，當得内郡校官，借江西司警之職，近家故也。南山在寧州境修水之上，杉市寧屬，故及之。

## 白苧詞

白苧白，白如霜。美人玉手親自浣，製作春衣宜短長。春衣成有時，遠行歸無期。願君著衣重愛惜，風塵變白能爲黑。

## 送奎章閣廣成局副楊元成奉旨之徽州熟紙因道便過家錢唐二首

新安江水清見底，水邊作紙明於水。兔臼霜殘曉月空，一作「夜月寒」。鮫宮練出秋風起。五雲高閣染宸章，最憶吴牋照墨光。明朝驛使江南去，詔許千番貢玉堂。

緑槐五月高雲冷，行人辭闕瞻鄉井。奎壁秋回帝座深，斗牛夜隔天河永。君今銜命出江關，却到徽州幾日還。天上應須朝絳節，湖邊何得愛青山。

## 憶昔行送雅琥正卿參書南歸參書居閒京師行中書調廣西選爲靜江同知比上其名中書正奏授高郵時廣西寇盜而參書母老即移家歸武昌待次遂作此奉送兼問訊江漢故人 初名「雅古」，登天曆第。御筆改「雅琥」。

憶昔文皇御天曆，知君已是青冥客。寶氣經年動斗牛，璇光徹夜通奎壁。比來蹇剥人所歎，況復貧病家多厄。一作「當路宣昭氣斯直」。忽聞除書雙及門，老親白髮生顏色。秦郵近水足秔稻，桂林只今多盜賊。待次且食武昌魚，携家不過湘南驛。王祥舊來驅別乘，賈誼未久遭前席。此時父老怨來遲，他日攀轅會沾臆。騏驥那愁九州大，鳳凰早恨三山隔。秋浮江漢雲木清，夜過淮河月波白。新詩屢成知自誦，遠道卽見何由得。黄鶴樓前遇故人，因君爲致長相憶。

## 立春日對雪 己亥歲。

帝城東風作春雪，千花墮地吹還滅。雲氣微分五鳳樓，日華稍動蒼龍闕。天涯對節每思親，況復愁中數見春。坐憶高堂獻生菜，朝來説著遠行人。

## 古杉行題陳兵曹所藏李遵道畫靈隱道中二杉圖

靈隱道中古杉樹，上與雲霧相膠葛。李侯一見爲寫真，霜雪蕭蕭起毫末。此杉蒼茫幾百年，鬼物扶持人所憐。貞心豈容螻蟻蝕，老幹或有蛟龍纏。山林萬里那得致，見者皆驚棟梁器。暗壁尋常度雨聲，晴窗彷彿生秋氣。吾聞大厦衆力持，此杉誰能久棄之。君不見道邊不材木，擁腫百圍安所施。

## 邯鄲行

邯鄲城頭一作高。下白日，邯鄲市上風蕭瑟。故壘空餘鳥雀悲，荒垣只見狐狸出。何王墳墓對山阿，尚憶諸侯爭戰多。趙客歸來重毛遂，秦軍老去畏廉頗。黄塵白草宫前道，鬼火如燈夜相照。公子秋來不見過，一作歌。美人月一作目。下那聞笑。當時冠蓋激浮雲，撾鐘考鼓宴青春。只今惟有郵亭樹，還送年年行路人。

## 傷哉行

傷哉何傷哉，出門聞天語，掩袂不敢哀。道傍行者但躑躅，使我寸腸爲之摧。嗚呼上天生下民，下民何多災。玉龍駕若木，奄忽復西回。吾聞女媧斷鼇立四極，胡不使之萬古不動長崔嵬。天高蒼蒼不可及，下民號之空仰泣。

## 八十里山行

桂林之區，猺賊雜處。南有八十里之高山，絶天綿延開險阻。賊人倚之作巢砦，劫掠經年勢還大。官軍收捕費供給，主將逡巡竟何待。居民近山晝夜愁，山下行人皆白頭。況聞良家半爲賊，官府貪横仍誅求。安得大聚邊頭兵甲鑄田器，盡鋤高山作平地。高山平，猺賊斃。又《廣西謡》一首云：「廣西謡，一何悲。水泠泠，山凄凄。寧逢猺賊過，莫逢官軍來。猺賊尚可死，官軍掠我妻與子。」亦是一時所作也。

## 南屯老翁行

南屯老翁年七十，官府征徭困供給。大男送糧赴軍前，次男守寨不得眠。盗賊時時劫生口，東鄰西舍日夜走。今朝喜見朝廷使，持酒含悽説前事。筋力雖微不敢休，辛勤更備官軍至。教兒應役莫逃亡，縣男成長身日强。但願明年盡殺賊，耕種官田得兒力。

## 東溪行爲除州萬户楊俊卿作

東溪主者楊將軍，少年領兵多樹勳。心將富貴同流水，身以承平住白雲。聞道雲深是溪處，扶桑直對門前路。青山左抱日光回，寒瀑西連雨聲注。將軍臨溪樂詩酒，沙鷗水鶴相親久。蜾蠃經年綴鼓鼙，蠨蛸盡日蒙刁斗。白團羽扇小綸巾，閒攜棋局過比鄰。舟中有客時尋戴，花底逢人非避秦。人間何所無丘壑，車馬憧憧走城郭。紅葉空藏秋渚幽，緑蘿自傍春巖落。近者征南兵未休，荒村窮谷多罹憂。願移部曲隳殘寇，却向溪邊娱碧流。

## 秋夜曲

草木摇落雁南飛，文窗皎潔承月輝。淒風入房露沾扉，紅顔含彩垂佩幃，簪金鳴玉揚舞衣。蘭釭對耀照君闈，遠行胡爲未言歸。

## 天師張大玄祈雪歌

至元二年冬不雪，天子夙夜憂黎民。官庭擇日詔方士，臺觀通天求百神。留侯之孫住龍虎，世領祠官列圭組。鳧舄經時謁紫微，鳳章半夜飛玄武。皇天愛民祈可必，臘雪依微應三日。望拜還聞在竹宫，受釐忽報臨宣室。天地杳默韜玄功，賜余紛紜恩數隆。請和六氣輔元化，常使九州歌歲豐。

## 銅雀硯歌

鄴中文磚天下奇，流傳爲硯亦堪悲。月砌寒傾古臺暮，雨犁耕出斷釵時。荒涼火燒狐兔窟，金棺別葬奸雄骨。石麟暗刻魏春秋，銅雀空題漢年月。可憐此硯依浮世，曾見高筵美人醉。行跡猶沾舊襪塵，啼痕已滅新妝淚。向來登踐日紛紛，卽今磨洗見奇文。題詩爲弔西陵樹，地下曹瞞那得聞。

## 禾簇簇題鄒福所藏勤耕圖

禾簇簇，禾簇簇，去年缺雨今年足。人家耕種少得閒，一春强半田中宿。塘上水生禾欲齊，春禽愛近落花啼。出入無人看門户，野庭一任人來去。有時耕罷亦長吟，歸來不記入村深。書編從挂牛角上，詩卷閒留桑樹陰。田家小心畏法令，嘗願秋租得餘剩。鄰翁昨日到城還，聞説官□有新政。民間禁馬不禁牛，有牛耕田君莫愁。

## 遠將歸

遠將歸，恨歸晚。通州河頭有船雇，行人將歸不言遠。人家生子少離鄉，一生長在父母傍。自憐出入無年月，北走京師南走越。他人富貴輕貧賤，一日金多棄鄉縣。小官禄薄何足爲，得及父母康强時。説著還家客心喜，此身雖貧亦不恥。

## 覆舟歎

吴中富兒揚州客，一生射利多金帛。去年販茶溢浦東，今年載米黄河北。遠行香火倚神明，從來風水少遭驚。近日船行御河裏，順流日日南風喜。笑人上水風打頭，豈擬自家船入水。前船各自向前行，後者還來聞哭聲。妻子家中未知死，同侣將書報鄉里。道傍歎者獨何爲？昨日寧聞今日悲。豈不見他平地上，風波頃刻少人知。

## 書陽羅堡

微雨蕭蕭溼行李，馬頭即見長江水。煙浦明侵白鳥邊，風帆亂入青天裏。故人南北久離居，况復經年無素書。明日重吟漢陽樹，何須不食武昌魚。

## 雙劍圖歌

莫邪干將古神劍，得水化作雙龍翔。斗問寶氣入江滅，波裏金鱗翻日光。道人筆鋒如劍利，亦能化龍致神異。黑風飂飂濤欲立，白日陰陰雨將至。忽然逢之不敢窺，爪甲雲氣常淋漓。便愁中夜雷霆怒，兩龍乘雲盡飛去。

## 金人擊鞠圖

古來北方善騎射，材力往往矜豪雄。吾觀《金人擊鞠圖》，意氣已欲横土中。黄旗鵰羽指天黑，繡柱龍鱗掀日紅。鳴鞭縱轡捷一發，左回右折如旋風。流星迸亂拂衣裏，飛電翕忽生馬鬃。極知此藝較輕矯，馳騁亦似觀成功。後來脣齒不自惜，縱習武勇終亡國。當時得失争一丸，百歲安危復何益。

## 題篤御史海鶻圖

空庭海鶻誰所狀，海氣初高鶻神王。雲脚西騰弱水涯，潮頭東出飛霞上。此時扶桑色始分，下視百鷙空其羣。日中金烏側相避，籬下凡禽何足論。

## 孫伯大山水圖

齋居胡爲見雲壑，白日虚嵐滿秋幌。何水深蟠地底回，層崖險歷空中上。蒼茫不知開闢始，咫尺須論數千丈。林湍遠岫微有無，嵒畔精藍蔚蕭爽。雜樹懸羅拂輕黛，寒松覆谷含清響。仙源或在人間世，洞口孤舟欲長往。嗟我平生最漂泊，中年萬事何鞅掌。憶昨征行多所經，至今絶境懷幽想。雷霆半夜山忽至，風雨三春石應長。對坐聊歌隱士芝，無因一試仙人杖。

## 題章存誠十三馬圖

韓幹畫馬天下聞，筆力遠到曹將軍。忽從座右見神駿，落日蕭蕭愁暮雲。雄姿利氣閒且逸，霧鬣風鬉十三匹。神龍變化未可知，天駟光芒有時失。去年刷馬喧都鄙，紛紛殺馬輸馬耳。騏驥遥依沙漠寒，駑駘盡向風塵死。一作「江南死」。江南近來一匹無，君家乃得存此圖。便當持獻穆天子，上下八駿同馳驅。

## 大霧過安慶

水郭浮鮫室，雲帆度客星。江空連海白，山遠入淮青。訪古聊須到，乘流未可停。遥疑天柱曉，風霧颯精靈。

## 七夕

耿耿玉京夜，迢迢銀漢流。影斜烏鵲樹，光隱鳳凰樓。雲錦虚張月，星房冷閉秋。遥憐天帝子，辛苦會牽牛。

## 中秋有感四首

萬里中秋月，孤齋病客心。庭闈兼喜懼，書問隔浮沈。地出西江永，天旋北極深。蒼茫家國意，搔首獨長吟。

今夜《霓裳》樂，宫中遂不聞。乾坤劃慘淡，河漢錯繽紛。鸞背霏寒霧，龍髯溼斷雲。巡游多近侍，宗社倚元勳。

日夜瞻鑾駕，生靈係聖躬。都門一騎至，血淚萬行紅。桂月虚秋殿，梧雲吟暮宫。孤臣重北望，掩袖立西風。

翠華遊幸地，悵望感清塵。洒竹啼宫女，持弓泣野臣。金盤殘月露，玉座倚星辰。獨有龍鸞氣，長令草木春。

## 即事

目斷虞淵日，心傷魏闕秋。霍光元在漢，周勃固安劉。廟社多佳氣，公卿足遠猷。宸居終不改，羈旅莫深憂。

未有龍庭使，猶嚴虎衛兵。雲山秋塞遠，星月夜樓明。逆旅多防盜，遷居競入城。竊聞定神器，且可慰羣情。

## 詰陳宗道酒不至淹留高劉諸公坐

酒許今晨至，一作送。燈從昨夜花。遣人聽繫馬，留客過棲鴉。高適邀同至，劉伶輿轉賒。不成投轄飲，悵望隔風沙。

## 賦得天際舟送兵部張孟功治河

日下行人發，春晨去鷁催。纜侵斜月解，帆向斷雲開。度鳥窺詩卷，垂虹映酒杯。尋源不可盡，一作近。奉使幾時回。

## 幽居卽事

地僻連高樹，庭虛集晚煙。鳥銜朱果落，蟲曳碧絲懸。扣户鳴空盎，開渠得古錢。深慚窮巷客，時枉故人牋。

## 次孫伯剛鶴雛詩韻

弱羽爲人養，卑栖每自歸。步苔依坐石，窺竹映開扉。絶島秋雲迴，空庭夕露微。紛紛野田雀，終日稻粱肥。

## 寄題余泰亨隱居

聞説幽栖處，遥連郁木天。徑開移竹地，渠引灌花泉。坐客留傾釀，鄰人訪草玄。京華遠游子，那得共盤旋。

## 盧溝橋

古道曠秋色，平橋卧夕陽。水聲西下急，山氣北來長。數騎凌空闊，孤煙入渺茫。人傳耕種地，宿昔戰争場。

## 拒馬河

落日蒼茫裏，秋風慷慨多。燕雲餘古色，易水尚寒波。岸絶船通馬，沙交路入河。行人悲舊事，含憤説荆軻。

## 薩天錫畫屏

入坐聞流水，開屏見遠山。路通煙樹窈，門對野橋閒。拄杖晴俱出，漁舟暝獨還。祇慚萬里客，塵土汙朱顔。

## 延津渡河

驛路南征遠，河津曉渡危。風雷劃簸蕩，雲日互參差。鳴櫓中流急，懸帆上泝遲。交州却回日，應及水清時。

## 金竹道中書題桃花驛

征南萬里使，行道畏蹉跎。平壤踰淮少，青山入楚多。田依深谷轉，路迫斷崖過。後夜南樓月，羇離奈爾何。

## 港口曉行

早起星猶在，前行路稍分。人家隔樹見，山鳥過橋聞。澗響多于雨，林昏半是雲。曉逢力田者，愧爾一朝勤。

## 臨湘

宿雨愁泥滑，長途畏日斜。黄歸幽徑犢，青聚古祠鴉。野屋時依竹，山園各種茶。巴陵看漸近，遥識故人家。

## 柳先生祠

江抱零陵郡，山藏鈷鉧潭。古人如水去，祠樹與天參。述作籠諸子，風騷迫二南。後來竊時譽，吾輩得無慚。

## 桂林

桂林南望遠，山路與雲連。淺水清涵石，攢峯亂刺天。干戈仍歲月，瘴癘接風煙。蠻寇何能定，邊氓亦可憐。

## 賓州

過嶺冬猶熱，緣山夜未寧。樹殘兵後赭，草發燒餘青。西寇迷仙霧，南人候使星。民居日稀少，惟見短長亭。

## 臘日入安南

冬入安南國，雲迎使者軺。郡聞秦日置，柱想漢時標。江路篁猶籜，山田稻始苗。皇恩函遠邇，行役不辭遥。

## 馮高

世祖初開業，安南早貢琛。國蟠蝸角小，地接犬牙深。使節猶頻入，蠻兵莫見侵。數州須拯恤，萬感寄登臨。

## 答别龍州蕭從事韶

使節明金虎，腰弓偃畫蛇。蠻夷趨號令，原隰見光華。邊樹猶含緑，江梅久放花。憶君依幕府，何日定還家。

## 還聞柳州破道阻將泝江

交阯方通使，賓州忽被圍。還聞山路塞，徑就水程歸。上府空金椀，前軍老鐵衣。誰能平政化，不事總戎機。

## 别静江文學諸公

乍見先愁去，將行未忍分。字期歸後寄，歌畏别時聞。驛樹過春雨，江船隔夜雲。驅馳念吾弟，羽翼待諸君。

## 浯溪

檥櫂依江岸，尋橋過寺門。竹深題字滿，苔古刻文昏。石色兼雲冷，溪聲雜雨喧。吾亭正何處，爲覓漫郎孫。

## 衡湘驛

烽火連諸郡，旌旗轉百蠻。野鶯先客至，江雁及春還。吳楚青天迥，瀟湘白日閒。登臨慰懷抱，况復近鄉關。

## 長沙見嚴親

游子方春至，嚴親盡日憐。别來憂道路，喜定問山川。百粵元過嶺，三湘總入天。歸朝誠努力，江上莫留連。

## 金陵晚眺

金陵古形勝，晚望思迢遥。白日餘孤塔，青山見六朝。燕迷花底巷，鴉散柳陰橋。城下秦淮水，年年自落潮。

## 六月二十八日至京

使節違雙闕，天書下百蠻。雨燕歸日路，雲合去時山。嶺表兵猶動，灤陽駕未還。安邊數策在，不得犯龍顔。

## 京師守歲

日月催時序，乾坤隔晦明。殘年萬里夢，今夕幾人情。久客煩朋友，雙親倚弟兄。深慚須薄禄，不得謝浮名。

## 發通州

燕騎經旬發，吴船此日行。樹知風起色，帆識雨來聲。驟轉長林暗，斜分絶塞明。河流今夜滿，無復滯歸程。

## 水村

野樹蘢葱合，官橋屈曲通。入天迷遠近，看日得西東。酒旆青摇水，漁罾白映空。時還問村落，何必似城中。

## 河西務

驛路通畿甸，敖倉俯漕河。騎瞻西日去，帆聽北風過。燕薊舟車會，江淮貢賦多。近聞愁米價，素食定如何。

## 長蘆

水國常含鹵，沙場業煮鹽。轉輸分使出，征榷置官監。橋壞仍通市，船來總落帆。依依道傍柳，無那拂征衫。

## 秦郵

縹緲平湖白，微茫遠樹青。田分高下水，道俯短長亭。鵝鴨煙中亂，魚蝦雨裏腥。秦郵看漸近，城郭記曾經。

## 初歸

遠道趨鄉國，中宵夢弟兄。松篁數里見，桑柘十年成。慈母驚相問，鄰兒笑共迎。無錢未足恨，骨肉慰離情。

## 常寧劉百户園林

頗愛將軍第，幽同處士園。石浮春雨翠，溪抱夕陽暄。虎韔空懸壁，熊車數過門。遥疑花樹底，雞犬近仙源。

少壯從戎事，歸休遂野情。鶡冠時自著，龍劍夜猶鳴。竹下思羊仲，瓜前感邵平。知君縱幽賞，心已薄浮名。

春日名園好，常時俗客稀。樹間斜引徑，花外別開扉。沙鳥隨行熟，池魚上釣肥。往來衹適興，出處已忘機。

## 和贈陳與之

午日清江道，南風滿白蘋。暮年爲客健，長路對人貧。憶弟餘雙鬢，還家稱一身。有孫堪慰眼，莫厭把杯頻。

## 桃源圖

聞説避秦地，花間忘歲年。偶逢漁父問，長使世人傳。丘壑渾疑幻，林廬或近仙。至今圖畫裏，惆悵武陵船。

## 送雲間師游浙

杖錫違蕭水，風帆向武林。海紅秋樹遠，江黑暮鐘深。雲起通香氣，潮來合梵音。亦知無住著，隨處得安心。

## 道士磯阻風過吕相墓

危檣風急晚相依，問謁荒墳弔落暉。白酒暫謀同輩飲，青山因感昔人非。荆襄萬里空殘堞，吴楚千帆掠斷磯。今古高門總丘墓，英雄何用苦沾衣。

## 韓淮陰廟

淮陰萬一作千。古英雄恨，楚樹荒荒夕照殘。水夾廢城春草合，雲昏遺廟野花寒。封齊安用真王印，興漢空餘大將壇。高帝旌旗俱寂寞，斷碑零落後人看。

## 沛公亭

遥山寂寂對危亭，壞礎敧沙柳自青。四海久非劉社稷，千秋猶有漢精靈。豐西水散煙沈浦，碭北雲來雨入庭。坐想酒酣思猛士，歌風臺下晚冥冥。

## 會通河伯祠晚眺

水神祠下晚維舟，閒倚穹碑誦《遠游》。西日射雲明獸几，北風吹土集貂裘。漳川近繞幽燕出，汶水分兼濟漯流。過客豈知疏鑿苦，當時荷鍤幾人愁。

## 詠懷

一春風浪淹行客，六月塵堆滿上京。鄰館朝煙同杵臼，故園暮雨隔柴荆。西州近日猶防寇，南詔經年久用兵。獨夜起瞻龍虎氣，五雲終繞鳳凰城。

## 登樓

樓上秋風吹畫屏，樓前秋思滿都亭。金河水去涓涓碧，瓊島雲來冉冉青。近見蕭何成第宅，舊聞汲黯在朝廷。明時進用多英傑，迂腐深慚守一經。

## 秋興五首

天上旌旗卷暮寒，人間鼓角送悲酸。瑶池落日回青鳥，月殿浮雲掩素鸞。楊柳漸稀秋一作風。瑟瑟，芙蓉已老露溥溥。砧聲苦近南鄰客，寥落羈懷强自寬。

落木蕭蕭滿帝畿，候蟲處處趣寒機。客星入斗秋深見，神女行雲日晏歸。復喜諸公扶社稷，祇一作只。憐弱弟奉庭闈。短章諷罷頻回首，目送江南鴻雁飛。

梧桐樹晚細含煙，閶闔門深總映天。龍去鼎湖雲漠漠，鶴吟一作鳴。華表月娟娟。東都日望金輿發，南徼猶驚羽檄傳。只在忠良勤夙夜，五陵佳氣故依然。

白日遥看錦繡懸，重重樓閣隱青煙。化城或在諸天外，方丈長疑積水邊。每説神僧飛杖錫，更聞童女上樓船。西風日暮何蕭瑟，一度登高一惘然。

弊裘已畏早寒侵，歲月祇驚久客心。莫倚長卿能作賦，始知李子故多金。天門守虎星辰冷，雲氣從龍霧雨深。直北關山時極目，背人聊復短長吟。

## 題張齊公祠

將軍結髮事先朝，百戰山河血未銷。總説霽雲能一作多。慷慨，兼聞去病最嫖姚。煙塵劍戟迷秋峒，風雨旌旗落暮潮。自古英雄須廟食，精靈何待楚詞招。

## 崇天門朝賀

輦路塵清列羽林，侍臣星嚮肅森森。風含鳳吹青冥闊，日射龍旗紫極深。兩廡佩趨臨水玉，九門詔出映泥金。從來湯武須傳業，更在伊周老盡心。

## 雪中次元茂才

北闕今晨雪滿墀，腐儒憂國畏人知。月寒弱水迷三島，雲暗蒼梧失九疑。瑞木細飄天上葉，梅花潛發嶺南枝。山陰那得乘佳興，起繞前軒自詠詩。

## 正月十七日麗正門觀迎接口號

南徼旌旗萬里回，中天城闕九重開。龍門仗簇青雲起，鶴禁香通紫氣來。父老多流去日淚，公卿不乏濟時材。已聞奉璽歸金室，早聽趨朝進玉杯。

## 送唐子華嘉興照磨　子華名棣，吴興人。善畫。

聞君秋思滿南湖，行李今晨發帝都。幕府初乘從事馬，江城還憶步兵鑪。樹浮白日山侵越，潮蹴青天海入吴。閒暇憑高動詩興，須成一醉掃新圖。

## 送杜德常御史赴西臺

御史才華舊省郎，翩翩雲路起鵷行。天回紫闥明奎璧，地切烏臺動雪霜。分陝定存周禮樂，過秦猶有漢文章。欲因巡郡還搜訪，别酒臨風意獨長。

繡衣此别近如何？驄馬西行處處過。驛樹蒼茫連灞滻，江花浩蕩過岷峨。三秦久訴誅求盡，六詔仍聞警急多。早聽封章切肝膽，爲憐編户困干戈。

## 次韻元日朝賀

宫漏催朝燭影斜，千官鳴玉動晨鴉。交龍擁日明丹扆，飛鳳隨雲繞畫車。宴罷戴花經苑路，詩成傳草到山家。小儒未得隨冠冕，遥聽鈞天隔綵霞。

## 秋日巡山和王君實四首 録二。

巡山千騎接神都，穀滿秋田霧下初。烽火不聞乘夜警，人煙多見入雲居。百年禮樂成周典，萬古山河列漢書。喜有新詩繼風雅，諸公才氣總凌虚。

衣冠如雨耀神都，郊甸新涼拂馬初。日月近臨黄閣貴，風雲遥限紫宸居。少陵漫擬陳三賦，司馬先能著八書。想見九關嚴守虎，玉堂金殿最清虚。

## 七月十一日赴安南

燕城秋早五雲開，路入南交幾月回。奉使始從天上出，行人卽看日邊來。班超萬里終投筆，郭隗千金更築臺。聖主恩深極炎海，伏波銅柱任蒼苔。

## 涿州樓桑村先主廟

先主君臣並材傑，天傾炎漢苦須扶。曹瞞力盡纔分國，葛亮謀成竟託孤。道路只今通隴蜀，山河無復限荆吴。行人爲指樓桑廟，腸斷西風散白烏。

## 磁州

曉出邯鄲露滿空，武安紅樹起西風。鼓山路向雲間落，滏水船從地底通。秋草尚疑曹氏冢，野花無復趙王宮。古來富貴皆黄土，莫笑行人憶夢中。

## 汴梁

汴上荒城繞故宫，山頭危石墮秋風。夷門市起聞嘶馬，梁苑樵歸見斷鴻。鬬草尚餘殘後碧，進花無復盛時紅。欲登高處腸先斷，滿目閒愁賦未工。

## 上蔡

上蔡城頭黄葉多，聞雞看劍起長歌。徒憐丞相東門犬，猶憶將軍半夜鵝。樹底衣裳沾霧雨，馬前燈火動星河。涼風滿路吹行鞸，那似金門聽玉珂。

## 登一有南字。岳

萬壑千峯次第開，祝融最上氣崔嵬。九江水盡荆揚去，百粤山連翼軫來。入樹恐侵玄帝宅，牽蘿思上赤靈臺。明年更擬尋春興，應及瀟湘雁北回。

## 興安縣

亂峯如劍不知名，篁竹蕭蕭送驛程。轉粟未休離水役，負戈猶發夜郎兵。百蠻日落朱旗暗，九嶺風來畫角清。空使腐儒多感慨，西南羣盜幾時平。

## 書南寧驛

歲晚驅馳憶帝京，北風回首重關情。中天日月回金闕，南極星辰繞玉衡。父老尚煩司馬檄，蠻夷須用伏波兵。也知文德能柔遠，傳道新恩欲罷征。

## 瀘江

瀘江之水發南詔，龍編古城居下流。馮夷伐鼓迎漢節，泉客弄珠隨越舟。鯨海遥連白日動，鰲山近戴青天浮。層波莫據黿鼉險，日夜東歸未敢休。

## 題天使館

元統三年頒正朔，詔書遠到極南開。使旌入館青雲動，仙蓋臨江白日回。諭蜀豈勞司馬檄，朝周終見越裳來。還家耆舊應相問，文化如今徧九垓。

## 却侍姬　連夕蒙遣侍姬，皆即辭却，我輩非陶穀輩人，不宜以此見。

夜宿安南天使館，主人供帳爛相輝。寶香爐起風過席，銀燭花偏月照幃。王母謾勞青鳥至，文簫先放綵鸞歸。書生自是心如鐵，莫遣行雲亂溼衣。

按蘇天爵撰《傅與礪墓志》云：與礪受命行至安南，安南人多設譎詐以紿使者，或郊迎張宴犒衆，或盛飾侍姬侑酒。君皆却之，即謂此也。

## 崇仁峽

扁舟夜宿魚龍窟，久客長懷虎豹關。歲暮思家成白髮，天涯持酒得青山。張騫浪喜蒲萄入，馬援終嫌薏苡還。天子只今多遣使，將軍何日遂平蠻。

## 桂林喜呂仲實僉憲至

正月交州奉使歸，忽聞鞍馬發王畿。嶺南瘴雨開銅柱，江上春雲逐繡衣。草熱蟲蛇常並出，樹深豺虎近皆肥。明朝按節勞咨訪，邊郡于今未解圍。

## 過故妻墓

湘皋煙草緑紛紛，洒淚東風憶細君。每恨姮娥工入月，虚疑神女解爲雲。花陰午坐閒金剪，竹裏春愁冷翠裙。留得舊時殘繡一作錦。在，傷心不忍讀回文。按陶九成《輟耕録》，新喻傅若金嘗志其妻殯云：君諱淑，字蕙蘭，姓孫氏，其先汴人。年二十三，歸我於湘中。泰定五年八月廿有一日卒，後三日寓殯湘中。又按與礪墓志，謂與礪兩娶皆孫氏，此詩蓋爲孫蕙蘭作也。哀戚之情，多見悼亡之作，惜集中未及全載，兹特採入，附于卷末。詳見《緑窗遺稿》。

## 洞庭連天樓

崔嵬古廟壓危沙，縹緲飛樓入斷霞。南極千峯迷楚越，西江衆水混渝巴。鮫人夜出風低草，龍女春還雨溼花。北倚闌干望京國，故人何處認一作望。星槎？

## 龍翔寺

梵王宮殿倚青冥，先帝旌幢擁百靈。寶網自鳴空裏樂，琅函時出賜來經。近山鳳去花仍碧，遥海龍歸樹獨青。玉輦宸游竟寥廓，行人揮淚讀新銘。

## 鳳凰臺

太白題詩鳳遊處，古臺蕭索换流年。風流偶出齊梁後，文藻猶含晉宋前。淮水夜明滄海月，石城春暗秣陵煙。古來宮殿俱無跡，風雨憑高獨一作思。黯然。

## 送篤御史之南臺

旅館天寒盡日空，繡衣臨訪走兒童。已聞俗客驚題鳳，更訪鄰人失避驄。短刺實愁歸後見，清樽虚擬別時同。明朝挾策秦淮道，惆悵燕雲隔斷虹。

## 送趙仲禮御史兼呈王侍御五首

文章御史久爲郎，南赴金陵道路長。百粤雲山連楚大，六朝煙樹入隋荒。清秋按郡行驄馬，落日登臺詠鳳凰。新喜諸公振風采，早聞當道去豺狼。

都門相送意躊躇，別路秋生白羽車。霜雪總看鷹去疾，風煙那問雁來疏。嶺南斥堠愁烽燧，江左誅求畏簡書。白面少年空解事，繡衣行縣定何如。

建業城頭烏亂啼，知君感古夜聞雞。荆揚貢賦元趨魯，晉宋文章漸入齊。草疏或依松影坐，哦詩應就竹陰題。書來宜憶京華客，日日長衢聽馬嘶。

袞袞晴雲塞要津，終聞聖主用儒臣。蜀都文物來西漢，奎閣圖書近北辰。此日賜冠簪獬豸，暮年留像畫麒麟。極知風俗須揚激，肯使賢才但隱淪。

賜車南粤初歸日，駐節秦淮欲暮天。嘯詠偶經梁舊寺，登臨猶憶晉諸賢。謝安別墅蟲鳴裏，王導新臺鳥去前。多謝府中賢侍御，別時能作送行篇。

## 次韻曾士敏寄其子經筵典書元傑

天涯游子日思歸，行李何時發帝畿？司馬未論金换賦，買臣終欲錦爲衣。紫駝車動秋塵合，黄犬書回暮雪飛。我亦鄉心滿江浦，千山煙樹正霏微。

## 寄王君實

游子江南生事微，五年京國夢柴扉。彈冠總爲王陽在，乘橐虚隨陸賈歸。藜藿已秋仍寄食，芰荷當暑未成衣。諸公也念求升斗，日夜高堂白髮稀。

## 送孫伯起掾嶺南

北去頻聞霜雪多，驛程猶是過灤河。悲風絶幕回蒼隼，落日穹廬卧紫駝。行色且謀寒夜飲，别懷休憶醉時歌。都門已隔千行柳，況復鄉山老薜蘿。

## 寄鄂季弟幼霖并寄仲弟次舟

弟兄終歲長羈旅，南北何時却定居。春至每瞻衡岳雁，秋來猶食武昌魚。每愁年長須經事，卽恐家貧廢讀書。仲氏應門獨辛苦，平安消息近何如。

吾親雙一作霜。鬢日紛紛，爲客艱難不使聞。養老只須常一作長。善飯，生兒何必總能文。書同洛下思黄耳，心似河陽見白雲。季弟還家報兄好，歸期猶恐過春分。

## 聞張吏部督海運歸詠懷奉簡

日邊雙節下滄溟，雲際千艘赴驛亭。直爲邦畿須轉粟，也因江海念流萍。玉京永夜瞻卿月，銀漢清秋識使星。待盡西風始相見，客愁如酒一時醒。

## 和危山臞寄弟四首

天子開朝策治安，近臣每入漏初殘。香飄紫殿回金雀，仗下彤庭度玉鸞。御苑縱田春正樂，邊城吹角夜猶酸。腐儒未省經邦計，直道休歌《行路難》。

畫戟連雲甲第高，内官如雨送春醪。貢金半鑄分封印，賜錦多裁侍宴袍。自古聖明非獨治，至今材武係相遭。文章且共安微命，廊廟由來録舊勞。

故園兄弟總相思，久客懷歸屢失期。司馬却慚題柱早，東方翻恨上書遲。都門樹一作柳。暗愁中見，鄉國花繁别後知。昨日南橋訪春水，望雲回首獨多時。

天涯骨肉久離居，京國風塵鬢欲疏。娱日强傾開歲酒，憶家頻看隔年書。路通一水花開裏，門掩千峯木秀初。便擬邀君此時發，歸舟同食楚江魚。

## 壽王左丞

南極諸星映赤霄，東風二月滿青條。焚香鳳閣春開宴，鳴玉龍墀午散朝。但使經綸齊稷契，不勞服食慕松喬。日長自度昇平曲，閒聽雲間合《九韶》。

## 送盧茂實之廣南憲幕

仙城近接衆山回，憲府遥臨百粵開。海上喜通持節使，幕中兼得濟時材。鮫宫織罷魚龍出，蜑户珠還蚌蛤來。預想到官多暇日，清詩題徧嶺頭梅。

## 寄陳維禎兼呈揭公公許爲故妻作傳

太史臨文筆最精，一聞往事獨傷情。每憐對鏡窺鸞舞，猶怪吹簫逐鳳鳴。列女未終劉向傳，故妻虚瘞柳州銘。書成定寄湘江浦，預擬《招魂》學楚聲。

## 方壺

蓬萊員嶠對嵯峨，知有羣仙日日過。琪樹曉通雲氣溼，一作近。羽輪秋會月明多。秦人采藥空依海，漢使乘槎但入河。誰識高齋有仙島，不勞萬里涉風波。

## 送何時學游湖南北

涔陽極浦遠帆多，憶昨狂游是處過。今日送君如夢寐，少年爲客莫蹉跎。沅湘日落明秋葉，江漢風回亂夕波。若過楚纍憑借問，沙頭芳草近如何。

## 同孔學敏游仙游觀

恆仙宅前江水盈，鳳凰山下野禽鳴。猶聞採藥辭空谷，無復焚香禮上清。雪裏並游金節冷，月中同載羽輪輕。登臨盡日多惆悵，欲倚鸞簫和楚聲。

## 漢江銜山圖

西來一水浮襄漢，上有羣峯截杳冥。層構回臨沙渚白，亂帆斜映石林青。地雄縹緲連嶓冢，天險微茫帶洞庭。咫尺風煙應萬里，無因一上峴山亭。

## 題書船入蜀圖送黄尚質赴夔州蒙古教授

楚客之官汎蜀船，畫圖盈尺見山川。九江樹色瀟湘外，三峽猿聲灧澦前。方譯漸通巴俗語，國書新絶漢人傳。豈無好事能攜酒，問字時時集講筵。

## 送姚子微

雙闕除書下玉階，三湘回櫂拂珠厓。天垂銅柱南低海，地入金陵北近淮。江國雁來秋肅肅，驛樓雞動曉喈喈。大家定有東征賦，鮭菜隨船慰老懷。

## 和余太守對雪見懷

江雪寒連驛樹遥，鶴裘清坐聽蕭蕭。中天月避光芒出，一作合。南國雲含瘴癘消。因憶玉一作石。田春種石，一作玉。乍疑銀漢夕通橋。使君辛苦迎驄馬，也念幽居客闃寥。

## 送張秀才北上時將赴海

身逐征帆赴海涯，道逢行李問京華。涓人解致燕王馬，卜史工占蜀客槎。冠蓋早朝星在樹，管絃春宴月當花。盛時繁麗應如昨，把酒聞鶯肯憶家。

## 岳陽中秋值安南貢使因懷舊游

洞庭秋氣滿龍堆，爲客偏驚節序催。鐵笛乍聞雲外過，瓊樓應傍月中開。越裳重譯三年至，溟海浮槎八月來。忽憶舊游今萬里，天涯長見雁飛回。

## 歸舟阻風

洞庭十日風勢號，一作燬。沙頭客舟如繫匏。沅湘九道白波立，衡霍千峰玄霧交。神龍一作蛟。欲蟄無定窟，黄鵠將歸愁故巢。咫尺城樓不得上，何因一望楚江郊。

## 王氏相師山莊

相師之山雲杳冥，千崖萬壑倚空青。上方雷雨藏天井，南極風煙落洞庭。溪客去迷花藹藹，野人居愛竹泠泠。何時遂買登山屐，乘興還來叩石扃。

## 高明樓

江上孤城映水回，市中層構出塵開。衡廬樹入青天盡，章貢波翻白日來。每日陳登門有客，最傳王粲賦多才。闌干百尺應能借，乘興誰同月下杯。

## 周尚志同歸寓所適寺門已閉會宿張伯龍宅

清秋爲客依僧寺，落日逢君過客窗。並座總看人似玉，臨觴翻畏酒如江。曲終別院歸銀燭，鐘罷回廊閉石幢。已去却還仍不惡，論詩未覺寸心降。

## 題栖碧山爲淦龔舜咨賦

山人愛山如李白，幽棲還在碧雲深。松杉繞屋清宵響，雷雨懸崖白晝陰。石上每同仙客坐，花間猶恐世人尋。京華日日多塵土，終擬投簪話夙心。揭文安公云：予欲賦栖碧久矣，興無由起。一日臨江傅與礪來，開卷同賦之，予詩未成，與礪已就，非不可更作，念無可以過與礪也，遂易結語而已。

## 壽陳景讓都事四十韻 八月十八日。

種德由來遠，流芳信有苗。名門多令器，夫子最高標。地迥瞻崧岳，天清見斗杓。聲名從結髮，問學自垂髫。江漢栖遲久，林亭興致饒。紫蘭敷一作依。月露，蒼竹倚風飈。畫艇移書放，秋燈把劍挑。微名寧屑屑，高志獨嚚嚚。五氣乘昌運，羣英集聖朝。武功收赫怒，文治付宣昭。曆數初歌禹，聰明已贊堯。求賢多晏食，夢帝起中宵。石室仍高隱，中臺欻見招。賜書懸日月，乘傳出雲霄。議論紆三顧，榮光一作名。動百僚。入宮催護璽，趨府聽鳴鑣。郊社陳周禮，神人協舜韶。出關春衣繡，分陝夜乘軺。獬觸心彌壯，豺吞膽共銷。封章猶懇切，歸思遽飄飄。袞職江湖隔，鋒車道路遥。凝旒思穆穆，行李發蕭蕭。典祀尊原廟，承鑾洽大烝。步依文石進，香近黼裳飄。白日明驄馬，清霜急阜鵰。帝裾遮道引，諫草避人燒。佐省持三尺，繩民究八條。兵曹多暇豫，郎位益崇超。所向才華冠，何曾意氣驕。臺評推妙畫，士望慰深翹。引拔連茅茹，芬芳雜桂椒。銀章看且佩，金鼎竟須調。小草方慚出，浮萍久恨漂。文章殊豹隱，篆刻近蟲雕。徐穉矜懸榻，蘇秦惜弊貂。敢期充砥礪，猶幸致芻蕘。黄鵠追高舉，青松託後凋。火行占孟月，星聚識生朝。壽酒開雲液，仙音出鳳簫。祇應成遠業，未可慕松喬。

## 送孔惟中再謁祖林 惟中予同郡，三孔之後也。

吾郡稱文物，君家續聖賢。尼山懸日月，野樹隔雲煙。追遠逢昭代，游方及盛年。北通三仲譜，南下九江船。雁起垂綸外，鷗飛解纜前。水涼聞雨坐，沙暝望星眠。岱岳遥臨海，河流遠自天。路詢洙泗境，人指鄆讙田。日觀朝輝接，風雲暮色連。閟宫俱寂寂，闕里獨綿綿。翠合知林墓，翚飛識廟堧。趨庭槐氣潤，拜下柏陰圓。科斗殘書帙，旋蟲壞樂懸。圖稽始祖出，世別小宗傳。遠近論昭穆，尊卑齒後先。杖裁楷木浄，冠截檜皮堅。舊俗聞詩禮，遺儀見豆籩。玉傾當别酒，珠寫贈行篇。古道嗟環轍，長途勸著鞭。京師同逆旅，瀛海限飛仙。賦或君王問，貧應故舊憐。苦吟冰合硯，危坐雪侵氈。魚目從人貴，蛾眉衹自妍。猶懷薛氏劍，未絶伯牙絃。卒業思歸魯，離羣遽發燕。霜蹄終奮迅，風翼暫回旋。文憶來時把，詩要去日聯。緑蕪羈思滿，青柳别愁牽。爲客慚烏鳥，因君感杜鵑。兖城多驛使，頻寄彩雲箋。

## 寄題番陽周子震金潭山居

大氣生旁薄，玄功接杳冥。江開吳楚白，山直斗牛青。玉牒呈天祕，金潭泄地靈。百盤工取勢，千疊互殊形。石吐高低筍，峯羅大小屏。忽如森隊仗，復似倚娉婷。六六移諸洞，三三映列星。静宜營道室，幽或下仙軿。客有依文物，兒皆尚典刑。卜藏思買宅，佩訓謹趨庭。娱老心能遠，登高步每停。艱成宿志，窀穸慰千齡。雨潦供漂木，神祇助薦牲。史留徐稺傳，碑勒蔡邕銘。碧水通銀漢，蒼霞護石扃。暝迷中谷路，晴見隔溪亭。鳳穴含飛旭，龍湫蓄震霆。倚廬浮晻靄，行徑俯清泠。鸞鶴軒霏岫，龜蛇汎遠汀。陰陽祠抱負，存没總安寧。種竹期成實，栽松擬伏苓。久居鄰吠息，清誦野猿聽。夜燭吹藜杖，歌饔啜土鉶。馬卿能作賦，韋氏舊傳經。伯仲翔鵰鶚，東西念鶺鴒。辟雍初識面，京國共漂萍。磊落珠藏櫝，光芒刃發硎。即看培遠業，誰得限修翎？何日過彭蠡，從君感醁酃。遂求靈運屐，一往眺林坰。

## 送孔學文之湘鄉州判

郡邑頻騷動，朝廷失撫綏。君由先聖出，政學古人爲。北極回旋裏，東門祖餞時。家從天上挈，官自日邊移。雪樹違燕市，風帆掠楚祠。大江開浩蕩，靈岳見參差。候吏迎皆喜，州人到恐遲。苔虚蔣琬宅，竹浄褚公池。閒暇應攜酒，登臨得賦詩。此邦稱富庶，今代益蕃滋。地氣湘潭會，天文翼軫垂。山川曾屢涉，風土向來知。秔稻金纏穗，松杉翠壓枝。魚肥春雨窟，牛滿夕陽陂。禹貢連三澨，虞巡接九疑。至仁終遠被，淳俗未全漓。豹隱多文采，鴻飛足羽儀。五兵閒警邏，千耦樂耘耔。聽訟寧求異，觀風政在兹。治成聽舉最，萬里慰懷思。

## 送幻上人還高麗

梵宇通遼海，僧居屬弁韓。雚依三藏立，龍近衆香蟠。異域今爲一，游方故不難。繡幢來日下，金刹滿雲端。世主多尊佛，沙彌總授官。衣傳中土徧，錫挂上方寒。網樹珠垂絡，香株寶刻闌。況兹窮壯麗，知爾久盤桓。故國春頻至，長途雪又殘。風沙歸寺遠，歲月作程寬。日落經華表，天窮得翠巒。木杯過渡穩，蓮座出波乾。暮雨鳴齋鼓，春風倚釣竿。誦經泉客聽，傳鉢海神看。行住都如幻，虚空未足摶。路應歸後憶，雲向坐時觀。紫極迷天樂，青霄隔露盤。如逢國王問，爲説聖人安。

## 送蘇伯修侍郎分部扈蹕

扈聖千官出，分曹六職俱。侍郎精古學，議禮應時須。車蓋連諸郡，衣冠接兩都。句陳嚴内拱，屏翳肅前驅。灤水開宫殿，龍門起畫圖。仗依雲氣肅，人望日華趨。馬酒來官道，駝羹出御厨。露疑金作掌，冰想玉爲壺。地絶分寒燠，天清習曉晡。會朝常咫尺，奏對祇須臾。舊俗懷《周雅》，今賢誦《禹謨》。愛君期得道，憂國況爲儒。久客嗟牢落，諸公念朴愚。路經南粤險，心戴北辰孤。汲引勞修綆，吹噓倚大爐。臨風思何限，相送獨勤渠。

## 送楊翼之還清江

同郡晚相得，還家君獨先。艱難萬感集，離别衆愁牽。盜賊凶荒後，干戈餉餽前。故園思縮地，行路歎登天。郡國方收馬，江湖總税船。遂嫌居鬱鬱，竟作去翩翩。芝嶺寧忘世，桃源似欲仙。游鯤輕萬里，歸鶴異千年。已謝蘇秦印，無論祖逖鞭。道瞻匡阜雨，山背薊門煙。遠色芙蓉浦，濃香穲稏田。藏書猶有壁，坐客豈無氈。我亦懷三釜，誰能乞一錢。將詩不敢寄，多是斷腸篇。

## 奉送達兼善御史赴河南憲僉十二韻

聖一作至。治尊儒術，賢才翼帝躬。立朝防觸豸，行路避乘驄。復道河南去，先愁冀北空。激揚元自任，出處豈謀同。地絶一作遠。看持節，天長惜轉蓬。繡衣今日把，尺素幾時通。别酒花開裏，征帆木落中。薊門懸夜月，梁苑度秋風。古縣藤蘿碧，霜林果蓏紅。咨詢行每徧，閒暇賦能工。白日明高岳，黄河繞故宫。登臨興何限，題寄北飛鴻。

## 登岳陽樓

馳傳自青天，憑高憶往年。闌干映水迴，埤堄與雲連。江令沅湘大，山侵楚蜀偏。蜃郎通别井，龍女宅重淵。日月鴻濛裏，風沙浩蕩前。驪珠秋後冷，犀火夜深燃。張樂猶疑奏，乘槎欲並仙。登臨停去騎，寵餞惜離筵。地氣南交接，天文北極懸。賦慚王粲作，詩擬杜陵傳。渺渺衡陽雁，迢迢浪泊鳶。早春回漢節，應得汎湖船。

## 奉和蘇授經八月二十九日明仁殿進講敕賜酒饌許乘舟汎太液池趨西苑之作

聖明思善述，耆舊倚交修。虎豹開閶闔，山龍照冕旒。日臨丹扆動，雲拂翠華流。獻納稽前古，都俞協大猷。几筵花氣合，圖史竹光浮。當宁經綸遠，尊賢禮數優。内厨深出饌，西苑近回舟。禁籞由來貴，溪毛庶可羞。遥勤三顧問，各奉萬年酬。牢落南州客，相望奈九秋。

## 送盧陵范會宗入京省兄朝宗

大范留京國，齋居接棟梁。端門通籍晚，望苑曳裾長。遠客逢難弟，諸公比季方。題詩晴望岳，載酒夜浮湘。萬里懷燕市，三年厭楚鄉。旅游成獨往，兄在慰相望。馬酒宜風土，狐裘耐雪霜。况聞周選舉，不廢漢賢良。紫電依龍種，青霄屬雁行。故人多在北，應念獨南翔。

## 奉和宋翰林顯夫御溝詩韻

宛宛長波切太虚，霏霏晴霧溼高居。雲涵度影翻玄燕，日映圓紋散白魚。遥轉石陰通樹細，稍侵花底出宫徐。橋邊市起春鳴轂，閣裏朝回晚曳裾。天子數臨窺碧藻，詞臣時敕賦金蕖。龍池浩蕩恩波接，草木無情亦勝予。

## 送觀至能赴廣西憲司經歷

薊門官柳徧鳴禽，馬上離人酒強斟。久以才名稱闕下，忽持風采一作裁。照江津。三湘曉雨開衡岳，百粵春深接桂林。何遜到官勞賦詠，謝安攜客喜登臨。吏人静往山城僻，部使閒過幕府深。溪裏藥苗寒自緑，道傍榕樹晝一作暑。多陰。蠻夷比歲頻騷動，嵒壑何人更討尋。明日孤帆逐君發，長沙南望最傷心。

## 戲效子夜歌體六首與達兼善御史同賦 録三。

種荷深水中，日夜期成藕。蓮子逐浮萍，風波漂蕩久。
織錦望成匹，終朝不盈尺。誰知方寸間，千絲萬絲積。
思將儂別淚，溢作長江水。處處逢歡船，任歡行千里。

## 古楊花怨

楊花白如雪，無事學高飛。莫作浮萍草，漂零不肯歸。

## 金竹道中書所見

日上清霧開，山虚翠煙集。紛紛羣木中，時見孤松立。

## 陵州

遠道千峯隔，長河萬折流。風帆不可住，今夕過陵州。

## 題衡陽驛

南來山不盡，北望意何如？恨殺衡陽雁，來時不帶書。

## 題雜畫

空江白鷺起，遠樹蒼煙合。日落汎舟時，長天見孤塔。

## 題墨蒲桃

上苑根株少，風沙道路長。也知隨漢節，終得薦君王。

## 墨石枯木

人傳月中樹，恐是山河影。片石補天餘，參差碧雲冷。

## 奉和存□院使

上林佳木蔭連牆，冉冉游絲轉日光。忽憶江南好晴景，碧溪春水照鴛鴦。

## 和陳宗道元夕懷江南絶句

萬家行樂愛春晴，花底遥聞度曲聲。惟有客窗嫌月色，照人離恨太分明。

## 平安驛

孤燈夜宿平安驛，欲寄音書無使將。南雁數聲秋雨裏，却先行客過瀟湘。

## 廣西卽事二首

南鎮干戈日夜陳，西山寇盜出猶頻。荒村百里無煙火，聞道官軍更殺人。

比歲供輸不自聊，祇今氛祲未全銷。陳前將士須殊死，莫倚功多氣轉驕。

## 回雁峯

江上青峯宿雨開，江頭歸使日南來。登高欲訪平安字，二月衡陽雁已回。

## 小孤山

船渡江天暮色青，半江峯影動寒星。海風忽起玄珠樹，山月遥生緑玉屏。

## 金人擊鞠圖

駿馬如雲擊鞠馳，衣冠彷彿正隆時。向來北地誇豪俊，不省中原厭亂離。

## 舟行

漁家日暮亂收罾，欲及前舟苦未能。行盡緑楊二十里，隔河遥見驛亭燈。

## 無題四首

天台靈草滿溪香，縹緲鸞笙隔洞房。誰見桃源花樹裏，春來日日待劉郎。

江頭芳樹碧重重，中有危樓對楚峯。盡日娉婷倚窗下，看花不使外人逢。

樓上仙衣捲薄羅，樓前春暖杏花多。鳳簫最好吹明月，惟有蕭郎自教他。

江草離離江水流，玉人何處卷簾鉤。垂楊學盡春來瘦，不省人間有別愁。

## 潞縣舟中寄京師楊上舍諸公四首

買得吴船繫柳根，潞河新雨過黄昏。都門只隔煙中樹，一夜尋君苦夢魂。

二月和風滿上林，憶君時復走相尋。夜來見月腸堪斷，城鎖千門碧柳陰。

生來不識酒中味，憶昨故人常見招。不是多情能度曲，樽前恨殺董嬌嬈。

春風亭館看花時，自變新聲教《柳枝》。只恨秀娘空第一，不曾歌得斷腸詞。

## 戲簡張伯貞

第二橋東楊柳新，舞腰争學楚宮春。可憐張緒才情少，孤負長條不贈人。

## 墨梅

天涯不見遥相憶，窗外重逢乍欲迷。彷彿空山明月夜，一枝初出古牆西。

## 寄王敏文 時將娶。

青樓只在石橋東，幾度聞君醉落紅。近日緑陰濃似雨，門前別繫玉花驄。

## 櫂歌六首

河中日日水悠悠，誰道人心似水流。河水灣回有時直，人心屈曲幾時休。
朝朝風雨送船行，白日無晴夜有晴。東岸□燈西岸見，中間猶自不分明。
待船日日恨船遲，船頭水聲無斷時。昨夜天清好新月，誰家學得畫蛾眉。
攀柳莫攀當路柳，繫船須繫上風船。當路人行無好樹，上風浪小得安眠。
去年船裏逢端午，今年船裏又端陽。九節菖蒲本仙藥，如何曲曲似愁腸。
寧向泥中棄蓮子，莫向水上種桃花。蓮子出泥終見藕，桃花隨水不還家。

## 魏元君壇戲和陳彦高

衡岳仙成只可聞，南昌何處覓夫君。鄰兒狡似東方朔，偷得金桃不見分。

## 題畫

迢遞雲山隔遠溪，微茫煙水帶長堤。秋來木葉多摇落，日暮寒鴉不肯栖。

## 雙燕圖贈王惟中

玄鳥飛時緑樹春，湖南煙際往來頻。明年社日君何處，逢著新巢憶故人。

## 題飲馬圖

一斛寒泉照紫騮，蕭蕭駿尾動高秋。夜來櫪上西風滿，憶傍寒雲飲隴頭。

## 簡楊好問

湖亭初得寄來詩，幾度長吟恨别離。近日扁舟洞庭野，雨中多是憶君時。

## 題畫松

遥憶商顔松色青，女蘿枝上醉眠醒。自從四皓安劉後，歲暮何人采茯苓。

## 題松菴上人墨蒲桃二首

漢苑尋常露下時，月明高架影參差。上林近日無來使，腸斷江南見一枝。

露顆含香近客衣，蜜蜂蝴蝶繞藤飛。夜來應值驪龍睡，探得明珠月下歸。

## 題山家山景二首

萬壑蒼蒼雲氣昏，石泉斜落古松根。前林欲暝僧歸晚，應聽鐘聲到寺門。

雁起秋空樹色遥，行人江上駐歸橈。海門東去應千里，白日微茫見落潮。

## 悼亡四首 以下見《輟耕録》。

驚飇吹羅幕，明月照階戺。春草忽不芳，秋蘭亦同死。斯人藴淑德，夙昔明詩禮。靈質奄獨化，孤魂將安止。迢迢湘西山，湛湛江中水。水深有時極，山高有時已。憂思何能齊，日月從此始。

皇天平四時，白日一何遽。勤儉畢婚姻，新人忽復故。衾裳斂遺襲，棺椁無完具。送葬出北門，徘徊但歸路。玉顔不可恃，况乃紈與素。纍纍花下墳，鬱鬱塋西樹。他人亮同此，胡爲獨哀慕。

新婚誓偕老，恩義永且深。旦暮爲夫婦，哀戚奄相尋。涼月燭西樓，悲風鳴北林。空帷奠巾櫛，中房虚織紝。辭章餘婉孌，琴瑟有餘音。睠言瞻故物，惻愴内不任。豈無新人好，焉知諧我心。掩穴撫長暮，涕下霑衣襟。

人生貴有别，室家各有宜。貧賤遠結婚，中心兩不移。前日良宴會，今爲死别離。親戚各在前，臨訣不成辭。傍人拭我淚，令我要裁悲。共盡固人理，誰能心勿思。

## 感獨

幽幽蕙草晚，靡靡蘭芳斷。皎皎夜泉人，冥冥不復旦。流塵棲暗壁，涼吹經虚幔。無論歡意消，日復愁思亂。魂傷夕方永，氣變秋將晏。當窗慘斷素，捐篋悲柔翰。憶初成好合，誓且同憂患。何言遂長終，獨處增永歎。寤寢忽如在，展轉驚復散。念兹何嗟及，哀至聊自判。

## 百日

人生悲死别，㚷在心相知。新婚未及久，杳杳遽何之。昔爲連理木，今爲斷腸枝。相去時幾何？百日奄在兹。虧月有圓夕，逝永無還期。棄置非人情，何以爲我思。

## 入室二首

粧閣閉長夜，幽蘭坐復春。猶疑挑錦字，不見掩羅巾。故物空在目，蕭條生網塵。
虚窗明月滿，芳砌緑苔滋。花間時染翰，尚憶解題詩。寂寞幽泉下，貞心空自知。

## 追和蕙蘭二首

小窗開盡碧桃枝，憶得青鸞化去時。昨夜秋風妒幽怨，夢中吹斷素琴絲。
江上愁時復值春，帶圍寬盡不宜身。階前舊種櫻桃樹，日暮飛花故著人。

## 駕發 以下補遺。

天門曉啟黄金鎖，路馬遥翻碧玉蹄。銀燭熒熒花外出，翠蕤冉冉柳邊述。千官劍珮屯雲合，五衛旌旗擁日齊。後夜龍沙駐清蹕，侍臣不寢聽晨雞。

## 元日朝賀後聞赦

紫殿風雲會縉紳，榮光又逐歲華新。近時鐵馬清南海，昨夜金雞動北辰。法令已行秦郡縣，禮儀仍見漢君臣。獨勞聖主哀黔首，還以殊恩慰遠人。

## 安南使餽香分送諸公

南越名香屑異才，遠人持贈比璚瑰。採經銅柱秋雲溼，薰對珠崖夕照開。入朝喜見朱鳶定，充貢還隨白雉來。久憶諸公喜分送，却愁薏苡誤相猜。

## 送蒙古潘學士

奎宿凝華協帝符，龜圖呈畫照坤輿。衣冠治定通重譯，竹帛文詞變六書。分教已從官獨冷，致身寧論術猶疏。朝來鼓棹瀟湘去，處處秋秔薦白魚。

## 王氏山莊

茅堂聞在斷厓居，耕鑿真疑與世疏。黄石洞依秋樹冷，子房祠映古苔虚。山人自述《潛夫論》，吏部空留處士廬。見説田間多野興，每慚爲客負犁鋤。

## 寄王君實

北望衣冠憶省郎，又隨車駕幸灤陽。苑中苜蓿空騏驥，池上梧桐起鳳凰。中使有時傳送酒，近臣何處避含香。上林此日無來雁，吟罷題詩欲斷腸。

## 送林彦廣祠南北鎮

中使傳香下玉墀，儒臣代祀出金閨。旛幢北起開恆岳，舟楫東回入會稽。望海也知晨駐馬，渡江休信夜燃犀。名山見説多仙氣，應得從容散杖藜。

## 和孔學文從奏延春閤

宫漏沈沈曉仗移，衮衣當殿聽朝時。風含雞舌飄青瑣，日射龍鱗動赤墀。奏對御筵多密近，退趨春院總委虵。喜聞近日稀游幸，閤下儒臣出每遲。

## 送賀尚書致仕後赴召

使者徵行立曉風，宰臣傳詔守離宫。關中舊憶留蕭相，江左今看起謝公。路經琴峽秋聲滿，天繞灤河御氣通。聞説至尊勞睿想，莫令行色後賓鴻。

# 宋祭酒本

本字誠夫，大都人。至治元年，爲廷試第一人，賜進士及第，授翰林修撰。泰定元年，除監察御史，調國子監丞，移兵部員外郎。二年，轉中書左司都事。四年，遷禮部郎中。天曆元年，陞吏部侍郎。二年，改禮部。至順元年，累進奎章閣學士院供奉學士。二年，擢禮部尚書。元統元年，進奎章閣學士院承制學士。二年，轉集賢直學士，兼國子祭酒經筵官。卒年五十四，制贈翰林直學士、范陽郡侯，謚正獻。其弟褧顯夫次輯其遺文爲四十卷，曰《至治集》，參政許有壬、蘇天爵爲之序。誠夫材氣強毅，不隨世俯仰，其文峻潔刻厲多微詞。每歎近世文氣骫骳爲不足尚，務爲高古以勝之。蓋少時與顯夫隨父宦遊江漢間，日益貧窶，衣食時或不充，故其學精深堅苦，始以詩歌擅名，及聞貢舉詔下，復習經義策問。誠夫年四十，始同顯夫還京師。兄弟後先擢科第入館閣，時人以大宋、小宋擬之。

## 大都雜詩四首

拋却漁竿滄海邊，拂衣來看九重天。畫闌九陌橋如月，綠影千門樹似煙。南國佳人王幼玉，中朝才子杜樊川。紫雲樓上如澠酒，孤負東一作春。風二十年。

繡錯繁華徧九衢，上林詞賦漢西都。朱門細婢金條脱，紫禁材官玉鹿盧。萬里星辰闕一作開。上界，四朝冠蓋翊皇圖。東鄰白面生紈綺，笑殺揚雄卧一區。

盧溝曉月墮蒼煙，十二門開日色鮮。海上神仙一作山。非弱水，人間平地有鈞天。寶幢珠珞瞿曇寺，豪竹哀絲玳瑁筵。春雨如膏三萬里，盡將嵩呼祝堯年。

形勢全燕擁地靈，梯航萬國走王城。狗屠已仕明天子，牛相寧知别太平。玄武鉤陳騰王氣，白麟赤雁人新聲。近來朝報多如雨，不見河南召賈生。

## 殿試罷賦

玉堂松檜帶晨霞，遥望宸嚴共拜嘉。逢掖諸生袍立鵠，未央清問墨翻鴉。扶摇九萬風斯下，禮樂三千日未斜。從此君王識名姓，煙波慚愧舊漁家。

## 奉旨降香天妃謝翰林諸公贈詩

皇帝甘泉受計時，寶奩親授走冰夷。今朝朝著張騫出，後夜天文李郃知。雲繞勾吴分貝闕，春生英簜下龍墀。深慚禮樂光華外，贈得曹劉祖道詩。

## 山水翁

野屋不知今世，山色似含古春。岑寂渾無啼鳥，荒寒略有行人。

## 舶上謡送伯庸以番貨事奉使閩浙十首

江華江月要才情，多病堪憐馬長卿。莫向都門折楊柳，帝鄉春色不南行。

琉球真蠟接闍婆，日本辰韓蕿貊倭。番船去時遺矴石，年年到處海無波。

朱張死去十年過，海寇凋零海賈多。南風六月到岸酒，花股篙丁奈樂何。

湧金門外是西湖，隄上垂楊盡姓蘇。作得《吴趨》阿誰唱？小卿墳上露蘭枯。

舊時家近黑橋街，三十餘年不往來。憑仗使君一問訊，楊梅銀杏幾回開。余以至元廿六年出杭，故君東廂隅四條巷旁有橋名黑橋。居有楊梅銀杏二樹，在巨井上園。○以上二詩見楊鐵崖《西湖竹枝詞》。

閩中父老白髭鬚，老子風流記得無。昔日郎君騎竹馬，如今使者駕軺車。伯庸之先，嘗仕閩中。

素馨華畔十八孃，炎雲瑞露酌天漿。一日供厨三百顆，使君館券莫支羊。

薰陸胡椒膃肭臍，明珠象齒駭雞犀。世間莫作珍奇看，解使英雄價盡低。

東海澄清南海涼，公厨海錯照壺觴。郎君羲好江珧脆，水母綫明烏賊香。

明年歸路蹋陽和，缺胯輕衫剪越羅。春風通惠河頭路，還與官家得寶歌。

## 送歐陽炳四首

暖翠空濛故國山，夢中慈母美連環。文明門外春才好，百尺吴船漾緑灣。

樂聖銜杯李適之，十年春夢疾如飛。蒼頭零落郎君小，祖帳無知上客歸。

曾侍先皇法從臣，故教給札紀華勳。名山久已藏名姓，莫作區區世上文。

去年清問下青雲，曾把文章付與君。眼見皇恩絆漁隱，江湖煩報白鷗羣。

### 海子

渡橋西望似江鄉，隔岸樓臺罨畫妝。十頃玻瓈秋影碧，照人騎馬入宫牆。

### 南城校文聯句 并序。

翰林直學士馬祖常、左司都事宋本、太常博士謝端丙寅大都鄉試貢院作。

天街麗奎文，王都會髦弁。奉璋來峩峩，馬。佩玉坐宴宴。揖庭雁鶩立，干禄虎豹變。宋。解衣三褫帶，束卷一如縛。謝。蜂房磬折入，宋。鈐索宫懸奠。瀋墨翻玄江，馬。炬蠟燒赤電。謝。冥思嗒移精，宋。幽探寂凝眄。刻楮非三年，馬。穿楊真一箭。微吟忽首肯，謝。急寫掇意見。字誤率一注，宋。稿屬各後先。廟器陳古制，馬。舶香然甲煎。潘陸蕪靜分，宋。枚馬遲速見。駝疥落毨毛，宋。牛溲起回漩。趨蹌進程書，馬。緘封遮謄繕。號分梵夾字，謝。畫裂蒼史篆。校讀乃上副，宋。考第或當薦。揀金畫披沙，馬。角鱗宵設饌。頒甓咨碌碌，謝。眼嵬矜涎涎。去取決一目，宋。利鈍盡三戰。仙籍銀榜懸，馬。牙門鵠袍衒。數盈輻共轂，謝。餘棄繻過傳。得雋九族賀，宋。敗績十朋唁。工歌勞府主，馬。几授集曹掾。淳母太官具，謝。臑肩庖丁剸。缾罌雜酒湩，宋。供張爛彩茜。羣譁劇賓興，衆樂醵飲餞。里嫗嗔兒癡，馬。室婦詈夫懦。憶昨被請初，宋。自赧官居賤。鳴騶紛辟易，謝。曲巷隘回邅。飛蓋及泮水，宋。

重鑰限别院。邏卒游鐸振，馬。周垣圍棘栫。攝事四列署，謝。防嫌兩隔面。御史官方峻，宋。主司目敢眩。持衡亦榮名，馬。束溼奈罔罥。浹旬雖獨苦，謝。得士期衆羨。博士曲臺秀，翰林金閨彦。敘賦極羅縷，修詞妙貫穿。而我典簿領，偶爾共筆硯。補綴褐倒繡，瑣碎襪拆綫。細書刻他山，奇迹壯赤縣。宋。

## 灤河吟

灤河上遊陿，涓涓僅如帶。偏嶺下横渡，復遶行都外。頗聞會衆潦，既遠勢滂沛。雖爲禹貢道，獨與東海會。乃知能自致，天壤無廣大。

# 宋學士褧

褧字顯夫，正獻公本之弟也。擢泰定甲子進士，除秘書監校書郎，安南使者朝貢歸，選充館伴使，改翰林國史院編修官。詹事院立，選爲照磨，尋辟御史臺掾，辭。轉大禧宗禋院照磨，遷翰林修撰。至元初，擢監察御史，遇事敢言。出僉山南廉訪司事，改陝西行臺都事。月餘，召拜翰林待制，遷國子司業，與修宋、遼、金三史，拜翰林直學士，尋兼經筵講官。卒年五十有三，贈國子祭酒范陽郡侯，謚曰文清。顯夫自少敏悟，出語驚人。延祐中，挾其所作詩歌，從其兄入京師，清河元明善、濟南張養浩、東平蔡文淵、王士熙方以文章顯于朝，争慰薦之。至治辛酉，誠夫登進士第一，後三年而顯夫亦擢第，出于曹元用、虞集、孛朮魯翀之門，士論榮之。所著有《燕石集》若干卷。歐陽元功謂其詩務去陳言，雖大隄之謡，出塞之曲，時或馳騁乎江文通、劉越石之間。而燕人凌雲不羈之氣，慷慨赴節之音，一轉而爲清新秀偉之作，齊魯老生不能及也。蘇伯修亦謂其詩清新飄逸，間出奇古，若盧仝、李賀之流，益喜其詞以模擬之。危太樸曰：公之于詩，精深幽麗，而長于諷諭，用成一家之言。顯夫之詩，於諸公之評盡之矣。

## 日出齊化門　都城東出南頭第一門。

日出齊化門，騰騰開九光。四面啓金鑰，崇扉闢輝煌。都城萬井煙，沃盥整衣裳。納屨戒車馬，出入紛倉皇。士者趨名譽，魚佩鏘琳琅。鄙夫競錐刀，蟣子羅康莊。大明忽西頹，所遇皆不常。□事頭搶地，得志驕昂昂。擾攘千萬情，四序恆茫茫。□□馭天風，弭節白雲鄉。左驂碧虹蜺，右駕紫鳳凰。俯視塵土海，靈臺怒悲傷。誓將九轉丹，投之療膏肓。巍巍金銀宮，境界殊清涼。凡骨儻有緣，握手同徜徉。

## 雪寒書事廿六韻　延祐己未在樂亭縣作。

幽雲敷層霄，狂吹趣陰霰。氛霾互黯黮，雨雪事交戰。彌空始糁屑，降地施削片。斯須萬彙失，頃刻九有徧。霏霏集頹堞，皜皜被遐甸。危峯冒周圭，廣陌曳齊練。崇陵受委積，枯枿容挂罥。況縞未足多，擬絮差可善。通達駭連璐，瑰瓌訝垂瑱。階平惡漫没，谷□□□□。□□煩褰箔，爛幌助披卷。氣清華蓋爽，光爛銀海眩。太素靡汙垢，至樸謝琱瑑。人蹤絶往反，野色一更變。積陰若膠轕，祁寒病增羨。晨衣襲狐貉，夜席益筦薦。衾重初昏寢，薪溼停午膳。嚴威折纊帛，凍璺裂盎甗。髮森憚去笠，指直愁結袴。凌堅萊蕪釜，澌瑩歙溪硯。羈人畜怨憾，狩將坐畏愞。虎士跗趾瘃，馬走牙齒顫。罷氓歸禁瘁，陋邑矧飢薦。屋闊競自侈，室匱疇與唁。窮荒覬吹律，凝沍需見晛。揮翰書目繁，敢以古雅衒。

## 送李溉之得請還濟南

髫齔客江漢，早聞高士名。君居玉沙縣，我在渚宮城。弱小知慕君，不得覩君面。道路播詞章，庸俗矜俊彥。騏驥厭庭户，鸞凰悲草萊。英標出世表，□去黄金臺。風塵綺陌深，煙霧玉堂杳。浩歌香爐峯，巢雲寄木杪。朝辭九華頂，暮宿黄鶴樓。綸巾紫鳳褐，欲去仍或留。朅來更翺翔，五十霜鬢秋。瀛洲列羣仙，蓬山擷蘭芷。一登鸞坡峻，再陟阿閣崇。牙符雜珂佩，通籍金闈中。謁帝興聖宮，回車歷城道。矯首淩天風，振衣下瑶島。東望華不注，煙霞齊魯□。言歸理松楸，嘯傲依□坳。緬想共君游，不得恆聚首。叩首屢投刺，塵鞅阻文酒。雨濯野山色，晴飛溪柳花。明發遂長往，憐君離思賒。雲漢耀奎文，長庚麗其下。天書行召還，豈是棲棲者。

## 送張孟功揚州覲省分題得游絲

東郭暢景韶，一作「白日照曠野」。飛絲蕩晴朝。一作「颺重霄」。細逐一作「輕兼」。柳綿度，狂隨薰一作「細逐蕙」。風飄。燕郊縈去策，楚岸罥征橈。嗟予顧不及，相送共迢遥。

## 王君冕關中別墅芳潤亭寄題二十韻

雍壤第上上，土厚風氣温。水泉引甘澤，卉木滋以蕃。興王作都會，山川鬱屏藩。維周秦漢唐，陳蹟猶具存。一覽以娱目，矧此長子孫。勝境遇名士，相值復何言。王君長安人，負郭有田園。藍田在其左，終南高且尊。平川豁瞻眺，崇岡如吐吞。結構事幽隱，池臺閟重垣。植木春茂茂，釃渠夏沄沄。音渾。晴花炫屋角，秋苔黯牆根。嵐翠浥圖籍，荷葉蔭壺尊。觴詠協時序，起居適寒暄。生涯付子弟，供具有雞豚。好客時過從，租吏不叩門。談評及宇宙，息偃度朝昏。緬懷鶴在陰，大笑蝨處裩。茫然珪組念，邈矣車馬喧。兹亭可適意，餘事勿復論。君冕爲三原縣令，常被誣未雪。

## 題道者山 朵兒只國王。

元氣肇融結，律兀蟠厚坤。蓬瀛訝虚無，五岳名號尊。兹山介平營，特與太古存。碣石拱其側，水巖何足論。東北醫巫閭，羅列爲弟昆。境迥稱瞻眺，多景移晨昏。煙霏雜□樹，海氣時吐吞。幽深閟靈怪，勝麗難具言。謂宜棲隱淪，秋鶴仍春猿。叢桂賦騷雅，蘿薜相嬋媛。顧此緇衣流，結構開祇園。陳跡紛惚恍，紀載深本原。屢聞賢侯王，游觀駐朱軒。從容樂觴詠，風日摇旌旛。我昔延祐末，東邁窺其藩。望望不得登，予懷未能諼。于時秋雨霽，仰羨思攀援。誰爲持此意，洒翰題空門。

## 送朵兒只班監憲淮東分題賦詩得豐樂亭

豐山既可玩，豐歲仍可喜。太守爲築亭，日日飲滁水。幽谷□軒楹，泉石列堦戺。藹藹禾稼盛，皞皞風俗熾。政平共觴詠，民安事田里。摛詞述佳致，行樂遺舊址。使君出貴裔，讀書精治理。帝命徂淮南，持節長風紀。是州處行部，西望方尺咫。今兹罹旱暵，郡邑多苦餒。衣食並去聲。賴賢明，庶免溝壑死。先去聲。憂回天心，相業由此始。

## 涼夜吟 十五歲作。

雲頭金玦秋意生，南城啼鳥三四聲。漙漙斜露銅鋪溼，闌下幽花香氣清。倡樓苕□咽凝管，波底老龍求子鳴。蕭蕭竹樹小山雨，驚覺佳人夢中語。溼螢寥落階莎寒，拂拭桃笙掩閨户。

## 朝元宫白牡丹 延祐丙辰在汴作。

瑶圃廓落崑崙高，霓旌豹節凌旋颷。東門偷種來塵囂，開雲鏤月百千瓣。雪痕冰璺辭鏤琱，重臺複樹玉版白。溼露擁出青霞嬌，瓊娥愛春受春足。香腴酥膩愁風消，人間洛陽紅紫妖。紫霞灔灔吹秦簫，青鸞望極何當招。

## 遺芳蔓 武帝思李夫人，卧延涼殿。夢夫人遺帝蘅蕪之香，覺而衣枕香三月不歇，帝因製曲名《遺芳蔓》，又賦《落葉哀蟬曲》。

龜屏象簟塵凝輝，桂枝落盡秋氣淒。瓊瑶臺上魂是非，孤鸞照影心含悲。離宫别館春茫茫，延涼殿上空情傷。却憑鍾火一莖草，换得蘅蕪三月香。蘭風蕙露怨嬌□，落葉哀蟬□鳴嘶。嚶嚶囈語誰得知？再取玉篸搔素絲。

## 洗車雨 每七日有雨，俗謂天帝爲織女洗車。

一從去歲閒油壁，塵暗香輧有誰拭。瓊娥玉媵莫遲回，爲我飛書呼軫畢。雄雷雌電傾河來，寶輪濯濯無纖埃。桂香陌上不泥濘，虚無指點回蓬萊。鳥橋銀浦沾濡徹，鳳軺鸞鞭潔如雪。猶恐黄姑没病深，更擘溼雲填古轍。

## 北中寒

燭龍吹冷玄冥唾，雛子庖從沙□過。羲和呵手馭日車，噤瘁陽烏二足墮。驪山温泉徹底冰，白地裂文如旱塍。窮陰凍合黄鐘琯，緹室葭灰不得升。射麋將軍守氈屋，霜結虬鬚懸麗㲎。琵琶弦折酒成凘，風刀劚破雙顴肉。

## 榮華樂

大明飛光白玉堂，花樓綱户騰春香。鳴鐘饌玉雲母牀，堂堂夫壻侍中郎。青雲捧車謁漢皇，公卿夾轂趨道傍。董賢朝朝眠未央，將軍夜穿蹋踘場。柏梁置酒詩成章，黄金駟馬來徜徉。起山引泉大宅張，蘭湯洒壁鳴笙簧。女娥窈窱聲繞梁，回風飛雪衣飄颺。芳年華月温柔鄉，流蘇斗帳垂珠璫。紅麩麝枕辟兕殃，紫金釵梁懸鳳凰。階前七十二鴛鴦，綺襜羅列生輝光。平頭奴子跽擎觴，酒酣調笑邯鄲倡。腰横半解金蛇黄，玉池芙蓉簾外霜。□符如火□□黄，門開將趣宮漏長。扶來丹地拜天子，願沐鴻休亙終始。

## 宇文子誠出掾河南行省二十韻

至順元年十月初，故人舍我將南徙。君喜迎親去志速，我慘送君離思起。西山雪小陽烏逝，北口風高喬木死。吉貝衣消京國塵，木蘭舟泝漳河水。夷門舊交兄弟若，吴房老父咫尺爾。人生百年貴適意，戚促何須羨金紫。憶□前年在灤陽，千里兵塵四郊壘。妻子哀號不得見，乘駝歸來溷悲喜。彤庭捧牘負長材，烏府珥筆存舊履。磊落不作風塵態，宇宙茫茫少知己。與君同朝三四年，辛苦何常設醪醴。歲時相見徒勞問，我爾俱貧情曷已。江陵古城多北客，我昔與君共閭里。君年三十入公府，我髮漆黑政童子。邇來踪跡各星散，南北東西困泥滓。王城會面忽驚電，君踰知命我強仕。微軀潦倒屬名韁，半世蕭條鮮生理。重內輕外古所云，愧我謀身故如此。鳩巢未葺政坐拙，菟裘將營何所指。因君之行重太息，搔首蒼茫對斜晷。

## 歐陽原功由藝文少監謁告歸瀏陽

七年不見荼蘼花，湘南學士思還家。賣馬徑出藝文監，買船便赴潞河沙。始隨徵書官璧水，北門風月清談爾。兵塵荏苒居庸關，襆被蕭條教忠里。奎章閣上進成書，九重知是尹燕湖。腰帶黃金佩蒼玉，玉巵賜酒榻前趨。君恩如海誰能報，回首鄉關動懷抱。尚平昏嫁幾時畢？陶令田園何日到。槐舒菟目柳如綿，浩然歸興南風前。閨人含啼僕夫喜，那顧悲歡各異緣。西山過雨離筵曉，川途萬里雲繚繞。里閈逢迎樽俎歡，都城會合簪纓少。

## 太白酒樓

延祐己未初，自江南還京師，途經濟州所作。

我昔在髫年，知有謫仙人。少壯讀所作，天才氣凌雲。潯陽紫極宮，往歲聞佳句。采石青山頭，前月拜荒墓。夜宿簷下雲，秋弄江上月。何如任城樓，狂飲興豪發。況有任城宰，具酒復知音。酒酣隘八極，世事徒鬆鬆。內子香閨夢，伯禽嬌且啼。人間火宅謾煎逼，政是玉山傾倒時。散披紫綺裘，倒著白接羅。銀臺金馬直一唾，方瀛絳闕行將去。仙之酒杯失，遺基樓觀雄。垣表暗題詠，石榴海柏森西東。謫仙人，今何在？汶水島山黯蒼靄，手揮玉鞭騎玉鯨。應在浮雲九州外，仙人魂魄茫氛氳，望之不見矧可親。明朝我亦玉京去，願謁蓬山賀季真。

## 送翰林編修成誼叔驛召魯子翬學士于鄧遂便省覲成由國子生鄉舉于大都至順四年登科今始得歸鄉里

盛時寰區莫金甌，四方才子紛來游。郭隗臺荒登不得，李膺門下久難留。南陽年少詣闕下，氣如鷃鶚文如彪。長松聳壑被斲削，大玉作器辭琱瑰。既不能上書謁宰相，又不能投刺干王侯。獨抱獲麟經，信如渭濱鉤。鼓篋橋門不盈歲，奪標桂苑僅經秋。挽強一中楊遠葉，不識楚人三刖愁。落落拾地芥，肯貽鄉邦羞。錚錚破天荒，乃在帝王州。泥金帖子附家信上報，里中父老驚倒同門儔。玉堂載筆事方始，北堂戲彩心難酬。書藏石室報天子，遂我拜母三年謀。薊門一昔歸心起，夢裏阿孃驚且喜。驛樓佳樹拂絨韉，詞館新編盈繭紙。家鄉風景有如此，闕吏歡迎棄繻子。疾趨慈□笑稱觴，次謁鄉賢忙倒屣。浮雲暫蔽奎躔爾，須信斯文難墜地。招邀郊藪鳳麟來，菊花潭上從君始。西南歸路平如砥，太行山色青如洗。我幸君歸且怨别，心逐太行山色送君直過黄河水。

## 秋絃怨

海風吹涼薄璇宇，桂壓鉤闌秋作主。銀灣凝月澹游溶，雲彩粼粼騫鳳羽。玉帳懸沙塞夢寒，沙淚啼秋山迸泉。哀蛩不解論心素，金字箜篌挑夜絃。大漠沙如雲，去京三萬里。絃聲隔秦城，無路入君耳。七星横西露漫漫，金刀剪衣丁夜眠。他日賜金高似屋，嫖姚應是□嬋媛。

## 漢宫怨

趙飛燕，漢春如一日。色映豹尾竿，膏香髮鬖漆。掃粉浴蘭雲帳底，三十六宫寒如水。天教癡妬擅浮榮，緑篋緘傳還啄矢。惟餘擁背人，煖夢黄金殿。西風長信深，塵埋舊紈扇。

## 擬古辭寡婦歎

弱質生良家，幼歲聽傅姆訓戒言。聞有三從，夙夜居，常惕然。及年適夫子，自意偕老，死歸黄泉。上戴蒼蒼之天，下有我履之厚地，竟不酬我願。爲婦未十載，夫子忽舍我去，魂魄不復還。尊章哭其兒，且哀我，少寡居，涕泗恆漣漣。我哀曷已，恐重傷堂上心，茹恨忍死强自寬。撫育四三孤，紡績治生。供衣服粥餐，教養幸成人。奉夫子祀事，以樹立家門，上奉尊章甘旨，不敢少怠，猶夫子生前。華飾不復施，衿鞶纓佩置之埃塵。有耳不敢聞閫外事，律己逾于未嫁先。自分爲待命未亡人，禮法自防豈敢愆。猶復小郎口説譊譊，姻族攜摭相熬煎。哀哀欲誰訴？衹苦心内割裂，欲死無緣。賴是縣官旌宅里，里中稱，孝且賢。少白我心，瞑目無所怨。誶曰：已矣乎！薄軀奚術求全。願言禱大司命，生世莫作婦人。即復作婦人，願死在藁碪前。

## 流黄引

桂庭月午啼螿閒，鸞宫露下冰紈單。酥燈毿帳雁門塞，妾心料此中閨寒。流黄縮纚微含潤，錦石鋪雲瑩相襯。細腰杵急夜如年，擣碎商飈不知困。春纖易製添光澤，鳳花入眼波紋溢。東天皜皜呼侍兒，快取衣箱金粟尺。

## 竹枝歌　至治三年二月，洞庭舟中賦。

東山日赤雲氣昏，河姑勸我莫出門。持筐採得桑葉滿，直到阻雨溪南村。

## 竹枝歌　送余德輝還池州。

沙渚青青芳草茁，梅根潮落蒲芽發。江頭少婦卜金錢，行人歸來有華髮。

## 楊柳詞四首　通州道中作，至元四年春。

夾道青青到鳳城，一般飛絮兩般情。離筵見處泣相送，歸鞍撲著喜相迎。

玉泉山下緑絲垂，曾見先皇駐蹕時。翠輦金輿何處去？煙條露葉不勝悲。

金鞍曉拂枝頭露，珠帽晴沾苑内塵。古來每見人悲樹，如今却見樹悲人。

北客還鄉二十年，來時楊柳故堪憐。而今張緒生華髮，手弄柔條一惘然。

## 轆轤曲

漢月轉桐枝，羅衣怯嫩颸。銀瓶輕墜放，驚散乳鴉兒。

## 緑水曲

妾家若耶溪，門扉緑水西。桂月破煙暝，波明楓影低。潮痕暗沙觜，浦□空雲飛。蘋洲風未起，待妾採蓮歸。

## 垂楊曲 唐體和張仲容。

杏花雨小西曛出，紅鴛微步芳溪曲。垂楊樹暗粉牆高，却上晴樓窺宋玉。檀奴不到心茫茫，春波一眼無鴛鴦。菜花蝶子不解事，雙飛直到簾旌旁。含嬌倚困愁如許，捧硯輕綃識眉宇。柔情書滿紫霞箋，教與雛簷緑鸚鵡。

## 春城曲和馬伯庸

孟陽冉冉青年度，樂酒諧歌寧計數。魏花如斗雲光紅，揚鑣迤邐城南路。門前佩馬春泥聲，香闈瑣暗銀杯傾。可是卓姬能竊去，梁園司馬擅才名。

## 楊花曲

宫鶯百囀花房委，燕子日長三月尾。玳瑁鉤簾後閣空，殘紅拂度銀塘水。白袷春衫俠少年，旌旗別恨相縈牽。盧家小娘不閉户，低回交舞妝臺前。軟風吹香嬌脈脈，西園塢徑東園陌。雲踪雨跡杳難憑，青年誤殺金釵客。

## 杏孅辭 和馬伯庸，秦定元年作，時初忝第科。

霞綃簇春笑紅雨，曲江芳情惱游子。郎君焰光高二丈，燒殺杏花三十里。觴酣小駐龎姨家，鶯歌溜玉鏗紅牙。華裾飄麝鬌豪緑，上馬行陪擇壻車。

## 同十七弟訓南城訪友不遇且聞將有金陵之行

芳徑暴橋西，徘徊白板扉。家人出簾語，小李掉鞭歸。榆莢晴將老，楊花晚漸稀。仍聞欲南棹，情思愈依依。

## 馬伯庸淮南别業號石田山房指韻求詩仍依次用

窅曲愚公谷，縈旋戴氏池。人從西掖召，文任《北山移》。畦稻收新粒，巖花艷故枝。地因人愈勝，心共景相宜。户晝孫常閉，園春董不窺。紛華忘世變，衷素付天知。暗篠藏仙客，喬林叫竊脂。淮流紆大帶，楚岫作修眉。輞水堪摩詰，樊川稱牧之。山房空蕙帳，猿鳥望歸期。

## 盧疏齋趙平遠小像

盛德不孤世，鉅邦尊二賢。盧翁官察訪，趙使職旬宣。契分元偕白，襟期甫暨虔。柏森松競秀，珪瑩璧相聯。高誼雲霄外，清標几杖邊。旬枝時絡繹，杯算日纏綿。宵候丹砂竈，秋鳴緑綺絃。岳蹐同謝妓，湘泛共膺船。釀酒矜方妙，裁衣鬬品全。遨嬉驪騄褭，笑詠撫嬋娟。密邇通家好，留連對榻眠。閉關常習静，揮塵或談玄。閒潔山中相，翛摇地上仙。儀刑人倏逝，丰度世争憐。肖貌開光霽，垂名著簡編。精神棲落月，思致薄淩煙。豈直江潭重，應齊宇宙傳。長沙多勝境，並祀待他年。

## 同年小集探策賦詩得天字

仁廟尊儒術，嘉猷匹苦先。丕承由列聖，大比涉三年。揀拔歸陶冶，招來際幅員。文星明似月，公道直如絃。世運逢熙洽，吾儕屬引延。兩班延虎拜，多士出臚傳。恩重冠裳賜，銜清館閣聯。綠章趨畫闕，華服曳春筵。載酒芳坰外，聞歌小海邊。歡娱能幾日，去住不同天。文省擒辭麗，容臺執禮虔。四門崇教育，庶府雜周旋。桂玉悲妻子，塵埃厭市廛。緬思州縣職，恆畏簡書愆。苦樂寧非分，升沈各有緣。雲隨風力斷，萍逐浪花牽。幾聽宫鶯囀，頻驚海月圓。重來情翕翕，後會語綿綿。問夢觀青鬢，遨嬉駐彩韉。但思傾玉斝，那復計金錢。發興分奇韻，抒懷託短篇。勤勞有王事，□□□諸賢。

## 勒士昌宅前大樹

百丈門前樹，多曾閲市人。斜梢侵寺塔，直幹瞰城門。喜映龍樓日，愁栖馬市塵。何時濯枝雨，老翠尚能新。

## 寄題水木清華亭

僻地開三徑，荒山住一翁。棲遲瞰澄澈，結構倚葱蘢。畫檻穿黄□，□塍散白雞。雲湫龍恍惚，月砌鶴氉毷。磽□孤村日，虢秋萬壑風。溪流明見底，巖樹潤通中。曳杖行霜果，褰衣撿露叢。稻花香入户，杉葉勢侵櫳。穫罷平川迥，樵歸狹路窮。嵐迷峯上下，泉合澗西東。陂養魚千石，秧移地百弓。收成防雀鼠，種植聚奴童。薯蕷登秋課，禾麻驗歲功。要賓如鄭驛，遺子似龐公。物外心何遠，朝中信不通。坐從書帙亂，飲擲酒尊空。景物樊川似，生涯輞口同。嬉游未可到，賦詠或難工。

## 游崑山慧聚寺和唐人詩二首

碧雲天一方，休公具禪牀。天女散花近，懶殘煨芋香。殿燈耿寒灺，波月澄冷光。願言謝朝紱，託身栖道場。右孟東野韻。

天外山光近，峯顛海氣吞。潮憑風作陣，雲藉石爲根。鳥重煙藏樹，帆多水繞村。憑高暫詩酒，回首望修門。〔右〕□□□〔韻〕。

## 城南道院卽事 六月二十八日。

三徑草纖纖，苔痕過雨黏。風光殊不惡，涼意復相兼。芍藥斜侵堿，蒲桃亂入簷。可憐成小憩，不得遂幽潛。

## 先兄正獻公墳所寒食三首

車馬自駢闐，風寒復禁煙。野筵惟粔籹，村女亦秋千。遠岫清明雨，高墳白打錢。乞墦君莫笑，攫肉有輕鳶。

纔動山林興，還增畎畝憂。夕陰仍不雨，春冷欲如秋。撫舊誰傷悼，乘時盡醉游。農家多苦旱，啼殺舍南鳩。

三日春郊宿，留連不肯回。尋詩乘款段，步屧踏莓苔。勝境僧多占，深村客少來。明朝入城市，那復好懷開。

## 送王君冕歸長安

去國三千里，登科二十年。盍簪方晤語，分袂忽言還。書帙休晨撿，詩筒息夜傳。更無吟偪側，惟有恨纏綿。

## 四月晦日卽事

暝樹俯疏櫺，陰□簇廣庭。連綿送月雨，歷落照泥星。好友違千里，癡兒昧一經。近來忘百慮，恬澹養遐齡。

## 冬雨

十月楚天雨，同雲暗八荒。前山應是雪，此地不成霜。氣混朝嵐重，聲兼夜漏長。閒庭斷來往，幽思渺無方。

## 枝江縣獨坐　按部峽州。

澤國持龍節，蒙恩備使臣。簡書時自理，燈火夜相親。山雪迷殘臘，溪梅借早春。所憂無異政，何以慰斯民。

## 閿鄉道中

風雨度崤澠，新晴喜若何。雲間瞻大華，馬上看黄河。心已爲形役，身兼抱病多。平生遠游志，垂老漸消磨。商洛秦陝，步步皆陳蹟，亦猶山陰道中，使人應接不暇。長安城中碑刻，亦不能徧覽，况近郊乎！雁塔梯級久廢。曲江在其東，而亦久涸。一登含元殿故基。未央宫在漢城，怱遽不及至，但求得一瓦而已。興慶池廣袤五七餘里，荷菱藻芡彌望，岸傍古垂楊甚多。□南白鹿坡甚近，華萼相輝、太真梳洗等樓基皆儼然。僕始至及邀諸公，迎送皆在長樂坡灞橋。常一過滻水，常一過華清，一浴繡嶺，一覲華陰，顥靈宫並岳神題名。歸程過藍關、秦嶺，宿藍橋觀裴杭洞，上七盤嶺，下看朝口莊、商山四皓墓、文廟。外此皆不暇及也。余年來行四方，見山水頗多，然各有可取。至于長安城中望終南山，天下古今妙絶也。惜病多才劣，且奪于飲宴，不及富于吟詠。

## 至元三年六月八日史局作休從伯京御史公亮太監伯温秘卿伯循待制暫至城西秘卿待制别去伯京歸家予遂偕公亮回憩都水監雙清亭監掾平伯欽留飲卽席賦五言十八韻

皇都官曹盛，銓衡簿領優。公庭臨紫陌，賓幕對滄洲。樹影移門暗，荷香曲榭幽。亭臺分錯繡，車馬去如流。市迴塵聲杳，山明霽色浮。廣寒南聳殿，齊政北瞻樓。心遠逾寥廓，身高不自由。茶瓜延永晝，絺綌借清秋。翠牖何勞扇，朱簾不下鉤。冰盤丹果沈，去聲。石枕碧苔留。浪迸頻跳鯉，萍開緩汎鷗。畫船思蕩漾，紅粉廢歌謳。竹葉生高興，甘棠敘舊遊。□人供飲餞，勝景得綢繆。洗硯惟呼僕，移牀屢召騶。史才慚忝預，詩句費冥搜。聯璧知何在？乘騶計少休。詰朝重赴局，持此詑同儔。公亮，泰定間常丞是監故耳。

## 都城雜詠四首

萬户千門氣鬱葱，漢家城闕畫圖中。九關上徹星辰界，三市横陳錦繡叢。玉椀金杯丞相府，珠幢寶刹梵王宫。遠夷縱睹争修貢，不用琱戈塞徼通。

豪傑紛紛白玉京，汗顔血指戰功成。九重見帝多因鬼，萬里封侯不用兵。肥馬塵深心獨苦，鮒魚波涸事難平。西山小隱煙蘿暗，依舊春犁趁雨耕。

風物鮮妍飾禁城，豪家戚里競留情。花園錦幄清明宴，香擁珠樓乞巧棚。叱撥馬摇金轡具，軿幪車颺繡簾旌。他年定擬持鉛槧，細數繁華紀太平。

流珠聲調弄琵琶，韋曲池臺似館娃。羅袖舞低楊柳月，玉笙吹綻牡丹花。龍頭瀉酒紅雲灎，象口吹香緑霧斜。却笑西鄰蠹書客，牙籤緗帙費年華。

## 明照坊對雨

章臺車馬去如流，白雨霏煙拂畫樓。九陌平鋪明似練，兩溝急瀉碧于油。美人虹見西山霽，少女風來北里秋。涼意滿襟簾幕卷，宮鴉歸樹夕陽收。

## 壁月

璧月悠悠上女牆，六街燈市遠微茫。隨車徑去柳家婢，走馬獨歸韋氏郎。戚里煙塵眩銀海，九重宮闕接瑶光。銅駝陌上聽鼕鼓，笑殺西樓白玉觴。

## 上中書張參議

至治元年，有旨命禁中結燈山，有司具圖已進。時濟南張公希孟參議中書省，上書諫，從之，且賜錢，苦辭不受，遂賜縑帛各一以旌之。

中官傳敕搆鼇山，公相披雲犯玉顏。紫府騰書天咫尺，彤庭賜帛錦斕斑。丹心濟世今能遂，白髮歸田未可問。早晚□宣催大拜，更將霖雨膏塵寰。

## 送高子敬歸彭城

元龍不拜富民侯，袖劍囊書苦掉頭。李愿有心盤谷去，阮咸無意洛中留。春城寒食鶯花静，日暮鄉關汴泗流。我亦挐舟江海去，試從沙鳥問黄樓。

## 寒食暫出

一百五日上街頭，半晴半雨天悠悠。豪家出郭車争道，少婦當壚人上樓。輦路暗生芳草遠，御溝平瞰碧波流。少年直把春償酒，若箇新詩紀勝游。

## 通州晚晴即事 南游湖湘。

水樹空明雨脚收，凝笳催上驛亭舟。紫霞爛剪翔鴻錦，碧草平鋪集翠裘。落日關河初客路，浮雲宫闕上神州。誰憐五色江郎筆，真使超然賦遠游。

## 江上夜泊遇京使回却寄都下諸公

風氣涼涼水氣清，白榆如玉絳津明。横江渡口晚潮過，采石磯頭涼月生。遠道迢迢蝴蝶夢，舊游歷歷鳳凰城。羣公奮翮青雲上，應笑扁舟萬里行。

## 除夜宿武口驛憶誠夫兄

瓶笙榾柮澹無聊，幾度他鄉遇此宵。三十男兒尚書劍，尋常意氣自雲霄。風燈直下漁歌亂，斗柄旁邊帝闕遥。懸想銀臺門下客，聽雞忙赴紫宸朝。

## 初冬之先壟即事 至治三年作先壟，在南城之東南宜泉村沙垈。

烏鵲相依啄野田，白駝對立飲冰泉。蒲洲凌薄車旋濘，棘路沙虚馬懼鞭。冢上白楊時獵獵，苑中紅葉曉翩翩。嗟予謾索長安米，願就耕夫受一廛。

## 登第詩五首　泰定元年甲子。

### 崇天門唱名

三月吉日當十三，紫霧氤氳閶闔南。天子龍飛坐霄漢，儒生鵠立耀冠簪。黄麾仗内清風細，丹鳳樓頭曉日酣。獨愛玉階階下草，解將袍色染成藍。

### 恩榮宴　四月二十六日。

上相傳宣弁□趨，玉堂西北拜鑾輿。歌聲縹緲方壺外，酒味氤氳沆瀣餘。幕額錦光晴爛熳，帽簷花影晝扶疏。君恩誰識深如海，獨倚東風詠藻魚。

### 同年會　四月二十九日海岸之萬春園。

臨水亭臺似曲江，同年人物宴華堂。嬋娟笑弄龍香撥，醽醁深涵鳥羽觴。醉後方言頻爾汝，座中除目互平章。從來期集輸京洛，仍見詩歌播八方。

### 賜章服　自是年始，襆頭、花帶靴、銀木简皆具。简上仍刻御賜字，金填之，五月一日皆除書同授。

承平天子重科名，章服分頒出大明。袍是涿羅香縷細，笏勝楷木素文横。晨趨象魏雲霞粲，夕奏龍池玉雪清。遥想鳴珂朝會處，鵷行争訝被恩榮。

### 上表謝恩　五月二十一日，時駕已北幸。

瑞日鮮明射玉題，華袍緋纈近罘罳。舍人宣贊瞻丹闕，新進趨鏘詣赤墀。黄屋雲行天杳邈，緑章風送路逶迤。湛恩豈許須臾報，要見他年獻納辭。

## 海岸春行

越橋西下苑牆高，緑淬垂楊絳淬桃。霞擁玉樓晴啓户，風生瑶海暮翻濤。宦囚立馬看花擔，漁隱聞鶯罷竹篙。惟有香園春事好，幾人詩與似吾曹。

## 和張仲容雜詩

蓬萊雲彩爛東方，魚鑰開門禁漏長。萬□樓臺争霽色，九重宫闕動秋涼。羽林執戟趨神武，騎客飄纓入建章。獨愛芸窗常寂寞，六街車馬是誰忙。時予初校書秘府。

## 誠夫兄由兵部員外調選江湘次留别詩韻送之

鯨鯢吞餌釣槎間，英簜開丞使節函。北地關河摇落後，東吴風物笑談間。晴湖泛艇鷗銜棐，夜邸懸燈馬卸鞍。莫以遨嬉夸小委，春風今在五華山。山在京西四十里，都人四時遊觀。

## 和趙魯瞻海岸冬日晚歸

白塔高標射紫霞，烏栖宫樹客投家。燒香人拜彎弓月，穿市兒擕剪彩花。苜蓿地眠朝退馬，蒲萄園隔宴回車。人生要縱長安眼，何事能容便面遮。

## 秋思書將陵驛 館伴安南國使還鄂。

斜陽催出鳳凰城，津鼓聲沈夜櫓鳴。海口風來吹酒醒，漳濱葉落喚愁生。望深夕浦蒼煙暗，夢入秋閨素月傾。况是潘郎年紀到，二毛侵鬢不須驚。

## 雙清亭春日獨坐 時張爲都水經歷，雙清，幕府名也。

帝城何處不紅塵，小海危亭獨可人。笭箵舟航浮上牐，笙歌池館接西津。恩波浴鷺連洲暖，宮樹啼鶯隔岸春。不用鞭笞了官事，笑談容得幕中賓。

## 春暮雙清亭小酌懷張孟功

吏退公庭雁鶩行，持杯暫對水雲鄉。山開罨畫涵晴影，花落𪍑𪌭漾晚香。酒幟隔津標柳陌，漁舟避浪向蒲塘。懷人不得同相賞，空賦停雲第二章。

## 送誠夫大監兄代祀海神

毳帽貂裘素綺裳，明時遠致御封香。朝端使者傳天語，海上神君見火光。萬弩射潮非計策，三山湛影漫文章。靈來細祝憂勤念，不是求仙漢武皇。

## 詠御溝

泱泱穿雲出澗初，千回百折到皇居。行人不敢來飲馬，稚子時能坐釣魚。内史府一作「昭應宫」。前晴涀漾，雲嵒觀後晚舒徐。波漫畧彴通丹禁，風飈輜軿映畫一作翠。裾。三月霏煙著楊柳，九秋涼露泣芙蕖。荒唐莫說流紅怨，自是清漣解起予。

## 送賈孟善閩浙覲省遂奉父之官淮安

浮雲一昔涼風起，游子忽忽買去舟。喜奉嚴君辭遠徼，不因作客別神州。白蘋漠漠吴江岸，紅樹蕭蕭楚驛樓。總是停橈捧觴處，知君無復有離愁。

## 次韻誠夫兄麗正門外晚歸

碧霄雲物獻詩題，雙闕西邊日馭低。弦月彎環城上塔，錦霞鮮麗水南堤。仙郎下直辭雞樹，獵騎收圍撤兔蹄。争笑閒身空七尺，不因鼙鼓卧幽棲。

## 和杜德常萬歲山暮春

霧杳雲深日馭西，紅稀緑暗鬧黄鸝。雙娥有淚仍啼竹，四老無情謾采芝。游冶喜逢三月閏，芳菲空度一春遲。誰家甲第歌聲咽，何處名園舞袖垂。祇有情懷似中酒，那能心緒及游絲。少年笑我真癡絶，一日閒愁十二時。

端午日雨霽暫出齊化門回入城遥面京西諸山及市肆風景追憶延祐六年六月廿有二日侍誠夫尚書兄初自江南還都亦經此路仍值雨晴今十有五年矣感念疇昔因賦此詩

官柳垂陰霽景鮮，憶攜家具過通廛。雕盤粔籹□珠幰，繡陌驊騮輝錦韉。上國繁華過陝洛，中朝文物勝開天。由來幾度南柯夢，惟有青山似昔年。

直沽夜興　元統癸酉八月，南使江浙。

戍鼓聲催夕照低，蒹葭楊柳澹煙微。偶因海浦聽吹笛，却憶京城聞擣衣。戀闕豈無情戚戚，别家那有思依依。傳聞大駕還都近，怪得寒風凜夕威。

東岡崇恩寺晚酌其僧一峯求詩

山門杉檜碧蕭森，步屧回廊一徑深。罷酒長風來北渚，按歌明月出東林。幽軒晚立雲容溼，高閣晴登海氣侵。忽報寒溝潮信到，可能重聽穎師琴。

過餘姚寄賈治安同知

秋深持節下鑾坡，吴越風煙入浩歌。溪水通橋松作竇，山雲收雨石爲窩。避泥驕馬哺寒草，過隴飢牛罌早禾。别駕歸來應笑我，驛程何事苦吟哦。

予以延祐元年從先兄正獻公入汴始識彦輝吴徵君是歲故中丞馬公伯庸今翰林學士謝公敬德國子博士王君師魯鄉貢河南行省迄今二十五年予再以按行至汴居監察行院去徵君所居僅半里猶以公事未畢尚遲于請見時馬公亦薨謝王在館閣感念存殁賦唐律一首先遣持遺徵君正之

至元四年戊寅。

二十年前入汴州，梵王仙館涉春秋。家家庭院森湖玉，處處簾櫳映海榴。金馬石渠傷遠别，丘山華屋動新愁。誰憐閉著車中婦，猶望元龍百尺樓。

仲宣樓登眺

國家全盛似金甌，江漢澄清控上游。帝子幾時臨北渚，庾公何處倚南樓。雲來巫峽祠空在，霜落荆門樹自稠。持節重來舒四望，孤懷别有凭闌愁。

武昌近城阻風雨三日不得到城下遣興一首山南僉憲之行

五月江風多自南，停舟阻雨興難堪。吕公磯送驚心浪，大别山凝撲面嵐。北海酒尊空已久，善和書册遠誰探？妻兒不解窮通理，看挂明朝十日帆。

## 吏部侍郎杜弘道號西巖野逸 保下人。

萬古西巖好地形，憑高四望接英靈。太行王屋千峯雪，碣石居庸一帶青。山徑緣雲通略彴，野泉流月渡坳陘。主人固有幽棲志，同送孤鴻入杳冥。

## 張女挽詩 並序。

女諱阿慶，汝南忠武王第八女，今翰林待制郝陵川□□□日誦數百言，尤工屬對，十歲而逝，元遺山《續夷堅志》記其事。

三生常侍玉晨君，想像文姬一樣人。露氣清凝仙掌夜，天葩秀吐上林春。木蘭歌怨征行苦，柳絮才高老大身。却是貞魂埋不得，綵鸞同與駕飈輪。

所屬對今略附于後，如「睡思昏昏如醉思；閒心寂寂似禪心。」「洗硯黑雲浮水面；折花紅雨落牆頭。」「滿地梨花三月暮；隔牆楊柳兩家春。」「秋水芙蓉妝鏡曉；暖煙楊柳畫屏春。」「關山明月子規魂；花柳東風蝴蝶夢。」「江頭鷗鷺，不關名利也風波；野外荆榛，有底功勛承雨露。」「驟雨翻空，滌世間之塵垢；飛虹飲海，收天下之風雲。」

## 紀行述懷 扈從上京之行。

陪扈灤京愧未曾，馬瘏兒病苦淩兢。龍門湍息山陘雪，偏嶺風淒石瀨冰。倏忽雨暘天叵測，迂疏道路事難憑。侍臣争笑馮唐老，不向明時獻技能。

## 凍雨晚晴自成物門歸院馬上口占

碧山繚繞晝陰垂，雲溼宮城雨溼衣。芳草遠含春意態，微陽閒弄晚光輝。灤河委曲經千里，魏闕嵯峨□九圍。滿目鬱葱佳氣在，莫從陳跡訪依稀。

## 送王彬叔赴西書吏

廬江憲府昔曾經，作掾聞君有此行。灊皖諸山倚天峻，淮淝二水得霜清。蒼鷹自向秋風擊，丹鳳還依曉日鳴。簡牘賢勞好珍重，靈臺明處是雲程。

## 子昂風竹橫披

筆意出天機，倏然仰復低。稍須風勢定，應有鳳來棲。

## 公安早行

誤聽野雞鳴，揚鞭趣驛程。平明見茅屋，方覺冒霜行。

## 送牛農師北上

玉帶河流緣蔚藍，君家橋北我橋南。一談忽作容易別，便是無情也不堪。武陵城西有玉帶河。

## 次韻賦春詞二首

象口香銷冷瑞煙，錦衾羅薦戀朝眠。一心要續懷春夢，不管啼鶯繞檻邊。

嬌春楊柳暗藏鴉，掩映文窗一樹花。寒食清明都過了，悄無車馬問儂家。

別後寄友

蘭舟三日屈原亭，醉出南門緩轡行。柳暗河街新月上，一場離恨不分明。

舟中夜雨寄周子善

雨暗空江夜寂寥，打篷聲似打芭蕉。故人好在紗窗下，高擁銀燈對小喬。

晚興

紫陌歸來月魄新，草深涼院掩柴門。絺衣欲挂梧桐上，慚愧緇塵染樹痕。

曉出都城　是年八月，東之欒亭縣。

風入秋羅半臂寒，紫霞赤氣日光殷。西山大是無情思，忍送巾車又出關。

憶武陵舊事二首

芙蓉如妓繞橫塘，一段秋容著色妝。猶記周郎會心處，醒時雙陸醉時狂。周子善別墅水亭名會心處。

兩袖東風臉似霞，滿懷紅刺訪儂家。春鶯錯唱清平調，輸却釵頭縹蔕花。

三月一日雜詩　延祐七年。

苑樹雲藏紺色鴉，綵樓昏鼓促沈霞。分明不以鼕鼕韻，寂寞東風十萬家。國有哀則崇天門外結綵爲樓，別置鼓角漏壺以司晨昏，嚴警備。

## 陽關圖

前春別宴武陵溪，候館垂楊煖拂堤。忽見畫圖疑是夢，故人回首洞庭西。

## 七月八日晚晴暫出麗正門外

團團碧樹壓宮城，白鳳門楣淡日明。回首瓊華仙島上，片雲猶欲妬新晴。

## 得周子善書問京師事及賤迹以絶句十首奉答

春王朝會大明宮，祝栗魚鑾四海同。至治元年調玉燭，和風甘雨看年豐。

曉日雲冠綴綵珠，龍顏如玉映康衢。大官門外停天駟，羣辟翺翔侍步趨。

黃流玉瓚薦馨香，九廟神靈降百祥。一部雲韶導仙駕，歸來朝賀坐明堂。時皇帝初舉親祭之禮，四方未知。

至公堂下魚鱗屋，麗正門前蝸殼居。三百英雄來獻賦，是中應有馬相如。至公堂，會試之所。四方進士來試南宮者，率皆僦居麗正門外。

瑶肝玉肺渥洼駒，玄圃崑崙是坦途。暫蹶霜蹄未爲失，三年奮迅碧雲衢。子善昆季連與鄉貢，皆不利，故勉之。

人海茫茫萬仞山，健夫争赴碧巖端。躋攀分寸不得上，始信文場蜀道難。予亦以舊歲失舉。

一念遺孤一愴然，心旌無日不懸懸。潞陽二月河冰解，定買吴儂燕尾船。弘夫兄殁于武陵，姪彌在彼，時予欲往視之。

謝家擇壻得逸少，温嶠先酬玉鏡臺。羅帳合歡猶有待，可憐孤鳳意徘徊。時予得婚家初納采。

邇來吟思濁如泥，今日酬君喜賦詩。不識心忪并膽怯，犀珠銀液竟何施？予向苦心疾，至京遂不作。

汩没京塵度歲華，胸中千緒亂如麻。南風準擬揮談塵，賸費君家木杵茶。

## 雪竹白頭翁横披二首

琅玕裊裊碧雲空，雪綴斜梢倚北風。丹鳳不來年歲晚，一枝聊借白頭翁。

蒼衣雪頸凍難飛，寂寞寒梢獨自栖。别有春明好風景，緑楊如畫亂鶯啼。

## 小姑賢祠

虎丘南地名小姑賢，舊時民家有姑惡新婦，欲織羅而去之者。其小姑悉自擊取爲己過，冀以悟母。母悔而止，鄉人祠之。

離鸞别鵠兩沈冥，腸斷廬江焦仲卿。不見虎丘南畔月，至今常爲小姑明。

## 毛女圖

終南靈藥可成仙，徐福空勞泛海船。七月輼輬鮑魚臭，不知宫女却長年。

## 張仲容七夕來徵詩就次韻以答

來詩云：「雲壓高城雨散絲，萬家秋氣入羅帷。巧棚七夕喧鄰里，小宋明朝定有詩。」

鈿合紅蛛綴網絲，玉兒瓜果設香帷。從來天上張公子，解識梧桐一葉詩。

## 夜下新安驛寄家 館伴安南國使還鄂。

河流如箭棹如飛，星漢垂光月漸西。回首曲廊微步處，文明門外夜烏啼。

## 晚泊維揚驛二首

驛牆紅樹晚蕭蕭，解勸征人駐畫橈。擬辦青樓狂載酒，月明何處玉人簫？

朱軒翠館鬱岧嶢，幾處笙歌幾處橋。怪得隔江人望見，夜深燈火似元宵。

## 江上棹歌二首 采石舟中作，以相長年三老，且以慰使云。

江邊日出便解舟，輕帆經過烈山頭。我儂一日還到驛，你儂何日到邕州。邕州與安南接境，故南使以到爲大成港之上。采石之下，江心有山名烈山。

遠人莫愁行路難，故鄉萬里應須還。明朝得風到池口，回首不見蛾眉山。

## 寄張仲容二首

城南城北渺風煙，一度論文月再圓。腸斷而今更愁絶，蓬萊雲隔楚江天。仲容時以禮曹掾接漕舟在海上，先予一日出都。素與予契，誼甚厚，雖同居京師，然各以塵事稀復接見，常謂小别離欲賦一詩。此篇首二句，小别離詩起句也，今足成之。

有情誰解不相思，羅幌風乾葉落時。莫問離愁有多少，君歸猶趁菊花期。

鄱陽蕭性淵能鼓琴琴號霜鐘是其曾大父宋南渡時所畜者其家上世善琴云二首

池臺腸斷雍門周，艮岳繁華逐水流。往事寥寥君不見，金仙垂泣渭城秋。
不似琵琶不似箏，鯨音歷歷似秋清。龜年流落江潭外，誰識秦聲與楚聲。

送同年王在中編修代祀西行三首

宮雲擁節下青冥，巨岳通川草木榮。傳語祠官休祕祝，漢皇深意在蒼生。
聯鑣蓆帽杏園春，五見宮花照路塵。今日分攜重惆悵，順承門外草如茵。
蜀山秦樹碧相連，鳥道花開三月天。馬上從來詩句好，定應多費薛濤牋。

送李文清之官八番宣慰司幕府

武昌門外柳如絲，曾見吳儂笑詠時。張緒而今漸憔悴，定應不似昔年枝。

和省郎杜德常清明三絶兼簡王君實藝林

閒門景物苦無涯，柳拂青絲杏襯霞。醞藉仙郎誰得似，官曹常對紫薇花。
春閨無事不聞雞，睡起朝陽樹影西。盡道陌頭寒食好，賣花聲裏有鶯啼。
赤闌橋畔花豀過，白板扉臨柳岸開。最好苑牆東畔路，可人何事不頻來。

## 送新安王元成赴遼陽教官

三月邊城未見花，榆關盡處草連沙。舉頭只見長安日，忘却江東是故家。

## 冬日雜詩二首

暗塵驚馬夕陽酣，凍路凌兢思不堪。從似徒行知捷徑，踏冰時過象坊南。時予右臂疾未愈。

金水橋西沙路低，東來翠幰與橋齊。不知夫婿何官職，後擁前驅過曲堤。

## 送趙伯常淮西憲副二首

十年前是紫薇郎，伴我書聲隔粉牆。今日繡衣持斧去，沖冠毛髮半秋霜。至治三年，趙爲中書掾，予爲桐子師其鄰。

天北天南賦遠游，合肥城下理松楸。多應夢見還家樂，無復眉攢去國愁。趙先爲南臺御史，巡歷海南，召爲左司都事，分司上都，今以清貧求出，故有是命，父母皆葬廬州。

## 姑蘇卽事二首

南北東西畫舫通，賣魚輸稻不愁風。鄰人使北歸來說，車馬京塵十丈紅。

娃兒十五瘦腰肢，眼角紅妝淺淡施。聞道阿娘將典却，揭簾催喚買燕支。

## 長安驛道中觀芙蓉寄嘲伯循

玉溪橋畔淡朝霞，照景紅妝泫露華。說似分司才御史，水邊花勝驛中花。

## 寒食拜掃盤桓南城親友家書所聞見俚歌十首　録〔五〕〔四〕

北城繁華撥不開，南城盡是廢池臺。看花君子頗解事，不笑南城似冷灰。

南城宦家有孤兒，華裾寶馬日游嬉。羣奴豪飲賣丘木，身在醉鄉猶未知。招賢鄉劉氏事。

街頭老父髮垂肩，拄杖支頤話可憐。粔籹不甜寒具小，風光那似十年前。

故都空有廢殘城，天曆人家學避兵。今日街衢却依舊，柵門全毁塹填平。天曆戊辰冬，北兵迫盧溝河南城，民家常樹柵決塹以自衛。

曉攜兒姪拜先隴，常恐重來徑路迷。馬上舉鞭頻指示，石牌東畔緑楊西。時兒子彍將補外。

此題又一詩云：「貴人池沼多魚鼈，好佛經年不殺生。惡少家奴苦相負，時時鉤擉恣煎烹。」太禧院使秃堅帖木兒別宅在豐宜門内街東，宅有池可十數畝，予常屢至。篇中事得之于其家人。又集中載有揭曼碩小僕鄒福，頗能作詩，諸名勝皆有所贈，因作詩云：「福也事人甚不切，學詩習字欲自别。不似南鄰守舍兒，輕裘肥馬通關節。」觀此則當時豪横之風亦概可見矣！

## 閏十二月二十七日喜雪二首　前二日，平章徹里帖木兒竄南安。

積禍丘山重莫蠲，君恩如海聽南遷。品流懸絶昌黎叟，一樣藍關馬不前。

姓名何事到金甌，滄海横流浩莫收。鵠立白袍三百箇，有誰回首望崖州。

徹里帖木兒爲江浙平章，會科舉，驛請試官，供張甚盛，心頗不平。及復入中書，首議罷科舉。及論學校莊田租可給宿衞士衣糧。至元元年，科舉罷。其明年，徹里以罪徙。六年十二月，乃詔復行科舉。

## 雨中馬上口號

十二官街底許寬，尋常塵土晝漫漫。晚來一雨春多少，惟有垂楊最好看。

## 無題

秋千架底過清明，貴婿除官促遠行。收拾春衣單騎去，落花風裏暮砧鳴。

## 江浙省照磨段吉甫于予爲同年友至順癸酉會于吴門今春書來寄近詩十餘首遂和其次韻張伯雨新居四絶句以答時同年吕仲實僉浙西憲併以簡之 録二。

流水閶門畫舸横，姑蘇臺上暮雲平。五年一覺吴宫夢，珍重歸鴻肯寄聲。

葛嶺躋攀屐齒苔，舊游山鳥不相猜。繡衣使者雖同調，不許聯鑣共往來。

## 又次韻述懷見答四首 録二。

居庸一帶雨餘青，歷鹿車聲久厭聽。夢到江南舊游處，釣魚磯畔柳風停。

菟裘無地可田園，猶似栖栖擇木猿。昨夜洛陽風雪甚，袁安依舊卧衡門。

## 檀州之平谷道中口號　賑飢東道。

村垣兒女可憐生，滿鬢花枝弄晚晴。放下秋千争見笑，雨中騎馬過清明。

## 三月晦日偶成

十里平原晚色低，粉飄紅墜緑凄迷。客中無限傷春句，却爲乘驄不敢題。

## 山行值雨

山雨隨雲往返飛，行時沾溼避時稀。須臾馳過前岡去，滿馬斜陽就曬衣。

## 宿牛首市陸叟所居　再録囚襄陽。

塵染練衣雨汗流，停驂借得半窗秋。自憐不及居停主，坐看青山到白頭。

## 墨梅　爲李華遠作。

風香月影雪飢膚，朔客晴窗看畫圖。江北江南數千里，夢魂何處覓西湖。

## 詐馬宴　上京作。

寶馬珠衣樂事深，只宜晴景不宜陰。西僧解禁連朝雨，清曉傳宣趣賜金。

## 王中丞士熙

士熙，字繼學，東平人。翰林學士承旨構子，以文學世其家。嘗師事蜀郡鄧文原，博學工文，聲名日振。累陞中書省參知政事，官南臺御史中丞卒。繼學爲詩，長於樂府歌行，與袁伯長、馬伯庸、虞伯生、揭曼碩、宋誠夫輩唱和館閣，雕章麗句，膾炙人口。如杜、王、岑、賈之在唐，楊、劉、錢、李之在宋，論者以爲有元盛世之音也。

### 雲山辭

山氤氳兮出雲，又泠泠兮以雨。倏日出兮雲飛，山青青兮極浦。横浮雲兮水粼粼，褰杜若兮采白蘋。葺荷宇兮桂爲棟，臨江皋兮悵懷人。

### 江上竹

蕭蕭江上竹，依依徧山麓。晨霞屑明金，夕月擁寒玉。梢梢緑鳳翼，葉葉青鸞足。深叢疑立壁，高節折垂纛。荒涼含雨露，歷亂同草木。不求筍煮羹，不求椽架屋。褰條作長笛，吹我平調曲。

### 青青河畔草

青青河畔草，江上春來早。春來不見人，思君千里道。千里君當還，夙昔奉容顔。青樓獨居妾，含情山上山。白雁歸塞北，一行千萬憶。團團月出雲，却使妾見君。

## 送郭子昭淮東經歷

夫君黄鵠姿，氣排青雲上。嵯峩柏樹枝，冰霜激清賞。鋒錯太阿鮮，韻叶玄石響。淮海今勝區，疆場記疇曩。省俗出凋瘵，主畫酬鞅掌。南浦春波深，迢迢桂舟往。論交心獨傾，撫别意增惘。古殿瓊花開，題詩寄遐想。

## 題蘭亭定武本

會稽晉名山，中有千世寶。斯人臨池波，歷歷照穹昊。流傳長安道，老僧惕如擣。昭陵雲霧深，玉匣失所保。周成《顧命》篇，垂戈列經誥。至今天下人，欲觀何由討。幸然定武石，難容以智造。宋家幾播遷，惜哉蹟如掃。眼明偶相遇，精神更美好。五字未曾缺，纔出紹彭早。《黄庭》亦不存，《瘞鶴》殊渺渺。摩挲憶真者，鬢髮空自皓。

## 送和林蘇郎中

《元音》作《送蘇公赴嶺北行省郎中》。

居庸關頭亂山積，李陵臺西白沙磧。畫省郎中一作官。貂帽側，飛雪皚皚馬韁一作韉。溼。馬蹄雪深遲遲行，冷月棲一作淒。雲塞垣明。鐵甲無光風一作烽。不驚，萬營角聲如水清。明年四月新一作青。草青，一作生。征人賣劍隴頭耕。思君遥遥隔高城，南風城頭一作樓。來雁鳴。

## 白苧

窄衫裁苧清如水，踏茵起舞雲層層。纖手宛轉拂輕燕，畫鼓逐拍《涼州》徧。長衢蹀躞去馬蹄，五更殘月聞鶯啼。誰能不思更不憶，獨倚朱門望雲立。庭前碧樹垂晚花，來禽熟時郎到家。

## 送華山隱歸西湖

方士求仙入滄海，十二城樓定何在？金銅移盤露滿天，琪樹離離人不采。軒轅高拱聖明居，羣仙真人左右趨。青牛谷口迎紫氣，白鶴洞中傳素書。珊珊鳴佩星辰遠，寂寂珠庭雲霧虛。修髯如漆古仙子，玉林芙蓉染秋水。九關高塞不可留，歸去江湖種蘭芷。山頭宫殿風玲瓏，玄猿飛來千尺松。閒房誦經鐘磬響，石壁題詩苔蘚封。欲向君王乞祠禄，安排杖屨來相從。

## 贈廣東憲使張漢英之南臺掾

生平不願爲傭書，亦不願作章句儒。酒酣詩成吐素霓，意氣凜凜吞千夫。前年排雲叫閶闔，出門一夜車四角。去年海嶠席未温，一舸乘潮又催發。大江之西日本東，盧陵文物常稱雄。決科歲占十八九，君當努力提詞鋒。才高不用長歎息，四海彌天豈無識。壯年懷居亦何有，著眼帶礪開胸臆。巖巖柏府凌高寒，豪士傾蓋宜交歡。我知屠龍不屠豨，食馬正欲食馬肝。吴姬壓酒飄香絮，謫仙神遊歌《白紵》。敬亭惟有孤雲閒，欲雨人間亦飛去。

## 君莫舞

獸環魚鑰開九門，長刀閃月如雲屯。軍中置酒毛髮立，楚漢瞋目爭乾坤。楯上切肉衫血涴，白璧入手玉斗破。悲風烈日吹秦聲，赤龍將飛沐猴臥。項莊項莊君莫舞，以力取人天不與。明珠美女棄若遺，誰遣驪山作焦土。戰旗高高日向曛，天空雲散猶待君。漢王夜走灞上路，紀信成灰范增去。

## 行路難二首

請君莫縱珊瑚鞭，山高泥滑馬不前。請君莫駕木蘭船，長江大浪高觸天。瞿塘之口鐵鎖絡，石棧縈紆木排閣。朝朝日日有人行，欹櫂停韉驚險惡。飢虎坐嘯哀猿啼，林深霧重風又淒。罥衣絆足竹刺短，潛形射影沙蟲低。昨夜雲月暗，今朝煙霧迷。青天蕩蕩紅日遠，王孫遊兮草萋萋。行路難，歸去來。振衣滌塵轉淮海，故山之雲莫相猜。行路難，古猶今。翻手覆手由人心，江空月落長短吟。

轔轔之車渡黄河，汎汎之舟江上波。漢使叱馭九折坂，將軍横旗下牂牁。君不見長安大道人如蟻，漏盡鐘鳴行不已。又不見吴江八月人戲潮，赤脚蹴踏潮愈高。男兒有志在四方，憂思坎軻纏風霜。不及江南豪富兒，一生足不下中堂。烹龍膏，薦麟髓，千金一笑如花美。忽然對面九疑峰，送君千里復萬里。生鐵無光劍花紫，薄霜碎碎月在水。雞鳴函谷雲縱横，志士長歌中夜起。

## 古意

彈琴罷離聲，置酒喜合并。奉君藍田之玉巵，涼州蒲萄新釀成。君醉不肯飲，月華爲誰明？羅襦起舞錦茵動，花落簾前驚乳鳳。五更上馬雲滿天，馬蹄却厭鳴珂重。不向章臺學鬬雞，爲通名姓入金閨。銅壺滴滴宫漏晚，鴛鴦飛來池水滿。

## 玉環引送伯庸北上

崑山有美璞，昆吾有寶刀。推雪漉寒冰，凝此英瓊瑶。團團月長滿，皛皛白雲淺。似環環無窮，寥寥人意遠。有美天山人，皎潔同精神。禁垣青春多，大佩垂朝紳。腰無大羽箭，肘有如斗印。結束上京行，騮駒驟長靷。不採珊瑚鈎，海深安可求。不執水蒼璧，漢庭羅公侯。愛此玲瓏質，題詩贈與客。百金一朝傾，三年不可得。不得只空行，山泉琴峽鳴。摩挲龍門石，憶憶應留情。天風北極高，歸塗踏霜草。不惜玉環分，只願君還早。

## 早朝行

石城一作頭。啼鳥翻曙光，千門萬户開未央。丞相珂馬沙堤長，奏章催唤東曹郎。燕山驛騎朝來到，雨澤十分九州報。輦金馱帛分遠行，龍沙士飽無鼓聲。閣中龍牀琢白玉，瑟瑟圍屏海波緑。曲闌五月櫻桃紅，舜琴日日彈薰風。

## 題郭忠恕九成圖

隋室好繁華，青山作帝家。雉樓曾宿鳳，驚樹不棲鴉。池藻縈春月，簾衣織晚霞。西風催别恨，帆影到天涯。

## 題玩芳亭五首

每憶城南路，曾來好畫亭。闌花經雨白，野竹入雲青。波影浮春砌，山光撲畫扃。褰衣對蘿薜，涼月照人醒。

何處春來好，城南尺五天。地幽迷曉一作好。樹，花重壓春煙。上客抛羅袂，佳人舞畫筵。晚來清興熟，移坐曲池邊。

留客青春過，題詩碧霧寒。亂鶯穿舞幰，輕蝶立回闌。白日閑斟酒，清時早挂冠。主人多雅興，不覺玉巵乾。

拂拭亭前石，東風屋角生。淺雲浮水動，遲日傍花明。春去青林合，人來白鳥迎。暮塵回首處，此地可忘情。

美酒朝朝熟，佳賓日日來。玉巵擎雨露，翠衲拂塵埃。預恐春城閉，先教晚騎回。只今行樂地，飛絮落莓苔。

## 題幽居

最愛幽居好，青山在屋邊。竹窗留宿霧，石檻接飛泉。采藥蟾奔月，吹笙鶴上天。世塗塵擾擾，裁句詠神仙。

## 象石

老石何年有，江頭閲歲華。蜿蜒龍吸水，突兀象蹲沙。地軸資神禹，天工付女媧。歸來銀漢客，好與共空槎。

送虞伯生祭一作代。祠還蜀用袁待制韻

蜀道揚鞭舊險摧，家山遥認碧一作石。崔嵬。奉香暫別金鑾去，題柱真乘駟馬來。祠罷汾陰迎漢鼎，路經驪谷弔秦灰。歸鼇宣室須前席，不似長沙遠召回。

用袁待制送行韻

青草白沙入渺漫，層層山色舊曾看。赤城曉日霞初起，黑谷晴嵐雨未乾。錦帕蒙鞍中使馬，寶刀分膾内家盤。不才底事頻行役，只合清江把釣竿。

次霍狀元接駕韻

闕頭曉日瑞光蟠，隱隱駝鈴隔薄寒。金殿巧當雙嶺合，繡旌遥指五雲看。軍裝騕褭開馳道，仙仗麒麟簇從官。詞苑恩波供染翰，秋風歲歲候鳴鑾。

寄武夷思學齋

武夷山色青於水，君築高齋第幾峰。北苑鶯啼春煮茗，西風鶴語夜巢松。田家送酒芝香瀉，道士留書石髓封。聞説牙籤三萬軸，欲憑南雁約相從。

## 送朱真一住西山　一作《送朱本初住玉隆》。

官河新柳雪初融，仙客歸舟背楚鴻。鐵柱晝閒山似玉，石樓人静水如空。煮茶榻畔延徐孺，燒藥爐邊見葛洪。天上雲多白鶴去，子規何事怨東風。

## 留别參議

祥麟不入文王囿，野鶴空盤越嶺天。荔子園深風却暑，萊公祠古竹依泉。晴霞暖映扶桑日，夜雨寒生瘴海烟。萬里相從還又别，小舟潮上更留連。

## 别張思聖照磨

柏臺深處識風姿，南國春殘送我時。幕府日長松影瘦，琴書窗小竹香遲。山杯持酒分椰子，石密和漿摘荔支。從此朱厓明月夜，飛雲頻與寄相思。

## 白蓮

昆吾纖刃刻芳菲，玉女新抛織錦機。無質易隨清露滴，有情應化素雲飛。青腰霜下蟾房冷，皓首天邊鳥使稀。最憶齊州舊遊處，日斜雙槳折花歸。

## 題鮮于伯機與仇廉訪帖

三生文采趙公子，四海聲名仇使君。彈琴不作《廣陵散》，焚香遥駐博山雲。玉署春來鶯漫語，繻一作繡。

衣人去雁空聞。龍蛇兩紙光如玉，即是安西與右軍。其帖之語曰：「趙公子明日欲過寒舍看書畫，廉訪相公能一來焚香彈琴亦佳。」趙公子，子昂也。後亦有跋帖。廉訪字彦中。今具子公哲御史實藏此帖。

## 送袁德平歸越

平湖如鏡靜一作淨。秋波，禹穴西風卷碧一作薜。蘿。狂客有船都一作皆。載酒，道人無字不籠鵝。牀頭舊笏青雲近，窗下殘編白雪多。燕市塵深拂衣去，海門何處問漁蓑。

## 送巨德新

渭城秋水汎紅蓮，白雪梁園作賦年。金馬朝回門似水，碧雞人去路如天。揚雄宅古平蕪雨，諸葛祠空老樹煙。小隊出游春色裏，滿蹊花朵正娟娟。

## 壽劉邢公

詔下金鑾第一廳，春風湛露讌趨庭。嘉辰又紱蒼麟角，仙侶同驂白鶴翎。衛武高年猶人相，韋賢老日只傳經。崆峒列有長生訣，杖几凝香酒半醒。

## 送袁道士二首

五公舊譜漢庭傳，之子飄飄去學仙。山裏牧羊成白石，雲間騎鶴上青天。黃庭夜月迎三疊，緑綺秋風度七絃。拂袖京塵留不住，別離可奈落花前。

軒轅雲裔越公家，學道青山幾歲華。仙覓安期曾授棗，詩成湘子解開花。金砂擬煉長生藥，銀海初回遠使槎。二十四巖明月夜，簫聲何處落煙霞。

## 題節婦

寒窗機杼泣秋風，鏡影鉛雲不汝同。明月有光生夜白，貞松無夢妒春紅。羅襦舊繡天吳坼，緑綺離弦海鶴空。陌上行人指華表，閉門疏雨落梧桐。

## 驪山宫圖

翠嶺含煙曉仗催，五家車騎入朝來。千峰雲散歌樓合，十月霜晴浴殿開。烽火高一作空。臺留草樹，荔支長路入一作認。塵埃。月中人去青山在，始信昆明有劫灰。

## 寄上都分省僚友二首

天上風清暑盡消，尚方仙隊接一作按。雲韶。白鵝海水生鷹獵，紅藥山岡詐馬朝。涼入賜衣飄細葛，醉題歌扇溼輕綃。河堤楊柳休傷别，八月星槎到鵲橋。

畫省薰風松樹陰，合歡花下日沈沈。腐儒無補漫獨坐，故人不來勞寸心。紫極三台光景接，洪鈞萬象歲年深。灤江回首九天上，誰傍香爐聽舜琴。

## 上京次伯庸學士韻二首　一作《和馬伯庸見寄》。

侍臣催講御一作玉。階西，雲静觚棱曉色低。天闕神州卑兩漢，地連碣石轉三齊。含香晝永閒青瑣，視草堂幽溼紫泥。最憶東山老松樹，秋風應有鶴來棲。

長堤芳草遍灤河，誰買扁舟繫樹楂。金帳薰風生殿角，畫〔樓〕（棲）晴霧宿檐阿。萬年枝上烏啼早，九奏階前鳳舞多。供奉老來文采盡，詩壇〔昨〕（作）夜又投戈。

## 送王在中代祀秦蜀山川

太華雲連蜀棧低，柳花三月紫騮嘶。香浮曉露金奩溼，旛拂春烟絳節齊。策牘當年登桂苑，詞林後夜趣芝泥。長安遊客應無數，誰共王褒頌碧雞。

## 題郭忠恕九成宫圖

鐵馬歸來定太平，九成宫殿暑風清。龍蟠古洞長藏雨，鳳入層臺自度笙。畫棟塵空巢燕去，蒼崖雲掩路碑横。秦川忽向丹青見，魂夢依稀識化城。

## 送危伯明教授南歸

鯉魚吹浪柳花香，春水還乘日計航。天外青藜歸太乙，人間□髮老文昌。疾風筆陣開生練，細雨書談校底囊。好爲聖朝宣教鐸，育才取次進明光。

## 送張元杰

名山使者碧霞衣，三月天南白雁飛。瑶席東皋分桂醑，紫檀北斗動珠輝。石厓有迹尋仙去，溪水無情喜客歸。上際峰前赤松宅，春來蕙草正芳菲。

## 和馬伯庸寄袁學士

白雪賡歌少，朱弦詠歎長。天池鵾獨運，霧谷豹深藏。舊地收華戟，新田買石房。閒情齊綺皓，時論佇班揚。瑚璉登周廟，宗彝畫舜裳。西昆分顥氣，南斗避寒芒。六月灤陽扇，三秋鏡水航。彈琴無俗曲，辟穀有仙方。玉海羞麟脯，金莖饋露漿。書空忘咄咄，文陣擁一作「障拂」。堂堂。翰府聯芳遠，樞庭奕葉光。名山留史策，鳥國售詩章。節擬芝田鶴，音諧律管凰。寫經酬道士，立塔禮空王。藉草連裾碧，分觴注酒黃。竹牀吟几小，紗幘鬢絲涼。離别三生夢，歸依一瓣香。升堂乖笑語，在野愧才良。雲擁鄞山雨，潮生定海洋。何時宣室召，四馬驟康莊。

## 虞祕監山林小像

棧閣通秦鳳，蓬山壓海鼇。石泉當壑坼，琪樹出雲高。夜月青筇杖，秋風白道袍。長吟趨谷口，獨往下亭皋。偃蹇三峰卧，逍遥八表遨。竹深時宿鶴，溪淺不容舠。經席天顔喜，村居世網逃。神全勞畫史，才美擅時髦。憩迹惟松樾，充飢有澗毛。滄浪誰唱曲，華屋意蕭騷。

## 省中書事

玉京長夏裏，晝省五雲邊。終日身無事，清時職是仙。縹甆分馬乳，銀葉薦龍涎。細草烟籠罽，垂楊雪妒緜。客懷天外鶴，農事雨餘田。染翰逢歌扇，揮金向酒船。鼇峰孤絶處，閒坐似當年。

## 天冠山二十八首

### 龍口巖

飛泉龍口懸，平石鼇背展。高會瀛洲人，一笑滄浪淺。

### 洗藥池

長生底須學，神芝何處采？不見洗藥人，清波湛然在。

### 丹井

丹井只三尺，四時無虧盈。餘波飲可仙，我亦願乞靈。

### 玉簾泉

天孫織玉簾，懸之千仞石。垂垂不復收，滴滴空山碧。

### 長廊巖

誰謂山中險，長廊亦晏然。花開春雨足，月落山人眠。

### 金沙嶺

峻嶺接仙臺，仙人獨往來。簫聲吹自落，鶴翅拂雲開。

### 昇仙臺

高臺去天咫，有仙從此昇。遺迹尚可攀，山雲白層層。

### 逍遥巖

老竹空巖裏，懸厓飛水前。欲識逍遥境，試讀《逍遥篇》。

### 靈湫

龍神蟠泥沙，宅此巖之阻。遊人勿輕觸，歷歷聽秋雨。

### 寒月泉

泉清孤月現，夜久空山寒。不用取烹茗，自然滌塵煩。

### 長生池

修竹夾清池，一亭山之西。長生人已去，誰能汩其泥。

### 道人巖

道人出白雲，空巖爲誰碧。獨往誰得知？時有鶴一隻。

雷公巖

谷口陰風來，山頭暮雲舉。但見飛電光，山人賀春雨。

老人峰

何年南極星，墮地化爲石。至今明月夜，清輝倚天碧。

月巖

飛泉何許來，明月此夜滿。登高立秋風，妙趣無人款。

仙足巖

一足不能行，神仙寧此留。祇以形之似，高蹤何處求。

鬼谷巖

道散亦已久，世變如浮雲。石壁有太古，爲問空同君。

風洞

清風貯深洞，四時長氤氲。飄然無遽發，散我山中雲。

石人峰

仙人立危峰，欲作淩雲舉。飄然閲浮世，獨立寂無語。

學堂巖

仙人讀書處，樵子聞時聲。猶勝爛柯者，只看棋一枰。

鳳山

孤鳳棲山中，白雲護清境。朝陽早飛來，月落空巖冷。

馨香巖

蛟涎漬頑石，磴道何崎嶇。深潭湛古色，興雲只須臾。

釣臺

地非七里灘，名乃千古同。神仙聊戲劇，何有一絲風。

磜潭

山川萬古祕，雲雨一潭幽。何日卧龍起，碧潭空自秋。

三山石

三山豈仙居，百世真道學。荒臺明月秋，懷哉彼先覺。

五面石

奇石不爲峰，何用作五面。獨立賞春暉，水流花片片。

## 小隱巖

抽矢射白額，歸洞讀舊書。小隱不可見，後來誰卜居。

## 一綫天

青天何蕩蕩，此中纔一綫。大道本來明，慎勿安所見。

## 李宮人琵琶引九首

瓊花春島百花香，太液池邊夜色涼。一曲《六么》天上譜，君王曾進紫霞觴。

龍柱雕犀錦面妝，春風一抹綵絲長。新聲不用黄金撥，玉指蕭蕭弄晚涼。

鸞輿五一作三。月幸龍岡，宣喚新聲促曉妝。撥斷冰絃秋滿眼，塞天雲碧草茫茫。

紫檀别殿鎖春光，鈴索聲閒一作聞。白日長。不似開元教坊曲，太真微醉撥龍香。

一入深宮歲月長，承恩曾得侍昭陽。檀槽按出新翻曲，五色雲中落鳳凰。

越羅蜀錦舊衣裳，赢得旁人識賜香。莫對琵琶思往事，聲聲彈出斷人腸。

瑶池高宴奏清商，偷得蟠桃帶露嘗。莫道仙凡便成隔，時時青鳥向人翔。

賤妾霞宮母在堂，當年雲鬢共蒼蒼。太平傳得梨園譜，似説春風夢一場。

劍舞當年識大孃，花奴羯鼓漫悲傷。貞元朝士仍多在，應笑青衫泣白郎。

## 竹枝詞十首

居庸山前澗水多，白榆林下石坡陀。後來纔度槍竿嶺，前車昨日到灤河。此首與第四首刻入楊鐵崖《西湖竹枝詞》，序云：「竹枝本灤陽所作者，其山川風景，雖與南國異焉，而竹枝之聲則無不同矣。」

宮裝騣褁錦障泥，百兩氍車一字齊。夜宿巖前覓泉水，林中還有子規啼。

新雨霏霏綠罽勻，馬蹄何處有沙塵？阿誰能剪山前草，贈與佳人作舞茵。

車簾都卷錦流蘇，自控金鞍撚僕姑。草一作出。間白雀能言語，莫一作試。學江南唱鷓鴣。

山前馬陣爛如雲，九夏如秋不是春。昨夜玄冥剪飛雪，雲州山裏盡堆銀。

山上去采芍藥花，山前來尋地椒芽。土屋青帘留買酒，石泉老衲喚供茶。

風高白海隴雲黃，寒雁來時天路長。山上逢山不歸去，何人馬蹄生得方。

山前聞說有神龍，百脈流泉灌水春。道與年年往來客，六月驚湍莫得逢。

天上瑶宮是吾居，三年猶恨往來疏。灤陽侍臣騎馬去，金燭朝天擬獻書。

龍岡積翠護新宮，灤水秋波太液風。要使《竹枝》傳上國，正是皇家四海同。

## 上都柳枝詞七首

曾見上都楊柳枝，龍江女兒好腰肢。西錦纏頭急催酒，舞到秋來人去時。

惹雪和煙復帶霜，小東門外萬條長。君王夜過五花殿，曾與龍駒繫紫韁。

來時垂葉嫩青青，歸去西風又飄零。願得儂身長似柳，年年天上作飛星。
儂在南都見柳花，花紅柳緑有人家。如今四月猶飛絮，沙磧蕭蕭映草芽。
雪色驊騮窈窕騎，宮羅窄袖袂能垂。駐向山前折楊柳，戲撚柔條作笛吹。
偏嶺前頭樹樹逢，輕於蒼檜短於松。急風卷絮悲游子，永日留陰送去儂。
合門嶺上雪凄凄，小樹雲深望欲迷。何日汶陽尋故里，緑陰陰裏聽鶯啼。

## 上京次李學士韻五首

山擁石城月上遲，大安閣前清暑時。玉碗争呼傳法酒，碧牋時進教坊詩。
金燭承恩出院遲，玉堂學士草麻時。明朝出國新端午，彩筆應供帖子詩。
晝漏渾争一刻遲，玉京六月似秋時。篋中日日藏紈扇，説與班孃莫寫詩。
芍藥闌前春信遲，燕京端午石榴時。雙雙紫燕自尋壘，小小白翎能念詩。

## 題扇三首

西山雲浄換新秋，碧樹堂深野水流。此夜畫闌都乞巧，月明何處望牽牛。
横波清淺露平洲，沙暖鴛鴦得意游。一夜西風吹雨過，有人獨上木蘭舟。
銀河秋早露華新，碧樹雲收月半輪。庭外西風聞雁過，畫樓應有斷腸人。

太乙宫留題

石徑松花静掩扉，芙蓉秋早蝶雙飛。主人何處采芝去，待到日斜猶未歸。

次薛玄卿韻

石壇秋晝下雲旗，鐵鎖峰前暫别離。一夜珠宫新露冷，步虚直到月斜時。

悼程妻許氏

綺窗花雨颺春風，寶鏡塵昏杼軸空。三粲未笄兒未冠，忍教夫婿歎孤鴻。

高房山畫

吴山重疊粉團高，有客晨興灑墨毫。百兩真珠難買得，越峰壓倒湧金濤。

奉題袁伯長開平百首詩後

玉海雲生貝闕高，騎鯨人去采芝遨。灤江一夕秋風到，瑟瑟珊瑚涌翠濤。

王僉事士點

士點，字繼志，士熙之弟。始爲通事舍人，歷官至淮西廉訪司僉事。所著有《禁扁》、《祕書志》。

題四愛堂四首

余所愛兮崇蘭，植之兮堂間。思夫君兮山谷，紉翠佩兮雜青綸。蘭芳歇兮日在山，欲從之兮不得閒。

余所愛兮修蓮，植之兮堂前。思夫君兮濂之水，濯冠纓兮叩漁舷。蓮馨富兮水泥煙，欲從之兮不我賢。

余所愛兮秋菊，植之兮堂隩。思夫君兮柴桑，巾漉酒兮杯生馥。菊英黄兮江波縮，欲從之兮不我復。

余所愛兮湘梅，植之兮堂隈。思夫君兮浙之湖，吟清淺兮句容裁。梅枿素兮雪飛埃，欲從之兮勿余猜。

## 雅同知琥

琥字正卿，可温人。嘗家於衡鄂，登天曆第。初名雅古，文宗御筆改爲雅琥，授奎章閣參書。至元間，行中書，調選廣西静江府同知。比上其名，中書正奏授高郵。時廣西多寇盗，而琥母老，即移家歸武昌待次。馬中丞伯庸作序送之，朝士因各爲歌詩以美其行，傅廣文與礪有句云：「忽聞除書雙及門，老親白髮生顏色。」後歷官至福建鹽運司同知。

### 擬古寄京師諸知己二首

中天懸高臺，上有仙人家。雲窗織流月，石磴凌飛霞。簾縈翡翠絲，壁粲芙蓉砂。羣仙恣遨遊，青鸞駿羽車。左攜若木枝，右折蟠桃花。斡旋雨露功，吞吐日月華。願蘇顛崖氓，天瓢浩無涯。草木悉霑濡，遂及蒹與葭。

閶風接玄圃，紫禁連西清。扶桑浴朝暾，縹緲見層城。海水幾萬里，誰能計修程？東皇司造命，廣庭延羣英。中有三五君，生平想儀刑。賡歌諧都俞，論思贊高明。菲菲藹春華，翕如鏘鳳笙。而我抱幽獨，幾年適蠻荆。瘴癘肌肉消，盗賊夢寐驚。種種履憂患，誰能念伶仃。願假刀圭妙，白日羽翰生。微渺得攀附，相將還帝京。

## 題周昉明皇水中射鹿圖

開元天子奮神武，一矢成功定寰宇。飛騎營中墮牝雞，妖星散落紛如雨。邇來校獵渭城東，姚崇發蹤指顧中。馬前十論效驅策，君王已賀獲雋功。波濤澒洞真龍立，應見波問老蛟泣。畫師盤礴筆有神，千載英姿如昨日。君不見天寶年來事事非，宮中行樂晝遊稀。可憐野鹿銜花去，猶向樽前按舞衣。

## 送御史王伯循之南臺

京華歲晏饒風雪，况復知交遠相别。金貂貰酒燕市傍，官柳殘條未堪折。客心戀戀不忍發，離歌莫唱《陽關》疊。羡君年少早致身，文章德業追古人。繡衣驄馬向南去，江湖草木含青春。

## 秦淮謡

天險淮南紀，猶隔秦淮水。水上石頭城，城頭更戍兵。如何愛歌舞，坐待韓擒虎。璧月委瓊姿，歡娱能幾時。

## 大堤曲

郎家大堤上，妾住横塘曲。年少結新歡，離别豈所欲。日日望郎歸，門前春草緑。嫁時雙明珠，繫妾紅羅襦。纂製遠遊履，願諧比目魚。路長不可致，搔首空踟躕。

## 賦得月漉漉送方叔高作尉江南

月漉漉，泥在水。送君歸，幾千里。泥在水，月不明。執君别，難爲情。漉漉見月，水深泥多。飄飄遊子，歲暮如何？洞庭霜下，木落無波。白雲在望，鼓枻謳歌。念子之來，攜書一束。兹焉言歸，榮養以禄。雄劍在匣，弨弓在箙。馳騁千里，毋爾局蹩。

## 鄢陵經進士李伯昭墓

激烈山陽笛，凄涼祖逖鞭。才高天不惜，命薄世空憐。故里一丘土，荒城五畝田。雖云有宿草，寧忍不潸然。

## 雲谿真館

真館雲谿上，孤高逼太清。江山環几席，星斗拂櫓楹。樹古成龍去，篁疏作鳳鳴。仙遊始可接，我欲謝塵纓。

## 送趙宗吉編修代祀西嶽

北上函香去，西南致禮勤。蜀山千丈雪，秦嶺萬重雲。驛騎鳴金勒，宫袍粲錦文。白頭抱關吏，自羨識終軍。

## 武夷山

笙鶴遼天杪，仙家宴幔亭。鯨波一浸碧，蟻垤九煙青。洞閟秦人蜕，壇留漢祀星。余方有公事，未得叩巖扃。

## 和韻王繼學題周冰壺四美人圖

### 唐宫題葉

彩毫將恨付霜紅，恨自綿綿水自東。金屋有關嚴虎豹，玉書無路託鱗鴻。秋期暗度驚催織，春信潛通誤守宫。莫道銀一作天。河消息一作「音信」。杳，明年錦樹又西風。

### 崔徽寫真

舞鸞妝鏡拭一作減。鉛華，毫素無聲散彩霞。夜月影寒分桂魄，春冰暈薄映桃花。夢隨圖去憑青鳥，愁逐書來點墨鴉。未得離魂如倩女，衰容先我到君家。

### 洛神

鄴宫檐瓦似一作化。鴛飄，蘭渚鳴鸞一作鑾。去國遥。謾説君王留寶枕，不聞仙子和瓊一作鸞。簫。驚鴻易没青天一作林。月，沈鯉難憑碧海潮。腸斷洛川東去水，野煙汀草共蕭蕭。

### 二喬

珊樹交加玉樹重，鴛鴦難偶雪難容。共思漢事隨流水，各對吴儂蹙遠峰。洛賦未成梁月墮，胡笳已斷塞雲濃。人間流落渾相似，猶勝凄涼泣暮蛩。

## 寄南臺御史達兼善二首

昔年奎壁聚星圖，文采虚稱二妙俱。衹有蒹葭依玉樹，初無薏苡似明珠。鳳凰臺上天光近，烏鵲枝邊月影孤。壯志未消知己在，敢煩音問慰窮途。

白溝秋水帝城邊，曉發河南使者船。契闊山川將萬里，飄零歲月又三年。雲間快覩冥冥鳳，海上愁看跕跕鳶。經術匡君須我輩，莫將離恨染華顛。

## 送蘇伯修御史之南臺

天上詞臣隻莫雙，乘驄此日莅南邦。梅花路近一作遠。宜逢雪，桃葉波平好渡江。千里蒼生瞻繡斧，十州一作洲。使者避旌幢。同袍知己如相問，已許閒身一作吟。老北窗。

## 汴梁懷古

花石岡前麋鹿過，中原秋色動關河。欲詢故國傷心事，忍聽前朝皓齒歌。蔓草有一作無。風嘶石馬，荆榛無一作有。月泣銅駞。人間富貴皆如夢，不獨興亡感慨多。

## 酬江夏友人見寄

四海元龍眼界空，平生豪習竟誰雄。早知黔首成秦贅，悔學蛾眉入漢宫。曲水疏篁秋色裏，小山叢桂月明中。故人歲晚能招隱，便買扁舟向漢東。

## 送趙秉彝親迎江夏之官臨川

婀娜新衣錦繡重，美人今夕過湖東。一聲鐵笛千家月，十幅蒲帆萬里風。孔雀畫屏占貴客，甘棠嘉樹詠先公。墨池光動凌雲筆，春滿花封賦更雄。

## 送蒙古學教授之邛州

玉貫珠聯我國音，亂山深處變巴吟。蒼虯掛屋寒筇瘦，白鶴懸巢古棧深。座冷一氊知宦況，書來萬里見鄉心。文翁課最同文盛，應譯嘉謨寄上林。

## 二月梅

去年呵筆賦寒梅，又見仙家二月開。不是東君留客醉，肯教神女逐春回。梨花院落爲雲妒，柳絮池塘作雪猜。東閣如今清興減，羅浮誰與寄香來。

## 京師上元夜

華月澄澄宿霧收，萬家燈火見皇州。天閽虎豹依霄漢，人海魚龍混斗牛。公子錦韉鳴玉勒，内家珠箔控銀鉤。道旁亦有揚雄宅，寂寞芸窗冷似秋。

## 送袁果山經歷之潮陽

潮陽贊府之官去，猶是薇垣白髮郎。天上故人懸夜榻，海邊候吏促春裝。翠綃卷雨蕉花老，火齊然雲荔子香。終日韓香對簾幕，只愁簡牘破詩忙。

## 留别凱烈彦卿學士

十年帝里共鳴珂，别後悲歡事幾多。汗竹有編歸太史，雨花無迹染維摩。湘江夜雨生青草，淮海秋風起白波。明日扁舟又南去，天涯相望意如何。

## 送王繼學參政赴上都奏選

參相朝天引列曹，三千碩士在鈞陶。雲開鳳閣星辰近，山拱龍門日月高。行殿曉簾張翡翠，内家春酒泛葡萄。經綸自有河汾策，敷奏明時豈憚勞。

## 送劉縣尹赴山後白登縣任

使君出宰近龍沙，芳草凄迷是縣衙。五月山溪猶積雪，三春庭樹不開花。往時烽火通秦塞，今日絃歌屬漢家。聖代行將徵卓茂，莫嫌白髮負年華。

## 送章生南歸省覲

二月寒風卷白沙，行人回首望京華。江村日暮多逢雨，山路春深少見花。萊子過庭榮綵服，葛翁罷縣富丹砂。送君未得隨君去，郢水東邊是客家。

## 送吴子高還江夏 并序。

庚申春，余在江夏，嘗賦詩送子高之沅。庚午，子高復來會於京師。因求偶而還，復作此以餞。

黄鶴磯頭惜袂分，京華回首又離羣。十年南北兩爲客，萬里中間一見君。訪舊眼前星落落，驚新鬢底雪紛紛。歸時莫過臨邛令，應有王孫識賦文。

## 觀祀南郊和李學士韻二首

帝乘法駕卽南郊，夾仗旌旗雜羽旄。日月並行黄道迥，三辰環拱紫壇高。皇心奕奕承天貺，玄象熙熙答聖勞。欲吐妍辭誇懿典，愧如揚馬涉風騷。

萬户絪緼寶篆香，五雲飛處望龍章。旌旗向日珠璣瑩，繖扇迎風錦繡張。玄衮有文皆黼黻，彤盤無燎亦熒煌。相承禮樂真儒事，阿閣新巢有鳳凰。

## 遊李氏園

金谷繁華轉眼非，國亡臺榭尚依稀。荼蘼向日飄香雪，蛺蝶隨春弄粉衣。撫景忽驚人易老，賞心渾與世相違。花前惆悵流觴緩，欲問東君借落暉。

## 輓闊里吉思丞相稷山公

五朝勳業著邊陲，許國寧辭百戰歸。海上樓船聞鼓角，遼東華表識旌旗。青門圃廢多秋草，緑野堂空半夕暉。欲采蘋芳酹椒酒，臨風惆悵獨霑衣。

## 輓張上卿開府真人

弭節扶桑泛海槎，振衣塵世讀《南華》。漢時河上仙翁傳，晉代山中宰相家。鶴去玉棺藏寶劍，龍乘金鼎護丹砂。芙蓉千騎層城路，樓觀參差隔彩霞。

## 釣龍臺懷古

自古甌閩國富雄，南琛不與職方通。江流禹畫縱横外，出入秦封蒼莽中。逐鹿兵還神器定，屠龍人去釣臺空。海門落日潮頭急，何處繁華是故宫。

## 劉仙巖

削雲千丈倚蒼崖，箭括通天一竅開。草樹陰森藏洞府，烟霞縹緲護樓臺。白雲已向空中去，黄鶴時聞月下來。欲問仙翁借笻杖，凌高長嘯望蓬萊。

## 武夷山

九曲溪山紫氣分，千年來駐武夷君。仙家開宴人曾遇，天樂留音世未聞。鼓石日華騰鳳彩，劍波霞影勳龍文。櫂歌便欲尋巖壑，晝裏先開萬疊雲。

## 上執政四十韻

聖主飛龍日，求賢似拾珍。典謨皆故老，登用必元臣。日月當黄道，風雲擁紫宸。華封歸帝力，壽域囿吾民。旭旭時將旦，熙熙物自春。唐虞風未遠，鄒魯俗還淳。往者三靈墜，扶持賴有人。斬鯨清海沸，鍊石補天迆。工繇趨刑辟，皋夔起隱淪。明公辭政久，首詔趣裝頻。渴慰蒼生望，飢憐赤子貧。朝陽先覩鳳，春籞正書麟。總代天成化，俱爲政入神。五朝居輔弼，三世掌經綸。皇眷恩波闊，玄功德澤均。房謀兼杜斷，蕭律繼曹遵。曆法羲經祕，書文頡篆新。山河由秉筆，社稷在垂紳。衆水宗南渤，諸星拱北辰。濟爲舟楫重，任託股肱親。玉燭調元氣，金樞運大鈞。都俞聞密贊，諫論喜重陳。聲教流沙外，謳歌碣石濱。烏臺分繡斧，鳳詔繼華茵。綀達時無匹，公忠世絶倫。棟梁支大廈，柱石表重闉。天下皆桃李，人間静棘榛。中台方正席，東閣又延賓。有客懷吾道，無媒致此身。窮經甘寂寞，抱拙忍酸辛。虎榜叨前列，鴛墀接後塵。郎潛嗟咄咄，吏隱歎逡逡。十口長爲旅，三年屢卜鄰。稻粱猶不足，抱負豈能伸。養母留甘旨，居官守誨諄。正言期董賈，枉道恥儀秦。草芥難終棄，芻蕘尚可詢。修塗多駿足，涸轍有潛鱗。未遂風雲信，猶霑雨露仁。天瓢能一滴，咫尺是通津。

# 李學士泂

泂字溉之，滕州人。生有異質，作爲文辭，如宿習者。姚燧深歎異之，力薦於朝。授翰林國史院編修官，辟中書掾，除集賢院都事，轉太常博士，擢拜監修國史長史，歷祕書監著作郎、太常禮儀院經歷。泰定間，除翰林待制。天曆間，超遷翰林直學士，俄授奎章閣承旨學士，預修經世大典，書成進奏，旋引疾歸。復以翰林直學士召，竟不起，卒年五十九，有文集四十卷。溉之骨骼清峻，神情開朗，秀眉疏髯，目瑩如電，顔面如冰玉，而脣如渥丹。然峩冠褒衣，望之者疑爲神仙中人也。其爲文章，奮筆揮灑，迅飛疾動，汩汩滔滔，思態疊出，縱横奇變，若紛錯而有條理。意之所至，臻極神妙，每以李太白自擬，當世亦以是許之。僑居濟南，有湖山花竹之勝。作亭曰「天心水面」，文宗嘗勅虞雍公製文以記之。

## 留別金門知己 并序。

我本山人，素志丘壑，獲歸名山，爲願畢矣。爰以四月十一日離京師，是夜抵潞陽，慨然賦詩，遥慰匡廬隱者，并似一作以，一下有「寄」字。金門諸公爲一噱云。

野馬脱羈鞅，倐疑天地寬。臨風一長鳴，風吹散入青冥間。頗如魯仲連，蹈海不復還。又如安期生，長留一曷令人看。江南浩蕩忽如海，落日照耀浮雲關。既不能低眉伏氣摧心顏，詭遇特達鷩冥頑。又不能抱書挾策千萬乘，調笑日月相回盤。匡廬迢迢接仙山，仙翁泛若秋雲閒。長松之陰引孤鶴，望我不見空長歎。采鉛天池津，飲酥桃花灣。蒼梧倒影三湘寒，赤城霞氣生微瀾。鯨鯢翻空海波赤，曉色欲上扶桑難。人間之樂兮誠不足恃，何如歸卧棲巖巒。棲巖巒，卧巖穴。夜半天風吹酒醒，猶有西溪萬年月。本傳云：洞嘗游匡廬、王屋、少室諸山，留連久乃去，人莫測其意也。讀此詩可以想見其風致矣。

## 漢陽郎官湖歌

山一作仙。翁薄暮醉酒歸，杖藜迷却高陽池。清風吹花綠陰倒，我笑謂是秋雲移。還乘貫月槎，夜過郎官湖。崢嶸星斗入江漢，蕩漾槎影如鯨魚。九華之真人，邀我倒玉壺。麒麟擘脯供行厨，依稀仙樂在空際，碧山四映寒蟾孤。舉酒酌寒蟾，明月下飲嫦一作姮。娥俱。霓裳拂雲錦，萬荷露瀉瓊瑶珠。一作巵，又作枝。麾幢晻靄羅烟空，乃有玉一作三。皇所授之玉童。風前飄飄曳廣帶，對立十二秋芙蓉。清香九曲銀河通，真人綠髮披天一作春。風。錦袍玉雪照天地，口説姓字安南公。是公多逸氣，略與古昔賢豪同。時能掃月色，延我石室烟蘿中。又言昔同張謂所遊地，長嘯一覆丹霞鍾。風吹仙樂度溪去，我已醉卧香爐峰。

## 舞姬脱鞋吟應制 一作《凌波曲》，見薩都剌《雁門集》。

吳蠶八繭鴛鴦綺，繡擁彩鸞一作「縷團花」。金鳳尾。惜一作昔。時夢斷一作「啼艶」。曉妝慵，一作殘。滿眼春嬌扶不起。侍兒解帶羅襪鬆，玉纖微露生春紅。翩翩白練半一作輕。舒卷，筍籜初抽弓一作「翻宫」。樣軟。三尺春雲入手輕，一彎新月淩波淺。象牀舞罷嬌無力，雁沙踏破參差迹。金蓮窄小不堪行，自一作獨。倚東風玉階立。

## 裴公亭吟

朝遊鴻濛津，暮出天壇東。手把天符書，笑逐黄眉翁。翁行宛若飛空龍，倏爍萬里生星虹。翻然爲我一揮霍，樓觀盡入青冥中。是中泉石秋玲瓏，泉下禹穴滄溟通。長林月色散輕霧，潭影下燭玻瓈宫。坐來況值青春暮，一日千蛾獻歌舞。水殿風翻鳳髓香，濃緑迢迢出廊廡。宫牆亦有裴公亭，溪毛映水連錢青。飲酣起舞岸巾嘯，太行落日春冥冥。太行西來幾千里，我自南來浙江水。浙江潮回不寄君，只憶横空紫煙起。岸煙起，空氤氲，不煩擊石呼將軍。我行慷慨謝公去，更欲長揖南溟君。會稽山上落花裏，扶攜醉入千峰雲。

## 涉太湖

衆水東南會，三江左右通。夫差中習戰，范蠡此休功。鷗鳥青銅鏡，魚龍紫貝宫。扁舟嗟未遂，蕭散愧漁翁。

## 寄吴原可

不謂相疏亦自猜，空山舊雨入莓苔。江湖機熟鷗忘去，吴楚年荒雁不來。豪傑何心猶用世，乾坤自古少憐才。向來共醉梅花下，昨夜一枝寒自開。

## 題錢舜舉碩鼠圖

詩人連類等丘山，著意尤深一粟間。九鼎雲雷富魑魅，也應川澤破神姦。

## 題周曾秋塘圖卷二首

家在東南雲錦鄉，心魂元是水花香。哦詩想入秋塘境，鴛鴦驚飛一夕忙。

鮫人初息露香機，花覆龍梭鳥自飛。莫向西湖問煙水，夜涼風露溼荷衣。

## 月夜過采石江呈樵隱學士兼示吾徒李止順文

空江偃仰見明月，月向天心散冰雪。捫天恍忽與之賠，桂樹瓊枝紛糾結。條挺枯槎汎河漢，又似山陰理歸楫。美人不來江水深，獨對風煙正愁絶。欲愁絶兮奈此懷，征帆茫茫江上開。黄蘆風起鳥聲至，千里一望銀山來。銀山嵯峨隔滄海，海上羣仙復誰在？五鼇已没三山沈，扶桑葉條失光彩。丹砂不逐兒童歸，曠懷更爲秦人悲。英雄去國彼其志，想像金闕空葳蕤。笑呼白雲觴我酒，翠疊連山作窗牖。狂風吹月落西去，水氣冥冥浴星斗。夜深忽到蛾眉亭，紫鱗欲去江潮生。只愁新詩幻出龍虎文，翩然將我日月元氣歸滄溟。

## 過東林寺

風破西村雨氣昏，泠泠澗水竹間聞。山頭知有靈仙過，千丈通明五色雲。

## 李祕書孝光

孝光，字季和，温州樂清人。少博學，篤志復古，隱居教授，白野泰不華常師事之。行臺御史屢薦居館閣，至正七年，詔徵隱士，以祕書監著作郎召，與完者圖、執禮哈琅、董立同應詔赴京。召見於宣文閣，進《孝經圖説》，順帝大悦，賜上尊。明年，陞文林郎祕書監丞，卒于官，年五十二。所著詩文曰《五峰集》。季和爲人，美髯偉幹，茅山張伯雨贈詩，有「孰與言詩李髯叟，載聞新作過黄初」之句。居雁蕩山五峰下，自號五峰狂客。嘗曰：余家距雁山五里近，四方客游者，或舍止吾家，歲率三四至山中。一日與張子約、陳叔夏從家僮兩，持衾綢杖屨，時落日射山，歸鳥相呼，殆不類人世，燈下相顧，蒼然無語。夜半，取酒沽醉，設榻對卧，不知巖下宿也。有《雁山十記》。

### 箕山操和鐵雅先生首唱 一作《爲許生作》。

箕山之陽兮其木樛樛。箕之冢兮白雲幽幽。《乾坤清氣》作「箕之冢兮白雲悠悠，箕之陽兮其木樛。」彼一作夫。世之人兮孰能遺我以憂。雖欲從我一無我字。兮其路無由。朝有人兮來飲其牛。鐵雅評曰：善作琴操，然後能作古樂府。和余操者，李季和爲最，其次夏大志也。

沂有梁

沂有梁兮維鯉維魴。沂之兩厓兮有棗樹桑。居沂之人兮寬裕而善良。古之人古之人兮翺翔。余其歸老兮沂之南東。

## 缾有粟 并序。

友人張子約名其齋顔樂，余見而訊之，則曰：吾姑以自名，吾烏知所謂顔子淵？彼固不自知而孔子知之。吾又烏知吾之樂？凡吾所爲自名，亦以待夫吾知者爾！余於是爲之作《缾有粟》。

缾有粟兮孰云吾瘦。居有宫兮孰笑吾一作余。陋。御冬有褐兮又烏用夫一作乎。文繡。人余哀兮余不一作「莫余」。知。入事父與母兮出從仲尼。謂蟰蛸兮無罥吾户，吾嘯歌兮其下。

## 擇木爲婁所性作 并序。

孔子去衛，歎曰：鳥能擇木，木豈能擇鳥乎？余將去楚而適吴越，竊有感於斯言，故作《擇木》。

提提兮飛鳥，翔而集兮于木。場有委粟兮而余之不欲。樊則有棘兮非余之樂。驚則不仁，曾莫余毒。又集于陵，毋墜于矰。豈不知兮有命，嗟今之人兮不仁。

## 釣魚

上山而笑兮下而釣魚，豈如他人兮唯富貴之求。三公執柄兮念子之多才，將子歸輔兮誰縶駒？功成而歸兮來從余遊。

## 有樊

有樊有樊，樹余以蓀。胡不蕭艾，蕭艾實繁。彼繁胡治，刈而爲芻。嗟人有邑，曾不是圖。匪余蓀之病，余聞有命。

## 君乘馬送彭元亮 一本題作《所思》。

君乘馬兮余追于丘，君乘舟兮余望于沙。遠而不見兮涉江與淮。豈無人兮余望余之所思，鴻鵠高飛兮孰知其志。道之將行兮又將焉求！

## 擬妾薄命

妾薄命，當語誰？身年二八爲嬌兒，阿母一作婆。歲歲不嫁女，二十三十一作歲復一歲。顏色衰。天公兩手摶日月，下燭萬一作百。物無偏私。奈何醜女得好匹，一作配。一生長在黄金闈。美人如花不嫁人，父母既一作已。没諸兄疑。寄書東家小姑道，得嫁莫擇君婿好。他人好惡那得知，失時不嫁令人老。

## 蓮葉何田田

蓮葉何田田，宛在水中央。别離不足念，亦復可憐生。蓮葉何田田，見葉不見水。貧賤貧賤交，富貴富貴友。花生滿洲渚，不復葉田田。持身許人易，持心許人難。

## 長干行

秋風從西來，吹我庭前樹。聞歡在揚州，却憶一作向。姑蘇住。估客離長干，教儂寄書去。

## 一車南送孔博士

一車南，一車北，山川悠遠無消息。野風吹草朝日黃，羈旅獨憎絺綌涼。男兒生身高七尺，何苦一作可。相思損顏色。西市日日賣鯉魚，魚中會有而一作遠。寄書。

## 吴趨曲送薩天錫

四座並清聽，有客歌《俠邪》。《俠邪》不可聽，聽我爲爾歌《吴趨》。美人珠袚貂諸于，美人寶釵有九雛，美人投我明月珠。

## 采蓮曲送王伯循

采蓮江之南，采蓮江之北。采蓮何所有，但采蓮中薏。早聞別離苦當爾，不願從前作相識。縱令別離，不復相憶。

## 雲之蒸三首 録一。

五日一風十日雨，涼著稻花香著土。秋風穲稏黃粘天，千家萬家狂欲舞。溪頭大笑語向人，溪南出雲溪北雨。

## 采蓮曲二首爲一作與。魯子翬作 此詩《體要》作一首，誤。

采蓮復采蓮，蓮生隔江水。不愁無舟楫，但愁波浪起。
采蓮復采蓮，水深不得歸。兒飢須母哺，當令阿誰飴？

## 送且迎

曙月疏星天欲明，馬鳴蕭蕭予且行。行雖不遠思汝切，重是兄弟難爲情。星如撒沙天欲暝，稚子候門人汲井。還車在郊子復返，簷隙持燈笑相領。

## 羽林

公子被我白貂裘，公子遺我明月珠。孤兒假父云姓劉，其官高于五諸侯。公子之恩何日酬。

## 大星

大星在天小星落，城頭嗚嗚吹畫角。津吏擊鼓河上船，行人草草居人憐。男兒墮地弧矢願，南北東西君莫怨。

## 桐江

朝取鱣與鮪，暮取魴與鱮。賦民無一作念。令困，革盡毛安處。一作傅。我欲言之大將軍家，將軍不見省，奈何減民租。將軍出乘大馬，入乘高車。

## 東里

葛之漫漫，毋敗我垣。河水之清，一作潰。毋齧我稻田。余甚勞苦，彼黔不知。余將遂歸，其畬其菑。東里之老，聞余言而嘻。余曰歸哉。

## 蕭蕭饑馬鳴

蕭蕭饑馬鳴，隔林見落月。游子慕父母，一作老。豈復畏脱别。負書或在船，津吏已催發。臨觴不能持，怊悵生白髮。況是江海永，歲晏多風雪。風雪塞中路，不隔游子轍。平生四方志，念此心欲一作亦。折。男兒各有願，君子保明哲。上思娱尊親，下以浣悁潔。

## 青天有鵰鶚

青天有鵰鶚，一日飛萬里。横絶四海上，狐兔草間死。平生精悍姿，垂翅當清秋。且須養六翮，莫使羣鬼愁。

## 魯氏怡雲堂

山有雲兮爲雨滂沱，山有雲兮媚汝維何？山中之人兮和樂而有儀。余心休休兮媚余匪他，休而有容乎於余寤歌。

## 題朱澤民畫

黽余升兮良常之顛，暮棲余兮良常之下。謂良爲常兮誰哉暴者？余守余篋，毋侈其胠。篋中之藏，孔子之書。謂堯湯賢，謂商辛愚。孰憎是言，我復其餘。孰好之者，往餽一鴟。

## 歸來

有悖孺子，衣之狐裘。匪余之病，余以爲仇。既撰余杖，升望於丘。江不可涉，夕具余舟。

## 福源精舍

采舟兮渙渙，風將起兮無岸。渚花兮白紅，若有人兮爲粲。相我樂兮未殫，時幾何兮日旰。極浦兮水深，下有兮龍吟。洞簫作兮波浪湧，送將歸兮於南。諒佳人兮未遠，令我思兮何心。颸風兮吹人，層波兮粼粼。掇芳草兮寄遠，與我期兮陽春。

## 黄鵠謡題余節婦詩卷

黄鵠黄鵠，牝牡相隨。遊於四海，不識別離。始妾結髮時，與君年相齊。一朝納伉儷，百歲以爲期。奈何乎中路，而捐子與妻。且君之徂，妾逢百罹。父母將我去，親戚奪我志。言云爲我志，言云爲我計長久，祇令增傷悲。憶君垂訣，託我孤兒。我嗔君言，奈何見疑。晨起作羹與糜，欲持餡阿誰？嗟我不如黄鵠，將子與婦，至死相隨飛。我寧用生爲，我寧用生爲！衆人何知，維餘天知。

## 春草謡爲華彦清作

春草何離離，春陽何遲遲。萬物沐膏澤，百草獨光輝。光輝被下土，天公本無私。男兒生身，長大賢知。母恩未報，何用兒爲。何以報母手中綫，冬温枕席夏揮扇。

## 滁水

滁水兮滔滔，其坎兮有蛟。謂子兮無濟，遂濟兮無匏，使余兮心惙。一作恢。其幽兮有虎，啄害人兮不吐。謂余兮無斧，又無兮强輔。曾是兮弗顧，獨奈何而一作兮。逢其怒。

## 岐山小隱圖

我思岐山，無日不思。彼岐出雲，亦返於岐。思何不歸，孰言岐遠。舟則在川，車則在坂。維岐之陽，有棗於桑。余歸之不遑，余心之傷。

## 張本之春暉堂

泰山有嘉樹，上與青雲齊。枝枝濯晨露，葉葉含華滋。有鳥巢其顛，羽毛金色芝。鳳凰生九子，一一好光儀。母食九子哺，母飛九子隨。嗟我有父母，常願千歲期。父兮捐我去，今獨與母居。願母加餐飯，且勿念兒飢。願母增袴襦，勿念兒未衣。壽命懸皇天，皇天豈無私。莫作冬日促，願如春日遲。

## 賦天薌

我登鳳凰山，夜半望踆烏。高秋爽氣豁，金莖露塗塗。青天一浩蕩，掛此白玉壺。嵯峨千里冰，下連江與湖。月脅亦何有，丹桂八九株。山河孕靈氣，白兔不受呼。仙人騎鳳凰，翩然上清都。神女皆青腰，共守明月珠。五老顧之笑，帶劍立玉除。歸來夢猶洶，醉坐錦氍毹。

## 送僧朴菴用柯敬仲韻

月行天中央，天高如屋極。中有雪色兔，世人不能識。一作「下土人不識」。我曾摩其鬢，一作頂。仙吏睨我側。衆仙一作「世人」。乞秋毫，一作「毫光」。密如霧雨塞。蹴踏河漢翻，一作摇。洶涌若秋汐。是誰致一作知。此奇？南有彌天釋。仙吏今上天，一作「去去不復念」。令人淚霑一作橫。臆。按王逢《梧溪集》云：惇號朴菴，黄巖人，趙宋宗室裔，先輩胡石塘門生也。祝髮爲沙門，壯游金陵，與五峰李孝光並受知梁王。一日，公引柯九思見，柯以寫竹遂親幸。王即位，獨召用柯。李後送公詩云云，若不能無慨者。公兩主名刹，退老雲間，以壽歿。所著有《松石稿》。

## 靈隱十詠

### 靈隱寺

南州綿西極，大山樹崇闕。經營緬齊梁，宏麗自吴越。玉水生虹蜺，金樞孕初月。稍高得縱觀，川流淨如髮。

冷泉亭

寒漪亂方拆，倒景盪清宇。濫觴側江海，盈縮見寒暑。下土方旱暵，神物閟霖雨。水上有佳人，不得與之語。

蓮花峰

怪石蟠厚地，神功謝琢飾。水深玉井凍，風多日車側。空聞《涉江》詠，尚見嘉樹惜。匪石有遺誡，我心不可易。

飛來峰

石室藏素猿，丹穴養玄鷟。刻畫鬼力窮，疏鑿禹功舊。貝葉多蟲魚，璞玉泯螭紐。棟宇何王作，後人遂奔走。

鍊丹井

人生百歲期，乃欲比金石。鬼神守丹火，龍虎泣玄液。寒泉石已凍，繁露秋易碧。往者汲井生，高舉有飛鳥。

呼猿洞

猿静不自操，棲宿有常處。朝飲既在澗，暮止俄在樹。冥冥青楓林，上有飛鳥路。思爾不可見，去隱南山霧。

水臺盤

幽幽南山下，中沚有攲石。窪尊絶制度，曲流泛醪液。自鑑愧濯足，臨深懷衽席。惟應洗心者，能使百慮釋。

翻經臺

高臺亦荒蕪，雲氣久已寂。伊人樹白業，後來念遺迹。蟲魚出華言，科斗藏壞壁。嗟然不可見，風雨日易夕。

高峰塔

地勢傾東維，華岳持厚載。靈户俯河漢，孤標拔江海。初日謝芳暉，蜿蜒貫華采。揚舲指吴粤，遥見出晻靄。

龍泓潭

陰風肅然至，神物在洞府。電火走石間，虎氣上幽處。泄雲無時出，積雪自太古。詘蟠混泥塗，作解致雷雨。

寒汀小景圖爲去疾監丞作

秋氣向黄落，小雨收虹霓。綿綿潋浦間，水乾見塗泥。蘆人往何處？艇子亂鳧鷖。飛鴻惡見欺，決起無東西。江水動落日，羣飛終不迷。豈無稻粱願，湖海尚擇栖。冥冥一高舉，不知弋與�。感此三太息，北風吹草低。

## 題梅石爲王集虚尊師書紙屏上

北風吹倒山，三日雪塞門。愔愔巖谷裏，萬木命在根。天翁粲然笑，洗出明月魂。春如鼎中香，已覺火力温。

## 和天錫郎中城字韻

朝登石頭戍，暮還建業城。野花滿嘉樹，芳草亦復生。日夕城郭暗，仰見天星明。登高地勢壯，誰謂東南傾。

## 雜詩四首

高堂風雨夕，深夏生微清。但驚秋氣至，壁間蟋蟀鳴。起坐念始衰，遂令百感并。前修諒非遠，學道何由成。哲士不言命，烈士恒徇名。放歌淚欲出，乃復有吾生。

芳草摇微風，幽花泣輕露。清晨有佳氣，力疾坐南户。感懷聊晤歌，思遠屢延佇。吾道未褊迫，誰能自勞苦。俯仰塵世中，煉修亦何補。所以王子喬，陋世自輕舉。

北林有秋聲，夜静獨先聞。寒暑迭相謝，萬物何芸芸。深坐百憂息，仰見孤飛雲。嗟予亦有念，誰哉致夫君。

美人不可見，夕河在雲端。金莖高露墮，玉井碧梧殘。雞鳴成天旦，蟲語傷夜寒。同心疲夢寐，遥知行路難。

## 登任玉女仙臺

東崦有仙臺，仰見地勢隔。冬日轉清麗，過午得散策。山花亦逶迤，山鳥鳴始磔。微行大松下，其石盡玉脈。路經福鄉井，帝子動精魄。會意一莞爾，吾道未褊迫。阮籍竟何物，但作眼青白。何如張山人，有此捫蝨客。

## 夏日荷亭即事

辟暑何所適，南亭俯中渚。鷗鷺了不驚，況復涼入髓。水華露未晞，香氣紛旖旎。美人美無度，嬋娟照江水。瀚瀚玉雪姿，何能畏袢暑。南風從天來，入我懷袖裏。高氣行青雲，且置吾白羽。邇來不飲酒，煮藥咽香蕊。羣賢政自佳，有作動盈紙。但恐清興闌，遭此催詩雨。

## 天台謡送人還山

前年過天姥，夜起窺扶桑。碧海三萬里，日出吐九芒。飛光上瓊臺，瓊臺與天通。積雪自混沌，却在元氣旁。龍駒啗靈芻，白石皆白羊。神人久不死，奇氣陵蒼蒼。手把青�杖，身著雲錦裳。倒影照滅没，飄飄渡銀潢。其中學仙子，面白雙瞳方。能讀八瓊書，再遷凋年芳。暮入雷電室，朝窺朱雀窗。被謫向下土，不使通綠章。真宰遭其怒，叱咤欲發狂。見我鳳凰山，一別憶廿霜。瞳子照人碧，十日飛電光。自言得賜還，復侍紫極宮。去君五百歲，共會安期生。別後倘相憶，山頭吹玉笙。按五峰五言古詩，頗似李太白，喜言仙家事，而語意雷同，祇擇其尤者存三四篇，餘俱不録。

## 九月一日李晉仲張子長張仲舉蔡行之載酒西湖是日會者凡九人分韻得采字

積水生秋陰，旭日動晨彩。始忻天宇曠，稍見川容改。騎童屢見招，舟子亦相待。菱荷紛菲菲，葭葦青漼漼。浮鳥或上下，游鯈自行隊。山岡西北騖，江水東南匯。羣賢聚城邑，三載隔江海。長懷遠繒繳，至性同蕙茝。升高露未晞，出谷日猶在。幽期諒難違，黄菊行可采。

## 次鐸志文韻送之歸武昌

崑崙起西極，地勢鬱磅礴。洪河盪其胸，土裂蒼石削。羣水日夜走，風霆無時作。泰山天下脊，齟齬見峉粵。升高望三晉，黑子僅錯落。風氣得精悍，人性盡恢廓。每聞青雲器，往往在隱約。識子吴楚間，貧賤苦不樂。手弄珊瑚鉤，去欲東採藥。我畏與子別，十夜夢猶愕。男兒竟何物，歲晚或可託。北風簸江浪，况也蛟龍惡。少忍待舟楫，送子岳麓脚。

## 送張信父

秋水清練練，秋色在嘉樹。登高騁遠望，臨別抒情素。朝發梁楚郊，暮歷燕代路。思君無冬春，使我煩夙夜。幸辭案牘勞，上直雲霄顧。藉之黃金閨，寘之白玉署。

## 題畫史朱好古卷 篇中叶韻四字。

真宰簸橐籥，笑睨造化爐。鼓金鑄賢智，摶土作下愚。畫史天機精，竊見造化樞。盤礴解衣縱，一作後。當軒舐一作吮。鉛朱。䨲塗狡兔翰，神氣如走珠。手掣巨鼇簪，痒痱生肌膚。六丁拔山來，下無根與株。海風吹之凝，纍纍插江湖。其中有幽人，傲兀不可呼。已知畫手好，令我心躊躇。五湖風雨夕，徑去理釣舟。子技亦精絕，白玉無疵瑕。誰能薦天子，遣之畫雲臺。一朝被賞識，富貴真萌芽。但訪青牛君，乞受黃金壺。

叶韻近代用之者鮮，獨於五峰屢見之，如前詩「生」與「央」叶，舟、瑕、臺、芽並與「壺」叶，「東」與「翔」叶，兵、沙、淮、志、求並與「思」叶，魚、駒並與「遊」叶，渢渢乎《騷》、《選》之遺音。然欲効之者，必考據《詩》《騷》又材老叶音補韻而用之，斯爲善矣。不然，如閩人以「高」叶「歌」韻，浙人以「籃」叶「山」韻，適爲抵掌之資爾，可不慎歟！後至元四年五月廿日，蔣易師文書。

## 觀龍鼻水贈天柱欽上人

天根盤海底，大浪春其南。衆山盡萌芽，迸出白玉簪。濤波蝕之半，玲瓏兀空龕。其陰生琪玕，其陽產梗楠。絶頂逼太白，纔可一劍函。銀河從天來，白鳳毛毿毿。魚龍撼不醒，醉如卧箔蠶。其中黑無底，銅杖不可探。一綫出山腹，牛乳清而甘。清寒漱草木，日出香馣馣。雲霧忽卷去，玉氣射紫嵐。千峰碧菡萏，春霞散紅酣。或黝如蒼璧，或青如挼藍。或樹旗杠一，或覆鼎足三。或抉如怒猊，或呀如洪蚶。或如馬善踶，或如虎視眈。聳者如樓觀，窾者如罌甔。仰者如箕踞，俯者如負儋。或螺髻紺目，儼雅如瞿曇。或龐眉駘背，傴僂如老聃。矯如天女戲，卑如童子參。萬鬼若斲削，天巧未易談。招提十八寺，過者嘗挽驂。中有天人師，久卧老柏庵。法界如塵沙，一一毛端含。長風吹游子，鬔髮青䰐鬖。幽尋忽至此，佳處若已諳。我家雁山頂，擇勝不敢貪。但悲食糜子，腐作書中蟫。相逢一大笑，新詩出長鋏。明朝芙蓉路，惟聽霜鍾鐔。

## 寄達兼善

天風起西北，堅冰在河水。日車寒易側，霜露方泥泥。居人塗户牖，日晏猶未起。客子將安之，行役乃不已。平生丈夫願，剪髻弄孤矢。豈不甘陋巷，寧能老桑梓。近者發揚州，舟楫水上艤。幸逢地主賢，設擺共遮止。張燈轉清夜，高論雜燕喜。忽聞故人來，如渴飲醪醴。三年隔江分，終日候河涘。言旋猶望塵，失笑或乃爾。人生一邂逅，亦復自悟牴。明日驅車去，不得待行李。聞將入臨海，相見亦近耳。臨海古壯縣，正在天姥裏。大山插青天，瓊臺屹相倚。東維見扶桑，踆烏有三趾。碧海浸后土，東繞其地底。山上多桃花，雪霜摧不死。我家山之南，欲往亦屢矣。因君紫旄節，去訪白雲子。

## 悼巴陵女

河從積石來，滔滔東入海。逝波何還時？誰能坐相待。妾心比山石，之死終不改。生逢堯舜年，賤妾獨何罪。

## 古詩七首 録五。

聖天子龍飛，詔被郡國之日，四海赤子，歡喜鼓舞。布衣臣李孝光輒爲古詩七首，書之所居巢以志喜。孝光南人也，因用「南飛覺有安巢鳥」爲聲韻次第，以自道其鳶飛魚躍之情。

青青庭中樹，有鳥巢其南。户牖聊自謀，啄飲性所甘。中野有矰弋，相戒慎勿貪。

日出照我屋，政見脊令飛。鳴聲甚和樂，永懷家人肥。兄弟既相好，吾生式相依。恩勤重自將，父母詎可違。

冬氣漸閉密，百物盡零落。中林有貞姿，粲然獨先覺。尺蠖遞屈伸，天運不終剥。勿言霜露酷，熙陽已潛作。

考槃在澗谷，伐檀寘河干。利達或忘返，處窮亦已難。中夜起太息，取琴爲爾彈。智士當黽勉，仁人良獨安。

旭日始曰旦，有鳥鳴嘐嘐。牡出得飲啄，雌居完守巢。幽人念兹久，尼父詎繫瓠。先民重自任，貴器藉白茅。

## 衡門有一士

衡門有一士，閉門恆苦飢。俯仰良自惜，日晏猶一作空。弦歌。小人未足畏，君子或見之。寧爲蘭玉摧，不爲一作願。蕭艾滋。

## 結廬南山下

結廬南山下，頗紆故人轍。浮沈各自媚，長愧生理拙。中園黄菊花，契闊見晚節。平生匡濟心，敢愛己獨潔。豈無一樽酒，可以療飢渴。歸哉視汝菊，將恐霜露結。

## 中園

中園斬蕭艾，幽花發孤妍。紛吾窮所諧，乃獨敘汝賢。豈無桃李花，諒非同心言。平生屈大夫，不爲人所憐。

## 與范子擇三首

仁人在高位，幽士適中林。出處元一致，持爾耿介心。黄流受圭瓚，秋蘭盈我襟。故人既如此，朱弦有遺音。

夷吾菁茅謀，仲父四方翰。悠哉南山歌，夜永何時旦。北風吹短衣，千載有餘歎。相見且樂酒，況也雲雨散。

佳菊有芳氣，鳴雁忽南征。故人在海縣，重此話平生。跋跋黄塵下，乃見玉雪清。丈夫各有適，賤貴足交情。

## 賦詩分得欲雪

鳥雀不畏人，嘖嘖上庭樹。蕭條山已一作日。黄，慘憺江氣暮。遊子未得歸，天嚴風斷渡。

## 送翁景暘作台州掾

門前五株桃，春暮始作花。勸爾一杯酒，丈夫莫思家。功成持身歸，吏民相迎遮。男兒自應爾，父老慎勿誇。

## 送武呈景耀隨伯氏之金華

驅車出東門，車行有離聲。升高望城郭，嘉樹何青青。平生畏離別，乃復送子行。

## 觀弋陽諸公詩題其後簡劉國瑞

客有袖短牘，過我城南陬。云是鄉諸老，文字吾所收。當窗取之讀，驚喜頻掉頭。應接不自疲，赤手捕蛟虬。往往與我會，殊源忽同流。雄文虎鳳躍，清詩千里駒。才名自如此，咳唾傳九州。羣公皆高年，碧老拳非衆仇。辭醇殆純熟，智妙足發謀。張子吾所畏，文成已汗牛。徐君金閨彦，綴久筆不留。碧海連月窟，雙袖珊瑚鉤。爛熳發奇怪，天公聞之愁。署云白玉署，足使作者羞。顧我方老矣，技薄詎敢酬。攬卷三太息，深坐愧冥搜。豈無正始音，擊壺歌不休。長恐文獻落，見此豈復憂。沽酒白門下，作賦仲宣樓。放蕩且娛樂，焉知敝貂裘。

## 送觀志能分韻得更字

銀河復西傾，北斗亦西柄。江永秋易風，日暮蛟龍横。遊子好結束，騎馬事秋□。送者來如雨，川上舟楫盛。畏別不忍發！天東掛飛鏡。照見別離人，獨我心怲怲。挽鬚祝君來，持酒勸君更。西舫彈琵琶，忽作瓶中迸。前曲度白鶴，後曲妾薄命。平生烈士心，掩耳不願聽。男兒樹聲名，上與古人映。願君且自愛，聽我洛生詠。

## 與鄭廷舉及其伯氏廷瑞

我行出天台，羣山秀如舞。大江忽中開，金湯踞深阻。地勢抱鰲頷，人家綴蜂户。東南有秀氣，天地此融聚。眼中識鄭君，精粹產兹土。元方亦儁拔，眉秀長鬣古。嚴君鶴髮新，諸郎鳳毛吐。鄭君愛敬客，燈火聽夜雨。劇談隱民瘼，開口見肺腑。方今生民困，子亦念此否。努力樹明德，非子不與語。

## 贈林泉生兄弟 并序。

予八月十八日至錢塘，廿二日，吴明之自三山來會。明日，林氏兄弟曰泉生、同生亦來假館，因爲借仙林僧房居之。臨別作此爲贈，林少年有才，能爲時文，聞其父頗種德，是二子者，食其報者也。然二子之瑰奇敦雅，非長者正其身與？泉生字清源，同生字清流，一字亦流。

蟋蟀入牀下，鴻雁亦南征。江頭送歸客，浩蕩萬里情。昨日始識面，已覺畏子行。蕭蕭一尊酒，怊悵不能傾。行子在道路，夢見鶴髮人。懸知燈火夕，笑語久咿嚶。男子四方願，養志在致身。高樹春色滿，持子聽流鶯。

## 書丘老先生詩軸送蔡石雲縣正

仙家有浮玉，六鰲引首扛。天地結根蒂，日月開八窗。石林千丈碧，雲氣樹赤幢。飈車不可到，羽仙駕飛艭。中有元氣翁，髯紫修眉龐。大瓢剩玉酒，嗽嚥香滿腔。而我來問道，心拜氣伏降。賜之瓊丹笈，鏘然發愚惷。大鐘雷霆怒，鏜鎝誰敢摐。歎我髓未洗，擣藥開昏曨。餉以五彩筆，送以白鶴雙。歸來疑夢寐，怳怳心如撞。長思天風起，吹渡萬里矼。日暖蛟龍出，巨石撐晴江。

## 次江存厚遊蓋竹洞天韻

地軸蟠東南，水深山幽幽。仙人五雲巢，皎然墮蠻陬。玉胎白虹暖，石壘青髓流。羨門安期生，壽考天與儔。羽旓翠霓旌，光耀夜不收。芙蓉白玉童，居然導神游。嗟我聞道晚，愛閒復好修。坐閱千歲來，疾如遞書郵。神仙不可學，茲焉營一丘。伐竹構我屋，鑿井洗我眸。赤脚踏紫鳳，白雲翼之浮。翻悲赤松子，暮年願封留。長嘯揮白羽，吾將洗吾愁。

## 同靳從矩宿雁山天柱院

東南地勢下，海水復善齧。青天久軒輊，獨見斗杓揭。古帝省下上，東維成敧缺。大靈駿奔走，蛟螭改其穴。洚水縮地入，萬鬼拔山出。想見風雨黑，電火上下掣。兩柱俄支撑，真宰仰咋舌。遂令天行健，不復見𢈔䮰。鬼工巧斲削，又不見剞劂。日月轉半腹，隱避若兩蝶。我夜卧其旁，户外白如月。開户天冥冥，岸㟧立積雪。居然渾沌素，元氣濇不裂。平生山水性，念此心屢結。緬懷萬物初，天地亦芽櫱。衆人如螻蟻，細大強區別。俯仰聊自喻，白雲一怡悦。亭午日氣近，鳴鳥著清樾。我僕膏吾車，前路在巇嵲。

## 溪行分韻得美字

條風泛輕春，野碧潤如雨。幽人有新懷，相攜玩山水。巖花既菲菲，溪石亦齒齒。意行無前期，適趣成坐起。況兹豪俊姿，陶寫出妙理。東山攜妓遊，風流未余美。持杯勸松風，韶濩忽盈耳。歸來樂未央，題詩寄幽緒。

## 和叔夏觀石梁二首

六丁運神斧，鑿此渾沌素。飛梁跨天來，横絶山中路。行人不敢過，白雲自來去。長嘯出山門，羅衣翠煙暮。

青山栖白雲，顛倒寫繪素。上有仙聖巢，下有猿鶴路。秦王窺扶桑，此物驅不去。至今萬鬼神，暗嗚風雨暮。

### 華山有泉石沉碧

玉煖山脈潤，雨新花氣薰。銅瓶百尺便，觸裂階前雲。天光墮空碧，萬象涵無垠。蛟龍吐水雹，松窗絶飛蚊。

### 登雞籠山

騎馬出北關，去上雞籠山。升高望城郭，其中多憂患。君看一丘上，長留桂樹間。

## 湖山八景

### 沙頭酒店

陌頭一作「江邊」。楊柳金蟲落，雨過桃花香漠漠。沙隄小市如一作似。新豐，阿姬十五當壚惡。縷金半臂雙鴛鴦，翠杓銀缾一作罌。喚一作勸。客嘗。嘶殺門前五花馬，羅敷有夫空斷腸。

### 山頂樵居

隱者避人如避虎，樸素衣冠自中古。長老嬉遊類小兒，一生不識持門户。南山阿婆許嫁女，北山老翁自迎婦。野花竹葉並銀釵，山中黄金賤如土。

### 秋江漁火

八月九月風氣肅，白波如山楚天緑。蒼蒼夜色入蘆花，船泊中流燃楚竹。夜半起坐寒颼颼，遥見鷩飛雙白鷗。鱸鱠蓴羹入我夢，扁舟去趁三吴秋。

曉寺僧鐘

大星煌煌小星落，城頭嗚嗚吹畫角。機心暮夜伏不行，鐘聲一鳴羣動作。市人射利坐待旦，山居日晏呼不覺。嗟嗟居人未足多，鐘乎鐘乎奈若何！

竹引流泉

山頭窪尊積霜雪，銅餅持斞療飢渴。汝家阿段太憐君，斬竹來從虎豹羣。傳聲夜落青雲溼，坎中已作糟牀泣。回首碧山心獨苦，行逐蛟龍作雲雨。

木蔽簷日

緑氣溼溼闌干北，赤烏欲下嬌無力。解衣盤礴忽倦卧，蒼鼠時時行壞壁。客子觸熱不自憐，此豈有意清風前。屋頭夜色如霜雪，却向溪南見明月。

龜嶼迎潮

玄靈吐納日月光，軒輊大海敲其揚。海枯石爛不得死，甲間緑髮如尺長。昔年洛書薦神瑞，故龜獨見收文章。天球河圖在東序，豈久置汝南海傍。

## 石亭避暑

南山石檻跨幽壑，有鞏者飛誰所作？女媧補天或見遺，往往天陰耩冰雹。天邊大火伏不流，極南草木含清秋。老夫年衰畏炎赫，朝來忽念山中客。

## 鑑湖雨

越角鑑湖三百曲，雨餘曲曲添新緑。八月九月風已高，詩人夜借漁船宿。漁翁城中沽酒來，筐底白魚白勝玉。當時賀老狂復狂，乞得鑑湖此生足。

## 和叔夏寄童質夫

溪頭春水緑欲沾，溪上行人馬蹄滑。溪山周帀空翠香，駐馬看山惜不發。有客有客蒼髯眉，蘭襟蕙帶光參差。手攜鯉魚壓清酒，勸我且復留斯須。道傍廢垣薛花裂，昔人富貴春雲滅。此時不飲將奈何，爲君醉倒溪頭月。

## 舟中爲人題青山白雲圖

江氣贔屭如蛟龍，曉風吹落金芙蓉。神女淩波洗雲去，莫爲行雨陽臺東。朝來白雲散白石，小姑蛾眉翠欲滴。老蛟化爲百歲翁，彭郎磯頭夜吹笛。

## 秋曉角

青天蕩蕩呑孤月，衆星熒熒明復滅。城中雞鳴如蒼蠅，城頭畫角哀鳴裂。八月九月風驚沙，窮邊夜夜吹梅花。四方無事臥笳鼓，行子何用思還家。

## 賦絶照法師所畜硯屏山水

東風日暮吹蘭蕊，美人相思隔江水。九疑青落九州外，白雲飛高明月死。海邊八月客星來，一尺銀河三萬里。

## 墨梅

銀蟾呵春墨花碧，香落江南濃欲滴。孤山招得老逋魂，白鶴歸來楚雲黑。王孫歲晚客京華，衣上緇塵深一尺。小姬未嫁怨東風，夜夜高樓吹鐵笛。

## 山宫觀瀑

山宫寺前瀑布流，直下千尺垂林丘。山僧無燈静欲死，夜氣如月空中浮。黄河崑崙何壯哉，鬼神牽挽天下來。先生藜杖來照影，白髮千尺空崔巍。

## 送楊明仲

江春老春濃壓酒，神藍挼緑營東柳。風吹落花飛入城，行子思歸百回首。越雨洗江鴨頭碧，舟子牽船蹋沙磧。蒓花香冷楚鶯鳴，比户琵琶呼礫礫。夫君五夜夢封侯，城中狐腋高於丘。泰山桂樹年年緑，鳳凰蹋玉聲啾啾。

## 笋

雷公跙跎夜鼓噪，驚起龍孫觸旌纛。炎沙燒之修尾脱，六丁控搏忽顛倒。欲落不落虎豹皮，錦綳嬰兒籠大帽。斧斤幸貸淩雲姿，留以觀渠歲寒操。

## 墨竹

蒼髯老翁鱗甲香，力能拔山補青岡。池邊日日吐雲雨，道人床敷夜氣涼。道人嗜睡莫敕嬲，阿翁勸爾以一觴。天邊石上有髯客，看汝巉龍頭角長。

## 寄友人

河邊老人念我出，遠寄京華書一行。爲言白髮今多少，又報南園竹樹荒。門外石田秔稻熟，犢子新生子如鹿。莫戀官家有俸錢，長年作客如束□。

## 龍鼻水聽琴爲劉芳在作

玉笥仙人鞭白犀，天風吹度芙蓉溪。手脱長劍洗妖血，驚起石上玄蛟啼。炎沙燒尾鱗甲赤，腹中慘澹蟠雲霓。頑鐵出冶太古色，霜露欲結風淒淒。老翁摩挲莫驚汝，置之膝上聽其語。大聲伏雷鳴地中，小聲颯颯吹風雨。阿香辛苦玉龍睡，收霆卷電還元氣。頷底明珠忽迸落，金支羅襪淩波去。江清雲暖天無風，暗潮自撼黄銀宫。紫髯玄甲卧不動，真翁龜息深玉𨂂。大笑欠伸忽飛去，清月瀟瀟在秋水。君爲我起叩其角，我亦長歌返其樸。却騎過海呼安期，送君七尺珊瑚枝。

## 覺此山和尚新住持雙峰作此贊歎之

雙峰矗天佛頭碧，雙峰插地滄海黑。道人入山化作雨，藍玉亭邊深一尺。光明白氎紅鬘衣，説法香南連雪北。紫皇香案九重天，日照麒麟生五色。

## 和薩天錫秋日海棠韻

念奴彈〔折〕（拆）鵾雞索，君王正在彤雲幕。内官連夜竪畫幡，苑中明日東風薄。妖環生作傾國姿，開元始承恩澤時。麒麟障泥紅叱撥，七寶作鐙黄金羈。金烏東來啄大屋，宫中猶報睡未足。翠袖皆塗守宫血，專房唯詔環兒獨。七月七日天無風，玉蜍吐漬氍毹紅。錦官進錦裹金鈿，紫罽車入長生宫。驪山瑶池行幸處，秋風吹老珊瑚樹。九華遊魂歸不歸，應憶仙人掌中露。草木腥腐終無情，美人薄命如花輕。古聞公桑祀神㚤，安用絶色能傾城。馬嵬岡頭斷消息，去時彩雲化爲蝶。莫歌玉環能涴人，君看黄菊真顔色。

## 宿雁山下作瀑布詩寄徐仲禮

金臺刺天一萬丈，湧出海底開青蓮。下有三千六百地軸相鉤聯，壓偏東南地欲坼。白龍捲海飛上天，雷公擊鼓馮夷鞭。龍㔩入江化爲石，巨靈扶起太古色。應真晏坐天人來，十八招提若幻出，長風吹開天骨碧。

## 張葵齋所藏江一作谿。山風雨圖

元氣菌蠢一作贔屓。生蛟龍，銀河倒插金芙蓉。九疑正在九州外，碧樹悄悄連丹楓。上有萬古不死之明月，下有掀天巨浪之長江。有客有客陸龜蒙，往來江南成老翁。天地無家屢回首，放船去踏江上之青峰。船頭十日懸青雨。風拔銀山映東户。山隨没鶻落中原，水作巴蛇走全楚。向來英雄定黄土，空遺絹素流今古。天地一合如金甌，萬歲千秋奉明主。

## 次三衢守馬昂書壘韻

主人歌且止，聽我爲爾歌。作壘不厭小，買書不厭多。地上小兒喜夸犬，睚眦生怒如膰蛙。先生書壘止類巢，不樹長戟兼横戈。清浄如與聖賢遇，高明屢煩神物呵。却笑飛仙十二城，鬼功日夜長琢磨。其南通丹穴，其東僬女倭。北引崆峒挹酒之長柄，西收西漠專車之木禾。嘯歌聚族無不可，祓除安用索與儺。羽衣服妖踏白茅，朱鬘善幻言呿囉。而我先生不語怪，二氏羞伏面發酡。我壘何所有？但聞詩作魔。雕鏤奪天巧，雅澹消衆痾。我壘何所有？地窄安不頗。惟有屈宋字，文聲鏘然相戛摩。我壘何所有？而蓄禮士羅。羅致盡俊傑，往往爲公麼。我壘何所有？而無白馬馱。羣書汗牛馬，不涉流沙河。我壘何所有？而有太白力士靴。著鞭見天子，竟往金鑾坡。我壘何所有？而有韓公紫玉珂。通籍引金闕，不愧國老皤。先生寧鈍不爲銛，寧方不爲訛。竊聞先生骨已朽，空教衆語漫縷覼。春秋謌字變亥豕，宋楚方言作箕籮。後來繼者浸滅裂，何其嬰齔相嘔啖。紛紜百鳥更啁唧，安知清廟連猗那。勿言我壘狹，不用葦與蓑。容膝志自足，吾其敢蹉跎。問字函丈間，吴炔續四科。勿言我壘小，日月纔一梭。往來雲漢上，飄忽若輕蛾。組織成文章，飛揚如女蘿。中心若止水，水上元不波。深如相如讀書屋，大如堯夫安樂窩。可以扣我匣中之飛景 可以理我膝上之雲和。弦歌以解吾心之蘊結，彈鋏以袪吾愁之誘囮。如轢而不輻，如舟而不舵。高如鸛鳴垤，矗如蜂房渦。又如仙人宅初拔，又如野處禮不苛。又如橘中飲來去，又如樹間坐以哦。如連蓤偃蹇，如藻井駊娑。又如探虎穴，又如封蟻柯。客至足周旋，高論如切磋。坐以氍毹席，酌以鸚鵡螺。佳兒引銀艾，諸生避蓼莪。開籠放白鴿，臨池看白鵝。張具設醯臡，中廚營餺饠。《緑腰》唱昆侖，蒼頭彈鞶婆。屢歌明之君，舉酒叫姮娥。豐草露湛湛，流水山峩峩。人生意氣足，可惜奈此明月青天何！昔者介推何爲乎自焚於綿上，屈平胡爲乎自沈於汨羅。何如先生日高官，事了登城照影清江沱。日課作詩三百首，翻憐筆史傳寫訛。丈夫作事要磊落，布衣狐腋皆委佗。海濱白首釣鼇客，清秋策杖相經過。

## 送達兼善典僉

江頭風多花暗天，舟中一作子。擊鼓牽官船。繡鞍大馬來如煙，學士翠鵰袍領妍。袖中三尺軟玉鞭，手揮送者日在山。隴西男子更致言，東方民力願少寬。達官儋橐横索錢，先生歸到明主前。上言赤子天哀憐，仁人在位如解懸。大臣不讓皋夔賢，天下畫一徽張弦。未將鼎俎烹小鮮，如吾但當歸一作居。力出。眼見霖雨開豐年，牆下飯牛薺花圓。

## 次歐陽公效孟郊體看緑字韻題慶上人萬竿圖

白石如白羊，起跪變化速。芸芸籜龍雛，身與雲俱緑。嗟哉兩神物，曾不受迫逐。我有囊中方，因之試餐玉。袖中釣鰲手，十年夢漁屋。鳳凰千仞姿，未省一枝足。自我見此君，夜夜翻凍醁。蹋倒山中玉板師，春風大笑成三宿。

## 送周生 一作《送周子善金華教官》。

二月已暮江水深，春風吹折行人心。山頭明月落未落？杜鵑鵑半莫哀吟，泊船上有青楓林。三月欲來花繞陌，又唱《銅鞮》送行客。男兒莫爾可憐生，男兒生身好顏色，拔劍起舞雞鳴栅。

## 茅山謡送鄧上人

道人兩鬢青如蓮，大醉上山捫青天。青天蕩蕩玉盤出，引手舉盤天上懸。銀河傾倒一作「顛倒」。一作「倒挂」。桂樹影，長風吹香落丹井。地上小兒霑玉一作「膩」。馥，白兔急擣玄霜熟。愔愔仙家十二一作「白玉」。樓，一作「仙家十二白玉樓」。夜半起拂一作「看」。踆烏浴。手招茅君叫列仙，帶劍上立紅雲前。茅君騎虎上天去，道人乞我明霞篇。

## 題鐵仙人琴書安一作「真」。樂窩

舉世之樂，無如鼓琴。琴可以禁人之邪心，易人之哇淫。舉世之樂，莫如讀書。書可以絶小人之狹邪，履君子之坦塗。世人爲樂千種有，不如我樂長可保。叶。彼有嗜酒樂飲，逢毒若酖。艷妻歡娱，自令身枯。溺貨殖，爲盜賊積。崇勢凌人，鬼神斷嗔。早官驕子，疾爲禍首。或世所樂，自詭神仙。累萬人學，無一長年。有樂放恣，毁除鬚髮。捐棄父母，終竟不覺。有察於獄，謂彼不憯。性習浸移，久而泰甚。凡此衆樂，豈不可懷。不如我樂，無患與災。鐵仙左琴右書傳，終日危坐笑以咍。忽見吾詩仰天歌，鐵仙豈不大樂哉。

## 題周耕雲爲蕭元泰畫龍虎仙巖圖

龍虎之山仙所寰，我昔夢寐遊其間。乾坤風氣結沖秀，中有正一玄都壇。羽人受我九節杖，林磴窈窕窮幽扳。金宫蕊殿起寥廓，翠厓丹巘深回環。峰頭時飄白菡萏，石上誰種青琅玕。諸巖一覽二十四，總似瀛渚蓬萊山。清溪浮空引雪練，遠岫隔水來煙鬟。就中仙巖更奇絶，上有玉樹皆團欒。虹光半夜出林杪，云是石室韜神丹。欲求刀圭已衰疾，羽人去我如飛翰。褰裳澗曲采芳杜，斷猿疏雨春山寒。覺來俗事日滿眼，歲月冉冉隨驚湍。會稽蕭君忽相訪，笑以此圖令我看。夢中羽人貌真似，而我别後鬢毛斑。題詩聊復記疇昔，願拂塵服高驂鸞。

## 海谷

歸墟谷在渤海東，八紘之水注其中。不盈不縮浩無際，吞吐日月涵空濛。靈鼇於此負山出，上有縹緲僉銀宮。人間相去幾萬里，弱水滿眼多回風。琴高來時踏赤鯉，少靈歸來乘白鴻。秦皇到老不得渡，嗟我欲往將焉從。子房有孫海谷子，告我冇路非難通。只隨雲氣相上下，與子共謁扶桑公。

## 龍湫行送軒宗冕歸山

大龍湫，小龍湫，青天倒瀉銀河流。海風吹練白杲杲，雪花滿面寒颼颼。詎那大士濯足處，碧波下見長黄虯。山僧洗鉢白雲動，澗猿飲子蒼巖幽。神蹤隱見不可測，幻境變化誰能求？道人此地昔追遊，泠然一錫辭神州。天香飄飄滿衣袖，散作雨露東南陬。老夫送别歌龍湫，芙蓉花開溪水頭。永嘉妙語猶可續，永夜松聲消客愁。思君何處寄清夢？三十六峰明月秋。

## 與叔夏游石門叔夏很石忽中斷勢若兩虎鬭之句余輒足之

很石忽中斷，勢若兩虎鬭。白龍來喚之，仙聖不敢救。相當二物争雌雄，馮夷擊鼓張其咮。日車爲之翻，地軸爲之仆。至今兩門開，天遣百水湊。吾聞神禹疏龍門，蜿蜒偃伏夾左右。坐令遺黎收樹藝，嗟哉神龍之功獨何有！

## 遼人射獵圖

美人貂帽玉驄馬，誰其從之臂鷹者。沙寒草白天雨霜，落日馳獵遼城下。塞南健婦方把鉏，丈夫戍邊官索租。

## 與朱希顏會玉山人家書其壁

小山培塿溝中蛙，大山宛轉行黄蛇。風吹海霧麯塵起，山頭紅樹紅如霞。東來明月無根蒂，我行忽至山人家。山人好事喜客至，賓客滿屋書滿車。眼中頓有玉人兩，膝上文度鳴嘔啞。祝婦家傾伯倫釀，驅兒手煮盧仝茶。彌明結喉石鼎句，禰生頓足漁陽撾。原上脊令古兄弟，山中雞犬秦桃花。百年富貴謾稱意，歲月袞袞春江波。跖顔夭壽不足惜，蟲沙猿鶴令人嗟。我起勸爾一杯酒，但持仁義終身多。今夕何夕且樂飲，奈此明月青天何。

## 太乙真人歌題蓮舟圖 鐵雅評曰：此作乃是李騎鯨也，孰謂此老椎鈍無爽氣邪！二鳥作日月看。

銀河跨西海，秋至天爲白。一片玉芙蓉，洗出明月魄。太乙真人挾兩龍，脱巾大笑眠其中。鳳麟洲西與天通，扶桑乃在碧海東。手把白一作緑。雲有兩童，掣鸚二鳥開金籠。

## 歙硯歌

渴龍夜飲天池水，六丁揮戈斷其尾。黑風吹落歙山深，化作玄精石中髓。山深夜夜飛神光，良工盜發天所藏。鑿開蒼厓斸寒玉，磨礱秋水歸文房。元氣淋漓翠光溼，松花香碎蟾蜍泣。醉掃郇公五色雲，倒鳳顛鸞秋瑟瑟。誰能持此歸玉堂，經天緯地成文章。月中老兔吹寒芒，與君同上青雲鄉。

## 送林彦清

有客新自東方來，瞳子如月無纖埃。言昔東見容成君，接上軒轅張樂之層臺。手捫青天冷至骨，白榆列宿何崔嵬。軒轅仙成去已久，皆騎威鳳驂龍媒。珠璫明佩隔風雨，天門晃朗相當開。仙家玉女少愁思，踏雪雙歌紫雲回。君嘗教我三洗髓，已覺靈氣生根荄。我時坐客桂樹下，縱之使言手拄頰。客似師横差短耳，眼似恨小髯鬖鬖。不見横君三十年，眼中見子吾已衰。却憶相攜入雁谷，山中二月如天台。風吹桃花行水面，大笑酌我紫霞杯。客今好遊自不惡，名山往往多奇才。儻逢俗子莫與語，世貴瓦缶輕尊罍。舟行江中慎濯足，磯下乃有鼇與能。更莫燃犀照水怪，自倚善幻驅霆雷。望見九華足雲氣，一上絶頂驅蓬萊。

## 和陳叔夏章字韻詩送此山師

天孫織錦當朝陽，銀梭札札回天章。麒麟鳳凰映東壁，煌煌珠笈帝所藏。分送天人寶華雨，紫狐夜泣龍髯塵。袖間明月大如屋，老蛟來飲銅盤露。天孫何曾辛苦爲，東風吹緑雲錦機。娉婷盈盈渡河漢，世上那有新相知。

## 信筆次潘一水韻

牆陰梅花上朝日，一綫微陽落東壁。白頭老子居户中，諸生授經争擁膝。下帷罷講進盤餐，旨蓄雜羞行上栗。只今生年八十餘，耳目聰明好顔色。抑搔説帶見鮐文，户牖無風養龜息。去年媪病入修夜，壁間遺挂皆陳迹。百憂熏心損老氣，十夢九見空惻惻。作詩遠寄平生素，但云衰朽傷宿昔。土田腴瘠付兒耕，杼軸軒輖無婦織。食肉徒悲齯齒生，著書幸留瞳子碧。君看朝露落復乾，莫持憂患横胸臆。前日雁歸初北鄉，行見南賓飛歷歷。北鄰笙竽屋瓦振，卧夜裁能專一席。百年榮華不滿眥，學道無方如轉石。盜跖豈能賢孔顔，富貴壽夭非人力。聖朝天子政好老，我願先生起華國。

## 送陳君禮之婺女兼寄徐仲禮

陳公子，騏驥駒駼一日馳萬里，珍怪生從渥洼水。不隨衆馬仰秣芻，要駕亦莫牽鼓車。陳公子，公起爲我舞，我能爲爾歌。古來豪傑不擇術，蕭曹刀筆終身多。身爲國士足可惜，致主堯舜今如何？陳公子，努力富貴勉自强，白髮坐見千丈長。鄒陽枚乘焉足學，去學董子登賢良。讀書未及無一作「了復」。讀律，脱令貧賤猶馨香。陳公子，我之故人柏臺史，三年不得書一紙。鞭麟笞鳳作官府，往往吹笙碧雲裏。芙蓉衣裾雲錦褠，手奪天巧天孫愁。豈憶故人在下土，夜半短衣行飯牛。陳公子，我有《幽蘭》《白雪》之古曲，不辭爲我歌宿宿。有使東來卽寄書，莫學故人忘我爲。

## 送方叔高賦得長安道

灞陵橋上秋風早，行人曉出長安道。長安城頭烏正啼，長安陌上聞朝雞。征車遥遥行復止，征馬蕭蕭鳴不已。將軍年少美且都，黄金箭鏃雕玉弧。未央前殿進書罷，諸生拜官辭石渠。將軍歸去亦草草，長安道邊人羨好。莫憐賈誼謫長沙，不見馮唐禁中老。

## 鐵笛歌爲鐵厓賦

鐵厓道人吹鐵笛，宮徵含嚼太古音。一聲吹破渾沌竅，一聲吹破天地心。一聲吹開虎豹閫，彤庭跪獻丹扆箴。問君何以得此曲，妙諧律呂可以召陽而呼陰。都將春秋一百四十二年筆削手譜成，透天之竅價重雙南金。掉頭玉署不肯入，直入弁峰絶頂俯看東溟深。王綱正統著高論，唾彼傳癖兼書淫。時人不識我不厭，會有使者徵球琳。具區下浸三萬六千頃之白銀浪，洞庭上立七十二朵之青瑤岑。莫邪老鐵作龍吼，丹山鳳舞江蛟吟。勗哉宗彦吾所欽，赤泉之盟猶可尋。更吹一聲振我清白祖，大鳴盛世，載賡阜財解慍南風琴。

## 北風寄陳輔賢

蕭蕭北風一作「北風蕭蕭」。吹客船，月未出海天蒼然，客子放歌脚一作聊。扣舷。蕭臺東頭天裹海，蕭臺西頭山刺天。君行西過釣臺口，寄謝江邊老病叟，坐看雲臺落人手。丈夫豈敢愛微軀，奈此黃花一尊一作杯。酒。《體要》分作二首，誤。

## 十五夜泊舟渚磯

采石不見李太石，騎龍上天吹紫笙。天上甚樂苦無酒，東游十二白玉城。蛾眉亭下明月出，牛渚磯頭春水生。一鶴西飛向何處？惟聞萬壑松風聲。

## 天台道上聞天香

八月天台路，清風物物嘉。晴虹生遠樹，過雁帶平沙。日氣常蒸稻，天香喜釀花。門前五株柳，定是故人家。

## 越州郡庠壁和顔氏子韻

歲月渺無涯，居然鬢髮華。乾坤雞屢旦，霜露菊猶花。城裏鑑湖稻，山陰日鑄茶。東南好官守，行子莫思家。

## 送友人

依依涉野水，渺渺渡秋陰。短褐北風急，布帆南斗深。行酬丈夫願，乃見故人心。莫作長回首，因風惠好音。

## 久客寄劉弘度

有客凄涼甚，思家少定歡。夜深知笛短，秋半覺衣單。積水蓴絲滑，高田豆葉乾。月明星露墜，慎莫倚闌干。

## 江心寺贈唐博士

銀浪舞輕航，天風赴石塘。六鼇扶地勢，萬象發天光。樹湧中流碧，蓮生隔浦香。潭龍莫深一作「深龍莫」。卧，一雨九州凉。

## 送薩郎中賦得新亭

登高望吴楚，芳草滿汀洲。離别安足念，英雄翻百憂。山河吞故國，江漢入秦州。今日新亭飲，因君感滯留。

## 代友人送于彦明之鄞

詩舸幾時發，秋風海水腥。雲分雁宕路，江繞蛣蜻亭。大府文星聚，名山僧氣靈。憑君道問訊，無恙讀書螢。

## 送裕上人歸儀興

行尋桂樹隱，已與菊花期。江永魚龍夕，風高鴻雁飢。獨憐相見晚，况復欲歸時。楚雨楓林黑，勞予入夢思。

## 送客

出門嚴鼓後，送客入舟時。已自傷羈旅，令人畏别離。江蟠全楚地，山掩小姑祠。歲晏多風雪，題詩寄所思。

## 次薩天錫韻題鐵塔寺壁

平生謝太傅，勝日得重臨。地勢吞吴盡，江流入楚深。金湯非舊國，棟宇尚青林。野露溥黄菊，獨爲游子吟。

## 東林寺

騎馬過東林，當階入緑陰。路斜瑶草合，雲去落花深。老至況獨立，興來時一吟。數來成故舊，相對挽重臨。

## 次韻虞學士見寄

白髮眉山老，玉堂清晝閒。聲名滿天下，翰墨落人間。才俊賈太傅，行高元魯山。獨憐江海客，尊酒夜闌珊。

## 匡濟

春風起天際，遊子若爲情。多病仍羈旅，令人白髮生。山連三楚壯，地入九江平。匡濟寧無術，栖遲敢自名。

## 寄勞于彦明自吴歸

去及花時暖，歸途暑雨霑。樹涼人憩午，江熱馬行鹽。不畏黄金盡，祇愁白髮添。君看雙燕子，隨意入人簾。

## 題留侯廟

感慨留侯廟，曾聞客下邳。手扶仁義主，身是帝王師。興漢功居最，存韓志可悲。如何刼高后，反使卯金卮。

## 寄夏友伯

長憶浣花宅，醉君雙玉瓶。春風吹白髮，山雨隔青燈。卧病從無客，居閒欲似僧。何時溪上路，倚杖看魚罾。

## 送張子約

繫鋏高歌裏，丈夫輕别離。雞鳴裹行槖，燈暗覆殘棋。行矣復何適，嗟哉我所思。且歸慰妻子，莫學五羊皮。

## 秋岑

更覺秋岑碧，能尋勝日躋。樹涼來鸛鶴，山斷見虹霓。稚子行相問，幽人去不迷。雨餘天姥出，吾欲涉丹梯。

## 遠山

樓前萬里月，窈窕碧峰孤。江上自濃淡，雲間疑有無。行人穿亂樹，落日界平蕪。佇立有真意，陰陰烏自呼。

## 绿水

青春足新雨，漪绿上魚磯。積翠疑摇眼，拖藍欲染衣。雲行天影動，風颭日光微。竚立無人見，沙禽背艇飛。

## 五馬呈昂夫大尹

五馬何時發，聊逢勝日留。天晴占鼓角，地溼謹衣裘。願試匡時畫，歸余理釣舟。浮雲浩今古，別地望神州。

## 送公子趙去疾二首

緜緜萬里道，利涉有方舟。城郭通吴會，江源起益州。圖經聞白帝，祠祭遇黄牛。他日浣花老，猶能作勝游。

辭吴向三楚，送遠指秦川。高雁憂離罟，輕鷗不避船。天青微露下，江黑大星懸。郢曲長多怨，聞歌衹自憐。

## 次天錫題暢曾伯幽居

淮水清瀰瀰，好山多近村。市收僧乞米，舟檥客過門。燈火鄰家夕，風沙濼水昏。卜居諳土俗，野老舊能言。

## 馮秦卿藏書

棨中富貴傳，賓客盡能文。厲世方橐武，無人學解紛。劍成猿接木，圍合鹿號羣。官作清時好，長吟生一作坐。白雲。

## 和蔡石雲縣尉

西岑路滑不可上，我此曾揞六尺藤。塔頂雲凝明似鶴，松根石老瘦於僧。玉簫冉冉飛春縣，畫舸眈眈颭夜燈。聞有丹霞舊門户，欲參大意與誰升。

## 賀梅

水落山空百草乾，天公玉女耐高寒。松根雲煖客吹笛，竹外月高誰倚門？歲晚王孫猶怨色，天寒公主欲歸魂。北風端是春消息，吹得雪多花更繁。

## 泊舟姑蘇臺下

霸主吞雄事莽然，空遺陳跡向千年。天寒笛起孤城裏，日暮舟行積水邊。萬里飛鴻如識路，故園黄菊不勝妍。吴王臺沼連衰草，惟有西山出斷煙。

## 冶城飛龍亭詩卷

翠蓋鸞旂殷繡墻，南公揮涕話先皇。鴻宫望氣成龍虎，法駕吹簫引鳳凰。今日畫圖看御幄，當時草木識天香。先生曾對明光殿，奏報新松似鶴長。

## 送青玄觀道士玉泉

淮南道士傳鴻寶，眸子照人雙電光。貫日白虹生玉氣，出山青髓射天漿。去年蹋雪尋丹井，連日題詩滿畫廊。長憶青玄送客處，柳花無數繞衣裳。

## 送陳玉林歸集慶永壽宫

天繞龍宫日月低，六龍一作「鸞軺」。曾駐治城西。祠一作龍。光午夜入牛斗，玉氣千年成一作「歲生」。虹霓。承恩已報紫旄一作旄。節，奉使一作「受詔」。屨上黄金閨。神眷靈一作「媛仙」。宫守桂樹，銀榜一作「東明」。碧鏤自天題。

## 送王伯循

使者樓船鼓三疊，猶見車前白鷺翻。莫嗔惜别把衣袖，他日爲誰沽酒醪。龍蛇未蟄江水壯，鴻雁欲動秋風高。槐樹東頭讀書處，更憶君家雙鳳毛。

## 送仲亨文學精舍山長

子合談經上石渠，更從文學住精廬。到家爲覔言偃宅，弛擔先藏笠澤書。日落青天猶過雁，雪消新水欲生魚。傳聞聖世求遺士，倘召君乘謁者車。

遊雙峰贈覺上人

茶具酒壺從兩童，入山慎莫作忽忽。雪消新水鴨頭緑，沙暖小桃猩血紅。吾意生人行樂耳，只今杯酒與君同。依依藍玉亭前路，他日重來憶遠公。

代人送友

別離未是尋常事，要見丈夫兒女情。太傅中年猶作惡，阿蒙三日即知名。北風鴻雁天籠野，落日牛羊路繞城。我亦平生四方願，先生未可辦歸耕。

登平山堂故址 今爲司徒廟。

蜀山有堂已改作，騎馬出門西北行。日落牛羊散平楚，風高鴻雁過三城。山河已失金湯固，汗竹空遺帶礪盟。駱駝坡頭孔融墓，令人憶爾淚縱橫。

寘磁甌於硯池旁以蓄水十餘日前得桂花二枝插瓶中數日花葉皆萎落戊辰早乍聞香氣滿室視之兩枝皆再作花葉亦鮮碧佛書云天風吹萎花更雨新好者感之爲賦詩云

六六畫欄生晚涼，青鸞對舞渡銀潢。十分天上山河□，萬斛人間雨露香。珠佩風清生□□，玉壺冰薄吐蟾光。白銀金闕紅雲合，金粟繽紛七寶牀。

## 用前韻寄張尊師

鴻雁南飛草木零，放歌重上草玄亭。坐深狂客俄吹帽，語久清童屢觸屏。晏歲風多衣自短，空山月出酒初醒。江南客子歸來得，漂泊何須影問形。

## 次張伯雨韻寄徐聞遠真士

好閒還尋幽子廬，習静自與外人疏。牛羊半下日夕後，鴻雁大來宿雨初。黄菊未疏急釀酒，碧山可數聊停車。眼中之人美無度，十日不見九寄書。

## 登石頭城二首

登高悵望謝家墩，千古風流酒一尊。城郭已非空故國，英雄垂盡只遊魂。天圍建業山形斷，日落淮南海氣昏。未信浮雲能蔽日，欲占北斗問乾坤。

石頭遺堞滿蒼苔，前日英雄安在哉。芳草離離爲誰緑？野花漠漠向人開。鼎湖雲暗龍先去，建業城荒鳳不來。二月江南梅未發，北風日夜漲黄埃。

## 過□□□□□□

何日先生起九原，已將靈氣返山川。論詩轉覺庾陶近，佐主終慚稷契賢。拱木笙竽猶落日，荒丘翁仲只寒煙。當時故物青山在，説到英雄意惘然。

## 鄱江寺擁翠樓

縹緲新居一握天，好山將緑到樓前。煙霏入閫清談塵，紫氣薰人溼坐氈。未放白雲分榻住，愛看青雨映簾懸。自憐華髮江南客，也爲登臨憶仲宣。

## 元日陪趙相國家宴

紅光瑞氣起曚曈，元日尊罍對上公。轉午東風生渤澥，指寅北斗直崆峒。天垂紫蓋黄旌外，人在瓊林玉樹中。喜□承平新氣象，三□合侍大明宫。

## 送伯循御史天錫照磨至龍灣留别

西日杲杲馬蕭蕭，君行不行手屢招。舟人夜語見月出，客子别愁須酒澆。霜天欲雨鴻雁去，秋風未落河漢摇。寄語揚州張仲舉，月明何處聞吹簫。

## 同吴明之在靈峰作

人言萬壑争流勝，故作雨中藤一枝。楓樹朝來青鼠出，竹根日暮白鷴飛。要看雲起水窮處，正在峰回路轉時。莫道白鷗機事少，只今野老亦忘機。

## 次陳輔賢遊雁山韻

竹杖椶鞋去去賒，一春紅到杜鵑花。山椒雨暗蛇如樹，石屋春深燕作家。老父行尋靈運屐，道人喚喫趙州茶。明朝塵土芙蓉路，猶憶山僧飯一麻。

## 鶴

胎化有鳥今千年，俯啄瑤枝飲醴泉。縞帶長身通夜白，丹砂塗頂入秋圓。山空蕙帳客初去，月落竹房僧未眠。高氣出塵如玉雪，長風萬里趁飛仙。

## 發舟錢唐

五年羈客留荆楚，今日江頭把繡衣。鴻雁夜飛天氣白，蛟龍晝蟄水妖微。彈冠終坐王陽起，敝褐何年季子歸。一舸南遊真勝事，幽期未與故人違。

## 次達公晚過釣臺韻

杳杳青楓江水暗，客星遺廟映江花。空聞使者來持節，猶有祠官祼聚沙。平日故人多禮數，終身高誼厭紛華。漢家九鼎如山重，霜露淒然在葭葭。

## 爲陳師復賦喜白髮之什

畝畝平生足憂患，愛將短髮照滄浪。意憐得見從渠白，却笑緣愁祇自長。秦羽終慚頭有幘，馮唐未負老爲郎。角巾小製聊容世，漫向春風舞欲狂。

## 避風龍潭五日登岸卽事

建業放舟下京口，候風三老正高眠。歌長且復忘羈旅，遊遠何如歸力田。茅屋晨炊繫牛犢，叢祠社祭落烏鳶。故鄉風動渾相似，祇憶南溪蹋釣船。

## 送客

攜手出門倍惆悵，北風吹丹楓樹林。柵中雞鳴天地醒，城頭雁去江湖深。行人萬里少歸夢，烈士向來多苦心。東西相望道路遠，一書會抵雙南金。

## 送人還鄱陽

東西湖水百花洲，行子歸時雪已收。明月可能隨客去，浮雲自足使人愁。重來柳樹應千尺，相見梅花隔數州。我亦高歌望吾子，春風好在仲宣樓。

## 同薩天錫飲鳳皇臺

鳳凰高飛横四海，錦袍猶賦鳳凰游。天隨没鶻低淮樹，江學巴蛇入楚流。勳業何如飲名酒，衣冠未省識神州。天涯芳草萋萋緑，王粲歸來更倚樓。

## 次薩天錫登石頭城

西州門外石頭寺，共説英雄緑鬢凋。王氣黄旗千歲盡，水聲廣樂六時朝。白𩑔衮壞埋珠柙，玉燕釵飛墜藻翹。重到謝家攜妓處，維舟寂寞聽春潮。

## 送國侍者

離别還同箭離弦，題詩修竹記他年。盧人楚語時相問，估客巴歌也自傳。遥望牽帆上南斗，正逢飛雁出青天。綿綿遠道勞歸夢，忽見梅花意惘然。

## 送魯公還秦南 一作《舟中上趙相國》。

錦衣樹纛向秦川，有客將離獨黯然。日食猶分丞相餅，傳呼自愧孝廉船。春風過雁青天外，暮雨行人積水邊。應到清湘聞欸乃，楚儂此曲至今傳。

## 正月十四一作五。夜宿巢縣一作「東州」。

旅食荆吴改歲年，春風遠道思緜緜。青山故繞周瑜墓，明月猶窺亞父泉。楚縣城荒餘畫角，巢湖日落有歸船。天涯芳草萋萋緑，想見登樓憶仲宣。

## 送鄞縣尹

秋風吹汝鬢成絲，移病還家竟不疑。官是伯強曾補處，身如元亮已歸時。青山老去渾相識，黄菊平生最受知。我亦相從上吴會，夕陽騎馬看殘碑。

## 題本覺寺空翠亭

琅玕十畝映江渚，天籟沈沈欲下來。已見鳳毛霑雨露，長疑龍氣挾風雷。樹團車蓋春陰合，月射金銀夜色開。中野白雲如白石，不辭一日到千回。

## 十六日宿蕪湖縣

蕪湖縣南泊船夜，欲霜天色已蒼蒼。雲山欲曙江流紫，洲渚初昏燒火黄。自笑頭顱向華髮，尚爲羈旅適他鄉。東船西舫無人語，可惜窗中明月光。

## 喜雨次神字韻録呈達兼善

淨洗煩寃六合新，清晨沙路絶輕塵。太山自古興雲雨，淫祀何勞走鬼神。淝水急流舟欲起，巢湖浮黛畫初勻。客游甚憶魚羹飯，歸到江南及暮春。

## 和張顔樂秋夜聞蛩

西風蟋蟀共悲涼，病木飄殘託腐腸。鄰媪秋來借燈火，行人夜語怨參商。啼殘紅葉催霜雨，吟傍黄花飲露香。商榷秋風與秋月，腹中那有許雌黄。

## 和人遊雁山家字韻二首

北雁山中路詰曲，夕陽木杪見人家。筍輿穿樹驚霜葉，桐杖敲雲損土花。白雁秋高還蕩頂，流螢月黑出簷牙。忽忽但得皮膚耳，出外逢人莫浪誇。

峽中鐘磬十八寺，山腹茅茨三兩家。雨後亂溪清似髮，霜前病葉赤於花。懸厓萬仞塗猩血，怪石千株插犬牙。牢絆芒鞋行一月，出山慎勿向人誇。

## 入雁蕩山 此詩《雁山志》作吳學禮。

興國年間路始開，前朝碑墨半蒼苔。雁横宕月知秋到，僧踏湫雲看瀑來。一嶺未教靈運識，萬松誰道了翁栽。此山曾共秋風約，説與山猿不用猜。

## 牡丹

富貴風流拔等倫，百花低首拜芳塵。畫欄繡幄圍紅玉，雲錦霞裳踢翠裀。天上有香能蓋世，國中無色可爲鄰。名花也自難培植，合廢天公萬斛春。

## 松風閣

謖謖長松作人語，開門出聽又千回。海潮欲上寒江動，瓦屋微鳴小雨來。不用吹笙隨燕婉，如聆廣樂上蓬萊。往年曾向三茅聽，餉我丹砂滿玉杯。

## 送人游天台

此去蘭亭修禊後，平明驅馬試征衣。海邊山盡天無盡，花底春歸人未歸。一浦潮生魚入市，千山月上鶴投扉。追遊二十年前路，孤負東風賦《式微》。

## 冬日見桂花

北風吹倒碧琅玕，金粟棲枝露未乾。翠氣遥連仙掌曉，天香微墮玉壺寒。明蟾照影臨丹闕，青女銷香著畫欄。可是天翁露消息，小春先得一枝看。

## 訪王君濟

好溪沙渚更停橈，來訪仙人王子喬。稚子候門如有喜，故人索酒不須招。門含古樹春先到，簾映青山雪未消。老子紅顏如昔日，只添白髮不相饒。

## 寄同别峰

雨灑高城柳散絲，扁舟長憶送君時。前時書去惟憑客，今日詩成欲語誰？修竹娟娟當石浄，歸雲故故入山遲。平生不解求人識，慚愧黄金鑄子期。

## 棋

國手功名滿世間，幾多奇思上眉端。人心險處千機變，局面危時一著安。陳入烏江迷項羽，勢窮赤壁走曹瞞。近來黑白無分曉，輸與樵翁冷眼看。

## 七月十四夜宿東縣明日登山上亭

海上歸來訪舊遊，草堂開宴醉新秋。金花木落魚初鱠，玉液香浮酒旋篘。展席涼風依緑樹，振衣斜日濯清流。五年不見孫郎面，一笑相看總白頭。

## 送友人金陵漕運

金陵從古帝王州，漕運君今事勝遊。丹鳳有臺春樹老，烏衣無國夕陽收。潮聲挾雨翻蛟室，山氣浮雲結蜃樓。白髮高堂日相待，早回蘭橈莫淹留。

## 讀陶隱居九錫文録呈趙虛一真士

獨鶴能空雞鶩羣，仙階還許世人聞。題詩未倚李太白，學道願從茅長君。白鹿隨車繞山木，丹砂出鼎染溪雲。先生少留亦不惡，共讀華陽九錫文。

## 過山寺

隔谿茅屋半開扉，緣護晴林晝打圍。野鹿飲泉山影動，幽禽出樹岸花飛。百年往事回頭換，一路斜陽送客歸。要識上方何處是？鐘聲隱隱隔煙霏。

## 雨後村行二首

雨過沙頭落漲痕，滿林紅葉自紛紛。水平路面高低見，風約溪聲斷續聞。老屋無橋横獨木，滄洲欲雁起寒雲。殘蘆頭頂花如雪，莫是吟人鬢上分。

澤國秋深景物非，西風獵獵又吹衣。路行落日離人去，山破寒煙獨鳥飛。潮信到灘推月上，鄰家停火候船歸。村醪香軟鱸魚美，自笑吟邊貌不肥。

## 苦竹村

籃輿軋軋路高低，苦竹村南古峴西。草舍爨茆留客飯，麥田焚棘斷人蹊。花梢春意關禽語，石磴霜痕印虎蹄。心自愛閒身尚役，好山何處是真棲？

## 十里

官河十里數家莊，石埠門前繫野航。梅月逢庚江雨歇，稻花迎午水風涼。橋横自界村南北，堠斷難知里短長。倦矣野塘行瘦馬，雲山杳杳復蒼蒼。

## 秋晚别業偶成

平原渺渺路西東，豆葉纔黄柿半紅。獺下江潭塘水涸，鼠歸墻屋野田空。燒煙不斷經秋旱，草露無多徹夜風。行過小橋人住處，短籬清曉護畦菘。

## 爲學古澹藏主題安慶金君美秀野次潘仲舉韻

户外黄塵滿地流，亭邊山色轉幽幽。牛無令闕殘吾竹，客與俱來上某丘。池上小風花樹午，夜深疏雨橘林秋。老翁獨樂寧非計，正使先生憶釣遊。

## 送菜藏主

日日秦淮送客船，江中八月雨如煙。道逢鴻雁東南去，眼見蟾蜍四五圓。美酒相看不成醉，黄花別後爲誰妍。貉裘已弊秋風起，我正思歸種石田。

## 用羣字韻寄伯雨尊師

使軺草草索離羣，南北東西不更聞。別去廿年如夢寐，山頭一日忽逢君。蓬萊閣裏呼明月，撫掌東邊洗白雲。詩律老蒼無可説，衹須出酒覔論文。

## 商山四皓圖

帝憂母主重廢嫡，人料子房宜與謀。盟詛不虞高后劫，卑辭翻爲建成籌。腹心已去悲歌起，羽翼雖成女禍留。俱墮術中曾不寤，先生輕出後人羞。

## 次伯雨韻

佳士望見知耐久，俗子定交心已疏。中林有客賦《招隱》，後日何人問《遂初》？逹官不入禰衡刺，逸史會給陳農車。我見彌明太玩世，自言不解人間書。

## 次仲舉韻送亭上人

垂垂笠子上吴船，一作「夜聞石鼎車聲苦」。去過一作「夢繞」。揚瀾浪蹴天。狂客還尋破甑録，清童解識一作答。

野狐禪。江來全蜀如衣帶，雲破中原見岳蓮。唯有天邊一作「恨殺秦淮」。舊時月，還隨老子發殘年。一作「向人離別照年年」。

## 次王彦謙韻

昇州逆旅竟何物？安識人間有子房。東野英年空説劍，臨邛當日亦求凰。魚生春水桃初雨，雉没高原草欲香。寄語歸來雙燕子，烏衣巷口又斜陽。

## 送姚子章慶元帥府掾

東方幕府才華盛，值世承平息虎貔。陳琳何煩工草檄，退之莫倚愛題詩。海静蛟龍怕鐘鼓，天清鑾蛩識旌旗。前日元戎爲飲酒，深衣寬博錦紳垂。

## 飲濡須守子衡君宅

客子東來向西楚，河流兀兀舞輕舠。雪消巢縣青山出，雨後焦湖春水高。賴有使君持玉節，未須故舊問綈袍。眼中賀監文章伯，又使時人見鳳毛。

## 十六日弛僋廬州城西長安寺

廬州夜宿長安寺，紞紞城頭鼓正嚴。獨立春風猶問馬，愛看明月自鉤簾。從人勸酒拈浮蟻，有客哦詩擬撒鹽。幸得梅花照殘夜，未妨長嘯倚東檐。

## 送堅上人還雲門次顧仲瑛韻

送客去游梁楚間，桃花開半含花斑。幽蘭白雪令人瘦，鳳凰麒麟何日還。江作蛇行過全楚，天將雲去見三山。借問石城在何處？不緣離別損朱顏。

## 次韻王彦强見懷

美人住在雲門西，望到每朝烏欲棲。近報綵舟來候我，寄將錦字是親題。荷花日落江相映，芳草春深路轉迷。更憐把燭裁詩夜，還夢城南舊主啼。

## 賦得越山越水 一作《越上》。又作《鑑湖》。

賀家湖上又一作「裏見」。秋風，放翁宅前東復一作「湖水」。東。兩行雲樹忽遠近，十里荷花能白紅。遊人濯足銀河上，越女梳頭青鏡中。我欲張帆上南斗，扶桑碧海與天通。

## 送劉好古歸武昌

游子結束向何處？城中雪花幾尺圍。去家萬里多夢見，辭親十年今始歸。道士吹簫赤壁下，行人泊舟黄鶴磯。我亦張帆拂南斗，卧看明月去如飛。

## 用馬中丞韻送志能賀冬之京師

停酒更唱車遥遥，官船打鼓回春潮。鳳曹合引金閨彦，驄馬尚隨方蓋軺。五日樂成黄道正，萬年觴進紫宸朝。清班陪謁三雲殿，仙伯神官手屢招。

## 梅魄

處士孤魂不可招，夜深疑與雪俱消。香流東閣風吹樹，夢過西湖月滿橋。隔歲冰霜哀契闊，空山玉雪想孤標。蕭蕭翠袖令人瘦，莫遣尊中一片飄。

## 越鄉次舊韻

興來不買剡溪船，匹馬銜寒款著鞭。遶驛水聲殘雪夜，半橋山影夕陽天。雁橫雲宕猶千里，春入梅花又一年。喚僕更尋前處宿，有詩還和舊時篇。

## 白沙早程

聽得鄰雞便問程，前塗猶有客先登。官河半落長橋月，僧塔疏明昨夜燈。古渡潮生鷗浸夢，野田風急浪歸塍。雁山喜入新詩眼，踏破秋雲最上層。

## 樂成

萬葉蕭蕭獨厭聽，長江日脚未全晴。豆遺晨壠芽齊白，稻盡秋田孕更青。偶向前村逢斷岸，欲尋古寺傍山行。嫩寒日暮添蕭索，無那新來禁酒亭。

## 辛亥玉川問歸

松菊當年手自栽，故山招我賦歸來。石橋銜曉霜蹄滑，梅路偷晴雪眼開。家在夢中猶未到，春於臘底已先回。關河風景依然在，千古興亡付一杯。

## 丙子泛舟登輿

雞塒豚穽半榛荆，村北村南感易生。雨過雪消連日凍，潮平水歇下塘聲。鴉啼古樹寒煙歴，人謁荒祠小艇横。一段鄉情渾漠漠，隔江斜日暗孤城。

## 次晚春韻

燕幕沈沈春晝永，閒敲棋子小闌東。拍天漲緑連朝雨，滿地殘紅昨夜風。草際夢回詩有債，柳邊寒薄絮無功。韶光暗换年年事，莫遣閒愁著鬢中。

## 東林廢寺

白社寥寥度歲華，客來猶記話分茶。橋横山郭前溪路，樹隔厨煙何處家？官馬放歸門逕草，野僧移去石泉花。荒原相接多鄰冢，祭掃人還噪暮鴉。

## 送朵兒只國王之遼東

奕世名王策駿功，建分茅土鎮遼東。玉符金印傳孫子，鐵券丹書誓始終。滄海斷霞連虎帳，黑河飛雪暗琱弓。莫忘聖武艱難日，四傑從容陟降同。

## 和宋學士晚出麗正門

暮光霞彩炫金題，絳闕高居雉堞低。上相樓臺連御苑，中郎車騎過沙隄。皁鵰孤捩凌雲翮，紫雁雙翻蹀雪蹄。回首上林涼月夜，蕊珠多是鳳凰棲。

## 送陳杏林赴潮州醫學教授

三千驛路上灘船，九品醫官半百年。藥市得錢添月俸，杏林收穀當公田。北書漸覺江鴻遠，南食初嘗海鱷鮮。不用越巫驅瘴癘，家家傳取衞生篇。

## 宿魏仲遠宅

每憶君家好兄弟，輕舟遠出踐深期。春風吹雨曹娥渡，夕照滿山虞舜祠。即問寒暄如夢寐，各言加飯慰相思。重來應記呼燈處，夏蓋山前月上遲。

## 郊禮慶成

郊丘親祀自吾皇，夙駕鑾輿建太常。冕服並行周典禮，樂歌不數漢文章。清臺夜奏靈光紫，温室朝迎瑞日黄。今代侍臣多馬鄭，明時應許議明堂。

## 送閣學士赴上都

從官萬騎擁鑾輿，東閣詞臣載寶書。雨過草肥金絡馬，月明山轉紫駝車。龍庭日近瀛洲路，灤水天高玉帝居。明日仙凡便相隔，少年寮吏謾躊躇。

按《五峰集》向來失傳，僅得曹侍郎秋岳編緝抄本。癸未春，朱檢討竹垞從樂清搜得弘治甲子樂清令懷遠錢杲慎齋所刊本合之，允稱大備。近體五言如《雁山》作云：「山空猿自語，雲暖鶴初醒。」《鍾山》云：「井沈龍虎氣，岡斷鳳凰形。」《贈建禪師》云：「茶香鄰屋借，竽熟騎童分。」《次王宣政園亭》云：「池開摇倒影，木落見孤根。」七言如《送叔夏》云：「來日燕翻芹雨暖，别時人趁稻風涼。」《和王修竹時思庵韻》云：「移來怪石欺僧瘦，種得新松共鶴長。」《雲林清遠圖》云：「風高碧入金莖露，月出青回玉樹煙。」《客孤山》云：「江山有待詩應老，天地無情客謾狂。」《三益堂芙蓉》云：「守宫血暖娥池曉，翡翠巢香玉井寒。」《送趙岐山》云：「北風吹黑貂裘領，明月磨青寶劍花。」《戲簡王季行》云：「蒲萄釀酒澆鸚鵡，桐葉題詩詠鳳凰。」《呈兀澤》云：「酒無著處紅生面，老欲來時白上頭。」皆極新警之句也。附摘於此。

## 陪薩使君飲酒鐵塔寺分題得籦龍軒分韻得而字

琅玕盡靈種，玉立近東池。已與風雲會，終含冰雹姿。氣酣猶贔屓，鱗動覺之而。雨暗思雷澤，天清入葛陂。鳳毛當户見，蛇影到杯疑。神物煩呵護，應看變化時。

## 竺雲爲曇上人作　陰何體。

雲來自西極，駘蕩復委蛇。影度流沙曉，峰臨鷲嶺奇。從龍飄宛轉，觸石起參差。光擬鳳毛紫，清同玉葉垂。芙蓉連華岳，綺藻映天池。五色主祥瑞，賢人懷羽儀。

## 玄真館飲酒分韻得衡字

良朋謝悁悒，仙賞屬玄冬。野浄梅將發，山乾雪不封。生蓂近芳節，出日媚川容。愁用詩湔浣，寒憑酒折衝。幽人每多暇，俗子自無悰。聊以共一作供。娱一作怡。悦，詎知縻萬鍾。

## 題李子雲白雲窗

白雲如白月，宛宛復離離。青霓依澗出，玉葉映簷垂。詎閡飛花度，還同病鶴窺。紛暉含户牖，倒影散園池。近看吁欲落，佇立意俱遲。坐卧常相對，成峰晚更奇。

## 聽雪爲趙本初作

玄冬易蕭瑟，積氣但清寥。夜嚴方有覺，天静不成囂。深坐愁如見，微聞去已遥。新暉留素魄，妍密屬青腰。聲虚知拂竹，花重想封條。高居爾最樂，難拔俗人標。

## 送廉公亮僉事江西

除書下北闕，使牡指南州。暫輟紫霄顧，遥瞻畫閣秋。官清持玉節，天近見珠旒。報政民安作，聞謡雨不愁。梅花當路發，月影入江流。定有登高賦，應將勝日酬。

## 遊雁蕩

盤盤古蕩倚蒼穹，勢壓坤輿距海東。異境從真三島外，羣山呈技五雲中。玲瓏勝插連星斗，杳渺神龍戴華嵩。香霧千屏金沆瀣，煖霞萬簇錦芙蓉。峰亭玉女螺鬟髀，瀑瀉冰簾雨氣濃。怪底雙鸞翔彩鳳，嶄然絶壁掛蒼龍。展旗輕颺神僧洞，天柱相高玉笋叢。偃蓋紫芝當錦帳，挺標卓筆對天聰。北瞻瑞鹿晴嵐薄，西遡飛泉紫翠重。鉅宦來觀留好句，名木遠訪暢幽悰。躋攀適带琴尊並，嘯覽紛陪杖履同。倦客豈知今再到，老僧能記昔相逢。冰盤甘脆傳林果，芳飣新柔薦晚菘。遠社飛杯深繾綣，贊房對榻重從容。晃衣楓錦飄階葉，吹佩松濤度曲風。悟趣只知玄圃近，探幽擬與虎溪通。掛巾五老窺靈穴，脱屐常雲濯劍鋒。涵日影摇臨水塔，破煙聲度隔林鐘。千年紀載文光爛，數日盤桓目力窮。鐫石題詩狀難盡，遍圖勝概貯詩筒。

## 題倪元鎮紈扇

野水見落日，幽人殊未還。白雲滿洲渚，搔首問青天。

## 題松雪竹石

幽篁碧悄悄，白石白粼粼。帝子吹笙罷，月明愁殺人。

## 子昂畫

汀洲木葉下，斜日倚湘娥。我欲采芳草，洞庭秋水多。

## 倪氏雨竹

落日楚江深，鷓鴣啼遠林。相思不可見，池上寫春陰。

## 寶林八咏 録一。

### 飛來峰

山似琅玕小，地將秦望雄。越王歌舞處，長作梵王宫。

## 江邊

江邊孤樹猶碧，天際白雲自流。七十二灘浩蕩，夕陽照見歸舟。

## 雪晴

雪乾玉飯初香，月瘦珠胎猶小。開門不見臞仙，白鶴横江清曉。

## 簫臺八景

### 雲門福地

古帝南巡事已非，土階茅屋尚依依。夜深月底吹簫去，度得雲門一曲歸。

### 蓋竹洞天

蝙蝠翻雲似白鵶，石林玉氣亂晴霞。山中雞犬應相笑，溪上紅桃幾樹花。

雙瀑飛泉

雨洗天根雲洞幽，黑蛟飛雹舞長湫。只應壯士思酣戰，組練相銜夜不收。

簫臺明月

山月崢嶸露玦環，石樓香冷白雲間。玉簫吹裂階前竹，騎鶴仙人去不還。

白鶴晨鐘

風約疏鐘下窈冥，天南曙月颭飛星。駝鳴閶闔囂聲起，老鶴巢深夢未醒。

紫芝晚磬

蕭蕭清磬出雲遲，月死空林日氣微。重過紫芝山下路，壞橋一作垣。燈火照人衣。

東塔雲煙

海月四更移塔去，天風萬里擘松開。煙銷日出無人到，獨自看雲山上來。

西岑松雪

山上行人如凍蠅，西匡日出澹青熒。太陰積雪草木縮，留得孤松長茯苓。

六月初十日雨止月出坐大桂樹旁西風先秋

軟玉衣裳翡翠環，暖笙初學鳳錦鸞。廣寒宮闕西風緊，一夜天香滿世間。

## 得故人書

風前一紙故人書，上説相思下起居。却道梅溪新事業，聲名全勝紹興初。

## 春風

春風隨處作春晴，楊柳依依緑未成。昨夜池塘新雨足，蛙聲剛亂讀書聲。

## 過釣臺

赤龍已挾故人飛，却愛清江理釣絲。入覲忽忽謀去就，當時猶悔見機遲。

## 農事

落日蜻蜓處處飛，槿花門巷豆花籬。行逢野老問農事，稻雨溼衣香未知。

## 天台道中聞天香寫贈胡仲賓

萬斛天香夜氣收，曉風涼月釀清秋。詩人試與評花品，定是人間第一流。

## 送李仲羽歸江東因寄伯循御史

江中八月雨如煙，去買徐州送客船。采石山頭送李白，身騎明月上青天。

## 送蔡飛卿之維揚

送君直渡秦淮水，風急桃花飛過江。自有行人回首處，昇州山色滿船窗。

送緱山侯氏宅

海東月明九萬里，照見山頭白鶴還。竹几匡床清似雪，不知門外是緱山。

贈靈巖秀禪師

北林日午煖如烘，盡日溪行曲折中。自愛敲冰看魚上，山頭樹影落溪紅。

雪屋爲通上人作

倒挽天河轉翠微，玉虯鱗甲滿天飛。道人結屋東邊住，愛看晴花不掩扉。

偶書所感

鐘鼎山林易地難，丈夫出處正相關。繡鞍大馬都門道，却憶西樓看碧山。

清明郊行

清明處處麥風斜，詩老得閒長在家。遠樹小村千瓦雪，不知落日上梨花。

贈胡仲賓

九月風多裋褐單，劍光抱月忽飛還。人言華頂峰前路，正在白雲飛處山。

送輔賢出山作首尾吟二首

儒官不畏簡書催，拄杖休驚石上苔。行到水窮雲起處，路從四十九盤來。

路從四十九盤來，樹底看雲首獨回。客裏不知身是客，向人猶愛話簫臺。

送人

江上晚山無數青，行人草草似流萍。水邊燈火官船發，五十長亭第一亭。

次薩使君韻四首

烏几繩牀詩夢熟，驚聞風雨欲翻江。酒醒憶是長蘆寺，半夜松聲繞北窗。

大江北岸望南岸，山色微茫似破罾。石馬麒麟竟何有，南公空説晉諸侯。

使客忽忽感歲華　杏花消息又桃花。江南佳麗春風見，柳絮樓臺十萬家。

江氣蕭蕭如過雨，起看北斗挂船頭。猶憶前年稱使客，卧聽笳鼓入揚州。

新月

光中新見仙人跡，桂樹初生影未濃。仰望青天如止水，西頭一瓣玉芙蓉。

九霞聽松圖

不到茅山又五年，煮茶更試碧雲泉。山中百事便静者，惟苦松聲攪醉眠。

夜夢老人身長而峩冠自稱住釣臺僕意其爲嚴子陵居旁者曰此朱元晦也夢中作詩遺之既覺猶能成誦

赤龍飛起九天開，緣底先生住釣臺。昨夜月明煙水闊，白鷗飛去又飛來。

## 簡古元瑞上人

竹扉花牖雨聲新，一榻清風不著塵。石筍山中舊時客，幸來相就説前身。

## 過青楓嶺王貞婦廟

山下江流幸自清，山頭明月已無情。此心若愧王貞節，莫向清楓嶺上行。

## 寄朱希顔二首

城頭一作中。鼓鼙一作「鼙鼓」。雨淒淒，溪一作舟。子牽船上惡溪。會有行人回首處，一作「回首意中人不見」。兩邊楓樹郭公啼。

江邊鴻雁下年年，客子何由兩鬢玄。七十二灘秋月白，荻花風落釣魚船。

## 寄達兼善

城上烏啼欲閉門，蕭蕭風雨又一作近。黄昏。無端畫角連雲起，鐵鑄梅花亦一作也。斷魂。

## 寄薩天錫二首

月子纖纖青海頭，使君一作船。昨夜過揚州。城中高結一作髻。瓊花樣，一作曲。去聽吹簫何處樓。

二月江城未見花，笛聲哀怨起誰家？曲中大半傷離別，馬上無人寫琵琶。

## 祠宇觀登樓三首

先生長出訪丹砂，去入何宫道士家。不是山南即山北，款門先覓看黄花。

鳳凰臺前看明月，姓名從此落人間。西風昨夜吹庭樹，又逐閒雲過别山。

祠宇觀前斸茯苓，偶登高閣眼爲青。西南到江三百里，只此一作似。案頭雙硯屏。

## 舟過吴江二首

十五女郎可憐生，牽挽百丈踏泥行。洗脚上船歌《白苧》，春風吹過闔閭城。

二十四番花信老，溪頭紅減緑初肥。東君也是多情思，盡日扶持柳絮飛。

## 懷薩使君

人到中年畏别離，况逢多病轉相思。夜深風雨滿高竹，自起挑燈讀寄詩。

## 華山圖

紫髯緑髮如飛仙，白驢偷喫種芝田。二月三月春氣盛，山頭桃花紅入天。

## 萊上人弱水頌

豈無船筏奈君何，生怕無風水自波。碧海倒流三萬里，手提明月上銀河。

## 次韻薩天錫雜詠四首

題一作扣。門人至從書鳳，寫字誰憐可博鵝。獨露亭中未歸客，懶聞成癖奈詩何。

烏衣更無王謝宅，青山好在仲宣樓。南堂明月無人管，清簟疏簾夜夜秋。

僧學蜜蜂開牖户，山中八月未知秋。銀牀正换養花水，屋上一聲黄栗留。

明月相窺憐我瘦，幽雲不動妬僧閒。病餘無力看賓客，獨露亭南數碧山。

### 陪觀志能薩天錫二使君遊城西光孝寺

客子知寒歸未歸，北風鴻雁又南飛。東家借馬看黄菊，頭白山僧開竹扉。

### 次薩郎中次蕭御史韻送薩郎中

樓上吴姬唱《竹枝》，東風正急紙鳶飛。客遊先自無聊賴，況是離人作惡時。

### 老鶯

千絲影裏一梭金，織得閒愁滿緑陰。花外不知春已去，綿蠻猶自語芳心。

### 次崇禧真人徐景周韻送茅山鎮長馮秦卿

與君遊久最知我，借問誰能似我閒。即買扁舟過淮去，舒州城上望鍾山。

### 次薩天錫韻

江上楊柳又青青，雙櫓復作鵝鸛鳴。中流擊楫渡江去，夜半啼雞一作「雞鳴」。非惡聲。

## 病起用伯循御史韻二首

何言痛飲是吾師，病覆壺觴亦廢詩。客久自應甘寂寞，獨憐夜雨打窗時。

病起無聊帶減圍，看花驚有未開枝。主家十二樓中見，爛熳春風衹自知。

## 題王士讓御史所藏畫卷

### 風雨回舟

天昏地黑蛟龍惡，風雨如山擘不開。舟中自有刺蛟手，笑殺舟師捩舵回。

### 古廟折碑

山上荒祠山下溪，繫牲斷石是誰題？落日行人更回首，青楓樹裏鷓鴣啼。

## 送茂上人二首

五湖春水綠溶溶，兩岸花開鬭白紅。欲買扁舟隨汝去，卧聽疏雨打南篷。

二月狂風已不禁，天籠大野日陰陰。高齋一夜聽新雨，想見城東柳色深。

## 病中

日夜東風相蕩磨，故應地上落紅多。更須病起能拈酒，可奈東池芍藥何。

## 書岳法師屏

眼中有客久不見，長見白雲成往還。風著紙窗疑是雨，酒醒忽憶在南山。

宿棗樹灣

棗樹灣西亂石矼，蕭蕭落木見秋江。漁郎擊楫悲歌意，不道風吹上客窗。

江頭春日

江頭楊柳弄黄金，柳下春江緑已深。可見東風能富貴，吹將紅紫上園林。

送上虞黄萬石作天台教

昔年曾向天台去，走上瑠樓看日生。跳出海波三丈許，始聞山下一雞鳴。

次薩使君六合詩韻二首

瞿塘雪解水初回，浪觸金山怒轉雷。惟有詩人天亦愛，迎船怪雨爲君開。

夢驅樞郎發船去，兩舷成與岐龍撞。醒時呼童開户看，月在青天天在江。

用志能臺郎韻寄薩使君今爲江南諸道御史臺令史

金盡壯士安足惜，酒多好懷聊復開。昨夜東家借生馬，昇州高處望君來。

題李遵道枯木竹石圖

謫仙夜入雷電室，捕得飛來石上梭。却斫靈槎挂明月，横吹玉笛上天河。

十二月十三日登鳳凰臺望淮南雪中諸山兼書道上所見二首

雪花一丈欲齊樓，人住鳳凰臺上頭。雪隔淮南數千里，青山斷處是滁州。

貂帽金韝緑袴襦，騎童自狎小氈車。黄金博得歌姬笑，却笑先生夜讀書。

次梁有章韻

誰憐范叔老猶寒，客裏兼旬酒榼乾。天若無情天亦老，自調緑綺向君彈。

懷薩使君二首

憎夜還聞蟋蟀吟，定知秋色上青林。坐看黄葉落四五，記得題詩入緑陰。

山雨蕭蕭到楚回，夜涼鴻雁漸應〔來〕(寒)。題詩滿壁無人看，墻下玉簪花又開。

送謝仲連小□巡檢

承平已久桴鼓息，事簡官清只煮茶。山崦東西足僧寺，時時騎馬看黄花。

送衞縣尹

軒轅羽仗上雲霄，天上瑤臺絳節朝。桂樹陰陰明月出，畫屏西畔聽吹簫。

静軒卷

沈沈院落無人語，燕子歸來柳絮初。行繞東池日卓午，春風吹亂一床書。

## 病中

化工弄春手未滑，虚負幾番花信風。自倚東園花未遍，故將小病惱詩翁。

## 丙子五日雪 一題作《雪夜》。

南土冬暄又無雨，今年春雪没行車。夜深户下一作外。如月白，自起開窗讀漢書。

## 送馮秦卿

天下承平邊事小，將軍卧治莫談兵。公庭吏散無來客，自數階前撾鼓聲。

## 送宋武官尉安康之桐城

令人作惡惟離别，今日江頭送客還。贏得秋風斜照裏，倚篷滿意看青山。

## 送宋武臣之桐城

欲霜江氣已飀飀，鴻雁南飛木葉愁。好爲故人連夜飲，平明笳鼓出揚州。

## 用觀志能韻寄薩使君

杏花落後見辛夷，烈士無歌憶别離。春草池塘蛙吹早，斜陽巷陌燕歸遲。

## 過賈元寔宅

共過故人溪上宅，春風野水欲綿綿。先生半月無詩思，恐有新詩在雪邊。

趙汝甫枯木竹石卷

中林黄葉浄沄沄，眼底崢嶸見此君。清曉東池看黄菊，鳳毛無數落春雲。

姑蘇臺

閶門楊柳自春風，水殿幽花泣露紅。飛絮年年滿城郭，行人不見館娃宫。

折梅

短棹扁舟泊釣臺，寒梅一樹倚雲開。折花非爲添題品，要看春從何處來。

喜聞開經筵口號

封事如蠶照緑函，九關虎豹静眈眈。天垂赤縣神州外，地入黄旗紫蓋南。

送人兼簡丁仲容

忽憶龍河水西寺，兩株桂樹繞千回。若見阿蘇煩借問，汝耶何日浙東來？

題竹

翠袖臨風一悵然，雨餘草木亦娟娟。東頭夜半明月出，照見蛟龍石上眠。

九日登應天塔

寶林寺裏應天塔，老子題詩最上頭。九日登高望南北，青天咫尺是神州。

## 柳橋漁唱

楊柳橋頭楊柳青，西邊即是越王城。城中大官聽艷曲，半是美人腸斷聲。

## 古長信秋詞

輦路青苔雨後深，銅魚雙鑰晝沈沈。詞臣還有相如在，不得當時買賦金。

## 吴王納涼圖

六月長洲水殿涼，酒酣揮袖倚新妝。芙蓉露冷秋雲薄，回首西風響屧廊。

## 遊艮嶽

一沼何堪役萬民，一峰將使九州貧。江山假設方成就，真箇江山已屬人。

# 成處士廷珪

廷珪，字原常，一字元章，又字禮執，蕪城人。好讀書，尤工於詩。奉母居市廛，植竹庭院間，綽有山林意趣，扁其燕息之所曰「居竹」。河東張翥仲舉爲忘年友，載酒過從，殆無虛日。廷珪謂曰：「吾仕宦無天分，田園無先業，學藝無他能，惟習氣在篇什，朝哦夕諷，聊以自娱而已。」晚年遭亂，奔走艱險，年七十餘，殁於雲間。故人京兆郜肅彦清、中山劉欽叔讓搜輯遺詩，彙而刻之。吴中鄒奕曰：「原常能揣練六朝之情思，以入唐人之聲律，變化尋常之言爲警策之句。」劉欽亦曰：「原常詩五言務自然，不事雕劌，七言律最爲工，深合唐人之體，當仲舉之以詩鳴於廣陵也，原常追而和之，聲名與之頡頏。」仲舉嘗題其集曰：「余在廣陵時，與原常唯詩是談。方其索句，雖與之論説應答，而中實注思揣練，有得則躍躍以喜，一字或聲必帖乃已。蓋原常能深致其功，而音律體製，仍得之於仲舉者爲多也。」

## 送周草窗尊師歸廬山太平宫

匡廬之山仙所居，銀河倒蘸青芙蕖。三千里路昔一往，十八社友今何如？向來匡君結廬處，至今海月懸高樹。水流花落春復春，洞府蒼茫隔煙霧。西風蕭蕭吹短衣，賣藥修琴不歸去。潯陽潮落海欲枯，幾時再得麻姑書。桂風不跨林下虎，回仙肯顧盤中魚。幸留神物守丹鼎，近喜弟子迎飈車。世間信有揚州鶴，看汝乘之上寥廓。晴窗須理白雲篇，一作「雪弦」。爽氣仍開紫霞閣。袖中寶劍且藏鋒，彭蠡小龍方睡著。

## 題婁仲英山居圖

近代幾人畫山水，郭昇無人朱斂死。後之作者徒紛綸，得骨得皮誰得髓。聞君掃却山居圖，令我見之心獨喜。前山環伏如虎蹲，後山奔騰若龍起。緣溪草堂星散居，嘉樹陰陰雲旋旋。豈無采藥古仙人，亦有看書兩君子。七十老翁居竹間，老去胡爲在城市。君如有意肯相過，貌得滄江弄青泚。

## 送天長教諭孫允誠任滿歸金陵

憶昔君方少年日，文帝潛宫曾一識。龍飛上天不可攀，圖畫空餘兩奇石。閉户讀書三十秋，一綫一作「出門」。爲官才領職。天長令尹莫我知，苜蓿朝盤勝肉食。三年官滿來揚州，僦屋正近横江樓。門前車馬日如市，談經講《易》皆公侯。公侯滿座即沽酒，典却篋内青貂裘。鄉心苦憶長千里，明日君當渡煙水。中山李桓文中雄，乃是君之渭陽氏。深衣再拜如母存，故宅重歸令客喜。豈無舊業問松筠，亦有清輝照桑梓。青雲熟路君何如？白髮滄江吾老矣。

## 丁十一作千。五歌

丁十一作千。五，一百健兒如猛虎。幾年横行青海頭，牛皮裁一作作。衫桑作弩。射陽湖上水賊來，白晝殺人何可數。將軍宵遁旌旗空，倭甲鑾刀賊爲主。西村月黑妻哭夫，東塢山深母尋女。屋廬燒盡將奈何，往往移家入城府。不是丁家諸健兒，仗劍誰能剪狐鼠。樓頭釃酒齊唱歌，争剖賊心歸釁鼓。官中無文立賞功，還向山東販鹽去。

## 春夜曲

芙蓉樓前拜新月，寶鴨微熏透銀葉。吴山楚水送遠游，不管閨中照離别。誰家玉鈎飛上天，一似連環舊時缺。缺多圓少將奈何，一寸愁腸萬里結。爲郎白苧裁春衣，又恐月圓郎未歸。

## 江南曲

吴姬當壚新酒香，翠綃短袂紅羅裳。上盆十千買一斗，三杯五杯來勸郎。落花不解留春住，似欲隨郎渡江去。酒醒一夜怨啼鵑，明日蘭舟泊何處？

## 戚戚行

戚戚復戚戚，白頭殘兵向人泣。短衣破綻露兩肘，自説行年今七十。軍裝費盡無一錢，舊歲官糧猶未得。朝堂羽書昨日下，帥府然燈點軍籍。大男荷鍤北開河，中男買刀南討賊。官中法令有程期，笳鼓發行星火急。阿婆送子婦送夫，行者觀之猶歎息。老身今夕當守城，猶自知更月中立。

## 射鴨謡

阿儂手挽竹枝弓，射鴨緑楊湖水東。三三五五似學武，一箭誤中雙飛鴻。前船唱歌後船哭，月黑湖中夜潛伏。東海健兒不敢過，人命幾如几上肉。老翁入縣前致辭，夜夜全家猶野宿。丁寧門户且勿開，明朝又怕官軍來。

## 哀老卒

白頭老卒衣欲穿，日日織屨能幾錢。點名去討海東賊，別家泣上城南船。自云十五入行伍，掠陳曾誇力如虎。賣刀買酒看升平，六十年來不用武。將軍醉即騎馬歸，猶散黄金教歌舞。中原上馬賊更多，白晝殺人誰作主？我今老去死即休，白骨填海何人收。朝堂昨日下黄榜，誰家年少當封侯。

## 聞中原河決盜起有感

中原九月黄河水，平陸魚龍吹浪起。飛霜肅肅鴻雁來，禾黍漂流桑棗死。大風怒號揚飛塵，白晝剽掠如無人。官軍不誅海東賊，縣吏乃殺西村民。夜聞羽書起丁力，老稚嗷嗷向誰泣。我當六十將奈何，扶杖淮南望淮北。

## 辛卯秋旱八月晦日天大雷雨

八月晦日雷怒號，大雨如注風蕭騷。捷如鬼神撼山嶽，湧若江海翻波濤。屋茅平卷一重去，河水忽漲三尺高。驚鴻翅溼飛不起，散亂中澤呼其曹。雲龍有意洗兵甲，下與蒼生舒鬱陶。浮雲收斂赤日見，天宇廓遠無纖毫。歲年不逢亦偶爾，吾將種麥耕東皋。

## 裴氏二節婦詩爲屯田房千户作

昔年夫君死漳戍，恨不從之泉下去。有弟萬里負骨歸，獲鹿原頭與封樹。是時孤兒方學行，天地容身復何處？此心匪石石可移，誓欲教兒如汝父。兒成娶婦身始閒，一旦兒亡豈能顧。婦姑相守到白頭，至今不識門前路。夫家趙郡知幾年，鄉里嘗旌兩節婦。向來我識房將軍，乃是節婦之姪孫。歲時寧忘俎豆事，水旱肯廢雲山屯。忠臣烈女有如此，千載義事輝高門。

## 湘江秋遠圖

蒼梧愁雲拂煙水，日暮無風波自起。何人吹簫作鳳凰，被髮臨江迎帝子。黄陵女兒情更多，却掩冰弦一作絲。淚如洗。千年遺恨人不知，坐對空山疑夢裏。

## 送李教諭避亂歸鄱陽

長淮九月秋風高，水怪百出生波濤。吴檣楚柁不敢渡，人命委棄如鴻毛。山精白晝作鬼語，野狐黑夜如人嘷。縣齋博士最憂者，中宵起聽荒雞號。豈無彊弩射其上，愁來磨損胸中刀。平生讀書弗見用，拂衣歸卧鄱江臯。知幾未落季鷹後，對客且放元龍豪。束書三日先告别，令我不樂心忉忉。時運忽來烏可遏，憂患卒至將焉逃。高歌激烈不肯住，衰柳何以維輕舠。臨岐大醉意不已，更過西家沽酒醪。

## 半山歌爲餘干周隱君作隱君早歲江湖中有半山行稿三十年晚歸冠山終老焉

鄱陽臺上生春草，湖外之山爲誰好？滄波日日送征帆，多少行人此中老。翁昔少年初遠遊，吴楚東南事幽討。江海詩名三十年，盡攬風煙入行稿。歸卧冠山一半雲，知足由來合天道。黄金似水供歲時，白髮如霜照晴昊。却留一半與諸君，若箇似翁歸亦早。傍人錯比爭墩翁，翁若聞之應絶倒。

## 雪舟歌爲王子中賦

王郎不知何許人？一舟横在江之濱。風清月霽未肯出，滄洲獨與天爲鄰。洞庭煙水兩寂寞，十年不見君山春。北風三日雪大作，掛席張帆以爲樂。手中鐵笛吹紫皇，身上氅衣如白鶴。拍浮滿載百壺酒，奚足篷窗供獨酌。剡中隱者毋相疑，乃與戴老同襟期。更闌酒盡雪未止，趣櫂欲返猶遲遲。今夕何夕此乘興，千載未必無人知。

## 悲徐州

彭城八月風塵起，數郡義兵多戰死。良家子女復何辜，盡作黄河水中鬼。髑髏填海幾時歸，千古沈冤無處洗。王師一日天上來，虜船夜斫浮橋開。守橋將軍不敢敵，狂瀾倒瀉聲如雷。三山回望平如掌，野曠猶聞金鼓響。軍中少年當封侯，爭入轅門請功賞。江邊老翁死即休，血淚霑襟空白頭。

## 題畫史王夢麟卷

老翁窮居廣陵市，四壁蕭然祇圖史。題詩不博一文錢，枯瓦磨窮空費紙。不如鄉里諸妙年，翰墨遊戲王公前。解衣盤礴作山水，一幅何一作寧。惜千金捐。何人最得滄洲趣，麟也於今稱獨步。狂吟寄與肯相過，畫我東橋竹居處。

## 延祐三年東平申屠先生掾山南憲司行部夷陵毁曹操祠爲孔子廟歌頌賦論者夥矣後四十年余亦賦一首

西陵歸來忽千古，操也何嘗稱魏武。黄牛峽口不曾來，亦有巴人建祠宇。巴人日日迎送神，男能唱歌女能舞。一方説是鬼姦雄，血食依憑出巫語。精靈託汝據荆襄，魂魄何由歸鄴許。今年偶值申屠君，削吾尊罍徹吾俎。茫茫穹壤復何之，夜夜荒林怨風雨。無顔可見山陽公，有恨猶思茂陵土。當時賊漢豈獨孤，同日舉兵皆可數。高文一落在人間，只得羣公誚狂虜。寄與扶傾濟溺人，慎勿欺心背其主。

## 題顧秀才所藏舟中看月圖

放船晚作南湖遊，一葫蘆酒當船頭。白雲翩衣紫霞帔，松風吹髮寒颼颼。少焉月出影零亂，散作百頃玻瓈秋。有月復有酒，不飲令人愁。謫仙在何許？空葬青山頭。我家草堂月更好，何如返櫂歸來休。歸來休，癡人不飲月亦羞。素娥起舞我摘阮，對飲豈必論觥籌，千載與月同風流。

## 題澧州治中王伯顔征蠻詩卷

大風吹沙揚飛雲，五溪白晝纏妖氛。鼎民澒洞走無路，何人靖難收奇勛。捍城惟稱納太守，殺賊惟數王將軍。將軍行年未五十，上馬揮戈勇無敵。島夷振動江水翻，日昃不令走一賊。將軍亦是人中雄，一日過我淮之東。腰間寶刀血不滅，提出欻忽生悲風。樓船載得詩千首，不羨黃金高北斗。刻向武陵山上頭，詩與英名同不朽。

## 從軍曲

征馬蕭蕭車轆轆，年少兒郎新結束。廟前無酒發行裝，山路崎嶇行未熟。生來不識征戰塵，驕馬轉鞍車折軸。徘徊相顧奈爾何，丞相令嚴風火速。妻子歸來哭倚門，今夜夫君月中宿。

## 謝雪坡送饒介之鱸魚一尾介之有歌索次其韻

松江之鱸長似人，網罟未敢傷其鱗。今年八月欲上市，謝侯先得江之津。筠籃急脚走相送，侑以菊露之清醇。魯陰先生不自喫，隔屋大叫呼西鄰。庖丁迎笑老饕喜，汲井洗出色勝銀。篩香擣辣給爨婦，去頭截尾娛衆賓。吾儕醉飽謝侯德，此樂何啻千萬緡。吴王鱠殘渺何許，闔閭城外猶風塵。大羹玄酒久寂寞，世間滋味元非真。先生欲眠客且去，勿論張翰爭羹蓴。

## 奉書岳忠武王詩集傳後

班師歸來淚如雨，灑向北邙陵上土。金杯不共半杯來，旌旗已入黄龍府。姦秦柄國奈若何，世上英雄本無主。誰人肯道莫須無，嗟爾張公作何語。一朝行殿受封功，錫宴湖山看歌舞。兩宫萬里尚龍沙，泉下臣飛心獨苦。臣家有子罪萬死，臣心有血一斗許。君王還肯北征時，留釁中軍帳前鼓。大河落日又風塵，撫卷令人哭忠武。

## 馬國瑞所題李龍眠畫赤黑二馬相戲卷子索詩因題卷後

君不見項王烏騅如黑龍，蹴踏萬里煙塵空。五年乘之勇無敵，七十二戰收奇功。又不見白門赤兔來向東，神物終屬雲長公。百萬軍中刺名將，疾如健鶻追秋風。龍眠居士新貌得，毛色意態將無同。沙場無人白日静，平坡淺草青茸茸。雙蹄直立欲變化，兩尾突起争豪雄。還君此圖三歎息，此馬忽云難再得。江南異事人未知，又見麒麟出東壁。

## 題笠澤金伯祥横山墓所瞻雲軒

踞湖之上幾千尺，下有滄波通笠澤。百年華屋與荒丘，兩地相望淚霑臆。親殁知幾年，抱痛如一日。孤雲飛處最關情，漠漠愁魂招不得。魂之來兮雲下垂，落月分明見顔色。魂之去兮雲亦空，欻忽消沈竟無迹。悠悠飛去復飛來，孝子之心豈終極。我家揚州好墓田，老作江南未歸客。天涯芳草又春深，夢裏還家作寒食。

## 題張天民荆南精舍

溪有蛟兮山有虎，欲往從之道應阻。崩雲墮地猿玃愁，腥風吹衣髑髏語。花開静樹自爲春，木落深林響如雨。斬蛟烈士呼不聞，騎驢老人去何許？溪山良是村郭非，撫卷茫然心獨苦。日月徒爲晝夜賓，江山本是興亡主。先生歲晚早歸來，還使居民有環堵。

## 謝馮仁伯惠雙雞

可人送我雙鶤雞，五色毛羽生方齊。下堂呼兒解其縛，意欲飛上茅檐棲。山家得雞如得鳳，寧與野雉論高低。吾將洗鼎試靈藥，白晝聽爾雲間啼。

## 槎山歌爲胡雲夫作廣西憲史雲夫家於德安之槎山累世矣至正十二年秋中臺計事回至廣陵聞漢上兵後山居亦蕩然已慨然思親而不可歸馮太守書槎山二字爲贈朝夕展玩姑慰其心因題卷後

淮水源出桐柏山，東流入海何時還？胡君引水種秋秫，築室正在槎山間。槎山青空白日静，胡君意與雲俱閒。漢東一夕風塵起，雲亦高飛幾千里。山間有家不得歸，却過揚州飲淮水。飲之爲洗冰雪腸，今我不樂思故鄉。驅車明發度遠道，廣海又在天一方。思親恨不歸來早，夢中祇説槎山好。他年歸隱奉親歡，白頭同向槎山老。

## 劉商觀弈圖

茅生絶藝天下無，何以刻此觀弈圖。劉商易之亦驚倒，神妙似與龍眠俱。松陰對弈者誰子？豈非甪里園公平！雲綃霧縠古冠佩，童顔雪頂滄溟枯。野樵旁立太癡絶，歸來始覺仙凡殊。斧柯竟化作塵土，世間甲子真須臾。老夫只解飲醇酒，一著輸贏曾放手。市廛有地寄閒身，却覓南山橘中叟。

## 題墨梅卷子

千年老枝生鐵色，雪魄冰魂誰貌得？三生石上見逋仙，獨鶴歸來楚雲黑。何郎垂老客揚州，花前勸酒仍風流。江城吹笛月未落，夢回一夜生春愁。

## 題蘇昌齡畫秋江送别圖贈湘中江可翁

白沙江頭水楊樹，正是秋風送君處。海門日出潮欲平，把酒娱君君不住。楊公廟前聞鼓聲，多少行人此中去。江子于今空復情，干戈滿地兵縱横。丹楓葉墮山鬼嘯，黄竹叢薄飢鼯鳴。湘中有家不得往，時對此圖雙眼明。

## 沽酒行

街頭酒貴不可沽，渴吻甚欲吞江湖。手持青錢宛若畫，家僮走遍東西衢。南橋沽來不滿斗，就坊買得烏雞雛。烹雞開酒忍獨酌，可人好客難招呼。今宵醉飽坐復醒，燈前不用兒孫扶。

兵部危太樸郎中家于臨川雲林山上請方方壺作雲林圖太樸索詩賦此

宇宙有此雲林山，三十一峰如髻鬟。雲林先生讀書處，長松芝草非人間。白雲裁衣亦自足，青精製飯何曾慳。朝光空濛起舒眺，人迹迥絶窮躋攀。青天蕩蕩海月出，照見先生冰雪顏。惟有方壺契幽眇，貌得彷彿來塵寰。宮中聖人正問道，布衣召入蓬萊班。玉堂給札縱揮灑，金匱啓鑰煩修删。于今聽履上霄漢，聖人未放先生還。山中喪亂復何有，飛瀑落澗空潺湲。青林鳥啼野花發，白晝虎嘯松風閒。朝廷宴坐見圖畫，亦應懷我雙佩環。方壺〔先〕生在何處？何不同來玉京住。魚龍夜落河漢秋，却泛靈槎共歸去。

二月二十日同李希顏遊范文正公義莊登天平靈巖兩山希顏有詩因次其韻

闔閭城外草芊芊，桃花杏花紅爛然。物華兩岸眼零亂，畫船春水如登天。櫂歌却轉橫塘去，山寺鐘聲日將暮。長松夾徑風泠泠，曾是先賢舊行路。老禪蔬食作清供，留宿白雲最深處。瓣香復拜忠烈祠，卮酒誰澆洛陽墓。清談朝士亦東來，白髮野翁猶北至。曉乘竹轎度羊腸，地豁川平還散步。蘄王墳上無紙錢，却讀殘碑不成句。一羣山鳥自驚飛，無數野花空媚嫵。此中俯仰二十年，一廢一興皆可舉。濡毫拂石重題名，搔首臨風謾懷古。人生身後可奈何，欲乞南峰一抔土。山靈有意肯相容，書券便當酬地主。

## 夜泊陳店舟中寫懷兼簡雲林高士時張孟膚同舟

葑門曉發吴淞船，手把傳符津吏前。五年别家走未已，素髮蕭蕭垂兩肩。小龍江頭舊遊處，東家西家争招延。忽忽會散等過鳥，風吹湖水春無邊。雲林高士獨不見，倚篷四望心茫然。驚湍疊浪豈作惡，渚花江草仍争妍。夕陽收港泊陳店，入市買魚燒荻鞭。蓉城公子今最賢，賦詩行酒能周旋。一談一笑燭欲盡，野戍不聞鐘鼓傳。却憶山中小兒女，如此月明應未眠。

## 和楊孟載春愁詩韻録寄楊鐵崖

小窗病酒厭厭卧，春色三分二分過。仙人謾織藕絲長，一作裳。金銅難補菱花破。花間黄蝶也雙飛，葉底青梅纔一箇。綵筆題詩人未歸，愁腸一似車輪大。

## 長江送别圖送周平叔之通州丞

福山蒼蒼倚天碧，狼山巉巉生鐵色。兩山當江作海門，力盡神鞭驅不得。滄波萬里從西來，楚尾吴頭天一壁。陰風轉地鯨怒翻，黑霧連空龍起立。來舟去檝不敢動，袖手傍觀唯歎息。扶桑浴日飛上天，百怪潛消杳無迹。水光鏡净山亦佳，目送雲帆高百尺。青霄要路君既官，白首窮塗我猶客。煙中隱隱見孤城，令我思鄉心轉劇。驪駒歌罷將奈何，倚杖江南望江北。

## 賦得龍門送張德常同知之嘉定

來龍起西北，萬古壯此門。日月互開闔，風雲恒吐吞。龍來海欲立，龍去天爲昏。至今兩絶壁，上有波濤痕。張公東海客，邀我坐石根。仰瞻泰宇浄，俯瞰靈湫渾。神物固莫測，目擊道乃存。歲旱當用汝，霖雨清乾坤。

## 雜興二首

野蔓被長坂，秋花翳前林。登高望孤冢，涼露忽已深。團團一作圓。日東出，瞬息還西沈。吾親不可見，哀涕霑衣襟。徘徊未忍去，玄雲生夕陰。

夜坐竹林下，仰視天茫茫。浮雲起西北，衆星黯無光。羣鳥昧靈性，一作「鮮因依」。胡爲思南翔。良辰忽變易，志士徒感傷。願爾保素節，何勞怨清商。

## 燕中懷古章貢侍御

娉婷二八女，絶色妙難畫。新妝薄鉛華，照影修竹下。盛年事夫壻，錦玉耀精舍。雖非伯鸞妻，惓惓惜春夜。琴餘月當軒，默默倚風榭。寄語東家兒，紅顔莫輕嫁。

## 送李子威代祀嵩衡淮海

羣生望甘澤，五岳雲氣通。天香落巖谷，瑞靄春冥濛。海潮天際來，金碧森萬峰。劃落紫翠堆，亭亭玉芙蓉。古廟絲竹存，迎神奏黄鍾。空山遞餘響，落花舞青童。

## 上丞相朵兒只國王 江浙省。

太一作世。祖開中國，元臣起朔方。八荒歸版籍，千載際明良。奕世兼茅土，聞孫列廟堂。白麻新命相，紫誥舊封王。鏤玉爲符契，鎔金作印章。既徵扶社稷，仍賚理陰陽。遼海風塵静，梁園一作「長安」。草木芳。精忠存北闕，化澤被南荒。翠織龍衣密，黄封蜜一作御。酒香。三吴歌盛美，百辟仰輝光。士已一作競。歌麟趾，人争覩鳳凰。小儒狂斐在，有頌繼《甘棠》。

## 王彦芳御史名其所居之堂曰繡榮諸公有詩因題卷末

上國疏恩重，中臺拜命初。兩朝司内府，十載奉宸居。甫歷參謀選，俄膺御史除。天機織文綺，月姊繡華裾。獬廌冠偏稱，麒麟錦不如。羽標金鸑鷟，花隱玉芙蕖。六轡青驄馬，雙輪白鷺車。胸蟠五色綫，腹稿萬言書。被服身何忝，彌縫志必攄。芬芳流簡册，光彩照門閭。退户香煙裊，垂簾化日舒。小山蹲怪石，活水灌清渠。昆季年皆妙，公卿駕不虚。謾誇貂作帽，寧羨豹爲袪。庭訓言猶在，鄉情禮未疏。每蒙招宴集，詎肯棄樵漁。鶉結慚無褐，蝸藏僅有廬。深期换朝服，紫帶映金魚。

## 賦長律二十二韻題吴江郭州判索賦送謝太守詩卷

持節吴江日，分符檇李辰。雙螭交赤幟，五馬挾朱輪。凍雨連清道，靈風動灑塵。字民親若子，破敵捷如神。水寺題詩遍，田家問俗頻。鶯花苕霅曉，煙樹洞庭春。是處歌龔遂，連城借寇恂。湖山當大郡，封壤接比鄰。在昔京都富，于今府庫貧。三苗空掠地，百粤阻通津。赤縣傷凋瘵，蒼生受苦辛。髓枯膚未剥，病亟氣難伸。畫省持衡鑑，烏臺列搢紳。談兵猶辯士，獻策尚從人。閒世才難得，如公孰與倫。撫時先愷悌，起廢莫因循。城築工尤大，田毛賦必均。燼餘驅瓦礫，兵後剪荆榛。惠化仍多舉，禎祥或可臻。鑄錢資國費，賑粟散倉陳。和氣隨天轉，輿情與日新。斐章書令德，史筆待詞臣。

## 故湖州路同知中憲部公子敬挽章

昔日趨烏府，君年正黑頭。家承今閥閱，世出古諸侯。夙有登車志，仍多爲國謀。濬湖陳上策，平寇借前籌。澤國波瀾息，蠻江霧雨收。遥知鷹隼擊，曾與鳳凰遊。跋涉三千里，勤勞五十秋。臺評通北闕，士論溢南州。廣海綏南服，湘潭控上游。三司勞贊畫，兩縣起歌謳。別駕恩初下，朝堂禮更優。上書纔告老，拂袖卽歸休。樂矣陶潛酒，飄然范蠡舟。春田苕水近，夏屋弁山幽。潔以蘭爲佩，輕堪竹作兜。兒官從此大，孫孝復何憂。一日音容隔，羣公涕泗流。西軒情脈脈，東勝夢悠悠。芝室人千古，花蹊土一抔。明公發潛德，勒石表林丘。

## 送郭仲安貢察院

捧檄上京華，清才素共誇。封章不起草，健筆自生花。燕市千金馬，天河八月槎。看君冠獬廌，好爲觸姦邪。

## 六月八日

世事今如此，吾生可奈何。海東仍盜賊，潁上復干戈。苦雨朝逾急，陰風夜轉多。白頭無寸策，一作「苦無賴」。對酒獨悲歌。

## 送潘仲明醫諭之泰興

舟行三百里，直到縣門前。不請居官俸，多收賣藥錢。年豐沙米賤，江近網魚鮮。莫起歸來興，于今令尹賢。

## 曉出錢唐門

出門聊適意，草樹碧紛紛。一雨破清曉，四山生白雲。僧樓緣嶺出，樵逕過橋分。明日重攜酒，來澆和靖墳。

## 齋居

曉起坐終日，無人扣竹扉。柿因風落早，菊爲雨開遲。稚子能賒酒，鄰翁許借詩。白頭無別計，空負聖明時。

## 登望江亭

長江不可極，岸幘獨登臨。潮信自朝暮，山光無古今。碑亭流水涸，輦路積苔深。欲寫興亡恨，西風萬葉吟。

## 寄吴寅甫

山館殘花歇，江樓暮雨餘。長歌留客和，短札倩人書。露葉懸青蔓，風簾隱碧梧。夫君隔河漢，涼夜月生初。

## 寄慈溪普天澤監縣

聞説慈溪縣，官閒地更偏。兩潮來海錯，六月刈山田。曉塔天童寺，春帆日本船。何時瓊樹底，花夕醉嬋娟。

## 秋夜雜詠

平居在城市，無夢傍江湖。世事有今日，生平猶故吾。檢書逢《越絶》，引曲感《吴趨》。鄰叟邀皆醉，歸來不用扶。

## 賦林泉民

羣居傍城郭，獨汝向林泉。亂世知誰在？荒村只自憐。白雲棲晚樹，流水界秋田。亦有催租吏，敲門横索錢。

## 和謝雪坡太守東阡道中作

淮楚紛紛際，誰憐老逸民。一爲吴郡客，三見洞庭春。世路問關久，侯門接納頻。麻衣猶似雪，不敢涴緇塵。

## 龐山湖泛舟過甯伯讓莊所

湖上足清晝，雨餘生綠陰。扁舟到城近，曲港入村深。野叟頻相問，郎君不可尋。西庵肯分席，吾亦老山林。

## 寄愚隱智東堂

落日太湖上，歸舟又一作此。磧沙。百年同是客，兩寺卽爲家。老竹仍多筍，枯藤也自花。何時結茅屋，相伴老煙霞。

## 舟中晝寢

篷窗坐春雨，偏與睡相宜。襆被支頭穩，茶甌破夢遲。昔年爲客慣，今日覺吾衰。無限滄洲意，令人有所思。

## 題慶雲東竹水居

水光當户白，竹色上衣青。風露涵虛室，江湖入浄缾。林梢閒挂錫，月影静翻經。止觀何聞見，秋聲出杳冥。

## 秋日遊虎丘逢徑山元上人

黄一作攀。葉樹層層，兹遊記昔一作得。曾。到山疑是夢，出寺忽逢僧。短簿荒祠酒，生公舊塔燈。留詩駭浮俗，山鬼也多能。

## 送李斯立

南國風塵滿，西江道路難。鄉人問家信，津吏識儒冠。短髮何由黑，孤心只自丹。放歌聊縱酒，努力且加餐。

## 次韻雪詩

閉門三日雪，竹外轉蕭然。夜色侵書幌，春寒壓篆煙。詩題名彥後，酒讓老夫先。一箇一作「獨卧」。袁高士，風流五一作「清風幾」。百年。

## 夜過吴江聖壽寺宿復中行方丈

深夜扣禪扃，天寒月在庭。烏驚棲後樹，僧掩讀殘經。蔓草風吹白，枇杷雪洗青。對牀聽法語，心孔一作「方寸」。愈惺惺。

## 登靈巖山

木杪見浮圖，盤盤一逕迂。倚巖留客坐，過嶺倩人扶。野色平如削，湖光澹欲無。殘碑不可讀，春草没龜趺。

## 送澄上人遊浙東二首

浙水東邊寺，禪房處處家。千崖無虎豹，二月已鶯花。曉飯天童筍，春泉雪竇茶。煩詢夢堂叟，面壁幾年華。

浙水西邊寺，天寒子獨經。雪山當户白，雲樹入湖青。虎迹泉頭見，猿聲石上聽。俊公中立坐，煩爾候禪扃。

## 向年遊龍井過南天竺登二老亭曾賦二詩

二老題詩處，風流不再逢。客歸紅葉雨，僧住白蓮峰。誰謂山無鳳？人傳井有龍。白頭江海上，今夕寄行蹤。

## 三月二十五日過上洋十六保徐居士柯莊二首

野水明春色，晴沙帶汐痕。朱樓黄鳥日，青草白鵝村。野老能分席，官軍不到門。毋煩問漁艇，即此是桃源。

趁潮深入港，風急水西流。沙潤輕霑屐，橋低欲礙舟。孤花餘晚艷，芳草亂春愁。沙鳥應相笑，衰年尚遠遊。

## 送張可道赴嘉定府太守

秦中百二漢關河，曾記乘驄舊所過。棧道地形天下險，嘉州風物古來多。分符又叶三刀夢，入境先聞五袴歌。父老扶筇親引導，將軍負弩疾撝訶。錦袍錯落金爲帶，白馬聯翩玉作珂。興學固當〔崇〕俎豆，防邊還爲戢干戈。四川畫省勞詢問，一郡蒼生望撫摩。樓倚青冥來萬景，一作境。山横紫翠接三峨。題書别館魚堪寄，退食公堂雀可羅。西蜀考功當第一，他山有石爲君磨。

## 題周伯温待制爲蘇老人篆七十古來稀有字後

天上詞臣小篆書，方今端合比瓊琚。肯將南極仙人壽，題向東窗隱者居。玉屑露凝金錯落，錦茵春暖繡芙蕖。纏腰信有揚州鶴，垂釣寧無渭水魚。方士曾分燒藥火，諸孫親御看花車。黄金意氣留賓客，白髮風神照里閭。世上虚名皆寄爾，人生此樂復何如？芝蘭香裏渾如畫，百歲傳家慶有餘。

## 贈六合縣宣差伯士寧因兵亂滁泗之閒獨縣境肅然作詩以敍其實

風塵千里暗淮堧，六合孤城獨晏然。保障正符明主意，歌謡争頌長官賢。公庭吏散門如水，驛館賓來酒似川。疏水爲湟成重地，返風滅火動皇天。軍需會計多雄略，兵會森羅總少年。興學未聞忘俎豆，防邊仍見戢戈鋋。編民闢地增輸賦，遠客移家願受廛。封壤遠連瓜步外，妖氛不到瓦梁邊。魚鹽山市宵鳴柝，米麥江橋曉泊船。十邑自今稱第一，前程誰謂隔三千。王綱正爾關名教，民瘼何人解倒懸。輿論已傳霄漢上，豐碑立在縣衙前。

## 題赤壁圖

赤壁磯頭禿鬢翁，興來攜酒泛秋風。偶論水月盈虛際，併入江山感慨中。華髮多情傷老大，皇天無地著英雄。神遊八極知何許？良夜應騎一鶴東。

## 吴中五日追念故友李時中李欽嗣有感而作爲時中生忌

夢繞南岡北嶺雲，一杯無計灑松筠。世間我豈長貧者，地下君爲不死人。夜雨自荒張祜宅，秋風誰鄣庾公塵。于今友道俱凋喪，落日江湖淚滿巾。

## 八月十六日送張仲舉至秦郵驛是夕邵文卿置酒雲峰臺望月二首

水驛官船晚未開，月明乘興且歸一作登。臺。揚州鶴怨山人去，甓社珠迎國士來。千里何時重命駕，百年今夕此銜杯。同君盡醉交游地，爲問秦郎安在哉。

雲峰臺上今宵月，奇絶平生此一行。天水光摇秋萬頃，星河涼轉夜三更。謫仙被酒騎鯨去，游女吹簫學鳳鳴。明發星槎上河漢，定傳詩話到蓬瀛。

## 送陳景川歸盱眙

第一山中風物殊，我欲買田來卜居。風林把酒聽黄鳥，雪港挂罾分白魚。富貴不來吾老矣，漁樵有約子何如？可能久作終焉計，北海方修薦鶚書。

## 虎溪三笑圖

三老風流笑口開，山中猿鶴亦驚猜。攢眉入社謾多事，送客過溪能幾回。僧影欲隨秋水去，虎聲偏傍石橋來。東林絶響今千載，撫卷題詩愧乏材。

## 寄張仲舉助教

三寄新詩竹下來，多君高興憶東淮。塵埃没馬昏歸舍，風〔雨〕聽雞曉入齋。此日陽城須諫議，當時方朔謾詼諧。瓊瑶花底相思夜，酒滿春城月滿街。

## 寄拔實尚書

憶陪冠蓋集通津，下士無由拜後塵。曾和淮南招隱曲，得從天上謫仙人。鵷鸞在列誰堪並，鴻鵠高飛不可馴。遥想退朝香滿袖，題詩還記竹軒春。

## 寄烏古孫幹卿參議

紫宸奏對出班行，畫省論思晝漏長。三月不知燒筍味，一春還憶煮茶香。幾人白髮黄花酒，何處青山緑野堂？扶植皇綱在今日，中原草木仰輝光。

## 上清盧道士所藏雙龍圖

仙潭煙霧曉冥冥，仿佛飛空劍氣腥。巖穴幾年當蜕骨，畫圖今日露真形。天瓢水淺陰猶伏，寶藏雲深夜不扃。好就盧敖聽驅使，八方行雨鼓風霆。

## 夜思

斗帳方牀一布衾，睡餘推枕復長吟。青燈細雨三更夢，白首殘編萬古心。天上不知何歲月，城中誰信有山林。哀歌坐待東方白，短髮刁騷不易簪。

## 環碧齋

面面溪光護石苔，軒墀無復有塵埃。月涵虛白浮秋去，水泛空青入座來。漁釣兒孫多質樸，嘯歌鷗鷺不驚猜。我家亦住滄江曲，千个篔簹繞舍栽。

## 送謝芝甫赴山南憲

謝庭子弟多佳士，荆國山川總勝遊。萬里捧書催入幕，一朝撾鼓發行舟。玄猿啼處巴江夜，白雁來時楚甸秋。襄漢風流千古意，爲君長憶仲宣樓。

## 簡句曲外史張伯雨

霞佩翩翩出洞天，當時彷彿見癯仙。幾年南國一作「海上」。張公子，今日西湖一作「山中」。葛稚川。滄海塵飛丹已熟，玉堂人去榻空懸。林間載酒來相覓，乞寫山經與世傳。此詩見《薩天錫集》。

## 送斡克莊僉憲調淮西道

繡斧煌煌擁使舠，一作軺。才名燁燁在中朝。甘泉詞客河東賦，蓬島仙人海上樵。風振紫山迎驛騎，雲開金斗見秋鵰。澄清事業須公等，桂樹淮南未易招。

## 送谷君王都事赴南臺御史

幾年坐嘯元戎幕，一日來簪御史冠。已有聲名驚海内，更須風采動臺端。星明使節三台近，霜落江城六月寒。應救倒懸如水火，東南民力正艱難。

## 題王可道同知濯纓亭

倏然無限滄浪意，況有幽人近水安。孺子有歌同鼓枻，故人無約共彈冠。通宵雲氣侵衣潤，六月波光入座寒。慚愧東華塵土客，知誰來此一凭闌。

## 同諸公游西城木蘭院

三月西城風日好，短筇隨意踏晴沙。王孫不識蘼蕪草，童子來尋枸杞芽。白髮有人中卯酒，清泉無火煮春茶。山扉寂寂僧歸晚，落盡辛夷一樹花。

## 送陳子山狀元赴太廟署令

天上詞臣錦作裳，喜趨清廟奉烝嘗。寶刀刻頌登彝鼎，金硯揮毫撰樂章。太液秋風黄鵠下，齋房明月紫芝香。禮成月薦應分胙，綵服承恩列北堂。

## 廣陵岳宮醮夜觀王澹淵高士蔵事自登瀛橋迎師入黃籙壇

濛濛雲氣溼霓旌，小隊紅綃鳳蠟明。鸞鶴舞隨行道影，魚龍出聽步虛聲。淮南高士青毛節，句曲仙人碧玉笙。一路天風吹不斷，此身今夕在蓬瀛。

## 送楊士先歸長安

落魄麻衣不受塵，黃金揮盡只清貧。新豐市上酒濯足，韋曲城南花惱人。豪傑謾嗤秦逐客，漁樵能話漢功臣。清時未老丹心在，且把長竿釣渭濱。

## 九月十日自壽

余生堪歎復堪憐，喜際明時老市廛。把菊已從前一日，種桃猶待後千年。但令有子親書帙，莫怪無人送酒錢。寡欲清心今得矣，煉丹何用學神仙。

## 阮子華所藏桃源圖

桃源一作花。流水似天台，彷佛三生到此來。玉杵玄霜無處覓，金堂玉一作祕。室爲誰開？滄洲一夜生芳草，陰洞千年長綠苔。何必誑人秦甲子，漁人衹見兩三回。

## 嶽宮登瀛橋

疊石爲橋跨兩涯，只如平地入煙霞。銀河夜擲仙人杖，碧海秋横奉使槎。浴水先迎三島日，隔闤遥見十洲花。月中時有簫聲過，多是山頭聖母家。

## 題山居圖

石子坡頭松兩株，水光嵐氣護幽居。山翁被酒愛騎馬，溪友放船來捕魚。秋色自隨黄葉老，野懷常共白雲舒。何時卜築如圖畫，竹下開軒更讀書。

## 瑞雪爲劉芝田賦

風卷寒溪漾碧沙，曉林驚見玉横斜。人間風日不到處，天上神仙解種花。九地暖回龍有穴，三山雲静鶴無家。泛舟來覓芝田叟，留作山陰勝事誇。

## 寄謝方方壺寫寄遥山古木

鬼谷陰陰苔蘚斑，只除猿鶴伴高閒。丹光或在藤蘿外，劍氣常留水竹間。每讀内篇消永日，還將生紙寫遥山。衰翁可是無仙骨，不得相從共往還。

## 送孫從義憲史貢部

貢名書到拆封開，正爾諸曹議選才。侍史閤中簾影動，尚書天上履聲來。階墀伏謁人皆喜，符牒鋪張手自裁。不有雄聲驚畫省，可無清論達烏臺。

## 送余廷心翰林應奉

楓葉蕭蕭江已秋，吴船三日住揚州。靛花深染青綾被，雲葉新裁紫綺裘。征驛馬嘶風滿樹，別筵人散月當樓。明年春雁將書去，人在蓬瀛第幾洲。

## 畫魚

生平蹤迹侣魚鰕，浦月山風滿客槎。曾向春盤登北鮪，更從丙穴薦南嘉。賞花釣得留詩友，折柳穿來覓酒家。萬里江湖清夢遠，于今空對畫中誇。

## 寄謝察院高德進憲史寄來楊友直書居竹軒三大字

三字封來墨未乾，堂軒舒展對琅玕。高人不待籠鵝换，好客多從載酒看。月夜有懷通白下，秋潮無信寄長干。清臺翠柏應千丈，静想風霜卷地寒。

## 送李唐臣調山南憲幕

潮落寒汀水欲冰，酌君何惜酒如澠。人憐狗監知司馬，我喜龍門識李膺。爽氣九秋横楚澤，先聲一日到江陵。君行自厲青雲志，赤鷃終慚九萬鵬。

## 夜泊青蒲村

黄葉飄颻秋滿天，數家茅屋更翛然。村中老人不識字，溪上小兒能駕船。薺菜登盤甘似蜜，蘆花紉被暖如棉。此中長得無宵警，春雨扶犂學種田。

## 題李氏藏拙齋

李君抱朴深居處，曲几匡牀事事幽。三穴有謀憐狡兔，一巢無計笑癡鳩。白雲生滿溪前面，黄葉飛來屋上頭。應是此中藏大巧，鳳樓十二要添一作重。修。

## 春日遊上方寺因過别業

今日雨晴山亦佳，散行聊復寫幽懷。田翁入郭買春酒，野衲下堂留午齋。老去任添新白髮，平生能著幾青鞋。醉中天地堪一作爲。衾枕，却笑劉伶死便埋。

## 懷方壺高士

塵湖山下足煙霞，羡爾方壺道士家。雨後於龍耕綠野，日中呼犬試丹砂。瓊林一路芝如草，碧澗千年竹有花。正欲相陪此深隱，半盂分我飯胡麻。

## 夏日過萬蓬庵

愛汝東庵暑氣薄，解衣盤礴坐莓苔。一林綠竹盡可數，五月白蓮猶未開。捉塵談禪知獨往，買魚沽酒待重來。滄江日落山更好，且放輕舟緩緩回。

## 送人歸金壇

滄洲三日北風作，海客冥冥吹去舟。游子思親白雲舍，主人贈爾青貂裘。沙頭明月爲誰好？夜半寒潮生客愁。我亦輕裝待明發，挂帆撾鼓上揚州。

## 感時傷事寄張仲舉博士　一作徐寇未平，感時傷事，寄張仲舉。

邊報紛紛日轉頻，彭城猶未息風塵。中原白骨多新鬼，浮世黄金少故人。阮籍一生唯縱酒，季鷹今日定思蓴。河東玉叟應相憶，落日悲笳淚滿巾。

## 題上海天妃宫因見王元吉壁間所題詩次韻傷今感昔情見乎辭

何年立廟對滄溟，合殿濛濛紫霧冥。香暗水仙毛髮古，劍留山鬼髑髏腥。寢樓下瞰扶桑日，餉道遥連析木星。聖代祝釐頻遣使，徽音不日下宫庭。

## 次李希顔述懷韻

八月邊聲草木寒，愁來短髮不勝冠。諸公莫誚王夷甫，我輩終慚管幼安。酒券如山空好客，田毛何日再輸官。蘭陵溝上松無恙，還有孤猿夜夜看。

## 登狼山醉題僧壁

白狼山頭僧卓菴，我躡飛屐窮幽探。麻姑又見海清一作深。淺，女媧不補天東南。危枝如龍固矯矯，怪石似虎猶耽耽。興來提一作捉。筆寫狂語，此身只合棲雲龕。

## 題朱伯禮西邨草堂

愛汝西村之草堂，囂塵不到堂中央。夕陽欲下山更好，大火未流夜已涼。二屨也能來户外，小舟即一作剛。遺繫籬傍。豈無百榼揚州酒，與子同喫一作醉。歌《滄浪》。

## 次俞紹堂見贈詩韻

幽居地僻人稀到，閉户長歌復短歌。紅樹也知秋老矣，青山不到客如何。茫茫天地涼風急，渺渺江湖夜雨多。淮泗數州消息斷，只除征雁度關河。

## 笠澤同倪雲林王伯純飯散過大姚江舟中賦此

大姚江頭風乍稀，小陸宅前人獨歸。霜楓紅於大藥染，沙鳥白似孤雲飛。持螯把酒一生足，食蛤踞龜千劫非。雪灘水落獨無恙，肯借老夫爲釣磯。

## 送夏君美憲史出使回浙

三入軍中只布衣，至今顔面帶霜威。中原定亂劉琨老，南粤稱臣陸賈歸。走也暮年空感慨，使乎今日有光輝。乾坤始覺王綱正，夜夜星台拱太微。

## 次曹新民感時傷事韻三首

歲晚霜風裂弊裘，劍歌談麈一生休。牽蘿不補山中屋，挂席將歸海上洲。月夜拂弦彈白雪，春朝攜酒看丹丘。風流誰似曹公子，華髮不知人世愁。

北傖老作江南客，撫卷令人百感生。天下紛紛何日定，胸中磊磊有時平。滄江日映旌旗影，紫塞風悲鼓角聲。今日封侯總年少，老來豪氣謾峥嶸。

客來爲説淮南事，白骨如山草不生。翻覆幾回雲雨手，登臨無限古今情。長街竟日人煙絶，小市通宵鬼火明。欲省先塋歸未得，懸河老淚若爲傾。

## 王仲沔僉事隱居上虞之東山聞航海北山作此以寄

鑑湖春水暖生波，幾箇歸船載酒過。掩鼻東山將不免，傷心南浦竟如何。紛紛白髮交情在，耿耿丹心老淚多。安得相從天上去，玉堂清夜聽鳴珂。

## 韓致用夢鶴

疇昔相過赤壁磯，神交遺思尚依依。應從五色雲中過，還遶三株樹上飛。月色滿庭空夜帳，露華如雨溼秋衣。蓬萊山下花無數，遲子吹簫作伴歸。

## 送智惠隱住水月禪院

放船直到棲禪處，萬頃湖心一徑開。緑樹鳥驚風落果，碧潭龍去水生苔。西巖尊宿傳燈在，東海高僧杖錫來。今夜月明清似水，太空無地著纖埃。

## 寧境寺涵碧軒

老衲築軒湖上頭，半間曾借數宵留。窗迎紫翠千峰月，簾卷玻瓈萬頃秋。别浦暝時迷遠樹，滄洲明處見飛鷗。定回坐待波瀾静，一點珠光夜不收。

## 寄崔宗文

白髮無家七十翁，一枝竹節尚一作「笻枝謾指在」。西東。不因避地來吴下，正愛看山入剡中。臺閣故人書信少，江湖狂客酒船空。老懷無限平生意，清話何時一夕同。

## 送吴志學通州帥府副元帥

五馬狼山最上峰，青天白日見英雄。防邊肯發屯田計，富國兼收煮海功。烽火連營平野北，樓船釃酒大江東。干戈八載天應厭，笑挽扶桑早挂弓。

## 三月十五陪烏本初同僉李希顔祭余廷心大參于斷厓因賦是詩以約明年再祭云

七年苦戰守孤城，食盡無人發救兵。諸將赴河同日死，萬家嚎地幾人生。中台星拆天應泣，大節堂空鬼亦驚。國難未平公已往，臨風西望淚縱橫。

## 寄蔡彦文掾史

鳳凰池上神仙吏，却是中郎幾葉孫。幕下豈無奇計出，牀頭猶有異書存。防秋列寨山如戟，蒸土爲城鐵作門。何限民間可憂事，老懷那得與君論。

## 和南宗上人高韻就呈可庭山主

老去喜逢方外友，一庵瀟灑闔閭城。野猿挂樹窺行道，山鳥當窗候出生。空界可能容我醉，新詩一復見君情。維摩示疾今朝起，拭目街頭看太平。

## 送陳性之崑山從事

只將從事寫前銜，省檄封來自拆緘。六案更須勞彩筆，一官猶未换青衫。風生海市朝持酒，日落江城暮卸驂。我未識君空悵望，恍如煙水隔仙凡。

## 題石林茅屋

春林深深石如筍，我屋正在林之西。結茅不放風雨入，種樹乃與岡巒齊。天寒白鶴向人語，日暮野鳥來上啼。浣花老人不可作，何處客至同幽棲。

## 題王維賢所藏盛子昭畫雙松繫舟圖

雲門寺前風物幽，布襪青鞋吾昔游。葫蘆盛酒待明月，舴艋載琴當上流。長松並立幾千尺，狂客一别三十秋。何當挂席過湖去，東望草堂姑少留。

## 送部彦清浙西憲史時高德普同日應辟西江故詩中及之

西浙西江同應辟，此時此會記清歡。兩賢共起諸侯幕，十載誰先御史冠。野寺聽蟬秋冉冉，津亭維馬雨珊珊。清時事業須公等，老我山中拭目看。

## 宿鶴沙張氏草堂

草堂借我作行窩，杖屨頻煩太史過。滿地白雲清晝永，隔溪黄鳥緑陰多。銀瓶自瀉中山酒，鐵笛誰翻小海歌。今日逢君須盡醉，西家亭館奈愁何。

## 題楊仲德照磨自汴梁歸話中原荆棘蔽野人煙斷絶聞復山東感而賦此

故人歸報朔方兵，已下山東七十城。日月未教烏兔死，風雲方使虎龍争。入關謾爾窺周鼎，背水今誰立漢旌？北望中原五千里，黄河之水幾時清。

## 重遊虎丘寺

海湧峰頭行逕微，芒屨欲趁孤雲飛。風高木客作人語，月出天王騎虎歸。傑閣重樓遞隱見，寒泉古木相因依。荒丘王氣豈消歇，干將莫邪千載稀。

## 寄題松江青龍瞿睿夫通波草閣

五月通波草閣寒，緑陰長日此凭闌。山如碧鳳參差出，江作青龍左右蟠。欖子燒香雲母火，櫻桃行酒水精盤。老夫亦有鵝溪絹，也欲相從看寫蘭。

## 題何德深溪南小隱

宰相官之不受招，碧梧林巷自逍遥。溪頭二月花先發，洞裏千年雪未消。朝士過門時載酒，仙人飛佩夜吹簫。社圖誰寫耆英會？還肯中間著老樵。

## 寒食日松江有懷廣陵

老來也一作偏。欲惜年華，春正濃時不在家。江上苦遭寒食雨，夢中猶見廣陵花。書藏舊篋應無恙，酒憶新樓不用賒。日暮荒城聞鬼泣，東風吹恨一作浪。滿天涯。

## 送秀巖上人歸日本

幾一作廿。年中國遊方徧，看水看山念念非。海眼枯時千劫壞，日頭出一作翻。處一僧歸。黄梅雨打袈裟溼，白蜃雲隨錫杖飛。富士巖前留語在，庭松西長舊禪扉。

## 題上海静安寺緑雲洞天爲寧爲無寺之祖師鰕子和尚

滬瀆城西古道場，洞天深處緑雲涼。雨昏不辨琅玕色，日轉都成翡翠光。春水滿溪鰕子活，午陰當户鳥聲長。華陽老客家何在？擬伴高僧坐石牀。

## 次饒介之游東皋佳作二首

半雨半晴春更佳，也知郭外少紛華。鑾王步頭多載酒，李家園中來看花。曲闌芳檻遞隱見，蒼松老竹相交加。安得長繩繫烏足，不放西崦紅日斜。

縱飲狂歌晚未歸，松陰香霧轉霏微。醉中謾喜朱顔在，頭上争禁白髮稀。無數野花迎客喜，一雙沙鳥傍船飛。浣花溪上真堪笑，每日朝回只典衣。

## 同張仲舉夜宿寒橋

柔櫓聲乾破寂寥，青山磯下宿寒橋。乾坤萬事雙蓬鬢，風雨孤舟半夜潮。丹鳳不來秋又一作已。老，玉人何處水空遥。幾時重醉秦淮酒，細聽漁樵話六朝。

## 李子英心遠亭

門外黄塵掃不開，何由吹得到靈臺。閒看倦鳥投林去，静愛孤雲出岫來。彭澤高人多逸興，峨眉仙客有天才。祇今誰到悠然處，同采秋香共一杯。

## 送袁季文赴帥幕

少年書劍學從軍，幕府于今氣不羣。白髮元戎多好武，青衫從事最能文。帳前草檄花如雨，江上維舟水似雲。把酒高歌成遠別，不知何處又逢君？

## 南城暮春

南城雨盡午風和，二客相從步屧過。流水陂塘春事減，落花門巷晚愁多。銀瓶自瀉沙頭酒，寶瑟誰調陌上歌。莫寫江南斷腸句，賀郎憔悴髮空皤。

## 周平叔夜宿崇明寺海雲樓偕羅成之隱君文長老盧隱君以沙頭雙瓶爲韻各賦四詩次韻卷後 録二。

天台老衲兩眉龐，自起高樓枕石杠。煮茗別開留客處，論文多近坐禪窗。冥鴻散去猶相逐，獨鶴飛來不作雙。明發仙舟上霄漢，定傳詩話滿滄江。

天水空明接杳冥，老禪三昧解通靈。欲將東海爲平地，盡卷西江入淨缾。宿靄微分沙鳥白，晚風猶帶毒龍腥。他時月夜來相覓，笑指狼峰五朵青。

## 丘克莊敞雲樓

君家樓外雲如海，五色輪囷掃不開。每就月明檐下宿，更隨秋色座中來。瓊臺夜鶴迷蹤迹，玉女春衣費剪裁。看汝乘將一作「爾騎鯨」。朝帝所，舉頭西北是蓬萊。

## 題玉巖上人溪山野趣圖

流水淙淙石齒齒，滿庭雲氣欲模糊。白鷗溪上秋多少，黄葉山中路一作徑。有無。十月雨深漁屋破，三江風急野航孤。年來難覓幽居處，空向晴窗看畫圖。

## 二月十四日風雨孤坐秀州城西僧舍賦此

秀州城西春事微，二月苦雨行人稀。江湖渺然不可渡，風雨如此將安歸。老來口腹胡爲累，亂後人民今見非。兼旬不得武陵信，倚杖南望孤鴻一作雲。飛。

## 送馬令尹任滿

長洲赤子窮無告，正賴郎官爲撫摩。兵後人家猶未耜，日長官社有弦歌。越來溪上波聲小，魯望祠前月色多。自古長才須大用，薦書元不待常何。

## 題嘉興水西寺爽溪樓寄新仲銘長老

新公邀作爽溪遊，爲説前朝有此樓。雲氣遠開天北極，風光仍在水西頭。虚檐古瓦緣蒼鼠，曲澗輕波漾白鷗。宸翰僅留飛白在，煙塵漠漠使人愁。

## 次張仲舉侍讀韻

詞源浩浩倒岷江，直筆如公世少雙。目下十行千字過，身長九尺兩眉龐。世間忠烈應知感，地下姦諛亦豎降。老客中吴最蕭索，白頭猶邇讀書窗。

## 寄張内翰

中原不見舊山河，使節仍煩涉海波。天末草一作「上雲」。煙春信早，江南風雨客愁多。諸公擬獻《中興頌》，壯士寧志《敕勒歌》。萬里相忘成永訣，白頭蕭索奈公何。

## 賦得落星湖送瞿睿夫南湖任滿

南湖北湖春水多，隕石下築神龍窩。渚花汀草各無賴，雲影天光相蕩摩。天星勸汝一杯酒，海月聽我千年歌。斗牛之槎若可待，送子八月乘銀河。

## 錢唐謝太守有書見邀作此爲謝

一械遠寄楚狂生，上有錢唐太守名。堆案幾時疑是夢，焚香三讀見高情。五湖風月曾賓主，四海交游總弟兄。少待西風漸涼後，六橋荒蘚尚堪行。

## 饒介之有詩見貽次韻奉答

一夜南風約曉晴，看山如在越中行。丹藏别室生虹氣，嘯入空巖作虎聲。倒澗枯松留古怪，懸厓飛瀑漱寒清。神仙若箇能千歲，吾欲崆峒問廣成。

## 寄周平叔先生就求蒼耳子

周侯久不通書問，夜夜滄江入夢頻。五月采來蒼耳子，幾時分送白頭人。沙頭酒熟田毛足，港上一作口。船來一作過。海錯新。南北相望千百里，老來幽獨倍傷神。

## 寄題上海積善庵水竹軒

水閣雲廊深復深，開軒緑霧常陰陰。涼宵濯足月在港，清晝讀書風滿林。食筍也勝魚肉味，截筒誰作鳳凰吟。清涼更在聲塵外，夜夜海潮生妙音。

## 送羅成之移居崇明其子季通亦之本州校官

先生八月乘煙霧，妻子同隨海上槎。太守賓筵先肅客，廣文官舍即爲家。波濤浩蕩藏陰火，島嶼微茫接太霞。聞說三洲多藥草，可能無意到丹砂。

## 秋日登甘露寺晚眺

醉裏摩挲望眼開，江天寥落暗風埃。猶聞西府兵麾滿，不見中原驛馬來。今日賈生須痛哭，當時祖逖是英才。翩然一笑下山去，試看高僧話劫灰。

## 送張明善歸武昌却移家入蜀

對酒悲歌淚滿衣，楚天摇落又斜暉。風塵萬里與君别，江海一舟何處歸。老去且留吾舌在，愁來長惜壯心違。臨岐不盡平生意，沙苑無雲鶴自飛。

## 送馬士瞻帥掾高擢

風塵如此送君行，念爾才華獨老成。軍旅未聞忘俎豆，掾曹多見到公卿。滄江日射旌旗影，紫閣風悲鼓角聲。玉麈談玄何事業，雲臺圖像是功名。

## 寄靜逸處士顧仲庸

環堵蕭然一室寬，只除詩酒寄清歡。瓶中有粟分寒士，袖裏無書上熱一作達。官。揚子暮年空識字，龐公早歲已遺安。先生獨卧風塵表，吾欲相從接羽翰。

## 吾欲卜居海上未有定止先作詩寄紫步劉子彬

滿目風塵祇自憐，輕裝已辦有行纏。也知避亂依城郭，更欲移家傍渚田。紫步于今無士馬，滄溟何處有神仙？桃源只在人間世，還許漁郎放釣船。

## 和張仲舉博士見寄至日詩

衡門風雪人稀到，一箇幽軒竹四圍。半子送年將舊酒，諸孫迎歲索新衣。驚鴻此日猶南去，老鶴何年共北飛。却憶大常張博士，天香攜袖早朝歸。

## 十一月十四日有感寄江州李子威太守二首

清朝如此盛公卿，何以攄忠答聖明。數月未收蘄水賊，一時誰散武昌兵。朱門舊邸空文藻，黑夜歸舟有哭聲。獨使狀元賢太守，至今猶捍九江城。

邊報傳來實失驚，妖氛獨不犯溢城。義兵一日同生死，信史千年託姓名。别戍幾人回士馬，滄江通夜走公卿。九州盡得如公者，始信文儒有老成。

## 送傅德潤陪將作同知武昌買馬回京

維揚館裏送軺車，却算分攜八載餘。天使出求沙苑馬，星郎厭食武昌魚。數鞭已報充華廄，上冢毋忘過舊廬。老我平生無駿骨，可從郭隗借吹噓。

## 送盛克明辟掾浙省移家吴興

十年三送滄江别，此日分攜又不同。辟掾遠趨青瑣闥，移家喜近水晶宫。勿論後會知何地，且念離羣獨老翁。幕府郎君一作官。應問訊，爲言憔悴坐詩窮。

## 和周子通助教同張元禎倡和詩卷

懶性何堪接貴游，松江一作「長松」。之下每科頭。不能取友山中社，更欲移家海上州。老去生涯清似水，興來詩思澹于秋。玉堂傑作難爲和，白首狂吟衹自愁。

## 奉寄李子潔憲副時湖北殘破却于太平開司

武昌遺老望旌旗，正是諸君報國時。令弟九江全死節，明公南海有生祠。臺中妙選丘山重，湖北先聲草木知。一道憲綱還舊覩，真儒端可佩安危。

## 題崔原亨竹深處余家有竹數竿人號之居竹軒原亨城西時則有竹亦數竿人號之竹深處余與崔君通家來往所好相同故及之

居竹軒中也自寬，不愁無地著琅玕。文公胸次空千畝，李洞門前只一竿。天與老夫醫惡俗，日馮童子報平安。崔家别墅尤高致，遲子歸來守歲寒。

## 次陳養吾見寄韻

我本滄江樵牧人，却憐垂老見風塵。邊城笳鼓傷心近，野寨旌旗入望新。四海正歌垂拱日，百年猶憶至元春。艱難未改心如鐵，潦倒空悲髮似銀。

## 七月十日浙省有警有懷羅善先掾史後聞使閩未回

淮楚風塵可奈何，南州又復動干戈。三山城郭故人遠，八月江湖夜雨多。白髮滿頭同老境，滄洲何處可行窩。裁書欲問平安否，海闊天高雁未過。

## 送婁所性回金陵别業

楚甸驚塵滿客衣，古之一作來。賢達在知幾。山中桂樹我將老，江上草堂君獨歸。刁斗連城嚴肅肅，旌旗垂野凈輝輝。金陵酒熟還相憶，莫遣詩筒信使稀。

## 簡西江宋子與令尹楊翼之李斯立二先生

八月涼風催早寒，家山空憶路漫漫。滄江無處問書信，白日何人生羽翰。曉霧漲天迷故國，夜潮流月到長干。諸君莫責王夷甫，我輩深慚管幼安。

## 哭江州太守李子威

將帥倉皇忽棄城，孤忠何以獨支撑。尚聞傳檄誅狂寇，猶自開倉舉義兵。千古報君心未死，九江圖像面如生。至今月黑匡廬下，仿佛悲風有戰聲。

## 哭湖廣省郎中劉遵道

百年正氣此銷沈，空使諸公淚滿襟。厚地無人收白骨，皇天有眼識丹心。親王兵衛終難倚，太尉樓船不可尋。一自岳陽開省後，更無消息到于今。

## 哭御史張彦威

平生恨不識張桓，烈烈轟轟御史官。生有高風驚海内，死無遺憾負臺端。盤根錯節于今見，孝子忠臣後代看。一片汝陽城下土，何人高義葬衣冠。

## 十月一日聞徐州復

黄河不解洗彭城，空使羣兇起鬬争。一載始通南國貢，三山猶駐朔方兵。寄奴故里人何在？亞父荒陵土欲平。却憶朱陳好村落，幾時煙雨著春耕。

和婁所性見寄韻

想見滄洲白鳥雙，寒潮依舊落空江。移家有日同春酒，剪燭何人共夜窗。欲寄短書心未展，每傳佳句意先降。吾家歲晚風流甚，雪後冰壷尚滿缸。

和黄觀瀾軍前見寄韻兼呈高志道祕卿

干戈久動阻淮濆，喜得邊庭捷報真。東海魚蝦初入饌，中原桑棗半爲薪。祕郎船未移渦口，左轄軍先入壽春。多少手無兵刃者，可憐猶是賊中人。

寄鼉禪師四十年前在天寧方丈曾有求賦毛女者

短杖輕包歸去來，水雲多處少塵埃。一春海鳥依檐宿，五月溪蓮繞舍開。雲外送僧歸日本，月中攜客過天台。衰翁不得瞻圓相，猶望新詩託雁回。

送清淮叟上人遊五臺

雁門西畔是靈山，山作青螺五髻鬟。春日花開殘雪裏，僧房人在白雲間。善財參問何時遍，文暢嬉遊幾日還。淮海清公更瀟灑，早將聞見動禪關。

六月十三日聞邊警甚急有感而作

邊風六月作秋聲，世事驚心百感生。臺閣故人猶嗜酒，閭閻小子亦談兵。紅巾似草何時盡，白骨如山幾日平。甚欲移家渡江水，老來幽獨最關情。

## 寄黄觀瀾經歷時率八衛漢軍屯盱眙

秋滿東南第一山，古來賢達幾登攀。兩城樓閣西風裏，八衛旌旗北斗間。羽扇綸巾君未老，麻衣草座我空閒。閉門擬撰平淮頌，河上來看奏凱還。

## 和孫竹簡夜宿萬壽山經閣詩韻

九曲池邊看秋色，水光蕩漾青於苔。白雲相邀上山去，明月更喜隨人來。一聲兩聲松子落，千朵萬朵芙蓉開。老僧悟我静中意，不遣階墀留俗埃。

## 送廬山高齋赴南康監郡時兵火之餘在吴城山開司

公昔騎麟一作驢下星渚，前身恐是匡廬君。孤城遺老窮無告，太守真符喜見分。彭蠡帆檣明夕照，吴城旌旆拂秋雲。明年春殿論功賞，傳奏先將姓字聞。

## 張仲舉博士書來言其老健能夜書小字仍飲量不減喜而賦此録上

一秋兩得平安報，讀罷寒暄喜不勝。花底振衣清似鶴，燈前書字小如蠅。蜕仙道骨無人識，博士官銜自此升。江上蓴鱸好時節，豈無清夢到吴興。

## 介之懷古有詩見和復用前韻以答

江水東流去不還，幾人不老似青山。九州目斷蒼煙水，萬古魂銷落照間。石上鳥啼松樹合，水邊人散柳花閒。更容野客重攜酒，爲報園翁莫掩關。

## 送謝參軍朝京

萬重玉帛會蓬萊，先報中吴進表來。内使傳宣催引見，舍人當殿拆封開。干戈載戢龍顔喜，正朔重頒鳳曆回。却袖天香上歸騎，定分春色到蘇臺。

## 和李克約東皋雜興三首

一春開遍雨中花，幾向東園管物華。老去始知身是客，愁來空擬醉爲家。江樓簾箔霏香霧，野寨旌旗絢采霞。曳杖歸來還自笑，夕陽原上數殘鴉。

芍藥花開江雨晴，幾時重作看花行。松間攜妓從教俗，竹下留賓也自清。一夜春愁無處著，三分月色爲誰明？貧家亦有琴堪典，好把平生意氣傾。

閉户拙於公是非，似與江湖蹤迹稀。酒中從令客駡坐，爨下却念兒啼飢。松江之鱸固可食，沙苑有鳥宜高飛。干戈滿地正如此，萬水千山何處歸。

## 挽孫有道處士

廣陵故舊漸消磨，白髮傷心奈爾何。馬援車猶在鄉里，黄公壚已隔山河。百年華屋春風歇，八月荒原夜雨多。亂後與君成永訣，幾行衰淚灑銀河。

## 八月十五日聞真州官民潰竄道路蹂躪而死者不可勝言黄軍因之剽掠則天長六合莽爲丘墟矣

白沙消息苦難真，軍事危如火上薪。老去未能生報國，愁來只與死爲鄰。豺狼夜嘯逃亡屋，貔虎秋驚戰伐塵。悵望天長一條路，王師何處渡淮津。

## 閏正月二十日聞泗州盱眙同日失守

野寨蒼茫落照中，東征三載未成功。黄金似土供兒戲，白骨如山泣鬼雄。天狗星沈軍府動，水犀軍散弩臺空。於今人力消磨盡，誰念東南府庫窮。

## 挽郁謙德處士二首

身閲昇平近九旬，至今謙德動朝紳。眼前耆舊無多傳，亂後交游復幾人。龍顧青山開宅舍，鶴歸華表離風塵。荒原未見兵麾息，相送靈車淚滿巾。

白首其如死别何，臨風老淚若懸河。耆英社在晨星少，禪智山空夜雨多。薤露莫悲人换世，桑田曾見海生波。殯宫空對棠梨發，更擬重攜濁酒過。

## 送淮南省掾王安中北上安中曾爲今上説書秀才

説書妙選近丹墀，名姓曾爲帝所知。主父徒嗟相見晚，長卿毋謂不同時。淮南曹事稱仁恕，鄴下民謡紀去思。自古長才須大用，諸公久待鳳凰池。

## 甲午除夜有懷孟景章

夜窗兒女笑燈前，亂世安居又一年。鄰甕且分藍尾酒，客囊從换折腰錢。凍消屋角簹簹雪，寒壓爐頭榾柮煙。安得重陪孟東海，劇談終夜不成眠。

## 和崔元初秋日舒懷感時敘舊情見乎辭二首

淮南入幕皆名士，邊士從軍總貴游。萬里又勞丞相出，九重獨使聖君憂。禾生異畝虚占斗，木落空江欲變秋。召伯埭前聽報捷，高郵城外解通舟。

瀟灑君家錦照堂，石泉秋水煮茶香。沿池篠簜鞭尤一作「枝枝」。潤，當户蒲萄葉半一作葉。黄。東館壞垣塵漠漠，西城殘照晚蒼蒼。春時數聽尚書履，幾送池邊月色涼。

## 六月二日書所見

干戈滿地起風塵，民物凋零府藏貧。黄犢烏犍烹作食，雕梁畫棟拆爲薪。江淮經理須賢俊，草澤誅求到隱淪。謾道寬心應是酒，老夫三日不霑脣。

## 安慶大節堂至正十二年既陷武昌江州諸郡俱各失守時韓功懋總管守安慶指禦有方江淮賴爲屏蔽廷心余帥書大節于堂以旌武功

戰勝非難守勝難，逆圖未伐膽先寒。焉知天下無諸葛，始信軍中有一韓。當日雷霆歸號令，至今烽火報平安。雄文大扁同時出，大節名堂後代看。

## 燈下有感

城郭空虚鳥亂鳴，彩旗拂柳夕陽明。山林樂土非疇昔，兵火殘民思太平。海燕歸來無舊主，野花滿地有餘情。一尊酹月悲歌後，搔首燈前百感生。

## 金溪葛氏二孝烈女祠

葛女祠前薦荔蕉，藤花風雨急飄蕭。翠軿五夜靈氛下，銀穴千年寶氣銷。太史已聞書孝烈，遺民無復困征徭。絳唇朱袖歸黄土，惆悵何人説二喬。

## 送人《體要》作《送張思廉》。歸桐江

讀書不謁萬乘君，挾策肯傍諸侯門。嘯歌蘇臺晚山碧，濯足洞庭秋水渾。千金未易買駿骨，一飯豈足哀王孫。風塵拂衣且歸去，高卧桐江煙水村。

### 送王止善歸茅山

句曲仙人止善君，亂離何處避塵氛。獨乘一葦淩滄海，誰共三茅管白雲。丹井洗瓢分石髓，寶函封檢祕天文。他年定有方壺約，幾夜蘇臺候鶴羣。

### 遊平江瑞光寺

水殿雲廊取次開，不論廬阜與天台。窗間燕雀馴相近，池上龜魚唤亦來。春雨久荒紅藥圃，香煙遍繞碧蓮臺。上方似可容吾隱，也伴高僧坐石苔。

### 送學無遇長老歸江南

新賜袈裟染茜紅，拈花消息悟靈峰。大開海會容三教，遠致嵩呼祝九重。貝葉有書馱白馬，葛藤無語問黄龍。湖船滿載燕山月，歸照招提萬樹松。

### 送錢萬户歸泉南

八月歸來下澤車，將軍此意復何如。十年不佩封侯印，萬卷惟收教子書。風月祇今尊有酒，江湖何處食無魚。建溪爲謝羅從事，久不題詩寄竹居。

### 弔顧野王故居

寶雲寺裏舊祠堂，自汲清泉酬野王。白馬有神嘶古道，青衣無夢到禪牀。塵銷壞壁書千卷，土蝕殘碑字幾行。欲借《玉篇》遺稿看，山僧無語立斜陽。

## 陳朝檜

千年老檜上青霄，三閣花飛不動摇。香骨自來盤左紐，苦心未忍棄前朝。蛟龍並立江雲黑，鸞鳳雙啼海霧消。想得龜蒙題詠處，殿頭風雨正蕭條。

## 澹香亭

幽芳不自媚，白日浄依依。風露已如此，山中人未歸。

## 居竹軒

定居人種竹，居定竹依人。新筍甜于肉，長竿健似身。

## 和饒介之春夜

酒量尚一斗，鬢絲餘幾莖。辛夷開欲罷，何日問歸程。

## 題宋子章竹

黄陵只在斷雲西，苦竹叢深望欲迷。帝子不歸春又晚，滿林煙雨鷓鴣啼。

## 徽廟御畫梔子白頭翁

梔子紅時人正愁，故宫衰草不勝秋。西風吹落青城月，啼得山禽也白頭。

## 客中久雨

水滿行廚欲産蛙，苔封老屋亂啼鴉。南風十日黄梅雨，開盡冬青兩樹花。

## 送劉將軍致仕歸襄陽

當年鐵馬度襄江，敵國聞風夜納降。今日却歸江上去，峴山青滿讀書窗。

## 秋塘戲鵝圖

滿塘秋水看蒼鵝，草軟沙平奈爾何。記得一羣黄似酒，杏花梁上落紅多。

## 春夜

酒兵無力破愁城，春盡空山杜宇聲。敲缺唾壺眠不得，半簾花影月三更。

## 青山白雲圖

不見茅齋舊隱君，遠溪煙樹暮紛紛。斷橋水滿無人渡，誰向青山管白雲。

## 墨梅

東閣銜寒雪一枝，巡檐偏解索題詩。何郎老去風情減，羞見疏花照鬢絲。

## 夜宿野城

露氣涓涓欲二更，小舟猶向月中行。前村知有人家近，隔浦微聞犬吠聲。

## 畫馬

圉人争喜得驊騮，撥入天閑早見收。今日有誰憐駿骨，西風沙苑蒺藜秋。

## 送人之武林

白鼻驕騧紫綺裘，湧金門外醉瀛洲。君家若有平安字，寄在春風第幾樓。

## 武林客舍

窗外青山啼子規，吟魂正被酒禁持。小樓一夜雨聲惡，落盡碧桃人未知。

## 緑楊橋

長溪春漲碧溶溶，煙雨空濛溼采虹。何事吹簫度清夜，斷隄楊柳月明中。

## 題高房山墨竹

黄花山主澹游翁，寫竹依稀篆籀工。獨有高侯知此趣，一枝含碧動秋風。

## 題張天民先生移居圖

舊隱荆溪第幾村，手栽松檜至今存。大茅峰下千年鶴，遲汝重來問子孫。

## 同鄭明德訪寶曇上人不遇

白雲林下誦經寮，隔岸香風遠更飄。欲就禪牀喫茶處，倩人扶過木長橋。

## 高昌王所畫蒲萄熊九皋藏

玉關西去火州城，五月蒲萄無數生。今日江南池館裏，萬株聯絡水晶棚。

## 青山白雲圖

溪上長松已合圍，草堂無事客來稀。溼雲生滿東山路，日暮野樵何處歸。

## 唐明皇吹簫圖二首

寢殿春深晝漏遲，榻前侍女立多時。玉簫自按《霓裳曲》，賜與梨園子弟吹。

花萼樓前柳色新，東風吹散馬嵬塵。錦囊五管俱零落，誰是終南夢裏人。

## 題蒲塘雙燕圖爲劉小齋作

昭陽池館晚風微，花落巢空去未歸。却是蒲塘春水闊，年年還傍小齋飛。

## 竹枝歌

道士莊前秋事多，東家西家收晚禾。船頭把酒對明月，聽打夜場人唱歌。

## 訪王伯純晚歸

長洲苑内舊池臺，白髮山人恰再來。無限客愁渾忘却，小樓聽雨杏花開。

## 和饒介之秋懷詩韻四首

江風吹盡暮天霞，我本淮人來寄家。吳門留滯不歸去，開盡西軒白鶴花。

夜半金烏海上翔，行來夾日酷於霜。庭前幾箇芭蕉葉，未到秋分一半黄。

鐵鎖滄江第幾關，揚州花竹夢中看。也知無賴三分月，照見沙場白骨寒。

氛祲冥冥晚未消，浙江三日不通潮。令人却憶馮公子，知在西湖第幾橋。

## 再次韻四首

横江江水蕩晴霞，秋盡夫君不到家。閨中小鬟也浪語，陌上聽歌《楊白花》。

寫就安書無便翔，寒衣著破過三霜。但記送郎初上馬，窄袖短衫穿柳黄。

西到長干過幾關，附得書來儂自看。八匹西川十樣錦，裁作郎衣遮早寒。

鴛鴦湖西湖水凉，踏藕采蓮來覓郎。郎意莫如菱刺短，妾情只似藕絲長。

## 題雨竹

洞庭南去竹如雲，老葉新梢亂不分。帝子不歸風雨惡，深林何處覓湘君。

## 哭馬士明都事

冥冥妖祲黑如雲，湖上旌旗亂不分。父子四人同戰死，邊庭誰説馬將軍。

## 題倪幻霞雲松圖

九峰只在泖雲西，松下來尋隱者棲。隱者不歸空見畫，滿山風雨夜猿啼。

## 垂虹亭

長橋戎馬後，旗幟尚紛紛。吴越東西隔，江湖左右分。荒哉皮學士，去矣范將軍。誰種千頭橘，空山卧白雲。

## 宿華嚴寺斷雲院

斷雲老師如斷雲，無心舒卷自氤氳。空山與之結爲侶，遠道也堪持贈君。黑夜雨隨龍聽法，青山風引鶴同羣。江湖我亦忘機者，半榻今宵喜見分。

## 至正二十一年春三月二日同孫大雅張孟膚糜仲明登虎丘訪居中禪師不遇留題平遠堂

三月二日春增華，泛舟也到王珣家。山中碧泉似醽醁，巖下緑草如袈裟。荒墳無人見白虎，新城有樹啼青鴉。居中老禪不得會，空索劍池同煮茶。

## 再遊金山寺

放船重到金山寺，獨對滄江照鬢絲。過客謾驚天險處，老僧曾見海枯時。通宵月色魚龍喜，絶頂秋聲鸖鶴悲。瓊樹花開一作「開盡瓊花」。不歸去，妙高臺上要題詩。

## 贈綾錦墩隱者錢慶餘

手拄烏藤五尺長，山行時著古衣裳。缺文自補雲間志，賣藥多收海上方。茆屋秋風催釀秫，錦墩春雨看移桑。野人笑指長安路，馬足車塵有底忙。

## 奉簡天民有道先生

令子今爲吴縣尹，先生猶是葛天民。春秋七十又八歲，江海百年能幾人。多士問奇加束脯，諸孫供饌斫修鱗。荆溪舊業知無恙，白鶴時來送喜頻。

## 梅花道人吴鎮

鎮字仲珪，嘉興人。性高介，書仿楊凝式，畫出關荆董巨。每畫山水竹石，輒題詩其上，時人號爲三絶。與黄公望、倪瓚、王蒙有畫苑四大家之目。少與兄元璋師事毘陵柳天驥，得其性命之學，尤邃先天易，言機祥多中。垂簾賣卜，隱于武塘。所居曰「梅花庵」，自署「梅花庵主」，又號「梅花道人」，卒年七十五。仲珪將殁，命置短碣冢上曰「梅花和尚之塔」。或怪之，曰：此有意，當自驗。元末兵起，所至椎冢，惟仲珪以碣所署，疑爲緇流，舍去。按仲珪生于前至元十七年庚辰，卒于至正十四年甲午，有墓碑可考。而野史流傳，發墓爲楊璉真伽事，不知楊髡發掘宋陵，在前至元戊寅，是時仲珪猶未生也。陳徵士繼儒仲醇作《梅花庵記》，亦從而附會其説，可爲大噱。錢宗伯牧齋謂仲醇爲裝點山林，附庸風雅，於此益信。爲千古定評矣。

### 王晉卿蜀道寒雲

蜀道何年闢，猿猱若畏攀。雲依□木静，梵唄禪關閒。野店市未散，斜傍河梁間。行人自南北，飛鳥互往還。雞鳴遍村落，舟行溜潺潺。青松紛滿目，夕陽并在山。誰云畫圖表？徒然見一班。

### 王晉卿萬壑秋雲

衆山互回繞，芳叢滿蒼壁。墅猿啼樹紅，林鳥巢筠碧。雲來擁翠鬟，泉瀉激古石。吟翁自拘拘，行人走役役。歸舟向東去，炊烟上空滅。前村未掩門，不知日將夕。

## 趙千里山水長幅

宋室有千里，疑自蓬萊宫。繪事發天性，深研境益工。山高藏石磴，洞古青蒙叢。秋風遍林壑，萬樹葉欲空。唯有松與石，不改歲寒窮。行行何處客，豈是商山翁。臨江有虚閣，一望波溶溶。輕舟徐蕩漾，西嶺夕照紅。荆關爲揖讓，二李堪與同。庸物奚足數，新圖不易逢。當年置長府，珍祕更爲崇。書竟發長嘯，兩腋來清風。

## 馬遠虚亭漁篴圖

虚閣延涼颸，唯聞芳草氣。漁艇出滄浪，弄笛仍遺世。山鳥爲飛鳴，游魚順流去。幽人午睡餘，翛然信高致。何物馬生圖，會得其中趣。展閲不能忘，賦得工五字。

## 題畫三首

我愛晚風清，順適隨所賞。曩古竹林仙，忽忽竟長往。荒除雜廢墟，幾度蓬蒿長。可人日相親，言笑容抵掌。斬餘一席寬，何用居求廣。荷鉏藝芃蔬，刮地芟草莽。舉步山水長，引引支離杖。行役忘爾汝，嘯答巖谷響。澹然入無何，朝來山氣爽。

我愛晚風清，漪漪動庭竹。慘澹暮雲多，蕭森分野緑。閒窗暝色佳，静賞歡易足。人生遽如許，萬事徒碌碌。有盡壯士金，餘繆匹夫玉。軒車轀斧鉞，粱肉隱恥辱。嫋嫋五株柳，采采三逕菊。寧盡生前歡，毋貽死後哭。高歌晚風前，洗盞斟醽醁。

我愛晚風清，新篁動清節。嘐嘐空洞手，抱此歲寒葉。相對兩忘言，只可自怡悦。惜我鄙吝才，幽閒養其拙。野服支扶笻，時來苔上屧。夕陽欲下山，林間已新月。

## 畫竹自題

圖畫書之緒，毫素寄所適。垂垂歲月久，殘斷争寶惜。始由筆研成，漸次忘筆墨。心手兩相忘，融化同造物。軒窗雲靄溶，屏障石突兀。林麓繆槎牙，禽鳥翥翰翮。可憐俗澆漓，摸摩竟紛出。裝褫雜真贋，丹粉誇絢赫。千金易敝帚，十襲寶燕石。米也百世士，賞會神所識。伶倫原蹟「倫伶」鈎轉。世無有，奇響竟寥寂。良樂難再遇，抱恨長太息。

## 招仙詞題高彦敬雲山卷

空山兮寂歷，石氣蒸兮蘢葱。人家兮水末，望雞犬兮雲中。水流兮花謝，淹冬春兮無窮。江亭兮石瀨，漱靄兮深松。山中人兮歸來，颯長嘯兮天風。

## 松泉圖

長松兮亭亭，流泉兮泠泠。漱白石兮散晴雪，舞天風兮吟秋聲。景幽佳兮足靜賞，中有人兮眉長清。松兮泉兮何所擬，硯池陰陰兮清徹底。挂高堂兮素壁間，夜半風雷兮忽飛起。

## 右丞春溪捕魚

前灘罶兮後灘網，魚兮魚兮何所往。桃花錦浪綠楊村，浦溆忽聞漁笛響。我行笠澤熟此圖，頓起桃源雞犬想。不如歸向茅屋底，老瓦盆中醉春釀。

## 洪谷子楚山秋晚

洪谷仙去五百年，丹青流落何倏然。九疑之山何突兀，亂雲慘澹秋風前。尋幽忽有蓬萊仙，歌聲隱約清溪邊。蕭蕭木葉下無際，不見歸來張季船。前村後村高復下，遠渚近渚斷又連。夕照遲遲俯西川，樹底人家起碧煙。卷中妙境無窮已，揮毫聊爾紀新篇。

## 董源夏山深遠

北苑時翻硯池墨，疊起煙雲隱霹靂。短縑尺楮信手揮，若有蛟龍在昏黑。南唐畫院稱聖功，好事珍藏裹數重。崇山突兀常疑雨，碧樹蕭森迥御風。鳥啼花落不知處，漁唱樵歌遐邇度。展舒不盡古今情，未容肉眼輕將賦。

## 郭忠恕夏山仙館

蒼厓過雨流青玉，萬朵芙蕖紅間綠。松枝摇動碧簾風，蘭舟徐度回塘曲。畫閣朱樓設翠褕，銀牀冰簟上流蘇。美人繡倦頻來往，仙侶長吟聊自娱。羽扇不揮塵不到，博山麝腦香猶裊。新蟬驚破北窗眠，幽禽啼斷林間巧。竹煙浮翠薦龍團，樹影當庭映日圓。晚來兩兩尋幽客，應識溪聲六月寒。圖中景物非人世，如此丹青誰得似。屈指流傳四百年，宣和賞識標忠恕。人間何處無炎歊，火雲照耀未能消。高齋展對殊未已，一片涼飇落素綃。

## 李成江村秋晚

咸熙畫圖無與共，傳世希微愛者衆。二李之後已寥寥，宣和當日尤珍重。新圖一旦落人間，神宫寂寞何時還。經營意匠出塵表，上下五百誰能攀。水回中有漁舟泊，山頂崇臺招白鶴。籬根浮出水潺潺，萬竹琳琅奏天樂。霜飛木落一天秋，棲禽向晚聲啾啾。柳溪錯認淵明宅，過橋豈是王弘儔。景色蕭條如太古，路僻村深貯煙霧。分明再見輞川人，蕪詞何敢輕爲附。清容自是鑒賞家，持將却向天之涯。幾回試展未能去，落盡庭前無數花。

## 米友仁畫卷

元章筆端有奇趣，時灑煙雲落縑素。峰巒百疊倚晴空，人家掩映知何處。歸帆直入青冥濛，曲港荷香有路通。更愛涪翁清絶句，相攜飛上蓬萊宫。

## 米元暉畫卷

煙光與山色，縹緲想爲容。不知山色澹，爲復煙光濃。虎兒斷入圖畫中，憑闌展卷將無同。但令絶景長在眼，從渠絶靄隨春風。

## 李昭道春江圖

晴江一望春山高，日光蕩漾翻銀濤。白雲冉冉向空落，長天漠漠歸鴻號。岸上垂楊覆瑶草，征帆直指長安道。蛟龍不動兩耳清，花落鶯啼人自老。鴟夷當日泝煙波，涼風萬里來天河。李侯久向層冥去，丹青散逸將如何？宣和當日珍藏固，三百餘年撚指過。危君不讓米南宫，置之武庫尤加護。

## 趙千里畫

猗歟千里諸王孫，畫圖猶見二李存。盤回虚閣凌空起，蒼鬱長林來雨繁。仙姬仙客居絶境，試展殊覺晴雲翻。持向故山茅屋底，咫尺却擬蓬萊根。

## 山居深趣圖

猗歟太史諸王孫，生綃畫出昆侖根。枯槎菌蠹厄野火，溪園秋雨琅玕繁。天寒歲暮碣石館，囊書日見玄雲翻。持向故山茅屋底，倚看屈曲大江奔。

## 竹窩

阿香怒鞭籊龍尾，班鱗蝕去痕未洗。天風吹作萬琅玕，翠壓修林收不起。林深有客棲寒煙，玉版已悟禪中禪。人間赤日迴不到，著我六月秋泠然。青雲欲飛霖雨急，佩環聲裏雙蛾泣。玉簫驚起老龍眠，夜染瀟湘半江碧。

## 墨菜畫卷

菘根脱地翠毛溼，雪花翻匙玉肪泣。蕪蔓金谷暗塵土，美人壯士何顏色。山人久刮龜毛氈，囊空不貯揶揄錢。屠門大嚼知流涎，淡中滋味吾所便。元修元修今幾年，一笑不直東坡前。梅花道人因食菜糜，戲而作此。友人過廬索墨戲，因書而遺之，聊發同志一笑也。至正己丑。

## 水墨梅松蘭竹四友圖 一作《松石圖》。

硯池漠漠墨吐一作「吐墨」。汁，蒼髯呼風山鬼泣。濤聲破夢鐵骨冷，露影溥一作濡。空翠毛溼。徂徠百畝一作「千樹」。老雲煙，湖山九里甘蕭瑟。何當置一作閲。此明窗下，長對詩人弄寒碧。

## 水竹山居圖

結茅山陰溪之曲，最愛軒窗對修竹。四時謖謖動清風，三徑蕭蕭戛寒玉。也知一日不可無，彼且惡乎免塵俗。夜深飛夢繞湘江，廿五清弦秋水緑。

## 野竹

野竹野竹絶可愛，枝葉扶疏有真態。生平素守遠荆榛，走壁懸厓穿石碌。一作罅。虛心抱節山之阿，清風白月聊婆娑。寒梢千尺將如何，渭川淇澳風煙多。

## 畫竹

與可畫竹不見竹，東坡作詩忘此詩。高麗老繭冰雪古，一作冷。戲成一作寫，歲寒巖壑姿。紛紛一作「絲絲」。蒼霰落碧篠，謖謖好風扶舊枝。猙獰頭角易一作多。變化，細聽夜深雷雨時。一作「試聽雷雨虛堂夜，拔地起作蒼虬飛。」

## 題青山碧篠圖

青山白雲繞，碧篠蒼煙迷。幽人日無事，坐聽山鳥啼。鳥啼有真趣，對景看山隨所遇。乾坤浩蕩一浮鷗，行樂百年身是寄。

## 筍

緑陰晝静南風來，晴梢拂拂烟花開。箨龍走地牙角出，班班玉立横蒼苔。長鑱穿雲石路滑，錦衣脱繃玉版白。嗚牙未下冰一作若。雪蠹，開籠先放揚州鶴。時至正七年竹醉日。

## 陸探微層巒曲隖

六法斯圖見，神奇指掌分。萬峰凝翠靄，一水弄清紋。樹密猿啼苦，橋回鳥喚羣。溪邊有茅屋，處處挂斜曛。

## 閻立本西嶺春雲

西山高五臺，縹緲出蓬萊。春半花争發，宵征客倦來。短橋流曲水，危壁覆蒼苔。宣廟曾留賞，臨風愧匪材。

## 秋嶺歸雲

峰色秋還好，雲容晚更親。瀑泉落霄漢，霜樹接居鄰。静處耽奇尚，消閒覓舊因。悠悠橋畔路，終日少風塵。

## 吴道玄五雲樓閣

碧樹圍青幄，羣峰列嶂來。卿雲分五色，鵲觀倚三台。仙客乘春至，山翁向暮回。高深無限思，之子總神材。

## 王右丞雪溪圖二首

曉徑霑衣溼，登臺試屐危。乾坤增壯觀，江海得深期。歷亂瑶華吐，紛披玉樹枝。精微誰與並？顧陸頗相宜。

碧樹擁江扉，朱簾卷翠微。崇朝無客過，傍晚有漁歸。嶺耀梅重白，隄縈絮正飛。若留清夜賞，鉛粉更光輝。

## 右丞輞川圖三首

瀟灑開元士，神圖繪輞川。樹深疑垞小，溪静見沙圓。徑竹分青靄，庭槐斂暮煙。此中有高卧，攲枕聽飛泉。

畫裏詩仍好，縈回自一川。湖晴嵐氣爽，浪静柳陰圓。賦詠成珠玉，經營起霧煙。當年滿朝士，若个在林泉。

## 李昭道畫卷

人愛山居好，何如此際便。家規仍小異，幽致更超然。暮靄映高樹，柴扉遶細泉。新圖不可再，展閲憶唐賢。

## 關仝秋山凝翠

絶壁孤亭迥，千峰落日曛。沙明江上樹，客帶洞前雲。市散雞鳴遠，村荒犬吠聞。一天秋色好，多向此中分。

## 趙大年秋村暮靄

曲磴平岡外，遥峰落照沈。人家三徑僻，煙樹幾村深。漁唱流寒碧，樵歌步夕陰。悠然懷舊侶，山館散清音。

## 趙松雪重江疊嶂二首

江色千重碧，煙光無限青。數峰横翠黛，一逕入層扃。倚市柳爲幄，迎人花自馨。征帆遥點點，漁唱起滄溟。
摩詰詩兼畫，斯圖若比肩。江深煙浪接，山出曉雲連。柳市疏鐘斷，花林青旆懸。鷗波風日好，瞻對使人憐。

## 子久爲危太樸畫

子久丹青好，新圖更擅長。浮空烟水闊，倚岸樹陰涼。咫尺分濃澹，高深見渺茫。知君珍重意，愈久豈能忘。

## 王維終南草堂

昔人謝政後，生事此山中。樹灑虛堂雨，泉飛隔浦風。喜無舟楫至，旋有鶴猿通。應識無聲妙，臨窗展未窮。

## 郭忠恕仙山樓觀

疊嶂雲仍起，崇山境轉幽。溪雲千頃雪，松籟一林秋。長嘯臨朱閣，清游卧石樓。橋回泉溜遠，消盡古今愁。

## 李成寒林圖

嶺高霜自結，風勁入寒時。日落晚山碧，林空流水悲。棲鴉尋樹早，瘦蹇下岡遲。無限黄塵滿，幽棲總不知。

## 野望 一作《平林野水圖》。

平林方漠漠，野水正湯湯。蒼莽日欲暮，年華客異鄉。草店月初冷，一作「迴合」。村路一作原。迂更長。渡頭人散後，漁父正鳴榔。

元初，真士嘗居嘉禾紫虛觀。好與吳仲珪隱君遊，故得其詩畫爲多。今年十月，余始識元初，即出示此幀，命僕賦詩。因走筆次吳隱君詩韻題于上，隱君自號梅花道人云。至正廿一年歲在辛丑，倪瓚記。

## 題草亭詩意圖

依村構草亭，端方意匠宏。林深禽鳥樂，塵遠竹松清。泉石俱延賞，琴書悦性情。何當謝凡近，任適慰平生。

至正七年丁亥冬十月，爲元澤戲作草亭詩意。梅沙彌書。

## 董源小幅

煙水冥迷山遠近，高山臨水更清寒。茆堂深倚林中搆，商舶遥從海島還。雲起亂峰生巧思，鳥飛殘照入遐觀。生綃僅尺無窮意，誰識經營慘澹間。

## 顧愷之秋江晴嶂

從來六法重長康，染得新圖更鬱蒼。萬頃遠横秋鏡闊，千重林立彩雲長。村村雞犬鳴晴晝，兩兩樵漁話夕陽。無限風煙誰得似？欲將此處付行藏。

## 陸探微員嶠仙游

梅閣重重翠繞遮，時時雲氣颭平沙。千峰樹色藏朝雨，百道江聲送晚霞。洞古數留仙子蹟，溪回深護羽人家。遨遊每憶無塵地，咫尺仍堪閱歲華。

## 張僧繇翠嶂瑶林

前峰突兀後峰攢，萬木彫殘景色闌。仙館無人清磬杳，瑶蹊有客碧蘿寒。一縑點染空青遠，六法精深秀色團。寄語故人珍襲處，僧繇還屬畫中看。

## 張僧繇霜林雲岫

六朝畫史知無幾，吴下僧繇獨擅場。百疊蒼巒浮障起，千林紺葉入雲長。低回野渡鐘聲遠，寂寞荒村樹影涼。咫尺披圖更蕭瑟，短詞何敢遂揄揚。

## 盧鴻仙山臺榭

塵蹤何得此中游，無數青山遶殿頭。爐篆浮煙朝靄靄，溪雲連樹晚油油。花香曲徑羣麕聚，芸芷平田獨鶴遊。欲識仙家真樂處，一泓清瀨四山秋。

## 趙幹春林曲隖

亭下人家帶遠岑，喬林無處不沈沈。垂楊拂岸青歸候，繁杏依村鳥度音。橋外行人尋舊侶，湖邊逸客散幽心。江南絶勝應難紀，何似圖中景更深。

## 黄荃蜀江秋浮圖

暮煙漠漠一江秋，疏樹依稀見遠舟。風度鐘聲來古寺，人隨雁影過前洲。雲銷碧落天無際，波撼蒼山地欲浮。應識箇中清絶處，成都畫史筆端收。

## 郭忠恕仙峯春色

層軒繚繞緑雲堆，坐挹空青落鳳臺。一石負鼇三島去，九峰騎鶴衆仙來。越南翡翠無時見，洞口薔薇幾度開。春去春來花木好，溪頭時聽棹歌回。

## 李咸熙秋嵐凝翠

雨過秋光映翠微，巖雲一抹澹荊扉。千山寂寂疏鐘杳，萬壑蕭蕭落木稀。澗水奔飛行路逕，松篁回合墅禽歸。征帆點點滄江上，應羨山人種蕨薇。

## 范寬江山秋霽

滄江遥帶碧雲流，紫翠凝巒萬疊秋。閣倚蛟宫飛雨逕，人依鳥道動離愁。帆歸極浦蒼山合，木落千林暮靄浮。豈是筆端分造化，無窮巖壑一縑收。

## 王晉卿畫

晉卿繪事誠無匹，尺素能參造化功。碧樹依微春水闊，蒼山縹緲暮雲籠。幽深自覺塵氛遠，閒澹從教色相空。更喜涪翁遺墨好，草堂何必獨稱工。

## 馬和之卷

青峰互合若爲羣，中有高人卧白雲。颯颯松風從澗出，蕭蕭竹色過橋分。閒來欲覓知音伴，睡起還探頌酒人。一段清幽離塵俗，不禁長笛起前濆。

## 子久萬里長江圖

一峰胸次多傀儡，興寄江山尺素間。南北橫分疑作限，西東倒注未曾還。山圍故國人非舊，水遶重城樹自閒。尤羡箇中時序换，昔年禹玉豈容攀。

## 叔明松壑秋雲圖

萬壑瀠回磴道長，崇岡交互轉蒼蒼。疏松過雨虚闌浄，古木回風曲岸涼。村舍幾家門半啓，漁梁何處水流香。扁舟凝望雲千頃，不覺西林下夕陽。

## 題雲西畫卷

雲西老人清且奇，隨意點筆自合詩。高尚不趨車轍迹，新圖不讓虎頭癡。溪中有人空佇立，江上征帆歸去遲。何處溪歌聲欵乃，碧雲疏樹晚離離。

## 方方壺畫二首

城市山林孰是非，幽居能與世塵違。函關紫氣青牛到，遼海秋風白鶴歸。天鼓叩殘明月墮，洞簫吹徹彩雲飛。誰知寂寞江天外，長使人間望少微。

數載飄蓬事已非，荆關咫尺世情違。寒雲時向青山抹，野艇遥從白社歸。幾處夕陽人共語；一村流水鷺邊飛。知君紫府歸來後，閒把丹青玩翠微。

## 方壺松巖蕭寺

方壺終日痼煙霞，寫得湖山事事嘉。湖上煙籠梵王宅，山深雲覆羽人家。詩翁竚立搜新句，稚子閒來掃落花。幾處歸帆何處客，一聲啼鳥夕陽斜。

## 畫蘭

舶趠風下東吴舟，抔土移入漳泉秋。初疑紫莛攢翠鳳，恍如緑綬繋青虬。猗猗九畹易消歇，奕奕百畝多淹留。軒窗相逢與一笑，交結三友成風流。

## 林屋山

巍巍林屋古靈蹤，東隔黿頭只一重。旱洞晴雲陰洞雨，漁家清笛道家鐘。緑陰滿地三春草，翠蓋擎空百尺松。知道西南巖壑裏，輕風吹處有潛龍。

## 慈里山

慈里山居林屋西，遶山碧磴接丹梯。幾時桑柘深深圃，數里葭蒹狹狹溪。曉月禪家鐘發早，夕陽樵唱擔歸齊。亨衢南去平如砥，□□驕驄□□蹄。

## 陳賢良隱居

發策名猶在，回頭事已非。池塘春草綠，空憶謝公歸。

## 露竹

晴霏光煜煜，皎日影曈曈。爲問東華塵，何如北窗風。

## 題畫

老楓化爲人，老杉化爲石。莊周與胡蝶，後來誰復易。

## 一葉竹爲竹叟禪師作

誰云古多福，三莖四莖曲。一葉硯池秋，清風滿淇澳。

## 竹譜

初畫不自知，忽忘筆在手。庖丁及輪扁，還識此意否？

## 寫菜

菜葉闌干長，花開黃金細。直須齩到根，方識澹中味。

## 怪石

湖洞露黿頭，日出曝黿背。龜鼉或傍石，時時覓同類。

## 竹下泊舟圖

涓涓多近水，拂拂欲一作最。宜山。吁嗟此君子，何地不容閒。

## 畫竹十二首

霏霏桃李花，競向春前開。如何此君子，四時清風來。

亭亭月下陰，挺挺霜中節。寂寂空山深，不改四時葉。

野色入高秋，寒影逝湘一作「空影映湖」。水。日午思晚一作「北窗」。涼，清風爲誰起。

竹窗思閴寂，銅博香委曲。胸中無用書，寫作湘之緑。

逕深茅屋陋，樹倚夕陽斜。行遍青山路，何丘不可家。

抱節元無心，凌雲如有意。置之一作「寂寂」。空山巾，凜此君子志。

忽見不是畫，近聽疑有聲。落落不對俗，涓涓長自清。

湘妃祠下竹，葉葉著秋聲。鸞鳳清宵下，吹簫坐月明。

短梢塵不染，密葉影低垂。忽起推篷看，瀟湘過雨時。

碧篠挺奇節，空霏散冷露。一作「脩篁含細香，微雨溼古樹。」十年青山一作「山中」。游，得此幽貞趣。

片片落花心，悠悠飛絮意。清風明月中，此風不可企。

日日行青山，無竹不可留。可憐春風中，桃李多春愁。

## 王叔明林泉清話圖

落日秋山外，霜林暮靄中。相看無俗處，生事有誰同？

## 董源山閣談禪圖

山閣深沈樹影涼，瀑流飛沫濺匡牀。多君相對坐終日，話到無生味更長。

## 李公麟大阿羅漢圖

瀟灑龍眠不可呼，彩毫猶喜未模糊。天台五百知何處？還向圖中證有無。

## 文同風篁蕭瑟圖

翠羽參差自一叢，湘江清影澹微風。開圖忽覩題痕處，羨殺當年笑笑翁。

## 荆浩秋山問奇圖

霜落林端萬壑幽，白雲紅葉入溪流。朝來尚有尋真至，共向山亭領素秋。

蘇東坡竹

晴梢初放葉可數，新粉纔消露未乾。太似美人無俗韻，清風徐灑碧琅玕。

右丞秋林晚岫

右丞已往六百載，翰藻神工若个同。千嶂遠橫秋色裏，山家遥帶暮煙中。

李昭道秋山無盡圖

奇峰倒映青冥立，絶壑高懸白霧開。萬里無雲見秋末，千林有雨向春回。

盧鴻嵩山草堂圖

盧鴻仙去五百載，一段高風未可攀。忽覩草堂清絶處，分明几案有嵩山。

馬遠放鶴圖

載鶴輕舟湖上歸，重重樓閣鎖煙霏。仙家正在幽深處，竹裏雞聲半掩扉。

子久爲徐元度卷

木落空山秋氣高，一聲疏磬出林皋。歸帆點點知何處？滿目蒼煙尚未消。

王叔明卷

短縑幾許容丘壑，鬱鬱喬林更著山。應識王郎胸次好，未教消得此身閒。

次雲林韻題耕雲東軒讀易圖三首

山堂昨夜起秋風，景物蕭條便不同。豈是天公嫌冷淡，故將林木染黃紅。
高人相對東軒下，竟日曾無朝市言。幾卷圖書幾竿竹，天香冉冉泛芳尊。
雲林點筆染秋山，往道荆關今又還。別去相思無可記，開緘時見墨纖纖。

趙仲穆東山圖

東山爲樂奈蒼生，望重須知亦累情。蠟屐春來行更好，桃花洞口笑相迎。

錢舜舉海棠鸂鶒

東風三月花如錦，兩兩文禽戲暖沙。堪歎深閨年少婦，豈無顔色在天涯。

題墨梅二首

粲粲江南萬木妃，別來幾度見春歸。相逢京洛渾依舊，却恨緇塵染素衣。
玉府仙姝倚澹妝，素衣一夕染玄霜。相逢不訝姿容別，爲住王家墨沼傍。

吴道子秋山放鶴圖次趙松雪韻

秋雲如練鎖千山，棋閣重重水自潺。鎮日溪橋無俗侶，杖藜扶鶴是高閒。

## 郭忠恕萬松仙館圖

參差琳館碧山〔齊〕（齋），雲擁疏松望欲迷。野老忘機自來去，忽驚麋鹿各東西。

## 李營丘真蹟

萬仞蒼山百尺樓，西風吹送滿林秋。疏鐘遥落空亭裏，盡屬營丘筆底收。

## 趙千里秋景

秋光蕭瑟滿林霜，籬菊英英桂子黄。最是西堂風月好，不妨遊衍樂清狂。

## 趙伯駒畫

瑶館芙蓉罨畫山，天香縹緲碧雲間。鶴巢松頂藤花落，一任山人指顧閒。

## 趙伯驌畫

風色凄其上碧山，一朝林木變紅顔。幽人爲惜深秋色，忘却驅馳古道間。

## 周文矩十美圖

有女聯翩巧樣妝，能將歌舞動君王。誰言金屋風光好，雨滴蒼筠漏更長。

趙子昂秋景

遠山斜日紫烟霏，一櫂鴟夷竟不歸。蕭瑟秋風虚閣表，詩翁吟罷欲添衣。

子昂仿顧愷之

隔水山高青隱日，傍溪古樹緑藏雲。閒翁自有閒游伴，更愛溪鷗閒作羣。

子昂仿張僧繇

雨過秋塘泛曲湍，歸人欲渡俯平川。前村遥望炊煙起，更有新篘破曉寒。

子昂仿陸探微

客子行吟遥路幽，一聲啄木緑陰稠。芙蓉倒映空江色，危立溪頭幾點鷗。

子久春山仙隱

山家處處面芙蓉，一曲溪歌錦浪中。隔岸游人何處去，數聲雞犬夕陽紅。

倪雲林畫

隱君重價如結緑，蘿屋蕭然依古木。籃輿不到五侯家，只在山椒與泉曲。

題畫十首 〔録九。〕

草堂仍著薜蘿遮，地僻林深有幾家。莫道春風吹不到，門前依舊鳥銜花。
杜紅蘭若滿汀邊，煙際平林似輞川。安得寬閒如此地，看山坐老夕陽船。
巖壑春深萬緑齊，隔林黄鳥盡情啼。山翁不記燈前語，爲約紅樓試品題。
灌木蒼藤護草堂，流泉汩汩遶漁梁。書聲遥送斜陽裏，誰道空山白晝長。
清霜摇落滿林秋，漠漠寒雲天際流。山徑無人擁黄葉，野塘有客漾輕舟。
萬木凋殘衆嶺寒，誅茅棲息易爲安。朝來猶有尋幽者，不畏崎嶇磴百盤。
千仞顛厓勢欲傾，飛流濺眼雪花明。長風卷入層雲去，都作天台暮雨聲。
雨歇重林煙樹溼，風來虚閣晚窗涼。幽人倚遍闌干久，始識山中興味長。
憶昔相逢武水頭，行行送上木蘭舟。遥憐落日蒸溪上，野色風聲幾許愁？

## 方方壺畫

罨畫嵒嶤倚碧空，青娥高髻出瑶宫。微風忽動前溪影，華表盤雲舞鏡中。

## 古澗長松圖

長松生風吹不歇，古澗出泉鳴自幽。玉屑飯餘移白日，紫芝歌動振高秋。

## 懸厓松圖

偃蹇支離不耐秋，摇風灑雨幾時休。轉身便是青山頂，又有懸厓在上頭。

## 明月灣

月華瀲瀲水悠悠，圓月沈時曙色浮。自笑驅馳亦如月，東來西去幾時休。

## 青浮山

孤山七十布西東，水面奇形獨不同。幾向崚嶒高處望，青螺浮在太湖中。

## 畫竹七首

解籜初聞粉節香，拂雲又見影蒼蒼。鳳凰不至伶倫老，無奈荆榛特地長。
長憶前朝李薊丘，墨君天下擅風流。百年遺蹟留人世，寫破湘潭夢裏秋。
愁來白髮三千丈，戲寫清風五百竿。幸有穎奴知此意，時來几上弄清寒。
此君不可一日無，纔著數竿清有餘。露葉風梢承硯滴，瀟湘一曲在吾廬。
葉葉如聞風如聲，盡消塵俗思全清。夜深夢遶湘江曲，二十五絃秋月明。
低垂新綠影離離，倚石臨泉一兩枝。憶得昔年今日見，鳳凰池上雨絲絲。
有竹之地人不俗，而況軒窗對竹開。誰謂墨奴能倒景？一枝獨上紙屏來。

按梅花道人賣卜於春波里，所居曰「笑俗陋室」。與盛懋子昭比屋而居，四方以金帛求子昭畫者甚衆，而仲珪之門闃然，妻子頗笑之。仲珪曰：二十年後不復爾。其後子昭畫廢格不行，仲珪遺蹟價直百千。古今好尚不同，必俟久而論定如此。

## 大癡道人黄公望

公望，字子久，本姓陸，世居平江之常熟。繼永嘉黄氏，遂徙富春焉。父年九十，始得之。曰：「黄公望子久矣」，因以名字焉。性稟敏異，應神童科。至元中，浙西廉訪徐琰辟爲書吏。一日著道士服，持文書白事，琰怪而詰之，即引去。更名堅，自號「大癡道人」，或號「大癡哥」、「一峰道人」，隱於西湖之筲箕泉。已而歸富春，卒年八十六。子久博極羣籍，尤通音律圖緯之學，畫山水師董巨源，而晚變其法，自成一家。其峰巒多礬石，筆墨高雅，人莫能及，所著寫山水訣，世皆宗之。嘗終日在荒山亂石叢木深篠中坐，意態忽忽，每往泖中通海處，看激流轟浪，雖風雨驟至、水怪悲咤不顧。楊鐵厓謂子久詩宗晚唐，畫獨追關仝，其據梧隱几，若忘身世，蓋遊方之外，非世俗所能知也。

### 王叔明爲陳惟允天香書屋圖

華堂敞山麓，高棟傍巖起。悠然坐清朝，南山落窗几。以兹謝塵囂，心逸忘事理。古桂日浮香，長松時向媚。彈琴送飛鴻，拄笏來爽氣。寧知采菊時，已解哦松意。

### 王摩詰春溪捕魚圖

春江水緑春雨初，好山對面青芙蕖。漁舟兩兩渡江去，白頭老漁争捕魚。操篙提網相兩兩，慎勿江心輕舉網。風雷昨夜過禹門，桃花浪暖魚龍長。我識扁舟垂釣人，舊家江南紅葉村。賣魚買酒醉明月，貪夫徇利徒紛紜。世上閒愁生不識，江草江花俱有適。歸來一笛杏花風，亂雲飛散長天碧。

## 李咸熙秋嵐凝翠圖

山林之樂幽且閒，何人卜居雲半間。江亭夐立蒼樹杪，招提高出碧溪灣。循溪隱隱穿細路，斷岸疏疏起煙霧。微茫萬頃白鷗天，雁陣凫羣落無數。樵歌初斷漁唱幽，橋邊野老策扶留。春山萬疊西日下，渺渺一片江南秋。我昔荆溪問清隱，溪上分明如此景。别來時或狂夢思，忽見此圖心爲醒。李侯少年擅丹青，晚歲筆意含英靈。興來漫寫秋山景，妙入毫末窮杳冥。無聲詩與有聲畫，侯能兼之奪造化。臨窗點筆試題之，老眼模糊忘高下。

## 題倪雲林贈耕雲東軒讀易圖

君家書屋鎖閒雲，庭前叢桂吹清芬。東軒虚敞坐涼夜，撲簾香霧來紛紛。金吹不動露華潔，月裏仙人降瑶節。奇葩點綴黄金枝，靈種移來白銀闕。秋林瀟灑秋氣清，千竿修竹開前楹。自是燕山尚清貴，不與桃李争芳榮。花下詩成日未盡，更喜幽人往來近。清絶何如元鎮圖，應識耕雲是高隱。

## 管夫人竹窩圖

嶔之山兮鬱巃嵸，突出欲墜劃青空。千枝萬蔓行蒼龍，嶔崟鋭氣欲敵崐崙峰。扶疏樸樕不足媲其靈秀兮，蒼筤箘簵檀欒穲矗竦竦生其中。翠蛟翔舞劃煙霧，霜戟磔格敲天風。山空人寂孤坐而側耳兮，珊珊環珮響璿宇，復疑金簧玉磬交奏蓬萊宫。飛仙遥聞駐鶴馭，威鳳傾聽來蒼穹。雖云神領而意會，未若誅茅結屋篔簹谷内没齒寧吾躬。君家相距匪數舍，繭袍鳩杖高步時得追文同。居旁萬竹固已具胸次，落落付諸繪素祇欲此意傳無窮。元卿子猷長往不復返，此君千古誇奇逢。披之三復重太息，雙眸炯炯開昏朦。會當盛暑樓鞋卉服造竹下，脱巾露髮一洗煩熱除惺忪。

## 方方壺松巖蕭寺圖 并序。

方壺此卷，高曠清遠，可謂深入荆關之堂奥矣。鄙句何足以述之，愧愧。

浩渺滄江數千里，幾幅蒲帆挂秋水。曉風吹斷緑蘿煙，百疊青峰望中起。梵王宫闕倚雲開，七級浮屠倒影來。山人久已謝朝市，日踞江頭百尺臺。松篁叢雜多啼鳥，隔岸人家丸彈小。此圖此景入天機，誰能髣髴方壺老。

## 顧愷之秋江晴嶂圖 并序。

顧長康天才馳譽，在當時爲謝安石知名。其寓意於畫，離塵絶俗，開百代繪事之宗。至於癡，亦由資稟之高，好奇耽僻，不欲與世同，故人有三絶之稱。此卷墨法入神，傳采入妙，莫得知其所以始，而亦莫得知其所終。變幻百出，誠可謂聖於畫矣。豈學知勉行者所得仿佛其一二哉！一日，太樸出示，驚賞不已。然亦不敢久羈，敬書於後以復。

三絶如君少，斯圖更擅長。設施無斧鑿，點染自微茫。山碧林光浄，江清秋氣涼。憐余瞻對久，疑入白雲鄉。

## 王晉卿萬壑秋雲圖

雨霽雲仍碧，天高氣且清。霜楓紅欲盡，澗瀑落長鳴。岫嶺蒼茫景，江湖浩蕩情。應知卧雲者，奚尚避秦名。

## 爲袁清容長幅

入山眺奇壑，幽致探何窮。一水青岑外，千巖綺照中。蕭森凌雜樹，燦爛映丹楓。有客茅茨裏，居然隱者風。

## 荆洪谷楚山秋晚圖 并序。

洪谷子有云：吴道子畫山水，有筆而無墨，項容有墨而無筆，吾當采二子所長，成一家之格。以此則知其未嘗不好古，而亦未嘗不好學。今太樸先生近購所畫《楚山秋晚圖》，骨體夐絶，思致高深，誠有合於斯語，非南宋人所得夢見也。因賦以短句。

天高氣肅萬峰青，荏苒雲煙滿户庭。逕僻忽驚黄葉下，樹荒猶聽午雞鳴。山翁有約談真訣，野客無心任醉醒。最是一窗秋色好，當年洪谷舊知名。

## 題關仝層巒秋靄圖 并序。

闕仝此卷，雖祖洪谷子，而間以王摩詰筆法。融液秀潤，正其中歲精進之作也。人謂有出藍之美，詎不信夫！

羣峰矗矗暮雲連，蘿磴透迤鳥道懸。落葉深深門半掩，疏花歷歷客猶眠。巖端飛瀑爲青雨，江上歸舟泝碧煙。應認箇中奇絶處，昔年洪谷屬君傳。

## 李成寒林圖

六法從來推顧陸，一生今始見營丘。腕中筋骨元來鐵，世上江山盡入眸。林影有風摧落葉，澗聲無雨咽清流。寒驢騷客吟成未，萬壑寒雲爲爾留。

## 郭忠恕仙山樓觀圖 此詩朱紹《鼓吹續編》作鄭韶。

漢主離宮最上頭，昔年曾侍翠華遊。青天半落銀河水，白日高懸華岳秋。花隱儀鑾臨閣道，仗移簫鳳下瀛洲。三山更在齊州外，遥望蒼煙九點浮。

## 張僧繇秋江晚渡圖

何處行來湖海流，思歸憑倚隔溪舟。楓林無限深秋色，不動居人一點愁。

## 王維雪渡圖

摩詰仙遊五百年，畫稱雪渡未能傳。只因曾入宣和府，珍重令人綴短篇。

## 蘇東坡竹

一片湘雲溼未乾，春風吹下玉琅玕。强扶殘醉揮吟筆，簾帳蕭蕭翠雨寒。

## 王維秋林晚岫圖二首 并序。

王右丞生平畫卷所稱最者，唯《輞川》、《雪谿》、《捕魚》等圖耳。吾意以爲絶響，不謂太樸於中州友人家又得此卷，而用筆之妙，布置之神，殆尤過焉。固知右丞胸中伎倆未易測識，而千奇萬變時露於指腕間，無窮播弄，豈非千載一人哉！置之案頭，臨摹數過，終未能得其仿佛。漫書短句，并識而歸之。

羣山矗矗凝煙紫，萬木蕭蕭向夕黄。豈是村翁戀秋色，故將輕舸下横塘。

秋風荏苒汎晴光，處處村村帶夕陽。一段深情誰得似，故知輞口味應長。

## 郭忠恕仙峰春色圖五首

聞道仙家有玉樓，翠厓丹壁繞芳洲。尋春擬約商巖叟，一度花開十度遊。

仙人原自愛蓬萊，瑶草金芝次第開。欸乃櫂歌青雀舫，逍遥響屧鳳凰臺。

春泉瀌瀌流青玉，晚岫層層障碧雲。習静仙居忘日月，不知誰是紫陽君。

碌碌黄塵奔競塗，何如畫裏轉生孤。恕先原是蓬山客，一段深情世却無。

## 題李成所畫十册 并序。

李咸熙畫，清遠高曠，一洗丹青蹊徑，千古一人也。今見善夫先生所藏十册，不覺心怡神爽，正如離塵埃而入蓬壺矣。賞玩之餘，并賦十詩。

夏山煙雨

雨氣薰薰遠近峰，長林如沐晚煙濃。飛流遥落疏鐘斷，石徑何來駐短筇。

山人觀瀑

匡山過雨瀉飛流，遥望香爐翠靄浮。試誦謫仙清俊句，浩然天地與神遊。

江干帆影

高閣崔嵬瞰碧江，布帆歸去鳥雙雙。無邊樹色千峰秀，一片晴光落短窗。

蜀山旅思

憶昔蠶叢開蜀國，崔嵬劍閣入寒雲。荒郊寂寂猿啼苦，多少歸人不忍聞。

秋山樓閣

傑閣逶迤秋色老，霜林掩映暮峰横。居人自有閒中伴，坐對飛流意不驚。

翠巖流壑

石磴連雲暮靄霏，翠微深杳玉泉飛。溪回寂静塵蹤少，惟許山人共採薇。

山市霜楓

市散誰聞野鳥聲，短橋何處旅人行。莫嫌寂歷空山道，隔岸丹楓刺眼明。

雪溪仙館

大樹小樹俄變玉，千峰萬峰忽失青。高人深掩茅屋卧，不羨圍爐醉復醒。

仙客臨流

馳驅十載長安道，立馬溪邊暫息機。坐久竟忘歸路晚，半空飛沫溼絺衣。

秋溪清詠

萬壑千巖擁翠螺，人家處處掩松蘿。溪頭静坐者誰子，賦就新詩擬《伐柯》。

## 趙令穰秋村暮靄圖　并序。

右趙令穰所畫《秋村暮靄圖》，曾屬徽廟題識，其爲真蹟奚疑。令穰，字大年，宋宗室，游心經史，戲弄翰墨丹青，多得不傳之祕。筆法清麗，景象曠絶，絶去供奉品格。常聞前人盛稱其慣爲平湖曠蕩之景，詎不信夫！偶觀此圖，不勝仰羨，并系一絶於左。

筆下巒霏乍有無，千林蕭瑟遠峰孤。王孫當日歸何處？傳得秋村暮靄圖。

## 夏圭晴江歸櫂圖

漠漠江天吴楚分，幾重樹色幾重雲。客心已逐歸帆好，誰道溪邊有隱君。

## 趙松雪山居圖二首

春夏山中日正長，竹梢脱粉午窗涼。幽情只許同麋鹿，自愛詩書静裏忙。

豐草茸茸軟似茵，長松鬱鬱净無塵。相逢盡道年華好，不數桃源洞裏人。

## 曹雲西畫卷 并序。

雲西與余有交從之舊，别來四年，心甚念之。一日，子章以長卷見示，不啻見雲西也，展閲不已。既題而復識之。

十載相逢正憶君，忽從紙上見寒雲。空江漠漠漁歌度，一片疏林帶夕曛。

## 王洽雲山圖

石橋遥與赤城連，雲鎖瓊樓滿樹煙。不用飈車凌弱水，人間自有地行仙。

## 黄荃花谿仙舫圖

花發枝頭水漲溪，仙丹猶泊武陵隄。重重樓閣仙雲卷，無數青峰出竹西。

## 董北苑

一片閒雲出岫來，袈裟不染世間埃。獨憐陶令門前柳，青眼偏逢惠遠開。

郭忠恕萬松仙館圖

琳堂掩映萬松齊，絶壑寒雲望不迷。爲聽水流翻破寂，輕袍重過短牆西。

李營丘真蹟次俞紫芝韻

營丘自是浪仙流，寫得空山一段秋。古木千章施錦繡，風光都屬幔亭收。

趙伯駒

露濕庭松偃蓋青，一聲野鶴隔疏櫺。仙翁來往無拘束，閒向琳宮讀道經。

周文矩十美圖

侍宴朱樓向暮歸，御香猶在縷金衣。相攜女伴階前立，笑指鴛鴦水面飛。

趙子昂爲袁清容畫秋景倣大李次韻

空江渺渺暮煙霏，輕舸應知張掾歸。鴻雁恰來楓葉下，山翁未解换秋衣。

趙子昂倣張僧繇

松影參差俯急湍，悠悠斜日下西川。舟師欲渡頻回首，遊子經年怯袂寒。

趙子昂倣陸探微筆意

千山雨過瓊琚溼，萬木風生翠幄稠。行遍曲闌人影亂，半江浮緑點輕鷗。

## 臨李思訓員嶠秋雲圖

蓬山半爲白雲遮，瓊樹都成綺樹華。聞説至人求道遠，丹砂原不在天涯。

## 王叔明爲姚子章林泉清話圖

霜楓雨過錦光明，磵壑雲寒暝色生。信是兩翁忘世慮，相逢山水自多情。

## 倪雲林爲静遠畫

遥山近山青欲滴，大木小木葉已疏。斜日疏篁無鳥雀，一灣溪水數函書。

## 倪雲林爲子章徵士畫

荒山白石帶古木，箇中仍置子雲亭。硯坳疑有煙雲貯，時見青青落户庭。

## 方方壺畫

魭石磯頭宿雨晴，蛟峰祠下樹冥冥。一江春水浮官緑，千里歸舟載客星。

## 錢舜舉海棠灘鶒圖

春來庭院風光好，花蕚連枝錦不如。况有和鳴雙繡羽，御黄新染浴清渠。

## 題張叔厚寫淵明小像 時年七十八。

千古淵明避俗翁，後人貌得將無同。杖藜醉態渾如此，困來那得北窗風。

## 次韻梧竹主人所和竹所詩奉簡四首 時年八十二。

片玉山前人最良，文章體物寫謀長。古來望族推吴郡，直到雲仍姓字香。
花檻香來風入座，雕籠影轉月穿櫺。鈎軒平野連天碧，排闥遥山隔水青。
竹裏行厨常準備，濁醪不用惱比鄰。文章尊俎朝朝醉，花果園林處處春。
人生無奈老來何，日薄崦嵫已不多。大抵華年當樂事，好懷開處莫空過。

## 西湖竹枝詞

水仙祠前湖水深，岳王墳上有猿吟。湖船女子唱歌去，月落滄波無處尋。

## 題春林遠岫圖

春林遠岫雲林畫，意態蕭然物外情。老眼堪憐似張籍，看花玄圃欠分明。

## 題畫

茂林石磴小亭邊，遥望雲山隔澹煙。却憶舊遊何處似，翠蛟亭下看流泉。